Rowohlt Verlag GmbH, Kirchenallee 19, 20099 Hamburg

Kontaktadresse nach EU-Produktsicherheitsverordnung:
produktsicherheit@rowohlt.de

»Jochen Missfeldt erzählt eine starke Geschichte. Fliegenkönnen. Fliegerglück und Fliegertod der Starfighter-Piloten hat keiner vor ihm so beschrieben. Der Aufstieg und der Fall von Fliegern, ihr Himmelsglück, ihre Angst und ihr Tod werden zu hellklarer Prosa jenseits aller Mythen.« (Frankfurter Rundschau)

»Ein großartiger deutscher Schriftsteller.« (Die Zeit)

Jochen Missfeldt, geb. 1941 in Satrup bei Schleswig, war Fliegeroffizier bei der Luftwaffe und studierte dann Musikwissenschaft und Philosophie. Er veröffentlichte mehrere Prosa- und Lyrikbände, Opernspiele und ein Kinderbuch. 1989 erschien sein Roman »Solsbüll«, und im Jahr 2002 erhielt er den Wilhelm-Raabe-Literaturpreis für seinen zweiten Roman »Gespiegelter Himmel«. In der Begründung der Jury heißt es: »Jochen Missfeldt ist ein bedeutender deutscher Erzähler, der auf einzigartige Weise die archaischen Dimensionen des Herkommens und der Landschaft verbindet mit deutscher Geschichte, Technik und Alltag.« Jochen Missfeldt lebt in Nordfriesland.

Jochen Missfeldt

Gespiegelter Himmel

Titanvogeltage

Roman

Rowohlt Taschenbuch Verlag

Dem Gedächtnis meiner Eltern

3. Auflage August 2023

Veröffentlicht im
Rowohlt Taschenbuch Verlag,
Reinbek bei Hamburg,
September 2004

Umschlaggestaltung any.way
Barbara Hanke / Cordula Schmidt
(Foto: Peter Eckert, Blick auf den
Teltowkanal, 1989 [Ausschnitt])
Druck und Bindung
BoD – Books on Demand GmbH,
Bad Hersfeld
ISBN 978-3-499-23696-9

Es ist nichts groß als das Wahre
und das kleinste Wahre ist groß.

Goethe an Charlotte von Stein,
8. Juni 1787

Alles sammeln

Himmel und Erde sammeln. Den Tag mit Sammeln beginnen: Wind in die Windmühle. Regen in die Regentonne. Auf den Knick kriechen, dahocken und weitersammeln. Sammeln, was man mit den Augen sammelt. Holunderblüten, Hagebutten, Taubnesseln. Rosen, Tulpen, Nelken. Ebereschen, Pappeln, Rotbuchen, Silberlinden. Kirchtürme, Kumuluswolken, Kondensstreifen. Kühe, Kaninchen, Kinder. Immer weitersammeln. Sammeln, was man mit den Ohren sammelt. Amsel, Drossel, Fink und Star und ein einsames Rotkehlchen. Dicke Regentropfen, auch Düsenjägerlärm und Ohrgeräusche. Ohren überhaupt. Auch Bienen. Auch Nachbars Rasenmäher. Nicht aufhören mit Sammeln. Sammeln, was man mit der Nase sammelt. Jasmin, Jelängerjelieber, Johanniskraut. Winzige Welpen, winzige Katzenjunge. Alles sammeln.

Gustav Hasse lag unter seiner Moorbirke. In beiden Ohren pfiff ein hoher Ton; rechts der laute, links der leise. Er schlug die Augen auf. Deutlich sah er eine Biene auf einem Moorbirkenblatt. Die Sonne wärmte. Mailuft wehte ihm in die Nase. Er roch gesammelten Blütenduft. Er schmeckte Zunge, Gaumen, Zähne. Irgendwann hatte sich das Pfeifen eingeschlichen; irgendwann hatte Gustav Hasse es bemerkt. Nun war es sein ständiger Begleiter. Schlaf stillte das Pfeifen. Wachsein weckte es auf. Wenn die Ohren anfingen, dann lärmte auch die übrige Welt herein. Über ihm flog ein Phantom-Aufklärer in einem großen Bogen zur Landung ein: Flugzeug von Hasses altem Geschwader in

Lager Solsbüll. Seit zwei Monaten war der Einundvierzigjährige Frühpensionär.
Der Himmel, ein großer blauer Hohlspiegel, in dem Hasse sich wie beim Rasieren sah, wölbte sich über ihm, der Moorbirke und dem Flugzeug. Der Spiegel sprach: »Ich mag dich nicht leiden.« Manchmal sagte er auch das Gegenteil.
STIMME: Es gibt metamorphotische Spiegel, die junge Gesichter gealtert zurückwerfen.
ROSWITHA: Laß dich von solchen Sirenaden nicht aus der Ruhe bringen.
Hatte wirklich Roswitha gesprochen? Sie war nicht da; aber er hatte sie gehört. Hasse betrachtete sein Erdengesicht: die kleine, »zwomal« gebrochene Nase, einmal gebrochen von Dr. Wolfram in München, noch einmal gebrochen von einem Baseball in Arizona. Hasse sah die blauen Augen, die zusammengewachsenen Augenbrauen, den Scheitel links im dunkelblonden Haar, die mittelgroßen Ohren, die früher einmal klein gewesen, und die schmalen Lippen, die früher einmal voller gewesen waren.
Gedankenversunken stand Hasse auf und ging durch die Terrassentür ins Wohnzimmer. »Unser Wohnzimmer ist zu dunkel«, dachte Hasse. Dann ging er weiter in die Küche; es war Kaffee in der Kaffeedose. Manchmal, wenn seine Frau Ruth mit ihren Bildern unterwegs war und er vergessen hatte, rechtzeitig für Nachschub zu sorgen, war kein Kaffee mehr da. Dann kriegten die drei Mädchen Vaters kurze Nerven zu spüren: »Könnt ihr denn nicht mitdenken?«
Während der Kaffee durchlief, stellte Hasse sich ans Küchenfenster und betrachtete den kleinen Urwald draußen: Brennessel und Giersch wuchsen wild durcheinander. Die Kaffeemaschine gurgelte, die Ohren pfiffen. Er schmierte sich ein Honigbrot, goß den weißen Kaffeebecher voll, schüttete Milch dazu. Er klemmte die Zeitung unter den Arm, nahm Honigbrot und Kaffee in die Hand und ging zurück in den Garten.
Mit seinen pfeifenden Ohren hatte er sich abgefunden. Sie hin-

gen ihm an wie ein Leiden, das er irgendwann einmal achselzuckend zur Kenntnis genommen hatte, fertig. Er hörte nicht mehr so gut; rechts noch schlechter als links. Es tat nicht weh, es pfiff nur – immer wieder anders, je nach Phantasie. Manchmal betrachtete er die Ohren als Umspannwerk: zwei Isolatoren. Die Isolatoren standen unter hoher Spannung, und diese Spannung hörte er.

Vollkommene Stille gab es manchmal doch. Beim Erwachen: zwischen erstem Augenaufschlagen und der Sekunde, die ihn die geöffneten Augen spüren ließ. »Das ist ja nur ganz kurz«, sagen diejenigen, die kein Ohrenpfeifen haben. Denen ist folgendes mitzuteilen: Die Stille lag Hasse jeden Morgen beim Erwachen unendlich lange im Ohr.

Was Hasse nach dem Augenaufschlagen in den Ohren lag, war geschenkte Zeit, war Zeit, die nicht mit Uhren meßbar ist. Es war eine stille, unendlich lange Zeit, die jeden Schnipsel zwischen Leben und Tod im Erwachen auflas – Zeit der Erinnerung. In der Stille der Erinnerung war alles da: der Himmel mit herrlichen Fliegerwolken, der hölzerne Glockenturm der Garnisonskirche von Lager Solsbüll, der dicke, feldsteinummauerte Kirchturm von Sankt Ursula in Solsbüll-Mühle, die zartgrünen Blätter der Moorbirke, der Schatten der Moorbirke, der Geruch des Wassers im Güldenholmer See, die Pappel am Bootssteg dort, das leuchtende Federboot und die singenden Schwingen von Schwan Gottfried.

STIMME: Stolz aufragende Burg. Warmer Empfang. Süße Melodei.

»Die Zeit dehnt sich.« Diesen Satz hatte Roswitha auf eine Ansichtskarte aus Travemünde geschrieben. Zuerst war Hasse vor diesem Satz zurückgewichen, indem er die Karte mit den Strandkörben vom Travemünder Strand möglichst weit von sich weggehalten hatte. Dann hatte er die Karte wieder näher geholt, weil er sich der Stille erinnerte, die jeden Morgen in seinen Ohren zu Besuch kam. Der Augenblick, wenn sich die Zeit dehnte? Während Hasses Unbehagen an Roswithas Satz beste-

henblieb – sie hatte beim Schreiben möglicherweise Tränen in den Augen gehabt –, gewöhnte er sich an ihn.
Hasse war mit der Zeitung über dem Kopf eingedöst. Beim Dösen las er diesen Leserbrief: »Bei der uns vorgeworfenen *Schießerei* handelte es sich um eine reine Zielübung. Im übrigen: Meine Wenigkeit und der Herr Oberheizer sind seit ewigen Zeiten ein glückliches Paar.« Unterschrieben war der Brief mit: »Freifrau von Zago.«
Von der Moorbirke aus gemessen wohnte Freifrau von Zago mit ihrem Oberheizer Kurs dreißig Grad, Luftlinie fünfzehn Kilometer in ihrem Torfpalast: Jagen 396, Holmer Moor. Seit Jahrhunderten wohnte sie da. Zur persönlichen Verfügung standen ihr das große und das kleine Dienstmädchen sowie eine Hundertschaft Moorknechte. Sie wuschen sich mit Moorwasser, und sie tranken Moorwasser. Zu essen gab es Torf: morgens, mittags, abends. Buhlschaft verband Freifrau von Zago mit ihrem Oberheizer, der für die richtige Temperatur im Torfpalast sorgte und der Hundertschaft unter ihrem Kommando tüchtig Beine machte.
Bekannt wurde die böse Herrin eines Sommersonntags, als sie zusammen mit dem Oberheizer das Dienstmädchen an den glühenden Ofen band. Die Arme hatte Zucker genascht. Während die Naschkatze am Ofen schmorte, ließ die Freifrau anspannen; dann fuhr sie unter Donner und Blitz, Hagel und Wind zum Gottesdienst in die neue, kalte Kirche von Sankt Ursula.
Nach dem Gottesdienst schien die Sonne. Es war warm geworden. Zu Hause hing die Naschkatze verbrannt und mit verdorrten Lippen am Ofen. »Weisest du mir noch die Zähne?« rief die Zago, gab der Leiche einen Schlag, daß sie zu Staub zusammenfiel.

Gedehnte Zeit – nahm Hasse Schwan Gottfrieds singendes Flügelschlagen hinzu, addierte er zusätzlich das immer wiederkehrende Ja, das dem Singen entflog, dann dehnte sich die Zeit

noch mehr. Davon kribbelte ihm die Nase, und er sagte: »So schlecht bin ich ja gar nicht in Mathe gewesen, schließlich hab ich Fliegermathematik kapiert. Und bin ich nicht damit sicher durch meine Fliegerzeit geflogen? Von meinem guten Verhältnis zur Schwanenwelt ganz zu schweigen.«
Es stimmte. Hasse hatte keinen Unfall gebaut, keine Flugsekunde war so brenzlig gewesen, daß er den Griff am Schleudersitz hätte ziehen müssen.
STIMME: Keinen Unfall gebaut?
Erst mal dies: Er war über zwanzig Jahre Soldat gewesen, und Krieg kannte er nur vom Hörensagen. Er war unter den Lebenden geblieben, keinen Menschen hatte er getötet. Das konnte man von Vater Hasse und Großvater Hasse nicht sagen.
»Solsbüller Flugtage« meldete der *Solsbüller Bote* für das kommende Maiwochenende. »Titanvogeltage«, träumte Hasse und war sofort hellwach. Er setzte sich auf und legte die Zeitung beiseite. Hasse war Mitglied im Organisationskomitee »Solsbüller Flugtage« und zuständig für die Terminplanung. Eine Art Ehemaligentreffen sollte stattfinden. Ein Wiedersehen. Ein Fest mit interessantem Programm. Nicht nur ehemalige und jetzige Geschwaderangehörige waren aufgerufen, sondern jedermann aus nah und fern. Alt und jung, groß und klein. Offizielle und Inoffizielle. Wer würde kommen? Wie viele würden kommen?

STIMME: Du hast schon genug Zeit verplempert.
Hasse legte seine Übungsmatte zusammen. Jetzt war der Zürndorfer-Besuch fällig. Unbedingt mußte er dem ein Kreuz in den Kalender machen, damit er die Titanvogeltage nicht verschlief. Zürndorfer hatte nach der Entlassung vom Geld seiner Arbeitsunfallversicherung sechs Wohnungen für Bundesbedienstete gekauft, und die vermietete er. Hasse verdiente sich bei *Immobilien Zürndorfer* ein passables Extra: Hausverwaltung. Er suchte neue Mieter, wenn die alten gekündigt hatten; er unterschrieb die Mietverträge. Außerdem kaufte er für Zürndorfer im Supermarkt ein, er regelte für ihn Briefwahl und Müllabfuhr und

ließ den Personalausweis verlängern. Einmal im Monat schickte er seinen und Zürndorfers Beihilfeantrag an die Wehrbereichsverwaltung, damit die fälligen Arztrechnungen bezahlt würden.
Während Hasse die Matte im Kofferraum verstaute, fragte er sich, ob das Ohrenpfeifen ursprünglich in List begonnen hatte. Hatte Roswitha ihm die Ohren nicht fest genug zugehalten? Oder war der Marine-Kampfschwimmer schuld, der ihm bei der ersten Geschwader-Survival-Übung die Schreckschuß-Pistole neben das Ohr gehalten und abgefeuert hatte? Ruth hatte deswegen eine ganze Nacht geweint.
STIMME: In dieser Nacht zeugten Hasse und Ruth eine Tochter.
Oder waren die T-37-Triebwerke schuld, die ihm schon gleich zu Anfang der Fliegerausbildung in Arizona in die Ohren gepfiffen hatten?
Hasses Ohren waren schlechter und schlechter geworden. Das las der Hals-, Nasen- und Ohren-Doktor jedesmal im Audiogramm, wenn die Fliegertauglichkeitsuntersuchung in Fürsti fällig war. Gleichzeitig war das Pfeifen lauter und lauter geworden. Davon stand nichts im Hör-Papier, weil Ohrenpfeifen nicht meßbar ist.

Hasse betrat mit der Zeitung unterm Arm Zürndorfers Garten. Da kam Moppel gelaufen, Zürndorfers kastrierter Kater, stieß den Kopf gegen Hasses Schienbein, preßte und schob seine rechte Seite am Hosenbein entlang, um sich ein schönes Gefühl zu verschaffen. Henry, Zürndorfers zweiter kastrierter Kater, stolzierte mit himmelwärts gerichtetem Schwanz an der Werkstatt-Tür auf und ab und peilte die Lage.
»Haben Hoheit den Leserbrief der bösen Herrin gelesen?« fragte Hasse. Warum er »Hoheit« sagte, wußte er nicht. Er wußte nur, daß er Zürndorfer meinte und gute Stimmung verbreiten wollte. Der stand im Trainingsanzug in seiner Garage *Numero zwo* und rauchte die vor zehn Jahren vom Fliegerarzt empfohlene Zigarette.

So stand Zürndorfer oft da. Heute blasser als sonst. Neben ihm ein unaufgeräumter Stapel Werkzeug und Ersatzteile sowie das vollständig zerlegte, 1958 auf der Nordstraße zu Schrott gefahrene Motorrad Marke Mabeco – lang, lang ist's her. Hasse hatte die Maschine auf dem Gutshof Güldenholm wiedergefunden: in der alten Wagenremise unter Gerümpel und Spinnengewebe.

Hasses Hoffnung, sein Fürsorgefall Zürndorfer werde sich mit der ihm eigenen handwerklichen Geschicklichkeit auf Reparatur und Restaurierung werfen, erfüllte sich nicht. Im Gegenteil: Was heil und ganz geblieben war, zerlegte er in noch kleinere Stücke. Am Ende lag sogar der Siemens-&-Halske-Motor in lauter Einzelteilen am Boden.

STIMME: Wie ist die Stimmung?

Bei Zürndorfer wußte man das nicht, weil sein Gesicht nichts verriet. Da war kein Mienenspiel. »Der ist nicht ganz richtig im Oberstübchen«, so verplauderte sich gelegentlich der bohnenstangendürre Wirt Bohne Bonsen vor seinen Gästen. Zürndorfer verbrachte im Nobiskrug gern die Abende vor dem Fernseher. Wirtin Regina, Bohnes Frau, sprang ihrem Mann regelmäßig bei: »Aber erst seit dem Flugunfall; denn früher war der nicht so.«

STIMME: Wessen Gefühle nicht richtig ins Oberstübchen gelangen, der kann keine gute Miene zum guten und keine böse Miene zum bösen Spiel machen.

Richtig, Zürndorfer fehlte das aus tiefem Grund Schürfende, in tausend Facetten Funkelnde des menschlichen Ausdrucks. Es blieb ihm das Pokergesicht, aus dem keiner schlau wurde. Hasse fiel dazu nichts anderes ein als platte Freundlichkeit: »Am schönsten ist es zu Hause, hier bei dir, Chef.« Zürndorfer sah ihn seltsam an, und Hasse wußte nicht, ob er sich schämen oder sich was vorwerfen oder sich gar schuldig fühlen sollte: »Herrgott noch mal zu.«

STIMME: Zürndorfer weiß nicht, wie er aus der Wäsche kucken soll. Deswegen greift er immer zum Allerunverbindlichsten.

»Zürndorfer soll bloß froh sein, daß er einen so netten Hasse hat.« Hasse sprach in Richtung Einzelteile, als wenn die ihm antworten sollten. Was sie auch taten, indem Zürndorfer sprach: »Zürndorfers Zuhause, das sind die Einzelteile.« Die lagen in der Garage zu Hunderten herum. So hatten Zürndorfers Augen volles Programm. So hielt Zürndorfer sich an Vergangenheit und Gegenwart fest. Die Zeit stand ihm nicht wie anderen zur Verfügung. Für ihn war sie nichts als ein sinnloses Vorwärtsrükken von Zeigern und Zahlen.

STIMME: Ihm fehlt die Zukunft.

In Gesichtern sah er weiße dünne Pfannkuchen, Fußende und Kopfende seines Bettes fielen in seinem Blick zusammen und waren nur Striche. »Das ist die Projektion meiner inneren Leere auf die Welt. Ich kann jetzt zwar sagen: Ich befinde mich im Wald. Aber eigentlich befinde ich mich nicht im Wald«, hatte Zürndorfer einmal gesagt.

STIMME: Viele fühlen sich im Unterwegssein zu Hause.

ZÜRNDORFER: Ich bin nirgendwohin unterwegs.

Zürndorfers Leben zog seinen verunglückten Mann wie in einem ausrangierten Güterwagen über alte Geleise, die in ein unbekanntes Land hineingebaut waren. Das konnte er sich nicht zu eigen machen. Die große weiße Landkarte zerlegte er in kleine weiße Landkarten, die er so lange weiter zerlegte, wie es irgend ging. Am Ende lag da ein Millionenstückwerk, aus dem Zürndorfer das ursprünglich Zusammenhängende der Landkarte nicht mehr herauslesen konnte.

Wildgänse rauschen durch die Nacht, Die steil aufragende Burg, Innsbruck, ich muß dich lassen, Warmer Empfang, Süße Melodei, Güldenholmer See – das waren für Zürndorfer *Worte, nichts als Worte.*

Wußte Zürndorfer über sich Bescheid? Zukunft ahnen, Welt entdecken und erschließen: das war ihm verwehrt. Er wußte es. Möglich, daß er darum so vieles nicht hatte, was menschliches Miteinander erst möglich macht. Hemmungen zum Beispiel. »Die alte Fotze mit ihrem Fotzenhobel.« So sprach er über Frau

von Zago und den Oberheizer. Zürndorfer war so frei, dergleichen jedem und jeder ins Gesicht zu sagen.
Irgendwer mußte sich um ihn kümmern. Hasse kümmerte sich, so gut er konnte. »Könntest du deine Zeit nicht sinnvoller verbringen, als unserem Zürndorfer aufzuwarten?« sagte man. Warum kümmerte Hasse sich um Zürndorfer? Weil er seinen Anteil an dessen Unfall zu tragen hatte? Weil ihm sein Geschwader-Kommodore das damals nahegelegt hatte?
Oder hatte etwas abgefärbt von Gret Hasse, Gustavs Adoptivmutter, der Schwester des gefallenen Vaters? Sie hatte kräftige Hebammenhände mit schöner glatter Haut und langes, weiches dunkelblondes Haar. Gret nahm jedes Leben, das mit ihrer Hebammenkunst zur Welt gebracht worden war, an, gelungen oder ungelungen spielte keine Rolle, einfach so. Warum sie das so einfach annahm? Sie war gewiß ein guter Mensch. Das war Gustav Hasse gewiß nicht. Aber bißchen was vom Guten könnte abgefärbt haben.
»Warum ich bei Zürndorfer immer wieder ein und aus gehe?« Er strich sich mit dem Zeigefinger über die schiefe Nase und dachte etwas hochgestochen Wahres: »Es ist eine Art Tradition.« Und zu Pokergesicht Zürndorfer, der einen Franzosen und einen Schraubenzieher in der Hand hielt, sagte er: »Denk dran, am kommenden Wochenende ist das Treffen. Ich fahre jetzt zur Post und zu Nommensen, dann noch zur Apotheke, dein Echinazin ist alle.«

Hasse fuhr erst mal weder zur Post noch zum Supermarkt, auch nicht zur Apotheke. Er fuhr am alten Lager vorbei, wo jetzt Wildnis war und Knabenkraut wuchs. Hier lebten und starben von November bis Dezember 44 KZ-Häftlinge, die, zusammen mit den bessergestellten Moorknechten der Frau von Zago, Panzergräben ausheben mußten.
Die Bundesrepublik Deutschland als Eigentümerin beabsichtigte, dort eine Gedenkstätte zu bauen, die an das Schand-Lager erinnerte. Ansprüche auf das Grundstück meldete aller-

dings auch der Oberheizer im Namen der Frau von Zago an: Gedacht sei an die »Kombination von Gedenkstätte und Tourismusbüro«. Man müsse die Leute mit »attraktiven Angeboten« herlocken, damit es »mit dem Tourismus, also mit der Wirtschaft in unserem Land« endlich aufwärtsgehe. Die Frage, ob Naturschutz, Gedenkstätte und Tourismus unter einen Hut zu bringen seien, müsse nun endlich und für immer geklärt werden. Vielleicht ergab sich hier für Hasse eine neue Nebenbeschäftigung. Er wollte noch nicht darüber reden.

Hasse besuchte seinen Ausguck im Knick bei Güldenholm am Güldenholmer See: Hügel, Knicks, Wälder. Daran konnte er sich nicht satt sehen. Der Heimatverein hatte vom Trost der Landschaft gesprochen, von ihrer unantastbaren Unschuld und Vollkommenheit. Landschaft sei erhaben über Pflugschar und Schwert.

STIMME: Wenn es der Wahrheitsfindung dient, bitte sehr.

Fünfzehn Kilometer östlich von hier war Gustav Hasse aufgewachsen: in Solsbüll-Mühle. In Solsbüll war er zur Schule gegangen. Wenn er mit dem Fahrrad zur Schule fuhr, kam er an der Solsbüller Au, am Mühlenteich und an der Wassermühle vorbei. Heute gab es keinen Mühlenteich und keine Seerosen mehr. Die Wassermühle war längst abgebrochen worden und stand im Museumsdorf. Geblieben waren eine grüne Wiese und ein Tal mit einem schnurgeraden, immer tiefer ins Land schneidenden Kanal. Den alten Wasserfall hatte man zugeschüttet. Man sah noch Mauerreste.

Dort hatte Gustav sich übers Geländer gebeugt, wenn er von der Schule kam. Unten schoß das Wasser auf die Findlinge, schäumte auf und machte Nebel, der mit Modergeruch bis nach oben stieg. Gustav ging barfuß unter die Brücke und rief »Wasserfall«, daß es widerhallte. Der Modergeruch drang stark und stechend in die Nase. Er steckte eine Hand ins Mühlenbachwasser, um zu fühlen. Er kniete sich hin, sah übers Wasser und wunderte sich, wie glatt und waagerecht das Wasser an der Oberfläche war. Wo sich damals das Wasser ergoß, wuchsen jetzt

Brennesseln, Taubnesseln, Hahnenfuß. Jede Menge Schutt war da reingekippt worden. Wo war der Mühlenbach geblieben? Schön wäre es, wenn der Mühlenbach wieder das Wehr runterschösse, wenn man das ganze Jahr hindurch das Wasser rauschen hören und den Modergeruch riechen könnte. Schön wäre noch einmal so ein Sommer wie damals, als es nach Moder roch.

Von seinem Ausguck im Knick verfolgte Hasse die Knicks mit den Augen. Sie waren kurz oder lang, manchmal liefen sie um eine Koppel ganz herum. Ein Hügel hob den Knick, das nächste Tal ließ ihn sinken. Hinter dem Tal lag eine Kiesgrube. Freitagnachmittag. Die Kieslasterfahrer waren schon im Wochenende.

STIMME: Unergründlich tief ist das Leben auch im Knick.

Was war bloß los? Die Kühe hatten den ganzen Tag vor sich hin gefressen. Nun trotteten sie zum Knick, wo das Koppeltor in den Angeln hing und die Melkanlage stand. Da stellten sie sich Körper an Körper und käuten wieder. Große schwere Tropfen fielen. Es klatschte im Knick, als die Tropfen auf die Blätter klatschten. Es regnete. Die Kühe wurden naß und begannen zu dampfen. Die Blätter glänzten vom Regenwasser. Nun zuckte der erste Blitz; es krachte auch gleich, die Kühe gingen, eine hinter der anderen, im Schutze des Knicks bis zu der Stelle, wo Gustav Hasse saß. Achtundzwanzig Kuhaugen sahen ihn an: vierzehn Stück braunes Vieh setzten die Mäuler in Bewegung und käuten weiter wieder.

STIMME: Es wird Zeit.

DIE WIEDERKÄUER: Alles hat seine Zeit.

STIMME: Man kann die Leute nicht warten lassen.

DIE WIEDERKÄUER: Alles zu seiner Zeit: frisches grünes Gras.

Zum Abschluß der Titanvogeltage sollte ein Lagerfeuer in der Kiesgrube angezündet werden; ein Letzter-Abend-Feuer. Zwischen der Gaststätte Nobiskrug und der Kiesgrube pendelte der Pickup des Wirtes Bohne Bonsen. Er transportierte Tische und Stühle, Bierkästen und Krüge, Holzkohle und Holzkohlengrill.

Hasse hatte sich etwas Besonderes einfallen lassen. Er hatte die freigespülten Reste von zwei im August 1975 über der Nordsee verunglückten Marine-Starfightern geborgen. Bei einer Wattwanderung entdeckte er die Titanvogel-Reste im Westerheversand. Vier Wochen lang sammelte er mit seiner Familie, was die Nordsee bei Ebbe hergab: Vater und Mutter große, die Töchter kleine Wrackteile. Genug, um aus den Metallstücken einen Apparat zusammenzufügen, der viel Ähnlichkeit mit einem Titanvogel hatte und als Tüpfelchen auf dem »i« in der Kiesgrube stehen sollte.

STIMME: Ein kaputtes Flugzeug ist das herrlichste Spielzeug.

Am Lagerfeuer würde man wieder »Kein schöner Land« singen. Hasse wollte sein Akkordeon mitbringen, die einstigen Mädchen ihre frisch gewaschenen, nach Essig duftenden Haare. Vielleicht bot sich Gelegenheit, Susanne Rosenbaum endlich wegen der »Judensau« um Verzeihung zu bitten. Susanne war seine erste Liebe gewesen. »Nur so ein Gedanke«, dachte Gustav Hasse, wie um sich für den Gedanken zu entschuldigen. »Vielleicht stehen wir etwas abseits – und dann?«

STIMME: Das klärende Gespräch.

Das stellte er sich folgendermaßen vor:

HASSE: Bist du mir noch böse?

SUSANNE: Warum?

HASSE: Wegen dem, wo wir noch Kinder waren.

SUSANNE: I wo!

HASSE: Ich glaub, ich war verliebt in dich. Ich wollte dich ärgern. Deswegen hab ich das gesagt.

Vielleicht würde er dieses Gespräch jetzt gleich im Nobiskrug erledigen; Susanne und ihr Mann wollten dort Quartier nehmen. Hasse machte sich auf den Weg.

Sturzbäche ergossen sich auf das Titanvogelwrack. Die Titanvogeltage drohten ins Wasser zu fallen. Der schöne Plan eines Lagerfeuers. Die Aussicht auf ein Flugerlebnis, das als krönender Abschluß versprochen worden war.

Dann war der Himmel wieder blitzblank. Weiße Wolken segelten von Sylt herbei und spiegelten sich in den Pfützen vor dem Nobiskrug. Wirtin Regina hatte mürrisch die Gartentische trokkengewischt und Polster auf die Stühle gelegt. »Sieht schlecht aus«, so begrüßte sie Hasse. »Wir holen alles wieder aus der Kiesgrube zurück.«
»Sonst alles klar?«
»Grillkohle haben wir genug, und Bier und Schnaps gehen uns nie aus, das weißt du ja.«
»Regina, ohne dich würde doch gar nichts laufen.«
Die fest verwurzelten Silberlinden sahen und hörten sich das gut gelaunt an. Die gute Laune sprang auf Regina über. Hasse sah das an ihrem Gesicht. »Wir werden sehen«, sagte sie. »Die Rosenbaums sind übrigens schon da. Und Zürndorfer, der sitzt an seinem Platz.«
In dem Augenblick kam Susanne zur Nobiskrugtür heraus. »Du hast dich ja kein Stück verändert«, rief Hasse ihr zu. »Laß dich mal ansehen«, rief Susanne zurück. Sie standen drei Sekunden lang voreinander; Susanne schwieg. Dann umarmten sie sich, und Hasse fühlte mit seiner linken Wange ihr rechtes Ohr. »Schön, dich wiederzusehen«, sagte Susanne. Sie setzten sich an einen Tisch. Regina servierte zwei Alsterwasser, Hasse fragte: »Wie ist es dir ergangen?«
Sie lebe immer noch in Phoenix/Arizona, nun allerdings etwas außerhalb in Fountain Hill. Klima und Menschen gefielen ihr da. Ihr Sohn sei jetzt sechzehn und wolle später Tiermedizin studieren.
Hasse und Siemsen waren während des Lehrgangs 1964 in Arizona auf der Suche nach einem Foto-Studio gewesen, um sich in Uniform fotografieren zu lassen. Sie fanden das »Studio Susan Sunday«. Daß Gustav und Susanne sich dann im Valley of the Sun immer wieder getroffen hatten, wurde unter den Silberlinden nicht ausgesprochen. Alles stand aber zwischen ihnen, und sie hatten alles im Kopf, auch die »Judensau«. Kein klärendes Gespräch.

»Wollen wir noch was trinken?« fragte Hasse, nachdem er sein Glas geleert hatte.
»Ich hab noch, und mir ist langsam kalt«, antwortete Susanne.
Hasse wollte sagen: »Schön, daß ich mal wieder in deine Augen sehen kann«, sagte es aber nicht. Durch ihr langes schwarzes Haar, das zu einem Pferdeschwanz gebunden war, zogen graue Strähnen. Susanne ließ der Frage, die gar nicht gestellt war, eine Antwort vorauseilen: »Die hab ich mir reinmachen lassen.«
»Steht dir verdammt gut.« Dieses Kompliment wollte Gustav noch loswerden. Ein angenehm kurzer Satz, den er ohne »Äh« und ohne Nebensatz schaffte.
Während in Zürndorfers Fernseh-Ecke die *Tagesschau* lostrompetete, kam Susannes Ehemann Joachim, zupfte sie am Ärmel, schob beide Arme von hinten unter ihre Achseln und sah nach oben. Schwan Gottfried schiß ihm aufs Haupt.
STIMME: Einen längeren Aufklärungsflug soll man mit möglichst wenig überflüssigem Gewicht antreten.
Susanne nahm eine Serviette und wischte Gottfrieds Scheiße von Joachims Stirn. »Du mußt noch mal mit Wasser drübergehen«, sagte sie.
Grauschwarze Wolken zogen von Westen heran und segelten über den Nobiskrug. Regina stellte wieder Tische und Stühle zusammen und sagte: »Die Veranstaltung ist abgesagt.«
STIMME: Ich bin mir da nicht so sicher.

Gottfried, der Schwan vom Güldenholmer See, startete flügelschlagend und flügelsingend zu einem Erkundungsflug; er erhob sich über Rohr- und Schilfgeflüster, Weidenbusch- und Pappelgesäusel. Hasse fuhr ihm nach: Kurs Ost zeigte Gottfrieds langgestreckter Hals. Gustav setzte sich ins Auto und fuhr dem Schwan bis Solsbüll-Mühle nach. An der eisernen Friedhofspforte vor Sankt Ursula wartete Roswitha.
»Tut mir leid, ich weiß, ich bin fünfzehn Minuten zu spät«, sagte Hasse.
Gustavs Kindermädchen aus Kindertagen: seine allererste Lie-

be. Sie gehörte in sein Leben, sie gehörte hierher, auch wenn sie inzwischen in Travemünde wohnte. Sie war in Güldenholm gewesen und mit ihrem Fiat hergekommen, um Stiefmütterchen auf Dr. Emsiegs Grab zu pflanzen. Roswitha mochte den eigenen Namen nicht: »Ich weiß nicht, warum, aber irgendwie hab ich was gegen ihn.«
STIMME: *Roswitha* hat was Holdes.
Roswitha wich einen Zentimeter zurück, als sie das vernahm. Sie konnte nur schwer einen Fuß vor den anderen setzen. Nach einem Autounfall ging sie an Krücken. Das linke Knie war gerade operiert und eingegipst worden.
»Sollen wir zum Ehrenmal gehen?« fragte Gustav.
»*Gehen* ist gut gesagt; aber ich werde es bis dahin schon schaffen.«
»Du mit deinen Krücken. Ich mit meinem Rücken.«
Roswitha setzte einen Fuß vor den anderen und schaffte den Weg bis zur Kirche, am Kirchturm vorbei und weiter bis zur Pumpe, wo die Rhododendronhecke stand. Von hier sahen sie in den Ehrenmal-Garten und auf das Ehrenmal am Gartenende.
Die Abendsonne stand zwischen zwei dunklen Wolken. Noch immer waren Bienen unterwegs. Die Abendmaschine London–Kopenhagen flog über Sankt Ursulas Turm.
Roswitha und Hasse ließen die offene Kirchentür offen sein und gingen weiter. Dort war die Bank von damals. Sie sahen sich an. Auf der Bank war nichts passiert, weil Roswitha »Ich will nicht« gesagt hatte.
»Komm mich doch mal besuchen, wenn du in der Lübecker Gegend bist – aber vorher anrufen«, sprach sie aus ihrem zweiundfünfzig Jahre alten Haar.
STIMME: Schönes graues Haar.
»Ja«, sagte Hasse, dessen Haar zu kurz war, um daraus sprechen zu können. Weder würde er anrufen, noch würde er vorbeikommen; das wußte er hier und heute ganz genau.
»Komm«, sagte er und zog seinen Schal fest um den Hals. Ste-

hen konnte Roswitha gut, nur voran wollte das linke Bein schlecht. Ihre Krücken knirschten mit den Gummipuffern im Kies. Dieser Trauermarsch machte Gustav nicht ungeduldig; den Grund dafür lieferte Roswitha mit ihrer Geduld: »Tut mir leid, aber es geht nicht schneller. Du kannst ja schon vorlaufen.«
»Ich kann doch auch nicht so schnell. Mit meinem Lendenwirbel bin ich nicht viel besser dran als du.«
Falko Klopfleisch schlich den beiden nach, um in den Büschen zu lauschen.
STIMME: Der wittert eine Affäre.
Falko Klopfleisch, stattlich, Alkoholiker, war Senator und erfolgreicher Geschäftsmann in Bremen. Zwei Konkubinen, eine in Radolfzell, eine in Bad Pyrmont. Er war Spender der Namensschilder, die anläßlich der Titanvogeltage verteilt werden sollten.
Sie standen vor dem Ehrenmal, das gleich nach dem Krieg gebaut worden war. Gleich nach dem Krieg? Überall in Deutschland wurden damals Ehrenmale gebaut. »Eine gigantische Arbeitsbeschaffungsmaßnahme, ähnlich wie die Autobahn«, sagte Hasse.
Jetzt, am Ehrenmal von Sankt Ursula, sah Gustav Hasse die Steinmetze den Hammer schwingen; er hatte den Geruch eines soeben durchgehauenen Feldsteins in der Nase, er roch den frischen Mörtel, den Handlanger in Schubkarren über dicke Bretter schoben. Viele Flüchtlinge, auch Susannes ältester Bruder, hatten hier Arbeit und Brot gefunden. In der Frühstückspause hatten sie Butterstullen ausgepackt und Soldaten-Trinkflaschen an den Mund gehoben. Hasse erinnerte genau den Frühstückspausen-Geruch, ihm lief das Wasser im Mund zusammen. »Hast du Hunger?« fragte er Roswitha.
Es waren noch drei Stufen zu nehmen; die nahmen sie allerdings nicht. Gustav wollte Falko nicht zu nahe kommen. Dessen Fahne reichte bis hierher. Und Roswitha waren die drei Stufen zu beschwerlich. Aus der Ehrenmal-Mitte ragte das große Kreuz in den Abendhimmel und sah von oben herab. Auf den

Steintafeln hatten die Steinmetze die Namen der Gefallenen beider Weltkriege herausgemeißelt. Auch der Name von Gustav Hasses Vater, gefallen 1941 in Rußland, war herausgehauen worden: Gustav Hasse. Der seines Großvaters, gefallen 1915 in Frankreich, war in der Flensburger Marienkirche herausgehauen worden: Gustav Hasse.
»Wie geht es eigentlich Tante Lotte?« fragte er.
»Die ist im März dreiundachtzig geworden.«
»Und deiner Tochter Elena?«
»Die ist im April siebzehn geworden. Sie ist ja so was von begabt. Eine richtige junge Dame schon. – Und wie geht's unserer Allmutter Gret?«
»Ich muß sie unbedingt mal wieder besuchen.«
»Und wie geht es ihm?«
»Wem?« Gustav wußte genau, von wem Roswitha sprach.
»Na du weißt schon.«
»Unserem Zürndorfer?«
»Unserem Zürndorfer.«
»Wie soll's dem gehen. Immer das alte Lied beziehungsweise Leid. Ich muß mich eben kümmern.«
»Kommt er am Wochenende?«
»Nur wenn ich ihm einen Tritt gebe und ihn herschleife. Ich habe ihm vorhin noch ein Kreuz in den Kalender gemacht.«
»Ich würde ihn gern wiedersehen.«
Hasse schwieg. Dann gingen sie den Weg zurück. Die Kirchentür war jetzt geschlossen. Aus Schwan Gottfrieds singendem Flügelschlag hörte Gustav ein deutliches »Steigt ein« heraus. Schon saß er mit Roswitha im Schwanen-Federboot und fragte: »Findest du den Weg, Gottfried?« Dessen Flügel sangen ihr ständig wiederkehrendes »Ja«.

Eins

Verlaufen

»Roswitha stammt aus Gandersheim«, so sprach Roswithas Schalk im Nacken. Sie stammte nicht aus Gandersheim, sondern aus Joachimsthal in Brandenburg. Von daher kamen die Hasses. Ende Mai 45 stand sie in Solsbüll-Mühle vor der Hasse-Haustür; eine rotblonde Sechzehnjährige.

Roswitha kam den beiden Hasse-Frauen gerade recht. Sie sollte Gret und Grets Mutter Anne im Hebammenhaus helfen und das vierjährige Waisenkind Gustav unter ihre Fittiche nehmen. Gustav war Gret und Anne in die Hand gedrückt worden, nachdem seine Mutter 1943 in der *Hölle von Hamburg* verbrannt war. Gustav war sofort begeistert von Roswithas gutem Geruch: Sommersprossen und Kernseife, diese Mischung. Er mochte ihr rotblondes Haar. Als drei Wochen Hagel, Schnee und Regen in der Luft waren, steckte er sich mit Keuchhusten an. Dicke Wolken zogen schnell, immer die Solsbüller Au entlang, Richtung Ostsee. Mehrere Frühlingsgewitter krachten herunter. Während Großmutter Anne ihren Enkel in eine Wolldecke wickelte und dicht ans Fenster hielt, damit er sich in der elektrischen Luft bei Donner und Blitz gesund huste und nicht so viel Hustensaft verbrauche, hatte Roswitha ein anderes Verfahren: »Bleib schön im Bett.« Sie legte ihm zwei Wolldecken über die Bettdecke, sagte: »Bald bist du gesund«, und gab ihm einen Extralöffel Hustensaft.

Gret sagte: »Eine Wolldecke genügt«, zog die obere weg, faltete sie zusammen, wie sie es von ihrem gefallenen Bruder Gustav gelernt hatte, der das Wolldecke-Zusammenfalten wiederum

bei den Soldaten gelernt hatte, und legte sie auf den Stuhl vor dem Krankenbett. Draußen plarrte Gewitterregen aufs Dach, lief in die Dachrinnen, weiter in die Fallrohre und verschwand in der Erde. Auf der Terrasse glänzten die Buntsandsteinplatten. Vor dem Haus glänzten die Stämme und Äste der fünf Linden im Regen.
Nach dem strengen Winter 47 kam Gustav in die Schule. Roswitha begleitete ihn an seinem ersten Schultag. Wie eine Mutter stand sie unter den Müttern vorn am Lehrerpult und sah ihn in der letzten Reihe. Gustav hatte sie in der Nase, ihren Bubikopf hatte er im Auge. Da gab es nichts zu weinen. Hans Siemsen saß neben ihm und fuhr sich mit der Linken immer wieder über seinen frischen Bürstenhaarschnitt. Deutscher, der lange Lulatsch, saß eine Bank vor ihm. In der ersten Reihe hockte zur Feier des Einschulungstages die vierjährige Susanne Rosenbaum neben ihrem sechsjährigen Bruder. Gustav warf einen Blick auf ihr Ohr. Es war nur das Ohrläppchen zu sehen, alles andere war mit ihrem schwarzen Haar bedeckt. Er sah ihre schön gebogene Nase, und als sie sich zu ihm hindrehte, sah er ihre schönen blauen Meer-Augen.
Die ersten Sommerferien verbrachte Roswitha mit Gustav in List auf Sylt. Gret fuhr die jungen Sommerfrischler im grünen, lecker nach Benzin riechenden Opel zum Niebüller Bahnhof. Als der Zug einfuhr und Gustav neben der Lokomotive im Dampf stand und neuen Geruch in die Nase bekam, sagte Gret zu Roswitha: »Daß du mir auf den Jungen aufpaßt.«
Der Zug fuhr über den Hindenburgdamm. Von schäumender Nordsee, die Roswitha auf Ansichtskarten gesehen haben wollte, konnte keine Rede sein: tiefste Ebbe. Das Watt schimmerte in der Sonne. »Nordsee, Mordsee, was bist du doch bloß für eine Wüste«, heulte und stampfte der Zug, unvergeßlich. Roswitha ließ das Fenster halb runter und genehmigte Gustavs Haarschopf eine Brise Fahrtwind. Sie stand dicht hinter ihm und hielt ihn mit beiden Händen an der Schulter fest. Mit seiner Dampf- und Meerluft fing sich der Fahrtwind bei Roswitha,

Kopf und Kleid leiteten ihn um; mit neuem Geruch strömte er wieder an Gustavs Nase vorbei.
ROSWITHA: Wasser tut gut. Da kann mir jeder Berg gestohlen bleiben.

Sie wohnten bei der alteingesessenen Sylter Tischler-Familie Klonhammer, die nebenher eine Fischräucherei betrieb.
STIMME: Schöne Ferien, wie man's nimmt.
Gleich nachdem Roswitha die Zimmertür geschlossen hatte, hob Gustav die Nase und schnupperte. »Geräucherte Makrelen«, sagte Roswitha. Roswitha beugte die Knie, saß in der Hokke und zog Gustav heran. Gustav mochte nicht herangezogen werden, machte sich steif und hielt so viel Abstand, daß er Roswitha gerade noch riechen konnte. »Versprich mir, daß du nie, nie mehr krank werden willst. Und verlauf dich nicht. Komm nicht so spät wieder. Und daß du mir nicht auf den Flugplatz gehst; da liegen noch Bomben und Patronen.« So entließ Roswitha ihn zum ersten Erkundungsspaziergang.
Der Seefliegerhorst List war, genau wie Fliegerhorst Lager Solsbüll, nach dem Krieg von den Engländern gesprengt worden. Betonbahnen, Hallen und Flugzeuge flogen in die Luft. »Alles kaputt«, sagte der tüchtige Tischlermeisterssohn Volkert zu Gustav, als der am großen, duftenden Hobelspäne-Haufen vorbeikam. »Alles kaputt«, wiederholte der schwachsinnige Tischlermeisterssohn Heini, der Roswitha und Gustav mit einem zweirädrigen Karren vom Bahnhof abgeholt hatte. »Er soll da lieber nicht hingehen«, sagte Ida Klonhammer, strohblonde Mutter der beiden. »Das hat Madame ihrem Kleinen hoffentlich eingebleut.« Familienoberhaupt Tischlermeister Klonhammer meinte: »Was kann schon groß passieren. Vorsichtig sein muß man überall.«
»Ich will es man bloß gesagt haben.«
Gustav lief fünfhundert Schritte bis zu einer in Stücke gesprengten Mauer aus rotem Backstein. Er fand einen heil gebliebenen Rest, kletterte hoch, stellte sich kerzengerade hin, Augen am

Horizont. Große Betonbrocken lagen da. Stahldraht ragte aus den Brocken, abgerissene Enden. Die Brocken waren ruppig und voller Ecken und Kanten; sie hatten eine riesige Oberfläche bekommen, entsprechend verströmten sie Duft.

Mit den zerstörten Flugzeugen war es genauso. Gustav stand vor einem Flugzeugwrack, dem das Fahrwerk abgerissen war. Auch die Einstiegtür war abgerissen. Ein Einstiegloch war noch da; er krabbelte hinein. Kabel hingen von der Decke herunter. Messerscharfes Blech stach heraus. In der Pilotenkanzel fehlten die Fensterscheiben. Kupferwicklungen, schön gekämmt wie Roswithas Haar, hingen am Instrumentenbrett und sonderten scharfen Elektrogeruch ab. Unversehrte, runde Instrumente mit stehengebliebenen Zeigern lagen wie Uhren im Schaufenster. Der Pilotensitz roch nach Stoffetzen. Es roch nach Benzin und Öl.

Eine warme Südwestbrise wehte Meeresluft herein und in Gustavs Kragen unter das weißkarierte Hemd. Die hellbraune knielange Manchesterhose hatte einen Ölfleck abbekommen. Die Turnschuhe waren weiß von Steinstaub. Gustav hörte Roswitha aus dem Kupferdraht sprechen: »Verlauf dich nicht, und daß du mir auf keinen Fall in den Schornstein vom alten Heizwerk kriechst.« Gustav saß auf dem Pilotensitz. Um ordentlich sehen zu können, hätte er zwei Kissen gebraucht. Es waren keine an Bord.

Auf das alte Heizwerk konnte man auch ohne Kissen tadellos sehen. Nichts wie hin! Es mußte nur der Motor gestartet werden. Abheben in die Luft, und hinein ins schwarze Schornsteinloch. Es war größer, auch schwärzer und rußiger als angenommen. Trotzdem: Es roch wie der kalte Kachelofen zu Hause. Man brauchte also keine Angst zu haben. Gustav kroch auf allen vieren. So groß war das alte Heizwerk mit dem halben Schornstein nun doch nicht. Gustav mußte nur immer dem Licht entgegenkriechen, um hier wieder rauszukommen.

Dann aber fand er nicht den Weg nach Hause. Es waren keine Wegweiser in den Trümmern. Überall die gleichen Trümmer, überall derselbe Himmel, überall derselbe Geruch. Der Geruch vom alten Heizwerk haftete an ihm. Gesicht, Hände, Knie, Hemd und Hose waren rußbeschmiert. Gustav sah das alles nicht. Er roch nur den kalten Kachelofen von zu Hause. Der Zuhause-Geruch nützte ihm nichts. Wenn er über einen Betonbrocken geklettert war, sah er schon den nächsten. Wenn er ein Wrack hinter sich gelassen hatte, lag das nächste schon vor ihm.

»Verlaufen, verlaufen«, schrien die Möwen. Nun spürte Gustav das schweißnasse Hemd. Nun wußte er auch, daß er wie ein Schornsteinfeger aussah. Er bemerkte eine Wunde am Knie. Die Trümmer waren still und hell. Er wußte nicht, wie spät es war. Die Sonne brannte herunter. Er hatte keinen Hunger. Wo waren die schreienden Möwen geblieben? Wohin war der Trümmergeruch gezogen? Warum roch es nur nach kaltem Ofen? Kupferdraht umschloß seinen Hals und zog sich stramm. Die Nase tropfte und verstopfte. Er hustete Ruß in die Trümmer. War der Keuchhusten wiedergekommen? Gustav weinte nicht; er hustete nur. Husten konnte nicht schaden. Er hustete nicht laut genug. Dann tat er einen kurzen, leisen Schrei, dann einen langen, lauten: »Roswitha!«

Ein gleich großer Junge stand vor ihm. Gustav weinte ihn an und sagte: »Ich habe mich verlaufen.« Er spürte, wie eine Zentnerlast von ihm abfiel, weil er Hans Siemsen erkannte. Daß der vor ihm stand, hatte seine Richtigkeit. Er verbrachte hier die Sommerferien mit seiner Mutter Käthe – *Käthe Königin.* Sie arbeitete an der Bienenbelegstelle als Züchterin.

Siemsen hielt in der Linken eine Pappschachtel, die ihm seine Mutter in die Hand gedrückt hatte. In der Schachtel summten fünf Bienen; sie sollten ihn vor dem Verlaufen bewahren; gleichzeitig sollten sie fleißig Pollen sammeln. Bienen finden überall was: Kaum hatte Siemsen seine Schachtel geöffnet, da flogen die fünf Arbeiterinnen in einen kleinen Wald aus lila blühendem Trümmerkraut, erledigten, was zu erledigen war, kamen pollenbeladen zurück und flogen den tapferen Kerlen voran, nicht zu schnell und nicht zu langsam, immer in die richtige Richtung.

ROSWITHA: Du siehst ja aus wie der Oberheizer persönlich.

GUSTAV: Wer ist das denn?

ROSWITHA: Ein studierter Bösewicht.

GUSTAV: Und was macht der?

ROSWITHA: Der macht die Leute schwarz.

GUSTAV: Werden die dann auch böse?

ROSWITHA: Weiß ich nicht.

Jeden Ferienmorgen saß Gustav am Ferienzimmerfenster mit Kakao in der einen und Marmeladebrot in der anderen Hand; er fühlte sich weder gesund noch krank. Er wußte nicht, wie er sich fühlte. Eines Tages konnte er schwimmen: »Ich kann schwimmen«, schrie er aus dem Wasser. Roswitha saß mit einem Handtuch über der Brust in der Burg und schrie zurück: »Schrei nicht so!«

Odin Klonhammer stand vor ihr und fragte, ob sie heute geräucherte Makrele haben wolle. »Ja, danke«, sagte Roswitha, stand auf, warf sich einen Bademantel über und rannte zum Wasser. Gustav schummelte. Er stieß mit jedem Schwimmzug den rechten großen Zeh auf Grund und schubste sich durchs Wasser. Roswitha sah das nicht und sagte: »Das haben wir ja prima hingekriegt.«

Gustav mochte nicht hinsehen, wenn Roswitha mit nackten Brüsten in der Burg saß. Schämte er sich? War er eifersüchtig? Immer, wenn sie unbedeckt in der Sonne saß, rannte er weg und rief: »Ich geh ins Wasser.« So lernte er wirklich schwimmen.

Fremde nackte Brüste ertrug Gustav auch nicht. Ihm war, als würde ihm gegen seinen Willen etwas Verbotenes vorgeführt. So saß er in der Klemme. Darum sah er lieber weg. Heimlich sah er doch wieder hin. Brüste behexten ihn wie die Schlange das Kaninchen. Er war aber auch selber Schlange. »Ich kann nichts dafür«, konnte er weder denken noch sagen; aber er fühlte etwas zwischen Schuld und Unschuld, das ihn festhielt. Die Kaninchen nahmen schnell ein Handtuch und bedeckten sich, oder sie kehrten Gustav den Rücken, wenn sie keines hatten, und fanden zur Unschuld zurück. Gustav machte kehrtmarsch, oder er machte nicht kehrtmarsch, sondern legte den Unterarm über die Augen und tat so, als wenn er gegen die Sonne blinzelte. Die Kaninchen konnten seine Rippen zählen.

Roswitha trug eine weiße Bluse, die sie an den offenen Enden über der knielangen weißen Leinenhose zusammengebunden hatte; ein schönes Stück Bauch zeigte sich. *Mein kleiner Kavalier Gustav* trug die Handtasche mit den Badesachen. Beide schlappten mit Latschen über den schrundigen Beton. List war zubetoniert, so weit ihre Augen reichten. Nur die Schlucht, die Käthe Siemsen und ihren Bienenvölkern in den Sommermonaten als Wohnstatt und Bienenweide diente, war Heide und Sand geblieben.

Der Weg nach Hause führte sie am Hafen entlang. Da standen sie an der geschlossenen Pforte, hinter der es treppab zur Landungsbrücke ging. Von oben sahen sie auf die beiden amerikanischen Patrouillenboote *A1* und *A2* hinab. Geruch von Spiegelei und Speck kam in die Nase. Ein Matrose sah hoch, zeigte den gestreckten Mittelfinger aus der Faust und rief: »Ficken.« Roswithas Sommersprossen verschwanden in Schamröte. Gustav strömte ein mulmiges Gefühl in den Bauch; er hatte halbwegs kapiert und hatte Angst. Roswitha faßte sich schnell, machte schmale Lippen, nahm Gustav fest an die Hand und zog mit ihm ab.

»Ich weiß gar nicht, was die Leute immer haben«, so fing Roswitha wie gewohnt auf dem Heimweg an und erklärte, der liebe Gott habe den Menschen »nun einmal so geschaffen, wie er ist«, und dafür müsse man sich nicht schämen. Gustav sagte: »Finde ich auch.« Bis zum Kiosk sagte er nichts weiter. »Höchstens möchte ich ein Eis«, sagte er am Kiosk. Roswitha kaufte ihm für zehn Pfennig ein Erdbeerstangeneis der Marke Kosmos.

Vor der dauernd verriegelten Tür des Gästezimmers waren Roswitha und Gustav in die Knie gegangen.
STIMME: Haben wir durchs Schlüsselloch gekuckt?
Roswitha hielt ihm den Kopf: linke Hand auf rechtem Ohr, rechte Hand auf linkem Ohr. Gustav sah Roswitha in die Augen und las ab. »Und wer hält dir die Ohren zu?« dachte er und legte seine Hände noch auf Roswithas Hände.
In ihrer Küche tobte Tischlermeistersgattin Ida Klonhammer, nachdem sie eine Flasche Rum getrunken hatte. »Seht euren Vater an«, so überfiel sie mit dem von ihr ausgelösten Katastrophenalarm die zwei Söhne, den tüchtigen Volkert und den schwachsinnigen Heini. Ida brannte lichterloh und zeigte mit einer Flamme auf ihren Mann: »Eine Null. Das hat er von seiner Mutter. Die ist auch eine Null.«
Odin Klonhammer stand mit hängendem Kopf und hängenden Schultern, als gäbe es auf ewig und immer nichts mehr zu leben, nichts mehr zu tischlern. Als hätte er Bankrott angemeldet und als hätten Herr und Frau Tod die Meldung persönlich entgegengenommen. Schuld und Unschuld pochten vom großen Zeh aufwärts in die Schläfen und weiter hinein in die Haarspitzen. Ida holte weiter aus, nahm die Söhne zu Hilfe, damit sie besser brenne: »Wie er es mit dieser Nutte – da da da – treibt.« Sie, die Vermieterin, zeigte mit brennendem Zeigefinger auf das an Roswitha vermietete Zimmer. »Und mit mir kann er nicht mehr.«
Einen Augenblick lang war Totenstille; nicht mal ein leises Pfeifen war im Ohr. Dann kam der Schrei: »Du Schwein!«, und Ida schüttelte Riesinnenkräfte aus den Armen und boxte und trieb Volkert zum Vater. Volkert ging drei geübte Schritte rückwärts, stand wie der Schutzmann vor seinem Schützling. Da vergriff sich die Rasende an einem Geranientopf und schleuderte ihn zum geschlossenen Blumenfenster hinaus. Dies war der Augenblick, in dem die Fensterscheibe zerbrach und der Geranientopf zerbrach und Frau Ida Klonhammer zerbrach, und zwar in tausend Stücke.

Während Vater und Sohn Volkert alles wie eine Krankheit, die man zwecks Abhärtung durchstehen muß, über sich ergehen ließen und wie gewohnt auf baldige Besserung hofften, raffte sich der idiotische Heini wie gewohnt auf: »Eine Null«, so plapperte er seiner verrückten Mutter nach, und seine schönen Augen rollten. Heini bog Kopf und Oberkörper nach hinten, weil er sich an seiner lodernden Mutter nicht verbrennen wollte. Dann aber warf er eines von den großen Feuer-Erstickungstüchern, machte einen entschlossenen Schritt und stieß seine eingehüllte Mutter vor sich her.

Hatte sie darauf gewartet, endlich möge einer dasein, der sie wegstoße vom Unglücksort? Sie warf sich wie gewohnt auf die Eckbank in der Eßecke und schluchzte; sie schrie Heini an: »Das wird dir der liebe Gott nie, nie vergessen, daß du dich gegen die eigene Mutter versündigt hast.« Während Heini Schaufel und Handfeger holte, um Glasscherben, Blumenerde und Geranien zusammenzufegen, sagte Vater Odin zu Sohn Volkert: »Wir lassen sie da liegen.«

Ein schlechter Traum gleich nebenan. Im vermieteten Zimmer standen die Betten weit auseinander. Gustav wäre gerne zu Roswitha unter die Bettdecke gekrochen; sie ließ ihn nicht. Roswitha hatte ihr Schlaftier ganz fest an der Nase und sagte hinein ins Schlaftier: »Jeder hat sein Bett.«

Trotz Trennung träumte Gustav sich nun auf Roswithas Bauch und roch an ihrer Kernseife-Sommersprossenhaut. Dieses freche Stück genehmigte er sich einfach.

»Der Junge kann den Makrelengeruch so schlecht vertragen. Heute nacht mußte er sich übergeben«, sagte Roswitha am nächsten Morgen zur Vermieterin. Sie bat um ein Zimmer mit größerem Abstand zur Räucherei.

»Das ist zusätzliche Arbeit; das kostet.«

»Wir bezahlen.«

Sie blieben noch eine Nacht. Oben vom ersten Stockwerk, direkt an der Straße, sah Gustav aus dem Fenster. Er sah die Betonstraße und die übrigen Betonflächen von List. Er zählte die

Teerstreifen im Beton, er zählte die vorbeifahrenden Jeeps der Engländer. Im Bienental, wo die Glockenheide jetzt blühte und duftete, saß Käthe Siemsen vor ihrer Imkerhütte. »List, das olle Mist.« Dachte sie das? Sagte sie das? Hans Siemsen schlief schon. Die Bienen flogen, solange es hell war.
Die Nordsee zog mit ablaufendem Wasser die Nacht herbei und löschte langsam die Lichter. Die Kriegsschiffe und Fischerboote lagen friedlich im Hafen. Die kaputten Flugzeuge lagen friedlich hingestreckt im kaputten Seefliegerhorst. Die Jeeps standen auf dem Kasernenhof, einige noch mit warmen, bis an Gustavs Fenster duftenden Motoren. Lange hielt er die Nase in die Luft, roch Motoren, Nacht, Meer und Heide.
Als die beiden am nächsten Morgen vorzeitig abreisten, zeigte sich Sylt von der schlechten Inselseite. Der Wind jagte und stieß wie im April. Der Himmel war eine kalte Milchglasscheibe. Kalt war der Sand. Kalt waren die immerblühenden Heckenrosen.
Gustav ging an Roswithas warmer Hand.
STIMME: Er folgt mit der legendären Schicksalsergebenheit, die nur das Kind fertigbringt.
Der nicht recht gescheite Heini fuhr den Koffer auf seinem zweirädrigen Karren zum Bahnhof. Er ging mit hängendem Kopf und sagte kein Wort; er brachte auch kein Abschiedswort hervor. Man sah nur seine schönen Augen und seine schöne Rotznase. Auch Roswitha und Gustav sagten nichts.
Bevor die Inselbahn losdampfte, hörten sie, wie der Inselwind am Abteilfenster rüttelte und pfiff. Der Wind fegte den Rücken der großen Wanderdüne und legte eine waagerecht abstehende Mähne an ihr Ende. Mit einem Ruck zog die Lokomotive los, der Zug fuhr an und zuckelte ab. Als sie unterwegs wegen sandverwehter Gleise hielten, rief ein Fahrgast: »Die Inselbahn gehört abgeschafft.« Einige Fahrgäste nickten, andere verzogen keine Miene, einer grinste.
Roswitha und Gustav hatten Angst vor dem Nachhausekommen. Die Angst war unbegründet. In Solsbüll-Mühle standen

sie klein und unnütz vor der Haustür, tief zu Boden gebeugt, denn beide glaubten, alles Unglück der Welt sei einzig und allein ihre Schuld. Anne und Gret öffneten. Roswitha schluchzte los wie ein erwachsener Mensch. Gustav hielt die Lippen schmal und die Augen trocken, die kleinen Ohren sperrte er auf, als wäre er drauf und dran, erwachsen zu werden. Da hinein sagte Anne: »Sie sind ja man beide noch Kinder.«

Lager Solsbüll

Im November 1963, Hasse war zweiundzwanzig Jahre alt, widerfuhr ihm dieser Schmerz: Hannes Hansen, Grets »Dauerverehrer«, war gestorben. In der Todesnacht weinte er um den, der wie ein Vater zu ihm gewesen war. Dann fragte er sich: Habe ich wirklich geweint? Weinen und Traum waren ein und dasselbe gewesen. In diesen Traum hinein schrie durch den langen, gebohnerten Flur um sechs Uhr morgens der UvD: »Aufstehen!« Das hallte in den Ohren wider und verschlug Hasses Weinen. Er hörte Wind und Regen; ans Fenster streiften Flieder- und Jasminzweige. Bienenstockdunkel, ein Siemsenwort, fiel Hasse ein, als er zum Fenster hinaussah. Die Kasernenbeleuchtung brannte. Das Drehfeuer vom Kontrollturm wischte vorbei.
Hasse tappte barfuß zum Waschraum, stellte sich neben Deutscher und Siemsen ins trübe Licht und fuhr mit dem Elektrorasierer über Backen und Kinn; er ging nahe an den Spiegel, sah sich in die Augen. Er schloß den Mund, sog die nach Abfluß und Kloake riechende überheizte Luft durch die Nase. Siemsen behandelte sich das Gesicht gegen den Luftsumpf mit Pitralon.
»Mach doch das Fenster auf«, sagte Deutscher. Die Heizkörper heizten volles Rohr. Pünktlich seit Herbstanfang am 21. September wandte der Oberheizer den Fürsorgeparagraphen des Soldatengesetzes an: Er hatte seine drei Heizer die Ventile im

Heizwerk aufdrehen lassen. Der Oberheizer, Alter unbekannt, Verwandtschaft väterlicherseits irgendwo in Österreich, führte laut Dienstanweisung die Oberaufsicht über alle Heizkraftwerke der *legislativen, judikativen und exekutiven Gewalten dieses Staates*. Ihm unterstanden in Lager Solsbüll die Heizer Alpha, Bravo, Charly.
Der Oberheizer ließ im Namen des Dienstherrn fossile Energie in Wärme verwandeln. So wurden die Soldaten gegen einen Gott-möge-es-verhüten-sibirischen Winter und gegen Erkältungskrankheiten geschützt. Die sollten nicht frieren wie damals die alten Kameraden in Stalingrad. Die Koksvorräte waren gewaltig: titanisch hohe Halden lagen beim Heizwerk zwischen Tischlerei und Hangar.
Siemsen öffnete das Fenster. Hinaus mit der Wärme, herein mit der frischen Luft. Sturm fegte durch Büsche und Bäume und bog sie nach Südost. Wenn das neue Jahr gut werden sollte, mußten laut Großmutter Anne die Bäume ächzen und stöhnen, Äste mußten brechen. In diesem Sinne dichtete Hasse hier im Waschraum folgenden Gedichtanfang: »Heulender Sturm umfängt festlich mein Haus.«
Hasse, Siemsen und Deutscher bewohnten eine Bude. Sie standen jetzt gut gekämmt auf dem Parkettfußboden und schlüpften ins Blauzeug: schwarze Halbschuhe, graue Strümpfe, blaue Hose, blaues Hemd mit Fahnenjunker-Schulterklappen. Die drei hatten ihre Betten übereinander. Hasse schlief ganz oben, fünfzig Zentimeter unter der Zimmerdecke; Deutscher in der Mitte, Siemsen unten neben einem Poster des Lufttransportgeschwaders 63 aus Celle mit übergroßem Wappen: Hummel, genannt Brummel. Auf dem Fensterbrett standen Deutschers Radio und Plattenspieler. Neben dem Fenster hing »›Der Schrei‹ des norwegischen Meisters Axel Munthe« – so Deutschers Antwort, wenn der Fahnenjunker vom Dienst beim Stubendurchgang nach dem Maler des Bildes fragte; es war ein Farbdruck, den Hasse im Kaufhaus Nommensen erstanden hatte und überallhin mitschleppte.

Noch drei Minuten bis zu den Sieben-Uhr-Nachrichten. Freitag war Kennedy ermordet worden. Heute, am Montag, dem fünfundzwanzigsten, Beisetzung auf dem Heldenfriedhof Arlington. Deutscher quatschte los: »Reecht euch nicht auf. Wenn wir erst mal in Amerika sind, dann kehrt da Ruhe und Ordnung ein.«
»Mahlzeit«, sagte Siemsen. Im Doppelfenster spiegelte sich die Zimmerlampe doppelt, auch Siemsen spiegelte sich doppelt. Alle drei sahen sich doppelt im Fenster. Siemsen hatte zwei Türgriffe in der Hand.

Im Gasthof Nobiskrug, einen Kilometer entfernt vom Fliegerhorsteingang, hatte Peter Bezug, der Mann vom Landwirtschaftlichen Bezugsverein *Raiffeisen*, mit den gut in Arbeit und Brot stehenden, fleißig für den gemütlichen Lebensabend klebenden Heizern, den späteren Rentnern Alpha, Bravo, Charly, gerade den Stammtisch gegründet. Als der spindeldürre, bohnenstangenlange Wirt Bohne Bonsen die zweite Runde auf Kosten des Hauses auftrug, sagte Peter Bezug ins allgemein schlechte Wetter hinein: »Ja, das Töten und Sterben in Krieg und Frieden ist so eine Sache. Aber da sind wir schon fast im philosophischen Bereich.«
»Sterben müssen wir alle«, sagten Alpha, Bravo, Charly aus einem Munde. Wolken, schwer von Regen, hingen tief. Der Novembersturm jagte sie über Kasernen und Kneipen.

Nicht alle Piper L-18, Dornier Do-27 und North American T-6 hatten Platz im Hangar gefunden. Einige standen festgezurrt auf der betonierten Rampe davor, einige hockten im Gras wie durchziehende Vögel, die nicht weiter wissen. Die Graspiste lag unter einem großen Regensee. Seit drei Wochen ruhte der Ausbildungsflugbetrieb im Fluganwärterregiment. Die Stimmung stand auf Verdrossenheit, Langeweile und Leichtsinn bei Fluglehrern und Flugschülern, bei Vorgesetzten und Untergebenen. Die Stimmung stand auf trostlos, einsam, risikobereit. Eine gro-

ße Herausforderung für Flieger, wenn Himmel und Flugplatz von allem Flugwetter verlassen sind.
Am späten Vormittag sollte es eine T-6 versuchen: mit Ausnahmegenehmigung, die der Kommandeur, Oberstleutnant von Kümmernitz, sich selber hatte durchgehen lassen. Die Wetterleute stellten passables Wetter zwischen elf und zwölf Uhr in Aussicht. Fluglehrer und Flugschüler würden dann aufhorchen, die Stimmung würde sich bessern, wenn v. Kümmernitz die fünfhundertfünfzig *Pferde* seines Pratt & Whitney Sternmotors loslassen würde, seinem *fliegenden Untersatz* also die Sporen gäbe.
Er wollte sicherheitshalber Hauptfeldwebel Hönig, bestes Pferd im Fluglehrerstall, im hinteren Sitz haben und unter erfahrener Hand nach Fürstenfeldbruck fliegen. Die Amerikaner, die 1945 den Platz übernommen hatten, nannten ihn der Einfachheit halber »Fürsti«, und die Deutschen, die Fürsti wiederum von den Amerikanern übernahmen, übernahmen auch Fürsti.
Horst Hönig war alter Fliegerkamerad aus dem Krieg, aus Ärmelkanalzeiten, und hatte dem damaligen Hauptmann v. Kümmernitz unbezahlbare Dienste geleistet: Wie ein Treiber auf Treibjagd hatte der Feldwebel seinem Hauptmann die englischen Spitfire vor die Kanone getrieben, damit dieser den Abschuß bekomme. So arbeitete sich v. Kümmernitz bis zum Ritterkreuz hoch.
In Fürsti war Föhn, da war es warm, da schien die Sonne. Für den Abend hatte v. Kümmernitz sich schon telefonisch mit Ärmelkanal-Kameraden verabredet und gesagt: »Den alten Hönig nehme ich aber mit.« Er freue sich schon auf das gute, dunkle, süffige Andechser Bier, eine Scheibe Leberkäs mit »zwo Spiegelei« und bayerischem Kartoffelsalat. Noch war er nicht soweit.

Hasse hatte die Bude verlassen und sein Schiffchen über den Kopf gezogen, hielt es mit der Rechten fest. Grüßen war heute morgen unmöglich. Die Soldaten gingen mit gesenkten Köpfen grußlos aneinander vorbei. Frühstück war im Kasino. Hinter dem Kasino wohnte Zürndorfer in einer der Offizierswohnungen. Auch dort packte der Fürsorgegedanke des Dienstherrn fest zu: Auch Zürndorfer lebte in einer überheizten Wohnung. Von der Standortverwaltung gestellt: Teppich, zwei rotgepolsterte Sessel mit Holzlehne, Schreibtisch mit Schreibtischstuhl, Offiziersspind und rot-schwarz karierte Couch, die er abends zum Bett verwandelte. Krönung war das eigene kleine Bad mit Klo und Dusche. Jeden Morgen zogen Reinmachefrauen durch dieses Wohnungsrevier mit Besen und Bohnerwachs, Staubtuch und Schaufel. In der Pause rauchten sie und tranken Kaffee.

Als Hasse durch die doppelflügelige eichene Eingangstür des Kasinos trat und seine Gummiabsätze auf die gebohnerten Solnhofer Platten setzte, war die Luft erfüllt von Wachsgeruch und Kennedy-Mord-Gemurmel. Es lag auch ein Abgesang in der Luft, wie auf einer von Deutschers Wagner-Platten: Dich teure Halle. Erinnerungen an Lager Solsbüll 1947; links und rechts die Logen mit Marmorbrüstung für die hohen Tiere, die es nach fünfundvierzig so nicht mehr gab. Wie unterscheidet sich deutscher von englischem Bohnerwachsgeruch? Erinnerung an Vater Rosenbaum, Susanne, Siemsen; das Lagertheater; die Biene auf dem Bühnenvorhang, das kleine Tier, von dem Siemsen sein Leben lang nicht loskommen sollte.

Von zwei mit kräftigen Hammerschlägen geschmiedeten eisernen Kronleuchtern fiel Licht auf die Frühstücksgesellschaft: Fähnriche, Leutnante, Oberleutnante, Hauptleute saßen hinter einer Blumenwand an einem Extratisch; Zürndorfer saß neben seinem ehemaligen Studienkollegen *Regimentsrat* Dr. Osmin Hunger, Rechtsberater im Fluganwärterregiment. Um die wegen schlechten Flugwetters angefallene Extrazeit totzuschlagen, referierte er seit einer Woche über »Töten aus rechtlicher Sicht«. Diesen Unterricht hatte er stets gebrauchsfertig in der Tasche: »Denn man kann nie wissen.« Er hatte sich hinreißen und forttragen lassen von folgender Frage: »Gibt es im Krieg ei-

nen Unterschied zwischen Töten und Morden?« Weil er die Frage nach fruchtloser Diskussion offengelassen hatte – Hasse hatte wieder mal seinen Mund gehalten –, erfolgte beim Bier nach dem Abendessen der fällige Anschiß: »Wie mir zu Ohren gekommen ist.«
»Sie wissen wohl nicht, zu was Sie hier sind, Herr Doktor Hunger«, kleckerte der Kommandeur. Hunger klotzte zurück nach dem fünften Korn, den der Kommandeur spendiert hatte: »Hier ist meines Bleibens nicht.«
Hasse beeilte sich, in dieser teuren Halle das Co-Referat zu halten, das zu halten er sich im Unterricht nicht getraut hatte; es wäre ohnehin am Thema vorbeigegangen. »... so müssen wir, meine Damen und Herren, davon ausgehen, daß unsere bienenfleißigen Brüder und Schwestern jenseits von Mauer und Stacheldraht schalten und walten wie wir jetzt mit Cornflakes und Milch. Drüben gibt's für die sowjetischen Brüder und Schwestern im Fliegerhorst Jüterbog, wo seinerzeit ja auch so eine teure Halle errichtet wurde mit dem Steinmosaik *Aphrodite begleitet von Vögeln* – da also läßt nun ein ostzonaler Küchenbulle namens Greifvogel seinen weißgekleideten Küchenfrauen die Vögel nur so zufliegen, daß alle lachen und husten müssen. Wer tötet hier wen?«
Auch dem Küchenbullen von Lager Solsbüll unterstand ein stets zu Lachen und Husten aufgelegtes Regiment Küchenfrauen in weißen Kitteln und mit weißen Tauben auf dem Kopf.
Der hatte gerade einen Witz abgefeuert, worauf das Regiment in besonderes Lachen und Husten ausbrach. »Lacht und hustet nicht so, ihr Bazillenmutterschiffe.« Sofort lachten und husteten diese nicht mehr. Der hatte seinen Laden auf Zack. Heute morgen gab es wie gesagt Cornflakes und Milch, darüber hinaus jedoch Kommißbrot und Brötchen, Buttersterne, Marmelade, Honig, Jagdwurst, Teewurst, Mettwurst, Kaffee, Kaffeesahne, Kakao. Auch beim Frühstück schlug der Fürsorgegedanke mit gewaltiger Pranke zu.
»Fahnenjunker Hasse, Telefon«, schallte es in die teure Halle.

Der laut ins Volk gerufene eigene Name ließ Hasse tief ins schlechte Gewissen fallen. Da unten, in der stinkenden Jauchegrube, wurde er als Kennedy-Mörder gehandelt.
STIMME: Völker der Welt, schaut auf diesen Dorftrottel!
In der Jauchegrube schloß er die Nase und nahm den Telefonhörer fest ans Ohr. Am anderen Ende war der Spieß: »Nach dem Frühstück sofort zum Kommandeur.«
Hasse streute noch eine Lage Zucker über seine Cornflakes, löffelte mit kleingebröckeltem Gesicht. »Hast du 'ne Ahnung, was der Kommandeur von mir will?« fragte er den gegenübersitzenden Deutscher. »Reech dich nicht auf, von großer Traachweite wird es nicht sein. Kennedy hast du nicht umgebracht, da bin ich Zeuge.«
Hasse ging nicht den kürzesten Weech zum Kommandeur; dem wollte er nicht allzuschnell in die Augen sehen; andererseits wollte er den Umweg schnell hinter sich bringen. Er ging schneller als sonst: Marschzahl 114, also hundertvierzehn Schritte pro Minute, genauso schnell wie seinerzeit die Wehrmacht, genauso schnell wie der potentielle Gegner NVA, der sich gegen sowjetisches Verlangen mit Marschzahl 114 durchgesetzt hatte.
Sturm von der Rückseite des Hebriden-Tiefs posaunte Hasse Luft in die Ohren; köstliche Musik. Dem Soldaten flog das Schiffchen nicht vom Kopf, weil er es festhielt. Von den Kastanienbäumen fielen letzte Kastanien und rollten des Weges: ab in den Jasmin. Letzte Blätter rissen ab, fegten über den Bürgersteig, suchten den nächstbesten Eingang und stürmten ihn.
Gerade wurde der berühmt-berüchtigte Block Hundert genommen, eine Baracke, die den Krieg überlebt hatte und nun herhalten mußte, wenn Taugenichts-Flugwetter das Steuer in der Hand hatte. Nach Dienstschluß, Abendessen und Besuch in der Tanz- und Schmuse-Ecke vom Nobiskrug packten Besoffene Klappspaten, Trinkbecher, Besteck, leere und volle Bierflaschen und warfen ohne Maß und Ziel. Block Hundert war auch deswegen berühmt, weil man ihn ohne Ausweiskontrolle

betreten konnte. Das Gerücht wollte da schon tausend tolle Partys gesehen haben.
Hasse, Deutscher, Siemsen hatten für Block Hundert noch nicht den erforderlichen Dienstgrad; erst vom Fähnrich aufwärts vergab die Standortverwaltung dort Quartier. Zürndorfer lehnte kategorisch ab; nicht nur, weil er schon Oberleutnant war und Jura studiert hatte, sondern »weil mir das sinnlose Zerstören, das Treiben gegen Recht und Ordnung und Moral, zuwider ist«.
Hasse marschierte bis zum Sportplatz, kam vorbei an ungenutzt liegendem Grün, das ein Bataillon Maulwürfe von der Standortverwaltung in Erbpacht hatte und als Exerzierfeld nutzte. Immer mehr Himmelslicht drang durch die Wolken und erhellte die Kaserne. Als Hasse die Aschenbahn abging und seinen Schritt auf die von den Sowjets angewandte Marschzahl 120 beschleunigte – die NVA kam laut Nachrichtendienst mit Hundertzwanzig nicht zurecht –, erloschen alle Peitschenlampen.
»Mit solchen Schuhen gehen Sie mir nicht zum Kommandeur«, sagte der Spieß. Hasses Halbschuhe waren beschmiert mit roter Aschenbahnasche. »Hier«, sagte die Mutter der Kompanie und gab ihm eine Bürste. Während der Spieß mit seinen vom treuen Dienen feucht gewordenen Augen Fahnenjunker Hasse gut in die Augen sehen konnte, war dem Kommandeur das nicht gegeben.
Der wanderte unruhig in seinem Dienstzimmer umher, hatte seine Schirmmütze in der Hand, kniffte und drückte sie, weil ihm die steife Form nicht gefiel. Die Schirmmützen der alten Luftwaffe waren aus anderem Holz geschnitzt gewesen. Kein Draht, der den Hut steif machte, sondern schön schlapp hing dem Offizier der Mützenteller bis ans rechte und linke Ohr. Das Foto, das im Silberrahmen auf dem Schreibtisch stand – v. Kümmernitz als Oberleutnant 1943 vor seiner Me-109 –, zeigte genau, wie die Mütze aussehen und sitzen mußte und wie der Blick unter dem Mützenschirm zu blicken hatte. An der

Heizung lag Schäferhund Rollo, das einzige Lebewesen, mit dem v. Kümmernitz noch Blicke tauschen konnte.
»Auf den Tod der Eltern beziehungsweise eines Elternteils stehen drei Tage Sonderurlaub«, sagte Rollos Herrchen. Hund Rollo hob den Kopf, gähnte und winselte. »Ja, Tiere verstehen mehr vom Menschen als umgekehrt, Hasse. Herzliches Beileid. Die Formalitäten wie üblich beim Spieß.«
Als Hasse nach Dienstschluß um sechs Uhr in Uniform und mit seinen kleinen Ohren unter der steifen Schirmmütze den Wachsoldaten stillstehen und grüßen ließ, war im Kasino der Tisch für den jährlich einmal, und zwar morgen zu feiernden Herrenabend bereits gedeckt. Da kam Deutscher, der gute Deutscher, mit den treuen blauen Augen und den ebenmäßig geformten Außenleisten seiner Ohren, die für Warmherzigkeit und Gefühlsstärke sprachen. »Dir hat man ja auch manche schweren Steine ins Lebensnetz geleecht«, sagte er und gab Hasse die Hand. Dann stieg Hasse in den Opel Kadett, Gret saß schon auf dem Beifahrersitz. »Sei nicht traurig«, sagte sie, die wie üblich Hell vor Dunkel stellte. »Es ist besser so.«
»Ja«, sagte Hasse, »das glaube ich auch.« Dann fuhr er los. Das war kein Nachhausekommen an diesem stockdunklen Novemberabend. Das war gar nichts. Wo waren die schönen krummen Straßen? Wo waren die schönen kleinen Hügel? Wo war *Gottes eigenes Land?* Wo war überhaupt Gott, als Gustav Hasse dem toten Hannes Hansen entgegenfuhr?
Nicht mal der Oberheizer, nicht mal Frau von Zago, nicht ein einziger Moorknecht erschien auf der Bildfläche. Alles nur eine einzige böse, blöde Einsamkeit um ihn herum und in ihm drin. Wieviel schwerer machte ihn die Einsamkeit? Doppelt so schwer? Gustav Hasse fuhr hinein in die Dunkelheit. So schlecht waren die Scheinwerfer ja gar nicht. Damit konnte er gut wieder aus der Dunkelheit heraus. Fällig wurde darum folgende Gedichtzeile: »Schöpfe Kraft und Gewicht aus dem Scheinwerferlicht.«

Soldaten marschieren Richtung Osten und geraten immer tiefer in eine Gegend, die von jeher kriegsfeindlich war. Knicks sind Panzersperren. Riesenfindlinge, von der Eiszeit hergeschleppt und liegengelassen, sind schwer zu nehmen. Auch der Lehmboden hat was gegen Panzer und Jeeps. Bei Regen versinken alle bis zur Achse im Dreck. Die Soldaten lassen die Fahrzeuge stehen, werfen ihre Ausrüstung weg, gehen leichten Fußes weiter, packen die Badehose aus und baden in der Ostsee.

Andererseits hat die Eiszeit auch kriegsgünstigen Grund geschaffen: Nach Westen hin werden die Hügel immer kleiner, der Boden wird immer ärmer. Hier ist die arme Geest, die Prärie Schleswig-Holsteins.

Hier liegt der kriegsgünstige Grund, wo am 25. Juli 1850, dem Tag des heiligen Jakobus, Dänen und Schleswig-Holsteiner die Schlacht von Idstedt schlugen. Um sechs Uhr morgens überquerte die dritte schleswig-holsteinische Brigade den Güldenholmer See an der Enge von Güldenholm über eine Laufbrücke und bezwang die zweite dänische Brigade.

Im Gasthaus Nobiskrug wurden Unverletzte mit Bratkartoffeln, Verletzte mit Alkohol versorgt. Während die Verletzten in einen schmerzlosen Schlummer übertraten und die Unverletzten mit vollem Magen wieder in die Schlacht tobten, tranken die reichen Bauern im Osten Kaffee, statt sich am Krieg zu beteiligen. Ergebnis: Niederlage der Schleswig-Holsteiner.

Vierzehn Jahre später marschierten die Preußen hier oben ein. Sie schlugen die Dänen, und Schleswig-Holstein wurde eine preußische Provinz. Die Preußen nahmen die Sand-, Heide-, Birken- und Moorlandschaft gleich neben dem siebenhundert Hektar großen Staatsforst in Staatsbesitz und planten für die Zukunft. In den zwanziger und dreißiger Jahren diente das Gelände der Garnison Solsbüll als Übungsgelände; einmal pro Woche rückte die Truppe mit ihren Fahrzeugen nach Lager Solsbüll aus. Tagsüber hörte man das Lob- und Tadelgeschrei der Gruppenführer. Abends schlugen die Soldaten Einmann-

zelte und Mannschaftszelte auf. Am Lagerfeuer sangen sie »Wildgänse rauschen durch die Nacht«.
Der Nobiskrug profitierte davon. Er hatte schlechte Zeiten und gute Zeiten erlebt. Sehr gute, als die Luftwaffe beschloß: Wir bauen einen Flugplatz. Planung und Vermessung waren längst erfolgt. Lager Solsbüll brach nicht in einhellige Begeisterung aus, weswegen von sehr guten Zeiten nur bedingt die Rede sein kann. Die Gefühle waren gemischt. Einerseits freute man sich auf Trubel und blühende Geschäfte, andererseits fürchtete man Luftangriffe.
Im September 1939 begannen die Arbeiten. Große Baufirmen wie Richard Schulz/Berlin und Strabag/Berlin brachten zusätzliche Arbeiter nach Lager Solsbüll. Noch nie war hier so viel Betrieb gewesen.
Wo ehemals Heide- und Knabenkraut, Spitzwegerich und Hungerblume wuchsen, bedeckte nun ein Dreieck aus drei elfhundert Meter langen Startbahnen den kriegsgünstigen Grund, ein Gleis verband den Flugplatz mit dem Netz der Reichsbahn. Munitionsbunker, Unterkünfte, Kantinen, Werften und das Schmuckstück Offizierskasino standen binnen kürzester Zeit. Am 15. Juli 1940 feierten die Männer vom Bau im Nobiskrug Richtfest mit Freibier und Blasmusik. Am 16. Juli berichtete der *Solsbüller Bote* vom »Richtfest eines großen Bauvorhabens«. Am 15. August 1940, elf Monate nach dem ersten Spatenstich, landeten die ersten Flugzeuge.

Die Beste Stube war tabu; da sollte morgen der Sarg hinein. Im Kinderzimmer ließen Tante Lotte und Roswitha sich in den Arm nehmen; sie weinten. Komisch genug, auch Roswitha sagte »Tante Lotte« zu ihrer Mutter. Roswitha hustete, dann mußte sie lachen und Gustav eine Backpfeife hauen. Dann weinte sie wieder, während Tante Lotte zu lachen anfing, um anschließend zu weinen und zu husten. Gret hatte blaue Lippen und rote Augen. Sie weinte, wenn sie allein war; in Gegenwart anderer weinte sie inwendig.

ANNE *vom Himmel herab:* Daß es so schnell gehen würde, hätte ich nicht gedacht. Das sagt auch Jakob Sprenger, der sitzt neben mir.
Vor vierzehn Tagen hatte der Schlaganfall Hannes Hansen getroffen; er war auf Güldenholm gewesen, um mit Dr. Otto von Meggersee Saateinkauf und Frühjahrsbestellung zu besprechen. Die beiden standen vor der Haustür im schönsten Novemberwetter, die Sternastern vernaschten den ganzen Himmel mit ihrem Blau, aus dem See stieg Novembernebel, als den Gutsverwalter Hansen ein Unwohlsein befiel. Da lag er schon, konnte nicht mehr sprechen, sprach doch irgendwas und hatte bestimmt fünfhundert Blutdruck; »seiner war sowieso immer viel zu hoch«, hatte Gustav Hasse gedacht, als er Hannes Hansen, zusammen mit Gret, im Krankenhaus besuchte.
Hannes Hansen hatte seinen Gustav erkannt und unverständlich zu brabbeln begonnen. Seinen Tränen ließ er freien Lauf. Während Gret wie üblich ohne auskam und die Tränen ihres Dauerverehrers mit einem Taschentuch abwischte, hatte es Gustav wie Übelkeit befallen, seine Seele lief aus, und was da lief, kann man sich ja denken. »Ich kann nicht«, preßte er hervor. Ohne Grets Antwort abzuwarten, stürzte er hinaus. Er vergaß nicht, die Tür leise zu schließen und seine Hände vors Gesicht zu nehmen, ehe er vor seines so gut wie Vaters Sterbezimmer den Traum weinte, den er noch in seiner Sterbestunde schluchzen sollte.
»Gegen den Tod bist du machtlos«, redete Hasse. »Du kannst dem Tod nicht deinen Willen aufzwingen.« Damit umkreiste er nun den offenen Sarg, in dem der Tote mit geschlossenen Augen lag: Mund eingefallen, Bart nach Herzstillstand zwo Millimeter gewachsen, blaßblaue Totenhaut unter den grauen Stoppeln, Hände klein, Fingernägel blau, Finger schmal und ineinandergelegt. Herrgott noch mal zu: Das tote Gesicht hatte Züge, die fremd waren! Zeugnisse der inneren Stimme? Aus dem maskenhaften toten Gesicht sprach also die Stimme weiter?
Die Blumen! Keine Totenblumen! Auch keine, um den Duft-

pegel im Totenzimmer auf Niveau zu halten – da hätte Gret ja gleich eine Flasche 4711 versprühen können –, sondern: Blumen, um dem Tod die Zähne zu zeigen. Das haben schon die Neandertaler gewußt, die ihren Toten Blumen mit auf den Weg gegeben haben.

In Gedanken an Hannes Hansen konnte Hasse seine kleine Totenrede halten: »Ja, Hannes, wenn man deinen Tod noch hätte hinausschieben können, dann hätte ich dir heute Rede und Antwort stehen können, um dir zu sagen, daß du bestimmt in den Himmel kommst. Ach hätte ich dich doch schon zu Lebzeiten gelobt; denn heute hörst du es nicht mehr; aber wissen wirst du trotzdem alles.«

Hasse bedachte – lang, lang ist's her – Hannes Hansens Verdienste nach der Kindertanzstunde, die er, Gustav, eines Tages so plötzlich abgebrochen hatte: Er stand im Kreis der dreißig Kinder, ließ die Befehle der sehnig gewachsenen Tanzlehrerin in seine Ohren herein, um ihnen zu gehorchen. Damals lief seine Seele ähnlich aus wie vor dem Sterbezimmer im Krankenhaus. Nur: damals war es kein gewaltiger Tränenstrom, sondern ein nicht anzuhaltender Urinstrahl entströmte der Blase, näßte und befleckte die Hose, lief warm und kalt übers Knie, lief über Kniestrümpfe und Schuhe, bildete auf dem Parkettboden einen großen See. Es war totenstill. Tanzlehrerin und Tanzschulkinder beäugten Gustav wie einen Sterbenden.

Gret und Hannes halfen ihm ins Leben zurück. »Er soll nicht mehr in die Tanzstunde«, sagte Gret. »Ich nehme ihn jetzt immer im Auto mit«, sagte Hannes, der fand, dieser Vorfall gehöre mehr belohnt als bestraft. Ihm verdankte Gustav lange Autoreisen durch das meerumschlungene Schleswig-Holstein. Auf der Landwirtschaftsmesse in Rendsburg bewunderte er Mähdrescher, Melkmaschinen und Traktoren, während oben tausend Meter Güterzug über die Hochbrücke donnerten; er fuhr Tretboot auf den Grachten von Friedrichstadt; er stieg über die Trümmer der alten Torpedoversuchsanstalt in Eckernförde und roch Beton und Draht aus den sonnenbeschienenen klei-

nen und großen Betonbrocken heraus. Hannes Hansen ließ ihn vom Beifahrersitz das Lenkrad drehen, das Gaspedal treten und die Gangschaltung bedienen. »Ihm verdanke ich mein Interesse für Wissenschaft, Technik, Autos, Flugzeuge, Fliegen und Verkehr«, pflegte Hasse im Kameradenkreis zu sagen.
In Gottes Namen: Er, Gustav Hasse, wollte verdammt noch mal nicht das Totenzimmer verlassen, ohne gesagt zu haben: »Zu mir bist du immer wie ein richtiger Vater gewesen.« Und man sah es ja: Das Totengesicht strahlte etwas aus, was auch des lebendigen Gustav Hasse Gesicht ausstrahlte. Einzigartig Gustavs kleine Ohren: Die waren – Verwandtschaft hin, Verwandtschaft her – den Ohren des Toten gespuckt ähnlich.

Boheme

Drei Wochen vor Weihnachten 1963 stand amtlich fest: Heiligabend Wachdienst für Hasse und Siemsen. Vergatterung: 11.30 Uhr. Erster Rondengang: 18.00 bis 20.00 Uhr.
»Hiermit bitte ich um Erlaubnis, mich im Rahmen der Wachvorbereitung auf die heilige Wachnacht vorbereiten zu dürfen«, sprach Hasse ins Dezemberwetter, das bis zur stillen Nachtvergatterung weder Fisch noch Fleisch werden wollte.
STIMME: Dienst für den Dienstherrn, der dich besoldet, bekleidet, verpflegt. Ich bin die Bundesrepublik Deutschland mit der Fürsorgepranke; ich kann ja wohl ein Billiges verlangen: Diene treu; ergo sollst du bei der Vergatterung still stehen, zuhören und nicht einschlafen.
Das Putzlumpengeschwader hatte im Wachlokal Staub gewedelt, ausgefegt und naß ausgewischt. Es blickten herunter aus lebensgroßen Schwarzweißfotos: der Bundespräsident, der Verteidigungsminister, der Divisionskommandeur und der Kommandeur des Fluganwärterregiments Oberstleutnant v. Kümmernitz. Unten: der wohlgeordnete Schreibtisch des Wachvor-

gesetzten, das dicke Wachbuch mit Kugelschreiberschrift und durchgedrückten Buchstaben und Zahlen: Namen, Uhrzeiten, Besondere Vorkommnisse, Bemerkungen. Oh, wie klang schon das Echo des »Befehl ausgeführt«, das, von Hasse gehorsamlich erstattet, alle Vorgesetzten aus einem Mund hervorsangen.
ECHO: Sehr gut gemacht, Hasse.
Nebenan der Schlafraum: frische, nach Bundeswehr-Heißmangel duftende Bundeswehr-Bettwäsche auf doppelstöckigen Bundeswehr-Stahlbetten. Herrgott noch mal zu, waren die Laken und Bezüge gebügelt! Einmal mit der Hand drüber, und die rauhe Soldatenhaut war glattgezaubert. Die Kante auf Kante zusammengelegten Extrawolldecken mit der Aufschrift »Bundeswehr« am Fußende der Betten, damit der Wachsoldat nicht friere; die blankgeputzten Knobelbecher mit extra verstärkter Vorder- und Hinterkappe und Eisen an der Ledersohle. Stühle aus gebogenem Metallrohr am Tisch. Der Tisch mit grüner Resopalplatte, die Stühle mit grüner Lehne und grünem Sitz aus Sperrholz. Da glänzte Butterbrotpapier mit eingewickelter Verpflegung.
STIMME: Wein, Bier, Schnaps sind während des Wachdienstes streng verboten. Wer erwischt wird, kommt in den Bau.
Heiligabendlich zurückgelehnt, beidhändig die schwere Bundeswehrtasse umfassend, seinen Hagebuttentee schlürfend, Blick in brennende Kerzen aus echtem Bienenwachs, Blick in silberschimmerndes Lametta, sog der Wachsoldat Hasse leise Bienenwachsduft ins Nasengemüt und zusätzliche Wärme in den Wachsanzug.
Siemsen sah den Wachdienst von seiner Warte als Jungimker, der bei Mutter Käthe Königin von klein auf in die Bienenschule gegangen war. »Die Bienen halten Wachdienst am Flugloch, um ihren Staat zu schützen, da kann ich ja wohl auch Wachdienst schieben, um meinen Staat zu schützen. Denn: Wie der Staat ein stehendes Heer von Bienen haben muß, damit Blumenbefruchtung und reichlich Ernte stattfindet, braucht er auch ein stehendes Heer Soldaten aus allgemein bekanntem

Grunde.« Irgendwann sei ja der Wachdienst vorbei; danach beginne wieder der sonnige Abschnitt Flugdienst. Wie bei Bienen üblich, nahm Siemsen den befohlenen Weihnachtswachauftrag frag- und klaglos an.
Gerne hätte Hasse alles so selbstverständlich ausgehalten wie Siemsen; wie ein Mann, der seine Ohren aufzusperren gelernt hat und, ohne zu leiden, gehorsam sein kann. Hasse litt; er sagte nichts; was er vom Heiligabend-Wachlokal sah, wurde mit jedem Tag, der Heiligabend ein Stück näherkam, immer unansehnlicher.
Hingen da überhaupt Fotos vom Kommandeur an aufwärts an der Wand? Waren das nicht einfach nur irgendwelche Gesichter? War das Wachbuch nicht voller Eselsohren und Fettflekken? War die angeblich reine weiße Wand im Schlafraum nicht übersät mit schwarzen Streifen, die Soldaten mit ihren Knobel bechern hingeschmiert hatten? War nicht übler Kameradengeruch in den Wolldecken? Hasses Nase konnte sich nicht täuschen: Die Bettwäsche roch ichweißnichtwie; etwas anderes roch er beim besten Willen nicht heraus. Dann die entscheidende Weihnachtsfrage: Gab es überhaupt einen Tannenbaum? Hasse schluckte zusammenfassend und legte zwei vom Dienstherrn gelieferte große, graue Taschentücher in den Rucksack.
Trost spendete ein Sieg: Das bundesdeutsche Eishockey-Team hatte gegen die Mannschaft der DDR in Ostberlin vier zu drei gewonnen. »Auch auf dem Felde der Ehre wird uns solches mööchlich sein«, sprach Deutscher, und Hasse wußte nicht, wieviel Witz und Wonne sein Kamerad zwei Jahre nach dem Mauerbau da hineinlegte. Hasse wußte in diesen Dezembertagen sowieso nicht viel. Er ließ die Übungsmärsche an sich vorüberziehen, die nach bestandener Piper-Auswahlschulung – der blaue Schlips war seit dem 19. April abgeschnitten – dreimal wöchentlich befohlen waren.
Allein in der Piper. Wie war das noch mal gewesen? Hauptfeldwebel Hönig, v. Kümmernitzens bester Fluglehrer, drehte mit Hasse ein paar Platzrunden in der wäßrigen Luft. Hasse

mochte diese Luft. Sie war voller Frühlingsversprechen. Es muß an der Luft gelegen haben, daß Hasse seinem Fluglehrer fünf einwandfreie Landungen ins Gras setzte. Nach der letzten sagte Hönig: »Ich steige aus, Hasse. Nun man los, Sie können das.«

Und dann kam das befreiende Gefühl? Allein und dem Geschwätz der Erde enthoben? Ganz falsch: Hasses Herz verbrauchte mehr Blut, saugte mehr an und pumpte mehr ab. Das konnte Flugschüler Hasse trotz Lycoming-Motor hören. Fühlen konnte er es sowieso.

STIMME: Angst?

Ach du liebe Zeit. Die Haut kribbelte, darunter hoben und senkten sich die Gezeiten des Körpers. Tiefe Grundseen aus dem fernen Osten, die den Körper durchliefen und immer wiederkamen.

HÖNIG: Tiefer hängen, Hasse.

HASSE: Jawohl, Herr Hauptfeldwebel.

Die Rechte umfaßte den Steuerknüppel fester, die Linke preßte den Gashebel aus wie eine schon ausgepreßte Zitrone und schob die Zitrone nach vorne. Hatte Hasse überhaupt die Flagge beachtet? Hatte er gleich zu Anfang schon etwas übersehen? Egal. Er nahm die Füße von den Pedalen, preschte los und hopste übers Gras.

Wie hieß noch mal dieser komische Propellereffekt, der mit dem Seitenruder weggetreten werden mußte! Herrgott noch mal zu!

STIMME: Ich glaube *Torf-Effekt*, und ordentlich in die Pedale treten, Mann.

Nun lief der Vogel geradeaus. Die Piper stellte ihren Schwanz hoch wie eine böse Katze und hopste so lange auf zwei Rädern, bis das Hopsen vorbei war. Es war laut. Es roch nach Piper-Cockpit. Hasse reckte den Hals und schob sein Kinn vor wie vor dem Spiegel beim Schlipsbinden. Eine Platzrunde dauerte fünf Minuten. Jede Platzrunde verlangte eine Landung, die Hönig unten am Aufsetzpunkt begutachtete.

STIMME: Vor der Landung die Vergaserheizung nicht vergessen. Wo ist die Flagge?
Hasse sah keine Flagge. »Rein mit dir, du verdammte Vergaserheizung.« Alles war so verdammt klein da unten. Irgendwo würde schon die Flagge sein. Irgendwer würde sie schon halten und grünes Licht für die Landung geben. Er mußte auf Höhe und auf Geschwindigkeit achten. Er mußte nach links und rechts sehen, damit beide Flügelspitzen denselben Abstand zum Horizont hatten.
STIMME: Sonst würdest du nämlich 'ne Kurve fliegen, Hasse.
Er mußte auf Vordermann und Hintermann achten. Heute sollte nicht nur Hasse *solo gehen.* Auch Deutscher und Siemsen befanden sich *solo* in der Luft.
STIMME: Wie schon gesagt: auf Vorder- und Hintermann achten.
HASSE: Ja, wo sind denn die Arschlöcher.
Die Zeit war, als wenn gar keine Zeit vorhanden wäre. Die Zeit war ein einziger Klumpen, aus dem die Piper einen unendlich langen Faden zog. Wie das dauerte! Als Hasse den Gashebel auf Leerlauf zurücknahm, ging es noch langsamer als unendlich langsam. Das Flugzeug schaukelte, Hasse flog seine Maschine dem Erdboden entgegen.
STIMME: Doch nicht so unendlich langsam. Viel schneller, als ich dachte.
Schon galt es, die Nase hochzunehmen, höher, noch höher, nicht allzuhoch, damit die Fahrt nicht ausging. Bloß nicht aus vier Metern Höhe runterplumpsen, bloß nicht das Ding in den Erdboden rammen. Dann saß die Piper auf ihren drei Rädern. Hasse gab wieder Gas, trat wieder ins richtige Seitenruder und drehte zwei weitere Runden. Nach der dritten Landung waren fünfzehn Minuten um. Er rollte zum Abstellplatz. Hönig stand da und wartete, bis Flugschüler Hasse ordnungsgemäß die vorgeschriebenen Handgriffe mit der Checkliste abgewickelt hatte. Hasse stieg aus, ging auf seinen Lehrer zu, baute sich vor ihm auf und grüßte mit der flachen Hand am Schiffchen: »Fahnen-

junker Hasse vom ersten Solo zurück.« Dann gab der Fluglehrer dem Flugschüler die Hand, und beide sahen sich an wie von Mann zu Mann. »Wer sagt's denn, Hasse.« Hönig nahm sein Taschenmesser und schnitt Hasses Schlips ab.
Ein Augenblick der Rührung? Die hatte Hasse in den letzten fünfzehn Minuten rausgeschwitzt. Geblieben war nichts als Freude über einen sauberen Sieg, an den man mit leisen Zweifeln ganz fest geglaubt hatte.
Alles schon vergessen?
STIMME: So etwas vergißt man nicht.
Irgendwie vergaß Hasse es doch. Ein Ausbildungsabschnitt war geschafft. Der nächste lag bereit und mußte ebenfalls geschafft werden. Der übernächste lag noch nicht bereit; er würde erst in einigen Monaten aus weiter Ferne winken, aus Texas und Arizona. Es galt, so v. Kümmernitz im Kasino beim Freibier nach Siemsens, Deutschers und Hasses erstem Solo, die nächsten Monate militärisch sinnvoll totzuschlagen, meine Herren.
STIMME: Ach, um eurer Jugend Schwingen.
So klang tief in v. Kümmernitz der reißende Strom des Lebens, aus dem heraus er das folgende mit einem Glas Bier in der Hand sagte: »Wir sind in einem gewaltigen Auf- und Umbruch. Ein neues, titanisches Zeitalter zieht herauf. Ihre Jugend und der Titanvogel Starfighter – das paßt, meine Herren Titanvogelkinder. Ich werde es nicht mehr erleben. Ihnen aber winkt es.«
BÜCHMANN: Auch mir winkt es, Herr Oberstleutnant.
V. KÜMMERNITZ: Seien Sie still, Büchmann. Ich muß mit Jever vorliebnehmen. Aber eines ist klar: Zum alten Eisen gehöre ich noch lange nicht. Ich werde noch kräftig mitmischen, gilt es doch, mancher Verkehrtheit, vor der uns der liebe Gott bewahren möge, den Hals zu brechen.
BÜCHMANN: In Amerika sehen wir uns wieder, meine Herren.
Major Büchmann, der wegen seiner humanistischen Bildung von den Offizieren »Das Geflügelte Wort« genannt wurde, hat-

te gerade seine Versetzung nach Luke Air Force Base *mündlich voraus* in Erfahrung gebracht.
Für Zürndorfer, Hasse & Co. brach eine monatelange Durststrecke an: Warten auf die Versetzung nach Amerika. Warten zum Beispiel mit der Englischlehrerin Peggy Polka, die ihnen während der Wintermonate im überheizten Lehrsaalgebäude schon das Nato- und Morse-Alphabet beigebracht hatte. Die gab nun einen Fortgeschrittenen-Kurs: »Erdöl-Bohrturm = Oil derrick«. Es roch nach Erdöl, Oil und Bohnerwachs. Der Morse-Saal war mit Flugzeuginstrumenten vollgestopft. Die Instrumente rochen nach Weltkrieg zwo. Aus dem großen Fenster sah Hasse mit gerümpfter Nase auf die Neuen herab; die übten fleißig mit vorgestrecktem Kinn und mit Fluglehreraugen im Nacken; die waren noch nicht *solo*. Nebenbei stellte sich gemäß Morse-Alphabet folgendes heraus: »P = di-da-da-dit = die Polka pißt. F = di-di-da-dit = ficke du sie. L = di-da-dit-dit = ich liebe dich.«
Einmal in der Woche schlug Oberleutnant Zürndorfer mit *seinen Hanseln* die Zeit militärisch sinnvoll in Wald und Heide tot. »Dienst an Volk und Vaterland«, sagte Zürndorfer, der aus seinem schönen Männergesicht verschmitzt lächelte und damit die ihm anvertraute Gruppe auf seiner Seite hatte.

Die Natur marschierte vorbei. Der Frühling hatte Hand angelegt und frisches Grün herausbefohlen. Es grüßten die von Gott geschöpften Hügel. Es grüßte die Steinsäule, die an die göttliche Tat erinnerte. Es grüßte der Sommer mit Blüten- und Kieferndufṫ, mit Bienengesumm und Honig. Der Herbst grüßte mit fallenden Blättern, Nebel und Herbstsonaten. Der vor der Tür stehende Winter grüßte mit Regentropfenpräludien.
Der Nobiskrug, auf der fünfzigtausender Karte mit Rotstift eingekreist, tat ebenfalls Dienst an Volk und Vaterland: Wirt Bohne Bonsen heizte tüchtig ein, legte einen gehörigen Vorrat Bratkartoffeln, Spiegeleier, Speck und saure Gurken an und wartete mit der Hand am Zapfhahn auf Kundschaft.

Peter Bezug betrat mit den drei Heizern die Gaststube und sagte: »Zigarettenpause, man kann ja die Hand vor Augen nicht sehen.« Er kam mit seinem Anhang vom alten Lager, wo er im Namen von Raiffeisen einen Blick auf die alten Baracken geworfen hatte. Die Firma brauchte mehr Lagerplatz.

Das war, achtzehn Jahre nachdem die englischen Befreier ausgerufen hatten: »Warum, warum? Warum?« Und: »Mein Gott, die Toten laufen ja!« Und die laufenden Toten hatten geantwortet: »Wir sind nicht tot, aber bald werden wir es sein.«

PETER BEZUG: Im Lagerleben kenne ich mich aus.

HEIZER ALPHA: Im Nobiskrug …

HEIZER BRAVO: … ist es warm und trocken …

HEIZER CHARLY: … und gemütlich.

PETER BEZUG: Wer wie ich zehn Jahre in russischer Kriegsgefangenschaft war, der weiß Bescheid und kann mitreden. Dieses Lager dagegen war harmlos.

Mit der unfertigen Chronik im Kopf, in dem Nebel über der Geschichte lag, schaute er dem Zigarettenrauch nach, den er zu Mund und Nase hinaus über den Stammtisch blies. »Denen da …«, er zeigte mit der brennenden Zigarette nach Norden, wo früher das Lager und ganz früher nichts als Wald und Heide gewesen waren. Er hielt inne, irgendwas hielt ihn ab vom Weitersprechen.

Neben dem neuen Flugplatz, der zehn Jahre nach Peter Bezugs Heimkehr aus russischer Kriegsgefangenschaft aus dem zuvor gesprengten Grund und Boden gestampft worden war, hatte die Bauherrin Bundesrepublik Deutschland das alte Lagergebiet aus Gründen der Pietät der Natur überlassen.

Hier hatte der Oberheizer die Moorknechte noch in den letzten Wochen des Jahres 1944 schikaniert; der Krieg war längst verloren, die Menschen hatten längst die Nase voll und sehnten sich nach Frieden. Mit Durchhalteparolen trieb der Oberheizer jeden Morgen seine ihm von der bösen Herrin anvertrauten und dem Deutschen Reich vermieteten Moorknechte in die Feldmark, wo sie, zusammen mit den Lager-Häftlingen und de-

ren Peinigern aus dem »kleinen KZ Lager Solsbüll, Außenstelle Bergen-Belsen«, gegen die »niemals einbrechen sollende Flut« des Feindes Gräben aushoben und Deiche aufschütteten. Während die Häftlinge mit Hunger und Peitsche in den Tod getrieben wurden, blieben die Moorknechte am Leben, weil Frau von Zago sie schlecht und recht durchfütterte. Seitdem lautet die Sage von den Moorknechten so: Das seien nur mit Menschenhaut überzogene Skelette gewesen.
»Denen da hat doch damals alle Welt alles mögliche zugesteckt«, fuhr Peter Bezug fort. »Es hat Leute gegeben, die nach ihrer sogenannten Befreiung, man stelle sich das mal vor, nackt durchs Lager gelaufen sind, weil sie keine nagelneuen Wehrmachtsklamotten tragen wollten. Wo ist denn da die Pietät geblieben, das fragt man sich. Reinste Laboheme, wenn ihr wißt, was ich meine.«
Er drückte seine Zigarette im Aschenbecher aus und sagte mit Rauch in der Stimme: »Ich rechne es mir hoch an, daß ich ein Ohr für die Stimmung in der Bevölkerung habe. Ich bin für den Vergleich, sage ich immer. Hätte man uns in Rußland solche Klamotten gegeben, wir hätten sie mit Kußhand genommen.«
HEIZER ALPHA: Das war noch Stoff.
HEIZER BRAVO: Der Gestank im Lager.
HEIZER CHARLY: Knoblauch.
Die drei Heizer, ehemalige brave Wehrmachtssoldaten, ordentlich entlassen von den Engländern im Sommer 45 nach sechs Wochen Kriegsgefangenschaft in einem offenen Camp auf Eiderstedt, waren nicht die Saubersten; sie sprachen nur so. Ein Blick genügte: der beim Pinkeln im Stehen bepinkelte Hosenstall; der Dreck, den man hinten vermuten mußte; die gelben Raucherfinger.
»Sogar ein Theater hatten die im Lager. Auch das hab ich in meinen Dokumenten. Lager Solsbüll gleich nach dem Krieg«, sagte er.
STIMME: Peter Bezug, du verwechselst Lager Solsbüll mit Bergen-Belsen.

PETER BEZUG: Niemals! Ich hab dafür Beweise. Ihr werdet es lesen, schwarz auf weiß. Auf Beweise darf ich als Historiker nie verzichten. Wartet, bis meine Chronik fertig ist, dann stehe auch ich in der Zeitung. Selbstverständlich dürfen wir nicht Lager Solsbüll mit Bergen-Belsen verwechseln. Unser kleines Lager schlägt ja kaum zu Buche mit seinen bummelig sechs Wochen und dreihundert Toten.

Bis Mai 46 unterschieden die Engländer nicht zwischen Juden und Nichtjuden, sondern nur zwischen Staatsangehörigkeiten. Juden sollten unter keinen Umständen bevorzugt behandelt werden und, im Gegensatz zur Gepflogenheit in der amerikanischen Besatzungszone, nicht als besondere Gruppe anerkannt sein. »Wir beabsichtigen nicht, die NS-Ideologie, Juden seien Teil einer eigenen Rasse, zu übernehmen. Wie alle anderen Religionsgemeinschaften sollen Juden ihrer Nationalität entsprechend und nicht als Angehörige einer Rasse oder Religion behandelt werden. Jegliche Art von rassischer oder religiöser Trennung erzeugt nur antijüdische Gefühle und könnte weitreichende Folgen haben.« So klang es aus dem Büro des britischen Stabschefs.

Deutsche Juden, die mit knapper Not der Vernichtung entkommen waren, lebten nun im Lager neben Deutschen, die in den Vernichtungslagern nach bestem Wissen und Gewissen die Vernichtungsarbeit geleistet hatten. Hierzu äußerte sich Peter Bezug am Stammtisch folgendermaßen: »Ich möchte mal sagen, das soll man nicht auf die Waagschale legen, das sind zwei völlig – ich sage ›völlig‹ – verschiedene Paar Stiefel.«

Im Dezember marschierten Hasse, Deutscher, Siemsen unter Zugführer Oberleutnant Zürndorfer immer noch seltsam im Nebel, Marschziel Nobiskrug, wo das Feuer im Kachelofen bullerte. »Wir bauen an«, rief Peter Bezug, ließ einen Tisch bringen und bat die Kampfflieger in spe an den vergrößerten Stammtisch. Zürndorfer führte zur Unterhaltung der Gäste sein phänomenales Gedächtnis vor.

DEUTSCHER *ruft in die Gaststube*: Wer saacht mal ein ellen-ellenlanges Wort? Zürndorfer weiß sofort, wie viele Buchstaben drinne sind. Man nich so schweichsam, Leute.
BOHNE: Donaudampfschiffahrtskapitän.
ZÜRNDORFER *wie aus der Pistole geschossen*: Achtundzwanzig.
BOHNE: Das kann Regina auch! Das hat sie schon immer gekonnt! Wer sagt noch ein langes Wort?
HASSE: Siebenundsiebzigtausendfünfhundertzweiundzwanzig.
REGINA *wie aus der Pistole geschossen*: Achtundvierzig.
ZÜRNDORFER *wie aus der Pistole geschossen*: Stimmt.
DEUTSCHER: Das kann doch kein Zufall sein. Das ist doch viel interessanter als die Politik mit ihrem tachteechlichen Gehampel. Letzter Versuch.
SIEMSEN: Landbienenzuchttechniker.
REGINA UND ZÜRNDORFER *aus einem Munde*: Vierundzwanzig.
PETER BEZUG: Gewaltig.
Wirtin Regina, mit ihren dreiundvierzig Jahren immer noch der Lockenkopf von früher, schlank und mit kleinen Brüsten hinter der Theke, hatte von nun an einen Narren an Zürndorfer gefressen: »Den mag ich leiden. So einen hätte ich als Sohn haben mögen«, sagte sie mit Blick auf Peter Bezug in die Stammtischrunde, als sie ihrem Wunschkind die bestellten Bratkartoffeln mit Spiegeleiern und Speck servierte und dafür das Zürndorfer-Lächeln erntete, das alle so mochten.
PETER BEZUG: Gewaltig ist gar kein Ausdruck. Noch 'ne Runde.
HEIZER ALPHA: Die war ...
HEIZER BRAVO: ... jetzt aber ...
HEIZER CHARLY: ... wirklich fällig.

Nebel lag seit Tagen dick in der Luft, drückte die Bäume im Kasernenwald bis zu den Kronen in den Grund, daß vom Wald nichts mehr zu sehen war, drückte die Kasernendächer; freilich: Die standen treu und fest auf sicherem Fundament. Irgendeiner

drückte mit leichter Hand den Nebel aus wie einen Schwamm, »daß die Aircrafteln rumstehen wie ich begossener Pudel«, sagte Deutscher.
Zürndorfer lachte nicht über den Deutscher-Witz mit dem einstudierten Bayrisch aus Bayreuth, wo Deutscher als Schüler seine Sommerferien Jahr für Jahr bei Onkel und Tante verbracht hatte. Zürndorfer kam von jenseits der Zonengrenze, hatte den Zungenschlag aus Kaisersaschern an der Saale.
»Ich hab gehört, daß du Weihnachten gern nach Hause möchtest, Hasse«, sagte er. »Dienst geht selbstverständlich vor«, log der tapfere Fahnenjunker, den Siemsen wegen seiner guten Marschleistungen »gehöriger Schleicher« genannt hatte. »Ich will mal sehen, ob ich den Kommandeur überreden kann«, sagte Zürndorfer. »Deine Marschleistungen können sich wirklich sehen lassen. Am Ende hast du ja die Kneipe blind gefunden.«
Hasse wartete drei Tage. Dreimal lief ihm Zürndorfer im Fliegerhorst über den Weg. Der ging mit Bitte-nicht-betreten-Gesicht grußlos an ihm vorbei. Zürndorfer war nicht zum Kommandeur gegangen, um ein gutes Wort einzulegen. »Mutter gestorben«, so lautete das Telegramm, das Zürndorfer in der Regimentspoststelle abgeholt hatte.
Da ließ Zürndorfer einen Teil der Erinnerungen Revue passieren und folgendes mitteilen: »Meine Mutter wohnte in einer stillen Lage von Kaisersaschern, abseits der Geschäftsgegend in der Grieskrämerzeile, deren Grieskrämereien in der Stadtgeschichte entgegen anderer Darstellung eine wesentliche Rolle spielten. Eine winklige Gasse mit Trottoir, nahe der Kirche, in der sich das Domizil Zürndorfer als das stattlichste hervortat; ein Bürgerhaus aus dem sechzehnten Jahrhundert, das dringend der Renovierung bedurfte. Es gab das Flüßchen Saale mit seinem hellen Strande.«
»Ich kann an der Beerdigung meiner Mutter nicht teilnehmen«, sagte Zürndorfer zu Hasse mit offenem Gesicht, in dem sich das geteilte Deutschland kraft Zürndorfers großer Nase sinnfällig ausdrückte. »Die Bundesrepublik Deutschland gestattet im

Rahmen der Fürsorge keine Ausreise. Die DDR läßt mich sowieso nicht rein.«
Nach dem Polytechnikum in Kaisersaschern hatte Zürndorfer in Leipzig Jura und Journalistik zu studieren begonnen. 1956, während der Ungarn-Krise, war er in Auerbachs Keller wegen *Boykott-Hetze* unangenehm aufgefallen, wurde festgenommen und zu fünf Jahren in der Jugendstrafanstalt Kaisersaschern verurteilt. Dort, in den umgerüsteten Mauern von ehemals *Lebensborn e. V.*, absolvierte er eine Tischlerlehre. Seine Mutter wohnte nur ein paar Gassen weiter und hatte keine Ahnung. 1958 schob man ihren Sohn über Checkpoint Charly nach West-Berlin ab; noch im selben Jahr nahm er sein Jurastudium in Göttingen wieder auf. Am 1. Oktober 1959 trat er als *abgebrochener* Jurist in Fürstenfeldbruck in die Luftwaffe ein; setzte jedoch sein Studium auf Anraten und Kosten des Dienstherrn fort und schloß 1961 weit über dem Durchschnitt ab. Entschied sich danach *gegen den Juristen Zürndorfer* und ergriff die Fliegerlaufbahn; 1963 erschien er im Fluganwärterregiment.
»Sie haben ja nicht wenig durchgemacht. Mein Beileid, Herr Oberleutnant«, so meldete sich der Oberheizer bei Zürndorfer. Er habe gehört, daß Zürndorfer sein Studium der Jurisprudenz und nun hier die fliegerische Auswahlschulung mit außerordentlich guten Ergebnissen abgeschlossen habe. »Ich prophezeie Ihnen die ganz große Karriere.«
»Mit Prophezeiungen soll man vorsichtig sein.«
»Ich kann Ihnen das schriftlich geben.«
»Ihr Wort in Gottes Ohr.«

»Ich rechne wieder mit einem strengen Winter, mit so einem wie im letzten Jahr, als ich über die zugefrorene Flensburger Förde gewandert bin, von Wassersleben bis zur Marineschule«, schwindelte Hasse. Niemand konnte damals die Förde von Ufer zu Ufer überschreiten, weil eine Fahrrinne für die Marine freigehalten worden war. Hasse telefonierte mit Gret und Roswitha. Die Wetterlage sei auch der Grund, warum er Weihnachten

wahrscheinlich nicht nach Hause kommen könne. Er wolle allerdings beim Kommandeur vorstellig werden, gegebenenfalls »die Sau rauslassen« und sagen: Der Dienstherr könne ja wohl nicht eine nur aus »Weibern« zusammengesetzte Familie ohne männlichen, sprich: soldatischen Schutz lassen. »Was nicht ist, das ist nicht«, damit glättete Gret die Wogen. »Ja, stimmt. Aber ihr könnt doch Zürndorfer über die Feiertage einladen; seine Mutter ist zufällig auch gestorben.«
»Dein Vater ist gestorben, nicht ich«, sagte Gret. »Wie dem auch sei, hier in der Telefonzelle sind meine Münzen gleich alle«, sagte Hasse und hatte schon im Kopf, welchen Schritt er als nächsten tun mußte: »... will ich doch nichts unversucht lassen, der Spieß soll mir einen Termin beim Kommandeur rauswirtschaften.«
Hasse wußte genau, wannwiewo man Vorgesetzte an empfindlicher Stelle erwischt: beim Imbiß.
STIMME: Am besten genau in dem Augenblick, wenn v. Kümmernitz in sein Käsebrötchen beißt.
Brötchen und Bildzeitung besorgte ihm der Spieß jeden Morgen in der Kantine.
Um Viertel vor zehn, exakte Mitte der dreißigminütigen Nato-Frühstückspause, betrat Hasse nach kurzem energischen Anklopfen und ohne »Herein« abzuwarten, das Vorzimmer. Die gepolsterte Kommandeurszimmertür stand offen. Spieß und Sekretärin waren wie üblich ausgeflogen, um in der Kantine an ihrem Stammplatz zu turteln und Kaffee zu trinken. Hasses Rechnung ging auf: Der Kommandeur biß gerade ins Käsebrötchen, als sein Fahnenjunker in diesem Augenblick der Scham im Türrahmen stand. Er erhob sich mit dem Nato-Frühstück, legte es auf die Bildzeitung, schob die Kaffeetasse beiseite und sagte: »Entschuldigen Sie, lieber Hasse, aber Sie erwischen mich hier gerade beim Frühstück *Numero zwo.*«
Die Rechnung ging doch nicht auf. Hasses Schilderung, die bevorstehende familiäre Situation Weihnachten 1963 betreffend, beeindruckte den Kommandeur nicht. Der faltete die Bildzei-

tung zusammen, warf Hund Rollo das angebissene Käsebrötchen vor, trug seinen Kaffee zum Couchtisch, wo er Fahnenjunker Hasse in seinen »Besucheresel« bat. Hasse nahm im Besuchersessel Platz. Zukünftig möge er doch den Dienstweg einhalten, Spieß, Zugführer et cetera konsultieren, auch möge er nicht mehr so »hereinplatzen«, sondern sich gewisse dienstliche Gepflogenheiten, Stil, Takt, Form und dergleichen, aneignen. So was gehe nicht an. Das sei ja schlimmer als in der Boheme. Habe er das denn nicht auf der Offiziersschule in Neubiberg beigebracht bekommen? »Was Hänschen nicht lernt, lernt Hans nimmermehr. Wo kommen wir denn da hin! Sehen Sie, Fahnenjunker Hasse, nicht daß wir Sie eines Tages Fahnenjunker Taugenichts nennen müssen und dergleichen. Den Dichter kennen Sie doch sicherlich. Was denken Sie denn: Bei mir geht auch nicht immer alles nach Wunsch.«
»Ich weiß, Herr Oberstleutnant«, sagte Hasse mit Kloß im Hals und Wasser in den Augen. Dem Oberstleutnant hatte bekanntlich das Wetter einen Strich durch die Rechnung gemacht, als er mit seinem treuen Begleiter Hönig nach Fürstenfeldbruck fliegen wollte; dieser Ausflug war dem Wetter immer noch anheimgestellt. »Sehen Sie«, sagte v. Kümmernitz, »es ist ja nicht nur die Fürsti-Geschichte: Was meinen Sie, welchen Ärger ich mir nach dem Herrenabend einhandelte, wo Gläser, russische Eier und dergleichen durch die Luft flogen. Der Divisionskommandeur war stinksauer. Es hat mich alle meine Überredungskünste gekostet, die Sache im Divisionsrahmen zu halten. Nicht auszudenken, wenn der Inspekteur davon erfahren hätte.«
Hasse fand nicht heraus, ob die Tränen, die er in seinen Augen fühlte, dem Kommandeur zuliebe oder ihm selbst zuliebe geflossen waren. »Da gibt man sich nun auf den Märschen Mühe, noch und nöcher«, sagte er, mußte husten und hörte, wie Roswitha dem Kommandeur von Solsbüll-Mühle aus ins Gewissen redete: »Und was hat sich der Junge Blasen gelaufen, Herr Oberstleutnant!« V. Kümmernitz war nicht aus Holz und wurde roswithaweich. »Ja, das ist mir gemeldet worden«, sag-

te er. »Kommt selbstverständlich in die Beurteilung. Aber nun mal unter uns: Reißen Sie sich zusammen, Sie sehen ja aus wie nach einem Absturz; als Flieger müssen Sie dergleichen verkraften.«

Damit stand Hasses Wachdienst für Heiligabend fest. Er überbrachte Zürndorfer die Einladung für Heiligabend. Der bedachte Mutter, Kaisersaschern und Saalestrand. In der Hand hielt er einen Brief, der ihm aus Kaisersaschern zugeschickt worden war: »... wer aber deine wahren Eltern sind, lieber Sohn, das weiß ich bis heute nicht. Es mußte uns verheimlicht werden. Ich wollte es auch nie wissen ... Dir lege ich das Tagebuch deines lieben Vaters ans Herz. Zuletzt hat er noch auf seinem Sterbelager geschrieben. Halte dieses Büchlein in Ehren. Deine Mutter.«

Siemsen saß, Luftlinie zweihundert Meter ostwärts, auf einem Stuhl, rechte Hand an einem Besenstiel, den er mit Weckgummi am Stuhlbein festgemacht hatte und wie einen Steuerknüppel hin- und herbewegte; er hielt sich fliegerisch fit. Er flog Kurven mit sechzig Grad Schräglage, zog *zwo g*, das Zweifache der Erdanziehung, also doppeltes Körpergewicht mußte er tragen, und machte das dabei unvermeidliche lange Gesicht. Deutscher, Füße auf der Heizung, Pfeife im Mund, Ohren am Radio, hörte *Tannhäuser* und gedachte der Sommerferien in Bayreuth, wo er sich als Kulissenschieber im Festspielhaus den Feriengroschen verdient hatte. »Leise, Leute, Tannhäuser macht sich auf den Weech«, sprach er seinem Spiegelbild im Fenster zu. Hasse befestigte mit Sicherheitsnadel einen abgerissenen Knopf am Wachanzug, sah Grünes aus Siemsens Besenstiel wachsen, sah duftende Blüten und hörte Siemsens Bienengesumm, dem Lycoming-Motorklang verdammt ähnlich. »Im Winter stecken die Bienen tief in ihrer Überwinterungsarbeit«, sagte Siemsen.

Heiligabend schritt das Wachpaar Siemsen/Hasse den Flugplatzzaun entlang und sicherte gegen Unbefugt. Nordwestwind blies in die Ohren, erkältete das Trommelfell, heulte am Stahlhelm. Wolken jagten über die Peitschenlampen.
STIMME: Typisches Weihnachtswetter.
Siemsen marschierte zielstrebig zum Kohlenkeller. Hasse folgte. Sie stiegen fünfzehn Stufen hinunter und schlossen die Tür mit Schlüssel Nummer eins auf. Hasse drehte den Lichtschalter. Der Lichtschalter klickte; das Licht ging an. Der Raum war bis zur Decke voll mit Koks. Selbst den Kohlenkeller ließ der Dienstherr vom Oberheizer heizen. Der Oberheizer wiederum ließ die Heizarbeit von seinen drei Heizern erledigen. Kohlen von der Halde holen, Kohlen in den Ofen schaufeln: alles Handarbeit.
Hasse und Siemsen stellten Gewehr und Klappspaten an die Wand und nahmen den Stahlhelm ab. Siemsen sah auf die Uhr und nickte. Hasse setzte sich auf die Gartenbank, ein Sommermöbel von der Offizierskasino-Terrasse. Hier unten war es ruhig, warm und schwarz und voller Erinnerung: Der Flug mit der Schneedecke im strengen Winter 47, als das Land eiskalt und untergeschneit war. Wie sie in der herrlichen, sternenübersäten Heiligabendnacht in einem Schneeflugzeug saßen, das, von zwei Schneekristallmotoren getrieben, mit sprühendem Kometen-Schweif langsam und sicher durch den Himmel zog, und wie sie im heiligen Nachtlicht das Land zwischen den Meeren von Lübeck bis Helgoland sehen konnten. Die Menschen standen andächtig still in Solsbüll, Solsbüll-Mühle und Lager Solsbüll wie auf einem dänischen Weihnachtsteller, Augen im übersäten Firmament, und aus einem Munde sprachen sie: »Fröhliche Weihnachten.«
»Das geht diesmal nicht«, sagte Siemsen. »Aber was machen wir bloß?« fragte Hasse.

»Wie gesagt: Bienen stehen im Dezember nicht zur Verfügung.«
»Bienenmotor kommt nicht in Frage?«
»So ist es.«
»Hier riecht es nach Tischlerei.«
»Die ist nebenan.«
Mit Schlüssel *Numero zwo* schlossen sie auf. Hasse drehte am Lichtschalter, die Neonröhren starteten, sprangen an und schafften Licht herbei. Es duftete herüber von der Hobelbank. Hasse nahm eine Handvoll Späne, drückte sie zusammen, es knisterte, er rieb sie zwischen den Handflächen, roch an seinen Händen. »Frisch«, sagte er, »erstklassige Ware.«
Tatsächlich kam die Spänekiste aus der Tischlerei des Fluganwärterregiments im Dezember 63 zu ihrem ersten Einsatz. Hasse und Siemsen trugen das potentielle Luftfahrzeug an die frische Luft und stiegen ein; Siemsen als Verantwortlicher hinten. Der Nordwest blies augenblicklich ins lose Holz – jeden Span muß sich der Laie als kleinen, Auftrieb erzeugenden Tragflügel denken –, Tausende Späne stürzten sich in Schwerarbeit und befreiten mit ihrem stufenlosen Getriebe das Luftfahrzeug von seinem Gewicht. Das fleißige Spänevolk umkreiste die Piloten immer schneller, der Augenblick des Abhebens stand bevor. Siemsen schlug Hasse auf die rechte Schulter, als die Flugzeugnase sich hob; mit Schlag *Numero zwo* auf Hasses linke Schulter hob sich das Heck. Dann war die Kiste in der Luft.
Hasse drückte den Startknopf seiner Fliegeruhr; die grünen Zahlen leuchteten, der grüne Sekundenzeiger sprang von Sekunde zu Sekunde. Pilot Hasse betrachtete das schöne Wort »Uhrzeigersinn«, nahm das Rondenbuch, dem alle Ereignisse peinlich genau einzuverleiben waren, malte einen Tannenbaum mit grünem Kugelschreiber unter *Besondere Vorkommnisse* und trug Namen der Besatzung, Startzeit, Flughöhe und Wetter ein. Er reichte Siemsen das Buch nach hinten, damit der Verantwortliche für das Unternehmen Spänekiste zeichne.
»Oh, dieser wahnsinnig schöne Kurs, wenn es nach Hause geht«, rief Hasse in den Fahrtwind. »Helm ab zum Gebet«, ju-

belte er und schmiß Stahlhelm und Koppel in die Wolken. Siemsen tat es ihm nach und rief mit aufklärender Stimme: »Die Biene kennt kein unnötiges Heimweh, jedenfalls hält sie sich nicht damit auf. Zwotens: Das Gewehr schmeißen wir nicht weg, das können wir nicht bezahlen.«
HASSE: Falls wir bezahlen müssen.
Schön leuchtete das Spänefeuer, das sich durch Reibung selbst entzündet hatte und so viel Energie erzeugte, daß es ausreichend Beleuchtung und Heizung in diesem Luftfahrzeug gab.
Wegen unbekannter Nullgrad-Grenze und damit verbundener Vereisungsgefahr blieb Hasse vorsichtshalber knapp unter den Wolken, die, vom Spänefeuer angestrahlt, wie im Abendrot leuchteten.
Damit die Wachzeit auch mit hinlänglich Flugzeit gefüllt war, schrieb Hasse auf Siemsens Befehl einen Bogen in den Himmel. Auf dem großen Solsbüller Marktplatz hatten sich Menschen versammelt, die – genau so sah es doch von hier oben aus – dem seltsamen Wolkenrot und dem heilig dahinziehenden Himmelsgefährt nachsannen. Was die da unten nicht wußten: Da oben saßen zwei, die ernsthaft arbeiteten, um sich das redliche Weihnachtsbrot zu verdienen.
Hasse hielt Geschwindigkeit, Flughöhe, Kurs, während Siemsen die Berechnungen anstellte. Metergenaue Navigation meisterte er mit einem Instrument, das Siemsen »Bienenwabe« nannte. Das war ein Kompaß aus der Imkerwelt, bestehend aus kreisrunder Bienenwachs-Scheibe mit exakt eingeritzten sechseckigen Waben und Himmelsrichtungen. So ausgerüstet hatten die Wikinger schon die Meere befahren, hatten damit lange vor Kolumbus Amerika entdeckt und auch wieder nach Hause gefunden.
Weitere Flugversuche nach dem strengen Winter 47 hatte die Besatzung Siemsen/Hasse im Herbst 51 durchgeführt. Hasse trug damals einen langen, dunkelblauen Mantel aus bestem englischen Stoff; Siemsen war mit einem ebenso langen Ledermantel bekleidet – milde Gabe aus einem amerikanischen Care-

paket. Damit machten sie sich auf zum Heidberg, der eiszeitlichen ginster- und heidebewachsenen Erhebung zwischen Solsbüll und Solsbüll-Mühle. Damals brannten die Flüchtlinge Kartoffelfeuer ab, um Kartoffeln in der Glut zu garen und die Hände zu wärmen. Kartoffelfeuerduft und Kartoffelfeuerwärme zog in einer Ostströmung zum Heidberg, wo Lilienthals Erben an höchster Stelle mit weit geöffneten Mänteln standen und nach Osten in die Knick- und Hügellandschaft schauten.

Hasse fühlte sich herrlich nackt, Siemsen wie eine Biene auf schwankendem Blatt. Da glitzerte die wie mit einem Lineal in die Landschaft gezogene, jüngst begradigte Solsbüller Au. Da lagen die lieben von Gott abgelegten Hügel. Da schimmerten Silberpappeln in der wunderbar klaren, scharfen Herbstluft.

STIMME: Oh, du wunderbar klare, scharfe Herbstluft.

Damals, vor zwölf Jahren, lag feuerblauer Rauch wie kostbare Seide im Äther. Der Mensch sei bloß Seide und Rauch und verwehe so schnell? Kostbare Seide benötigt wenig Auftrieb: Den jugendlichen Mantelfliegern fehlte jede Angst vor Gegenwart, Vergangenheit und Zukunft. Sie hoben ab.

Was sind zwölf Jahre, wenn Dinge so nahe beieinanderliegen? Da die Besatzung Hasse/Siemsen schon den Himmel erobert und ihr Leben in das uralte Schöpfungsprogramm eingebettet hatte, geschah die Wiederaufnahme des Fluges mit der Spänekiste, ohne daß harte Nüsse geknackt werden mußten. Ach, der liebe Westwind blies so sanft. Die Wolkendecke war dünn und durchsichtig geworden. Hier und da ging der Besatzung ein Sternenlicht auf. Es glänzte Sankt Ursulas vergoldeter Hahn in Solsbüll-Mühle. Siemsen befahl größere Flughöhe, damit Lager Solsbüll mit Grasplatz und Kaserne, dieses großartige Stück Fürsorge, in den Blick kam. Gestatten: Im Gasthaus Nobiskrug schimmerte der lamettabehängte Tannenbaum neben der Theke. Wirtin Regina in weißer Schürze hinter der Theke. Es roch nach Äpfeln und Nüssen. Wirt Bohne mit einem guten Buch am bullernden Kachelofen.

STIMME: Peter Bezug, und wo bist du?

Der ließ sich vom Drehfeuer um den Kontrollturm drehen und schaute den Leuten aufs Maul, um für den Stammtisch besser gerüstet zu sein. Auf Drehfeuer konnte die Luftwaffe auch Heiligabend nicht verzichten. Sonst waren alle nicht benötigten Lampen ausgeschaltet; der Dienstherr wollte seinen Soldaten schönes Weihnachtsdunkel bieten. Nur am Brennpunkt Wache brannte es selbstverständlich hell.
Neben dem siebenhundert Hektar großen Staatsforst lag die Siedlung Lager Solsbüll. Dort funkelte die Weihnachtsbeleuchtung des Handels- und Gewerbevereins. Weihnachtsmarkt war gewesen. Bratwurst-, Glühwein-, Honigkuchenherzenbuden, Karussell – alles abgeräumt. Auf dem hölzernen Glockenturm der Garnisonskirche schwankte ein Tannenbaum mit elektrischen Kerzen im Weihnachtswind. Auf dem Tankstellendach von *Autohaus Röhrkasten* schwankte noch so einer.
Gerade als die Besatzung sich anschickte, das Gefährt metergenau zwischen den beiden Einfamilienhäusern Siemsen und Hasse in der Luft zu parken, bezeichnete der Bundeskanzler im Fernsehen das deutsche Volk als eine »große Familie«, die »durch die Kraft des Herzens zusammengehalten ist, auch dort, wo sie räumlich getrennt leben muß«. Siemsen grüßte also seine alleinstehende Mutter Käthe, die infolge Bienenwirtschaft weder allein noch einsam war. Hasse grüßte entsprechend: Gret, Roswitha und Roswithas Mutter Tante Lotte. Hannes Hansen fehlte aus verständlichen Gründen; auf seinem Platz saß Zürndorfer als Hahn im Korb.
Es war kurz vor der Bescherung. Im gelben Kachelofen knisterte und knackte das von Roswitha betreute Feuer. An der Ofenklappe saß der mittelgroßohrige Zürndorfer, dessen klassisch umrandete Ohrbucht auf den nüchtern Denkenden verwies, einen, der sich durchsetzen kann und Erfolg haben wird. Sichtlich genoß er die schön riechende Kachelofenluft, die an ihm vorbeiströmte. Ihm gegenüber saß Roswitha, deren Bubikopf seit dem fünfundzwanzigsten Lebensjahr von glänzenden grauen Strähnen durchzogen war. Nur ein kurzes Aug in Auge be-

nötigte der Blick für das Wesentliche: Zürndorfer verliebte sich vorläufig unsterblich, Roswitha verliebte sich für immer unsterblich, aber erwog sofort den Altersunterschied, der um sieben Jahre zu ihrem Nachteil ausfiel. Gret, die nach Würstchen und Kartoffelsalat, nach Bier und Sprudel den Liebesbraten roch, zog mit Tante Lotte in die Beste Stube um, wo die Bescherung neben den gelben Sesseln stattfinden sollte. Als Roswitha »Wir kommen gleich« rief, hatte das frischgebackene Liebespaar – Scherz und Ernst in lieblichster Verschlingung – schon unterm Tisch zu fußeln angefangen.
Die Liebe beginnt mit einem gut geschichteten Lagerfeuer: ganz unten die kleinen Flammen, die dann, vorausgesetzt, das Brennmaterial ist trocken und reichlich, schnell auflodern. Die Liebe ist ein Feuer, das viel verschlingt; es muß nur immer nachgelegt werden. Damit müssen sich Liebende abfinden: am Ende bleibt ein Haufen Asche.
STIMME: Das glaube ich nicht.
Hasse fing an, sich nach dem Heiligabend-Wachdienst zu sehnen. Er sah sich in einem vergoldeten Wachlokal vor einem silbern behängten Tannenbaum sitzen. Diese kostbare Umgebung nützte ihm nichts. Roswitha und Zürndorfer stießen gerade wie zwei dünne Gläser aneinander. Auf du und du? Auf die Zukunft? Redeten sie über ihn? Er sah zu und hörte nichts. Doch: Er hörte Stimmen, die Schlimmes verkündeten. Dabei hatte Roswitha lediglich gesagt, was sie von Gret gelernt hatte: »Weihnachten gehe ich immer in die Kirche; aber ich glaube nicht an Gott. Und wie denkst du darüber?«
Bei der Eifersucht ist der Kopf nur das Dach. Von da oben zieht sie runter, steinschwer und blutwarm über das pochende Herz bis ins Zwerchfell, wo sie wie ein Tier auf der Viehwaage liegenbleibt.
Welches Recht hatte er überhaupt, eifersüchtig zu sein? Ging es da überhaupt um Recht?
STIMME: Das da unten ist nicht in Ordnung.
Die Gedanken waren wieder mal nicht frei. Hasse fühlte sich

krank. Gerade hatte er seine Heimwehkrankheit mittels Siemsen und Spänekiste geheilt, da traf ihn diese Infektion.
Zürndorfer hatte die besseren Karten: Jahrgang sechsunddreißig war Roswitha näher als Jahrgang einundvierzig. Jahrgang sechsunddreißig sah besser aus, Jahrgang sechsunddreißig mit seiner Mischung aus grazil und athletisch, mit seiner reinen Haut, mit seinem Bürstenhaarschnitt war im Besitz eines VW-Cabrio, dunkelblau, siebentausend Mark.
Als das Weihnachtsgewitter über Flugplatz und Spänekiste Stellung bezog und erste harte Schläge austeilte, ging überall das Licht aus. Dahinter steckten Frau von Zago und ihr Oberheizer; beide haßten Weihnachten wie die Pest. »Wie mag es wohl den beiden Dienstmädchen und den hundert Moorknechten am Heiligabend ergehen?« fragten sich aus nah und fern die Leute und ließen die Frage über die Feiertage ruhen.
Für Hasse und Siemsen war Donner und Blitz das Alarmsignal: »Sofort zurück auf dem kürzesten Weg und ohne schuldhafte Verzögerung.« Keine Zeit: Hasse brachte seinen Kummer nicht übers Herz. Er schenkte sich eine Röhre Seifenblasen und blies den Kummer heraus: »Ach, was war das doch für eine fröhliche Runde, ich bin gespannt, was die beiden sich gegenseitig geschenkt haben. Die beiden waren doch so nett zueinander. Ich glaube, es war goldrichtig, Zürndorfer einzuladen.«
Zürndorfer und Roswitha mußten das auch so gesehen haben, denn für sie kamen Weihnachtsgewitter, Kurzschluß und Dunkelheit wie eine süße Nachspeise. Roswitha fing zu lügen an: »Oh, ich habe meinen Zimmerschlüssel verloren.«
»Dann müssen wir ihn suchen«, sagte Zürndorfer. Sie suchten ihn unterm Tisch und wollten ihn nicht finden; sie wollten nur ihre Hände finden. »Wie kalt die sind«, sagte Zürndorfer. Beide nahmen gleichzeitig den Kopf hoch, stießen sich an der Tischplatte. Zürndorfer sagte: »Mein schönes Fräulein.« Sie küßten sich. Zürndorfer roch Roswithas reine Seele unter ihrer nach Kernseife duftenden Haut. Roswitha rückte drei Zentimeter ab,

als sie berauschendes Männerparfüm schnupperte, das Zürndorfer hinter sein harmonisch geformtes Ohrläppchen geträufelt hatte.

Nebenan in der Besten Stube brannte der Tannenbaum, es duftete nach Apfelsinen und Einwickelpapier; Gret vermutete eine Prise Späneduft in der Nase. »Das ist bestimmt nur der Ofen«, sagte Tante Lotte. Gret sagte: »Das glaube ich nicht«, wobei sie an das eigene Schwergehabte dachte: »Laß sie man, die beiden haben es schwer genug gehabt.« Damit die Liebenden sich hinter einem singenden Schutzwall wähnen konnten, forderte sie Tante Lotte auf: »Und nun singen wir *Ihr Kinderlein kommet*, ganz alleine.«

»Die göttlichste aller Poesien ist jene, welche uns lehrt zu lieben«, spricht die Musik; die Musik aber spricht nicht. Ihre Botschaft versteht, wer still ist, die Ohren aufsperrt und lauscht. Auch Zürndorfer und Roswitha hatten verstanden. Am ersten Weihnachtstag fuhren sie im Cabrio nach Solsbüll, wo sie im alteingesessenen Café Kruse zwei Bissen Kirschtorte aßen und eine halbe Tasse Kaffee tranken. Am zweiten Weihnachtstag erbat Zürndorfer sich den Flugplatz als Ziel. Er wollte Roswitha zeigen, was zu zeigen war, einen kurzen Blick ins Offizierskasino werfen und »Dahinten wohne ich« sagen.

»Dieser kleine Dienst am Dienstherrn muß sein«, sagte Zürndorfer. Roswitha wußte nicht, was für ein Gesicht sie machen sollte. Das sollte wohl ein Scherz sein; denn Zürndorfer lächelte sie mit seinem schönen Lächeln an. »Sein Lächeln nur für mich«, dachte Roswitha, die an seinen Lippen hing. Wie es Liebespaaren so geht: Sie haben keinen Hunger, um sie herum versinkt die Welt; sie kichern viel. »*Ich liebe dich* habe ich noch zu keiner Frau gesagt«, sagte Zürndorfer. »Bevor ich das sage, muß alles perfekt sein.«

»Man sagt vieles viel zu schnell; aber bei *Ich liebe dich* macht das doch nichts«, antwortete Roswitha.

»Gerade da kommt's drauf an.«

Im Februar 64 schien die Sonne warm; dieser Monat legte rechtzeitig schönen Frühling ins Angebot. Zürndorfer kam am Wochenende nach Güldenholm, sooft er konnte. Roswitha wohnte im strohgedeckten Nebengebäude, abseits von Herrenhaus und Stallungen unter einer uralten Kastanie. Verständlich folgendes Verlangen: Möge dieses Frühjahr nie vorübergehen und der Sommer nie uns scheinen; denn im Sommer muß geschieden sein.
Der Reisetag der »Ausbildungsgruppe Zürndorfer« lautete auf den 25. Juni: Hamburg, Frankfurt, New York, San Antonio. »Tu mich bitte nicht daran erinnern«, sagte Roswitha mit Kloß im Hals. Zürndorfer hob die Augenbrauen, dann verzog er den Mund zu einem liebevollen Grinsen.
»Lach nicht, Heinrich.«

Vom Güldenholmer See wehte der betörende Duft eines Perlschnurbaumes, der vor achtzig Jahren den langen Weg von China nach Schleswig-Holstein gesund überstanden hatte. Leichte Sommerbrisen trieben weitere Blütenprachtdüfte herbei. Ein herrlich anzuschauender Bach aus hundert Prozent kristallklarer Seide, die den Badesee von Lager Solsbüll mit dem Güldenholmer See verband, mäanderte plätschernd am Staatsforst entlang; sein Bett bestand aus reinem Goldsand und glänzte in der Sonne.
»Hier will ich später mein Sommerhaus haben«, sagte Zürndorfer.
»Wir können ja schon mal anfangen mit Sparen«, antwortete Roswitha. Sie wollte Ruhe, Ordnung und Sicherheit ins Verhältnis bringen.
Ein Bussard stand über dem See. Schwan Gottfried schwamm stolzen Halses unter ihm und hielt Wache. Am Bootssteg lagen zwei Boote. Zürndorfer und Roswitha stiegen in das größere. Ein paar Ruderschläge genügten. Da trieb das Liebespaar. Nur Roswitha saß im Liebesboot. Sie stahl Zürndorfer ein Brusthaar; kleiner Scherz. Zürndorfer schob ihre Beine Richtung

Heck. Mit vier heiligen Augen ineinander bat er sie zu sich herunter. Ihr Kopf lag an seinem Hals; sein Pulsschlag schlug ihr ins Ohr.

Arizona-Morgenhimmel

Hasse allein am Pinkelbecken der *Cactus-Staffel* in Luke Air Force Base, Arizona. Urin strömte aus der brennenden Harnröhre. Seit vierzehn Tagen meldete die Blase: »Ich bin voll; geh pinkeln.« Falschmeldung. Sie gab kaum etwas her, und was sie hergab, brannte wie Bienenstich; ein trockenes, zuckendes Brennen, ein Wüstensonnenbrand.

Es war sieben Uhr morgens, Herbst 1965, als Hasse mit Helm, Fallschirm, Sporen und Kniebrett bepackt zum fensterlosen, dauergekühlten Staffelgebäude hinausstapfte; ein schlichter Ziegelsteinblock mit einer Abzugshaube obenauf für die Klimaanlage: Domizil der *4518 Cactus Crew Training Squadron (CCTS)*.

Arizona-Morgenfrische, Arizona-Morgenhimmel grüßten. Die White Tank Mountains lagen im Dunst. Hasse setzte die Sonnenbrille auf. Kerosin-Stallgeruch zog in die Nase; Fauchen und Rauschen soff er mit den Ohren: Druckluft-Turbinen stießen einen Orkan in die Düsentriebwerke, drehten sie hoch, bis eigene Kraft sie weiterdrehte und im Leerlauf heulen ließ. Heiße Gase waberten und stiegen auf. Die ersten Maschinen fuhren mit erhabenem Donner über die Piste. »Titanengelächter« nannte es Zürndorfer. Hasses Glied meldete sich. Es war brennend heiß und stocksteif. Die Wüste lebte, der Flugplatz bebte.

Hasses Formationsflieger warteten im Line-Taxi. Der Fahrer, Airman »Blacky« Brown, hatte seinen Kopf aufs Steuerrad gelegt. McNish, sechs Wochen vor seinem Lieblingsschüler Zürndorfer nach Luke versetzt, saß, Kaugummi kauend, zurückgelehnt mit ausgestreckten Beinen. Zürndorfer überprüfte den richtigen Sitz seiner Mickymäuse und machte Uhrenvergleich mit McNish; die beiden trugen das gleiche teure Chronometer am Handgelenk. Gusano, Hasses Starfighter-Lehrer, hatte einen Pappbecher Kaffee am Mund und sagte: »Fuck«, als Blacky losfuhr; vorbei an den Reihen der silbern glänzenden Kriegsvögel, einer schöner als der andere.

Die Techniker waren seit vier Uhr an der Arbeit; sie hatten die Mühlen flugklar gemacht und warteten in ihren gelben Buden, wo Sicherheitsstifte, Schutzdecken, Ersatzteile, Werkzeug, Prüfgeräte, Öle und Fette verwahrt wurden; auch ein stabiler Tisch mit dem Zwei-Gallonen-Kaffee-Behälter nebst Zubehör stand da: ein Turm ineinandergesteckter Pappbecher, Kaffeeweißer, ein Glas Wasser mit Teelöffeln. »Good morning, Sir«, schallte es laut und respektvoll, als Hasse dem Line-Taxi entstieg.

Hasse hielt einen Augenblick inne, bevor er ins Cockpit kletterte. Er tat so, als wenn es noch einen Blick über Flugfeld und Flugzeuge zu werfen gälte. Die Luft war kerosinhaltiger und heißer geworden. Gusano würde den Blick registrieren, denn niemand war mehr hingerissen von der Maschine als er.

Wenn er, zusammen mit Hasse, die letzten Meter vom Line-Taxi zum Flugzeug ging, dann zupfte er Hasse an der Kombi. »Just one moment«, sagte er, »look at this beauty. No picture can do her justice.« Hasse, der inzwischen wußte, wie Gusano bezirzt werden wollte, mußte als sein gehorsamer Diener nur nachplappern: »Yes Sir, she really is a beauty.« War diese Maschine nicht mehr als die Summe ihrer Einzelteile? War sie nicht ein Gedicht, das auch mehr als die Summe seiner Buchstaben und Wörter ist?

STIMME: Jawohl. Der Titanvogel ist ein Gedicht.

Hasse haute mit der behandschuhten Rechten auf den Zusatztank, um Antwort auf folgende Frage zu bekommen: »Sind die Dinger auch wirklich voll?« Der Klang verriet: »Voll bis zum Stehkragen.«

»The base is getting busy«, rief Gusano, der hinten schon fertig angeschnallt saß und nur noch seinen Helm aufsetzen mußte. Er sah auf die Uhr.
Hasse wollte nur zehn Sekunden lang das Glied gegen die obere Leitersprosse drücken, um sich Linderung zu verschaffen. Dann hakte er die Sporen, die er an seinen Stiefeln trug, unten am Schleudersitz fest. Im Falle eines Falles würden zwei Drahtseile seine gestiefelten Füße blitzschnell nach hinten ziehen und festhalten, damit es ihn ohne Beinbruch hinausschösse.
Hasse rollte hinter Zürndorfer her bis auf die Startbahn und stoppte auf der Schokoladenseite: Er stand rechts neben Zürndorfer und McNish, blickte über die eigene linke Hand, die den Gashebel packte, blickte auf Zürndorfers behelmten Kopf. Als dessen Flugzeug mit voll geöffneter Schubdüse und Nachbrennerflamme losrollte, fing Gusano zu zählen an; rückwärts von zehn bis »Go«. Vorne schwebten Zürndorfer und McNish in einer Wolke flimmernder Luft.
Lange blieb Hasses Maschine nah am Boden; zwischen ihr und der Piste war ganz wenig Luft. Das Staurohr zeigte mehr zur Erde als zum Himmel; auch Hasses Blick ging so. Endlich, über die Hälfte der Startbahn war schon verbraucht, hob sich die Nase. Das Bugrad mußte nichts mehr tragen; die Bugradstrebe glänzte silbern in der Sonne. Das Flugzeug hob ab. »Looking good«, kam es von hinten; schnell las Hasse das »Looking good« von den Instrumenten ab. Jetzt, bei zweihundert Knoten, fing der Vogel zu fliegen an. Bloß nicht diesen Augenblick verpennen: das Fahrwerk mußte rein.
STIMME: Wer zu spät kommt, den bestrafen die Fahrwerktüren; sie schließen wegen zu hohen Luftwiderstands nicht richtig.
Hasse hatte nicht gepennt.
»Wo sind die andern?« Die anderen zogen einen kohleschwarzen Streifen hinter sich her; weit vorn ein schwarzer Punkt, Zürndorfer und McNish zwischen Himmel und Wüste.

Bugrad und Hauptfahrwerk waren im Rumpf verschwunden. Da, wo sie verschwunden waren, lagen die Türen nun wie angegossen. Das Flugzeug kam richtig in Fahrt. Der Fahrtmesser zeigte zweihundertachtzig. Hasse drückte einen kleinen schwarzen Hebel mit der linken Hand nach oben: Die Klappen fuhren ein, die Nase mit dem Staurohr wollte aufwärts; Hasse hielt den Steuerknüppel dagegen, hatte den Daumen auf der Trimmung, drückte den geriffelten Knopf nach vorn, und die Nase wanderte dahin, wo er sie hinhaben wollte: immer schön geradeaus. Der Fahrtmesser überschritt die Dreihundert-Markierung. Hasse nahm den Gashebel zurück und schaltete den Nachbrenner aus; der Ofen lieferte nur noch halben Schub. Dem folgenden Ruck folgte Hasses Oberkörper, als hätte er auf irgendeine Bremse getreten. Dann lehnte er sich wieder zurück und ging mit den Augen über die Instrumente: Sprit, Sauerstoff, Höhenmesser, Abgastemperatur, Schubdüse.
Ein brenzliger Abschnitt war gemeistert. Gusano lobte Schüler Hasse: »Here we are, what a beautiful morning.«
Mehr Zeit gab es nicht; denn schon war die nächste Aufgabe zu lösen: Zürndorfer und McNish mit vierhundert Knoten einholen, rechtzeitig bremsen, aufschließen und anlegen: dicht dran, etwas tiefer und etwas hinter ihnen. Hasse nahm wie im Traum den Gashebel zurück, nicht zuviel, nicht zuwenig, zeigte das Musterbeispiel eines Anlegemanövers; Gusano kommentierte mit seinem Baß: »Good Lord, this was a pretty fucking damned good rejoin.« Hasse kannte sich bei Gusano aus: Je schlimmer der Fluch, desto größer das Lob.
Wolken ballten sich zusammen, schneeweiß bauten sie sich auf; über Tag würden sie wachsen, würden dunkler und dunkler werden; abends würden sich die größten schwarz, manche blauschwarz färben. Da schlummerten gewaltige Vorräte: Wasser, Eis und Wind. Nachts entluden sie sich. Der nächste Tag trat dann mit einem Glanzmorgen an.
Gleich beim Einweisungsflug hatte Gusano dem Starfighter die Sporen gegeben; er hatte das Donnerding nach dem Abheben

lange tief gehalten und angeheizt. Dann stieg er bis auf zwanzigtausend Fuß und zog den Steuerknüppel zum Bauch; Hasse legte seine Hände auf die Oberschenkel und spürte, wie sie schwer wurden. Die Maske verzog sich, er nahm beide Hände gegen die Schwerkraft hoch und verpaßte der Maske wieder den richtigen Sitz. Es war kühl im Cockpit; das Triebwerk summte leise; der Himmel wurde blauer und dunkler. Einen Augenblick standen sie in neunundvierzigtausend Fuß senkrecht in dünner Luft, weil es nicht mehr weiterging. Zuerst fielen sie ein Stück mit Heck und Nachbrenner voran; das Staurohr wanderte langsam wie ein Uhrzeiger nach rechts, sackte ab, bis es durch den Horizont strich und mit der Spitze senkrecht in die Wüste zeigte. Der Starfighter schüttelte sich und kam in Fahrt. Gusano zog ihn in die Horizontale. »Relax«, sagte er zweimal und: »Don't tell anybody. Promise.« Hasse antwortete: »Yes Sir, I promise.«
STIMME: Eine Maschine, die den ganzen Mann fordert, vernichtet ihn.
Hasse fühlte sich nicht vernichtet, sondern von der Maschine zum Mann erhoben. Dieser titanische Gehorsam! Das Triebwerk reagierte auf den Gashebel ohne eine Sekunde Verzögerung: Hatte die Maschine überhaupt ein Triebwerk? War sie in Wahrheit nichts weiter als ein einziger, einzigartiger Gashebel, an dem Flieger Hasse nach Lust und Laune schalten und walten konnte?
STIMME: Dem Frieden im Frieden und dem Krieg im Krieg treu zu dienen läßt sie sich angelegen sein.
Ohne Triebwerkschub segelte die Maschine nicht besser als ein Stück teurer Stahl: kein heißer Ofen mehr. Nur der Gashebel belebte sie und ließ sie fliegen. Gott sei Dank: Hasse saß im Schleudersitz. Es gab nur wenige Segel-Experten, Gusano und McNish gehörten dazu. Zürndorfer, einer der Topleute der Ausbildungsgruppe, sollte in diesen Experten-Status eingeführt werden: wie man ein segelndes Stück Schrott heil auf die Erde zurückbringt.

Das Lob, das Hasse von Gusano einheimste, nachdem er Zürndorfer und McNish so atemberaubend schnell und auf den Punkt genau eingeholt hatte, war ein Lob, das sich eigentlich die Maschine verdient hatte. Jagd machen auf Zürndorfer und McNish, abbremsen und sich an die richtige Position setzen war mit diesem Triebwerk kein großes Kunststück. Die Maschine ließ sich leicht Seit an Seit fliegen. Sie lag satt und sauber in der Luft und scherte sich wenig um Turbulenzen, wenn sie mit vierhundertfünfzig Knoten im Tiefstflug Arizonas Wüste erzittern ließ. Die Maschinen-Liebe, die Hasse & Co. an diesem Flugzeug lernten, um sich mit ihm immer inniger zu verbinden, hing mit dessen Gehorsam zusammen und mit dem Nutzen, den Hasse & Co. daraus zogen: Die Kanone feuerte fantastisch, Bomben und Raketen fielen präzise ins Ziel. Auch daraus erwuchs die Schönheit des Vogels.

STIMME: Nun trag man nicht zu dick auf!

Freilich gab es den Gehorsam nicht geschenkt. Es hieß Augen und Ohren offenhalten. Zuckerkrank durfte kein Flieger sein; Nervenbündel und Infarkt-Aspiranten fielen gleich bei der ersten Tauglichkeitsuntersuchung durch. »Ach«, sagte Hasse, »ich bin nur einmal umgekippt, und zwar, als man mir in Fürsti Blut abgezapft hat.« Wie nett die Laborantin gewesen war. Wie nett sie Hasse auf die bereitstehende Liege geholfen hatte. Hasse lag da fünf Minuten und hatte angenehmes Schwarz vor Augen.

»Ja, und dann gebe ich zu, daß meine Leistungen im Bombenwerfen und Kanoneschießen eher am unteren Ende anzusiedeln sind«, beichtete Hasse weiter. Es reichte immerhin noch gerade so. Zürndorfer, Krone, Siemsen, Deutscher führten die Liste an; Hasse stand mit seinen Leistungen an vorletzter Stelle. Es gab nur einen, der schlechter war: Leutnant zur See Geringer.

Wie hatte Hasse sich in der militärischen Grundausbildung gewünscht, ein guter Schütze zu sein! Wie gern hätte er vor seinem Gruppenführer als guter Schütze brilliert. Wie gern hätte

er sich unter der ABC-Schutzmaske geschickter, ergo: besser benotet in den Hasenheide-Dreck von Fürsti geworfen. Da lag er auf dem Rücken und sah die T-33-Trainer in den weißblauen bayerischen Flieger-Himmel steigen. Sehnsucht nach herausragenden Leistungen in einem hochdekorierten Fliegerleben wurde wach.
Hier in Arizona war das kein leichtes Leben für Hasse. Schon in Williams, wo die Jet-Ausbildung mit der T-37 begann, hatte Captain McNish, der rechts von ihm auf dem Schleudersitz saß, den Kopf wortlos hin und her bewegt. Damit wollte er sagen: »Wir sind zu tief« oder »Wir sind zu langsam« oder »Wir fallen gleich aus dem Himmel – what a mess«. Das war die Hölle, und McNish sagte, wenn die Hölle besonders lichterloh brannte: »Jesus Christ.«
Zürndorfer war um Klassen besser. So wie einer der bessere Läufer oder Klavierspieler ist, so war Zürndorfer der bessere Flieger. Er gehörte dem »Five-Fifty-Five-Club« an, in dem sich eine hauchdünne Elite, Creme der amerikanischen und deutschen Flugschüler-Creme, versammelte. Mitglied wurde, wer während eines Ausbildungsfluges nicht mehr als fünf Knoten von der vorgeschriebenen Geschwindigkeit abwich, nicht mehr als fünfzig Fuß von der vorgeschriebenen Höhe und nicht mehr als fünf Grad vom vorgeschriebenen Kurs.
Hasse hinkte hinter den anderen her, weil er nicht die Augen vom Himmel lassen konnte.

Der Arizona-Himmel war ähnlich blau wie der Himmel über der Flensburger Förde; der Fördesand war angenehm warm, scharf und süß zog der nach Tod und Verwesung riechende Tang-Geruch in die Nase. Sommerweiß schimmerte die Kirche von Broager mit ihren Doppeltürmen aus Dänemark herüber. Welche Sage steckte dahinter? Warum roch der Tang so süß und scharf? Er wußte es immer wieder, er vergaß es immer wieder. Schwäne streckten die Hälse, schlugen die Flügel und ergriffen die Flucht, wenn er mit Sand nach ihnen warf.

Unbeirrt flogen die Bienen Ernte-Einsätze und gingen ihrer Arbeit nach. Sie scherten sich nicht um Tang und Tod, sie wußten nichts von der Broager-Sage, sie ließen die Schwäne links liegen. Von hier nach Solsbüll-Mühle war es eine halbe Stunde mit dem Auto. Der Roggen stand auf grünem Halm; Wind wehte Wellen in diesen Ozean. Halm-Stille stieg zum Himmel, der immerzu Abschied nimmt und gibt: Wolken kommen nie wieder.

»Bevor du nach Arizona gehst, mußt du unbedingt Käthe Königin auf Wiedersehen sagen. Siemsen ist auch hier gewesen; wie es sich gehört«, sagte Gret. Siemsen war schon vier Wochen früher als *Spurbiene* mit dem Vorkommando der Ausbildungsgruppe Zürndorfer nach Arizona abgeflogen; er sollte im Namen des Dienstherrn schon mal Unterkunft und Verpflegung unter die Lupe nehmen.

Bis zu Käthe Königin waren es nur ein paar Meter staubige Dorfstraße. Sie saß hinterm Haus in einer Bienenschwarmtraube. Vom Strohhut über Gesicht und Hals bis zur Schulter war sie von einem ihrer Völker angeschwärmt worden; kerzengerade saß sie vor dem Fangkorb, dem die letzten beiden Verse des Lorscher Bienensegens eingeschrieben waren: »Setz dich sehr stille / Vollbringe Gottes Wille«.

Käthe Königin machte das jedes Jahr, indem sie die Schwarm-Vorbereitungen zehn Meter vom Bienenstock entfernt in aller Stille abwartete. Lange belauschte sie die Stimmung ihrer Völker. Mit einem langen Bambusrohr am Abenteuer- und Erlebnisohr hörte sie das *Tüten* der Königin ab. Es galt, den richtigen Augenblick zu erwischen: sobald der tolle Bienenwolkenwirbel, der sich um die alte Königin drehte, dem Stock entströmte, mußte Bienenmutter Käthe die Aufmerksamkeit des Schwarms auf sich lenken und erste Raststätte sein. Ein schweres, gutes Stück Anlegemanöver für die Bienen, ein schweres, gutes Stück Arbeit für die Bienenmutter, das sie jedes Jahr mit Strohhut auf Kopftuch und mit nackter Haut leistete. Erstens gewann sie ein neues Volk, zweitens wurde sie desinfiziert, drittens

stärkte sie ihr Immunsystem: »Denn der Reinlichkeitssinn der Bienen geht bis zum Wahnsinn, mein Junge«, sagte Käthe Königin.
Sie konnte in dieser Lage nicht sprechen. Die Bienenkönigin saß ihr auf der Oberlippe. Arbeiterinnen patrouillierten an ihrem Mund und paßten auf: »Keine Bewegung.« Käthe hob vorsichtig den bienenfreien Arm, sie durfte keine Zeit verlieren, denn Kundschafterinnen waren schon abgeflogen, um für das alte Volk neue Heimstatt zu suchen. Käthe stülpte den Fangkorb über ihren Strohhut und drückte ihn bis auf die Schultern, dann beugte sie sich so weit runter, daß der Fangkorb im Gras stand. Mit beiden Händen streifte sie den Schwarm ab. Ein neues Volk war gewonnen, die Sitzung im Namen der Gesundheit war beendet. »Gott schütze dich, mein Junge.«

That Skinny Girl

Die Maschine, die den ganzen Mann fordert, vernichtete Hasse nicht. Die Maschine ließ ihn leben; er spürte den Schmerz in der Harnröhre und den Druck in der Blase. Gleich als er Zürndorfer und McNish eingeholt hatte und wie festgeklebt Seit an Seit flog, gab er dem Blasendruck nach und pinkelte in die Kombi. Mit Angst hatte das nichts zu tun. »That Skinny Girl« war schuld: Siemsen, Deutscher und Hasse hatten sich in der zweiten Jahreshälfte 1965 infiziert, einer nach dem anderen.
Die deutschen Flieger trafen sich gelegentlich in *Peters Hofbräu*, wo deutsches Bier ausgeschenkt, deutsches Wiener Schnitzel verzehrt und deutsche Lieder gesungen wurden. Da saß Deutscher im Nebenraum am Flügel und ertastete *Tannhäuser* und *Am Brunnen vor dem Tore*. Jeder stillte das Heimweh auf seine Weise. Das Schicksal hatte That Skinny Girl vor fünf Jahren von Straßburg nach Phoenix verschlagen; auch sie stillte ihr Heimweh.

Hasse ließ die Infektion Infektion sein und unternahm nichts. »Was von alleine kommt, das geht auch von alleine wieder«, so beschwindelte er sich und kam und ging bei That Skinny Girl ein und aus.
STIMME: Dem Fliegerarzt den kranken Schwanz zeigen? Hohn und Spott leiden, Scham fühlen?
Eines Morgens allerdings, Hasse hatte Spätschicht, stellte er sich folgende Frage: »Warum bin ich eigentlich auf dem Weg zum Fliegerarzt?« Hasse war nämlich auf dem Weg zum Fliegerarzt und wußte erst wieder, was los war, als er das Behandlungszimmer betrat.
Der in Air-Force-Hospital-Weiß gekleidete Doktor war längst im Bilde. Es handele sich, das könne er jetzt schon sagen, denn dieses Leiden beiße gerade überall kräftig zu, um das »mexikanische«; eine schlimme Kategorie von jenseits des Rio Grande. »Sie kommt aber aus Straßburg«, gab Hasse dem Fliegerarzt zu bedenken, ließ sich spritzen und Ermahnungen mit auf den Weg geben.
Hasse mied auch jetzt nicht That Skinny Girl, weil sie ihm meldete, sie sei »sauber«, und weil sie ihn leiden mochte und »Honey« zu ihm sagte. Sie hatte ihm einen Heiratsantrag ins Ohr geredet und in der lauschigen, mit deutschem Immergrün bewachsenen Ecke von *Peters Hofbräu* gesagt: »Ich mag deine kleinen Ohren.« Das war Musik, viel schöner, als Deutscher sie auf dem Flügel zu Gehör bringen konnte. Hieß es da nicht, sich dankbar zeigen, sich beugen und strecken, wie es alle Kleinohrigen gerne tun? That Skinny Girl sagte: »Dein Ohr sieht nach Feingefühl aus, irgendwie musisch, das mag ich an dir.«
»Und du«? fragte Hasse zurück.
»Gegensätzliche Charaktere ziehen sich an«, sagte That Skinny Girl, strich ihr blondes Haar mit feinen Krankenschwesterfingern zur Seite und entblößte das dem Immergrün zugewandte schrägstehende Ohr. Schrägstehend: das läßt auf abwegige Gedanken schließen. »Dein Ohr steht schräg«, sagte Hasse, während sie an ihrem Oktoberfestbier nippte und unterm Tisch mit

dem übergeschlagenen rechten Bein wippte. Dann schnippte sie mit einer winzigen Fracht Bierschaum auf den Lippen in französischem Amerikanisch: »Es gibt so zauberhafte Ecken in Deutschland. Ich liebe Deutschland. Wir können uns dahin versetzen lassen, wo es uns beiden gefällt. Ich möchte mit dir in Deutschland glücklich werden, Honey.« An dieser Stelle fiel Hasse aus seiner Betrachtung und versank mit dem Mund im schrägstehenden Ohr.

Als That Skinny Girl Hasse zum zweiten Mal vergiftet hatte, kündigte der deutsche Verteidigungsminister seinen Besuch an. Der Wing Commander brachte Luke Air Force Base auf Hochglanz; die Schraube *Sauberkeit und Ordnung* wurde zwei Umdrehungen fester gedreht. Kostbares Arizona-Wasser lief die Fliegerhorststraßen entlang und nahm Staub und Steine mit. Rasenmäher fuhren übers Grün und mähten das Gras kurz und klein. Die Kommandantur erhielt einen neuen Anstrich. Die Wachsoldaten setzten neue weiße Helme auf und banden neue weiße Schals um.

STIMME: Das Saubermachen hat nichts mit dem Minister zu tun. Die Amis sind so.

Auch im deutschen Staffelgebäude tat sich was. Büchmann, hier in Luke vom Major zum Oberstleutnant befördert, ließ das Übersichtsbord, das Höhen und Tiefen des Ausbildungsstandes seiner Leute bezeugte, vom Flugbetriebsmeister mit einem kerosingetränkten Lappen abwischen. Durch den infektionsbedingten Leistungsabfall in der Fliegertruppe Zürndorfer hatten sich Untiefen im Wellendiagramm eingeschlichen. Schönheitsreparatur war nun fällig. Mit weißem Fettstift ließ der Chef den Flugbetriebsmeister ein neues Bild zeichnen, vor dem er geradestehen konnte. »Sehr gut«, lobte der Chef den Flugbetriebsmeister, und sich selber lobte er mit: »Der Geist weht, wo er will.« Das mulmige Gefühl ließ sich weder wegloben noch wegwehen; denn die neue Übersicht war nur schöner Schein – und wäre nicht einmal nötig gewesen. Dem Minister konnte der »infektionsbedingte Leistungsabfall« kaum verborgen geblieben sein.

Milde stimmen sollte ihn das vom Chef eigenhändig komponierte Besuchsprogramm: Privat-Autofahrt in den Oak Creek Canyon. Abendessen in der *Oak Creek Canyon Owl*: Filet Mignon, Baked Potato, Sour Cream, Mixed Salad, Open Fire, klassische deutsche Musik. Der Chef lud ein, er fürchtete Folgen für die fällige Beurteilung und zahlte aus eigenem Geldbeutel, »denn so schlecht sind wir ja nicht gestellt mit unserem doppelten Gehalt im Ausland«.

Die Flieger bereiteten sich auf den Ministerbesuch in ihrer Weise vor. Nach Dienst tummelten sie sich im Swimmingpool, um den flugmedizinisch einwandfreien Körper mit Sport und Spiel noch stählerner zu machen. Zürndorfer hatte sein Haar millimeterkurz scheren lassen, um die beginnende Glatze zu vertuschen und beim Turmspringen besser eintauchen zu können; er war ein vorzüglicher Springer und beherrschte den dreifachen Salto vorwärts vom Dreimeterbrett. Er war auch ein leidenschaftlicher Schwimmer, der das Wasser als Element der Verjüngung und Erneuerung pries. Manchmal vertrieb er sich mit weit ausgreifenden Kraulzügen eine ganze Stunde. Auch im Stillen Ozean, in den er sich vom weißen Strand in Puerto Penasco am Golfo de California stürzte; weit draußen schwamm er, der Punkt war sein Kopf, was sich bewegte, waren seine Arme, die Badehose mit den großen Druckbuchstaben DLRG war nicht zu sehen.

Zürndorfer schrieb oder las auch Briefe unterm Sonnenschirm. Sah er öfter als sonst auf sein teures Chronometer? Fragte er sich: »Wie spät ist es? Welches Datum haben wir heute?« Hatte sich ihm eine neue Sorgenfalte in die Stirn gelegt? Er war inzwischen Vater einer Tochter, die Roswitha im April '65 zur Welt gebracht hatte, und werdender Vater eines zweiten Kindes, das Ende Mai 66 von einer anderen erwartet wurde.

Hasse stand an der Swimmingpool-Bar unterm Sonnendach in Khaki-Uniform und trank Gin Tonic. Er hoffte auf Besserung ohne ärztliche Behandlung; »denn eines ist klar: dem Fliegerarzt kann ich nicht noch einmal unter die Augen treten«. Er

stand lange mit lange geschlossenen Augen da, wenn das Glied Wüstensonnenbrand oder Bienenstich meldete.
Deutscher hatte sofort richtige Maßnahmen ergriffen; er mied That Skinny Girl und ging zum Fliegerarzt, der ihn mit schwerem Geschütz behandelte: doppelte Ladung aus einer großen Spritze.
Siemsen hatte sich auf seine Weise behandeln lassen und den Fliegerarzt ausnahmsweise um Selbstmedikation gebeten. Nach einem Telefongespräch mit seiner Mutter hatte er sich die Schamhaare abrasiert, hatte zwei Tage Erholungsurlaub eingereicht und beim Abmelden zum Chef gesagt: »Männer müssen zu ihrem Innenleben stehen.« Er war in den Oak Creek Canyon gefahren, hatte einen Imker ausfindig gemacht und für fünf Dollar eine Suppenkelle Arbeitsbienen gekauft. Damit war er zur abseits gelegenen Kirche von Sedona gegangen, hatte sich zehn Meter unterhalb auf einen Felsvorsprung gebettet und eine Nacht bei abnehmendem Mond mit den Bienen verbracht, die sich um seine Heiligtümer wie beim Schwärmen um die Königin legten. Am nächsten Morgen war er geheilt.

Noch eine Sorgenfalte in der Stirn: Zürndorfer mit seiner Gruppe vor der Leistungsübersicht.
STIMME: Hoffentlich blamieren meine Hanseln mich nicht.
Er neigte den Kopf über die rechte Schulter, wo die nächstbesten Leutnante anschlossen: Krone, Siemsen, Deutscher, Böttiger, Hausner, Knebel, Riemer, Seidel, Hasse, Geringer. Die Tür ging auf, der Minister betrat den kühlen Raum, Inspekteur und Chef in seinem Fahrwasser. Zürndorfer meldete. Der Minister warf den Blick auf die Leistungsübersicht: »Was ich hier sehe, gefällt mir sehr. Der Knick in der Optik ist ja nur noch minimal. Von Starfighterkrise kann doch wohl ernsthaft keine Rede sein.«

Die Gesundheitsprobleme von Hasse & Co. einmal beiseite gelassen: 1965 war ein tiefschwarzes Luftwaffenjahr. Der letzte Unfall lag erst zwei Wochen zurück: Hauptmann Willam flog

am 29. September Tiefflug über Norddeutschland. Das Gerät gehorchte nicht. Der Hauptmann versuchte eine Notlandung und verschätzte sich, »der Ausschußversuch war nicht erfolgreich«, schrieb die Luftwaffe. Der nächste tödliche Unfall ließ nur ein paar Tage auf sich warten: Hauptmann Thormeyer gehorchte seinem Vogel nicht und kam ebenfalls um.
STIMME: Wer nicht auf die Maschine hört, dem ist *Menschliches Versagen* vorzuwerfen.
Das war der dreiundzwanzigste Absturz in diesem Jahr, drei weitere sollten bis Jahresende folgen; bei sechsundzwanzig Totalverlusten starben siebzehn Piloten.
Warum so viele abstürzten? Die Luftwaffengeneräle trugen Mützen ohne Mützendraht. War das der Grund? Tatsache war, daß sie diese alten Mützen trugen, wenn sie vor dem Garderobenspiegel den penetrierenden Blick übten und aus lauter Pflicht zum treuen Dienen den Mund zu voll nahmen. »Schaffen wir das?«, so schallte die Frage des Inspekteurs durch die marmorgetäfelten Wände seines Hauptquartiers. »Jawohl, Herr General«, schallte es zurück. »Wir werden das Ding, das wir befehlsgemäß schaukeln müssen, schon schaukeln, weil: wir haben das gelernt.« Gelernt hatten die Generäle nur zu gehorchen. Vom Starfighter-Führungsgeschäft hatten sie keinen blassen Schimmer.
STIMME: Es fehlte hinten und vorne.
»Für tausend Flugzeuge mit Technik und Aerodynamik von morgen, nicht von gestern, haben Deutschlands Steuerzahler geblutet«, übertrieb der *Solsbüller Bote*. Es waren weniger als tausend. Die aber wollten gut behandelt werden; nur dann versprachen sie Gehorsam.
STIMME: Doch wohl keine Angst, Hasse?
Der las Zeitung, Kaffee in der Linken, *Die Welt* in der Rechten. Er saß im roten Kunstledersofa der Cactus-Staffel-Lounge, wo Pool-Table und Imbiß-Automat standen und ein schöner, mit Nachbrenner abfliegender Titanvogel an die Wand gemalt war. Abstürze in Deutschland berührten ihn nicht.

Die Amerikaner hatten alles im Griff. Das war ein prächtiges Ruhekissen. Die Fluglehrer waren prächtige Kerle mit Korea-, einige schon mit Vietnam-Erfahrung. Sie tranken mit ihren Flugschülern Bier an der Bar und luden sie zum Steak-Grillen nach Hause ein. In ihren Händen schnurrte das Ausbildungsprogramm ab. Der Wing Commander wachte mit Argusaugen über allem und regierte mit strenger Hand.
»Ich darf Ihnen versichern, meine Herren«, sprach der Minister beim Abschied vor der Gruppe Zürndorfer: »Politische Führung und Luftwaffe werden alles, ich sage: alles tun, und darauf gebe ich Ihnen mein Minister-Ehrenwort, daß Sie sich sicher fühlen dürfen. Das ist ein Gebot der Fürsorge. Nur ein Beispiel: Lager Solsbüll wird derzeit ausgebaut nach allerneuesten Erkenntnissen militärischer Flugplatz-Infrastruktur. Die Top-Techniker erhalten eine Top-Ausbildung in den Staaten, ähnlich wie Sie. Das sind wir dem deutschen Steuerzahler schuldig, der ja schon kräftig blutet. Wir zollen damit aber auch Ihnen unseren Respekt, wir sehen ja, wie treu Sie dienen, das steht doch ganz oben an. Warum sollte ich Ihnen das verschweigen?«

Aufbruchstimmung

Allgemeine Opferbereitschaft ergriff Land und Leute. Die Deutschen griffen tief in die Tasche und zahlten: Aufrüstung und Ausbau des Flugplatzes Lager Solsbüll wie vom Minister versprochen.
Aufbruchstimmung lag in der Luft. Man malte das Leben rosa, nahm einen Kredit auf und genoß die Zukunft.
Gemeinderat, Handels- und Gewerbeverein sowie die Kirche sprachen eine Sprache und legten sich für ein städtisches Erscheinungsbild ins Zeug: Das unzeitgemäß-holprige Hauptstraßen-Kopfsteinpflaster wurde mit heißem Asphalt übergossen und, zeitgemäß glatt gemacht, dem Verkehr übergeben. Die

Lindenallee: umgesägt; die Lindenbaumwurzeln: ausgebaggert. Geschäfte ließen alte Schaufenster durch doppelt so große ersetzen und neue Fassaden vor alte Mauern mauern. »Bloß keine Tankstelle mitten im Ort, die wollen wir im neu erschlossenen Industriegebiet haben.« So geschah es. *Autohaus Röhrkasten* zog auch da hin, und *Kolonialwaren Nommensen* folgte mit anderem Namen: *Supermarkt Nommensen.*

Tiefbau Deutscher stellte ein und bekniete das Arbeitsamt: »Schickt uns alles, was da ist, gern auch Italiener und so was.« Die Firma hatte im Wettbewerb mit der Konkurrenz einen dikken Fisch an Land gezogen, rückte mit Gastarbeitern, Lastwagen, Raupenschleppern, Betonmischern an und pflügte dem Flugplatz die Grasnarbe um. Schon vor zehn Jahren, als überall in Deutschland im Namen der Abschreckung Flugplätze und Kasernen aus dem Boden gestampft wurden, hatte sie Erfahrung gesammelt und wucherte jetzt mit diesem Pfund: »Wir halten unsere Versprechen.«

Die neue Startbahn und die betonierten Abstellflächen sollten binnen Jahresfrist fertig sein.

STIMME: 40/41 war das ja auch möglich.

OBERHEIZER: 45/46 haben wir es besonders schwer gehabt.

Die Flugzeugwerft, Überbleibsel aus dem Krieg, erhielt elektrisch getriebene Rolltore und einen neuen Anstrich. Der auf telefonmastdicken Holzpfeilern stehende Kontrollturm wurde Stück für Stück in seine Einzelteile zerlegt und durch einen gemauerten schöneren, höheren ersetzt. Den stattete man mit dem letzten Weckruf der Heiztechnik, dem elektrischen Nachtspeicherofen, aus.

OBERHEIZER: Die Dinger taugen nichts, aber man hat ja nicht auf mich gehört.

Die telefonmastdicken Holzpfeiler sollten als Spende an die Kirche gegeben werden, damit »endlich zur Garnisonskapelle sich ein Glockenturm geselle«, schrieb die Luftwaffe der Kirchengemeinde.

Der neue Flugplatz durfte von Staats wegen nur so viel Land

beanspruchen, wie unbedingt nötig, andererseits auch nicht weniger als nach NATO-Kriterien erforderlich. Man legte ihn wie ein schmales Handtuch in den Grund und nähte ihm an beiden Enden Rollwege und Abstellflächen wie Eselsohren an. Der Kasernenwald und was sonst noch aus alten Zeiten übriggeblieben war, vor allem das Offizierskasino, grenzte unmittelbar an den Staatsforst. Ein paar tausend Quadratmeter noch für Sportplatz, Hallen, Staffelgebäude, Schießstand und Wohnblöcke – das war's dann.

Auf das alte Lager im Norden des Platzes verzichtete die Luftwaffe. Die Eigentümerin Bundesrepublik Deutschland verkaufte diesen Grund und Boden an die Gemeinde Lager Solsbüll. Die Gemeinde kaufte, weil gerade Bauplätze hoch im Kurs standen. Die *Raiba* erwarb die Baracken, riß sie ab, baute sie im eigenen Betriebsgelände wieder auf und hatte damit Kunstdünger und Kohle unter Dach und Fach. *Tiefbau Deutscher* nahm die Fundamente, zertrümmerte sie an Ort und Stelle und schüttete die Trümmer in den Firmen-Bauhof.

Bald würde Gras über die alte Stätte wachsen: vom 1. November bis zum 16. Dezember 44 Lager für die Moorknechte und KZ-Häftlinge aus Bergen-Belsen.

OBERHEIZER: Wir standen in der Pflicht; schließlich hat die Zusammenarbeit prima geklappt, und es war Krieg.

STIMME: In dieser kurzen Zeit starben hier fünfzehn Prozent der KZ-Häftlinge.

Meinhard Klopfleisch, der Gemeindepastor in Lager Solsbüll, brachte die Toten in neun Massengräbern so christlich wie möglich unter die Erde.

KLOPFLEISCH *in einem Brief vom 8. 10. 1945 an den Kreisarzt:* Die Leichen sind ohne Sarg, zum Teil ohne Papiersack, nackt beigesetzt, und es liegen bis zu dreißig in einem Massengrab.

Die Namen der Toten sind uns zwar gemeldet, aber wir haben keine Gewähr dafür, daß die Toten in der Reihenfolge der uns übergebenen Listen wirklich beerdigt sind. Es wurden uns zur Beerdigung immer achtzehn bis zwanzig Tote zugleich überge-

ben, die durcheinander auf einem Ackerwagen lagen. So können wir unmöglich wissen, wo genau der einzelne Tote ruht.
KZ-HÄFTLING *mit holländischem Akzent:* Im Zuge des durch Bau- und Verteidigungsmaßnahmen verbesserten Friedens durch Abschreckung bin ich davon überzeugt, daß nach Sanierung des Geländes dank der Massengräber, wo ich zur Zeit liege, genügend Erinnerungsmasse zur Verfügung steht.
Stammtischler und Bausparer Peter Bezug sprach von »Bereinigung und gewaltigen Erdbewegungen, die bestimmt in eine der bestgepflegtesten Gedenkstätten unseres Landes wachsen werden. Von Baugebiet kann überhaupt keine Rede sein«.
Manchmal hörte man ihn nachts aus dem Schlafzimmerfenster rufen: Nein, verdammt noch mal: Gott sei Dank hat man auf mich gehört.
STIMME: Ach wäre es doch so gewesen.
Man hörte eine Frauenstimme rufen: »Du weckst ja alle Leute auf.« Das war *Tante Guste*, seine Frau.
Dann war Stille.
Der Aufbruch hatte auch Peter Bezug angesteckt; er ließ einen Bungalow bauen: weißer Kalksandstein, schwarze Dachpfannen, braune Mahagoniholz-Fenster. Mit neuem Flugplatz und altem Lager im Rücken sah er sich schon an seinem Fensterplatz im Arbeitszimmer: »Von hier und heute geht mein Blick bis zum Güldenholmer See. Dann schlage ich das Buch der Geschichte auf. Das Unerforschte des vor meiner Nase nun tief in der Erde liegenden ehemaligen Klosters muß erforscht werden. Überhaupt ist die Durchforstung der Geschichte, insbesondere der ganz alten, ein wichtiges Anliegen. Ich glaube, das interessiert die Leute mehr als das, was sie am eigenen Leib erfahren haben. Das kennen sie ja.«
Neuerdings ging Peter Bezug seinen Gedanken und Erinnerungen nach, erzählte am Stammtisch und allen, die es hören wollten, die eine oder andere Historie. »Alles schon mal dagewesen. Die Geschichte wiederholt sich. Selbst in meinem kurzen Leben, ich bin Jahrgang achtzehn, ist zwomal dasselbe passiert:

zwo Weltkriege. Man muß bloß immer wieder vergleichen. Nur so kommen wir zu Ergebnissen. Ich schreibe nämlich gerade eine Chronik!«

Einige Zuhörer nickten und sagten sich: »Da ist was dran, der Mann ist nicht ohne.« Andere schüttelten den Kopf und sagten nichts. Den Kopfschüttlern rief er zu: »Vergessen wir nicht: Das Schiff, das die Westerplatte beschoß, hieß *Schleswig-Holstein*. Und damit fing er bekanntlich an, der zwote Weltkrieg.«

STIMME: Tiefer hängen, mein Herr!

PETER BEZUG: Ich bin ja nun mal ein kritischer Geist.

So dozierte er und fügte mit großen Augen und Falten auf der Stirn hinzu: »Hätte ich vor fünfhundert Jahren gelebt, dann wäre ich Mönch geworden, Leute.« Im Nobiskrug stießen die Stammtischbrüder mit den Bauarbeitern von *Tiefbau Deutscher* an.

HEIZER ALPHA: Auf die Abschreckung.

HEIZER BRAVO: Auf die Freiheit.

HEIZER CHARLY: Auf die Zukunft.

»Die drei bringen Geld«, meldete Wirt Bohne Bonsen dem Stammtisch mit der Rechten am Zapfhahn und spendierte eine Runde.

Roswitha hatte von Güldenholm aus Sorgenfalten in Zürndorfers Stirn gegraben. Sorgenfalten fern der Heimat, wo der Rubel namens Deutsche Mark für Krieg und Frieden rollte. In Luke Air Force Base standen Hasse & Co. an der Bar. Sie tratschten, während Zürndorfer in seiner Bude über den Büchern saß oder Briefe schrieb und sich eine noch krausere Stirn zulegte. Hasse redete ihm gegenüber einmal von »Denkerstirn«.

»Das ist meine Sache. Damit werde ich fertig. Laß es man gut sein.«

Zwischen Roswitha und Zürndorfer waren Luftpostbriefe über den Atlantik hin- und hergegangen. Mitteilung von Roswithas Schwangerschaft hatte er im September 1964 erhalten: Brief mit Foto; Roswitha trug zum Scherz eine Schirmmütze, wie Schiffersleute sie tragen. Unten stand in hoher, tintegeschriebener Schrift: »Dein Kapitän auf hoher See.« Zürndorfer mußte lächeln, als er das las. Vaterfreude stieg nicht in ihm auf, sondern eine Sorge mehr.

»In dieser sehr persönlichen Angelegenheit werde ich meine Pflicht und Schuldigkeit tun, das ist bei uns in der Familie so Tradition gewesen«, schrieb er Roswitha. Von einem regen Briefwechsel konnte keine Rede sein, weil Zürndorfer mit seinen Antworten vier Wochen wartete, während Roswitha postwendend zurückschrieb.

»Mein armes Geschwätz wird dich wohl kaum unterhalten«, meinte sie.

Sie möge, antwortete Zürndorfer, »ihrer Schwangerschaft pflegen« und in aller Ruhe das Kind bekommen, dann werde man weitersehen. Er habe sich um Ausbildung und Karriere zu kümmern. Dafür habe er seinen Eid geleistet. Da sei er »im Obligo«. Da habe er klare Vorstellungen. »Verstehst du das?« Für das Kind komme er selbstverständlich auf. »Ich bitte dich, liebe Roswitha, nicht darauf zu bauen, daß wir beide ein Paar werden können. Denn: Muß man wirklich heiraten, wenn ein Kind unterwegs ist?«

»O ja, Zürndorfer, Heinrich, unser Kind ist unterwegs, und warum sollten wir nicht heiraten können? Ich liebe dich«, so sagte wahrscheinlich Roswitha in der kleinen Wohnung ihres kleinen Hauses in Güldenholm. Ihr war nämlich so, und das Kind im Bauch hörte zu.

Gut, daß Kind Helene noch nicht lesen konnte. Zürndorfer hatte sich, nachdem er ein Stück Hornhaut vom linken Daumen abgebissen und den Kugelschreiber mehrmals über die Stirn gestrichen hatte, noch folgende Briefzeilen ausgedacht: »Du weißt, es gibt da gewisse Verfahren. Ich rede nicht gerne um den heißen Brei herum: Adoption wäre schließlich auch noch eine Lösung.«

»Er hat zuerst an Abtreibung gedacht, dann hat er sich eines

Besseren besonnen und sich verschrieben, frohlockte Roswitha. Sie hatte einen Grund erwischt, gerade jetzt diesen Mann zu lieben: Zürndorfer war aus dem Gleichgewicht geraten und ins Schwanken gekommen. Die Freude darüber strich sie auf der Habenseite ihres schwangeren Lebens ein. Freute sich auch, daß sie von Anbeginn ihrer Schwangerschaft dort wohnte, wo die Bauarbeiten in vollem Gange waren. So konnte das Kind sich an Lärm gewöhnen und an vorbeifliegende Düsenjäger, die Scheinangriffe übten oder Luftbilder schossen, damit die politische und militärische Führung sich ein Bild mache. Das kleine Lebewesen wurde von alledem nicht nervös, es hatte keine Einschlafprobleme, es ließ sich in seiner Ruhe nicht stören und erlebte Roswithas rhythmischen Gang, hörte das Auf und Ab ihrer Atmung, fühlte ihren Herzschlag.
STIMME: Wessen Leben so beginnt, der ist nicht verloren.
Nur einmal war das Kind beinahe verloren, weil Roswitha in ihrer Verzweiflung, »Zürndorfer läßt nichts von sich hören, er liebt mich nicht mehr, aus den Augen, aus dem Sinn«, kein Gefühl für Ordnung und Sicherheit mehr hatte. Dann aber hatte Zürndorfer doch von sich hören lassen, und Roswitha hatte Wort für Wort den gehobenen Stammtisch herausgelesen: »Ich bin gelegentlich untreu. Das ist die Bedingung meines Überlebens. Ich vergesse dann. Vergäße ich nicht, dann stürbe ich. Mit anderen Worten: Ich habe hier die Frau fürs Leben gefunden. Selbstverständlich spielst du noch einen wichtigen Part darin, bin ich mir doch selbst das Wichtigste, anders könnt ich nicht leben.«
STIMME: Egozentriker Zürndorfer empfindet nur Mitleid für sich.
Roswitha lief zu Gret und sagte: »Ich möchte das Kind nicht mehr.« Da war sie an der falschen Adresse: »Nun setz dich erst mal hin und höre mir zu.« Das kleine Wesen in ihrem Bauch sei kein Auto, dem ein Teil nach dem anderen hinzugefügt werde, bis am Ende das fertige Fahrzeug vom Band rolle. Ein Kind sei von Anfang an etwas Ganzes. Und wie seltsam und wunderbar:

Es wisse, daß Roswitha, seine Mutter, lebe. »Ja, was denkst du denn.« Das »Bum-Bum« des mütterlichen Herzschlages von zweiundsiebzig Schlägen pro Minute sei dem Kind inzwischen wohlvertraut; darauf könne es nicht mehr verzichten. Warum das Kind im Bauch hören könne wie wir Alten? »Ja, weißt du denn nicht, daß sich das Ohr deines Kindes schon wenige Tage nach der Befruchtung blicken läßt, und daß das Innenohr, die Cochlea, in vier bis fünf Monaten Schwangerschaft fix und fertig ist?«

»Bei uns ist es auf dem Güldenholmer See passiert«, warf Roswitha ein.

Man stelle sich das mal vor: In kürzester Zeit liege das Innenohr in seiner endgültigen Größe vor. Das Ohr, dieses köstliche Organ, sehe doch überhaupt aus wie der Embryo selber! »Nun trink aber erst mal einen Schluck!« Gret holte aus dem Keller die Flasche mit dem Trunk für in Not geratene Schwangere und schenkte ein Glas voll ein. Roswitha trank, wie der Trunk es will: alles in einem Zug. Sie fühlte sich gegen ihren Willen ins strubbelige Leben zurückgeworfen.

Trunk für Roswitha, Ansprache für das Kind. Das Kind lauschte mit seinen Erwachsenenohren, die aus der Tiefe des neunzehnten Jahrhunderts emporwuchsen und Ähnlichkeit mit Bettina von Arnims Ohren haben sollten. Es hörte im Herzschlag seiner Mutter das »Mama« und das »Papa«. Nichts anderes drang so tief ein und saß so gut und fest in der tiefen Einsamkeit des Mutterleibes: Musik des Herzens. Das unter dem Herzen sitzende Kind taufte sich dreisilbig: »Elena«. Roswitha empfing die Botschaft und sagte: »Na gut, aber ich werde dich Lena nennen.«

Die werdende Mutter saß mit ihrem »zwomal« lebendigen Bauch kerzengerade und einen Apfel kauend am Wohnzimmerfenster, hundert Meter vom Herrenhaus Güldenholm entfernt. In der Ferne sah sie Baukräne und Brautkähne über Flugplatz und Himmel fahren. Ein trotziges Glück überfiel sie und riß sie mit: »Dich kleines Ding zieh ich auch ohne Vater groß.«

Übrigens hatten Bauherr, Bauleitung, Bauunternehmer den drei Kilometer langen Rollweg mit der Startbahn verwechselt. Die Startbahn war gar nicht in den Papieren gewesen. Wer hatte gepennt? Wer hatte das bemerkt? *Tiefbau Deutscher* war zu verdanken, daß »nun aber mit Hochdruck« die Bundesstraße, die unmittelbar am Flugplatz vorbeiführte, nach Nato-Bestimmungen und neuesten Erkenntnissen der Bauwissenschaft zur Start- und Landepiste ausgebaut wurde. Der Autoverkehr erhielt ein »vorsichtig ins Land gebautes Provisorium«, »denn die Autobahn ist sowieso nur noch eine Frage der Zeit«.
Roswitha sah den Staatsforst dunkelgrün im Novemberregen schimmern. Den Peter-Bezug-Bungalow bewehten fünf bunte Richtkronen. An der blankgeregneten Kastanie hingen noch ein paar Blätter. Regen lief vom Dach in die Dachrinne, weiter in die Fallrohre, und in den Fallrohren flüsterte der Regen: »Gerettet.«

Montezuma Castle

»Liebe verfügt im ersten Akt meist über eine sehr unreife Qualität, gleichwohl steht die Liebe in der Maslowschen Bedürfnispyramide ganz oben an«, so spricht der Fachmann. Die Dinge stehen heute, wie sie damals standen: Zürndorfer hatte sich am Swimmingpool der Familie Edison-Honig in der West Rovey Avenue zum zweiten Mal verliebt: Hals über Kopf in Susanne Rosenbaum. Roswitha saß zu der Zeit am Fenster ihrer Strohdachkate auf Güldenholm; beide Hände und einen Apfel, in den sie von Zeit zu Zeit biß, auf ihrem schwangeren Bauch.
Die Eheleute Edison-Honig handelten mit Zierfischen und führten ein offenes Haus. Man traf sich da am Wochenende, wenn *Peters Hofbräu* oder ein Ausflug nach Puerto Penasco nicht lockte. Sie kümmerten sich um die deutschen Flieger, »damit eure Zeit in Arizona schön verfliegt«, sagte Edison, der als junger Mann mit seiner jüdischen Familie aus Deutschland

hatte fliehen müssen – auch das noch: aus Solsbüll, wo Vater Edison Inhaber in dritter Generation der *Bürsten- und Pinselfabrik Erichsen* gewesen war.
Hasse hatte die Edison-Adresse von zu Hause mitgebracht; er erinnerte sich noch dunkel des Besuchs im Mai 45, nachdem ihn das Pferd eines deutschen Soldaten mit dem rechten Hinterhuf am Knie getroffen hatte. Edison war – großzügige Geste seiner Vorgesetzten – als amerikanischer Armee-Fotograf zu den Engländern überstellt worden, damit er seine alte Heimatstadt mit-erobern, mit-befreien konnte.
Gret und Großmutter Anne gingen damals aus Sicherheitsgründen immer nur zusammen an die Haustür. Da standen sie nun in ihren Schürzen und öffneten.
»Kennen Sie mich noch?« In der Küche lagen Töpfe und Teller, Messer und Gabeln im Abwaschwasser. In der Besten Stube waren die Gardinen vorgezogen. Bald hatte Edison Kamera und Blitzlicht im Schoß. Ein gedämpftes Sehen, Sprechen, Hören. Draußen wartete ein Spähpanzer mit langer Antenne bis in die frischen Lindenblätterspitzen. Der Abschied lautete so: »Edison macht sich auf den Weech.«

Hasse hatte Zürndorfer und Susanne am 10. Juni 1965 einander vorgestellt und mit Blick auf Susanne gesagt: »Wir kennen uns von klein auf.«
»O Gustav, mit dir hab ich schon viel erlebt«, sagte sie und hob die Rechte an den Mund, weil sie lachen mußte. Der schiefe Schneidezahn gehörte zugedeckt: »Du kommst auch noch dran«, dachte sie in Richtung Schneidezahn; dann strich sie mit dem Zeigefinger über ihre schönheitsoperierte Nase. Susan war Fotografie-Absolventin der Northern Arizona University in Flagstaff.
Die frischgebackene Fotografin – sie nannte sich »Susan Sunday« – zog in den Süden Arizonas und betrieb, zusammen mit Ehemann Joachim Rosenbaum, ein florierendes Studio in Scottsdale; da wohnten sie auch.

Große schlafende Wälder um Flagstaff und Montezuma Castle. Große schlafende Wälder in der Grünen Lunge Polens. Große abgeerntete Kornfelder um Güldenholm und Roswithas Kate.

Nachdem Rosenbaums Deutschland verlassen hatten, waren sie erst mal kreuz und quer in Nordamerika unterwegs gewesen. Zuerst wohnten sie in Kanada. Dann zogen sie nach Cincinnati. Da seien sie gut aufgehoben, hatte Vater Rosenbaum gemeint. Denn dort hielten die jüdischen Amerikaner Abstand zu Mercedes. Er wußte nicht, daß zu dieser Zeit in Tel Aviv bereits Mercedes-Taxen fuhren.

Susanne entstammte zwar einer jüdischen Familie, dennoch war sie nicht im jüdischen Glauben erzogen worden. Joachim zuliebe nahm sie Unterweisung in Lehre und Glauben. Sie durchlief ein Jahr Probezeit, wurde dann, nach dem Tauchbad, offiziell aufgenommen und war nunmehr vollberechtigtes Mitglied im Bundesvolk. Sie war achtzehn, er war zwanzig, als sie 1961 heirateten; Geschwister ohne Blutsverwandtschaft. Der Bräutigam überreichte seiner Braut einen schlichten Ring und sprach in gutgeübtem Hebräisch: »Durch diesen Ring bist du mir angelobt nach dem Gesetz Moses und Israels.« Er schenkte ihr ein Gebetbuch; sie schenkte ihm einen Gebetsmantel. Das göttliche Gebot »Seid fruchtbar und mehret euch« gilt in erster Linie als Mannespflicht. Die Ehe war seit vier Jahren kinderlos, weswegen sich Klatsch und Tratsch der Glaubensbrüder über sie ergoß. Nur die Edisons hielten sich mit Hänseleien zurück; kein Wunder, daß das unfruchtbare Paar gerne herkam.

Hasse stand mit Susannes Polaroid-Kamera an Edisons Swimmingpool-Bar und sah Zürndorfer an der Überlaufrinne neben dem Einmeterbrett liegen. War er gestürzt? Zürndorfer in einer Situation der Wehrlosigkeit? Sah Hasse richtig? Zürndorfer war nicht gestürzt; er hatte sich nach dem beliebten Haschmich-Fangmich um den Swimmingpool weiblicher Übermacht ergeben. Und die betrachtete ihn von oben herab: seine edle Gestalt, seinen eingezogenen, muskulösen Bauch, sein nasses,

glattes schwarzes Haar, seine blauen Augen, seine gerade Nase, seine blendendweißen Zähne und das göttliche Lachen. Neun junge Frauen, die ein Bikini-Atoll um ihn herum gebildet hatten, entlockten es vorsichtig und mit spitzen hohen Hacken seinem Fleisch. Hatte Zürndorfer jemals so gelacht? Hatte er überhaupt schon mal gelacht?
STIMME: In der Horizontalen kann man am besten Freude und Schmerz genießen.
Eine trat besser als alle anderen: Susanne hatte die Schuhspitze genommen. Zürndorfer schätzte ihr Gewicht auf sechsundfünfzig Kilo. Er registrierte das Einzigartige zwischen den Rippen und nahm es sich zu Herzen. Sein Lachen schlug um wie Wetter, das dem Menschen plötzlich einen anderen Kopf beschert. Auch Hasse stand plötzlich da mit anderem Kopf. Er schleuderte die Polaroid in den Swimmingpool und ging mit gesenktem Blick am Bikini-Atoll vorbei, nicht wütend, nicht fluchend, sondern stumm und mit einem Seelenleben, das er vom Unternehmen Spänekiste kannte. Er dachte an einen Ausflug mit Susanne und Joachim nach Puerto Penasco. »Wie soll das gehen, ich bin doch verheiratet«, hatte sie zu Gustav gesagt, als Joachim allein im Wasser schwamm. »Ja, das verstehe ich«, hatte Gustav geantwortet, was in diesem Fall soviel hieß wie: »Ich liebe dich.« Zürndorfer, immer noch am Rande des Swimmingpools liegend, ließ seinen Blick ungefähr folgendes sprechen: »Sink hernieder, Nacht der Liebe.« Der Augenblick, der Ewigkeit sein wollte und nur eine Sekunde dauerte, hatte auch Susanne gebannt. Der Augenblick, in dem der eine die Welt mit den Augen des anderen betrachtet. Der doppelte Blick aus zwei Paar Augen schafft Zeit und Raum. »Arizona ist groß, Mexiko ist noch größer«, sagte Zürndorfer, als er aufstand. Susanne nahm den Spielball auf, fühlte sich warm durchdrungen von Zukunft, denn schon hatte Sehnsucht in der Nähe ihres Herzens ein Nest gebaut, und schnell bedachte Susanne den Altersunterschied: »Sieben ist eine Glückszahl«, sagte sie; Zürndorfer hatte kapiert. »Er möchte unbedingt von dir zum Kaffeetrinken eingeladen

werden«, sagte Edison zu Susanne. Das frischgebackene Liebespaar lehnte dann lange mit dem Rücken an der Gartenhauswand, berührte sich an den Oberarmen, schwieg sich aus, dachte viel und sah dem Haschmich-Fangmich-Spiel der anderen zu; es fielen noch mehr Männer um, und die anwesenden Damen hörten nicht auf, dem anderen Geschlecht ihre hohen spitzen Hacken zwischen die Rippen zu bohren.

Jahrhundertelang hatten die Sinagua-Indianer in den Felsenhöhlen von Montezuma Castle gewohnt, friedlich ihre Äcker bewirtschaftet und friedlich gejagt.

Wo waren die Sinagua geblieben? Man weiß es nicht. In den Höhlen fanden sich Werkzeug und Scherben. »Wer zuviel liebt, der endet auf schreckliche Weise«, war einer Scherbe eingeschrieben.

HASSE: Wer zuviel liebt?

Im Herbst färbten sich die Blätter der Espen zitronengelb. Eidechsen flitzten über die Felsen. Der Himmel war tief arizonablau.

Hier verbrachte Zürndorfer ein Wochenende allein, um die Sorgenfalten unter seinem Baseball-Mützenschirm verschwinden zu lassen. Kann ein Mann zwei Frauen gleichzeitig lieben? Können zwei Männer eine Frau lieben? Gab es da nicht irgendwo ein Volk, in dem mehrere Brüder eine Frau haben? Wer gerade bei ihr weilt, stellt einen Stab vor die Tür?

Zürndorfer fühlte sich an seine Frauen wie durch ein Heiratsversprechen gebunden; das Kind, das Roswitha von ihm empfangen hatte, war geboren; das Kind, das Susanne von ihm empfangen sollte, würde schon bald unterwegs sein. Kompromisse? Jedes Zusammenleben braucht Kompromisse. Zürndorfer war kein Feind davon; aber dieser hier verstieß gegen seinen Ordnungssinn; der verlangte eine Entscheidung.

Wenn einer so festsitzt, hilft die Lagebeurteilung. Übersicht behalten ist das A und O. Zürndorfer mußte kostbare Güter wägen. Hier kam ihm seine juristische Grundausbildung zu Hilfe.

Alles mußte er bedenken, nichts durfte er nicht bedenken. So bedachte er auch dies: seine Nähe zu den Mördern ihres Volkes und ihre Nähe zu den Ermordeten.
STIMME: Wirklich?
Zürndorfer war solches Bedenken zuzutrauen. Vielleicht war dies überhaupt der Grund, warum er die Lage meistern konnte? Bei der Arbeit half ihm das Geschick, die Welt des anderen mit eigenen Augen zu sehen. Roswitha hörte er sagen: »Ich kann nicht zweigleisig fahren, ich ziehe mein Foto wieder zurück.« Susanne sprach: »Ich weiß nicht, was ich tun soll; aber eines weiß ich genau: Ich ertrage keine Nebenbuhlerin.« Roswitha war weit weg. Susanne war nah.
STIMME: Des einen Leid ist des anderen Lied.
Zürndorfer war nicht der im Irrgarten der Liebe herumtaumelnde Kavalier; er würde gleich morgen handeln: Roswitha mußte von Susanne wissen, Susanne von Roswitha. Und Roswitha mußte von Zürndorfer wissen: »Ich habe mich für Susanne entschieden.«
»Nicht nur bei mir selber schaffe ich Klarheit und Ordnung. Ich werde die Ereignisse in genau abgestimmter zeitlicher und räumlicher Reihenfolge eintreten lassen und somit eines nach dem anderen abhaken«, sprach Zürndorfer hinterm Steuer seines grünen Buick, der leise über Arizonas schöne Chausseen rauschte und einmal auf den Seitenstreifen schlingerte, weil der Fahrer schon in Gedanken am Ziel war. Er kam auf staubige Straßen, fuhr hinein ins Indianer-Reservat nordostwärts von Flagstaff und erreichte die Hopi-Stadt Old Oraibi. Im Tourist-Büro kaufte er die Fahr- und Aufenthaltsgenehmigung; dann steuerte er um ein paar Ecken, an Lehmhütten und Kühlschränken, Betrunkenen und Fernsehantennen vorbei, schließlich hielt er bei dem Hopi-Indianer Lothar, den seine Eltern nach einem deutschen Kaiser getauft hatten.
Lothar war Angehöriger des Bären-Clans. Er nahm, um für sich selber und Zürndorfer Klarheit zu gewinnen, eine lebende Klapperschlange in den Mund, trat an den roten, randvoll mit

Energie geladenen, »zwo Tonnen« schweren Altarstein aus Travertin, breitete die Arme aus, wartete, bis die Schlange in seinem Mund zur Ruhe kam, und war mit Zürndorfer, der ihm gegenüberstand, Auge in Auge. Nun breitete Schüler Zürndorfer die Flügel aus, er fühlte sich von unten her gehoben und von guter Energie durchströmt. Lothar nahm das giftige Tier mit beiden Händen aus dem Mund und legte es in den Käfig zurück. Er sagte: »I tell you what.« Zürndorfer sei auf dem richtigen Weg, weil der Weltgeist sich ihm schon offenbart habe: Übereinstimmung mit sich und dem anderen. Diesen Weg müsse er nun weitergehen. Jedenfalls: Er möge beim Fahren und Fliegen stets behütet sein.

Am nächsten Morgen, von Ferne schimmerten die White Tank Mountains, wachte Zürndorfer mit dem Gefühl auf: »Ach, wie wunderbar geordnet ist doch mein Leben. Ich blicke in eine tadellose Zukunft.« Er war hellwach und fühlte sich frisch wie nach langem, tiefem Schlaf. Er sah auf die Uhr: noch eine Stunde bis Dienstbeginn. Als er in den Spiegel blickte, bestaunte er die geglättete Stirn: mein Werk. Diese eine Stunde lang freute er sich auf den vor ihm liegenden Tag. Er briet sich »zwo Spiegelei« mit Speck, ließ zwei Toastbrote aus dem Toaster springen und schlürfte Kaffee, den er süß und schwarz zubereitet hatte.

Beim Chef klappte ein Soforttermin im airforcegrauen Dienstzimmer. Der sprach mit Kloß im Hals, nachdem Zürndorfer ihm aus seinem Schicksal erzählt hatte. »Das geht mir nahe. Aber: die ganze Sache ist ja keine Tragödie; alles bleibt im Lot, auch Krieg und Frieden. Dieses Mal vorneweg. Da muß nichts, aber auch gar nichts in die Papiere, Herr Oberleutnant. Das ist allerstrengste Privatsache. Alles immer nur mündlich. Daß Sie von mir und, soweit mein dienstlicher Atem reicht, also auch von meinen nächsten und übernächsten Vorgesetzten Rückenstärkung für Ihre wirklich nicht einfache Lage erwarten dürfen, ist wohl selbstverständlich. Und nun Hals- und Beinbruch. Die letzten Treffer-Ergebnisse sind ja wieder tadellos.«

So fügte sich zur inneren Ordnung die äußere. Glückes genug.

Zum Beispiel: Chef Büchmann ehrte Zürndorfer als *Student of the Month*. Das kam in die Zeitung. Zürndorfer wurde zu einem Radiointerview eingeladen. Davon profitierte Büchmanns Cactus-Staffel.
Der geehrte Zürndorfer verfügte nun über die Stärke, die der Mensch braucht, wenn er sein Leben mit aufgekrempelten Ärmeln auf Zack bringen will, um Raum und Zeit zu gewinnen: Roswitha erhielt einen Absagebrief. Joachim erhielt einen Anruf: »Der Ordnung wegen«, sagte Zürndorfer ihm am Telefon. Joachim bewahrte die Fassung, unter anderem deswegen, weil die kinderlose Ehe sein »Schuldkonto belastet« und weil er gelernt hatte, seinem Namen zu vertrauen: der, dem Gott aufhilft.
STIMME: Ich möchte die Behauptung wagen, daß Namen Einfluß auf das Schicksal haben.
Joachim ließ Susanne dahin ziehen, wohin die Liebe sie zog: zu ihrem Liebsten.
Zürndorfer hatte eine Wohnung in Peoria gemietet: *Peoria Paradise Homes*; eine Stunde näher am Flugplatz als Susannes Wohnung in Scottsdale. »Hier ist es absolut still«, sagte der Vermieter. Nur den Rasenmäher hörte man, oder man hörte Leitungswasser über den immergrünen Rasen der Paradise Homes regnen. Einzurichten gab es nichts, weil schon alles, inklusive Fernseher, eingerichtet war. Zürndorfer kündigte die Junggesellenbude neben dem Officers Club und zog mit seinen Siebensachen ins gemachte Nest. Susanne war in Vorfreude auf alles. Frohe und dankbare Gefühle entsprossen ihrer Seele, die der Segen der Ordnung begossen hatte. Da kriegte man ja ein Kribbeln in die Nase! Wozu Scheidung? Alles Papierkram. In der Liebe verzichtete Zürndorfer auf Formalitäten? Wies er die vielleicht sogar zurück?
STIMME: Ich bin mir da nicht so sicher.

Zürndorfer schlug einen Wochenendausflug nach Montezuma Castle vor. Sie fuhren unter hochaufgetürmten Kumuluswolken Richtung Polarstern. Es war ein heißer Septembertag.

Wind in Divisionsstärke marschierte auf. Staub jagte an Kakteen und Palmen vorbei. Tumbleweed, blown about by the wind, purzelte über den Highway. Es blitzte und krachte und regnete. *Seine Spektralität* erschien: der Regenbogen. Als der Himmel wieder blank und tiefblau leuchtete, war der Wind über alle Berge.

Arizona sei das Land der phantastischen Sonnenauf- und -untergänge. So steht es in den Büchern. Wohin trieben die beiden? Zürndorfer parkte sein Auto im ausgetrockneten Flußbett des East Verde River. Sie stiegen aus mit leichtem Gepäck, wanderten im Flußbett, fanden einen Kletterweg im Felsen und gingen ihn, bis sie oben ankamen. Da standen sie am Rande des Hochplateaus, hoch über den alten Indianerwohnungen, die nun Museum waren. Wem gehörte das rot im Abendlicht schimmernde Land? Wem gehörten die letzten segelnden Kumuluswolken? Sie sahen die Sonne untergehen und fotografierten mit einer Sofortbild-Kamera, legten sich in felsiger Höhe nebeneinander auf den Schlafsack und sahen zu, wie sich das Naturschauspiel auf dem Film entwickelte.

Eine Nacht wollten sie auf dem Felsen verbringen. Besucher des National Monuments liefen tief unter ihnen vom Parkplatz zum Eingang und vom Eingang zum Parkplatz zurück. Dann fuhren sie davon. Als die Nacht herabsank, war der Parkplatz leer. Die Ranger schlossen das Museum ab, wiesen Zuspätgekommene auf die Öffnungs- und Schließzeiten hin und halfen Leuten, die sich im Gelände nicht auskannten, mit freundlichen Auskünften.

Der Abend wurde zart. Zart stimmte er das Hohelied an und verdunkelte Stadt, Land, Fluß.

STIMME: Nicht von ohngefähr steckt im Wörtlein *hoffen* das Wörtlein *offen*.

ZÜRNDORFER: Was waren die Rosenbaums? Litauische Juden? Deutsche Juden aus Litauen? Deutschstämmige Litauer? Deutsche aus Litauen?

Die Rosenbaums waren am Abend des 27. Juni 1941 aus Kaunas in Litauen geflohen; unmittelbar nach den Pogromen. »Es war zunächst nicht einfach, einen Judenpogrom in Gang zu setzen«, schrieb der Führer der Einsatzgruppe A, SS-Brigadeführer Stahlecker, der Nachwelt ins Stammbuch.
Noch bevor Stahlecker grünes Licht gab, ließen Litauer in vorauseilendem Gehorsam litauische Zuchthäusler frei, trieben, gemeinsam mit denen, Juden auf die Straße und erschlugen sie mit Eisenstangen oder hängten sie an Straßenlaternen auf. An den Schatten der Gehängten lernten die Kinder die Tages- und Nachtzeit ablesen: morgens lange Schatten, mittags kurze Schatten, abends lange Schatten, nachts keine Schatten.
In Kaunas drückte die *alte Katz,* Apothekerin, Fotografin, Nachbarin, den Rosenbaums ihren sechs Monate alten Enkel Joachim in die Hand. Sie habe das Kind eine Nacht unter Sägespänen schlafen lassen, ja sie habe sich nicht anders zu helfen gewußt »als wie so«, nachdem Sohn und Schwiegertochter der *schönen blonden Bestie,* dem Totschläger von Kaunas, unter die Eisenstange gekommen seien. Nun hatten Paul und Paula Rosenbaum drei Kinder: den elfjährigen Thomas, die zweijährige Martha und das Wickelkind mit dem hebräischen Namen Joachim.
Rosenbaums flüchteten nun erst mal nach Polen in die Wälder und Sümpfe um Bialystok. Dort zeugten Paul und Paula Rosenbaum in einer schönen Juli-Sommernacht ihre Tochter Susanne; im April 43 kam sie auf die Welt. Gute Erinnerungen an die Zeit im Untergrund! Dr. Rosenbaum stand den Partisanen mit ärztlichem Rat zur Seite und versorgte Kranke und Verwundete. Seine Familie wurde satt; trotzdem mußte das tägliche Brot jeden Tag erkämpft werden. Jeden Tag gab es eine Baumrinde, die man essen konnte. Jeden Tag gab es einen Ort, wohin man flüchten, und ein Fenster, aus dem man springen konnte.
»Wir wollen uns nicht wie Schafe zur Schlachtbank führen lassen«, sprach der tapfere Vater Rosenbaum zu den Seinen. Paula pflückte Kamille, sammelte und trocknete sie, färbte damit sich

und ihren Kindern die Haare blond. Auf daß die Eltern nicht zu ihren Kindern sagen mußten: »Sei still, sonst stirbst du«, lagen für sie Schlaftabletten bereit. Die Familie kam durch. Paul Rosenbaum konnte nicht wissen, daß Polens riesige Wälder und Sümpfe, dieses für Freund und Feind gleichermaßen feindselige Revier, dermaleinst die Grüne Lunge Polens heißen würde. Ein Naturschutzgebiet, groß wie die Schweiz, das Polen und Europa schon damals mit Sauerstoff zum Atmen versorgte.
»Auch Polen kann uns keine Heimat sein«, sagte Vater Rosenbaum, nachdem bislang unbescholtene polnische Bürger in Kielce am hellichten Tag im Juli 46 zweiundvierzig jüdische Männer, Frauen und Kinder ermordet hatten. Die Judenmorde in Kielce und anderswo in Polen waren das Signal zur Massenflucht derjenigen, die den Deutschen entkommen waren.
Rosenbaums fanden den Weg von ihrer Heimatstadt Kaunas nach Lager Solsbüll über folgende Stationen: Bialystok, Kielce, Stettin, Berlin, Hamburg, Belsen in der Lüneburger Heide. Lager Solsbüll erreichten sie am 25. Juli 1946.
Vater Rosenbaum und Familie lockte es nach Palästina.
Viele Juden, die ins *gelobte Land* wollten, sagten: »Wenn die Engländer uns weiterhin Palästina verschließen, dann wäre es besser gewesen, Hitler hätte uns alle umgebracht.« Das hörte Dr. Rosenbaum oft. Er wollte sich seinem Pioniergeist überlassen und in Palästina bei der Aufbauarbeit helfen.
Noch im Juli desselben Jahres verübten Mitglieder der jüdischen Untergrundbewegung *Irgun Zwai Leumi* ein Bombenattentat auf das Jerusalemer König-David-Hotel. Einundneunzig Menschen kamen um, darunter zwölf britische Offiziere.
Dann flog Vater Rosenbaum folgende Nachricht aus einem Münchner Lager zu: die jüdische Militärorganisation *Haganah* hatte antisemitische Ausschreitungen inszeniert, um die Glaubensbrüder daran zu erinnern, daß es gelte, »hier nicht zu erschlaffen, sondern den Aufenthalt in Deutschland nur als notwendigen Übergang zu betrachten«.
STIMME: Die haben Fensterscheiben eingeschmissen.

»Auch Palästina kann nicht unser Land sein«, sagte Paul Rosenbaum zu seiner Frau Paula, nachdem er von diesen Schandtaten gehört hatte. »Hier hast du den Grund, warum wir Menschen nicht aus der Geschichte lernen: Am Anfang steht immer die falsche Hoffnung, am Ende immer die falsche Moral. Am Anfang müßte die richtige Hoffnung stehen.«
»Und am Ende die richtige Moral?« fragte Paula.
»Beides wäre gut.«

Wer hatte die Fluchtgeschichte erzählt? Susanne? Lothar? Die Klapperschlange in Lothars Mund? Der Travertinstein in seinem Altarraum?
Hoch über Montezuma Castle nahm Susanne ihren und Joachims Faden auf und sagte: »Dann heirateten wir, und er lag grenzenlos traurig und ohne jede Leidenschaft neben mir, wie ein Bruder eben. Nur seinen Rücken hielt er mir hin, den ich ihm stundenlang kraulen mußte. So eine Liebe will ich nicht. Und du?« Zürndorfer wußte wenig, »außer daß ich bei meinen Stiefeltern aufgewachsen bin«.
»Und deine richtigen Eltern?«
»Kenn ich nicht.«
»Und sonst weißt du nichts?«
»Mein Stiefvater sagte immer: Ordnung halten ist leichter als Ordnung schaffen.«
»Und was hat er noch gesagt?«
»Lauf nicht über den großen Onkel.«
»Was heißt das?«
»Ich sollte meine Füße ordentlicher aufsetzen.« Der einzige Makel am sonst makellosen Zürndorfer-Körper: die großen Zehen standen nach innen, und der rechte große Zeh war eine Winzigkeit größer als der linke.
»Das ist alles, was du von dir weißt?« fragte Susanne.
»Ich hab noch das Kriegstagebuch meines Vaters.«
»Hast du das gelesen?«
»Noch nicht.«

»Du solltest es lesen.«
»Hat mein Fluglehrer McNish auch gesagt: You should read it.«
»Wirst du es tun?«
»I promise.«

Immer mehr Licht wurde dem Abend zuteil. Brandgänse kamen in dunklen Scharen, hörten nicht auf, mit ihren singenden Schwingen über Zürndorfer und Susanne hinweg nach Wohinweißkeiner zu fliegen. Es war ein Wehklagen und Durcheinanderschreien am Himmel, so schien es. Die Wahrheit aber lautete hier anders: Alles war, wie es sein sollte.
STIMME: Ordnung hat Gott lieb.
Susanne lauschte den Vögeln, uralte Erinnerung aus der Kinderzeit stieg auf, ein Lied, das Vater Rosenbaum vorgesungen hatte, wenn sein Kind nicht einschlafen wollte. Er hatte es aus den Wäldern von Bialystok mitgebracht. Hier, hoch über Montezuma Castle, flogen die Brandgänse in ihren Königsmänteln über die beiden Liebenden hinweg.

Weg war der Geruch

Ein Klang verschwand in der Ferne. Es waren die Triebwerke, die eines nach dem anderen ausgeschaltet und langsam leiser wurden.
STIMME: Hörst du sie noch?
Stille und Nacht am Fuße der White Tank Mountains. Der Kerosingeruch stieg mit der warmen Luft in den Himmel. Weg war er. Geruch von der millionenfach bewohnten und bewachsenen Arizona-Wüste strömte herbei. Die Triebwerke kühlten aus, die Titanvögel pennten und hockten regungslos da.
Hasse & Co. saßen in der Lounge, tief in Kunstledersesseln versunken. Sie warteten nach dem Nachtflug auf Dienstschluß. »Ist das Flugstundenbord up to date? Sind die Einsatzaufträge un-

terschrieben? Sind alle Papierkörbe geleert?« Der Chef hatte Zürndorfer nach Hause geschickt. »Als meine Frau im sechsten Monat schwanger war, da hatte sie auch zu kämpfen. Da müssen Sie doch bei ihr sein.« Diese Fürsorgegeste half Zürndorfer nicht. Seine Sorge war: »Was soll ich zu Hause in Peoria?«
Am Pool-Table spielte Airman Blacky Brown eine Partie mit Knebel und Hausner. Die Natur hatte Hausner nicht mit kräftigen Geduldsfäden bedacht. Er schmiß seinen Queue Richtung Ausgang, weil Blacky gerade »zwo deutsche Leutnante« geschlagen hatte. Knebel hingegen gratulierte Blacky. Der ging zu Hausner und sah ihn mit guten schwarzen Augen an: »Don't mind, Sir«, sagte er und legte die rechte Hand auf seines Gegners Schulter. Hausner fand wieder Tritt und sagte: »Come on, I'll buy you both a coffee.«
Beim Kaffeetrinken meldete Blacky Brown die Versetzung nach Vietnam. Da horchte Hasse auf und ging rüber. Nächste Woche werde Blacky nicht mehr hiersein, hörte er. Er werde sofort eine Karte schreiben, sobald er angekommen sei. »I, I, I promise, Sir«, stotterte Blacky. Da wurde Hasse eifersüchtig, weil auch er eine Karte aus Vietnam haben wollte.
»Und was sollst du da machen?« fragten Hausner und Knebel aus einem Munde. »I, I, I think I'll, I'll, I'll have to shoot one of the bad guys«, antwortete Stotterer Blacky und versprach Hasse »a real nice postcard«.

Inzwischen hatte sich in Lager Solsbüll einiges getan. Darüber berichtete der *Solsbüller Bote*: Die neue Bundesstraße mache nun einen »vorsichtig ins Grünland gelegten« Bogen um den Fliegerhorst; die alte Bundesstraße habe man verbreitert, verdickt und betoniert, an den Enden mit Auslauf und an den Seiten mit Asphalt-Schultern versehen, und sie könne »in absehbarer Kürze dem Starfighter für Start und Landung zur Verfügung stehen«. Das Geschwader von Lager Solsbüll wolle die »neue Ära mit einem Tag der offenen Tür am 1. April 1966 einläuten«.

Der 1. April ist beim Militär immer schon Beförderungs- und Versetzungstag gewesen. Ein Versetzungsschreiben hielt in der Hand Oberstleutnant v. Kümmernitz, der von diesem Datum an Kommodore des neuen *Aufklärungs-Geschwaders 55* sein würde. Mit einer Beförderung durfte er rechnen; denn hinter vorgehaltenem Flügel pfiffen die Spatzen den Oberst schon von den Dächern. Der blonde Hüne Büchmann war bereits für die Position des stellvertretenden Kommodore vorgesehen. v. Kümmernitz absolvierte eine Starfighter-Kurzumschulung bei der *Waffenschule 10* in Jever und konnte den 1. April kaum erwarten, würde doch ein »zwotausend Mann«-Untergebenen-Heer ihm zu Diensten sein. »O ja«, da war ein Schluchzen in seiner Stimme, während er eine Runde an der Bar des Offizierskasinos schmiß, »es wird ein großartiges Fest: Musik, Vorbeiflug mit allem Pipapo. Trinken wir auf die Zukunft, meine Herren«.

Roswitha schob ihr Kind Elena im Kinderwagen am Ufer des Güldenholmer Sees entlang. Aus der Ferne grüßten Brautkähne und Baukräne. »Ach, ich bin so durcheinander.« Was in verschiedenen Höhen und unterschiedlicher Größe unterm kalten Himmel zum Vorschein kam, konnte sie nicht begreifen. Gott sei Dank: Die von Tante Lotte gestrickte grüne Wolljacke wärmte unterm Anorak. Elena war warm zugedeckt.
Firma Deutscher hatte die versprochenen Termine nicht einhalten können. Trotzdem fand der Tag der offenen Tür statt: Schankbierzelte und Würstchenbuden luden ein, Fahnen wehten, Lautsprecher wiesen auf Ereignisse hin, Düsenjäger aus Nordrhein-Westfalen und Großbritannien flogen mal laut, mal leise, mal schnell, mal langsam. Start und Landung war »noch nicht mööchlich, weil der Beton erst noch abbinden muß«, ließ die Firma Deutscher in einer Pressemitteilung wissen. v. Kümmernitz war trotzdem hochzufrieden.
Elena, die bald ein Jahr alt werden sollte, machte das alles nichts aus. Sie strahlte in den Fluglärm, preßte die kleinen Hände fest über beide Ohren und lachte ihre Mutter an. »Das Leben ist

nicht kostenlos, du kleiner Irrtum«, sagte Mutter Roswitha, wischte sich mit dem rechten Handrücken über die Augen und lächelte zurück. Gut vorstellbar: Vor diesem fröhlich schiefgezogenen Kindergesicht streckt ein Millionenheer Menschen die Waffen. »Hörst du, ja hörst du denn nicht?« fragte Roswitha. Natürlich hörte das Kind; denn in einer Fluglärmpause spielte das Musikkorps der Luftwaffe aus Hamburg die *Große Locke*, die der Dirigent aus den Flöten besonders gut herauslockte.
»Ach, so schön ist es hier nun auch wieder nicht«, sprach Roswitha mehr zu sich als zum Kind. Sie bugsierte den Kinderwagen durch Pfützen und über Baumwurzeln. Das Kind sollte doch frische Luft haben! Der See schimmerte grauschwarz. Wind warf unverhofft die Anorak-Kapuze über Roswithas Schulter. Kleine Wellen bewegten das Wasser. Hier war das Ufer überschwemmt. Dann kam ein schöner Platz: Der Weg war schmaler Strand geworden. Der Sand war fein und weiß.
»Stell dir vor, eine Muschel!« Roswitha hob das olivengroße kostbare Stück auf und hielt es dem Kind ans Ohr. »Hörst du, wie der See schwimmert?« Aus der Muschel schwimmerte der See im Mitgefühl eines millionenstarken Menschenheeres.
Am gegenüberliegenden Ufer war ein Muster in die Hügel des Truppenübungsplatzes gedruckt worden: Panzerspuren. Hier, auf Roswithas Seite, tief unter ihr, steckten noch alte Mauern.
STIMME: Hier stand vor alten Zeiten ein Schloß. So haben uns die Alten berichtet.
Kein Schloß, sondern Kloster Güldenholm. Man müßte graben. Wie tief müßte man graben?
Herrliche Mönchszeiten sind beschrieben worden. In diesen herrlichen Zeiten brachte ein Bauer seinen Sohn hierher; der lernte was und kam als Gelehrter wieder an die frische Luft. Auch von Besäufnissen und Unzucht, die Kloster Güldenholm durch Gottesurteil ins Unglück stürzten, ist berichtet worden.
»Und darüber tu ich dich jetzt schieben«, sagte Roswitha.

Zürndorfer betrat die Wohnung in Paradise Valley mit Schlagseite in der Seele. Susanne erwartete ihn. Salat, Steakteller und brennende Kerzen waren auf dem Tisch. Rote Servietten lagen neben den Tellern. Susanne stand davor, stützte beide Arme auf die Tischkante, sah Zürndorfer an, sah auf ihren Bauch.

»Denke nicht, daß ich jetzt mit dir schlafen möchte.«

Das hätte Susanne sagen können; sie sagte es nicht, Zürndorfer sprach so. Dem war nicht nach heimischem Herd und kerzenbeleuchteter gemeinsamer Mahlzeit, nicht nach einer Serviette, womit sich der Mensch, wenn es geschmeckt hat, den Mund sauberwischt, um ihn gleich wieder anständig zu öffnen und der Köchin ein Lob zu spenden. Ihm war nicht nach Erzählungen aus der Kinderzeit. Ihm war nicht nach Schlummern, Schlafen und Träumen mit der Geliebten im Arm. Ihm war nicht nach dem Duft, den die Haut verströmt, nicht nach der Hand, die mit allen Fingern über die Haut streicht und mit dem Zeigefinger einen Kreis um Susannes Leberfleck auf dem rechten Schulterblatt fährt. Das Herz schlug ihm wie ein Vorschlaghammer immer auf die falsche Seelenseite.

STIMME: Ja, immer feste zu, du blödes Herz.

Zürndorfer war nach dem nächsten Ausbildungsabschnitt zumute, nach Erledigung von Aufgaben, nach zukunftgestaltenden Plänen, nach Taten. Ihm war nach Lernmaterial und Fachsimpelei, nach Arbeitsessen im Officers Club oder in der *Oak Creek Canyon Owl* drei Autostunden von hier.

Susanne blies die Kerzen aus und sagte: »Hast du jemals *Ich liebe dich* zu mir gesagt?«

»Worte, nichts als Worte. Taten zählen.«

»Was sind denn Sagen und Fühlen anderes als Taten?«

Susanne hatte das schiefe Gesicht, das in solcher Lage auch bei Roswitha zu beobachten gewesen war. Da kam das Abräumen und Abspülen gerade recht. Susanne spülte gleich ihren Kummer ins Spülwasser und ließ ihn mit ablaufen. Es blieb freilich ein Rest, der nicht mit hinunterwollte. Zürndorfer setzte sich vor den Fernseher und fragte, als es schon zu spät war: »Soll ich dir was helfen?« Er, der Herr der Mietwohnung, fuhr fort: »Laß alles stehen. Ich räume später alles weg. Ich habe da meine Ordnung«, und schickte sich an, seine Nacht auf dem großen Ecksofa unter der Wolldecke zu verbringen, während Susanne sich mit zwei Kissen ins Schlafzimmer verkroch.

STIMME: Er hat was Dämliches.

Damit schlief Susanne ein. Ihre Erzählungen aus den Kinderjahren hatten bei Zürndorfer Spuren hinterlassen. Susanne wußte von Vater und Mutter, von den Geschwistern und von Joachim, den die *alte Katz* ihnen mit auf den Fluchtweg gegeben hatte. Sie wußte von den Urwäldern um Bialystok, vom Geschrei der Brandgänse, die ihr immer noch in den Ohren lagen. Das wußte nun auch Zürndorfer.

Zürndorfer wußte von seinen leiblichen Eltern nichts. Er war ohne Geschwister aufgewachsen. Er wußte nur von Stiefmutter und Stiefvater, beide aus Kaisersaschern und daselbst gestorben.

STIMME: Beide in Kaisersaschern gestorben?

Mehrere Besuche in Old Oraibi beim Geistseher Lothar, der Licht ins Dunkel bringen sollte, hatten kein Licht gebracht. Lothar konnte die Frage nach Zürndorfers Herkommen trotz allergrößter Anstrengungen mit Stein und Klapperschlange nicht beantworten. Ihm war es ein Rätsel, warum die aufgewandte magische Energie nicht ausreichte. »Hohocam«, sagte er, was auf altindianisch soviel wie »alles vernichtet« heißt.

Lothar sah jedoch ein anderes Licht, das möglicherweise stärker leuchtete als der Rest: Er sah das Werden und Wachsen in Susannes Bauch. Da wuchs ein Knabe namens Castor heran, der die mittelgroßen Ohren seines Vaters geerbt hatte. Jeweils »zwo blöde Spitzen« in der oberen Außenleiste, die sich hoffentlich nicht in einen Knick verwandelten, würden im Laufe der Schwangerschaft zurückentwickelt, sprach Lothar. Er sah Castor im späteren Leben an einem Ort »nicht weit von hier«, in Seligman, als Tierarzt und begnadeten Pferdekenner.

STIMME: Wenigstens das wissen wir nun.

Den Vogel ins Ziel steuern

Geringer war nicht so mutig, wie er immer tat, wenn er vor Hasse & Co. die Hand zur Faust ballte und laut zu sich selber sagte: »Jetzt pack ich's aber.« Dazu lachte er; aber er lachte nicht richtig, weil er auch hustete. Es war ein Lippenflackern, ein Lachen und Husten, wie Küchenfrauen lachen und husten, wenn der Küchenbulle dreckige Witze reißt und »Entweder lachen oder husten« kommandiert.

So waren heute Geringers Karten gemischt. Die Kameraden gaben ihm Klaps und Kreuz As mit auf den Weg zum Flugzeug und sagten: »Du schaffst das schon.«

Hinter der gelben Techniker-Hütte, gleich neben seinem Vogel, kotzte er die letzte Donut und die letzte Tasse Kaffee aus. Adern traten in sein blasses Gesicht, und angenehme Kühle wie nach einer Ohnmacht überlief ihn für einen Augenblick. Er schnürte die Anti-g-Hose an Bauch und Beinen fester, damit die knallharten Polster, die in Bauch, Ober- und Unterschenkel drückten, noch knallhärter zudrücken konnten, wenn es roh um die Ecke ging.

McNish führte den Haufen und hatte Hasse als »Number two« an seiner Seite. Zürndorfer flog die verantwortungsvolle Nummer drei und hatte Geringer als Nummer vier bei sich. Der Haufen hieß *Flyfish.* Nummer vier startete zuletzt. Nummer eins versammelte den Haufen und, wie es sich für einen anständigen Haufen gehört, führte ihn in geordneter Formation, nicht zu eng zusammen, nicht zu weit auseinander, zur *Barry M. Goldwater Air Force Range* unmittelbar an der mexikanischen Grenze. Zehn Minuten angenehmes Fliegen; im Cockpit war das Klima schön, die Maschinen lagen schön in der Morgenluft, die Sicht war auch schön: weit an den Flausch- und Bauschwolken vorbei.

Da sagte sich jeder: Ich könnte bis ans Ende der Welt fliegen. Es ging leider nur bis zum Übungsgebiet. Da lagen Schrottpanzer und Schrottfahrzeuge in der Wüste; die sollten mit Kanone und Raketen beschossen und mit Bomben beworfen werden.

»Alle Schalter auf Bombenwurf gesetzt? Haltet Abstand!« *Zwo*, Drei und Vier bestätigten mit *Two, Three, Four*. McNish stürzte sich als erster aus achttausend Fuß auf eine Fahrzeug-Kolonne, die an einer Brücke südlich des ausgetrockneten Gila-Flusses aufgebaut worden war, und landete einen Volltreffer. Es folgte Nummer zwei, gefolgt von Nummer drei, gefolgt von Nummer vier.

STIMME: Den Vogel ins Ziel steuern, Nummer vier, so, wie man es dir beigebracht hat!

Titanvogel Starfighter mußte mit seinem spitzen Schnabel aufs Ziel zeigen. Eins, Zwei, Drei und Vier mußten den Zielkreis um die Fahrzeugkolonne legen, sie mußte der Kreismittelpunkt sein. Tausend Meter über Grund den Bombenknopf am Steuerknüppel drücken, dann ziehen »and don't pull like a candy-ass, pull like a fighter pilot«. Zum Schluß den Vogel mindestens dreihundert Meter über der Wüste rausfliegen.

Geringer erinnerte sich, wie McNish noch vor zwei Stunden seinen Zeigefinger im Briefing-Raum erhoben hatte: »Wer zu spät einbiegt, zu steil und mit ungünstigem Blickwinkel runterkommt, trifft die richtige Entscheidung, wenn er das Ziel Ziel sein läßt, eine lockere Runde dreht, um das nächste Mal besser aufzupassen, rechtzeitig und im richtigen Zielabstand einzubiegen und entschlossen dem Vogel die Nase runterzudrücken.«

All dies tat Nummer vier nicht. Er verpatzte den Anfang und flog auf das schlechte Ende zu. Nummer vier semmelte mit vierzig Grad Sturzwinkel und mit fünfhundert Knoten durch die blaue Arizonaluft dem Ziel entgegen. Viel zu steil, viel zu schnell! Er sah das alles und merkte es und kämpfte verzweifelt mit seinem Vogel, um die Fahrzeugkolonne doch noch in den Zielkreis zu bekommen – »dann bombe ich euch zur Hölle, und dann habe ich es geschafft«. Er schaffte es nicht. Er war so mit Eifer und Augen im Ziel – »ich muß es schaffen, ich muß es

schaffen« –, daß der Höhenmesser sinnlos gegen den Uhrzeigersinn drehte.
STIMME: Das Ziel fixieren und dabei den Weg aus den Augen verlieren heißt, sich selbst vergessen.
An dieser Stelle wollten Zeugen, der Presse zufolge, »einen gellenden Schrei« auf der Notfrequenz 243.0 gehört haben. Die Presse lag falsch. Ob Nummer vier noch einen »gellenden Schrei« ausstieß, wird sich nie mehr klären lassen. Er hätte mit dem linken Daumen den Mikrofonknopf am Gashebel drücken müssen, um den Todesschrei in alle Welt hinauszuposaunen. Das hat er freilich im Eifer des Gefechts nicht getan.
Nummer vier saß festgeschnallt in seinem Schleudersitz und starrte fasziniert auf sein Ziel, saß da wie das Kaninchen vor der Schlange, und der Höhenmesser drehte und drehte und hörte damit erst auf, als das Flugzeug hundert Meter neben der Fahrzeugkolonne wie eine Bombe einschlug. Geringer war sofort tot und wurde verstreut in alle Himmelsrichtungen.

»Geringer hat sich unangespitzt in den Boden gebohrt. Geringer ist auf die Fresse gefallen. Geringer hat's erwischt. Die arme Sau. So eine Scheiße.« So sprach man im Club an der Bar, in den Unterkünften, am Swimmingpool, im Lehrsaalgebäude und in der prallen Arizona-Sonne. »Gott sei Dank hat's mich nicht auch erwischt«, so dachte man.
Abends wurde Geringers Fell versoffen; das mußte sein, damit Hasse & Co. sich die Angst von der Seele spülten und wieder trittfest und flugsicher wurden. Der Flugbetrieb sollte gleich morgen ohne Programmverzögerung, sprich: reibungslos weitergehen.
Geringers Fall war klar: Pilotenfehler, Disziplinlosigkeit, Selbstüberschätzung.
STIMME: Warum hast du auch wie ein Idiot im Cockpit gesessen? Du mußt ja völlig plemplem gewesen sein, Geringer!
Hasse & Co. atmeten auf und schöpften Hoffnung, die schon ein paarmal geschöpft worden war. Jeder Fehler, den Geringer

gemacht hatte, war ein großer Tropfen Wasser auf die Mühle Hoffnung der Davongekommenen. Die feierten in der Fliegerhorstkirche mit dem Militärpfarrer eine Andacht; auch Frauen saßen rotgeweint in den Reihen. Blumen lagen haufenweise auf dem Sarg. Im Sarg war nichts drin. Kerzen brannten. Die Orgel war eine Hammond-Orgel, gespielt von Fluglehrer Captain Gusano, der einen fußlangen, faltenreichen, graublauen Umhang übergezogen hatte und Männlein und Weiblein singen ließ: *Onward, Christian Soldiers.*

Ein wenig gelacht wurde schon gleich nach dem Gottesdienst. »Wer kommt mit auf ein Bier?« fragte Zürndorfer. Im Club war es kühl. In der Bar war es dunkel. Das dritte Bier macht müde oder heiter. Die alten Kameraden nahmen ein paar Gedanken mit und gingen ihres Wegs, langsam. Geringers Sarg flog per Luftfracht nach Deutschland. Vorab hatte der Chef schon einen Kondolenzbrief geschickt. Zürndorfer hatte im Namen der Kameraden geschrieben. Keiner kannte Geringers Vater, Mutter, Schwestern, Brüder. Er hatte einen Berliner Akzent gehabt; aus Berlin kam er freilich nicht.

»Irgendwo muß er doch wohnen. Irgendeiner muß sich doch kümmern. Irgendwas muß doch passieren.« So sprachen sich die alten Kameraden frei und ließen den lieben Gott einen guten alten Mann sein.

Hasse vermißte Stotterer Blacky Brown. Der stotterte ähnlich wie er. Er vermißte sein komisches Lachen, das Lachen der Schwarzen. »Schwarz und Weiß kannst du am Lachen unterscheiden«, sagte Siemsen. Bei *Sears & Roebuck* hatte Hasse nach einem passenden Abschiedsgeschenk gesucht und eine Kuckucksuhr *made in Taiwan* gekauft. Blacky Brown hatte die Uhr mit Tränen in den Augen genommen und wieder die Ansichtskarte versprochen. Die Karte kam nicht.

Vermißte Hasse die Ansichtskarte, oder vermißte er Airman Blacky Brown? Aus den Augen, aus dem Sinn? Hasse vermißte die Karte mehr als Blacky. Es war, als stände Blacky hinter der

Karte beziehungsweise die Karte vor ihm oder als läge die Karte auf Blacky beziehungsweise Blacky unter der Karte.
Schließlich war es ein Versprechen des schwarzen, dünnen, langen Menschen gewesen! Versprechen muß man halten, auch wenn das Kampfgetümmel noch so groß ist! Irgendeine freie Minute hat der Mensch immer! Hatte er doch eine Kuckucksuhr nach Vietnam mitbekommen! Die konnte er zwar nicht dauernd bei sich tragen, aber bestimmt wird er irgendwo ein Zimmer gehabt haben. Oder hat er das Geschenk vielleicht gar nicht mitgenommen nach Vietnam? Hat er die Uhr vielleicht seiner Frau dagelassen, damit ihre Kinder alle dreißig Minuten einen Spaß hatten?
Die Versorgung der amerikanischen Soldaten in Vietnam war doch sprichwörtlich amerikanisch gut und lenkte so ab, daß man eine Kuckucksuhr leicht vergessen konnte! In Vietnam mußte keiner auf seinen Hamburger, keiner auf seine Cola verzichten! Die hatten für jeden, der schon vier Wochen Kriegserfahrung auf dem Buckel hatte, ein riesengroßes Erholungscamp. Da lagen junge vietnamesische Frauen am Strand, da wurde gegrillt, getanzt und getrunken. Da wurden Briefe geschrieben und gelesen. Da gab es Discos und Western-Musik und Heimweh.
War Hasse nicht immer nett und freundlich gewesen? Hatte er ihm nicht ein paar Brocken Deutsch beigebracht? Hatte er ihn nicht jeden Morgen begrüßt mit »Good morning, Blacky, how are you today«? Hatte Hasse nicht extra den Dienstgrad weggelassen, damit der Gruß freundlicher klang? Blacky wollte doch nicht etwa mit »Sergeant Brown« angeredet werden, weil ihm das »Blacky« nicht gefiel?
»Auch wenn du die Kuckucksuhr vergessen haben solltest, auch wenn sie dir in Vietnam vielleicht verlorengegangen ist: Eine Karte könntest du mir ruhig schreiben«, dachte Hasse, nachdem Hausner und Knebel eine bekommen hatten. Darauf stand: »Until now I haven't shot one; but I think I will have to.« Dann standen da Grüße an Geringer, der schon nicht mehr lebte.

Statt einer Karte aus Vietnam landete beim Cactus-Staffel-Chef die fernschriftliche Meldung: »Sergeant Brown missed in combat.«
Wieso vermißt? Er war ganz allein und tapfer unterwegs auf einem Waldgang gewesen, um den Feind auszuspähen, und in eine Minenfalle getreten; seine langen, dünnen Beine rissen ab; mit seinem Funkgerät rief er Hilfe herbei; der Hubschrauber fand ihn. Ein barmherziger Sanitäter hielt ihn im Arm; der Hubschrauber flog zwei Meter über dem Urwald, der gute Samariter flüsterte Blacky ins schwarze Ohr: »Everything will be okay, Buddy.« Das hat der gute Samariter so lange wiederholt, bis Blacky sein Gesicht auf die Seite legte, um damit auszudrükken: »Jetzt bin ich tot.« Kaum hatte er das gesagt, da ging die Kuckucksuhr los, die Blacky in seinem Tornister mitgeschleppt hatte. Blacky war also gar nicht vermißt. Immer war einer bei ihm gewesen, nur nicht, als er in die *Booby Trap* trat. »Aber die Kuckucksuhr hat er jedenfalls dabeigehabt«, verbuchte Hasse auf der Habenseite.
Man hat Blacky in einen Sack getan und zusammen mit anderen eingesackten Gefallenen zur *Wheeler Air Force Base* auf Hawaii geflogen. Wheeler war schon lange Zwischenlandeplatz für amerikanische Soldaten, die auf dem südostasiatischen Kriegsschauplatz ihr Leben gelassen hatten. Die Leichen kamen von den Philippinen, von den Marshall- und Salomoninseln, aus Japan, Korea, Indochina inklusive Vietnam. In Wheeler lagen dank hervorragender Logistik der US-Streitkräfte mehr als genug silberne Kästen auf Halde. Hier wurden die Gefallenen aus dem Sack genommen, identifiziert und in Särge gelegt. In so einem Sarg kam Sergeant Brown nach Hause.

Hasse hatte Fluglehrer Captain Gusano viel zu verdanken. Zum Beispiel das Zuhause-Gefühl im Cockpit. Gusano spielte auf den Knöpfen der Radar-Armaturen wie auf der Hammond-Orgel, wenn er auswendig »Onward, Christian Soldiers« into-

nierte. Das summte er, während Hasse im hinteren Cockpit unter zugezogenem Vorhang im Halbdunkel vor seinen Instrumenten saß. Ein turbulenzloser Tag, die Luft stand unbewegt und ließ das Flugzeug glatt durch. Es lag wie ein Brett. Gusano war mit seiner angenehmen Stimme im Kopfhörer.
Die wunderbaren Instrumente. Das Variometer, was für ein schönes Wort. Der Kompaß drehte sich unter dem Zwölf-Uhr-Strich. Der lange und der kurze Zeiger im Höhenmesser standen wie Uhrzeiger in einer Uhr. Der kurze rührte sich nicht vom Fleck, der lange bewegte sich nach oben oder unten, wenn Hasse eine Kurve flog. Er mußte nur den Steuerknüppel nach links oder rechs bewegen und ein halbes Kilo ziehen, damit sein Flugzeug auf Höhe blieb. Nicht zuviel ziehen, weil der Vogel sonst aufwärts will. Nicht zuwenig, weil es sonst abwärts geht. »Easy does it«, sagte Gusano manchmal.
Es gibt Tage, die sind ohne Fehl und Tadel. An diesem herrlichen Flugtag stimmte irgendwie alles. Alle Zeiger standen da, wo sie stehen sollten. Die Gurte saßen nicht zu locker, nicht zu stramm. Die Kippschalter und Druckknöpfe ließen sich mit dem Zeigefinger und Daumen kippen und drücken. Das Triebwerk reagierte gehorsamst auf jeden Millimeter Gashebel.
Auf dem Radarbild erschienen der Colorado River, der Hoover Dam und der Lake Mead, einen schwarzen Fleck zeichnete der ausgetrocknete Red Lake, vom Red Lake bis Kingman verflogen drei Minuten und fünfundvierzig Sekunden. Auf Kingman folgte Seligman. Gusano sagte: »Zieh den Vorhang zurück. Ich übernehme.« Er legte die Maschine auf die Seite und sagte: »Look.« Hasse sah Straße und Eisenbahn, den Flugplatz und eine Riesenherde freilaufender Pferde.
Arizonas Norden war »zum Verlieben schön«, so hatte Hasse nach Hause geschrieben. Wüste und Wälder und menschenleere Weite. Von einem Ort zum anderen brauchte auch der Titanvogel seine Zeit. Nie konnte er an zwei Orten gleichzeitig sein. Daß Arizonas Norden unter seiner »gespenstischen Geschwindigkeit« – so der *Solsbüller Bote* zum Tag der offenen Tür –

zu Null und Nichts verschwinde, war die Idee eines Ahnungslosen. Hasse saß mit Zuhause-Gefühl hinter den Instrumenten. Der Blick nach draußen, den Gusano ihm gestattete, fing ein, was bei diesem Tempo eingefangen werden konnte: genug, um Hasses Lebensfreude frohlocken zu lassen.

Vor die Landung hatten die Götter ein weiteres Mal den Ernst des Lebens gesetzt: Heimatflughafen Luke spielte dabei als Hauptstadt der UdSSR die Hauptrolle. Hasse hatte den Befehl, am Ende des Fluges eine Atombombe auf Moskau zu werfen. Man nehme zwanzig Kilotonnen Sprengkraft, man nehme zum Vergleich Hiroshima. »Ich, Hasse, gedenke ihres Erfinders Opfersheimer.« Hasse mußte den Flugplatz nur rechtzeitig ins Radar bekommen, er mußte ein paar Knöpfe drücken und drehen. Er mußte Höhe, Geschwindigkeit und Kurs halten. Dann galt es, die Maschine mit vier g hochzuziehen, die Nase hoch, hoch, hoch in den blauen Arizona-Himmel, und dann, »Heil Moskau«, ging das Ei auf die Sekunde genau los. Es begleitete Hasse ein Stück, wurde durch den Luftwiderstand gebremst und auf der genau berechneten Flugbahn Richtung sowjetische Hauptstadt gelenkt. Hasse machte sich mit Nachbrenner aus dem Staub und war über alle Berge, als die Atombombe Moskau in Schutt und Asche legte.

»Im Zuge der militärischen Weiterbildung«, die das fliegerische Ausbildungsprogramm begleitete, schlug Zürndorfer eine Heißluftballon-Reise vor, um der »lieben Toten« zu gedenken. Er hatte nebenher an mehreren Wochenenden einen Lehrgang in Litchfield absolviert und zum Abschluß das Ballonführer-Zertifikat erhalten. Alles freilich gegen den Willen seiner schwangeren Susanne, die mit ihren tiefliegenden dunkelbraunen Augen sprach: »Auch damit werde ich fertig.«

Als die Sonne aus der Wüste hochkam, fuhr der Luftschiff-Kapitän mit den Passagieren Hasse, Siemsen und Deutscher an Paradise Valley vorbei. Die Sonne ging glanzvoller auf als in jedem Film. Dreißig Meter hoch stand das Fahrzeug und trieb

langsam mit der östlichen Morgenbrise übers Land. Ein Präriehase hoppelte um einen übermannsgroßen Kaktus herum. Oben blühte der Kaktus mit vielen weißen Blüten. Ein Kaktus-Zaunkönig flog aus seinem Loch heraus. Die Wüste lebte. Zürndorfer legte ein paar Holzscheite in den Brennofen. Das Feuer loderte auf, und der Ofen bullerte los. Da war ein friedliches Fauchen und Bullern. Nicht das ohrenbetäubende Gebrüll, mit dem Titanvogel Starfighter die Stille aufriß. Sie stiegen langsam, Meter für Meter, nach oben durch das Luftmeer, und die Stille blieb heil. Es gab einen Höhenmesser an Bord. Auf der Karte sah Hasse, daß sie nur meterweise vorankamen.
Zürndorfer und seine Passagiere erzählten keine Witze, weil der Ballon langsam wie ein Wunder flog, noch viel langsamer als ein Wunder. Darum schwiegen sie. Sie schwiegen auch, weil ihnen der Morgen so gut gefiel, weil die Sonne schneller als gedacht Höhe gewann, folglich schneller als gedacht kleiner wurde und entsprechend schnell jede Ähnlichkeit mit einem Heißluftballon verlor.

Fall Deutscher und Fall Hausner folgten kurz aufeinander. In der Walpurgisnacht 1966 drehte Hausner durch und schnitt sich mit einer Rasierklinge den Hodensack auf. Hätte er nicht selber Alarm geschlagen und geschrien wie ein aufgeklapptes Pfadfindermesser, er wäre verblutet. Sein Budennachbar wurde wach, gab Hausners Tür einen Fußtritt und ging umsichtig und entschlossen den richtigen Weg. Als erstes brüllte er: »Du Arschloch.« Dann wickelte er den Vorfall solide wie nach Checkliste ab, bis Hausner im Base-Hospital lag, wo er nach der Notversorgung langsam zu sich kam und sagte: »So eine verdammte Scheiße.«
Das waren auch Deutschers Worte, als er stockbesoffen einen Tag später um Mitternacht mit seinem Auto in die unbeleuchtete Cafeteria gleich hinter der Wache fuhr, weil er die Kurve nicht gekriegt hatte. Sein Chevrolet durchbrach die Glasfront, es splitterte, es krachte, und dann stand Deutscher mit seinem

Achtzylinder, der ruhig und leise weiteratmete, im Lokal, das schon längst geschlossen hatte; keine Gäste, keine Bedienung, keiner an der Kasse.
Die Air-Police fuhr mit blödem, ohrenbetäubendem Air-Police-Hupen heran, stand – rechte Hand auf dem Air-Police-Colt – vor Deutschers Fahrertür. Der schien inzwischen nüchtern geworden zu sein. Er drehte den Zündschlüssel um, ließ den Motor ausgehen, öffnete die Tür und stieg aus »sonder Wank und Widerstand«.
Schnell war er in Handschellen, schnell war er in Sicherheitsverwahrung bei der Air-Police, die den Vorfall mit der üblichen Schärfe und Umstandskrämerei behandelte. Deutscher verbrachte die Nacht in der Zelle.
»Nun dies aus dem Buch der Torheiten«, sagte Büchmann am nächsten Morgen, als der Spieß die Nachricht überbrachte. »Was um Gottes willen haben Sie bloß angestellt, Deutscher?« Der schwieg, sah den Chef mit treuen Bernhardineraugen an und ließ die Ohren hängen, deren ebenmäßige Außenleiste Warmherzigkeit und Gefühlsstärke offenbarten. »Sie sind ja kein schlechter Kerl, Deutscher. Ich aber sage Ihnen: Mir sind die Hände gebunden. Der nächste Fluuch nach Deutschland ist Ihrer, da können Sie gleich neben Hausner Platz nehmen.«
Was um Gottes willen passiert war: Deutscher hatte wieder mal in Peters Hofbräu Klavier gespielt. Da flossen das starke deutsche und das schwache amerikanische Bier. Man hatte nebeneinander in fröhlicher Runde gesessen und gemeinsam gesungen. Zuletzt hatte er Gershwins *The man I love* und ganz zuletzt *Tannhäuser macht sich auf den Weech* gespielt. »Mehr nicht, Herr Major.«
Die Amerikaner verstanden keinen Spaß mit Alkohol am Steuer. Immerhin, der Chef erreichte: Deutscher darf so lange in seiner Bude bleiben, bis die Maschine aus Deutschland kommt, um die beiden Unglücklichen nach Hause zu fliegen. Bedingung: Einer steht draußen Wache, damit der Kerl nicht abhaut. Zürndorfer entwarf den Wachplan, »Wacheinteilung nach dem

Abc, jeder kommt dran.« Er paßte auf, daß niemand Deutscher den kleinen Finger reichte, er hielt Verbindung zum Chef, erstattete Bericht über »das arme Schwein Hausner und das arme Schwein Deutscher«.
ZÜRNDORFER: All dies nimmt mich so in Anspruch, daß ich mir bis zum Ende der Aktion Hausner/Deutscher ein Zimmer im Gästequartier nehmen muß.

Manchmal ertrug Siemsen das Wochenend-Alleinsein nicht; dann meldete er sich als geflügelter Untertan bei der Königin seines Volkes. Wenn er vom Bienen-Dasein genug hatte, meldete er sich bei ihr wieder ab, um sich Stunden später bei Hasse & Co. mit »Ich bin wieder da« zurückzumelden.
Geistseher Lothar hatte ihm die Firma *Bee-Leasing* im Oak Creek Canyon empfohlen. Dort mietete er sich ein Volk, das in der Hochsaison so viele Angehörige zu zählen versprach, wie in der Stadt Bamberg wohnten: siebzigtausend, Bienenkinder nicht mitgezählt. Nun, zu Beginn der Flug- und Sammeltätigkeit, schätzte er die Einsatzstärke auf höchstens dreißigtausend. Von diesen dreißigtausend veranschlagte Siemsen zehntausend Flugbienen, die auf Blütenbesuch gingen, während die restlichen im Stock beschäftigt sein würden. Jede Flugbiene brachte es auf zehn Einsätze pro Tag und auf zwanzig Blütenbesuche pro Einsatz; so daß Siemsens Bienen täglich in zwei Millionen Blüten zu Gast wären.
STIMME: Eine gewaltige Sammel- und Bestäubungsleistung, die man sich als Mensch nicht vorstellen kann.
Später Arizona-Frühling; Regen war gefallen. Gelber Mohn und gelber Sonnenhut verwandelten die Wüste in golden schimmernde Landschaften. Blaue Lupinen mischten sich mit weißen Osterlilien. Rot-, lachs- und chartreusefarben blühte der Igelkaktus, gelb die Feigendistel, weiß leuchteten die Mitternachtsladys und Teddybär-Kakteen. Über diesem Blütenmeer dufteten die millionenfach blühenden Orgelpfeifenkakteen: weiß schimmernde Wachtürme der Wüste.

Ein altes Vorurteil will dem Kaktus weder Blütenstaub noch Nektar zugestehen. Wo kommen in der Wüste die Viecher her, die das mühsame Geschäft des Bestäubens betreiben? So spricht das Vorurteil und winkt ab. In der Arizona-Wüste geht es genauso zu wie anderswo auch: Vögel, Fledermäuse und Insekten inklusive Bienen sind hier im Pollen- und Nektargeschäft tätig.
STIMME: Wirklich Bienen?
Jawohl: Die Götter haben Biene und Kaktus hergeholt, und die Menschen nannten die Biene *Apis Mellifica Ligustica* und den Kaktus *Säulenkaktus*. Auch die Götter Arizonas leben von Nektar und Ambrosia; nichts weiter als ein schlichtes Stück göttliches Brot, bestrichen mit göttlichem Honig. Kein Gott, wo immer er throne, mag darauf verzichten.
Die Götter saßen über dem Oak Creek Canyon, oberhalb der Chapel of the Holy Cross, und blickten mit ihren großen Drohnenaugen hinab. Unterhalb der Chapel lag der heilige Fleck, an dem Siemsen von hundert Arbeitsbienen gesund gepflegt worden war.
Die Flußbetten führten Frühjahrswasser. Jetzt war die Zeit. Auf Anraten seiner Mutter schaffte Siemsen das Volk der Dreißigtausend aus dem hochgelegenen, stein-, wald- und pflanzenreichen Canyon nach Süden in die Sonora-Wüste. »Du mußt es einfach probieren: Entweder die Kaktustracht honigt, oder sie honigt nicht.« Vom heiligen Fleck bis an eine idyllisch gelegene Biegung des Freia River fuhr Siemsen die Bienen auf dem Rücksitz seines VW-Käfers drei Stunden und zweihundert Kilometer. Am Fuße eines in voller Blüte stehenden, zehn Meter hohen Orgelpfeifenkaktus baute er den Bienenstock auf, um sich unter das fleißige Volk zu mischen.
Er ließ sich am Flugloch von den Stockgenossinnen den Stockduft entgegenfächeln. Und dann hinein in die brabbelnde, bribbelnde, brodelnde Flut: Biene Siemsen. Drohnen-Dasein kam für ihn nicht in Frage. Erstens mochte er sich als Drohne nicht leiden. Zweitens aus Gründen der Schicklichkeit. Drittens hatte

er keine Lust, sich von den Stock-Kolleginnen aushungern und abstechen zu lassen. Viertens folgte er seinem Credo: »Ein immernützliches Leben führen«. Er haßte Müßiggang wie die Pest.
Die Königin kümmerte sich weder um An- noch um Abmeldung; Biene Siemsen tat es trotzdem, weil er das beim Militär gelernt hatte. Die Königin legte seit drei Wochen ein Ei nach dem anderen und würde damit noch bis zum Herbst beschäftigt sein. In diese Arbeit war sie so versunken, daß alles andere nicht zählte. Sie konnte nicht anders: Ihr Hirn war zugunsten der Zeugungsorgane auf ein Nichts zusammengeschrumpft.
Der Befehl lautete: sofort an die Arbeit und Pollen sammeln. Biene Siemsen, drolliger Ernährungssonderling, fühlte sich sofort heimisch; er tankte Honig für den Honigmagen, damit es unterwegs an Treibstoff nicht fehle. Er begab sich ans Flugloch und flog los in die wonnewarme Arizona-Frühlingsluft.
Auf der Kirchturmspitze des Orgelpfeifenkaktus blühte es besonders reich und besonders schön. Da arbeitete Biene Siemsen wie im Rausch mit göttlichem Eifer und kam den Göttern nahe wie sonst keiner. War er etwa selber schon ein halber Gott? Jede Blüte ein Himmelsschlüssel, womit er den Himmel – machet die Tore weit – aufschloß. Da saßen die ganzen Götter mit nektarnassen Lippen in ihren gepolsterten Wohnungen und sahen auf der Uhr, wem die Stunde schlug. Von ihrem Rückzug, wie immer behauptet wird, konnte keine Rede sein.

Die Götter hatten nicht aufgepaßt

Die Nacht sah Susanne oben auf dem Plateau über Montezuma Castle. Biene Siemsen hatte sie mit Erlaubnis der Götter hergeleitet, damit sie genese von der Trauer um ihren Zürndorfer, der zum Leben den Dienst brauchte wie Susanne die Liebe zum Leben. Sie möge das Lebensglück genießen. »Nimm Blüten-

staub mit; das ist genau richtig für Heranwachsende. Nektar brauchen wir selber«, sagten die Götter.
Die Götter erteilten den Brandgänsen Zugerlaubnis, der Himmel färbte sich schwarz. Unter den Tieren stand Susanne mit schwarzer, winkender Hand. Es war die Schuld der Götter: Alles wurde schwarz.
Ein neuer, öder Tag brach an. Zwei Titanvögel zogen ihre Kreise am Himmel. Die Sicht war gut. Gusano und Hasse saßen in der Nummer eins, McNish und Zürndorfer in *Numero zwo*. Der Ausbildungsprogrammpunkt »Einer gegen einen« stand an.
Zürndorfer und Hasse flogen in fünfzehntausend Fuß nebeneinander. »Break now«, befahl McNish ins Mikrofon. Zürndorfer und Hasse schlugen gleichzeitig das Steuer zur Seite, einer kurvte fünfundvierzig Grad nach links, der andere fünfundvierzig Grad nach rechts. Nun hieß es »fünfundvierzig Sekunden Abstand gewinnen«, um wieder einzudrehen, »und dann: dem Flugzeug die Sporen ins Blech und wie zwo Ritter aufeinander los«.
Hasse sah *Numero zwo* als kleinen silbernen Punkt über dem Horizont; das war gut. »Warte, du Hund, jetzt krieg ich dich«, sprach Hasse in die Maske. Gusano hatte nicht verstanden und sagte: »That's it.« Die beiden Flugzeuge nahten einander in blutiger Hast. Nutze den Himmel. Wozu ist er denn sonst da? Der Himmel ist hoch und tief und breit. Im Himmel ist viel Platz. Dieses eine Mal mußte Hasse seinen Zürndorfer schaffen. Gusano: »Looking good.« Wer den anderen im Rücken hat, ist verloren; er wird abgeschossen. Wer den anderen vor sich hat, ist Sieger; er schießt den anderen ab.
Hatte schon mal irgendeiner Zürndorfer abgeschossen? Zürndorfer war aus Zweikämpfen immer als Sieger hervorgegangen; sogar die Fluglehrer mußten kämpfen »wie die Stiere«, und manches Mal zogen sogar sie den kürzeren. Alles nur ein Spiel? Hasse wollte Zürndorfer einmal, nur dieses eine Mal vor die Flinte kriegen: »Du Hund, du Drecksack, und dann knall ich dich ab!«

Hasse kam von oben. Zürndorfer sah das und zündete den Nachbrenner, ließ den Vogel steigen, um ebenfalls von oben zu kommen. Dabei zeigte er Hasse seine lange, blanke Seite. »Niemals dem Gegner die lange, blanke Seite zeigen«, lautet eine alte Jagdfliegerweisheit. Hasse hatte heute morgen den richtigen Jagdflieger-Biß. »Er hat einen Fehler gemacht«, schrie er. »Easy does it, calm down«, besänftigte Gusano. Hasse zog den Gashebel Richtung Gusano; seine Maschine fiel zurück, Zürndorfers Maschine kam Stück für Stück vor die Flinte.
Gegner Zürndorfer zog einen engen Kreis; er wollte Hasse abschütteln; Hasse ließ sich nicht abschütteln, stieß mit fremder, von außerirdischem Willen getriebener Hand den Gashebel vor und rückte wie besessen heran. »Watch your speed«, sagte Gusano. Hasse hatte zuviel Fahrt; er saß noch nicht in der Six-o'clock-Position. Zürndorfer zog seinen Starfighter stramm um die Ecke. »Break it off«, sagte Gusano, der die Gefahr sah. Hasse hörte nicht. »Nicht noch einmal schnappst du mir 'ne Allerschönste vor der Nase weg«, schoß es ihm ins Gehirn. Gusano ließ ihm noch drei Sekunden. Das war zuviel. McNish stand plötzlich vor der Sonne wie ein finsterer Engel und warf einen göttergleichen Schatten.
STIMME: Bei einem Übungsflug flog ein anderer Flieger auf ihn herab.
Glück für Nummer eins, Unglück für *Numero zwo.* Hasses rechter Außentank, der an der Flügelspitze saß, schlug Zürndorfer die Höhenflosse weg. Es knallte nicht, es rummste nicht. Es war ein sausender Schwerthieb. Ein Titanvogel ohne Höhenflosse fliegt wie ein Kaktus-Zaunkönig ohne Schwanz: Der fliegt nicht mehr, der stürzt nur durch die Klüfte.
Unglaublich lange Sekunden, bis Zürndorfers Sitz feuerte. Dann ein Knall, und wie sanft es aufwärts ging! Zürndorfer registrierte Luftzug und ein Fuhrwerken kreuz und quer durch die Luft. Der Schirm entfaltete sich, ein Ruck ging durch den Körper; Zürndorfer hing wie von festen Händen gepackt. Wo war der Sitz geblieben, die Fehlkonstruktion namens C-2? Die Fehl-

konstruktion überholte den havarierten Flieger, kam von oben, verhedderte sich in den Fallschirmleinen, fuhr wie ein Fahrstuhl an den Seilen entlang abwärts und sprach: »Nun geht es ans Schädelspalten.« Zuerst schlug die Fehlkonstruktion auf den Fliegerhelm. Der Kinnriemen sprang aus dem Druckknopfverschluß. Der Helm flog vom Kopf. Der Sitz kippte. Fußraste *Numero zwo* schlug Zürndorfer eine Stirnwunde, die nie mehr heilen wollte.

STIMME: Die Wunden, die man im Kampf empfängt, verleihen eher Ehre, als daß sie solche rauben.

Zwei rotweiße Schirme standen über der Sonora-Wüste. McNish war gesund geblieben. Zürndorfer hing schwerverletzt in den Seilen. Aus einer offenen Stirnverletzung schoß Blut und überströmte das Gesicht.

Schmerzen? Zürndorfer fühlte sich wie die Waschfrau, die in der Fernsehreklame neben sich tritt und sagt: »Du sollst deinem Baby zuliebe dieses Waschpulver nehmen.« Zürndorfers Fliegerstiefel berührten sich mit den Fußspitzen. Er hörte seinen Stiefvater in Kaisersaschern sagen: »Lauf nicht über den großen Onkel.« Der Stiefvater winkte mit seinem Tagebuch. Zürndorfer sah Roswitha am Güldenholmer See. Sie sprach mit blassem, unbewegtem Gesicht ihrem Kind zu: »Ganz ruhig, mein Kind.« Er sah unter blutüberströmten Augen Susanne auf der hohen Warte mit schwarzer, winkender Hand. Er sah Geistseher Lothar in Old Oraibi an seinem Altar; eine Klapperschlange biß ihm in die rechte Hand. Er sah Biene Siemsen an diesem rotrabenschwarzen Tag beim Blütenbesuch am Orgelpfeifenkaktus. Zürndorfer dachte: »Hoffentlich lande ich nicht auf so einem.«

Gusano und Hasse stürzten nicht; ihr Vogel flog immer noch. Gusano sagte: »I have it.« Hasse ging nichts weiter durch den Kopf als »Okay Sir, you have it«, und er legte die Hände in den Schoß. Es war plötzlich kalt im Cockpit. Der Blick nach rechts zeigte, was geschehen war: Der Tank fehlte. Der Blick nach links zeigte: Auch dieser Tank fehlte. Hatte Hasse ihn auf Gusanos Befehl abgesprengt? Hatte er sich von selbst abgesprengt?

Wußte Hasse nichts mehr davon? Stoßgebete gefällig? Gusano, der die Maschine im Griff hatte, steuerte Ausweichlandeplatz Gila Bend entgegen. Gila Bend war wegen einer anderen Notlandung – »emergency in progress« – geschlossen. »Dann nehmen wir Yuma, das schaffen wir noch«, sagte Gusano.
Die Götter hatten nicht aufgepaßt, weil sie die Uhren hatten Uhren sein lassen, während sie der eigenen Unsterblichkeit mit Nektar und Ambrosia pflegten. Hätten sie sich doch ein Beispiel an Biene Siemsen genommen, der auch ohne Uhr wußte, was die Stunde schlug, und sich deswegen ab sofort um Susanne kümmerte.

Nach technischer Durchsicht, nach Telefonaten, nach Fliegerarztbesuch, nach Gusanos »Are you okay, Hasse?« standen die beiden in der Flugabfertigung von Yuma, tranken Kaffee aus Pappbechern und schrieben den Flugplan, der sie wieder nach Hause bringen sollte. Sie starteten mit einem neuen Starfighter, der seit drei Tagen abholbereit in Yuma stand. Sie waren leicht, flogen in den dunklen, östlichen Nachthimmel, das Flugzeug raste zum Himmel wie der Teufel.
Die Nacht zog es mit ihrem Göttinnenmund aufwärts: seufzend, klagend und betend: »Aus tiefer Not schrei ich zu dir.« Ob die Nacht eigene Stimmen losgelassen hatte, oder ob es das Funk-Gequatsche und Götter-Gequake im Äther waren? Freilich: Menschenmund, Göttermund und Nachtmund laufen aufs gleiche hinaus. Die Nacht war feierlich; Sterne standen still, Milchstraßenlampen erleuchteten den beiden das Cockpit. Straßen und Städte sah man nachts viel besser.
Fern im Norden über Montezuma Castle, man mußte nur den Auto-Rücklichtern auf dem Interstate Highway 17 folgen, stand eine Gewitterwolke. Wie gewaltig und mit wieviel Hagel und Regen, Donner und Blitz ausgerüstet, konnte Hasse aus dieser Entfernung nicht sehen. Mit ihren Kämmen reichten sie bis in seine Flughöhe, vielleicht sogar noch höher. Wolken-Karussell auf einem Jahrmarkt, wo die Lichter an- und ausgehen.

Gusano hatte gleich nach der ungeplanten Landung in Yuma beschlossen, sich freiwillig zu einer *Vietnam-Tour* zu melden. »Mein Fehler, meine Verantwortung«, sagte er. Es war immer so: Passierte was, dann war der Lehrer schuld und nicht der Schüler. Gusano hatte Hasse eine Sekunde, zwei Sekunden, drei Sekunden zuviel überlassen. Diese Sekunden waren seine Schuld. Hasse würde den Flug wiederholen. Vorwürfe konnte man ihm nicht machen. Konnte er sich selber Vorwürfe machen? Hatte er sich nicht im Eifer des Gefechts hinreißen lassen und »Hund« und »Drecksack« gesagt?
STIMME: Vor allem dieser Ausrutscher kurz vor dem Zusammenstoß, Herrgott noch mal zu!
Fühlte er es nun heiß und kalt am Kopf und ein schnelles, schuldiges Herz?
Währenddessen lag Zürndorfer im Koma und in kontrollierter Beatmung: Er war operiert worden. Die Stirn über den Augenbrauen war zerstört, Knochensplitter waren ins Gehirn gedrungen und hatten den großen frontalen Blutsinus zerrissen. Der Neurochirurg mußte zuerst die lebensbedrohliche Blutung stillen, dann in dem Gemisch aus Hautfetzen, Knochensplittern und Hirnbrei wieder übersichtliche Ordnung herstellen, die Wunde spülen und sie verschließen.
NEUROCHIRURG DR. HENRY SIGHER: Primär ging's ums Überleben.
Der Patient sollte eine Weile beatmet bleiben. Seine Anschrift: Neurochirurgische Intensivstation *Clinic Scottsdale*. Nach Abklingen der Schwellungsphase im Hirn in sieben bis zehn Tagen konnte man an eine Deckung der mehrfach gebrochenen Schädelbasis denken. Was aus Zürndorfers Nase floß? Wahrscheinlich Hirnwasser. Wenn alles gut überstanden war – in ein paar Monaten? –, konnte man noch mal operieren.
STIMME: Eine schöne neue Stirn aus Titan einbauen?
»Eines kann Zürndorfer sich abschminken: Der hält keinen Steuerknüppel mehr in der Hand«, so dachten Hasse & Co., und so ähnlich sprachen sie; jeder war froh, daß es ihn selbst nicht

erwischt hatte. Krone war jetzt die Nummer eins, Hasse das Schlußlicht, weil Geringer dafür nicht mehr in Frage kam. Am 1. Juni 1966 absolvierte Hasse seinen letzten Flug in Arizona. Bei einem simulierten Napalm-Bombenwurf erzielte er keinen einzigen Treffer. »Gott sei Dank habe ich mich zu den Aufklärern nach Lager Solsbüll gemeldet.« Das hatten alle; alle wurden da gebraucht.

Susanne hatte den Knaben Castor zur Welt gebracht und mit dem Kind im Arm geweint. Was sollte bloß werden? Siemsen hatte das Geschäft der Kameradenhilfe übernommen und war jeden Tag bei ihr. Seinem bienenfleißigen Zuspruch war auch die erneute Joachim-Verbindung zu danken. Joachim: Mann »sonder« Eifersucht, der sich so gern hatte kraulen lassen; Mann, den Gott immer wieder aufrichtete, Mann der Sanftmütigkeit. Da sagte Susanne: »Ich liebe dich; aber ihn habe ich auch geliebt. Ich kann doch nichts dafür.«

Ein dünn und still dahinfließender Abschiedsabend nahm seinen Lauf im Club. Die Stimmen waren mit Schaum gepolstert. Es gab die üblichen Getränke; Hasse trank zuviel Gin Tonic. Er leistete sich einen Eifersuchtsanfall und beschrie Siemsen, den er mit Joachim verwechselte: »Steh ab, du Ichweißnichtwas. Nach Zürndorfer bin ich hier die Nummer eins. Da kann ich fuchsteufelswild werden.« Es gab Salzstangen, Chips und Dips. Büchmann hielt eine Ansprache, auch dünn und still: »Mir fehlen die Worte.« Er bat für morgen noch zum Lehrgangsfoto vor dem Starfighter. Dann die Lehrgangszeugnisse. Das war's dann schon.

Das war's dann auch für Gusano und McNish, die, zusammen mit einhundertfünfzig anderen amerikanischen Soldaten, in einem viermotorigen Truppentransportflugzeug saßen. Verklungen die Blechmusik einer Air Force Band, die zum Abschied aufgespielt hatte: *Off we go into the wild blue yonder* und *Honey-Suckle-Rose.*

Ihre Route nach Vietnam hatte zuvor über den Oak Creek Canyon geführt, wo Siemsen das geleaste Bienenvolk dem heiligen Platz unterhalb der Chapel of the Holy Cross überantwortet hatte. Die fünf Bienenwaben erbrachten zweieinhalb Kilogramm Kaktusblütenhonig – für die kurze Kaktusblütezeit eine befriedigende Ernte. Siemsen schenkte den beiden Fluglehrern zum Abschied je ein Glas der Götterspeise: »damit Sie gesund bleiben und heil wiederkommen.«

Zwei

Katzenküche

Stunden, Tage, Wochen: nicht zu unterscheiden. Weder Kalender noch Uhren hingen an der Wand. Wenn sie da gehangen hätten: Sie hätten nichts genützt. Man kam nicht vorwärts, auch nicht rückwärts; man stand; man war nicht da; man wußte von alledem nichts: ewiges Leben, ewiger Tod. Leben und Tod waren eins; mächtig und groß wie Lothars Altarstein aus Travertin, mächtig und groß wie ein goldener Palast ohne Anfang und Ende, ohne Zukunft und Vergangenheit.

Schmerzen? Weinte der Patient? Wollte Zürndorfer lieber sterben als aufwachen? »Wer sehr krank ist, wird zur Beerdigung von Freunden und Verwandten nicht eingeladen, weil er sowieso nicht kommen kann«, sprachen zwei Katzen, die mit grünen Astro-Hauben auf dem Kopf und grünem Mundschutz hinter Glas standen und Girlanden, Kugeln, Konfetti, Masken und Papierschlangen betrachteten. Wände und Decken der Station waren mit dem allerseltsamsten Katzenhausrat ausgeschmückt. »Gewisse Ähnlichkeit mit einem Titanvogel-Cockpit«, maunzte Katze Nummer eins. *Numero zwo* sah Zürndorfer mit kleiner Flamme am Mund und meinzte: »Es brennt.« Die Viecher spitzten die Ohren: Gläser klirrten, Kessel schepperten, Musik pfiff zu einem Wasserkessel hinaus und legte sich auf den Zimmerspiegel. Der Spiegel hüllte sich in Schweigen.

Die Ärzte hatten die Operation nach zwei Stunden beendet. Funktionelle und ästhetische Gesichtspunkte wurden beim ersten Eingriff außer acht gelassen; im Vordergrund stand der *vitale Aspekt.* Das Team Sigher/Wolfe war bekannt für hohe chir-

urgische Kunst. Patienten kamen aus den entlegensten Ländern in die Klinik nach Scottsdale. Zürndorfer war in allerbesten Händen gewesen.
Geduld war gefragt: Der Patient blieb nach der Operation beatmet und in Narkose. Pumpen förderten feindosierte Medikamente in den zentralen Venenkatheter am Hals bis ins Herz und verdunkelten sein Gehirn und sein Bewußtsein – Schutzmaßnahme nach schwerem Eingriff, den die Ärzte als »Invasion« bezeichneten, »nicht unähnlich der vom Juli 44 in der Normandie. Das geht nie ohne Verluste ab.« Wenn er den Anfang gut überstand, konnte man in einigen Wochen oder Monaten die fehlenden Knochenteile am Schädel rekonstruieren.
Die Hirnschwellung war gefährlich. Insofern war der fehlende Schädelknochen eine Zeitlang günstig, denn so hatte das Hirn mehr Platz. Zusätzlich war unter den Knochenrand eine Sonde implantiert worden, um den Hirndruck zu messen. Zürndorfers Kopf wurde hoch gelagert und gekühlt. Er sollte ruhig liegen, ohne Schmerzen.
SIGHER: Bloß keinen Streß.
So konnte Zürndorfer unter vier grünen Katzenaugen langsam genesen?
Die Katzen im Dienste des Patienten: Pfotenleicht waren sie unterwegs, schwerelos flogen sie durch den Raum. Gern saßen sie auf der warmen Maschine, die für Zürndorfer atmete. Es war Leben in der Maschine; ein Verklappen, Verfauchen, Verseufzen, Verschnaufen.
Die Katzen bissen dem Patienten jeden Tag ins Handgelenk und saugten Blut aus der Arterie Radialis, um es anschließend im Labor zu analysieren. Dann die Frage: »Sollen wir ihn schon selber atmen lassen, oder muß er noch mit Tubus im Mund an der Maschine bleiben?«
Morgens und abends kratzten Katzenkrallen in Menschenhaut, um die Schmerzempfindlichkeit zu testen.
STIMME: Nicht wie doofe Ärzte es tun.
Also, nicht immer an derselben Stelle kneifen und einen blauen

Fleck hervorrufen, sondern: Die weichen Pfoten fanden immer neue Stellen, und eines Tages würden sie auch den rechten, etwas größeren Zeh zum Kratzen finden.
Den fanden sie nach Dr. Sighers Morgenvisite. Beide Katzen kratzten an des Patienten etwas größerem rechten Zeh. Der Patient reagierte nicht. Aber er lebte.
STIMME: Wie lange noch, Herr Doktor?
»Er ist noch nicht übern Berg; dennoch auf dem Wege der Besserung. Die Schädelbasis soll in zirka zehn Tagen gedeckt werden; so lange bleibt er an der Beatmung. Danach können wir ihn abtrainieren. Erst dann soll der Transport nach Deutschland kommen. Alles andere fänden wir ungut.«
»Die Blutwerte müssen noch besser werden«, maunzte Katze Nummer eins.
Eine Pause konnte jetzt nicht schaden. Nach der Labor-Arbeit, da schmeckt's. Kekse lagen in einer Dose. Teebeutel lagen in zwei Tassen. Der Wasserkessel pfiff. Wasserdampf legte sich auf den Spiegel, der Patient hatte die Orientierung nach *drüben* aufgenommen, verschwand im Spiegel und wurde dreißig Jahre zurückgeworfen.

Ein hübsches junges Ding

Juli 1936: Der Solsbüller Markt feierte sechzigsten Geburtstag: Zeit der Solsbüller kühlen Lüfte, Zeit des rauschenden, blühenden Weizens. Regen klatschte herunter, ein paarmal stach die Sonne, dann hagelte es taubeneiergroß.
Ein rot geklinkertes Herrenhaus im Hintergrund, Kuh- und Pferdestall standen links vom Hof. Maschinenschuppen und Ententeich hinter den Erlen sah man nicht. Da rostete ein Schaufelbagger vor sich hin. Eine Kastanienallee rauschte den ganzen Sommer, sie ging bis an ein Rondell, wo eine Eberesche stand, dann ein paar Schritte über knirschenden Kies, dann vier

Stufen zur Haustür ohne Briefkasten und Klingel: Goldschmidt, Bauer auf Hof Affegünt bei Solsbüll-Mühle.
In der Küche badete die sechzehnjährige Regina Klonhammer ihr gelbes Haar in einem prallen Sonnenstrahl. Regina war bei Harry C. und Lene Goldschmidt in der Hauswirtschaftslehre; nun im fünften Monat schwanger von Dr. Friedreich Emsieg, Rechtsanwalt und Notar in Solsbüll. Anfang Oktober sollte das Kind geboren werden.
Im Vorjahr hatte Regina die Volksschule in List auf Sylt mit einem guten Abschlußzeugnis (Rechnen: sehr gut; Deutsch: gut) beendet. Es gab eine kleine Feier mit Kaffee und Kuchen. Zu Hause predigte Mutter Klonhammer, Stimme und Zeigefinger erhoben, Blick auf die entwickelten Brüste der Tochter: »Benimm dich ja gut in Affegünt, das sind feine Herrschaften. Stell dich jeden Morgen vor den Spiegel und achte drauf, daß deine Knöpfe geknöpft sind und eine vollkommen gerade Linie bilden. Und gnade dir Gott, wenn du mit einem Kind nach Hause kommst. Ich weiß, wovon ich spreche.«
Ostern 1919: Jutta Klonhammer, geborene Arfsten, war schwanger mit Tochter Regina vor ihren Eltern erschienen und beichtete ihr uneheliches Unglück in der Tischlerwerkstatt des Vaters. Da empfing sie von ihrer Mutter »die Ohrfeige, die du nie vergessen sollst«. Vom Vater empfing sie: »Du Hure, wie konntest du mit deinen achtzehn Jahren uns das antun.« Jutta hatte guten Hobelspänegeruch in der Nase, sie weinte und wollte ihren Vater umarmen; der stieß sie mit beiden Händen Richtung Bandsäge, trat mit seinen selbstgefertigten Holzschuhen auf Tochters bloße Füße und schrie als Herr und Meister: »Jetzt aber los.« Dann trieben die Eltern ihr schwangeres Kind so lange um *Tischlerei Arfsten*, bis es nicht mehr schwanger war – stimmt nicht; denn die Großeltern, die wie zwei tief in der Erde wurzelnde Bäume vor den Geranien am Fenster saßen, rissen das Tiefenruder herum und riefen aus anderer Welt: »Hört endlich auf! Das arme Kind!«
Ostern 1936: Regina Klonhammer war nach einem Jahr Lehre

zum ersten Mal wieder zu Hause und beichtete in der Werkstatt von *Tischlerei Klonhammer ehem. Arfsten* ihren Eltern ihr Unglück. Da empfing sie von Mutter Klonhammer »die Ohrfeige, die du nie vergessen sollst«. Die hatte neben Regina noch zwei Söhne zur Welt gebracht, zuletzt den verrückten Heini: »Nein, nein, nein! Ich will noch keine Enkelkinder! Wie konntest du mir das antun!«

Vater Klonhammer saß mit übel gefülltem Brustkorb draußen vor dem Hobelspänehaufen und zog tief den Späneduft ein. Es gab jedoch keinen Späneduft; denn von der großen Lister Wanderdüne wehte eine Riesenfahne böser Sand. Die Luft war voller Sand, Vater Klonhammers Mund war voller Sand, der Sand knirschte der ganzen Familie zwischen den Zähnen. Ganz Sylt und das Land darüber hinaus waren davon betroffen. Großeltern gab es keine; nur zwei Bäume standen da. Regina hatte es besser als ihre Mutter damals: Sie wurde nicht ums Haus gejagt. Beim Fasching 1936 hatte Regina Dr. Friedreich Emsieg im Solsbüller Hof kennengelernt. Emsieg feierte mit seinem Kollegen Steiger an der Sektbar auf dem Balkon. Sie sangen oben, was die vier *Solsbüller Herzjungen* unten spielten, zum Beispiel »Gah von mi« und »Kumm too mi«. Sie warfen Papierschlangen und zielten in die Menge, die im Festsaal übers Parkett schwoofte. So eine Papierschlange traf Regina, für die es der erste Faschingsball war.

Die Papierschlange traf sie am Mund, rollte auf ihre weiße Bluse, ringelte sich über ihren Busen abwärts und fiel aufs Parkett. Regina sah nach oben. Da winkte ihr einer mit seiner Narrenkappe zu. Regina winkte zurück. Emsieg ließ sich nicht zweimal winken. Mit Humpelschritt humpelte er in seinen maßgefertigten schwarzen Lederstiefeln die Treppe herunter. Der Pfeffer-und- Salz-Anzug konnte sich sehen lassen. »Der Mann hat was Schneidiges«, dachte Regina. Doktortitel, Kavalierstuch, gerade Nase. Schlank, gebildet und mit seiner Leidenschaft für Schwimmen und Boxen, womit er den Klumpfuß vergessen

machen wollte, so stand Dr. Friedreich Emsieg vor Regina.
»Was schadet ein Glas Sekt, mein Fräulein?«
»Aber nur eins.«
Schon beim zweiten Glas bat Emsieg um das Du, das er sowieso schon gebraucht hatte; er fand Reginas weiße Bluse »so schön wie nur möglich, du bist mir ein hübsches, junges Ding«, sagte er mit seinem Augenfeuer. »Wer dich mal kriegt.« Weiter sprach Emsieg nicht; denn er wollte Regina erobern; und zwar schnell, noch heute nacht.
Sie tanzten langsamen Walzer. Emsieg war hierin trotz Humpelfuß Meister. Beim langsamen Walzer merkte man den überhaupt nicht, ja, der kam dem langsamen Walzer entgegen. Der Meister sah seiner Partnerin in die Augen. »Ich nehme dich mal ordentlich ran.« Regina spürte zum ersten Mal in ihrem Leben: »Ich bedeute einem was. Der mag mich.« Das hatte sie noch nie gespürt. »Ich bring dich in meinem Horch nach Hause«, sagte Emsieg. Regina war ganz Ohr.
»Einen Bauch hat er doch, und humpeln tut er«, dachte sie, als Emsieg den Horch erwähnte. Auch hatte er Augenbrauen, die eigentlich mal gezupft gehörten. Auch war er klein, Regina überragte ihn um einen halben Kopf. Aber was machte das schon, wenn einer da war, der sie mochte und es ihr sagte. »Schön für mich, daß ich gemocht werde«, dachte sie und ließ sich weiter mögen. »Das bißchen Altersunterschied«, dachte sie und zählte das bißchen nicht. Dann waren es nur wenige kleine Schritte bis zum Horch, die Ledersitze waren kalt, Emsiegs Pelzmantel wärmte.

Harry C. Goldschmidt war ein komischer Kauz. »Immer Genießer, nie Asket«, trompetete er in Haus und Hof und Wald und Flur, so daß auch die Tiere des Waldes von ihm eine Ahnung bekamen und – weiß der Himmel, wie – sein gutes Herz schlagen hörten.
Hinein in sein Herz. Da mußte Regina nicht weinen. Da konnte sie sich sogar schneuzen und die Nase wieder in Ordnung brin-

gen und sogar ein wenig lachen. Na also. So war Harry C. »Ich regle das«, tröstete er Hauswirtschaftslehrling Regina, und seine Frau Lene spitzte die Ohren. »Was du wieder hast«, fuhr Harry C. sie an.

Er führte Regina unter die majestätische Eberesche vor dem Haus, sagte: »Setz dich auf die Bank«, und ließ sie im Duft der Eberesche – die Bienen hatten jetzt Hochsaison – schläfrig werden und träumen. »Es riecht und summt«, träumte Regina. »Es ist die Eberesche, es sind die Bienen«, antwortete Harry C., und Frau Lene kam mit einer großen Tasse Ebereschentee.

Harry C. weihte sie in seine Pläne ein: Emsieg sei ja nun mal verheiratet seit vier Jahren. Er könne sich als Parteimensch und Rechtsanwalt keinen Skandal leisten. Er, Harry C., habe mit ihm ganz vernünftig gesprochen. Ein Kind komme aus vielen Gründen nicht in Frage: Alter, Zukunft, Eltern, Nachbarn, Leute, Pipapo. Emsieg verfüge über Beziehungen, »wonach sich Lieschen Müller die Finger lecken würde«. Aber sie, Regina, sei ja nun mal nicht Lieschen Müller, sondern Regina Klonhammer. Auch habe er, Harry C., inzwischen schon siebenmal mit ihren Eltern in List telefoniert. Das sage er erst jetzt, nachdem sich alles zum Besten zu wenden scheine.

»Ich will keine Abtreibung«, sagte Regina entschlossen mit Weinen in der Stimme und Tränen in den Augen.

»Wer spricht denn von, na, so ein Wort nehme ich ja nicht mal in den Mund, du bist mir vielleicht eine.«

Da fiel Regina ein Stern vom Herzen, der leuchtete taghell in ihrem Bauch. Sie holte einen kleinen Goldschmidt-Koffer vom Spitzboden und packte ihre Sachen. Frau Lene hatte eine Liste: Unterwäsche, zwei bis drei Kleider, Hausschuhe, Ausgehschuhe, Schuhputzzeug, Waschgarnitur, Krankenschein für die Kindesmutter, sofern versichert, für das erwartete Kind: nichts.

Goethe und die Bienen

Nach dem Tod des Großherzogs Carl August zog sich Goethe im Sommer 1828 auf das südlichste der drei hoch über der Saale gelegenen sachsen-weimarischen Schlösser zurück. Der Renaissance-Bau wurde später nach dem Dichter benannt: Goethe-Schloß. Im Fenster seiner Bergstube hatte er einen lieblichen Blick ins Saaletal: Die alte Reichsstraße Leipzig–Nürnberg lag ihm zu Füßen. Er nahm den von der Saale durchströmten Reichsstraßen-Knick unter die Lupe: Hier war der Fluß flach; in alten Zeiten durchquerten hier Roß, Reiter, Fußvolk und Pferdewagen die Furt. An dieser Stelle sah Goethe den Übergang, wie er ihn im August 1806 mit Bleistift, Feder und Tusche auf weißes Papier gezeichnet hatte: zwei flache, pfeilergestützte Holzstege; beide Brücken verbanden die Ufer über eine Insel im Fluß. Rechtssaalisch erstand die durch Natureindruck entwikkelte Phantasiestadt: Kaisersaschern.

Zweihundert Meter flußaufwärts sah der Dichter das romantisch gebogene Fluß-Knie, das ihm wie ein schöner Busen einleuchtete; er ziert Land und Karte heute noch.

Das idyllische, zehn bewaldete Hektar große Grundstück neben Pfarrgarten und altem Amtshaus von Kaisersaschern gefiel ihm sehr: An der Saale hellem Strande.

Warum Goethe dieses Grundstück nicht erwarb, geht hervor aus einem Abschnitt der Goethe-Geschichte des Jahres 1828; er lautet: Goethe und die Bienen.

Am 7. September 1828 fuhr der Dichter von seinem sechzig Meter hohen Muschelkalkfelsen, auf dem die drei Schlösser immer noch prachtvoll stehen, ins Tal hinab. Zwei Pferde zogen den von Amtsaktuar Stichling gesteuerten Wagen. Da, wo der Fußweg von Naschhausen in die scharfe Kurve bei *Himmelreich* mündet, ging es Goethe zu schnell; er legte seinem Rosselenker die Hand auf den Arm und sagte: »Nicht so rasch, junger Freund.«

Nun gingen die Pferde ruhig am Zügel. Indessen: unten im Tale flogen sie wieder im Sonnenschein dahin. Bemerkte Goethe Schatten und Dunkelheit zum ersten Mal, als sie über die überdachte Saalebrücke fuhren? Hatte er sie nicht anders in Erinnerung? Ohne Dach und Seitenwände, so wie auf der eigenen Bleistiftzeichnung von 1806?

Pfarrkandidat Klopfleisch begrüßte Goethe und Begleiter am Pfarrgartentor. Sie sprachen zuerst über die schlechten Aussichten der diesjährigen Weinlese. Der August war kein guter Monat gewesen. »Was der August nicht kocht, läßt der September ungebraten«, sagte Goethe, als der Pfarrkandidat seinen Besuch zu den Bienen führte.

Hier ließ Goethe den jungen »hübschen Geistlichen« über dessen »sehr reinliche Bienenanstalt« referieren. Bertha Stichling, die zweiundzwanzigjährige Ehefrau des Amtsaktuars, hat diese Szene viel später in einem Brief an ihre Tochter Elise festgehalten:

»Goethe fragte: Stechen die Bienen?

Nein, sie sind an den Menschen gewöhnt.

Nun treten alle drei ins Bienenhaus, und eine Bienenwohnung wurde geöffnet. Die weise Einrichtung ihres Staates, die schaffende Bewegung der unzähligen kleinen Geschöpfe versetzten Goethe in freudige Bewunderung. Eine Biene, durch irgend etwas beleidigt, fliegt plötzlich mit heller Stimme heraus, und Freund Klopfleisch ruft: Exzellenz, für die stehe ich nicht ein!«

Bertha sah, »wie Goethe eilig herauskam, mit jugendlicher Behendigkeit über zwei Beete sprang und glücklich auch dieser Gefahr entging«.

Das Erlebnis mit der beleidigten Biene, die plötzlich mit heller Stimme herausflog und den Dichter verjagte, muß der Grund gewesen sein, warum Goethe nie mehr ein Wort verlor über das schöne, große Grundstück neben Pfarrgarten und ehemaligem Amtshaus von Kaisersaschern.

Erworben hat das unbebaute Grundstück die Stadt Kaisersaschern vom ortsansässigen Pfarrlehen im Jahre 1935 für 27.599 Reichsmark. Das Nachbargrundstück mit mittelalterlichem Amtshaus, Sitz des Justiz- und Rentamtes, danach Gefängnis, später Wohnung für Polizeibedienstete, wurde dem geplanten Projekt zugeschlagen.

Hier sollte ein Alters- und Pflegeheim entstehen. Schon im Dezember konnte Richtfest gefeiert werden. Dann stockte der Weiterbau, weil die anstehende Olympiade in Berlin Summen, Arbeitskräfte und Baumaterial verschlang.

Vier Tage vor dem Richtfest gründeten zehn namentlich nicht bekannte SS-Führer in Berlin den Lebensborn e. V. Heinrich Himmler, Reichsführer SS im Staat, hatte diese Gründung bewirkt und unter *Ziel und Zweck* folgendes in die Vereinssatzung schreiben lassen: »… rassisch und erbbiologisch wertvolle werdende Mütter unterzubringen und zu betreuen, bei denen nach sorgfältiger Prüfung der eigenen Familie und der Familie des Erzeugers durch das Rasse- und Siedlungshauptamt SS anzunehmen ist, daß gleich wertvolle Kinder zur Welt kommen.«

Als Himmler von den Bauschwierigkeiten in Kaisersaschern hörte, griff er sofort zu: »Die Stadt Kaisersaschern führt die Bauarbeiten mit *Dringlichkeitsstufe drei* zu Ende und verkauft das Grundstück mit allen Einrichtungsgegenständen an den Verein *Lebensborn e. V.* zum Preise von 1.000.000 (einer Million) Reichsmark.«

Da stand das Haus Sonnenheil bezugsbereit im Sommerlicht des Olympischen Jahres. Mischwalddüfte strömten aus den Saalewäldern herbei und brauten mit dem Neubauduft von frischem Mörtel und frischer Farbe einen völlig neuen Duft zusammen. In den offenen Fenstern wehten frischgewaschene weiße Gardinen. Der kühle Steinboden im zweiundsiebzig Meter langen Flur roch frisch gebohnert. Hundertachtzig Bewoh-

ner hatten hier Platz. Angebaut war noch ein Wirtschaftstrakt; das alte Amtshaus, vormals *Fronveste*, stand nun zur Verfügung als Bedienstetenwohnung und Büro.
Anfang Juli 1936 zogen ein: der Heimleiter, Krankenschwestern, Kinderschwestern, Kindergärtnerinnen, eine Hebamme, eine Sekretärin, eine Oberschwester, eine Küchenleiterin, Küchenfrauen, Hauspersonal, ein Hausmeister, männliche Angestellte für den technischen und handwerklichen Betrieb, ein Gärtner, ein Chauffeur.
Für fünfzig schwangere Frauen war Platz. Die ersten drei holte der Chauffeur vom Bahnhof Kaisersaschern ab, eine von ihnen war Regina Klonhammer. Bis zu ihrer Niederkunft sollten die Schwangeren in Haus, Küche und Garten helfen. Mit Regina Klonhammer – als Jüngste hatte sie die laufende Nummer eins – öffnete Haus Sonnenheil am 15. August 1936 die Pforten.

Am selben Tag waren Herren und Damen der Schöpfung der Einladung des Reichspropagandaministers gefolgt und überschritten den Höhepunkt einer Reihe von Empfängen und Festveranstaltungen anläßlich der Olympischen Spiele: das Sommerfest auf der Berliner Pfaueninsel, die, einer Chronik aus dem 15. Jahrhundert zufolge, ihren Bewohnern ein auskömmliches Leben mit Bienenzucht und Fischfang gewährte.
Auch der Reichsführer SS Heinrich Himmler war der Einladung gefolgt. Er sagte zu seinem Kollegen Propagandaminister: »Heute haben wir in Kaisersaschern eine Idee des Führers in die Tat umgesetzt. Der seit Heinrich dem Ersten abermalige Aufbau allergrößten Stils, nun unter Adolf Hitler, kann jetzt richtig beginnen.«
»Heil Hitler. Ich muß mich leider kurz fassen«, sagte der Reichspropagandaminister.
Während Regina in Kaisersaschern nach der Begrüßung durch den Heimleiter und Einweisung durch die Oberschwester ihren kleinen Koffer auspackte und Schuhe, Wäsche, Waschzeug in einen kleinen Schrank mit kleinen Schubladen packte, sie wein-

te nicht, denn sie hatte gleich viel Heimweh nach Affegünt und List und wußte nicht, für welches Heimweh sie sich entscheiden sollte, da gesellte sich der Führer in Berlin zu den Gästen auf der Pfaueninsel.

Eine illustre Versammlung war das, Weißhäutige, auch einige Gelbliche, ja sogar einzelne Schwarze, Sportler und Nichtsportler, Dichter und Denker, Reiche und nicht so Reiche, Kulturschaffende und Industrielle, in- und ausländische Würdenträger, hochgestellte Persönlichkeiten des europäischen Adels waren erschienen: König Boris von Bulgarien, Kronprinz Umberto von Italien, Erbprinz Gustav Adolf von Schweden. »Alle sollen durch die vorbildliche deutsche Gastfreundschaft überzeugt werden und ihre oft negative Meinung über das nationalsozialistische Deutschland ändern«, lautete eine Presseanweisung des Reichspropagandaministers.

DR. FRIEDREICH EMSIEG *in einem Brief:* Das Bild steht mir noch heute vor Augen, wie Hitler in seinem elegant geschnittenen weißen Smoking in das Rampenlicht trat, mit leichten Verbeugungen den Damen die Hand küßte und sich dann über den gepflegten Rasen zwischen den dunklen Baumgruppen und bunten Lampions bewegte. Diesen Abend war er ganz Österreicher.

Ein hoher französischer Gast rief, wobei er sich mit der Linken – in der Rechten hielt er ein Glas Champagner – den offenen, staunenden Mund zuhielt: »Mais c'est un latin, un latin parfait.« »Die Franzosen können das: feinsinnig beobachten. Der Führer ist für alles gut«, nahm Emsieg den Faden auf, um ihn vor »meinem alten Freund und PG« Heinrich Himmler weiterzuspinnen. Die beiden hatten sich 1931 in Berlin kennengelernt, als Emsieg hier das große juristische Staatsexamen abgelegt hatte und Handlungsbevollmächtigter einer Berliner Bank geworden war. 1933 berief die Partei den frischgebackenen PG Emsieg zum Bürgermeister in Greifenberg/Pommern. Nach einer Auseinandersetzung mit dem dortigen Gauleiter »verschlug es mich 1935 nach Solsbüll«.

Der Reichsführer SS mochte den 1901 in Eckernförde an der Ostsee geborenen norddeutschen Humpler. Nie hatte Emsieg ein Sterbenswort über seine Geburt und Kindheit verloren: Seine leibliche Mutter entwickelte nach der Geburt keine Muttergefühle wie jede frischgebackene Mutter; sondern sie schrie sofort den langen Schrei des Entsetzens, als sie den mißgestalteten Fuß ihres Kindes sah. Eine Tante erbarmte sich und zog den Knaben groß.

Nie hatte Himmler abfällig über Emsiegs Klumpfuß gesprochen; nie hatte er vor anderen darüber Witze gerissen. »Es gibt ja nicht nur diesen einen Klumpfuß in der Partei«, dachte Himmler mit Blick auf den Reichspropagandaminister und registrierte das zufrieden, so wie vermutlich der literarisch gebildete Reichspropagandaminister längst den Klumpfuß des genialischen Kollegen Lord Byron zufrieden registriert hatte. Emsieg dankte mit Ideen und Stichworten. Nicht wenige Himmler-Reden waren von Emsieg-Gedanken durchflochten. »Und darum, alter Kamerad: Ich lohne es dir.«

»Und ich möchte mit dir anstoßen«, sagte der tüchtige Rechtsanwalt und Notar, »der ich dieser Einladung gern gefolgt bin.« Es war ein Glucksen in seiner Stimme, es war ein Glucksen im See, er hatte mal wieder nahe am Wasser gebaut und davon feuchte Augen bekommen. »Ich bin so froh, daß die Vorsehung mein kleines außereheliches Mißgeschick nicht übelgenommen hat und mir nun leibhaftig durch dich aus der Patsche hilft.«

»Wir können mit den Ergebnissen der bisherigen Bevölkerungspolitik nicht zufrieden sein«, sagte Himmler. »Wir brauchen Nachwuchs. Die Zahlen befriedigen mich nicht. Wir richten unseren Blick auf unverheiratete Mütter. Diese Frauen haben einen schweren Stand, werden überall schief angesehen und ausgeschlossen. Ihnen gegenüber sind wir in der Pflicht.«

Himmler hatte recht. Sogar eingefleischte Nationalsozialisten sahen in der unehelichen Schwangerschaft eine »Beschmut-

zung des sauberen Familienideals«; ledigen Müttern sprachen sie den »rassischen und erbbiologischen Wert« ab.
Ideenlieferant Emsieg flocht ein und sekundierte: »Die SS greift hier ein wichtiges soziales Problem auf. Die SS dient den Schwachen.«
Der Reichsführer SS faßte zusammen: »Jawohl, aber ich als SS sehe das nicht unter sozialen, sondern ausschließlich unter rassepolitischen Vorzeichen.«
Emsieg ergriff behende, was in der Luft lag, und lieferte seinem Gönner unter dem Aktenzeichen *Dann sehen wir weiter* folgende Idee: »Die SS hat wirklich die Absicht, germanisches Blut in der ganzen Welt zu holen, zu rauben und zu stehlen, wo sie kann.«

Himmler und die Lebensborn-Führung hatten allerdings bei der Gründung des Vereins nicht bedacht, daß alleinstehende Mütter ihre Kinder nach der Entbindung nicht zu sich nehmen konnten, wenn sie allein blieben und wieder arbeiten wollten oder vielmehr mußten.
»Die rassisch hochwertige Mutter verzichtet grundsätzlich nicht auf ihr Kind. Das rassisch wertvolle Kind darf niemals einer Kollektiv-Erziehung überlassen werden – das weißt du, bei dir ist das was anderes«, sprach der Heimleiter zu Regina bei Musterungsbeginn. Ärztliche Untersuchung, rassische Beurteilung, Erstellung einer Ahnentafel, Ausfüllen des Erbgesundheitsbogens waren erledigt. Regina war kerngesund, ihre Ahnentafel ließ sich bis weit vor 1800 verfolgen, immer wieder tauchten da die in Silberlinden verwandelten Großeltern, Urgroßeltern, Ururgroßeltern auf, treulich vor dem Haus auf der Bank Händchen haltend.
»Hier wird streng bewertet und ausgelesen. Du bist ja ein gesundes junges Ding. Aber den endgültigen Beweis ihrer Gesundheit erbringt die Mutter durch die Geburt eines gesunden Kindes.« Der Heimleiter ließ sich von Angestellten und Schwangeren *Vati* nennen.

»Die Fragen *Ist eine Eheschließung beabsichtigt?* und *Welche Gründe stehen dagegen?* entfallen ja bei dir«, sprach Vati, »und was noch? Du hast Geheimhaltung beantragt?«
»Meine Eltern wollen das, und ich will es auch.« Regina brachte *Vati* nicht über die Lippen.
»Ein entsprechendes Schreiben des Kindesvaters liegt bei der Zentrale in Berlin. Der Reichsführer SS hat genickt.«
Die Fürsorge des Lebensborn e.V. umfaßte auch die Geheimhaltung zum Schutz der anbefohlenen ledigen Schwangeren. Diese Maßnahme verstieß in der praktischen Handhabung zwar gegen Vorschriften und Gesetze; aber Lebensborn sagte: »Wir tun es trotzdem; denn wir wollen uns frei und unabhängig von den gesetzlichen Vorschriften bewegen.«
Wer Geheimhaltung wollte, mußte möglichst weit weg. Reginas Reise von Solsbüll nach Kaisersaschern war die Reise in ein achthundert Kilometer entferntes, gut behütetes Versteck. Sie hatte beim Einwohnermeldeamt Solsbüll »Auf Reisen befindlich« ins Melderegister schreiben lassen. In Kaisersaschern kannte sie keiner, und Haus Sonnenheil sorgte für weitere Sicherheit: Polizeiliche Anmeldung erfolgte im Heim, das eine eigene polizeiliche Meldestelle beherbergte. Die Adresse lautete: Regina Klonhammer, Haus Sonnenheil, Kaisersaschern/Saale. Damit der Postweg sie nicht verriet, sollten Briefe, Päckchen, Pakete über die Deckadresse einer Lebensborn-Mitarbeiterin geschickt werden: Sundgauer Straße 69, Berlin-Zehlendorf.
»Wir übernehmen nach der Geburt die Vormundschaft. Allerdings nur unter der Voraussetzung, das Kind ist gesund.«
Regina wollte ihr Kind hier zur Welt bringen und gleich zur Adoption freigeben, »und dann möchte ich sofort wieder nach Hause«, sagte Regina.
Nach Hause, das waren für sie in erster Linie Harry C. und Lene Goldschmidt auf Affegünt. Die Entscheidung war ihr nicht leichtgefallen. Mit sechzehn im achten Monat fühlte sie wie jede gesunde Schwangere: »Ich bekomme ein Kind, ich bin die

Mutter, ich will für mein Kind sorgen.« Regina fügte sich jedoch und beugte ihren dunkelblonden Lockenkopf über ihr gehorsames Kinderherz: Der leibliche Vater wollte »die Schande nicht, wegen Familie und Nachbarn«, Reginas Eltern wollten die Schande aus demselben Grunde auch nicht. Die Parteien einigten sich über Reginas Lockenkopf hinweg: Emsieg ließ eine »erhebliche Summe« fließen auf das Konto der Tischlerei Klonhammer ehem. Arfsten.

Regina saß morgens um neun im Kartoffelschälkreis vor der Heimküche. Der Kreis der unehelich Schwangeren hatte sich in den ersten vier Wochen von drei auf zwölf erweitert; alles Fälle von der Sorte Regina; jeder Fall lag anders, jeder Fall war laut Musterung lebensborntauglich. Einer der Fälle war ein Problemfall: Vati hatte ihn, weil er nicht entscheiden mochte, an den Reichsführer SS gemeldet: »Wie aus beiliegenden Bildern ersichtlich, ist die unehelich Schwangere mit ausdrücklichem Kinderwunsch vorwiegend ostisch und nur 1,48 Meter groß, paßt also erscheinungsbildlich nicht in den Rahmen des Lebensborn.« Der Reichsführer SS antwortete: »Bei solchen ganz klar gewünschten Kindern kann rassisch bei den Müttern bis auf weiteres ein milderer Maßstab angelegt werden. Wir fangen ja erst an.«

Fünf mit SS- und SA-Männern verheiratete Schwangere, die ihre Kinder hier zur Welt bringen wollten, um sie danach mit nach Hause zu nehmen, sahen auf die jungen, unehelich schwangeren armen Dinger von oben herab und verweigerten Kartoffelschälen und übrige Küchenarbeit. Schwer trugen sie an folgender Lebensborn-Regel: »Ledige und verheiratete Schwangere bzw. Mütter werden mit *Frau* angeredet.« Dafür rächten sie sich mit der Weisheit eines Anonymus, der 1934 geschrieben und veröffentlicht hatte: »Ledige Mütter sind in aller Regel Trinkerinnen, Psychopathinnen, Geisteskranke.«

»Ja, genau das sind sie, diese Fräuleins«, antworteten die fünf Bessergestellten im Chor.

»Plätten und Nähen kommt für mich nicht in Frage«, sagte

Nummer eins. »Sticken – das geht gerade noch«, sagte Nummer zwei. »Blumen gießen, das will ich gerne«, so Nummer drei. »Ich will mithelfen bei der Gestaltung eines gesunden Speiseplans und schlage jeden Morgen Haferbrei vor: Haferbrei ist Nervennahrung, sagt nämlich der Reichsführer.« Nummer fünf war eine gewisse Prinzessin, die nichts als nur schwanger sein wollte; sie trug ihren Bauch wie einen Parteiknopf.

Die armen zwölf Dinger hatten heute ihren gemeinsamen Heultag, sie weinten offenbar grundlose Tränen, wie Schwangere es gerne tun; während Vati von »hormonell bedingten Gefühlsschwankungen« sprach, sahen die zwölf armen Dinger ihre Lage so: »Wo soll ich mein Kind lassen, wenn ich arbeite und keinen Mann habe? Hier hat mein Kind es besser: Zwei Schwestern legen es auf der Säuglingsstation sechsmal am Tag trocken, eine arbeitet in der Krabbelstation und paßt auf, drei Schwestern und eine Kindergärtnerin führen den Kindergarten. Mit Mann kann ich das Kind immer noch zu mir nehmen.« So trösteten sich die armen Dinger, hofften auf ein Kind ohne Hasenscharte, Wolfsrachen oder Klumpfuß; denn Lebensborn nahm nur das *gesunde, rassisch wohlgeratene Kind.*

Mit jeder geschälten Kartoffel, die in eine wassergefüllte Blechwanne fiel, rückte der Tag näher, an dem die armen Dinger wissen würden, welches Schicksal ihr Kind erwartete: »Wir vom Lebensborn verachten das Minderwertige bis in den Tod.«

Abends trafen sich die werdenden Mütter im Tagesraum. Nach dem offiziellen Schulungsprogramm – im September abwechselnd Volksliedsingen und Luftschutzkurs – spielten »Vatis Frauen«, so nannte Vati die werdenden Mütter, *Mensch ärgere dich nicht*, *Stadt, Land, Fluß* oder *Stille Post.* Am liebsten lauschten Schwangere und Nichtschwangere aber dem Volksempfänger, der unter *Gemeinsames Radiohören* ebenfalls zum Schulungsprogramm zählte und »die Eindämmung der weiblichen Redelust« bewirken sollte: »Die Verlobung von Kronprinzessin Juliana mit dem deutschen Prinzen Bernhard wird soeben bekanntgegeben.« Da aber brach der Damm. Was für eine Lust

zu reden! Nur die abseits Sitzende, die gewisse Prinzessin, schwieg, hob den *Klosterjäger* von Ludwig Ganghofer, hob die Augen, hob den Blick zum Fenster hinaus auf die drei Schlösser hoch über der Saale und seufzte wie geschrieben: »Da oben wohnte der Prinz; er hatte drei Mätressen und drei uneheliche Kinder, und trotzdem erfreute er sich bei seinem Volk großer Beliebtheit.«
Wer glaubt, bei Lebensborn e. V. sei es sittenlos zugegangen, der irrt sich: *Männerbesuch nur im Besuchszimmer* galt auch für die Ehemänner. »Das hätte ja ein heilloses Durcheinander gegeben«, erklärte Vati. Vati leistete sich selber allerdings einen Ausrutscher: Er trug seiner zu absoluter Geheimhaltung verpflichteten NS-Oberschwester Erika folgendes an: »Sollte der rechte Partner fehlen, ich würde mich gerne zur Verfügung stellen.« Die meldete das dienstbeflissen an die Berliner Zentrale. Erika war befreundet mit der Deckadresse, die das Adoptions-Referat leitete. Der Heimleiter wurde postwendend seines Postens enthoben und durch einen anderen ersetzt.

Der kleine arme Heinrich

Leises Aufatmen in Haus Sonnenheil. Die Geburt ist nach wie vor ein Wunder. Liebe strömt durch die Haut.
STIMME: Mit Reginas großen, dunklen Augen schaut der Winzling in die Welt.
Er war für die Reise durch den engen Geburtskanal bestens gerüstet: Sofort würde er zu saugen versuchen und jede Zärtlichkeit geistesgegenwärtig registrieren. Noch ist die Nabelschnur nicht durchtrennt. Das geht schnell: schnipp und abgebunden. Auch den Dammriß der Mutter – »Sie ist ja man noch so jung«, sagt die Hebamme – hat »der Herr Doktor«, neuer Heimleiter und Gynäkologe von Haus Sonnenheil, schnell zusammengestichelt.

»Es ist besser so, weil es so sein soll«, sagt die Hebamme in ihrem blauen Kleid mit der weißen Schürze; sie hat das Kind in weiße Tücher gewickelt, nur der runzlige Kopf schaut zur Wäsche heraus. »Bloß ihr das Kind nicht in den Arm drücken, am Ende macht sie die Entscheidung wieder rückgängig.«
Auf dem Arm der Hebamme sieht man nun: Von Reginas dunklen, großen Augen kann vorerst keine Rede sein, weil der arme Wurm seine Äuglein, liebe Fensterlein, zukneift. Da, wo der Herrgott den Platz für die Augen im Kopf eingerichtet hat, sind nur *zwo* winzige Striche. Nein! Da sind zwo dickedicke Hautfalten und sonst nichts.
Der Heimleiter sitzt vor seinem Geburtenbuch; er ist sein eigenes Standesamt und nennt sich *Standesamt Kaisersaschern II.* Der Standesbeamte verfährt nach Lebensborn-Vorschriften: Er zieht einen dickendicken Strich in die Spalte *Kindesvater* und schreibt: »Vaterschaft anerkannt; Unterlagen bei Lebensborn-Zentrale, Berlin. Weitermeldung der Geburt an das Heimatstandesamt der Mutter ist zu unterlassen.«
Auf offiziellem Weg erfahren weder Verwandte noch Bekannte, noch Nachbarn von dem neuen Erdenbürger. Nur der Lebensborn weiß Bescheid. Er wacht über die Papiere und hütet das Geheimnis.
Den Namen hat sich der Heimleiter zusammen mit Oberschwester Erika ausgedacht: »Wenn es ein Mädchen wird, dann nennen wir sie Kunigunde Kaiser, wenn es ein Junge wird, dann heißt er Heinrich Kaiser. Dann sehen wir weiter. Wie finden Sie das insgesamt, Schwester Erika?«
»Mein Gott, er hat ja noch gar nicht geschrien«, ruft die Hebamme. Sie wickelt ihn aus, haut ihm einen ordentlichen Klaps, und der Kerl schreit los. »Ein gehorsamer Kerl wird das«, sagt die Hebamme stolz. »Er schreit nur, wenn er soll!«
Regina hat alles gehört, nichts gesehen. Sie hat die Bettdecke über den Kopf gezogen. Sie hat ihr Kind schreien hören. Die Wehen, die Geburtsschmerzen hat sie vergessen. Hat sie überhaupt Schmerzen gehabt? Unter der Bettdecke ist sie deswe-

gen, weil sie eine Wehrmauer aufbauen muß gegen Überflutung. Die Mauer ist zu niedrig, zu schwach, zu löcherig, zu wenig wehrhaft. Regina fängt zu weinen an. Dabei hat sie nicht mal während der Geburt geweint. Sie will das Kind nicht sehen, weil sie es nicht haben darf. Eigentlich will sie es ja auch gar nicht haben. Sie weiß das nicht genau, weil sie es nicht genau wissen darf. »Wie soll ich wissen, was ich wissen darf und was nicht.« Eigentlich hat sie es von Anfang an gewußt. Nun weiß sie es aber nicht mehr. »Wie soll ich es denn wissen? Gott sei Dank muß ich mich nicht um den Papierkram kümmern.« Das weiß sie jedenfalls. Und dies: »Wenn du mit einem Kind nach Hause kommst, dann gnade dir Gott.« Das hat ihre Mutter gesagt. Aber würde die es auch heute noch sagen?

War dies der »schwere seelische Kampf«, den junge werdende Mütter kämpfen müssen, bevor sie einer Freigabe zur Adoption das Jawort geben? »Die rassisch hochwertige Mutter verzichtet grundsätzlich nicht auf ihr Kind. Die rassisch wertvollen Kinder dürfen niemals einer Kollektiv-Erziehung überantwortet werden.«

Alles schön und gut: Die Lebensborn-Ziele waren hehr und unerreichbar hoch gesteckt. Regina und die anderen armen Dinger aus der Kartoffelschälrunde hatten keine Wahl. Auch der Lebensborn konnte keinen Ausweg zeigen. Wie klein und machtlos der Verein war! Die Schande der unehelich Schwangeren, die Nachbarschaft und Verwandtschaft, sprich: ganz Deutschland aus den Angeln zu heben, das ging über die Vereinskräfte. Der Lebensborn mußte wohl oder übel gegen eigene Prinzipien verstoßen und sich der Kinder annehmen, deren Mütter, »so leid es mir tut und so schlimm es insgesamt auch ist«, ohne Ausweg waren. Regina wurde von der Stillpflicht entbunden; der Lebensborn übernahm die Vormundschaft des kleinen armen Heinrich.

STIMME: Ob Regina das alles in ihrem jungen Kopf denken kann?

Keine Antwort ist auch 'ne Antwort. Wie sollte man das wissen. Auf jeden Fall mußte Regina damit fertig werden. Mit ihrem Kopf unter der Bettdecke hatte sie es erst mal einfach. Aber nun raus damit und an die frische Luft. Das hat noch niemandem geschadet. Fröhlich und frei ging es hier zu. Fröhlich und frei, licht und gesund, so würde die Zukunft sein. Die Leute von Haus Sonnenheil waren nett! Das Geburtszimmer war freundlich weiß gestrichen, die Gardinen waren ebenfalls freundlich weiß, alles war freundlich weiß und glänzte freundlich, es roch nach Sagrotan und Nachgeburt, es roch nach dem Kindspech, das der kleine arme Heinrich geschissen hat. Hier mußte gleich gründlich aufgeräumt und saubergemacht werden; »die nächste Geburt ist schon im Anmarsch«, rief die Oberschwester.
Regina war nicht die erste. Eine der verheirateten SA-Frauen war schneller. »Die drehte durch und vergaß in ihrem hysterischen Geschrei Führer, Volk und Vaterland, die wollte nur noch sterben«, meldete Erika nach Berlin an ihr stets offenes Ohr in der Lebensbornzentrale und gluckste wie der See, der die Pfaueninsel umspült.

»Die Frau im heiratsfähigen Alter, die keinen Bräutigam hat, wird von einem Mann aus dem Dorf über dem Ahnengrab begattet – einem Mann, den der Vater der Frau ausgesucht hat und der für sie auch beim Koitus anonym bleibt.«
Regina war diesem vom Reichsführer SS ins Auge gefaßten Begattungsmodell, das schon Dorer und Germanen »praktiziert haben mochten«, zuvorgekommen und hatte das Standardmodell Liebe gewählt: Zwei treffen sich und verlieben sich; sie suchen ein schönes Plätzchen und geben sich ihrer Stimmung hin. Dieser Stimmung war der arme kleine Heinrich entsprossen. Führer Adolf Hitler sah das ähnlich: Die Natur habe durch ihr Produkt, das Baby, die Liebe der beiden gesegnet.
Regina war acht Tage nach der Geburt wieder unter den Augen von Lene und Harry C. Goldschmidt in Affegünt: »Nicht dran denken und kein Wort, sage ich.« Statt dessen dachte

sie: »Wann werde ich zum ersten Mal wieder nach Hause fahren?« Wer so denkt, der fährt recht bald. Reginas Bauch verzeichnete keine Schwangerschaftsstreifen, ihr Busen war wieder klein geworden, ihr dunkelblondes Lockenhaar trug sie kurz geschnitten; sie zeigte die Ohren: Außenleiste nicht zu dick und nicht zu dünn, Ohrläppchen nicht zu dick und nicht zu breit.
In Kaisersaschern wuchs der kleine arme Heinrich ein Jahr, zwei Jahre mit den mütterlich geerbten Ohren heran. Ein Kind, das sich sehen lassen konnte. Vormund Lebensborn war stolz auf sein Mündel; denn Lebensborn mochte insbesondere schöne, gutgewachsene Kinder; die winzige Unebenheit, der etwas größere rechte große Zeh, tat nichts zur Sache und zählte, rassisch gesehen, nichts. Der Heimleiter hatte bei der Musterung augenzwinkernd von »Normvariante« gesprochen und »Insgesamt alles in Ordnung« gesagt.

Namenweihe

»Mein lieber Heinrich! Am 7. Oktober (Dein Geburtstag!) 1938 waren meine Dorothea und ich in dem ideal gelegenen und wunderbar zweckmäßig eingerichteten Lebensbornheim Haus Sonnenheil. Hier, in unserem schönen Kaisersaschern!« schrieb Hermann Zürndorfer an seinen entfernten Verwandten Heinrich Himmler.
Nachdem Professor Knaus, Direktor der Universitäts-Frauenklinik in Prag, Entdecker der Regel von den unfruchtbaren Tagen der Frau, die Unfruchtbarkeit Dorothea Zürndorfers diagnostiziert hatte, bot der entfernte Verwandte Hilfe an. Das kinderlose Paar reagierte dankbar: »Wir werden Dir, lieber Heinrich, die Hilfe nicht vergessen.«
Der entfernte Verwandte reagierte ähnlich dankbar: »Da es nun unumstößliche Tatsache ist, halte ich Euern Wunsch, ein Kind zu adoptieren, für einen wunderbaren Anfang. Ich habe sofort

an den Lebensborn geschrieben, der sich mit Euch in Verbindung setzen wird.«

»Es gab eine kleine Enttäuschung insofern«, schrieb Hermann Zürndorfer weiter im Brief an den entfernten Verwandten, »als das zunächst auserwählte Kind mit seinem ausgesprochenen Rundschädel nicht ganz in unsere Familie, in welcher mehr die schmalen Gesichter vorherrschen, hineinpaßte.«

Der Heimleiter rief sofort zu einer Konferenz. »Wir nehmen unser Geburtstagskind«, begann NS-Schwester Erika mit erhobenem Zeigefinger über der Dienstbrosche. Sie telefonierte mit der Lebensborn-Adoptionszentrale, und das Ehepaar Zürndorfer hörte zu. »Den können wir also nehmen?«

»Wir fanden dann fast auf Anhieb den kleinen Heinrich«, so Hermann Zürndorfer weiter im Brief an den entfernten Verwandten, »der blond und blauäugig ist und ein richtiger deutscher Junge zu werden verspricht. Ohne die näheren Abstammungsverhältnisse zu kennen, wissen wir, daß es sich um ein rassisch einwandfreies Kind anständiger deutscher Eltern handelt. Wir versprechen Dir, dieses unser Kind als liebevolle Eltern zu einem aufrechten deutschen Menschen zu erziehen, der in den Ideen des Nationalsozialismus aufwachsen soll. Dies ist mir heilig. Dies würde und werde ich mit meinem eigenen Blut unterschreiben.«

STIMME: Was aus deinen Kindern wird, bestimmst du!

»Und stell Dir vor: Der Junge hat am selben Tag Geburtstag wie Du! Schon jetzt möchten wir Dich fragen – vorausgesetzt, die Adoption ist amtlich –, ob nicht der große Heinrich Pate des kleinen Heinrich (!) sein möchte?«

Als Dorothea Zürndorfer die heiligen Worte ihres Gatten vernahm, kam Gewicht in die Kehle, da schluckte sie das Blei und senkte die Stirn. Sie wollte niederknien auf einem Polster, »ja wo ist denn hier ein Samtpolster, ein Altar, ein Geistlicher mit Christi Leib und Blut?«. Nichts da von allem. Sie merkte es im letzten Augenblick, stand gerade und entließ nur noch das Glucksen, das jeder kennt.

Lebensborn-Inhaber und Reichsführer SS Heinrich Himmler hatte das mit dem großen Zeh anders gesehen, er kniff die Augen zu einem Chinesen-Schlitz und sah Kindesvater Emsieg mit Klumpfuß vor sich. Ohne weitere Begründung lehnte er die ihm angetragene Patenschaft ab.

So hatte sich nur eine zehnköpfige Sonnenheil-SS-Familie in der teuren holzgetäfelten Lebensbornhalle zusammengefunden, darunter die Adoptiveltern Zürndorfer, stolze Besitzer der Adoptionsurkunde, ausgestellt vom Amtsgericht Kaisersaschern auf den 7. Oktober 1938. Der große Heinrich, nun auch entfernter Verwandter vom kleinen Heinrich, hatte in der Adoptionssache Zürndorfer »ein wenig nachgeholfen«.

Teure Musik vom Sonntagmittagkonzert erklang aus dem Volksempfänger: Tannhäuser. Zugegen waren außerdem: die Führerbüste, die Holzplastik *Mutter und Kind*, der Reichsadler mit Kranz in den Fängen, im Kranz das Wort: Sonnenheil. Sodann: sieben Fahnen mit Hakenkreuz, Astern und ein Bild von Hitlers Mutter. Der kleine Heinrich feierte seinen zweiten Geburtstag.

NS-Oberschwester Erika hatte ihn sich ans Herz wachsen lassen und vergoß Tränen der Rührung wie eine richtige Mutter. Sie hatte dem kleinen »O mein Lausebub« eine kurze Hose genäht: »Acht Arme hat das Hakenkreuz!« So viele Reißverschlüsse nähte die Gute in den Hosenboden ihres »O mein Lausebub« und sprach: »Blitzschnell das Hakenkreuz aufgerissen und durch das Hakenkreuz rausgeschissen.«

Der Heimleiter stand als Standesbeamter und polizeilich Befugter der Namengebungsfeier vor und nannte sich Zeremonienmeister. Er schaltete den Plattenspieler an, und unter den leisen Klängen der Haydnschen Variationen über das Deutschlandlied winkte er Adoptivmutter Zürndorfer mit dem Kind im Arm und Patin Erika nach vorn. Adoptivvater Zürndorfer ließ er links von der Adoptivmutter Aufstellung nehmen.

»Deutsche Mutter, verpflichtest du dich, dein Kind im Geiste der nationalsozialistischen Weltanschauung zu erziehen?« fragte der Zeremonienmeister. Mutter Zürndorfer gab ihm die Hand und sprach das Jawort. Patin Erika versprach Hilfe in Not und Gefahr und: Sie wolle die Erziehung des Kindes im Sinne des Sippengedankens »unserer Schutzstaffel gewißlich« überwachen. Der Zeremonienmeister hielt den SS-Dolch über das Kind, berührte des kleinen Heinrich schöne Stirn und sprach: »Ich nehme dich hiermit in den Schutz unserer Sippengemeinschaft auf und gebe dir den Namen Heinrich Hermann Zürndorfer. Trage diesen Namen in Ehren.« Da schrie der kleine Heinrich los, weil der SS-Dolch so kalt war. Schnell hatte sich der Junge aber an das Kalte gewöhnt, war still und wärmte seinerseits den Dolch.

Teil zwei der Zeremonie begann: Aus dem Volksempfänger ertönten Johann Strauß und Franz Lehár; es gab Kaffee und Kuchen. Dann waren alle müde. Der kleine Heinrich schlief mit roten Pausbacken im Kinderbett des Kindergartens. Mit verschränkten Armen saß die Namengebungsgemeinschaft schlafend am nicht abgeräumten Kaffeetisch. Kaffeeduft hatte alle eingeschläfert. Kaffeeträume von fremden Ländern und Menschen durcheilten die Gehirne auf Nimmerwiederträumen. Keiner hatte auch nur einen Schimmer von Erinnerung, als abends um zwanzig Uhr der »gemütliche Teil drei« mit Punsch und Schwoof übers Parkett der teuren Halle ging.

Der Junge Zürndorfer

Kaisersaschern: Stadt an der Saale, zweitausend Einwohner, Amtsgericht, Hoch- und Halsgericht, befestigt seit 1490 mit Mauern und Türmen. Poststation an der Reichsstraße Leipzig-Nürnberg, Stadt mit großer strategischer Bedeutung. Hier wuchs der Junge Zürndorfer im stattlichen Bürgerhaus am Ende der Grieskrämergasse bei seinen Adoptiveltern auf.

»Zunächst in den Laufstall mit ihm: Los! Hopp! Da soll der Junge mit seinem Spielzeug sitzen. Mal sehen, wie lange er es aushält«, sprach der Vater. Der kleine Heinrich weinte. »Ich habe als Kind kein einziges Mal geweint.«

Als sein Kind nicht mit Daumenlutschen aufhören wollte, schmiedete Vater Zürndorfer ihm eine eiserne Hand, so eine, wie Götz von Berlichingen sie getragen hatte. Der hatte auch am Daumen gelutscht. Wie gerne wollte der kleine Heinrich seinen Vater umarmen. Aber wie sehr haßte es der, angerührt zu werden. Von Abhärtung hielt Vater Zürndorfer viel: »Werde mir bloß kein Weichling!« Er war Reichsbahnbeamter in Kaisersaschern und träumte im Stellwerk mit Blick auf die Geleise, während er gut zu seinem Vorgesetzten und seinen drei Untergebenen war, von einer Karriere in der SS.

Zu Hause hing schon eine SS-Uniform ohne Dienstgradabzeichen im Schrank. Seiner Frau hatte er eine detaillierte Liste mit Aufgaben und Pflichten geschrieben. Jeden Abend, wenn er vom Dienst kam, kontrollierte er streng. »Wie wir das beim Militär und im Kriege vierzehn-achtzehn gelernt haben«, sagte er mit eiserner Lippe und fuhr seine Fingerkuppen oben am Küchenschrank entlang: »Sauber.«

Am Küchentisch saß der Sohn und lernte die Uhrzeiten. »Wie spät ist es?«

»Viertel nach fünf, Vater«, antwortete der Sohn.

»Sauber«, antwortete der Vater. »Nun sprich mir nach: Eisenbahn.« Der Junge sagte: »Eisenbahn.« Dann lernte er die Lieblingswörter seines Vaters, sprach sie zu dessen Staunen und Stolz sauber und genau: »SOS gleich Sauberkeit, Ordnung, Sicherheit; Aufräumen, Bahnhof, Uhr; Eisenbahn, Lokomotive, Dampf; Heizer, Seife, Handtuch; Marschmusik, Trompete, Trommel.«

»Oho, da steckt was drin!« sagte der Vater, und mit Kribbeln in der Nase fügte er hinzu: »Aus dem Jungen wird was.«

STIMME: Hieß es nicht bei uns daheim: Bezwinge dich? Bezwinge deinen Durst. Bezwinge deinen Hunger. Bezwinge dein

Gefühl. – O ja, das hat geholfen und gezogen. Sich selbst bezwingen hat noch niemand geschadet.

Da wurde es naß in Vater Zürndorfers Augen, und seine Kehle sehnte sich nach Spülwasser. Da sehnte sich der Vater nach der Hand, die dem Sohn durchs Haar fährt, da war ihm nach einem Aug in Auge mit dem Sohn, damit der Sohn das Gute und Große im Vaterauge erkenne.

Ein Quentchen Wärme war zwischen Vater und Sohn geflossen, und der Sohn beeilte sich: Er malte ein Schiff mit fünfzig Kabinen, alle Kabinen mit Bullauge, jede Kabine ausgestattet mit Stuhl und Tisch und Bett. »Sogar an ein Waschbecken hat der Kleine gedacht«, sagte der Vater.

In Kaisersaschern gab es Kopfsteinpflaster und einen Bürgersteig, auf dem Heinrichs erste Schritte in der Öffentlichkeit gingen. Wenn sie die Bürgersteigkante abstiefelten, ein Fuß oben, der andere unten, meldete ihm sein Fleisch und Blut: »Es geht mir gut, ich falle nicht, ich bin im Gleichgewicht, ich könnte noch viel schneller.« Tatsächlich war keines von den Kindern aus der Grieskrämergasse schneller als er, keines hielt sich so gerade, keines wandelte so sicher auf der Bürgersteigkante wie der kleine Heinrich.

Er hatte die Anzahl der Pflastersteine genau im Kopf. Er wußte, wie viele Treppenstufen, Haustüren, Fenster die Grieskrämergasse zu bieten hatte. Er zeichnete das Muster eines Kreuzworträtsels, nachdem er es nur zehn Sekunden betrachtet hatte. Er hatte ein absolutes Gespür für die Zahl der Buchstaben in einem Wort. Als sein Vater ihn fragte: »Wie viele Buchstaben stecken in *Donaudampfschiffahrtskapitän*?«, antwortete er wie aus der Pistole geschossen: »Achtundzwanzig.«

Während seine Mutter kurz, umfassend und vollständig eine Zirkuskarriere des Sohnes beträumte, träumte Vater Zürndorfer von seiner SS-Karriere, die nicht so richtig vorankommen wollte, »weil du dringend bei der Reichsbahn gebraucht wirst«, schrieb der entfernte Verwandte, und der Adressat fühlte sich zurückgesetzt, sah hier an Ort und Stelle Anlaß zur Kritik. Ihm

paßte das schiefe Gelaufe seines Sohnes nicht, er schwankte selber, wodurch des Sohnes Gelaufe noch schiefer wurde, er suchte Halt an der Haustür und rief den Sohn vom Zirkusausflug zurück: »Hierher, sage ich, und lauf nicht über den großen Onkel.« In der Küche beschimpfte Vater Hermann seine Frau Dorothea: »Schlechteste deutsche Mutter auf Führers Erdboden.« Dann schlug er ein auf Sohn Heinrich mit den Worten: »Du Judenlümmel, dir treib ich's aus. Ordnung ist das ganze Leben. Nimm dir ein Beispiel an den Bienen.« Packte ihn, schleppte ihn zuerst in die Werkstatt: »Solang das Deutsche Reich besteht, wird jede Schraube rechts gedreht.« Dann schleppte er ihn in die Waschküche: »Mund auf«, kommandierte der Betrunkene, flößte einen Eßlöffel Schmierseife ein und fuhr den Zeigefinger in seines Sohnes Mund herum. Der biß zu mit gut entwickeltem Gebiß, und der Vater ließ ab mit diesen Worten: »Tu das nie wieder!«
Dann standen Vater Zürndorfers Sterne doch günstig: Die Einberufung in die SS war telefonisch vorausgemeldet worden. Vater Zürndorfer wusch ab sofort Sohnesmund nicht noch mal mit Schmierseife aus, und der Sohn biß nicht noch mal zu. Der Vater schwärmte im besoffenen Kopf vor den Grieskrämergasse-Nachbarn und den Kollegen im Stellwerk: »Mein Sohn kriegt jeden Tag einen Eßlöffel Lebertran und ist neulich vom sechzig Meter hohen Muschelkalkfelsen in einem Mantelflugversuch, Feuerströme abgebend, über die Saale geflogen und ausgerechnet vor unserer Haustür gelandet.«
Der Vater fiel größer und älter aus, der Sohn entsprechend klein und jung, der Vater war viel häßlicher und dicker und nicht so schön wie der Sohn, der dünn und wohlgeraten war, weil er nicht so fraß und soff und nicht so viel Süßes in sich reinstopfte wie der Vater. Da sagte der Vater: »Die Jugend ist auf Süßes, Fressen und Saufen aus und richtig süchtig. Der Krieg wird es schon richten. Gelacht wäre doch, wenn mein Sohn nicht auch so werden würde wie ich, der Vater.« Vater Zürndorfer schwenkte den Einberufungsbescheid und küßte die beiden Buchstaben SS, die

da seiner Meinung nach gedruckt standen. »Mein lieber Heinrich«, flüsterte er in die Papiere. Dann wankte er zum Schrank, wo die nagelneue Uniform hing, streichelte den schwarzen Stoff, und Mutter Zürndorfer, die in der Küche Kriegsabendbrot zubereitete, begann, zum ersten Mal seit langer Zeit, ein Lied zu summen: »Wer recht in Freuden wandern will.«
Hier fehlte offenbar die heilige offene See.
STIMME: Küstenbewohner haben den sicheren Blick für Nähe und Ferne und können damit anständig trinken und reden. Der kleine Heinrich hätte die See bei seinen richtigen Großeltern in List auf Sylt vor der Haustür gehabt. Hier mußte er auskommen ohne sie. Insofern war er ein Wurzelloser; freilich wußte er nichts davon. Was mochte er wohl an seinem sechsten Geburtstag gedacht haben: Mutter schenkt Sohn, auch im Namen des Vaters – wir schicken ihm ein paar ganz liebe Gedanken –, ein Puppentheater: Kaspar schwarz, Tod weiß, Teufel rot.

Das Massaker von Chodow

»Grandios«, mit diesem Wort auf den Lippen erwachte der Jurist Dr. Friedreich Emsieg, stellvertretender Kreishauptmann im polnischen Städtchen Miechow, dreißig Kilometer nördlich von Krakau.
»Grandios«? Welche von den drei Silben betonte er? Jede Silbe für sich? Dachte er das? Sagte er das? Gedacht ist gesagt? Gesagt ist getan? Was er genau meinte, bleibt im Dunkel der Geschichte. Meinte er den drei Kilometer entfernten Wald von Chodow, den »ich in einem Brief an das zuständige Katasteramt in *Wald von Grandios* oder *Grandioser Wald* umzubenamsen mir zu beantragen erlaube«? Hatte er geträumt, was als, bei Licht betrachtet, »grandios« bezeichnet zu werden verdiente? Holte er einen schönen bösen Kindertraum herauf, den es zu verwirklichen galt? War hier und jetzt Gelegenheit, Verwunschenes, Verstie-

genes, Gehegtes, Gepflegtes, Versunkenes, Verwahrtes an den Tag zu bringen?

STIMME: Doch nicht etwa einen geheimnisvollen Schatz?

»So was Ähnliches«, antwortete Emsieg, dessen Vorgesetzter, Kreishauptmann Kalpers, in einer schönen südwestdeutschen Badestadt weilte, wo er sich eine Kur gönnte. »Ich verlasse mich voll und ganz auf Sie, mein lieber Emsieg«, damit hatte er sich weit aus dem Zugfenster gelehnt. Die Lokomotive dampfte, die Räder drehten erst durch, dann griffen sie, der Zug fuhr auf die Minute pünktlich Richtung Heimat. Emsieg winkte hinterher; er war nun Herr im Hause Miechow und konnte schalten und walten.

Kreisstadt Miechow vor dem Krieg: sechstausend Einwohner, davon zweitausend Juden; Verwaltung, Krankenhaus, zwei Gymnasien, Mühlen, jüdischer Handel, polnisches Handwerk, kaum Industrie, nur eine kleine Landmaschinenfabrik.

Als erstes öffnete der Stellvertreter in seinem Juristenhirn ein großes Tor. Da ließ er frischen Wind durchblasen, und ganz Miechow ließ er da durchmarschieren und in einen schwarzen Sack fallen; oben band er den Sack zu. Dann sammelte er im Wort *grandios* sein komplettes Leben von Adam bis Eva und ließ es leuchten. Dabei bekam er eine Erektion. Was für ein geiler Morgen!

O ja – grandios; auch *Grandezza* hätte gepaßt, denn an diesem regnerischen Erschießungsmorgen mit den rosigen Alkoholbäckchen war der stellvertretende Kreishauptmann allein, nichts als allein, und er war der Meister: »Dieser Tag hört auf mein Kommando!« An diesem Morgen stimmte bei Emsieg wirklich alles: vom Augenblick seiner Geburt über Führer, Volk und Vaterland, über Pflicht, Treue und Anständigkeit bis zum Hier und Heute in Miechow. Es war, als wenn der Mann eine ewig lange, ewig kurvenreiche Straße aus eigener Kraft geradegebogen hätte: am Ende des Weges stehen und endlich mal den Anfang sehen.

Der einundvierzigjährige Emsieg reckte sich und betrachtete

sein Spiegelbild. Was für ein Mann! Das Bild gefiel ihm, und das Bild sprach: »Ich bin ein anständiger Deutscher. Ich bin ein pflichtbewußter Verwaltungschef. Ich stehe dem Kreis Miechow als Verwaltungschef vor und tue nichts als meine Pflicht. Ich mache gutes und schlechtes Wetter. Ich lasse Sonne, Mond und Sterne auf- und untergehen. Ich bin Herr über Krieg und Frieden und Leben und Tod. Ich bin Sportelpfründner, Stimmensammler und Kreishauptmann. Ich finanziere Hochzeitsreisen und bezuschusse Beerdigungen, ich zahle Trinkgelder, ich lasse Speicher, Magazine, Rüstkammern verwalten. Ich lasse Gruben ausheben. Ich habe Güter, Diener und Chauffeure. Ich habe Oberbefehl über ein equipiertes, verproviantiertes Heer. Das Heer steht Gewehr bei Fuß. Nicht zuletzt habe ich dem kleinen Zürndorfer – der Junge gefällt mir auf dem Foto – zwei Dosen gute Fliegerschokolade zukommen lassen. Flieger soll er werden. Dies nur nebenbei; denn alles, aber auch alles hört auf meine zivile Kommandostimme: Ich herrsche über Volk, Vaterland, Welt, Universum.«
STIMME: Schuster, bleib bei deinem Leisten: Gendarmerieangehörige der deutschen Landpolizei, volksdeutsche Hilfspolizisten des Sonderdienstes, jüdischer Ordnungsdienst, polnischer Baudienst, eine SS-Einheit sowie männliche Angehörige deiner Kreishauptmannschaft – insgesamt rund fünfzig Männer. Nicht mehr und nicht weniger.
Zu den Angehörigen der Kreishauptmannschaft Miechow gehörten übrigens Obergefreiter Peter Petersen, Solsbüll, und Möchtegern-SS-Mann Hermann Zürndorfer, Kaisersaschern. Die beiden nannten ihren Chef »unser Endsieg«. Alle in der Kreishauptmannschaft nannten ihn so. Emsieg wußte das und freute sich heimlich und sagte: »Denn darauf kommt es schließlich an.«
Zürndorfer ohne SS-Uniform, eingezogen als Eisenbahner, nichts weiter als ein männlicher Zivilbediensteter der Kreishauptmannschaft, Fachmann für Transportfragen, hatte vom Reichsführer SS Heinrich Himmler einen Brief erhalten:

»Ich kann mich so gut in Deine Lage und Dein Gefühl hineinversetzen, denn es ist sicherlich so, daß, wenn einer sich einmal als richtiger SS-Mann fühlt, kommt er von dieser Schutzstaffel, die unendlich viel Opfer und sehr viel Hartes verlangt, nicht mehr los. Letzten Endes haben wir diese Schutzstaffel aber alle so gern, weil sie immer kompromißlos und unbequem gewesen ist.
Nun zur Sache: Deine Ahnentafel geht zwar bis 1648 rückwärts; nicht aber kannst Du meine Zweifel ausräumen, daß sich m. E. im Namen Zürndorfer ein Zuviel an Jüdischem umtreibt, welches jeder SS-Mitgliedschaft unzuträglich ist. Ich berufe mich hier auch auf das Gutachten des RuSHA (Rasse- und Siedlungshauptamt).
Ebenso wie ich Dir sage, daß ich meine Entscheidung nicht ändern kann, ebenso sage ich Dir, daß ich Dich als einen SS-Mann ansehe, der zeitlebens in seinem Handeln und Tun ein solcher sein wird, und der aus Treue und Gehorsam das Opfer bringt, außerhalb der Schutzstaffel zu stehen.
Lieber Hermann: Wir brauchen gestandene Eisenbahner und gestandene Zivilisten; denn auch die sind ja dem Grunde nach Soldaten. Nun viel Soldatenglück im Generalgouvernement!«

Emsieg gab sich frisch rasiert und entspannungsgeladen, stand in seinem Zivilanzug, Binde mit Hakenkreuz am linken Arm, Schlips und Kragen am Hals, hinter seinem Schreibtisch, als Obergefreiter Petersen – »In Solsbüll nennt man mich Peter Bezug, Herr Doktor« – mit einem Kännchen Kaffee und einer Flasche Rum auf dem Tablett erschien.
»Ist mir bekannt, Petersen.«
Emsieg tat zum Kaffee ordentlich viel Ruhm hinzu: Jurist mit Klumpfuß, kein Soldat; weder tauglich für die Wehrmacht noch für die SS. »O ja, das soll ich. Töten und töten lassen. Erbarmen, Mitleid? Wo sind wir denn, und was ist das überhaupt? Fragt wer? Will einer Antwort? Die kann er haben: Hier wäre sie völlig unangebracht.«
Emsieg: schäbiger Zivilist? »Ihr werdet schon sehen. Schließ-

lich habe auch ich was gelernt. Ich habe studiert und bin wohlgemerkt promoviert. Ich habe dem Reichsführer diesen und jenen Rat gegeben. Eines Tages werde ich noch auf ganz andere Weise berühmt werden. Sollen wir Zivilisten nicht auch zeigen, wie wir dem Führer, unserem deutschen Volke dienen können? Wehrmacht und SS – schön und gut. Auch wir Zivilisten sind bereit. Auch wir stehen stramm. Auch wir machen das. Das deutsche Volk wird noch einmal mit allergrößter Achtung auf uns Zivile schauen. Schaut auf uns zivilbedienstete Professoren, Doktoren, Akademiker, Angestellte und Arbeiter. All diesen rede ich das Wort. Entweder kommen wir jetzt in die Geschichtsbücher oder gar nicht. Dann wird man zu Hause Augen machen. Vor allem wird die dreckige Verwandtschaft dann sehen. Und Mutter wird es in den Ohren dröhnen, und die Augen werden ihr überlaufen. Ich werde ihr die Krakauer Zeitung unter die Nase halten, da wird sie staunen, was man über ihren Sohn schreibt. Wir werden mit Orden geschmückt heimkehren und durch eine mit Lorbeer bekränzte Ehrenpforte einmarschieren.«
STIMME: Wer mit einem Scheißdreck rammelt, er geht beschissen davon.
»Was kümmert uns Männer der Bewegung das. Unseren nationalsozialistischen Schwung hält niemand auf. Miechow war eigentlich nur ein Nest, ein jüdisches Drecknest«, so Emsieg später, als er nach 45 in Solsbüll ein neues Leben aufbaute. Zunächst als Nachtwächter; »denn ich bin der Meinung, daß sich diejenigen, die sich in den Jahren 33 bis 45 hervorgetan haben, nun ein gerüttelt Maß Zurückhaltung auferlegen sollen. Die anderen müssen auch mal ran«.
Hier und heute in Miechow war, nach schon gründlich erfolgter *Säuberung und Umsiedlung,* noch einmal gründlich zu säubern und umzusiedeln. »Die Restjuden müssen weg, damit mein Bezirk auch wirklich *judenrein* genannt zu werden verdient.« Dazu war Emsieg gar nicht befugt, denn die jüdischen Angelegenheiten gehörten seit dem 23. Juni 1942 zum Aufga-

benbereich der Sicherheitspolizei, und ein Kreishauptmann hatte mit diesen Dingen von Amts wegen nichts zu tun. Emsieg wußte das, aber dachte: »Ich mache es trotzdem.«

»Aus polizeilichen Gründen müssen die Juden aus den bisherigen Wohnorten in der Kreishauptmannschaft Miechow umgesiedelt werden. Wer Juden in den von Juden freigemachten Wohnorten Unterschlupf gewährt oder sie begünstigt, wird mit dem Tode bestraft. Miechow, den 8. November 1942. Der Kreishauptmann i. V. gez. Dr. Emsieg.«

Neun Tage später warnte der Obergefreite Peter Bezug zwei Restjuden: den Juden Samy Feder, der in der Garage der Kreishauptmannschaft arbeitete, und die spätere Zeugin Reuma Schwarz, Jüdin und Putzfrau in der Kreishauptmannschaft. Den Herrn stellvertretenden Kreishauptmann habe sie, Reuma Schwarz, zuletzt so erlebt: Sie habe im Flur der Kreishauptmannschaft auf dem Boden gekniet, um naß auszuwischen. Der Stellvertreter sei aus seinem Dienstzimmer gekommen und habe zu ihr gesagt: »Judensau und – das Wort kann ich jetzt nicht sagen – sind praktisch dasselbe; die Juden sind eine niedere Rasse und gehören liquidiert.« Der Obergefreite Petersen könne das bezeugen, der habe zugehört.

Petersen steckte den beiden Restjuden in der Garage der Kreishauptmannschaft folgendes: »Haut ab nach Krakau, ich will euch, eure Eltern und Geschwister hier nicht mehr sehen. Es liegt nicht in meinen Händen. Ich kann euch nicht helfen. Ihr tut gut daran, dem zu folgen, was ich sage.«

Im Gefängnishof der Kreishauptmannschaft begann eine Art Abzählen. Von deutscher Zucht und Ordnung keine Spur. Jeder gutausgebildete deutsche militärische Vorgesetzte hätte gesagt: Sauhaufen. Jedoch auch Sauhaufen lassen sich verladen. Der Sauhaufen nahm sogar Haltung an, als Emsieg erschien. Jeweils dreißig eine Fuhre. Hopp und hoch auf den LKW. Gut organisiert und minutiös nach Plan? Alles funktionierte nur deswegen so gut, weil die aus dem Ghetto Zusammengetriebenen brav gehorchten.

Emsieg in der Kleidung des höheren Zivilbeamten mit Hakenkreuzbinde und Mütze mit Totenkopf. Welcher Seelenstoff war ihm in die entlegenen Stellen seines Gehirns vorgedrungen? Emsieg stand kein Seelenstoff zur Verfügung; jedenfalls keiner, mit dem er eine vernünftige Entscheidung treffen konnte. Er humpelte mit seinem Humpelfuß und hielt sich kerzengerade auf dem Bürgersteig im Gefängnishof, den er judenrein hatte fegen lassen. Unter seinen rosigen Backen platzte ihm für eine Sekunde die poetische Ader: »An einem herrlichen Frühsommertag las ich folgendes Schreiben des Reichsführers SS: *Ich ordne an, daß die Umsiedlung der gesamten jüdischen Bevölkerung des Generalgouvernements bis 31. Dezember 1942 durchgeführt ist. Die besetzten Ostgebiete werden judenfrei. Die Durchführung dieses sehr schweren Befehls hat der Führer auf meine Schultern gelegt. Die Verantwortung kann mir ohnedies niemand abnehmen.*«
In Emsiegs Schlepptau stolperte der Möchtegern-SS-Mann Hermann Zürndorfer. Immer einen Fuß auf dem judenreinen Bürgersteig, den anderen im restjüdischen Rinnstein. Im Kopf fand sich dieser Satz: »Mir ist nicht so ganz wohl dabei.« Auch einen Brief an seine »liebe Frau« hatte er drin: »Ich tue hier meine Pflicht, und ich denke viel.«
Im Wald in der Nähe von Chodow/Grandios war eine Grube hundert mal zwei Meter ausgehoben worden. Um Munition, Kartoffeln, Rüben einzumieten? Es können auch zwei Gruben à fünfzig mal zwei Meter gewesen sein oder zwei Gruben à hundert mal zwei Meter. Da an der Grube habe es, Zeugen zufolge, immer geheißen: »Jawoll, Herr Dr. Emsieg. Zu Befehl, Herr Dr. Emsieg.« Dies habe Zeuge Peter Petersen nicht hören können, denn er stand dem Geschehen etwa vierhundert bis sechshundert Meter fern. Er habe auch nicht erkennen können, ob sein Vorgesetzter, der Stellvertreter, sich die Todesschüsse aus einer Maschinenpistole, einer Schaufel oder gar aus einem Zollstock zu schießen erlaubte; denn er, Obergefreiter Petersen, auch er habe »einen getrunken«, habe »sich wie in einen Abgrund hinwerfen und sich ausweinen« müssen.

Alle bis auf die Opfer mehr oder weniger besoffen; so daß, sollte irgendeiner mal vor einem Richter stehen, »mildernde Umstände doch in meinem besonderen Fall erbitten zu dürfen ich mir erlaube« hätte sagen können.

Zeuge Zürndorfer trieb die sturzbetrunkenen jungen Männer vom polnischen Baudienst zu immer neuen Höchstleistungen an. Im Eifer des Geschehens war ihm das anfängliche Unwohlsein abhanden gekommen.

STIMME: Die Bestialität tut sich nun herrlich offenbaren.

Den jungen Männern vom polnischen Baudienst »erwächst nun die traurige Pflicht«, mit Schaufel und Spaten diejenigen Männer, Frauen und Kinder totzuschlagen, die nicht ganz totgeschossen in die Grube fielen. Auch diesen hier.

STIMME: Schlagt ihn tot! Das Weltgericht fragt euch nach den Gründen nicht.

Mit dieser inneren Stimme im Ohr ließ sich gut totschlagen. Diese Totschläger konnten nicht wissen: Die Toten in der Grube von Chodow/Grandios starben nicht; sie leben immer noch. Wer heute dort hingeht, kann es mit eigenen Augen sehen: Die Erde bewegt sich. Hinrichtungsstätten erkennt man für immer: Raben umkreisen sie. Diese Vögel lassen sich gern in den umstehenden Bäumen nieder, bauen Nester und ziehen Junge groß.

Da betrat der tapfere Chaim Stern, Kutscher oder Friseur oder Spediteur von Beruf, das Weltgeschehen, das auf den lieben Gott ein so schlechtes Licht wirft. Sterns Frau und Kind waren gerade tot oder halbtot in die Grube gefallen.

Er rückte die Sache wieder gerade und rettete den Ruf des lieben Gottes: Chaim Stern sprang den Stellvertreter mit einem langen Messer an und schnitt ihm eine tiefe, stark blutende Wunde in die linke Halsseite.

STIMME: Chaim Stern, du bist mein lieber Sohn, an dem ich Wohlgefallen habe.

Da lag der Stellvertreter im eigenen Blut, während das Schießen weiterging. »Mörder«, so riefen die Mörder, schlugen

Chaim Stern tot und bemühten sich andererseits um den Schwerverletzten. Einer war da, der sich auskannte: Er drückte fachgerecht die Halsschlagader zu. »Schnell mit ihm ins Krankenhaus; die Aktion geht weiter wie befohlen.«
Im Krankenhaus operierte eine polnische Chirurgin und rettete dem Stellvertreter das Leben, während draußen ein Freß- und Saufgelage stattfand. Ins Operationsbuch schrieb die halbjüdische Narkose-Ärztin unleserlich für den Rest der Welt: »Dr. Emsieg, Vuln. icto-caesum reg. colli sin, suturae, drainage, Äther-Narkose 18. 11. 1942.«
Am 13. Dezember 1944 habe sich ihm, Dr. Emsieg, er wisse nicht, wie, das Verwundetenabzeichen in Schwarz an die Brust geheftet.

Den lieben Kindern

»Kann man uns nicht endlich mit der Geschichte in Ruhe lassen, damit wir in Frieden leben können?« sprach *Tante Guste*, verheiratet und kinderlos seit 1948 mit Peter Bezug. Sie erwachte immer und wurde ärgerlich, wenn ihr Ehemann, nachts von Albträumen geschüttelt, aufstand, zunächst leiseres Sprechen übte, dann das Schlafzimmerfenster öffnete und laut in die Mitternacht rief: »Verdammt. Verdammt. Verdammt!«
»Nicht so laut, du weckst ja die ganze Nachbarschaft«, sagte Tante Guste. Peter Bezug schloß das Fenster zur Sommernacht. »Eine herrliche Luft.« Tante Guste hatte das Kopfkissen im Rücken und war nicht mehr ärgerlich. Und hörte nun schon zum wievielten Male zu?
Hermann Zürndorfer, erzählte der nachtwandelnde Ehemann seiner Frau, habe das Saufen nicht lassen können. Und da sei dem Reichsführer SS »in aller Freundschaft, mein lieber Hermann«, der Kragen geplatzt. »Ehrlich gesagt«, meinte Peter Bezug, man müsse das, man könne es drehen und wenden,

wie man wolle, wirklich als Freundschaft unter Männern verstehen.
Der Freundschaftsbrief des Reichsführers SS an den entfernten Verwandten lautete wie folgt: »Mein lieber Hermann! Du warst sehr krank. Die Darmoperation hat Dich viel Kraft gekostet. Im Interesse Deiner Gesundheit erlege ich Dir für die Dauer von zwei Jahren ein völliges Rauch- und Alkoholverbot auf. Nach Ablauf dieser zwei Jahre willst Du mir bitte ein ärztliches Gesundheitszeugnis einreichen. Danach werde ich entscheiden, ob das Verbot aufgehoben wird oder aufrechterhalten bleibt. Wir leben in einer wilden und stürmischen Zeit! Heil Hitler! Dein gez. H. Himmler. P. S. Wie macht sich eigentlich der kleine Heinrich?«
Dieser Brief nützte nichts. Nachdem die unmittelbaren Operationsfolgen abgeklungen waren, machte die Wiederherstellung der Darmtätigkeit Schwierigkeiten.
»Mir ist nicht so ganz wohl dabei.« Dieses Gefühl hatte Hermann Zürndorfer nie verlassen. Er fing an, seinen Taschenkalender mit einem Kopierstift zu beschreiben. Jeden Tag schrieb er, so gut es ging. »Meinem Sohn«, stand auf der ersten Seite. Letzter Wille: Man möge den Taschenkalender in einen Umschlag stecken und »denselben versiegeln«.
Der Patient war mit Opium beruhigt worden. Sein Darm mußte »wiederholt mit der Hand ausgeräumt werden, eine Maßnahme, die zur Schonung der sehr angegriffenen Nerven des Patienten im Ätherrausch durchgeführt wurde«. Vierzehn Tage wartete der Chirurg und behandelnde Arzt SS-Gruppenführer Dr. Grawitz auf Besserung. Die Hoffnung auf normal zutage geförderten Stuhl zerschlug sich: Fünfzehn Tage nach der Operation sprach Dr. Grawitz bei der Visite: Der *Uralte* habe es nun mal anders bestimmt. Patient Hermann Zürndorfer war eines natürlichen Todes gestorben, und allen Stuhl hatte er bei sich behalten.
Der Reichsführer SS ließ es sich nicht nehmen, der Witwe Zürndorfer den versiegelten Briefumschlag seines »lieben teu-

ren Hermann« mit einem persönlichen Schreiben zu übersenden.

Den lieben Kindern: Ja, wer an die schöne, hellbraun geschissene Kinderscheiße denkt, diese wunderschön pfifferlingbraun gekackte Kinderkacke, an dem jeder anständig fühlende Mensch seine Freude haben kann, der denkt selbstverständlich zurück an die Kinder des Lebensbornheims Haus Sonnenheil in Kaisersaschern. Dreihundert Heimkinder, unter ihnen auch Findlinge aus Norwegen, hatten sich inzwischen angesammelt, als die Amerikaner in Kaisersaschern einmarschierten.
Dem vaterlosen achtjährigen Heinrich Zürndorfer flog eine Tafel Schokolade aus einem Jeep in die geschickt zugreifende Rechte. Er lief ein Stück Weg hinterher – halb auf dem Bürgersteig, halb auf der Straße – und führte mit der Schokolade in der Hand Gleichgewichtskunststücke vor, bis das Fahrzeug mit lang zurückgebogener Antenne in die Ulmen-Allee zum Lebensborn einbog.
Da nahmen die Amerikaner einen traurigen Haufen in Empfang. Von Rasse-Haufen konnte keine Rede sein; denn alle dreihundert waren geblieben, was sie unabhängig von der Rasse gewesen waren: Alberne, Angsthasen, Ausreißer, Bettnässer, Daumenlutscher, Dicke, Dünne, Eifersüchtige, Empfindliche, Eßgestörte, Faule, Freche, Gehemmte, Geltungsbedürftige, Haarausreißer, Hosenscheißer, Kopfwerfer, Linkshänder, Lügner, Nägelkauer, Schwerhörige, Stammler, Stille, Stotterer, Streber, Tagträumer, Trotzköpfe, Ungeschickte, Unordentliche, Verfressene. Auch das Gegenteil von alledem gehörte zum Haufen, auch solche, die eine Stecknadel fallen hören oder sehen konnten.
Die Schwangeren und Wöchnerinnen waren nach Hause geschickt worden, nachdem sich die Amerikaner drei Wochen zuvor angesagt hatten. Wie beim Kommiß ging es nicht zu. Der Heimleiter hatte alle Papiere befehlsgemäß verbrennen lassen – ein Haufen Asche lag im Lebensborngarten –, und heute, »der

Krieg ist insgesamt aus, liebe Kinder«, übergab er die Lebensborn-Liegenschaft ordnungsgemäß den Amerikanern »zu treuen Händen«.
Das verbliebene Personal stellte sich hinter die Kinder mit dem Rücken zur Wand, hoffend auf Sieger-Großherzigkeit. »Von den lieben Kindern kann ich insgesamt nur das Beste sagen«, verlautbarte der Heimleiter. Einen hustenden, untergewichtigen Knaben meldete er noch nachträglich als »allerdings mit Blut im Stuhl«.
Ob sie den neuen Freunden nicht ein Begrüßungslied zu singen hätten? Na los! Dann ertönte ein dünner, vielstimmiger Kanon unter Leitung der Kindergärtnerin – »Gestern habt ihr noch so schön gesungen« –, und die Sieger hörten den Verlierern zu. Die Verlierer konnten ihre Augen nicht von den Siegern lassen und sangen entsprechend falsch: »Es tönen die Lieder, der Frühling kehrt wieder.«

Erwache!

Die Katzen aus der Katzenküche, muß man sich die als sterilisierte Kätzinnen vorstellen?
STIMME: Ich finde *zwo kastrierte Kater* besser. Dich Grauen taufe ich *Henry*, dich Schwarzen taufe ich *Moppel.*
Die beiden liegen nun als Krankenpfleger in der Katzenküche dicht beieinander; sie schlafen nicht, sondern drehen ihre spitzen Ohren und genießen.

Zehn Tage nach dem ersten Eingriff operierte das Team Sigher/Wolfe zum zweiten Male. Die Zwei hätten es »ungut gefunden«, wenn ihr Patient nach Deutschland geflogen worden wäre, damit man ihm in München ein Gitter aus Edelstahldraht über das Loch in der Stirn legte. »Das wollen wir doch lieber hier erledigen.« Die Luftwaffe nickte auf Empfehlung des zu-

ständigen deutschen Oberfeldarztes, des Leiters der neurologischen Abteilung im Flugmedizinischen Institut in Fürstenfeldbruck.
Auch die zweite Operation verlief komplikationslos; das Erwachen des Patienten verzögerte sich allerdings um weitere zehn Tage. Sigher und Wolfe verwendeten für die Schädeldachkonstruktion nicht das übliche Edelstahlgitter, sondern versuchten es mit einer Titanplatte. »Ein erfolgreiches Experiment, mit dem der Siegeszug dieses edlen Metalls in der craniofacialen Neurochirurgie begann«, sagte Sigher später in einem Interview.
Heinrich Zürndorfer lag also mit drei Pfund wabernder träger Masse eigenen Gehirns immer noch in Narkose.
Moppel: Wieviel ist zerstört, wieviel Schaden wird sein?
STIMME: Im Hinblick auf den Schaden ist das zerstörte Quantum nicht entscheidend.
HENRY: Das heißt?
WOLFE: Man ist der Meinung, daß schon kleinste Schäden größte Folgen für den Betroffenen haben können.
SIGHER: Einerseits wissen wir viel über das Gehirn, andererseits wissen wir …
WOLFE: Nichts, rein gar nichts. Der Mensch entwickelt, was ihm sein heiles Gehirn erlaubt. Im Falle dieses Patienten heißt das: Er entwickelt, was sein beschädigtes Gehirn vorschreibt.
MOPPEL: Ein neuer Mensch doch nicht etwa?
HENRY: Homunkulus Humpumpelfuß; vielleicht also gar nur zweite Garnitur?
SIGHER: I beg your pardon? Die Vermutung, daß seine zweite Natur nun zum Vorschein komme, muß ich zurückweisen. Hier handelt es sich um eine andere erste.
Im Falle Zürndorfer war viel Schaden: schlummernde?, nie dagewesene?, unüberwindliche? Kräfte wurden frei, übernahmen das Kommando, Genaues weiß man nicht. Ein neuer Geist, war der etwa schon eingezogen?

STIMME: Eine große Anhänglichkeit gegenüber Tieren und Gegenständen wird ihn auszeichnen.
HENRY UND MOPPEL: Wir werden es ihm danken.
Sigher und Wolfe musterten Katzen und Katzenküche und sahen, daß alles in Ordnung war. Draußen, hinter der Glasscheibe, standen zwei mit weißem Tuch über Mund und Nase; sie erwarteten Auskunft. Sie klopften. Henry öffnete und bat herein. Moppel drehte zur Begrüßung eine Rolle und wollte am Bauch gekrault werden. Vier Menschen und zwo kastrierte Kater standen am Krankenbett.
Sie, die »Operateure«, seien weder Psychiater noch Psychologen, noch Neurologen; sie seien Neurochirurgen; sie verstünden selbstverständlich ihr Handwerk, wüßten ihr Werkzeug wohl zu gebrauchen. Aber welcher Kopf den Patienten künftighin regieren werde, das könne man nicht sagen, auch die Psychiater, die Psychologen und die Neurologen nicht. Daß der Patient nicht mehr derselbe sein werde, das sei immerhin klar.
Das Gehirn des Patienten, so Dr. Wolfe, sei künftig nicht mehr der sichere Hafen für Ladungen und Geschehnisse, die der Mensch mit seinen Sinnen und Stoffen und sonstigen Werkzeugen im ganzen Körper sammele und verarbeite und transportiere.
STIMME: Mißmanagement.
SIGHER: Die Fracht landet am falschen Ort zur falschen Zeit.
MOPPEL: Und alles wegen diesem verhältnismäßig kleinen Loch im Kopp?
HENRY: Fressen, furzen, ficken.
MOPPEL: Lieblich, gefällig, mundig.
SIGHER: Henry liegt wahrscheinlich richtig. Moppel mag es nicht so direkt. Vermutlich wird der Patient weder an Sprachfehlern, Wahrnehmungsstörungen oder Intelligenzverlust leiden, noch wird er bei psychologischen Tests schlecht abschneiden.
STIMME: Und doch, sein Leben wird zusammenbrechen.
WOLFE: Sollte das geschehen, dann wird er jegliche Hemmun-

gen verlieren und andererseits von lähmender Unentschlossenheit geplagt sein, er wird keine Zusammenhänge erkennen und daher keine Entscheidungen treffen können, weil er seine Gefühle nicht mehr kennt.

STIMME: Halt! Wer seine Gefühle nicht kennt, kann für *sich selbst* keine Entscheidungen treffen.

HENRY: Schamlos, taktlos, lieblos.

MOPPEL: Arm, krank, bemitleidenswert.

STIMME: Wer nicht fühlt, ist verloren für die Zukunft.

HENRY: Auf den Kompost mit ihm.

MOPPEL: Erbarmen mit ihm.

SIGHER: Ich spinne das mal aus: Weinen und Lachen wird er nicht unterscheiden können. Mitleid mit sich selbst und anderen wird ihm nicht mehr möglich sein. Liebe? Das ist dann eine Art Boogie-Woogie der Hormone, so spricht bekanntlich der Dichter. Angst? Die wird er selber, sollte er sich bedroht fühlen, empfinden können; jedoch eines anderen Menschen Angst wird er nicht nachempfinden. Er wird das größte Pech, die freudigste Nachricht mit dem größten Gleichmut hinnehmen. Und über Nichtigkeiten wird er sich möglicherweise maßlos erregen. Man wird sehen. Ihm wird das alles selber bewußt sein und doch – dies ist die Tragik – nichts dagegen unternehmen können.

STIMME: Oder etwa doch?

Nun wäre Zürndorfer nicht Zürndorfer, wenn er nicht dagegen ankämpfen könnte. Er war immer in Ordnung gewesen und hatte vorbildlich Ordnung gehalten. Hatte immer gestrebt und nach den Sternen gegriffen. Hatte immer sein Bestes gegeben und die Sterne in der Hand gehalten. War immer Spitzenklasse gewesen und hatte nicht damit angegeben. War er nicht einer, an dem der Himmel sein Wohlgefallen hatte?

Die Blutwerte stimmten, der Patient atmete allmählich immer länger ohne Maschinenhilfe. Erwache! Zürndorfer kam langsam zu Bewußtsein. Tubus raus. Der Patient spürte Würgereiz und Kratzen im Hals. Er mußte krächzen und husten. Er öffnete die Augen. Sigher ließ ihn Tee aus einer Schnabeltasse trinken. Der Patient sah Dr. Sigher und Dr. Wolfe, sah Henry und Moppel, und er sah Susanne und Joachim an seinem Bett. Zürndorfer öffnete den Mund und sprach leise mit rabenschwarzer Nebelkrähenstimme, den Blick fest auf Susanne gerichtet: »Judensau und Ficken ist praktisch dasselbe.« Dann kicherte es irgendwo, irgendwie in ihm. War es der Patient? Joachim, Henry, Moppel und die beiden Ärzte kamen für diese Entgleisung nicht in Frage.

Drei

Fürsti

Einen besseren Septembertag findet man nicht. Es war noch Sommer, es war noch nicht Herbst. Dieser Tag war seine eigene Hauptsache: sonnenbeschienen und still. Blätter hingen still am Blattstiel, Vieh stand still auf der Weide, Wolken standen still im Himmel, Dunst stand still über Haus und Hof. Alle Wälder ruhten.

Bewegung war nur in der seit wer weiß wieviel tausend Jahren munter dahinfließenden Amper, die aus dem Ammersee kam und seit wer weiß wie vielen hundert Jahren Fürstenfeldbruck von West nach Ost durchfloß und die bayerische Kleinstadt in eine nördliche und südliche Hälfte teilte. Schönes klares Flußwasser, das über Kiesel strömte, kleine weiterschob, größere mitschleppte, ganz große liegenließ. Die Amper gurgelte am Sportgeschäft vorbei, an der kleinen Kapelle bei der Brücke und da, wo die honiggelben Sonnenschirme der italienischen Eisdiele *Capo Frasca* leuchteten.

Bewegung war allerdings auch in der Luft. Hunderte von Staren zogen als schwarze Vogelwolke ein Sekunden-Muster in den Himmel. Schon war es zerfallen, schon saß das friedliche Geschwader im Kastanienhain, der vor dem Fürstenfeldbrucker Bahnhof steht. Wann würden sie nach Süden aufbrechen?

Ein Haufen Admirale saß Flügel an Flügel an einem violett blühenden Schmetterlingsstrauch. Wespen fraßen gekochten Schinken, der nebenan auf einem noch nicht abgeräumten Teller lag. Oberleutnant Gustav Hasse, gerade aus Arizona zurückgekehrt, saß bei Kaffee und Schwarzwälder Kirschtorte im Sonnenschirmschatten. Er schrieb eine Ansichtskarte an Roswitha: »Frau Roswitha Hasse; c/o Dr. Emsieg; Güldenholm über Solsbüll. Ich sitze hier an der Amper, und die Amper blinkt und blitzt und gurgelt mir ins Ohr.«

Eine friedliche Biene setzte sich auf seine Hand, er betrachtete die glashellen Flügel, die Antennen am Kopf, den Pelz am Leib und die weitere Ausrüstung dieses göttlichen Tieres, mit dem Siemsen lebenslange Freundschaft geschlossen hatte.

Die Biene hob ab, pollenbehöselt flog sie davon »mit ihrem unnachahmlichen Sinn für Zeit und Raum«. Hatte Siemsen gesprochen? Jawohl, der hielt gerade einen Vortrag *im Rahmen der Offiziersweiterbildung*, die Hasse sich mit dem letzten Schluck Kaffee und dem letzten Bissen Torte so vorstellte: Im Falle Biene könne man getrost die in der Militärischen Lagebeurteilung gebräuchlichen Fragewörter Wann, Wo, Was, Wie verwenden. Insgesamt seien die Bienen »unerreichte Genies energiesparender Logistik«.

Die Biene war verschwunden. Sie würde ihren Weg zu Stock und Volk finden. Da würde sie Pollen und Nektar zur weiteren Verarbeitung abliefern. Sie würde genau wissen, ob noch Zeit für einen weiteren Flug zur Verfügung stünde; sie würde genau wissen, wohin sie fliegen müßte, sie würde an diesem herrlichen Spätsommertag so lange Pollen und Nektar sammeln, wie der Bienensinn es ihr eingab, und in absehbarer Zeit, vielleicht schon morgen, würde sie sterben aus Energiemangel, und niemand würde dieser tüchtigen Arbeiterin eine Träne nachweinen.

Die Biene war im Ohr geblieben. Neben Ampergurgeln summte sie da ihre Weise. Leiser, immer leiser summte sich in aller Stille ein Bild zusammen. »Aber bevor sich in aller Stille hier ein Bild zusammensummt, will ich noch eine Ansichtskarte schreiben.« Hasse nahm Ansichtskarte *Numero zwo*, schrieb die an Roswitha gerichteten Zeilen auch hier drauf und adressierte an »Familie Gret Hasse, Solsbüll-Mühle über Solsbüll«. Dann fuhr er zum Flugmedizinischen Institut, um Zürndorfer zu besuchen.

So ein schöner September war auch vor fünf Jahren gewesen: 1961. Hasse war zwanzig und hatte gerade das Abitur in der Tasche. Roswitha hatte am Abend vor Hasses Abreise aus Solsbüll noch eine Fahrradrunde mit ihm gedreht. Sie fuhren bis zum Wasserfall, rochen sich satt am modrigen Wasserfallwasser, an der Mühle kehrten sie um. Zur guten Nacht sagte er zu Roswitha: »Du bist ganz schön durchgeschwitzt.«
»Was bist du bloß pusselig!« Roswitha haute ihm erst eine runter, dann fuhren fünf Finger ihrer linken Hand durch Hasses Haar. »Das erste graue Haar«, sagte sie, nahm Zeigefinger und Daumen als Zange, zupfte mit einem Ruck und hielt sein erstes graues Haar in den Abendsonnenuntergangshimmel. »Ziemlich viel weiße Haut für so viel Sommersprossen«, lautete seine unausgesprochene Antwort. Mit einem Apfel, den er so lange unter der Achsel getragen hatte, bis die Paradiesfrucht *durchgeschwitzt* war, hatte er Roswithas Liebe gewonnen.
STIMME: Roswitha hat ihn von Anfang an geliebt.
»Beiß mal rein«, sagte Hasse siegesgewiß. Sie erhörte ihn und biß rein.
STIMME: Ein *durchgeschwitzter* Apfel ist schwer vorstellbar.
HASSE: Ich hab das aber so in der Sage von der Liebe und vom Apfel gelesen.
Es war das dritte und letzte Mal: Als Stille und Dunkelheit vom Himmel fielen, sagte Roswitha: »Es geht nicht. Du weißt genau, warum.« Sie wollte sich nicht mit ihm verlieren und anzünden. Sie wollte nicht brennen und ging die Treppe rauf in ihr Zimmer. Hasse ging in die Küche und schmierte sich ein Honigbrot. Damit ging er ins Wohnzimmer, stellte den Plattenspieler an und ließ Louis Armstrong mit fünfundvierzig Umdrehungen pro Minute *New Orleans Function* von der kleinen schwarzen Scheibe krächzen. Der Fotoapparat lag auf dem Tisch, eine Ucaflex, die Hasse auf der letzten Weihnachtstombola in Solsbüll gewonnen hatte. »Tu ordentlich fotografieren, dann wissen wir jedenfalls, wo du immer bist und was du immer siehst«, hatte Roswitha gesagt.

GUSTAV: Ich bin in New Orleans auf einer *Beerdigung für zwei, die sich lieben.* Da wiege ich mich im Schlummer unter einer Unterwelt-Tapete und lausche den Geheimnissen der Zeugung.
STIMME: Und des Todes.
ARMSTRONG: Diddenirumble!

Am nächsten Morgen fuhren Gret und Hannes Hansen *unseren Sohn* im graublauen Opel Rekord von Solsbüll-Mühle nach Fürstenfeldbruck; nicht in einem Rutsch. Die Übernachtung winkte in Kassel aus einem Hotelfenster im ersten Stock. In diesem Hotel winkte auch ein Abendbrot: Bauernfrühstück.
HASSE: Bitte an die sauren Gurken schon von hier aus erinnern zu dürfen.
GRET: Man soll sich immer anderen Sitten und Gebräuchen anpassen.
Am Tag darauf waren die Autobahnen eng und kurvig und leer, die Wälder und Wiesen grün. Abgeerntete Felder lagen umgepflügt auf der Erde. Raubvögel standen in der Luft.
Die Reise zum Dienstantritt bei der Luftwaffe war keine Reise, wie Hannes Hansen und Gret zum Beispiel eine Urlaubsreise an den Rhein nach Bingen und Rüdesheim erlebt hatten. Hier Richtung Bayern stand der Sinn nicht nach *Liebfrauenmilch* und *Drosselgasse.* Es war keine Stunde, keine Minute, ja nicht mal eine Sekunde übrig für einen kleinen Abstecher nach Irgendwohin; die Sache mußte zügig, ohne Erholungspause, ohne Zwischenfall abgewickelt werden.
Die Reise zum Dienstantritt am 1. Oktober hatte ein Ziel, das Hasse ein »ungemütliches Gefühl« in der Herz-Magen-Gegend bereitete. Wie alle Menschen es haben, wenn sie eine neue Arbeit beginnen müssen; etwas Bekanntes eintauschen müssen gegen etwas Unbekanntes, ein Buch mit sieben Siegeln, das weder aufgeschlagen noch erbrochen werden kann, wenn es einem im Schoß liegt. Oder auf dem Tisch. Oder auf einer hohen Kante.
Der große schwere *Theaterkoffer,* in dem Theaterklamotten auf-

bewahrt worden waren – zwei Pumphosen, zwei weite Blusen, eine Mozartperücke –, barg nun Zivilklamotten. Und Liebesgaben: selbstgestrickte Handschuhe von Gret, selbstgerahmter Cézanne-Druck von Roswitha, selbstgetöpferter Aschenbecher von Tante Lotte.

Gret und Hannes Hansen hatten sich als Liebesgabe für Hasse ausgedacht: das Geleit. Er sollte nicht so allein sein. Er sollte wissen, daß er es nicht war. Eine ganz andere Zeit würde ihren Lauf nehmen. Die beiden wollten ihm zeigen: Wir wissen das, wir verstehen das, weil wir das oft genug selber erlebt haben.

Dann rückten die beiden allerdings doch noch größere, schwerere Liebesgaben heraus. Sie hatten das nicht geplant; denn sie hatten gedacht: »Wenn wir den Jungen den langen Weg fahren und die Übernachtung und das Bauernfrühstück mit saurer Gurke zahlen, dann ist das eigentlich genug. Wir opfern Zeit und Geld; ein gewisses Maß an Dankbarkeit darf man da wohl erwarten. So muß man es auch mal sehen.«

Im *Fliegerhorstcafé* sahen die beiden es mit anderen Augen. Hasse in Schlips und Kragen saß ihnen gegenüber. Es roch nach Vorabend, nach Ungelüftet, nach vollen Aschenbechern. Und es war kühl.

STIMME: Mir ist kalt.

Hatte Louis Armstrong hier etwa gestern abend trompetet und Ice, Ice Society gekrächzt?

Gesprochen wurde nur die Kaffee- und Käsebrotbestellung. Die Toilette wurde gemieden. Gret schlug mal diesen, mal jenen Finger der rechten Hand auf die Tischplatte.

Hannes Hansen bewegte den Kehlkopf so, als wollte er sagen: »Mein Sohn, für dich beginnt nun ein neuer Lebensabschnitt.« Er sagte es nicht, sondern zog aus der Tasche das *Kleinod*, das schon sein in Dänemark geborener Vater als Kleinod in der Hosentasche getragen hatte: eine goldene Taschenuhr mit einer aus Frauenhaar geflochtenen »Uhrkette, wozu man ja eigentlich nicht Kette sagen kann«, so beendete Hannes Hansen das Schweigen und legte Hasse das Erbstück in die bereits ausgestreckte offene Hand. Nun wollte auch Gret sich nicht lumpen lassen. Sie zog ihren Siegelring vom Mittelfinger und reichte ihn Hasse. »Trag ihn mit Verstand«, sagte sie. Hasse las: FELICIS AETATIS MEMINI, probierte ihn. »Du mußt ihn enger machen lassen«, sagte Gret.

Den Siegelring an der Linken, den Theaterkoffer in der Rechten, die Uhr in der Tasche, so stand Hasse mit den beiden an der Außenwache. Der Opel parkte neben dem Wachhäuschen. Wache geschoben wurde hier nicht. Gret und Hannes Hansen hätten »unseren Sohn« noch bis zur Hauptwache fahren können, ja sie hätten ihn vor der Haustür der 4. Kompanie absetzen können; da hatte er sich heute zu melden. Er wollte da nicht abgeliefert werden. Er wollte den Abschied möglichst weit weg von seiner neuen Arbeitsstelle. Er wollte nicht, daß irgendeiner sah, wie ihn seine »Lieben von daheim« in die 4. Kompanie wie in ein Kinderbett hoben und dem Kompaniechef zu treuen Händen übergaben.

STIMME: Also dann.

Ob es hier an der Außenwache noch zu Abschiedsworten, zu Händedruck, zu Umarmung kam? Hasse konnte sich nicht mehr erinnern. Er erinnerte sich nur: »In der Rechten den Theaterkoffer, an der Linken den Ring, in der Hosentasche die goldene Uhr.« Hannes Hansen hatte von jeher näher am Wasser gebaut als Gret. Er mußte also sein Taschentuch ziehen und sich schneuzen. Gret legte den Kopf schief und faßte sich ans Haar, als Gustav sich mehrfach beladen zur Kaserne umdrehte und Tritt zu fassen versuchte. »Gleich jetzt mal probieren, wie das Marschieren über das Studieren …«, so marschierte er los, um in der militärischen Fliegerlaufbahn folgenden Beweis anzutreten: »Eigene Zweifel an deiner Männlichkeit kannst du unterdrücken.«

Von Gleichschritt und aufrechtem Gang konnte keine Rede sein. Er ging den Schritt, den ihm sein Gepäck und die Abschiedsblicke im Nacken zu gehen erlaubten. Und die Blicke, die ihm entgegensahen: Alles sei hier »von einer gewissen Robustheit«, der »zu entraten nicht dienlich« sei. So hörte er den Kompaniechef sprechen, der seine »Herren Offiziersanwärter« vor dem achthundert Meter langen »Kilometergebäude« in Reih und Glied hatte antreten lassen.

STIMME: Wollten wir nicht vom Flugmedizinischen Institut sprechen?

Ja, im Flugmedizinischen Institut roch es anders als im Kilometergebäude, wo auch 1966 noch die Soldaten wohnten. Hier roch es nach Reinigungsmittel, die Möbel sahen, »ich möchte mal sagen: internationaler« aus; amerikanische Kunstledersessel mit metallenen Armlehnen, amerikanische Tische mit Metallbeinen und Metallplatten. Die Amerikaner hatten 1945 in diese Baulichkeit Götter in Weiß, Geschäftszimmerbullen und Karbolmäuschen einziehen lassen. Seither wurden hier Kranke behandelt und Gesunde auf Herz und Nieren untersucht.

Flugtauglich, ja oder nein? Seit 1959 fand insbesondere diese Frage hier Antwort. Reagenzgläser standen im Regal. Herz- und Gehirnströme flossen durch Leitungen und landeten in Maschinen. Bäuche gaben Auskunft: fetthaltig oder nicht so fetthaltig. Augen sahen, Ohren hörten, Nasen mit mehr oder weniger gekrümmten Scheidewänden schnupperten an einem beträufelten Wattebausch. Ist die Luftversorgung ausreichend? Müssen wir operieren im Namen der Tauglichkeit? Haut und Nerven zeigten ihr Können. Falls ein Bein kürzer war als das andere, tat das der Tauglichkeit »dann keinen Abbruch, wenn das eine nicht allzukurz ist«.

Als Gustav Hasse hier 1961 angetreten war, hatte Oberleutnant Zürndorfer dies alles schon hinter sich gebracht. Nicht der geringste körperliche Mangel war bei seiner ersten Fliegertauglichkeitsuntersuchung von den Ärzten festgestellt und aufgeschrieben worden. Das Drei-Minuten-auf-der-Stelle-Gehen hatte er bravourös bewältigt. Als er am Ende auf Kommando die Augen öffnete, stand er genauso da wie vor drei Minuten. »Beide Beine exakt gleich lang«, sagte der Doktor, »mein Gott,

Sie haben ja das Gleichgewichtsgefühl eines Artisten, Zürndorfer.« Der etwas größere rechte Zeh schlug nicht zu Buche; weil er auf dem Fußabdruck nicht größer abgebildet war als der linke, ergo kam er nicht in die Papiere.

Nun, Jahre später, stand Oberleutnant Zürndorfer erheblich anders da auf den immer noch amerikanisch riechenden grauen und grünen quadratischen Fliesen des Instituts. Neun Wochen nach seinem Unfall, nach zwei Operationen, nach künstlich herbeigeführtem Koma unter kontrollierter Atmung, nach zögerndem Erwachen und nach dem schamlosen Satz, den er Susanne ins Gesicht gesagt hatte, um dann komisch zu grinsen und zu sehen, wie Joachim schützend die Arme um seine Frau legte, »Komm« sagte und sie zur Tür hinausschob – nach dem allen begann für Zürndorfer ein Leben, das die himmlischen Honigfresser ihm in Arizona eingebrockt hatten. Am 20. August war der knapp Dreißigjährige hier bei den Flugmedizinern der Luftwaffe gelandet: »Stellen Sie sich auf einen längeren Aufenthalt ein.«
Die *Standortverwaltung Fürstenfeldbruck* hatte ihm im Block Nummer eins eine Wohnung zugewiesen. Das Haus gehörte zu den ehemaligen »Amihäusern«, die im Schatten unter hohen Fichten standen und Fichtennadeln auf dem Dach hatten und Fichtengeruch in den Räumen, wenn Fenster und Türen lange genug offen gewesen waren. Sonst roch es nach Sumpfluft aus der Fliegerhorst-Kläranlage. Draußen hoppelten Kaninchen. Elstern, Eichelhäher und ein Rotkehlchen hatten hier Quartier. Es gab Küche, Bad, Wohn- und Schlafzimmer für den »leider sehr schwer verunfallten Oberleutnant«, der zum Offizierskasino nur fünf Minuten laufen mußte und zehn zum Institut, wo er jeden Vormittag seinen Termin hatte.
Weil Zürndorfer die Sprechstunden-Termine verpaßte – entweder war er zu spät oder zu früh, oder er kam gar nicht –, sah es mit Diagnose und Therapie übel aus. Wenn das Rotkehlchen mit seinen großen Augen vor der Terrassentür saß, legte Zürn-

dorfer den Behandlungsplan zur Seite und las nicht weiter, war drei Sekunden lang Aug in Auge mit dem Vogel. Er sah den roten Apfel in der Vogelkehle, den Granatapfel, den Liebesapfel, den Sündenapfel, den Machtapfel, den Reichsapfel, den Kaiserapfel, bis ein Kaninchen in seinen Blick kam oder ein abfliegendes Flugzeug in sein Ohr oder Fichtennadelgeruch oder Sumpfluft in die Nase. Oder eine Biene besuchte ihn und landete auf seinem morgendlichen Honigbrot.

»Die Zukunft sehen wir nicht so duster, wie es ausschaut, Herr Oberleutnant«, log der Chefarzt, als Patient Zürndorfer eines Tages deswegen zu spät gekommen war, weil er aus »unerfindlichem Grund« den direkten Weg verlassen und im Kasino vorbeigeschaut hatte, wo er der dort feudelnden Putzfrau – hatte er oder hatte er nicht – mit der Hand über den Hintern gefahren war und »fuck« gesagt hatte.

»Schreiben Sie sich Ihre Termine hinter die Ohren beziehungsweise in den Kalender, seien Sie bitte etwas zielstrebiger, Herr Oberleutnant«, sagte der Chefarzt. Es nützte nichts. Auch der neuerdings dreifach maschinengeschriebene Behandlungs- und Terminplan, »den Sie bitte einmal an der Innenseite Ihrer Wohnungstür befestigen, einmal auf den Schreibtisch legen und einmal auf den Nachttisch«, nützte nichts. Jede noch so kleine Ablenkung war dem Patienten wertvoll. Er lebte in einem Gestrüpp unendlicher Zerstreuung, wanderte wie durch ein finsteres Tal und verbummelte die Hauptsache: den Arzttermin.

Nur der Psychologe wußte Licht im Dunkel anzuknipsen. Ohne ihn hätte Zürndorfer schon längst den Marschbefehl in der Tasche gehabt. Der Chefarzt hätte ihn *innendienstkrank* geschrieben und nach Hause geschickt. »O ja, mein Lieber, Lager Solsbüll kenne ich gut, ich kenne Ihren Kommodore. Der Oberst v. Kümmernitz hat Gewaltiges geleistet. Grüßen Sie ihn!«

Der Psychologe schickte seinen Obergefreiten sechzig Minuten vor der Sprechstunde los. Manchmal stand Zürndorfer in Uniform fertig vor der Haustür, manchmal im Bundeswehrtrainingsanzug mit ausgebeulten Knien. Manchmal lag der Patient noch im Bett; dann mußte der Obergefreite an der Haustür klingeln oder klopfen, oder er mußte einen Blick durch die Terrassentür werfen und Zürndorfer zuwinken und rufen: »Ich soll Sie wieder abholen, Herr Oberleutnant.« Der Patient hörte nicht oder wollte nicht hören oder hatte Augen und Ohren woanders. Da sagte der Obergefreite zum Rotkehlchen, das vor Zürndorfers Haustür lebte: »Ich soll den Oberleutnant abholen.« Das funktionierte. Zürndorfer fühlte sich angesprochen, wenn er nicht direkt angesprochen wurde. Das hatte der Obergefreite herausgefunden. »Ja, ich komme«, sagte Zürndorfer.

»Wir haben alle Zeit der Welt, mein lieber Heinrich«, sprach der Psychologe, der sich ab sofort von Zürndorfer erbat, er möge ihn mit dem sechzehnten Buchstaben des NATO-Alphabets anreden: Romeo. Alle Zeit der Welt hieß für Zürndorfer: Sie spielte für ihn persönlich keine Rolle.

Zürndorfer saß auf einem Bambusrohrstuhl in dicken Sitz- und Rückenpolstern. Zwischen Zürndorfer und Romeo hing das vergrößerte Paßfoto des Verteidigungsministers. Den benutzte er auf Anraten seines Obergefreiten, um mit Zürndorfer ins Gespräch zu kommen. Mit der von ihm aus Gründen der Fairneß genannten *Obergefreiten-Methode* sprach er das Foto an, und Zürndorfer fühlte sich angesprochen: »Zürndorfer soll es sich doch bitte bequem machen.«

Entgegen den Erwartungen des Hauses schnitt Zürndorfer bei allen Tests sehr gut ab. Gedächtnis: hervorragend für Zahlen und Wörter und geometrische Figuren. Zürndorfer erfaßte nach kurzem Anschauen ein Kreuzworträtselmuster und malte es perfekt nach. Sprachverstehen und Sprachverhalten waren weit über dem Durchschnitt, ebenso die visuelle Wahrnehmungs- und Vorstellungsfähigkeit sowie die geographische Orientierung. Die zwei- bis dreidimensionalen Würfeltests waren für ihn ein Kinderspiel. Sogar beim *Gedächtnistest mit Stör-*

interferenzen, bei dem der Patient Kombinationen von Konsonanten mit Verzögerung von drei, neun und achtzehn Sekunden erinnern sollte und außerdem durch Rückwärtszählen abgelenkt wurde, machte Zürndorfer einen brillanten Eindruck. Auch beim *Bienentest* funktionierte er einwandfrei: Der Psychologe trug ihm auf, Feinde und Krankheiten der Bienen über sechzig Sekunden lang im Kopf zu behalten. Mit »Merken Sie sich folgende Telefonnummer, und wiederholen Sie dieselbe, indem Sie die ungeraden Zahlen weglassen« erkundete er des Patienten Arbeitsgedächtnis. Das war vorzüglich.
Romeo staunte hinter vorgehaltener Hand; er tat so, als gähnte er. Das Staunen dem Patienten ins Gesicht zu sagen wäre in der gegenwärtigen Therapiesituation »nicht angezeigt« gewesen. Zürndorfer saß da unter bewölkter, eingedellter Stirn mit Pokergesicht; Romeo erschien es wie das Gesicht eines Spielverderbers, in dem er nicht lesen konnte. Romeo stellte nun die Frage: »Wie fühlt Zürndorfer sich?«
»Alles in Ordnung.«
»Ich meine seine Insgesamt-Situation. Dieser Unfall war doch nicht von Pappe. Er wird nie mehr fliegen können.«
»Die Eisenbahn ist ja auch noch da.«
»Und wie geht es Zürndorfer?«
»Ich sagte gerade: Alles in Ordnung.« Wie konnte er so etwas sagen, wenn offensichtlich nicht alles in Ordnung war; ergo: nicht ganz richtig im Kopf.
»Ja merkt er selber denn nicht, daß es ihm schlecht geht?«
»Ja, schon, ich weiß es; aber es scheint nicht so wichtig zu sein, daß es mir selbst wichtig würde.«
»Mein lieber Heinrich, ich möchte fast sagen, Herr Minister. Genug für heute. Nebenbei bemerkt: Gerade bei der Eisenbahn geht es pünktlich zu.«
»Laufen Sie bloß nicht über den großen Onkel, Herr Psychologe«, sagte Zürndorfer mit verschlossener Miene. Dann lachte er sein Unfall-Lächeln; irgendwas fehlte da. Die süßen und sauren Gemütsbewegungen der Seele konnte er nicht mehr heraus-

lächeln: Paßbild-Lächeln. »Wann kann er wieder?« unterbrach Romeo den Patienten.
Zürndorfer nahm seinen Taschenkalender in die Hand und fing zu blättern an. Er suchte und fand nicht. Er geriet wieder in sein Gestrüpp, tief runter ins finstere Tal, wo er aus heiterem Himmel das Rotkehlchen sah, dann das Kaninchen, dann das Flugzeug, dann hörte, roch und fühlte er die Millionen Dinge des Lebens, die immer da sind und zu Auge, Ohr, Nase, Mund hereinwachsen, sich unergründlich tief ausbreiten wie der Ozean und millionenfach in einer Gewinn- und Verlustrechnung zu ticken beginnen. So verlor Zürndorfer die Witterung, die ein Tier auf der Spur hält.
STIMME: Angst vor Überflutung durch das Chaos?
Da schmeckte Zürndorfer bereits das Wiener Schnitzel, das er heute abend im Kasino bestellen wollte. Er kramte schon nach dem Geld in der Hosentasche, um zu bezahlen. Wie sollte er die sehr persönliche Entscheidung, die voller Ungewißheiten steckte und letzten Endes eine Frage von Leben und Tod war – wie sollte er seinen nächsten blöden Termin zu fassen kriegen?
Romeo hatte inzwischen das eigene Staunen überwunden und schwamm im Oberwasser seines Ozeans. Er nahm Zürndorfer den Kalender aus der Hand, zeigte mit Kugelschreiber auf zehn Uhr des übernächsten Tages und sagte: »Paßt der?« Zürndorfer schwieg und trat von einem Bein aufs andere. Wieder eine Frage auf Leben und Tod. »Jetzt hat er jedenfalls ein Fragezeichen im Gesicht«, freute sich Romeo, und in Raum und Zeit erfassender Stimmung, die Augen fest auf den Minister geheftet, mit Kribbeln in der Nase, als wenn diese Therapiestunde gefeiert und begossen werden müßte: »Dann sag ich mal was: übermorgen zehn Uhr.«
»Jawohl, Herr Doktor.«
»Sehen Sie, Herr Zürndorfer: Ordnung ist das halbe Leben. Er soll doch bitte *Romeo* zu mir sagen.«
Romeo plante für seinen einzigen Patienten die nächste Testphase, »die auf zwo Monate veranschlagen zu dürfen ich mir er-

laube. Ich will was rausfinden, Herr Oberstarzt.« Romeo begann die nächste Therapiestunde mit dem Blick auf den Minister und der Frage aus der letzten Sitzung: »Wie fühlt er sich insgesamt?«
»Ich sagte doch schon: Alles in Ordnung.«
»Er möge sich vorstellen: Einer seiner Kameraden, nehmen wir mal Gustav Hasse, der ihn hier netterweise ab und zu besucht, wäre vom Schicksal so gebeutelt worden wie Zürndorfer.«
HASSE *im capo frasca:* Zu diesem Schicksal hab ich nun wirklich keine Lust.
»Was würde er denn da wohl fühlen?«
»Der kommt nach Fürsti-Fickedusie, wie die Polka immer sagte, wenn sie pißte. Dieser mein Hasse-Furz sitzt lieber im Capo Frasca und frißt Schwarzwälder Kirsch. Was soll ich da schon fühlen?«
»Das fragte ich soeben. Mitleid oder so.«
»Arschdickes Pech. Ordnung muß sein. Mitleid ist Unordnung.«
»Wirklich? Nicht uninteressant.«
»Ja, was glauben Sie denn.« Im Sessel war es warm. Die Heizung zischelte aus vielen Schlangen. Zürndorfer lachte aus vollem Halse, kriegte sich schnell wieder ein und saß da mit seinem Nicht-Fisch-nicht-Fleisch-Gesicht. Dem versuchte Romeo auf die Schliche zu kommen, indem er beim nächsten Termin eine Dia- und Filmvorführung ins Auge faßte.
Er zeigte Fotos und Filme aus dem Konzentrationslager Dachau: Unterdruckkammerversuche des Dr. med. Sigmund Rascher, April 1942. Diese Versuche hatten sich aus luftfahrtmedizinischer Sicht »vernotwendigt«, weil ein deutsches Jagdflugzeug mit einer Steigfähigkeit bis zu 18.000 Metern entwickelt werden sollte, »damit der Feind insgesamt wirksamer bekämpft und der Sieg unser genannt werden kann, Reichsführer«. In der Höhenflugforschung waren daher Erkenntnisse über die physiologischen Reaktionen der Piloten in großen Höhen wichtig. Die Flugmediziner wollten herausbekommen, was bei ungenü-

gender oder versagender Sauerstoffzufuhr »in der bedeutungsvollen Weite von Zeit und Raum« mit dem Körper passierte.

Während Zürndorfer weich gepolstert bei Salzstangen und Erdnüssen saß und der vierundzwanzig Jahre alte Film schwarz-weiß über die Leinwand flimmerte, zitierte Romeo fotokopiertes Beweismaterial: »Es handelt sich um einen Dauerversuch ohne Sauerstoff in zwölf Kilometer Höhe bei einem siebenunddreißigjährigen Juden in gutem Allgemeinzustand. Die Atmung hält bis dreißig Minuten an. Bei vier Minuten beginnt die Versuchsperson zu schwitzen und mit dem Kopf zu wackeln. Bei fünf Minuten treten Krämpfe auf, zwischen sechs und zehn Minuten wird die Atmung schneller, die Versuchsperson wird bewußtlos, von elf Minuten bis dreißig Minuten verlangsamt sich die Atmung bis drei Atemzüge pro Minute, um dann ganz aufzuhören. Zwischendurch tritt stärkste Blaufärbung auf, außerdem Schaum vor dem Mund. In fünfminütlichen Abständen werden die Herzströme aufgeschrieben. Nach Aussetzung der Atmung wird ununterbrochen weitergeschrieben bis zum völligen Herzstillstand. – Nun aber schnell, aber ganz schnell und ohne schuldhafte Verzögerung.«

Romeo hob seinen Blick und legte eine Pause ein, sah Zürndorfer, dann dem Minister ins unbewegte Gesicht und fuhr fort: »Auf dem Korridor hört Zürndorfer jetzt Gestampfe von rennenden Menschen mit der leblosen Versuchsperson auf dem Leichenwagen. Vorbei an abgedunkelten Fenstern und geschlossenen Türen. Hinein in die Leichenkammer. Da kommt die Versuchsperson unters Seziermesser. Dr. med. Rascher ist fasziniert von der noch lange anhaltenden Herztätigkeit des Toten.«

STIMME: Ich kann das nicht mehr ab. Immer, wenn ich das höre, muß ich mich ausweinen.

Zürndorfer knabberte Salzstangen und Erdnüsse. Was in seinem Kopf vor sich ging, ergründete Romeo nicht. Er glaubte jedoch schließen zu dürfen, seinem Patienten sei das soeben Vorgeführte »scheißegal«. Das ärgerte ihn, hatte er sich doch von

dieser Vorführung einiges versprochen. In seinem Ärger stellte er nun diese Frage: »Ja weiß er denn nicht, daß wir sechs Millionen Juden umgebracht, vernichtet, ermordet haben?«
»Stimmt. Die Opfer müssen einem leid tun. Mir tun sie aber nicht leid. Opfer müssen gebracht werden; das zeigt die Geschichte. Andererseits: Die Juden-Situation ist bedauerlich; denn Mord ist nun mal Mord.«
»Mehr hat er dazu nicht zu sagen?«
Der Patient hatte zwar ein beträchtliches Quantum Wissen abgerufen; jedoch beunruhigte ihn das Beunruhigende, das er wahrgenommen und bestätigt hatte, nicht: kein erhöhter Blutdruck, keine Angst, kein Mitgefühl, keine Beklemmung. Das alles war ihm bekannt, nur: Sein Körper zog daraus keine Konsequenzen, sondern ließ ihn dahersagen: »Solang das Deutsche Reich besteht, wird jede Schraube rechts gedreht. Das hat mein Vater immer gesagt. Der war Eisenbahner.«
STIMME: Ich weiß Bescheid, aber mich geht es nichts an. Ich kümmere mich nicht.
»Zürndorfer verbalisiert weder Betroffenheit noch Mitleid. Kann sich mit dem Schicksal bedauernswerter Menschen nicht identifizieren. Ob hier unfallbedingt Persönlichkeitsveränderung vorliegt oder ein Kindheitsmuster durch Unfall wieder hervorgerufen worden ist, das sollen die nächsten Untersuchungen ergeben«, schrieb Romeo in die Akte Zürndorfer und bestellte bei seinem Patienten »den Roman seiner Kindheit. Sie haben alle Zeit der Welt.«
Den schrieb Zürndorfer schnell, genau und mit leichter Hand. Unerwähnt ließ er die Tragik seiner Herkunft, die zwar den Körper bis zum Überlaufen füllte, aber nicht von ihm empfunden werden konnte. Romeo seinerseits schrieb darum in die Akte zum Mitlesen für »die geschätzten Kollegen«: »Die Vorgeschichte darf im wesentlichen als bekannt vorausgesetzt werden.«
Abends an der Bar im Offizierskasino bemerkte er – vorläufig abschließend – vor Chefarzt und Kommodore v. Kümmernitz,

dessen jährlicher Zuckerbelastungstest hier in Fürsti mal wieder fällig gewesen war: »Affen mit solchen Schäden fallen auf den letzten Platz in der Hierarchie einer Gruppe zurück und sterben nach einiger Zeit, weil sie hilflos sind.«

V. KÜMMERNITZ: Da müssen wir doch was machen!

CHEFARZT: Hier ist der Dienstherr mit seiner Fürsorge gefragt. Wir, die Medizin, sind da aus dem Schneider.

ROMEO: Wir, die Psychologie, schließen uns an.

STIMME: Das einzig Positive an dieser Tragödie ist, daß sich hier Einblicke für die Wissenschaft eröffnen.

ROMEO: Ich bin gerade dabei, für unsere Fachzeitschrift einen Artikel über die von mir entwickelte Obergefreiten-Methode zu schreiben.

STIMME: Tiefer hängen: Entwickelt hat sie doch der Obergefreite.

Sauerstoffprobleme

»Manneszucht, Heldenmut, Opfersinn und Kameradschaft sind ewige Grundlagen des Soldatentums«, schrieb die Vorschrift *Luftkriegführung*, gedruckt in der Reichsdruckerei 1935. Hasse wußte nicht, warum sein Gehirn folgende Falschmeldung ins Denken brachte: »ewige Qualen des Soldatentums«.
Die ging ihm wieder durch den Kopf, als er mit 270 Grad im Kompaß und vollem Nachbrenner die Piste unter sich ließ. Fürstenfeldbruck, Maisach, Gernlinden, Esting, Emmering bekamen den Donner in die Häuser, in die Ohren, in den Sinn. »Ich bin der Donner, mich habt ihr vernommen«, fiel ihm zweitens an diesem nicht allzu frühen Montagmorgen ein.
Im spätsommerlichen Land sammelten die Bienen fleißig in Wegerich und Weißklee. Weiße Wolken hatten sich gesammelt. Die Luft sah frisch gewaschen aus. Heute nacht war eine Kaltfront durchgezogen. Es hatte aufs Kasinodach geprasselt. Das

Dach war stabil und dicht. Der Schornstein, der Rauch und Wärme aus dem von Marmorsäulen und Sims bewehrten Kamin im Kaminzimmer in den Himmel beförderte, hatte allem Donner und Blitz, allem Regen und Wind getrotzt. Eine leichte Aufgabe für den Wetterfrosch, nach diesem Unwetter das Wetter von heute richtig vorherzusagen. *Blue Plus*, schrieb er in das Beratungsformular.

Fiel das Land nach unten, stieg das Flugzeug nach oben? Drehte sich der Horizont, oder drehte sich das Cockpit? Hasse mußte nur auf die Instrumente sehen, um das zu wissen. Da brauchte er nicht zu überlegen. Hasses Erfahrung sagte: »So und nicht anders.« Er mußte nur die wichtigen von den unwichtigen, die größeren von den kleineren Dingen unterscheiden und zuerst das tun, was zuerst getan werden mußte.

STIMME: First things come first.

Diesen Satz hatte Fluglehrer Gusano stets auf den Lippen gehabt, wenn das Wichtigere vom weniger Wichtigen zu unterscheiden gewesen war. »Gusano und McNish, wo seid ihr?« Irgendwo unterwegs in Vietnam mit »We'll bomb the hell out of them«?

Wer so weich gepolstert und so gut festgeschnallt im weißblauen bayerischen Himmel saß wie Hasse im Schleudersitz seines Kriegsvogels, dem stieg ein Kribbeln in die Nase; reines, richtiges Glück: Pflichtbesuch bei Zürndorfer erledigt, Schwarzwälder Kirsch im *Capo Frasca,* Champagnertrüffel von *Brameshuber*, Filetsteak mit Spiegelei in der Gaststätte mit eigener Metzgerei *Bruckerbräu*. Bayern war grün und groß. Die Autobahn München–Stuttgart war grau und schmal. Die Eisenbahnstrecke Richtung Augsburg war schwarz und schlank und blank.

Wie nett die Amper auch durch Dachau floß und die Stadt, ähnlich wie Fürstenfeldbruck, in *zwo* Hälften teilte. In gebührendem Abstand murmelte sie an der KZ-Gedenkstätte vorbei, etwa mit Chorgesang? Hasse hatte neben Zahlen, Zeigern und Flugsicherungsgequatsche nämlich Chorgesang aus Schule

und Mittelalter gar nicht so tief unten im Gedächtnis: »Innsbruck, ich muss dich lassen«, dieses alte tapfere schöne Lied, das so ähnlich klang wie »O Haupt voll Blut und Wunden«.
STIMME: It doesn't go without screaming.
HASSE: Kann man uns nicht endlich damit in Ruhe lassen? Herrgott noch mal zu!
Er erfülle hier seinen Abschreckungsauftrag, first things come first; nebenbei das bißchen Fliegerglück genießen, das dürfe man wohl noch. Das sei ja wohl weder moralisch verwerflich noch ein Dienstvergehen. Im übrigen wisse er ganz genau, worauf die *Stimme* anspiele; das habe sie ja raffiniert eingefädelt. Freilich: nicht hier und jetzt, denn es gebe für ihn, den Oberleutnant bitte sehr, gerade Wichtigeres zu tun, als in der Vergangenheit »rumzuwühlen«. Das könne er besser und in aller Ruhe und Gemütlichkeit erledigen: an einem nebeligen, nieseligen Novembertag, meinetwegen Volkstrauertag, am »dicken, von Säulen eingefaßten Kamin aus rotem Marmor« bei brennendem Feuer, knisternden Scheiten und selbstverständlich einem Pils, das ihm die Ordonnanz, sorgfältig gezapft, mit »Zum Wohl, Herr Oberleutnant« auf den Beistelltisch serviert habe, also im Offizierskasino seines Heimatgeschwaders, wo er »von Kindesbeinen an« ein und aus gegangen sei, füglich also die dikken Mauer- und Marmorgeschichten aus dem Effeff von klein auf kenne. Dort könne und wolle er sich dann auch um »dieserlei Dinge« kümmern. In solchen Dämmerstunden, das »gute Buch« in der Hand, das wärmende Feuer im Gesicht, gelängen »unsereinem jene Vergangenheitsbewältigungsangelegenheiten sonder große Mühe«. So dachte es dem Oberleutnant Hasse unter seinem Fliegerhelm dahin.
Kann sein, daß die innere Stimme die heulende Schubdüse gemeint hatte. Hier und heute morgen heulte sie freilich nicht. Allerdings heulte sie, wenn sie »das gewisse Etwas« hatte, und das hatte sie dann, wenn der Titanvogel, erleichtert um ein paar Tonnen Sprit, vom Einsatz mit einer Geschwindigkeit von dreihundertfünfundzwanzig Knoten und entsprechender Drehzahl

zur Landung zurückkehrte. »Dann mimt die Schubdüse das Instrument, welches von Musikern Flöte genannt wird«, meldete Hasse dem unausgeschlafenen Fluglotsen von *München Radar.* Der verstand nicht und sagte: »Say again.«
»It doesn't go without screaming.«
Der Fluglotse hatte offensichtlich nicht verstanden. Er sagte: »Roger. You are cleared to leave. Contact Lippe Radar on two three nine point four.«

Nach den Unterdruckkammerversuchen hatte sich dem Reichsführer SS »Julei zwoundvierzig« das »Problem der Unterkühlung im Meer treibender Flieger« gestellt mit dem daraus folgenden Auftrag für Dr. Sigmund Rascher, herauszufinden, »mit welchen Hausmitteln« – Tee aus Heilkräutern? Grog? Kaffee? Medikamenten? – abgestürzte, im Salzwasser treibende, halberfrorene Flieger aus der Nordsee gerettet werden könnten.
Raschers Kälte-Experimente begannen im August. Am 10. September schrieb er dem Reichsführer SS den ersten Zwischenbericht: »Die Versuchspersonen werden mit voller Fliegeruniform, Winter- oder Sommerkombination und Fliegerhaube bekleidet ins Wasser gebracht. Eine Schwimmweste soll das Untergehen verhindern. Die Versuche werden durchgeführt bei Wassertemperaturen zwischen 2,5 und 12 Grad Wärme. Es wurden Unterkühlungen im Magen von 26,4 Grad, im After von 26,5 Grad elektrisch gemessen. Todesfälle traten nur ein, wenn der Hirnstamm sowie das Hinterhirn mit unterkühlt wurden. Es fanden sich bei der Sektion derartiger Todesfälle stets innerhalb der Schädelkapsel größere Mengen freien Blutes, bis zu einem halben Liter. Das Herz zeigte regelmäßig schwerste Erweiterungen der rechten Kammer.«
REICHSFÜHRER SS: Sollte jemand diese Versuche überstehen, dann begnadigen wir ihn, Russen und Polen ausgenommen.
RASCHER: Sollte der Flieger überhaupt lebend geborgen werden, dann ist …

RASCHERS ASSISTENT: ... heißes Wasser die einzige Rettung, mag es noch so paradox klingen, aber es ist doch so, Wasser von fünfundvierzig bis fünfzig Grad bringt den gefährdeten Mann in einem Zeitraum von dreißig Minuten so auf die Beine, daß er selber laufen kann.
RASCHER: Die von Ihnen, hochverehrter Reichsführer, befohlene Aufwärmung durch Sauna konnte ich nicht durchführen, da im Dezember und Januar für Versuche im Freien zu warmes Wetter war und jetzt Lagersperre wegen Typhus ist und ich die Versuchspersonen nicht in die SS-Sauna bringen darf. Am einfachsten wäre es, wenn ich mit meinen Helfern nach Auschwitz fahren würde. Auschwitz ist für einen derartigen Reihenversuch in jeder Beziehung besser geeignet als Dachau, da es dort kälter ist und durch die Größe des Geländes im Lager selbst weniger Aufsehen erregt wird – die Versuchspersonen brüllen(!), wenn sie sehr frieren.

Es waren die Meilen und Minuten zwischen zwei Punkten zu zählen. Zeit in kleinsten Portionen, eine nach der anderen, war abzuwickeln. Manchmal lagen zehn Minuten zwischen zwei Punkten, manchmal nur fünf. Zwischen Fürsti und Lager Solsbüll lagen hundertfünfundzwanzig Minuten. Die würden lang werden. Hasse hatte vor dem Flug das Pinkeln vergessen. Nun war Druck auf der Blase, das fühlte er.
STIMME: Arizona möchte ich in diesem Zusammenhang nicht erwähnt wissen.
Hasse fühlte seine kalten Knie; da lag die Kombi stramm an der Haut. Er sah, wie die Meilen im Meilenzähler langsam rückwärts liefen. Er hörte sich atmen. Er wußte, daß er mit seinen Augen sah, mit seinem Mund sprach. Er wußte: »Ich werde durch den Himmel geschoben, und alles sieht gut aus.«
Kein Fluggefühl, wie Vögel es womöglich spüren. Kein Wind im Gesicht oder an der Kombi; nicht zu hören am Ohr, nicht zu sehen an der Kombi. Nur ein Rauschen von der Klimaanlage. Das Triebwerk dröhnte und röhrte leise, ein Dröhnen und Röhren

aus weiter Ferne. »Irgendwie von hoch oben sehe ich Städte, Flüsse, Wälder, Wiesen, Eisenbahnen, Autobahnen, Straßen.« Er nahm seinen Kopf in den Nacken; über ihm war das Firmament dunkelblau. War es nicht schon schwarz? So viel Zeit war übrig für den Himmel, weil er die Maschine sich selbst überlassen konnte. Hasse bezog daraus sein Vertrauen, sein Glücksgefühl. Da konnte er in aller Ruhe sagen: »Die nächste Minute funktioniert sie auch ohne mich, und die übernächste auch noch.«

Wo bei den Jagdbombern der Bombenrechner im klimatisierten Elektronik-Raum hinterm Schleudersitz steckte, war im Aufklärer freier Platz. Die Aufklärer brauchten den silbernen Kasten nicht. Eine gar nicht so kleine Reisetasche paßte deswegen hinein; es war auch Platz für Tüten und Mitbringsel.

Hasse war vor dem Wochenende mit einer Liste rumgegangen und hatte Bestellungen entgegengenommen: je ein Kilo Leberkäs für Knebel, Deutscher, Krone, Böttiger, Riemer und »mir bitte zwo Kilo« für Kommodore v. Kümmernitz, der darauf auch in Lager Solsbüll nicht verzichten konnte. Der Kasino-Feldwebel verstand nichts von Leberkäse; er mischte immer Leber ins Fleisch.

STIMME: Leber gehört da ums Verrecken nicht rein.

»Sieben Kilo Leberkäs, gut in Alufolie verpackt« ruhten nun klimatisiert und sicher unter Hasses Reisetasche und einer Plastiktüte: Pralinen für Roswitha und Gret, hausgemachte vom Café Brameshuber.

In das angenehme *Auftrag-ausgeführt-Gefühl*, in die schöne Gewißheit »Bald siehst du die Elbe und die Nordsee und Schleswig-Holstein, den Güldenholmer See und die Ostsee, dann Solsbüll, Lager Solsbüll mit Kaserne und Landebahn« schlich sich folgende Unordnung: kein Gramm flüssiger Sauerstoff mehr an Bord. Der Zeiger war aus dem grünen Bereich gegen den Uhrzeigersinn gewandert und hatte bei Null angeschlagen. Oder: Hatte der etwa von Anfang an da gestanden? Falschanzeige?

Hasse sah, was los war, und mußte nicht lange überlegen. Auf Falschanzeige konnte er sich hier oben nicht einlassen. Er wußte: In zweiunddreißigtausend Fuß brauche ich künstlichen Sauerstoff. Er schaltete den Kipphebel auf hundert Prozent, um reinen Sauerstoff zu schnuppern. Reiner Sauerstoff riecht sauber und angenehm süß. Es kam nur Geruch von Gummi und Reinigungsmittel in die Nase. Also: Autopilot ausschalten und runter mit dem Vogel, wo die Luft besser war. Augen auf, damit keiner in die Quere kam. Selbstverständlich dem Fluglotsen Bescheid sagen. Der war sofort bei der Sache, als er das Stichwort »oxygen problems« hörte. Schnell war der Flugplan geändert, schnell war Hasse unter zehntausend Fuß; Frischluftklappe auf, nun gab es genug Sauerstoff.
So einfach und so schnell alles ging, so kompliziert verwoben war doch alles. Für Hasse begann der Zwischenfall damit, daß er den weißen Zeiger auf *Null* zeigen sah. Das registrierte er mit einem Blick, er nahm es mit innerer Bewegung zur Kenntnis, und die Kenntnis jagte ihm einen Schreck ein. Er dachte: »Wie wenn du verpennt hast, aufwachst, den Wecker siehst und dir sagst: Du kommst definitiv eine Stunde zu spät zum Dienst. Scheiße.«
Dem Schreck folgten höherer Blutdruck, warme Hände und Knie. Das fühlte er. Auch Kratzen in der Kehle fühlte er. Auch eine dickere Zunge fühlte er. Die eigene Stimme hörte er anders sprechen. Er spürte Zittern in der Stimme. Er mochte das Zittern nicht, strengte sich an, ohne Zittern zu sprechen. Das ging nur halb, weil die Anstrengung gegen das Zittern kämpfte. Auch das spürte er. Er fühlte Angst. Er merkte, wie sein ganzer Körper von der Angst, die »Sauerstoffproblem« hieß, erfaßt wurde. Das empfand er. Er wußte, daß er empfand.
STIMME: Empfinden ist Wissen und Fühlen.
Diese Drei, das war Hasse.
STIMME: Ich bin, also denke ich: Gefühl ist Macht. Wissen ist gut, Empfinden ist besser.
HASSE: Die Gedanken sind frei.

STIMME: Ein schönes Volkslied.
Hasse empfand: Hier muß etwas getan werden. Das Wichtigste zuerst, dann das Nächstwichtige und so weiter. Sein Empfinden riet ihm, unverzüglich zu handeln; denn das Gefühl saß dem Wissen im Nacken: Das Sauerstoffproblem ist eine Frage von Leben und Tod. Er wußte auch, daß er über genügend Ausbildung verfügte, um dem Tod ein Schnippchen zu schlagen. Trotzdem fühlte er, daß er »ganz schön« in der Klemme saß, fühlte allerdings auch »ungeduldiges Streben«, sich aus der Klemme zu befreien. Damit er da wirklich rauskam, wünschte er sich sicherheitshalber das Quentchen Glück, »das jeder braucht«.
STIMME: Der empfindende Mensch ist Zeuge in eigener Sache.

Und zieht Konsequenzen? Hätte Zürndorfer die Sauerstoff-Nullanzeige erkannt als eine Frage von Leben und Tod? Anzunehmen. Trotzdem: Die abstrakte Zeigernadel hinter Glas auf der abstrakten Null im abstrakten Instrument hätte ihn unberührt gelassen. Er hätte sie zwar zur Kenntnis genommen, aber er hätte keinen Schreck bekommen, keinen höheren Blutdruck, keine Angst.
STIMME: Wer kein Mitleid empfindet, kann auch die eigene Angst nicht vom Zeiger ablesen beziehungsweise: Wer die eigene Angst nicht vom Zeiger ablesen kann, der empfindet auch kein Mitleid.
Hätte Zürndorfer wieder das Rotkehlchen gesehen oder die rote Wolke als Apfel im Himmel, Sündenapfel, Reichsapfel oder Kaiserapfel? Keineswegs; so verrückt war er nicht. Er hätte genau das gesehen, was auch Hasse im Himmel und auf den Instrumenten sah. Er hätte richtig geantwortet auf Fluglotsenfragen. Er hätte den Steuerknüppel richtig hin- und herbewegt und wäre geflogen wie gelernt. Er hätte aber – mangels Angst? mangels Zeitgefühl? – nicht das Wichtige vom Unwichtigen unterscheiden können. Er hätte einen gebraucht, der ihm sagte: Jetzt tust du dies, jetzt tust du das. Ergo: Zürndorfer war als

Flieger ungeeignet. Da konnten die Fachleute in Fürsti spekulieren.

Die Fachleute würden weiteres aus der Vergangenheit Zürndorfers zutage fördern: seine überragenden Leistungen im Polytechnikum Kaisersaschern, das er als Schulbester 1954 abgeschlossen hatte. Überragende Leistungen auch in den *propädeutischen* Semestern in Leipzig: *Jurisprudenz* und *Journalistik.* Die Rädelsführerei in Auerbachs Keller, als er während der Ungarn-Krise in dieser »historischen« Kneipe seinen Durst auf Recht und Freiheit löschte.
STIMME: Das Hinunterstürzen großer Mengen aus Hörnern und Krügen ist ein unvergeßlicher Genuß.
ZÜRNDORFER: Habt Ihr die Türen sämtlich fest verrammelt? Ringsum die Fenster gut verhängt? Ein kleiner Kreis ist heute nur versammelt, gesinnungstreu – wenngleich beschränkt? Die Freiheit lebe und das Recht! Ins Beinhaus jeder, der nicht räsoniert!
POLIZEI: Mehr Licht! (Taschenlampen blitzen auf.) Handschellen her für die schweren Jungs.
ZÜRNDORFER: Gemach, Ihr Herren! Mir sagt die Überlegung, Ihr müßt das Opfer eines Irrtums sein, denn mit der völkischen Bewegung hatt' ich in meinem Leben nichts gemein.
POLIZEI: Verhaut den Lümmel! Der ist mit Faschistengeld bezahlt.
STUDENT: Wir sind Studenten, und wir haben von je gefochten und gezecht.
POLIZEI: Das ist notiert. Was hier geschieht, das ist nicht Recht, ist Konterrevolution. Wir stehn im Zeichen schwerster Schicksalsstunden. Vernehmt den Frevel, der das Herz empört. Nur niedrige Gesinnung ist imstande zu solcher Schandtat auf dem Erdenrund, sie schuf zum Trutze unserm Vaterlande mit Imperialisten einen Feindesbund.
ZÜRNDORFER: Die Freiheit lebe und das Recht! Ins Beinhaus jeder, der nicht räsonniert!

POLIZEI: Kommilitonen aller Länder, reinigt euch: Recht und Ordnung lautet die Devise.
ZÜRNDORFER: Schmutz ist unsre Sache nicht. Die Freiheit lebe und das Recht.
POLIZEI: Nun ist's genug. Pistole auf die Brust. In des Gesetzes Namen verhaft' ich euch. Das Haus ist rings umstellt.
STUDENT: Mein Leipzig lob ich mir nicht mehr.
Verhaftet an Ort und Stelle, niedergefahren zum Schnellgericht. Noch in der Nacht wurde das Urteil nach Artikel sechs der DDR-Verfassung gesprochen: Zürndorfer wegen »staatsfeindlicher Boykott- und Mordhetze« verurteilt zu fünfzehn Jahren Einzelhaft im Zuchthaus Kaisersaschern, das in den einfach verstärkten, *zwofach* umzäunten und dreifach bewachten Mauern des ehemaligen Lebensborn e. V. seinen Platz gefunden hatte. Trotz Einzelhaft habe man ihm wegen der großen handwerklichen Begabung eine Tischlerlehre erlaubt in der Gefängnistischlerei unter Anleitung von Meister Langbein, der von der DDR-Justizverwaltung aus organisatorischen Gründen von Ichtershausen nach Kaisersaschern versetzt worden war: Schreibtischstühle, Schreibtische und Aktenschränke für die Partei. Nach *zwo* Jahren Einzelhaft und Tischlern bei Langbein sei Zürndorfer als Tischlergeselle von der »BRD« freigekauft und am Checkpoint Charlie den »zuständigen Stellen« übergeben worden.

Oberleutnant Hasse hatte während herrlich sonnenbeschienener Tiefflugminuten (Sonne im Rücken!) nach dem Sauerstoff-Zwischenfall an den Kameraden Zürndorfer ein paarmal kurz gedacht. »Zürndorfer, ich kann nicht dauernd an dich denken, ich muß aufpassen, daß mir kein Vogel in die Quere kommt, ich muß Straßen, Eisenbahnen, Brücken, Dörfer, Städte und Wälder erkennen, damit ich den richtigen Weg fliege. Wie schön und dunkelblau leuchtet doch der deutsche Nadelwald! Sind übrigens vom deutschen Wald jemals Krieg und Frieden ausgegangen? Nicht, daß ich wüßte! Ich habe übrigens folgende Ziele

zu fotografieren: Steinbruch bei Warstein, Fernmeldeturm südlich von Holzminden, Kanalschleusen Brunsbüttelkoog.«
Die Minuten verstrichen. Hasse flog an den »dicken, dicken«, nicht zu übersehenden Kanalschleusen vorbei, rollte das Flugzeug um zwanzig Grad, für drei Sekunden verlor er sein Ziel aus den Augen, er drückte den Trigger und fotografierte.
Nördlich der Elbe war es doch nicht ganz so wie vorhergesagt. An der Eisenbahnbrücke von Hochdonn fing der Nebel an. Hasse ließ sein Flugzeug mit Fluglotsen-Genehmigung wieder steigen; auf Höhe Heide–Rendsburg–Kiel lag ihm wieder septemberlich schimmerndes Land zu Füßen. Auch ein paar Wolken mit ihren anatomischen Formen. Er sah alles, was er sehen wollte: Solsbüll, Lager Solsbüll, den Flugplatz, den Güldenholmer See; er dachte an Gret und Roswitha, an Leberkäs und v. Kümmernitz. Er sah die Instrumente, er hörte den Fluglotsen, er bewegte den Steuerknüppel und folgte einem Faden, der ihn noch exakt zehn Minuten lang bis zur Landung geleitete.
Heute war die Luft göttlich still. Dieses Fliegen war göttliche Stille, die den Piloten und die Maschine zusammenwachsen läßt. Die Maschine gehörte ihm, er gehörte der Maschine. Aus zehn Meilen sah Hasse die Landebahn. »Klein, aber mein«, dachte er.
Der Tower hatte die Bahn zur Landung freigegeben: »Cleared to land.« Hasse drückte mit dem Daumen der linken Hand den Klappenhebel nach unten, von »Halb« auf »Voll«. Da kam Bewegung in den Vogel. Es war, als wenn er sich nun aufplusterte, weil er sich wohler fühlte. Die Tragflächen schwankten ein wenig nach links, dann nach rechts, Hasse merkte die Unruhe am Steuerknüppel, der Vogel nahm den Schnabel runter, als wenn er die Landebahn genauer betrachten wollte. Gashebel vor – das war eine automatische Maßnahme, wenn die Klappen auf »Voll« fuhren. Sie erzeugten mehr Auftrieb, mehr Auftrieb bedeutete mehr Widerstand; so näherte sich Hasse der Landegeschwindigkeit, die jedesmal, je nach Treibstoffvorrat, berechnet werden mußte. Mit 185 Knoten näherte er sich den schwarzen

Streifen. Nase hochnehmen und langsam die Fahrt aus der Maschine nehmen. Hasse setzte auf; er spürte kaum, daß die Erde ihn wiederhatte.

Unser Zürndorfer

Im März 67, Meisen zinkten und Drosseln zankten, schickte das Flugmedizinische Institut »unseren Zürndorfer« innendienstkrank nach Hause. Kur und »Sonderurlaub in diesem besonderen Fall« standen in Aussicht. Die *Standortverwaltung Lager Solsbüll* bat einen jungen Leutnant von der Sicherungsstaffel um Wohnungstausch, damit »unser Zürndorfer« sein altes Quartier am Kasino-Wald beziehe. Die abgesessenen Stühle und Sessel, der abgegriffene Schreibtisch, das Bett mit der durchgelegenen Matratze kamen raus, Maler kamen rein und pinselten die Wände, daß es nach *frisch gestrichen* roch.
Die Luftwaffe hatte inzwischen achtzigtausend Mark Unfallentschädigung gezahlt, »eine Versorgungsmaßnahme, die wir mit Änderung des Soldatenversorgungsgesetzes vom 31.8.66, rückwirkend gültig ab 1.4.66, im Rahmen der Maßnahmen zur Behebung der sogenannten Starfighterkrise, von der in Wahrheit überhaupt keine Rede sein kann, durchgesetzt haben«, sprach Kommodore v. Kümmernitz an der offenen Terrassentür in die frühlingswäßrige Luft und drückte sich den rechten Zeigefinger ans Herz.
Nebeltage waren gekommen und gegangen. Am bisher einzigen Sonnentag dieses Monats hatten Winterlinge, Schneeglöckchen und Krokusse hell geleuchtet. Zwei Tage später versetzte Kaltluft aus dem nördlichen Eismeer den lieben Frühlingsbotschaftern einen kräftigen Dämpfer. Nun erholten sie sich wieder und blühten tapfer dem Wind und Wetter entgegen. »Wir haben mit sechzig Liter Niederschlag jetzt schon unser Monatssoll dicke erfüllt«, sagte der Wettermann zum

Kommodore, der sich nach der auf Zürndorfer gemünzten Fürsorge-Bemerkung für das Wetter interessierte.
Hoch oben in der wäßrigen Märzluft flogen Brandgänse. Hasse erkannte sie an ihrem Schrei und an den singenden Schwingen. Wo kamen sie her? Wo flogen sie hin? »Bitte ich herzlich, viele Grüße an Lothar in Oraibi auszurichten. Und das nach wie vor oberhalb von Montezuma Castle auf ewig ruhende und nicht wegzudenkende Liebespaar vergessen zu wollen.« Dieses Stoßgebet schickte Hasse zum Gänse-Himmel. Und falls die Gänse »Ja, wie sieht denn Lothar aus?« fragen wollten, sagte er vorsorglich: »Den erkennt ihr an seinem wenigen Haar und an seiner großen Nase; mit der spürt er die Schlangen auf. Und die Schlangen nennen ihn Meister.«
Freitagnachmittag, Dienstschluß vierzehn Uhr, fünfzehn Uhr zum *Commanders Call* im Marmorsaal. Der Kommodore hatte gerufen. Commanders Call verströmte zauberischen Klang und erzeugte gute Stimmung. Manch einer fing in Vorfreude zu summen an. Manch einer war in Vorfreude milder gestimmt. Manch einem lief schon das Wasser im Mund zusammen, weil es Brötchen mit Hackepeter oder eingeflogenen Leberkäs mit Spiegelei oder Burgunderbraten mit Bundeswehr-Sauce gab. Vor allem: Es gab Freibier. Es lockten Gespräche und Gerüchte über Versetzung, Beförderung, Krankheit, Gesundheit, Schwangerschaft, Ehebruch, Unfall, Leben, Tod, Gehaltserhöhung, Besitzstandwahrung. Es lockten Lüge und Wahrheit, Freundschaft und Feindschaft, Neugier und Gleichgültigkeit, Entgleisung und Absolution, Schuld und Sühne. Das Eichenparkett glänzte, weiße Tischdecken lagen auf den Tischen, an der Küchenwand warteten heute das Buffet *Burgunderschinken*, hundert flache Teller und hundertmal Messer und Gabel.
»Zwei Dinge.« Der Kommodore holte Hasse mit seinem rechten Zeigefinger aus dem Brandgänse-Schwarm, der ihn noch begleitete. Hasse stand mit geneigtem rechten Ohr, weil der Oberst einen Kopf kleiner war. »Mein lieber Hasse, von jetzt ab setz ich mich ab und zu bei Ihnen ins Flugzeug hinten rein. Zuerst der

Sauerstoff-Zwischenfall, dann ein geplatzter Reifen, nun landen Sie zu lang und zu schnell und lassen sich von der Barrier fangen. Nur gut, daß Sie den Haken nicht vergessen haben.«
Sauerstoff, Reifenpanne, zu spät aufgesetzt: Damit hatte Hasse sich Minuspunkte für Beurteilung und Karriere gesammelt. Krone, auch in Lager Solsbüll Spitzenflieger, war schon zum Einsatzoffizier ernannt worden. Riemer hockte in den diesbezüglichen Startlöchern; seine Ernennung stand kurz bevor. Knebel steuerte den Flugsicherheitsoffizier an. Böttiger und Siemsen steckten in der Fluglehrerausbildung. Seidel hatte sein Interesse für das militärische Nachrichtenwesen angemeldet. Deutscher und Hausner waren nach dem unseligen vorzeitigen Ausbildungsende in Arizona zu »einer gehörigen Verschnaufpause« in einem Luftwaffenausbildungsregiment verdonnert und dann nach Jever versetzt worden, um die Starfighterausbildung dort abzuschließen. Deutscher tauchte wieder bei den alten Kameraden in Lager Solsbüll auf und sollte, zusammen mit Knebel, Flugsicherheitsoffizier werden, während Hausner bei den Marinefliegern untertauchte, »weil ich keine Lust auf meine alten Kameraden hab, auch keine Lust, nach südlich der Elbe versetzt zu werden«.
Alle von der Zürndorfer-Crew standen mit ihren Fliegerstiefeln in einem klar vorgezeichneten Weg, den sie gehorsam abzustiefeln gedachten. Alle hatten Platz und Anerkennung bei den alten Flieger-Hasen gefunden. Auch bei den nichtfliegenden Offizieren standen sie ordentlich im Kurs. Bald würden sie selber zu den alten Hasen zählen und sich der jungen Dachse annehmen, die Arizona ausspuckte, um von Lager Solsbüll aus das vom Kommodore immer wieder beschworene »kommunistische Weltböse« in Schach zu halten. »Schade, daß Geringer sich in Arizona auf die Fresse gelegt hat, meine Leistungen sind ja tatsächlich unter aller Kanone«, sagte sich Hasse und schwieg damit den Kommodore an.
STIMME: Aber so unter aller Kanone sind sie ja nun wirklich nicht, Hasse.

Hatte etwa der Kommodore gesprochen? Da hob Hasse den Kopf wieder in Richtung Brandgänse. Und die leitende Brandgans meinte, es sei immerhin »süß und ehrenvoll«, wenn sich der Kommodore persönlich zu »einem jungen Oberleutnant ins Cockpit geselle«.

»Wo bleibt bloß unser Zürndorfer«, sagte v. Kümmernitz und sah auf die Armbanduhr. »Hasse, kümmern Sie sich doch bitte schön.«

Das Kümmern hatte der Kommodore seinem Hasse im holzgetäfelten Dienstzimmer in einem Vieraugengespräch unter der Deutschland- und Divisionsfahne ans Herz befohlen. »Ich komme gerade aus Fürsti und habe da Trauriggenuches erfahren – wenn Sie wissen, was ich damit meine.«

»Ja, Herr Oberst.«

»Zum Glück war Kloster Andechs wieder mal in Reichweite.«

»Da haben sich die Mönche bestimmt gefreut, Herr Oberst.«

»Kommen Sie mir nicht ironisch, Hasse.«

»Ich meine das ehrlich, Herr Oberst.«

»Dann ist ja gut.« Der Kommodore sah Hasse an, wie ein Erwachsener ein Kind ansieht. Er nahm die rechte Faust vor den Mund und räusperte sich über der Akte Zürndorfer. »Zürndorfers Schicksal, an dem Sie ja kräftig mitgewirkt haben, läßt sich juristisch nicht fassen, und darum will ich auch nicht juristisch werden. Schuld wollen wir tiefer hängen.«

STIMME: Welche Schuld denn!

»Das Richten wollen wir dem Uralten überlassen. Trotzdem: Sie müssen damit leben, mein Lieber. Ich in gewisser Weise ja auch. Ich möchte nicht in Ihrer Haut stecken, obwohl ich das in gewisser Weise ja tu; und darum haben Sie meine volle Sympathie.«

STIMME: Mit der Schuld geht die Sorge Hand in Hand.

»Sorge nennen wir bei uns Kameradschaft, sage ich immer. Ich hoffe, hier wird nicht nur was gesagt, sondern hier wird auch zugehört. Hasse, haben Sie zugehört? Wir sollten nun mal tätig werden. Wie sieht es eigentlich mit Heiraten aus? Das könnte

Ihnen mehr Halt geben. Sie hinken gewaltig hinter Ihren schon unter die Haube geratenen Kameraden her.«

»Ich bin ja schon fast unter der Haube, Herr Oberst.«

»Wenn es soweit ist, dann sagen Sie mir aber Bescheid! Antrittsbesuch und so weiter. Sie wissen, ich lege Wert auf Stil und Form.«

»Jawohl, Herr Oberst.«

»An Ihrer Einstellung zur Luftwaffe habe ich nie einen Zweifel gehabt.« Der Kommodore legte sich den Mir-ist-so-wehmütig-ums-Herz-Ton in den Mund, wie immer, wenn es seinen Körper warm durchschwemmte. Jeweils eine Träne floß in seine Augen. »Irgendwie sind Sie mir ans Herz gewachsen. Ach Mensch, Hasse, Ihre Jugend und dann noch einmal von vorne beginnen, das wäre was.«

»Hm.«

»Um es kurz zu machen: Ich möchte, daß Sie sich um unseren Zürndorfer kümmern.«

»Das tue ich ja sowieso. Das hab ich schon in Amerika und in Fürsti getan.«

STIMME: Ich hab's gesehen und kann sagen: Ich bin dabeigewesen.

Der kleine Oberst v. Kümmernitz erhob sich hinter seinem Schreibtisch; rotblaue Adern durchzogen Gesicht und übergroße Ohren, die gerade noch in die Ohrmuschel seines Fliegerhelms paßten. Hasse hatte noch nie so große Ohren bei einem so kleinen Mann gesehen. Nach dem Aufstehen vergrößerte sich v. Kümmernitz um weitere drei Zentimeter, indem er mit Zürndorfers Akte in der Hand beide Hacken hob und ein paarmal auf der Schuhsohle wippte, um dann die Akte Zürndorfer auf den Tisch des Hauses fallenzulassen und folgende Worte zu sprechen: »Da müssen wir unser liebes Kind namens Fürsorge mal wieder ganz gewaltig in Aktion treten lassen.«

»Paragraph zwölf Soldatengesetz, Herr Oberst.«

»Schon gut, Hasse. Das nehme ich heiligernst, und ich möchte es von meinen zwotausend Männern auch heiligernst genom-

men wissen.« Langes Soldatenleben, Befehl und Gehorsam, Dienen und Denken, Kameradschaft und Fürsorge und die vielen Jahre hatten schon sein Gesicht gezeichnet: heruntergezogene Mundwinkel, immer kleiner und dünner werdende Lippen. Unterlippe verschwindet unter Oberlippe.
»Fürsorge, mein lieber Hasse, das hat mir neulich der tüchtige Siemsen klargemacht, als ich seinen Antrag zur Genehmigung einer Nebenbeschäftigung auf dem Schreibtisch hatte. Bei den Bienen ist Fürsorge seit Millionen Jahren perfekt verwirklicht. Wir Menschen können davon nur lernen.«
Oberstleutnant Büchmann, stellvertretender Kommodore und heimlicher Geschwader-Personalplaner, der sich wegen »des filigranen Metiers« auch gerne mit »Porzellanstabsoffizier, der den Personalstabsoffizier bekalauert und belauert«, anreden ließ, war *unangeklopft* und verspätet eingetreten. Er wohnte den Vieraugengesprächen des Kommodore immer bei, »weil man dafür immer einen Zeugen braucht«, so Büchmann. »Das nenne ich treues Dienen«, sprach v. Kümmernitz, der Büchmanns geflügelte Worte – »gelernt ist gekonnt« – schätzte. »Ich mich versetzen lassen? Nur zusammen mit Ihnen, Büchmann!«
Der hatte fleißig vornotiert und zitierte nun den Tagesspruch: »Ein allzu zartes Gewissen muß durch eine große Tätigkeit balanciert werden, spricht unser Goethe.«
»Ein sehr wahres, ein sehr passendes Wort«, und damit beendete der Kommodore das Vieraugengespräch. »Noch eins zum guten Schluß, Hasse. Ich werde es mir angelegen sein lassen, mich persönlich zu kümmern, wie unser weiterer Dienstweg auch gehen mag beziehungsweise möge. Ach Hasse: Ich lasse Sie da nicht im Stich. Da nehme ich mich selbst ins Obligo.«
Nun war es an Hasse, sich je eine Träne in die Augen dringen zu lassen und lieber nichts zu sagen. »O ja«, fuhr der Kommodore fort, »da fällt mir immer was ein, und – by the way – ich hab einen langen Arm.«
Seenebel aus dem Pellwormer Becken wehte heran. »Wolken-

wasser, Werbenweben, Weberknecht«, sprach Hasse in Anlehnung an Goethes wahren, passenden Seenebelspruch.
STIMME: Hat Goethe das überhaupt gesagt?
Die Brandgänse waren verschwunden. Hasse klopfte an Zürndorfers Tür. Der stand da in Hose und Unterhemd. »Der Kommodore ist stinkesauer, daß du noch nicht aufgetaucht bist«, log Hasse und fuhr im selben Fahrwasser fort: »Ich soll mich kümmern, und du läßt mich im Stich.« Zürndorfer trug Pokergesicht; plötzlich riß er die Lippen weit auseinander und lachte das Lachen, das dieses Menschen Lachen war. »Pünktlichkeit ist die Zierde der Könige«, sagte Zürndorfer, zog das Hemd an und steckte es in die Hose. Hasse knöpfte ihm die Knöpfe zu. Zürndorfer legte den Schlips um. Hasse band ihm den Knoten, hielt ihm die Jacke hin und ließ ihn reinschlüpfen. Mit angefeuchteter Handtuchecke wischte er Zürndorfer Eigelb aus dem Mundwinkel: »So.«
Das Bier war schon freigegeben. Als Zürndorfer und Hasse den Kasino-Saal betraten, blickten ihnen plötzlich stille Marmorbilder entgegen. Das Biergeschwätz war nur noch halblaut, die Biertrinker hielten ihre Halbliterkrüge vor die Brust. Die Biertrinker waren dick oder dünn, groß oder klein; siebzig fliegende und nichtfliegende Offiziere des Geschwaders hatten sich heute versammelt. Krone und Riemer fachsimpelten über ihren Krügen leise weiter; Thema: Hasses lange Landung. Knebel, zukünftiger Flugsicherheitsoffizier, ging ein paar Schritte auf ihn zu und flüsterte: »Mach dir nichts draus; ist ja alles gutgegangen.« Irgendein Idiot summte »Ich hatt' einen Kameraden«. Ein anderer Idiot hörte das und grinste, brachte schnell den Mund zum Krug und nahm einen Schluck. Dann legte sich ein vielfach gepißtes »Pssst« wie Seenebel über den Commanders Call. Deutscher nahm in der folgenden Stille einen Schluck, weil er die so besser ertragen konnte. Das Geflügelte Wort drückte die unterdessen entbehrliche Hupe am Rednerpult, v. Kümmernitz stellte sich auf den Rednerpult-Hocker und blickte so lange in die Runde, bis auch Krone und Riemer von

ihren Krügen aufsahen. Dann sprach er in die heilige Halle: »Erstens: Bin ich überall zu sehen und zu verstehen? Zweitens: Oberleutnant Zürndorfer zu mir.«
Zürndorfer folgte, nachdem Hasse ihm einen Schubs gegeben hatte. Hasse folgte Zürndorfer, Siemsen folgte Hasse. Die beiden nahmen Zürndorfer in die Mitte. Dann standen die drei richtig aufgebaut vor dem Kommodore. Hatte Zürndorfer sich etwa nicht rasiert? Gott sei Dank war das Eigelb aus dem Mundwinkel raus. Das Haar war günstig in die Stirn gewachsen. Die Uniform: zwei Nummern zu groß, weil Zürndorfer zwei Nummern kleiner geworden war. »Tadellos soldatisch, einwandfrei schmissig siehst du ja nicht aus, unser Zürndorfer«, gingen Hasses Gedanken. »Aber du stehst da wie ein Mensch, der Gott sei Dank das Maul hält.«
SIEMSEN: Halt's Maul!
Im Namen der Bundesrepublik Deutschland beförderte der Kommodore hiermit »unseren Zürndorfer« zum Hauptmann. Hasse und Siemsen pieksten ihm die zwei zusätzlichen Pickel in die Schulterklappen. Hasse strich ein Haar von Zürndorfers Jackenkragen. »Wie bestellt und nicht abgeholt steht der da«, mäkelte Krone gerade noch hörbar für Riemer; der nickte in den Bierkrug. Nie hat ein Titanvogelgeschwader-Kommodore Unergründlicheres, Unerforschlicheres im Gesicht eines frisch Beförderten gesehen. »Nun ja, das müssen wir auf sich beruhen lassen. Nun machen Sie aber doch mal das Gesicht eines glücklich Beförderten, Herr Hauptmann Zürndorfer.«
Damit endete der offizielle Teil des Commanders Calls. Draußen waberte der Seenebel und entband gute und schlechte Geister. Im Kasino-Wald saßen die Karnickel in ihren Löchern und warteten besseres Wetter und besseres Leben ab. Wo waren die Rotkehlchen, wo waren die Meisen? Ojemine, wie weit entfernt lag doch das Paradies! Hasse möge sich kümmern und für Zürndorfers Unterschrift sorgen. »Sonst ist die Urkunde nichts wert«, so Oberstleutnant Büchmann, das *Geflügelte Wort*, der Knebels hochschwangere Frau Moni eintreten sah.

Um acht Uhr kamen die Frauen, um ihre Männer abzuholen: Michaela Krone, Gerti Böttiger, Lotte Riemer, Hedwig Seidel, Moni Knebel. Sie kamen, weil ihre Männer angesäuselt waren und nicht mehr Auto fahren durften. »Wer sich betrunken ans Steuer setzt und von der Polizei erwischt wird, den lasse ich auch nicht mehr an den Steuerknüppel«, lautete v. Kümmernitzens Warnung. Die Frauen mochten auch gern ein Stück mitfeiern. Sie mochten die Stunden nach dem offiziellen Teil. Das war »Raus aus der Küche, rein ins Kasino«. Das war schön. »Auch eine Frau mag gerne mal beschickert sein«, lautete Gerti Böttigers Kommentar.

Sie telefonierten miteinander, regelten Babysitting und Fahrgemeinschaft; sie nahmen Kleid, lange Hose, Pullover, Bluse aus dem Kleiderschrank und legten alles aufs Ehebett. Dann überblickten sie alles, nahmen ein schönes Stück und zogen sich an. Sie sahen in den Spiegel, runzelten die Stirn und zogen die Augenbrauen mit einem schwarzen Stift nach. Sie schminkten Wangen, Nase, Lippen und sahen auf die Fingernägel. Die Chauffeurin hupte. Schnelle Schritte gingen zur Haustür hinaus. Fünf junge Frauen saßen im Auto und freuten sich. Halli hallo. Es war so ähnlich wie am Swimmingpool in Phoenix: Die jungen Frauen traten ihre hochhackigen Pumps dem am Boden liegenden Zürndorfer in die Rippen und lachten.

Im Auto sangen sie.

»Stell dir vor, ich wollte dich nur überraschen«, sagte Moni zu ihrem *Lulu* und stand plötzlich da. Moni war im siebenten Monat, sie war süß und wunderschön und hatte einen wunderschönen Schwangerenbauch unter ihrem roten, längsgestreiften Kleid, Taille gleich unterm Busen, Saum kurz oberhalb der Knie. Büchmann konnte sich an ihr nicht satt sehen und flüsterte in einem günstigen Augenblick: »Ich liebe Sie.«

»Das freut mich aber, Herr Büchmann«, antwortete Moni. Sie freute sich wirklich, gründlich und ehrlich über Büchmanns Liebeserklärung; nur eine Schwangere kann sich so freuen: Die läßt Liebeserklärungen unzensiert ins Herz. Büchmann wußte nicht genau, ob möglicherweise ein Moni trotz Schwangerschaft innewohnender Mann vom Abwehrdienst sie so hatte sprechen lassen. Ihm fehlte das passende geflügelte Wort; er drehte sich um, ging Richtung Burgunderbraten, während Zürndorfer gerade beim Burgunderbraten gewesen war und, noch kauend, mit einem Bierkrug auf Moni zusteuerte. Ein Feindschaftsspiel stand bevor: Pokergesicht gegen Bauch, verdorbener Riecher gegen sittsame Nase, vermurkster Blick gegen tadelloses Auge, taktloses Gehör gegen feines Ohr. Moni sagte: »Herzlichen Glückwunsch zur Beförderung.«

»Gleichfalls.«

»Wieso gleichfalls?« Zürndorfer legte seinen Blick auf Monis Bauch und entbot die Fica, den altrömischen Gruß: der zwischen Mittel- und Zeigefinger durchgestreckte Daumen deutete den Beischlaf an: »Ficken, ficken, ficken«, war sein geflügeltes Wort, das wiederum unzensiert in Monis Herz landete. Ihr schossen die Tränen in die Augen, sie stürzte fast auf dem Weg zu »meinem Lulu«, sie fiel ihm um den Hals und war gerettet.

»Der ist nun mal so, der kann nicht anders. Komm, wir gehen was essen«, tröstete Knebel seine Frau. Die beiden verließen den Saal.

Büchmann meldete den Vorfall. Der Kommodore wählte Freiwillige aus, ließ – hier sprach der Trainer zu seiner Mannschaft – Halbkreis bilden. Die Freiwilligen legten sich gegenseitig die Arme über die Schultern, sie senkten die Köpfe und lauschten ihrem Kommodore. Nach geflüstertem Kurzbriefing rief v. Kümmernitz den Biertrinkern im Saal zu: »Lassen Sie sich nicht stören. Der Commanders Call geht weiter, meine Herren.«

Das hätte er gar nicht rufen müssen, denn niemand hatte gehört und gesehen, niemand hatte sich beim Biertrinken stören lassen, niemand wollte sich bei diesem Commanders Call und auch künftighin nicht beim Biertrinken stören lassen; niemand konnte also hören und sehen, wie der Kommodore die von ihm

ausgewählten Freiwilligen um sich versammelt hatte und, »nun aber, meine Herren«, in Linie neben sich antreten ließ.
Er beugte sich vor und bog den Kopf nach links. Mit scharfem Fliegerauge inspizierte er die Halbschuhspitzen seiner Truppe: Standen sie auch wirklich auf den Millimeter genau? »Hasse, rechtes Ohr höher, linke Schuhspitze einen Millimeter vor«, verbesserte er. Dann lobte er seine Hanseln und rief: »Nummer eins, c'est moi; der Rest kommentiert Vorfall Zürndorfer, wie ihm der Schnabel gewachsen.«

V. KÜMMERNITZ: Ich beginne mit: Der Mann ist irgendwie sinnlich geworden.

ZÜRNDORFER *aus zwanzig meter entfernung von der bar*: Der Geist weht, wie und wo er will.

BÜCHMANN: Das wollte *ich* doch sagen. Jetzt fällt mir nichts ein.

STANDORTVERWALTER: Pardon, aber mir: Wenn du einen Platten hast, kannst du nicht weiterfahren.

BÜCHMANN: Ich hab wieder was, Herr Oberst: Ce n'est pas un honnête homme à la cour du Kommodore.

WETTERMANN: Vom Wettergefühl her gesehen, würde ich sagen: Fühligkeit.

KRONE: Soll man so was durchgehen lassen?

RIEMER: Es war nur eine Geschmacklosigkeit, Herr Oberst.

DEUTSCHER: Mir tut die Moni leid. Ansonsten: Reecht euch nicht auf.

SEIDEL: Für den Nachrichtendienst ist der nicht zu gebrauchen.

BÖTTIGER: Der ist zu nichts zu gebrauchen.

SIEMSEN: Wenn man nur wüßte, was in diesem Menschen vorgeht! Über die Bienen weiß man besser Bescheid.

HASSE: Zerstreut. Oder nennen wir es: zerrissen.

STIMME: System Zürndorfer beliebt sich so auszudrücken.

STIMME: Am Anfang war die Tat? Keine Tat ohne Zeit, also: Am Anfang war die Zeit.
»Los, du Hornochse, nun unterschreib schon endlich.« Zürndorfer hatte immer noch nicht seine Beförderungsurkunde unterschrieben. Wieder so eine Entscheidung auf Leben und Tod. Er trug zwar drei Pickel auf jeder Schulterklappe; aber »dem Grunde nach bist du noch Oberleutnant«.
Zürndorfer hatte alles hin und her bedacht und sah Hasse, sah Zaunkönige und Meisen.
STIMME: Rotkehlchen, flieg, Paradiesapfel, sieg.
DER WALD: Wer einmal die großen, runden, glänzenden Augen des Rotkehlchens gesehen hat, der wird diesen Vogel nie vergessen.
ZÜRNDORFER: Rotkehlchen erkenne ich auf Anhieb. Ich erkenne jeden Vogel auf Anhieb.
STIMME: Paradiesäpfel legt man sich auf den Sack, dann schwitzt man das Symbol durch, und dann auf Weiber warten.
DER WALD: O ja. Wer einmal in den Paradiesapfel gebissen hat, der wird immer wieder reinbeißen.
Zürndorfer sah den Staatsforst, er hörte ihn aus vielen Bäumen rufen. Er sah die beiden Silberlinden vor dem Nobiskrug und erkannte in ihrer Rinde die Gesichter zweier alter Menschen, links eine Frau, rechts einen Mann. Auch sah er den Zigarettenautomaten gleich hinter der Eingangstür. »Mein Gott, ihr seid ja ewig nicht dagewesen«, rief Regina, die Wirtin, und Wirt Bohne Bonsen griff gleich zum Zapfhahn und fragte: »Drei Jahre? Vier Jahre?«
STIMME: Tausend Jahre.
Zürndorfer sah die getrockneten Disteln vom vergangenen Jahr in einer Vase, spürte sie am Hosenbein, hörte sie über den Stoff streifen. »Kein Knistern«, sagte er, »sondern ...«, und ausnahmsweise kam er einmal nicht auf das Wort, das ihm fehlte. »Jetzt

machen wir erst mal eine Führung«, sagte Regina. »Die zwo Silberlinden draußen vor der Tür hat Regina gepflanzt«, verkündete Bohne.

Der Fall Zürndorfer hatte sich herumgesprochen. Was machen Passanten, wenn sie einem Verrückten begegnen? Was machen Gäste, wenn ein Verrückter die Gaststube betritt? Sie wissen nicht, ob es richtig ist, wenn sie tun, als sei er noch der alte. »Hoffentlich sind wir den bald los«, denken sie, denn sie verstehen ihn nicht. Und weil sie ihn nicht verstehen, werden sie ihn nicht los.

STIMME: Der hockt da wie Piksieben.

Zürndorfer sah den Stammtisch beim Skat mit Peter Bezug und den drei Heizern. Er sah die Autos vor der Tür, darunter den Mercedes von Dr. Friedreich Emsieg; er sah die mit Gesichtern versehenen Silberlinden vor dem Wirtshaus, er sah den Glokkenturm, die Garnisonskirche, die Leuchtreklame von Autohaus Röhrkasten und Supermarkt Nommensen. Er sah Einkaufswagen, Kassen, Kassiererinnen. Er sah die neuen und die alten Häuser. Er sah die erweiterte Standort-Wohnsiedlung für Soldaten und Zivilbedienstete. Er sah die Menschen und erkannte sie. Über allem sah er Wolken, Sonne, Mond und Sterne. Sah er alles auf einmal? Wahrscheinlich war eine Reihenfolge da. Aber welche? Irgendeine? Zürndorfer war ein Reisender ohne Ziel.

Nichts hatte sich geändert, seit Romeo vom Flugmedizinischen Institut in Fürsti »meinen Zürndorfer« achselzuckend und mit ratlos nach unten gezogenen Mundwinkeln aus den Sitzungen entlassen hatte. Er verbuchte allerdings einen Gewinn für die Wissenschaft: die Obergefreiten-Methode.

Zürndorfer wußte genau: »Da liegt die Urkunde, da liegt der Kugelschreiber, da ist meine Hand.« Er mußte nur das gebenedeite, bereitliegende Werkzeug zwischen Zeigefinger, Mittelfinger und Daumen nehmen und ganz unten dem Dokument den eigenen Namen zufügen, damit er, Zürndorfer, einen Dienstgrad und eine Gehaltsklasse höher rutsche.

»Du schwimmst ja«, sagte Hasse.

Seit einer halben Stunde saß er mit »unserem Zürndorfer« in der ruhigsten Ecke vom Nobiskrug. Da, in der einstigen Pferdebox, stand der Kachelofen. »Wo jetzt der Durchbruch ist, hing früher das Führerbild«, sagte Bohne. Da wurde ordentlich mit Koks eingeheizt, da stand der Fernseher, da brannte das Licht in einer Lampe, auf deren Schirm fünfundzwanzig Buchstaben in fünfundzwanzig kleinen Quadraten zu einem großen Quadrat geordnet waren und von oben nach unten und von rechts nach links gelesen immer denselben Spruch ergaben. Die fünf mal fünf Quadrate leuchteten in verschiedenen Farben: rot, blau, grün, gelb und braun. SATOR AREPO TENET OPERA ROTAS »Sämann Arepo hält mit Mühe die Räder« oder »Sämann Arepo hält die Werke im Umlauf«, so lautete die Botschaft.

Zürndorfers Augen wanderten hin und hielten sich einen Augenblick fest. »Ach, du meine Zeit«, sagte er, »das stand bei uns zu Hause auf der Türschwelle. Da bin ich immer rüber mit meinem großen Onkel.«

Dann verloren seine Augen wieder den Halt und wanderten weiter und suchten anderen Halt, nunmehr an der Reklame *Flensburger Pils*. Dann suchten sie Halt bei *Ernte 23*. Auch Regina und Bohne sollten ihm Halt und Grund und Boden geben, auch Emsieg mit Juniorpartner Osmin Hunger, beide vertieft in den wichtigsten laufenden Fall, seit Emsieg sich als Rechtsanwalt und Notar in Solsbüll mit Nebenkanzlei Lager Solsbüll niedergelassen hatte.

Wußte Emsieg, um welchen Zürndorfer es sich handelte? Hatte er nicht Hermann Zürndorfer Fliegerschokolade für den »kleinen Heinrich« mitgegeben, als er stellvertretender Kreishauptmann im Generalgouvernement gewesen war?

STIMME: Nicht dran denken. Nie davon reden.

Daß Zürndorfer sein leiblicher Sohn war, davon hatte er keinen blassen Schimmer. Regina hatte keinen blassen Schimmer, daß »unser Zürndorfer« ihr leiblicher Sohn war. Und »unser Zürndorfer« hatte keinen blassen Schimmer, daß Regina und Emsieg seine leiblichen Eltern waren. Emsieg war so rücksichtslos, Regina immer wieder im Nobiskrug unter die Augen zu treten. Regina wehrte sich auf ihre Weise und ging ihm aus dem Weg: Sie bediente ihn nicht; das überließ sie Bohne.

Zürndorfer schwamm, wie er immer schwamm, wenn er für sich selber eine Entscheidung treffen mußte. Er schwamm im eigenen großen Ozean, der größer war als alle Ozeane im Universum zusammengenommen. Er sah alles mögliche; nur sah er kein rettendes Ufer, keinen Hafen.

STIMME: Für alle, die sich nicht in eigener Sache entscheiden können, haben wir Befehl und Gehorsam.

EMSIEG: Gott sei Dank, wo kämen wir ohne Befehl und Gehorsam hin!

HUNGER: Ein weites Feld, Herr Dr. Emsieg.

STIMME: In der Kaserne würde es ohne …

HEIZER ALPHA: … Befehl und …

HEIZER BRAVO: … Gehorsam nie …

HEIZER CHARLY: … warm werden.

PETER BEZUG: Bei Raiffeisen machen wir das genauso.

BOHNE BONSEN: Im Nobiskrug würde ohne Ofen gar nichts laufen.

REGINA: Heizen ist Männersache!

HASSE: Du Hornochse, unterschreib endlich.

Endlich. Zürndorfer widerstand nicht länger. Widerstehen? Ihm war, als wenn er plötzlich mit den Füßen eigenen Grund und Boden im eigenen, unergründlichen Ozean spürte. Man weiß es nicht genau. Entweder war der Ozean ertrunken, oder der Patient hatte sich gesund aus ihm erhoben. Vielleicht hatte das frisch gezapfte Pils einen Beitrag geleistet. Oder saß »unser Zürndorfer« wieder im Sandkasten und hatte da Grund und Boden unter den Füßen? Und griff dann nach dem gebenedeiten Werkzeug namens Kugelschreiber?

Eines ist sicher: Hasse brachte endlich Leben in die Bruchbude Zürndorfer. Der konnte plötzlich eine Entscheidung treffen. Zürndorfer, unterschriftsreif geschlagen, unterschrieb an der

richtigen Stelle und war rückwirkend ab 1. April 1967 nun auch den Papieren zufolge Hauptmann.
v. Kümmernitz würde sich freuen über die »glänzende Realisierung« des Fürsorgegedankens. Seine titanbeschichteten, zugkräftigen Fürsorgezahnräder hatten mit staunenswertem Erfolg ins Fürsorgegetriebe gegriffen: Alle Papiere vollständig. Das Geflügelte Wort würde telefonisch ans Wehrbereichsgebührnisamt melden: »Es kann losgehen: Bitte ab sofort das Hauptmannsgehalt überweisen. Die Papiere kommen hinterher.«
Zürndorfer und Hasse von einer Zentnerlast befreit. Sie saßen am bullernden Kachelofen in der Spelunke und redeten leise miteinander wie im Gebet zum Oberheizer. Punkt zwanzig Uhr: Gong und Blechmusik. Hasse und Zürndorfer hörten mit dem Gebet auf, die Kartenspieler legten des Teufels Gebetbücher auf den Tisch und schauten dem Fernseher in die Tagesschau. Regina spülte Biergläser und sah Richtung Spelunke, Bohne hielt sich am Zapfhahn fest und sah ebenfalls hin. Nur Emsieg und Hunger ließen sich nicht ablenken; sie benetzten ihre Finger mit Geduld und Spucke, damit sie besser die Akten blättern konnten. Viele maschinengeschriebene Seiten wollten durchgegangen werden.
In grauen Bildern nahten den Gästen vom Nobiskrug schwankende Gestalten. Amerikanische Kriegsgefangene, die in langen Büßergewändern und mit über den Kopf gehaltenen Händen von ihren Bewachern durch Hanois Straßen geführt und aller Welt präsentiert wurden. »Da ist McNish«, sagte Zürndorfer so, als hätte er sich mit ihm, wie jeden Abend um zwanzig Uhr, verabredet. »Wo?« fragte Hasse. Dann sah er seinen guten alten Fluglehrer, der zusammen mit Gusano nach Vietnam versetzt worden war. Hasse schlug das Herz in den Hals, er nahm einen großen Schluck. Zürndorfer berührte sein Bierglas mit dem Mittelfinger und druckte die Mittelfingerkuppe ab. Er bewahrte einen kühlen Kopf, weil er nicht fühlte, was Hasse fühlte. Der sagte ein paarmal »Nein« und schwenkte den Kopf hin und her, dann sagte er: »Grauenvoll.«

STIMME: Nein, schwenkender Kopf, grauenvoll? Tiefer hängen, Hasse!
Er spürte nicht nur Mitleid, Entsetzen, Angst und Herzklopfen. Auch ein Schuß Schauspiel, auch befriedigte Sensationsgier und Futter für Klatschsucht, auch klammheimliche Freude, daß es McNish und nicht ihn erwischt hatte, spielten ihre Rolle. Zürndorfer sagte nichts und hielt den Kopf still. Nichts von alledem war in ihm drin. Etwas geschah aber doch: Wärme breitete sich in seiner linken Schulter aus.
TAGESSCHAU: »In sechs Monaten werden wir in Scottsdale behaglich leben«, habe McNish noch am Abend vorher seiner Frau geschrieben. Dann seien sie über Nordvietnam abgeschossen worden. Sein Navigator habe geschrien: »Wir sind getroffen!«
Als die Tagesschau auf einen neuen Schauplatz umschaltete, schaltete Hasse ab und lauschte, was McNish nur ihm zu sagen hatte: Er sei gut runtergekommen. Sein Navigator nicht; der sei in der Luft am Fallschirm … (*nicht zu verstehen*). Er selber habe Glück gehabt: Er sei gut runtergekommen. Eine *Birddog* habe ihn aufgespürt. »Wir haben gerade niemand, der Sie rausholen kann. Alle Windmühlen sind unterwegs«, habe »die alte Frau Birddog« gerufen.
Dann seien plötzlich drei Vietnamesen vor ihm gestanden: Mutter, Sohn, Tochter. Ach, wenn es doch nur ein Film gewesen wäre: Der Sohn mit Napalmbrandwunden an Hals und Oberkörper. Es sei Regenzeit und Matsch gewesen; rotbrauner Lehm habe an den Stiefeln geklebt. Der Junge mit der Napalmhaut unterm Kegelhut sei barfuß und durch und durch naß gewesen; er habe Turnhose und Turnhemd getragen. Er, McNish, habe dem Jungen ein Kartenspiel geschenkt. Es habe nichts genützt. Den Vater habe er, McNish, nicht umbringen wollen. Es tue ihm sehr, sehr leid. Er, McNish, bitte die Familie um Verzeihung. Er bitte das vietnamesische Volk um Verzeihung. Er wisse es und sage es hier: »Mein Land, die USA, führt einen verbrecherischen Krieg.«

ZÜRNDORFER: Und wo ist Gusano?
MCNISH: Der ist wieder zu Hause und spielt Golf in Scottsdale.
ZÜRNDORFER: Ein brauchbarer Mann.
Er legte die rechte Hand auf die linke Schulter; ließ sie da liegen. Aus seinem Abfallkabinett für Obszönitäten, Witzeleien und Restmüll dichtete er noch »... und geiler Schwan« hinzu und lachte das Lachen, das einst vor tausend Jahren – wirklich? – die lächelnden Gemütsbewegungen der Seele herauszulächeln verstanden hatte.

»Zwo« Silberlinden

Die »zwo Silberlinden draußen vor der Tür« waren nach Aussage von Regina Bonsen, geborene Klonhammer, ihre Großeltern: Hauke und Philine Klonhammer. Beide habe man schon 1935 als Baumpaar auf der Gartenbank vor dem Klonhammerschen Wohnhaus in List/Sylt sitzen sehen können. Beide hätten Ruhe und Ordnung in den Familienbetrieb gebracht, wenn es mal drunter und drüber gegangen sei. Jetzt wurzelten sie auch hier, vor dem Nobiskrug, tief und fest.
Als der herzensgute Bohne Bonsen 1940 die Gastwirtschaft mit Nebengebäude und viertausend Quadratmeter Grund kaufte, übernahm er auch das zwanzigjährige Schankmädchen Regina und heiratete sie. Bohne lächelte und lockte das Zärtliche aus Regina hervor. Er war der sichere Grund, auf dem sie stand.
STIMME: Wer auf sicherem Grund steht, kann leicht ja sagen.
Die Hochzeit fand im kleinen Kreis in aller Kriegsstille statt: Angenehm leise brummte eine vom Feindflug über der Nordsee zurückkehrende Ju 88. Standortpfarrer Klopfleisch betete, sang und predigte in der Garnisonskirche. Der Organist war im Krieg. Brautpaar-Eltern, Brautpaar-Geschwister und die Großeltern Klonhammer lauschten, als Pastor Klopfleisch Braut und Bräutigam fragte und beide das Jawort sprachen.

Nach Gottesdienst, Schweinebraten, Kaffee und Kuchen ließen sich Reginas Großeltern vom frischgebackenen Brautpaar Gaststätte, Nebengebäude, Grund und Boden vorführen. Dann sprachen sie entschlossen aus einem Munde: »Zum Gedenken an diesen Tag lassen wir uns hierher verpflanzen, damit Segen über das Haus komme.« Als erstes ließen sie den Spruch über der Eingangstür streichen und einen neuen schwarz auf weiß hinmalen. Aus »Nobis bonum, nemini malum – Für uns Gutes, niemandem Schlechtes« wurde: »Freudig trete herein, und froh entferne dich wieder! Ziehst du als Wandrer vorbei, segne die Pfade dir Gott.«

STIMME: Das war doch ein sehr schöner Tag mitten im Krieg.

Der Name Nobiskrug war geblieben. Da standen sie nun. »Achtundzwanzig, neunundzwanzig, dreißig Jahre?« fragte Bohne seine Regina, wenn er genau wissen wollte, wie lange. Bohnes Lächeln war geblieben, der sichere Grund, auf dem Regina stand, ebenfalls. Die Ehe war kinderlos. Aber was macht das schon, wenn Glück und Segen dem Paar die Treue halten. Glück und Segen der Bäume. Im Sommer zogen die grünsilbern schimmernden Blätterkleider so viele Bienen an, daß die Gäste sagten: »Die Bäume summen.« Die Bäume verbreiteten einen Duft, den Regina im Kleid trug. Es war der Duft der Großeltern. Mit dem Großeltern-Duft um sich herum ist das Enkelkind so wenig verwundbar wie einer, der in Drachenblut gebadet hat.

Sein Kind. Sein Fleisch und Blut

Der Weg war warm. Sand und Steine waren warm. Ausgetrocknete Pfützen lagen drin wie Töpferarbeiten. Im kleinen Güldenholmer Strohdachhaus, da steht es schon auf der rechten Seite, wohnte Roswitha. Aus ihrem Wohnzimmerfenster hatte sie einen weiten Blick, den sie oft bis zum Staatsforst und darüber hinaus auskostete. Man mußte klingeln. Neben dem Klingel-

knopf stand in schwarzen Druckbuchstaben: Hasse. Niemand da.
Hasse fuhr noch fünfzig Meter weiter, parkte sein Auto irgendwo auf dem fußballfeldgroßen Hof und ging auf den Eingang des Herrenhauses zu. Sechzig, siebzig, achtzig Meter? Nur fünfzig Meter; denn Hasse stoppte schon an einem kreisrunden, kurzgeschnittenen Rasen. Im Rasen stand die dreißig Meter hohe Blutbuche in sommerlichem Blutbuchenrot. Hasse trat in ihren Schatten, genoß die kühle Luft, sog den säuerlichen Blutbuchen-Geruch tief ein, das Blutbuchen-Summen drang tief ins Ohr. Am kühlen Baumstamm lag an seiner Leine der Münsterländer *Leo*. Der war brav, hielt die Schnauze im Gras und beäugte den Besucher mit folgendem Blick: »Es hat keinen Zweck, zur Haustür zu gehen, den Türklopfer in die Hand zu nehmen und anzuschlagen; Dr. Emsieg und Roswitha sind nicht da.«
»Da geh ich ums Haus herum in den Garten«, sagte Hasse zu Leo und ging los.
»Das Haus ist weitläufig und hell und liegt in einem wunderschönen Garten oberhalb des Sees«, so hatte die Anzeige gelautet. »Der See liegt entsprechend zu Füßen«, dies hatte Dr. Friedreich Emsieg, Anzeigenleser und potentieller Käufer, besonders verlockend gefunden. Er hatte Güldenholm 1965 erworben, nachdem der unverheiratete Besitzer Dr. Otto von Meggersee »nach schwerer Krankheit« – so der *Solsbüller Bote* im Nachruf – gestorben war.
Da war die rotgeklinkerte Terrasse mit dem Lindenbaum, der im Januar gestutzt wurde, auf daß er nicht übers Dach wachse und zu viel Licht nehme. Von hier oben sah man den schimmernden sommerlichen See, der auch ein schönes, schimmerndes Stück Land hätte sein können. Wer den schmalen Kiesweg zu Pavillon und Steg hinunterlief, der landete bei Schwan Gottfried, der seinen Hals zurückgebogen hielt und den Schnabel ins eigene Gefieder steckte.
Nichts ist so wie noch vor zwanzig Minuten, nichts, wie es ein-

mal sein wird: Hasse fand Roswitha unten am See; sie schob ihm die zweijährige Elena in der Kinderkarre entgegen. Gustav stellte sich in den Weg und ließ die beiden herankommen. Am Südufer fuhren Schützenpanzer und zogen mit ihren Ketten neue Spuren in den Sand. Am Nordufer, nun auf Höhe von Güldenholm, flogen zwei Türkentauben. Roswitha hielt an, beugte sich über ihr Kind, sprach mit ihm und zeigte auf die Tauben. Elena jauchzte. Dann schob sie das Kind langsam und vorsichtig über die Baumwurzeln, die hier – aufgepaßt! – jede ungeduldig geschobene Karre hopsen und jedes Kind im Kinderwagen schreien ließen.

Gustav beobachtete die Panzer am Truppenübungsplatz-Ufer.

»Nimm bloß nicht das Wort *Panzer* in den Mund«, sagte Roswitha zur Begrüßung, »das ist nicht gut fürs Kind.«

»Ich sag ja gar nichts.«

»Panzer im Mund«, sagte Elena. Das Kind hatte viel Witz, weil es für sein Alter ungewöhnlich verständig war; das Gotteskind. Elena sprach – Roswitha hatte es notiert – siebzig Wörter; das war weit über dem Durchschnitt. Roswitha legte Elena ein sauber geschältes Apfelstück in die bereits geöffnete Hand. Elena lachte unter ihrem Sonnenhut, schrie den Apfelschrei und fuhrwerkte ihre von der Sonne gebräunten Arme durch die Sommerluft.

»Da-da-da«, dreimal drückte Hasse – gelernt ist gelernt – seinen Zeigefinger auf Elenas kleine Nase. »Und was für schöne Ohren sie hat.«

»Hast du gehört, was Gustav gesagt hat, Elena?« Roswitha sah Hasse an: »Eigentlich wollte ich sie ja Lena nennen. Aber Elena finde ich besser.«

»Wie alt ist sie jetzt?« fragte Hasse. »Zwei? Drei?«

»Apfel«, sagte Elena.

Davon fühlte Hasse sich gehoben und getragen, weil er sich angesprochen fühlte. Elenas »Apfel« verströmte honigsüßen Duft über Land und See, Truppenübungsplatz, Panzer und Kinderkarre »und verwandelte die Gegend Güldenholm in ein tempo-

räres Paradies«, so setzte er den Gedanken fort. Dann fiel ihm folgender Spruch aus der Offiziersschul-Zeit ein: Schnelles, zupackendes Handeln erspart unnötige Opfer.
Da handelte er; freilich nicht so, wie es ihm am liebsten gewesen wäre: endlich Zürndorfer nennen. Wie oft hatte er mit Roswitha gesprochen, wie oft hatten beide an Zürndorfer gedacht und Zürndorfer nicht über die Lippen gebracht! Wie lange schon dauerte dieses Schweigen? Zwei Jahre? Drei Jahre?
STIMME: Tausend Jahre.
Nun wurde es endlich Zeit! Aus dem Schweigen waren Roswitha kühne Träume entsprossen: »Ich und sein und mein Kind Elena holen ihn aus seiner verrückten Welt in unsere kleine liebe Güldenholmer Welt; gemeinsam schaffen wir es! Dann jauchze ich wie der Blitz im Himmel, und wenn es donnert, dann hat er's begriffen.«
Hasse war schon verdammt nahe dran, aber nun erst mal, auch nicht schlecht, ein kleiner höflicher Kunstgriff: Er schob ab sofort die gut gefederte Karre. »Nicht so schnell durch den Sand«, mahnte Roswitha, »sonst kann ich die nachher wieder putzen.«
Roswitha trug ein weißes Sommerkleid und weiße Sandalen; Hasse sah die rotbemalten Fußnägel, er roch ihre Kernseife-Haut, er roch die Sommersprossen auf ihren Schultern und das kastanienbraune Haar über den Sommersprossen. »Das kann man doch gar nicht riechen«, diese Antwort griff Roswitha aus der Luft oder aus dem See, oder Schwan Gottfried hatte souffliert.
»Du, Roswitha, mich hat neulich eine nette ältere Dame angesprochen. Sie möchte mich kennenlernen.«
»Wo?«
»In *Sophies Bücherstube.*«
»In Solsbüll gibt es neuerdings ein Antiquarium.«
»Genau, da war es.«
»Warum erzählst du mir das?«
»Einfach so. Sie hatte einen breiten Gürtel um ihre schlanke schöne Taille.«

Ja, warum erzählte Gustav das? Irgendwann würde er das Roswitha noch einmal ausführlich vortragen, etwa so: »Ich stehe nicht so allein auf der Welt da, wie es den Anschein haben mag.« Oder so: »Nicht nur meine Familie interessiert sich für mich.« Oder so: »Ein Mensch ist da, Roswitha, ein Mensch, der sich irgendwie kümmert, interessiert. Einer, der nicht stehenbleiben, sondern weiterkommen und mich auf seinem Weg mitnehmen will. Darauf bin ich nicht wenig stolz, Roswitha. Die nette ältere Dame mit dem breiten Gürtel um ihre schöne schlanke Taille hat mir gutgetan. Immerzu soll ich mich kümmern. Ich bin doch voll in die Kümmernitzsche Fürsorge-Falle getappt. Endlich mal selber Mittelpunkt sein, das möchte ich. Du sollst das ruhig wissen, Roswitha.«

Die »nette ältere Dame« hatte Gustav sich nicht ausgedacht. Es war Regina Bonsen gewesen; im Supermarkt Nommensen, nicht in Sophies Bücherstube, nicht im Antiquariat. Sie hatten zusammen an der Kasse gestanden. Regina mit vollem Einkaufswagen für die Nobiskrug-Küche, Gustav mit zwei Zwölferpackungen Eier im Arm; »eine für Zürndorfer. Der braucht sie für seinen Leberkäse.« Regina hatte gefragt: »Wie geht es ihm eigentlich?«

»Wie geht es ihm eigentlich«, fragte nun Roswitha am Güldenholmer See. Die beiden waren endlich bei dem Thema, das sie tausend Jahre mit langen Gedanken umkreist hatten wie der Uferweg den See: »Immer dran denken, nie davon reden.« War der Name Zürndorfer schon gefallen?

Wieviel Anstrengung und Zeit hatte der Weg mit seinen langen Gedanken bereits gekostet! Man mußte einen schönen Sommertag abwarten. Man mußte spazierengehen und ein- und ausatmen. Man mußte gesund sein. Man mußte einen Kinderwagen schieben. Der Güldenholmer See mußte still, blank und glatt sein. Die Angler mußten im Gras schlafen. Die Halme mußten stillstehn. Hoch oben mußte Güldenholm zu sehen sein, und man mußte *Märchenschloß* sagen und einen weiteren Schritt und noch einen wagen. Der Hund Leo mußte brav an seiner Leine unter der Blutbuche liegen. Dann endlich war man soweit? Nein, um alles in der Welt, fast hätten wir es vergessen: Ein Kind muß her, so eins wie Elena.

Am vereinbarten Tag stand Roswitha mit Elena auf dem Arm vor der Haustür ihres kleinen Strohdach-Hauses. Hasse kam mit seinem Opel. Eine Begrüßung war das nicht. Es war, als wenn beide sich zu einem fragwürdigen Geschäft verabredet hätten. Nicht fragwürdig war: »Selbstverständlich kommt Elena nach hinten in den Kindersitz.«

Das Wetter war sommerwarm geblieben. Wenn nur der Wind nicht gewesen wäre: »Menschensinn und Juniwind ändern sich oft sehr geschwind.« Eine helle Juninacht stand bevor. Zürndorfer war um 19.30 mit den zwei kastrierten Katern Henry und Moppel von seiner Junggesellenbude in der Kaserne aufgebrochen, an der Wache hatte er seinen Ausweis gezeigt, und dann immer den Weg Richtung Nobiskrug. Seltsam: Zürndorfer sah nicht nach links, sah nicht nach rechts. Man habe ihn schon mit geschlossenen Augen und »immer Henry und Moppel nach« zwischen Kaserne und Nobiskrug gesehen. Karnickel, Rotkehlchen, Hagebutten interessierten ihn hier nicht, der ganze siebenhundert Hektar große Staatsforst interessierte ihn nicht. Zürndorfer durchwanderte Flora und Fauna mit seinem unergründlichen Gesicht.

Zwanzig Uhr, die Tagesschau-Zeit, hatte sich ihm als einzige Uhrzeit in der rechten Gehirnhälfte eingeprägt, seit McNish ihn im Büßergewand aus Hanoi mit Hilfe des Fernsehens freundschaftlich und mit altbekannter Wärme angesprochen hatte. Wie wenn der Fluglehrer seinen Arm aus der Röhre gestreckt und Zürndorfer auf die Schulter gelegt hätte!

Auch wenn Zürndorfer sein Leben in einem bettelarmen Gefühlshaushalt fristete, so hatte er doch die Hand an seiner Schulter gespürt. Ein Hauch von Wärme? Nun spürte er jeden Abend eine halbe Stunde vor der Tagesschau ein gewisses Etwas, das den Hauch Wärme verlangte. Dann hieß es wie in einem kurzen schönen Befehl: Auf zum Nobiskrug. In der *Spelunke* setzte er sich auf den von Bohne Bonsen mit einem »Z« bezeichneten *Zürndorfer-Stuhl.* Henry und Moppel rollten sich um die Stuhlbeine und schliefen ein. Das frisch Gezapfte stand kurz vor dem Gongschlag auf dem Tisch. Nach dem Gong wartete Zürndorfer auf McNish. Würde er ihm wieder den Arm auf die Schulter legen? Das war die Frage, die Zürndorfer sich jeden Abend stellte. Antwort würde es nur geben, wenn er rechtzeitig zum Nobiskrug aufbrach, pünktlich mit einem Bier vor dem Fernseher in der Spelunke saß und McNish erwartete. Wenn McNish wieder nicht erschienen war, legte sich Zürndorfer gegen 20.15, also kurz vor der Wetterkarte, den rechten Arm auf die linke Schulter und ging.

So kam er nun auch heute zur Tür heraus. Er nahm am Gartentisch Platz, als wäre er zu einem Glas Bier einbestellt worden. Da saß er.

HASSE: Schön, daß du da bist.

ROSWITHA: Hallo.

ELENA: Hallo.

Zürndorfer sagte weder »Guten Abend«, noch gab er Hasse oder Roswitha die Hand. Auch seiner Tochter Elena schenkte er keine Beachtung. Oder versteckte er etwa süße, wohlbekannte Gemütsbewegungen der Seele hinter seinem Pokergesicht? Kein Pokergesicht. Da er seine Gefühle nicht empfand, weil er sie nicht in die richtige Schublade packen konnte, wußten seine Nerven nicht, welches Gesicht sie machen sollten. Hasse dachte: »Du blöder, unbeleuchteter Kürbis. Blamier mich hier bloß nicht!«

Man mußte genau hinsehen. Zürndorfers Augen tasteten alles ab, suchten und fanden kein Ziel. Da war das Kind soviel wert wie das Rotkehlchen und Roswitha soviel wie die »Hagelbutte« und Hasse soviel wie das Karnickel oder der Tisch oder der Aschenbecher, vor dem sie alle vier saßen.

Zürndorfer stand wieder mal vor einem Millionen-Publikum. Jeder streckte ihm die Hand entgegen und wollte begrüßt wer-

den? Wem sollte er die Hand geben? Wem sollte er was sagen? Die *zwo* Silberlinden schwiegen mit ihrem von den Bienen umsummten Blätterdach. Wo waren Reginas Großeltern? Urlaub in List auf Sylt? Versagte hier der gestiftete Spruch über der Eingangstür vom Nobiskrug? Wo waren die nützlichen Bienen? Schon wieder im Stock?
Hasse sah auf die Uhr. Roswithas Nervenkostüm hatte ihr mittlerweile große rote Flecken ins Gesicht geschickt. Sie beruhigte sich mit »Ja, mein Kind, es dauert nicht mehr lange, wir gehen gleich«. Hasse vernahm darin folgende Botschaft: »Nun fang schon an. Wer ist hier der Mann, du oder ich!« Roswitha ließ Elena von ihrem Apfelsaft trinken, dann nahm sie selber einen Schluck. Hasse räusperte sich, nahm einen Schluck von seinem Bier und sprach Zürndorfer mit der Obergefreiten-Methode an. Er sagte zu Roswitha mit Blick auf Elena: »Das ist seine Tochter.«
ZÜRNDORFER: Ich weiß.
ROSWITHA: Weiß er es wirklich?
ZÜRNDORFER: Ich habe dafür meine Gründe.
ROSWITHA: Es ist sein Kind. Sein Fleisch und Blut.
ZÜRNDORFER: Amen.
ROSWITHA: Er soll sich nicht versündigen. Er mit seinem Gesicht.
ZÜRNDORFER: Ich bin nicht mehr der, der ich war.
ROSWITHA: Kein Wunder, daß er eigenbrötelt.
ZÜRNDORFER: Ich hatte gestern zwei soziale Kontakte.
STIMME: Rotkehlchen und Aschenbecher.
HASSE: Ob er rein gar nichts mehr fühlt?
ZÜRNDORFER: Scheiß auf die Gefühle.
Hasse sah Roswitha an. Sie hatte Elena fester in den Arm genommen und dachte: »An Liebe glaubt er wohl auch nicht mehr!«
HASSE: Liebe steht auf der Beliebtheitsskala ganz obenan.
ROSWITHA: Das gilt auch für die Mutterliebe. Ich weiß.
ZÜRNDORFER: Mutterliebe: Nichts weiter, als sich der Milch zu entledigen.

ROSWITHA: Er soll aufhören. Hör bitte auf!

Sie preßte Elena die Hände an die Ohren. Elena hatte gehört und begriffen und legte die Arme um ihre Mutter.

ZÜRNDORFER: Die Mutter hält das Kind im Arm wie ein Stück Fleisch.

Roswitha weinte. Elena weinte nicht.

ROSWITHA: Noch nie habe ich mich einem Mann so überlassen wie unserem Zürndorfer.

Sie sagte das mit Taschentuch vor dem Mund. Oh, wenn das man nicht Gustavs verstorbene Großmutter, Roswithas Tante Anne, gehört hatte! Anne packte nämlich weit oberhalb der *zwo* Silberlinden die Gelegenheit beim Schopfe und wurde wieder mal los, was ihr lebenslang auf der Seele lag: »Ein Girl bist du!« Da mußte Roswitha doppelt weinen, weil Anne wie Zürndorfer redete und auf Roswithas eigene uneheliche Geburt anspielte.

ROSWITHA: Nein, ich bin kein Girl!

Nun weinte Elena, und Roswitha trocknete ihr mit dem Taschentuch die Tränen.

HASSE: Roswitha, beruhige dich. Er ist nun mal so. Wir hätten doch lieber nicht. Aber das hab ich ja gleich gesagt.

ROSWITHA: Ich weine ja nicht. Das Kind weint. Das siehst du doch.

ZÜRNDORFER: Weinen, Weiber und Gesang.

HASSE: Ja, hat unser Zürndorfer denn überhaupt kein Herz, Heinrich?

STIMME: Herz ist Takt.

ROSWITHA: Unser Zürndorfer hat kein Herz, Heinrich. Hat er je ein Herz gehabt?

Das war die Frage. Unfall, Gehirnschaden, Tragödie – alles schön und gut. »Eigentlich hab ich das damals schon gewußt«, schlug Roswithas Herz ihr zur Gewißheit, und diese Gewißheit beseitigte die roten Flecken im Gesicht.

STIMME: Du hast schon immer alles genommen und nichts gegeben. Und wenn du etwas gegeben hast, was dich verpflichten

konnte – siehe dein Kind Elena –, dann hast du dich gleich entpflichtet. Dein Anfangsgerede hat mir gefallen, weil ich für Ehrlichkeit genommen habe, was in Wahrheit Egoismus, Schwäche, Eindruck-Schinderei, Fischzug for Compliments gewesen ist. Oh, wie du die süßen Gemütsbewegungen der Seele herausgelächelt hast, das hat mir gefallen. Aber das Gerede am Ende hat mir nicht gefallen; es hat mich verletzt und gekränkt. Komisch, Zürndorfer: In der Liebe hast du es zu nichts gebracht. Nun sehe ich einen Idioten vor mir und kann nur sagen: Das ist die Quittung.
Diese machtvolle Stimme gab Roswitha Freiheit, Übersicht, Kraft und Mut und verwandelte Elena in ein Glückskind. Roswitha sagte: »Komm, mein Glückskind.« Sie stand auf mit dem Gedanken: »Der Tod ist schlimm. Aber ich sterb davon nicht.«
Es fiel kein Abschiedswort, es gab keinen Händedruck. Zürndorfer stand da mit seinem Kreuzworträtselgesicht und sah den beiden und dem Kind nach. Da hatte er genug Augenbeschäftigung, um seinen Blick zu halten. »Den Rücken zeigen ist fast immer verkehrt«, erinnerte Hasse sich aus seinem Fliegerlatein-Vorrat. Hier aber mußte es sein. Dann fiel doch ein Abschiedswort. Hasse drehte sich nach Zürndorfer um und rief: »Ich hoffe, wir sehen uns morgen wieder.«
ZÜRNDORFER: Ich weiß nicht.
»Wir werden sehen«, sagte Gustav, drehte sich wieder zurück und versuchte, mit Roswitha Tritt zu fassen. Er wußte nicht, wohin mit seinen Händen. Roswitha ließ sich das Kind nicht nehmen. Zürndorfer rief aus seinem verwahrlosten sozialen Betriebssystem das folgende hinterher: »Ménage à trois«.

Wo war der Wind geblieben? Es war noch hell. Im Westen, über Flugplatz, Nobiskrug und Staatsforst leuchtete der Abendrot-Himmel. Der Flugplatz verbreitete Stille. Wie still konnte doch ein Flugplatz sein! Der Staatsforst schimmerte dunkelblau. Im Nobiskrug saß nur ein Gast. Das Gras roch. Irgendwo flog ein Kuckuck. Elena war müde.

ROSWITHA: Mir ist, als hätte ich im Steinbruch gearbeitet. Das Kind muß schlafen.
Die Haustür öffnete nach außen. Sie standen an der Schwelle. Wer an der Schwelle steht, mag weder ins Haus, noch mag er weggehen. Er mag da immer stehenbleiben und denkt: »Hier könnte ich es ewig aushalten.« Sogar Roswitha dachte das und vergaß für einen Augenblick das Kind im Arm. Elena schlief mit dem Kopf an Roswithas Hals. Das leuchtende Kinderhaar war zum Munddrauflegen. Das linke Ohr sah aus dem Kinderhaar heraus. Über den Augen lagen die Augenlider. Wie lang die Wimpern waren! Wie gut mochte dieses Kind wohl riechen? Hasse hielt sich zurück.
ROSWITHA: Einer meiner Fehler ist mein Zwang zur Ehrlichkeit. Aber vielleicht ist der Fehler sogar gut.
HASSE: Wie soll man das wissen.
ROSWITHA: Was ich damals mit meinen Gefühlen anfing, würde ich heute anders machen.
Die befreiende Wirkung war verpufft. Roswitha spürte das eigene Gewicht und das Gewicht ihres Kindes. Sie spürte auch die eigene Müdigkeit und die Müdigkeit des Kindes und sagte: »Du siehst müde aus, Gustav.«
»Du auch.«
»Ich fühle öfter, als mir lieb ist, nur noch einen Wunsch: Hineinplumpsen in eine Geborgenheit. Gute Nacht.«
So zart war der Abend. »Heute darfst du bei mir schlafen«, sagte Roswitha zu ihrem Kind. Sie spürte das leichte warme Wesen neben sich und fiel in die Geborgenheit der Juninacht. Sie wollte kein Heizkissen, sondern die Wärme von Billionen lebenden Zellen. War hier für Roswitha Gelegenheit, das Mutterdasein von der Pike auf zu lernen? Ganz falsch. Mutter war Roswithas Fleisch und Blut selber.
STIMME: Männern ist das versagt. Manche lassen Betonplatten gießen, damit sie festen Grund haben im Sumpf und nicht drunten sterben müssen. Aber sonst?
Keine Nacht hat je so viel wirkliche Stille verbreitet wie diese

Juninacht. Sie hielt einen Traum für Roswitha bereit. Er begann mit der Frage: »Was ist mir die Welt ohne dich?« Gefragt waren mehrere Ritter: Der Ritter des Ordens vom Heiligen Geist und der vom Goldenen Vlies, der Ritter des Heiligen Andreas von Rußland, der Ritter des preußischen Schwarzen Adlers und der hochheiligen Annunziata, schließlich der Ritter des Christus von Portugal. Alle Ritter ritten in ihren kostbaren Ritterrüstungen an Roswitha vorbei. Es war Bewegung im Traum. Bunte Fahnen wehten an einer langen Reihe von Löffeln. Die Ritter schwiegen und lächelten das Zürndorfer-Lächeln, das Roswitha ihr Leben lang nicht vergessen wird.

Im Namen des Volkes

Der Nobiskrug war 1618 erbaut worden; fernab von den Städten Flensburg und Schleswig. Die Kleinstadt Solsbüll war damals kaum der Rede wert gewesen. In Solsbüll-Mühle scharten sich ein paar Häuser um Sankt Ursula. Von Lager Solsbüll hatte noch niemand eine Ahnung.
Mit dem Nobiskrug fing jedoch die Geschichte von Lager Solsbüll an. Die Gastwirtschaft lag am alten Pilger-, Heer- und Ochsenweg. Seit fünfhundert? siebenhundert? tausend? Jahren Hauptverkehrslinie des Handels und Wandels und des Krieges. Kupfer und Zinn wurden transportiert. Pilger aus Dänemark, Island und Norwegen wanderten vorbei: nach Rom. Treiber trieben Ochsen nach Hamburg und weiter ins Rheinland und nach Holland. Kaufleute lenkten ihre Zugpferde nach Norden und nach Süden. Postkutschen waren unterwegs mit Briefen, Paketen und Reisenden.
Im Auftrag des dänischen Königs erhob der Wirt vom Nobiskrug Zoll. Knechte und Mägde fanden bei ihm Arbeit und Brot. Fünfzehn Pferdegespanne standen zur Vermietung bereit. Hundert Gastpferde fanden Unterkunft in fünfzig Boxen. Hier wur-

de gegessen, getrunken, übernachtet, und am nächsten Morgen ging es weiter.
Wer einkehren wollte, mußte sich bei *Himmelsthür* – hier war der Gerichtsplatz, hier stand der Galgen – die Seele waschen und ein Vaterunser beten. Oft habe man den Oberheizer mit einem Korb voll ungewaschener Seelen auf dem Weg zum Nobiskrug gesehen: da hing über offenem Feuer der große Kessel.
Erst als die Eisenbahn gebaut wurde, ging es mit dem Wirtshaus abwärts. Die Gäste blieben aus. Aufwärts ging es wieder, als die Soldaten kamen. Heute steht bei Himmelsthür die Garnisonskirche, die Flugplatzwache ist nicht weit.
Allerhand Gerüchte auch aus späteren Zeiten ranken sich um den Nobiskrug und liefern Stoff für jegliches Gemunkel. Ein Gerücht für reisende Geschäftsleute munkelte so: »Wer hinter Nobiskrug-Mauern – ein Bier kann nicht schaden – in aller Ruhe Geschäftspapiere durchblättert, darf auf günstigen Abschluß hoffen.« Deswegen vertraute auch Dr. Emsieg seine Akten den Nobiskrug-Mauern an. Dank Bohne und Regina Bonsen, dank Nobiskrug-Segen, dank der *zwo* Silberlinden vor der Tür blieben Gerüchte über die Geschichte dieses Hauses Gerücht. Lüge blieb Lüge, und Wahrheit blieb Wahrheit.
EMSIEG: Weiß Gott! Mit Lüge, Wahrheit und Gerücht bin auch ich konfrontiert.

Rechtsanwalt und Notar Emsieg saß mit seinem Partner Hunger in der Spelunke vom Nobiskrug. Die beiden Herren blätterten wieder durch einen dicken Stapel Papiere. Hier waren sie ungestört, hier hörte keiner zu. Hier konnten sie hoffen. Da durfte zum peinlich aufsingenden Tenor der Justiz gerne ein Bier auf dem Tisch stehen; so daß neben der Ofenwärme und dem extra lange von Bohne Bonsen gezapften Pils sogar ein wenig Gemütlichkeit in die *Bitte-nicht-stören*-Ecke einzog.
»In Diskretion wollen wir uns von niemand übertreffen lassen; denn das ist unser Geschäft.« Diese Auffassung vertraten Regina und Bohne. Die Gäste wußten das zu schätzen.

Emsieg hatte hier mit Hungers Hilfe ein Schreiben entworfen: »Erstens. Es liegt sehr nahe, daß es sich bei der Aktion 1942 in Miechow, bei der ich selbst schwer verwundet wurde, um den Ausnahmefall handelt, daß ein Jude Widerstand zeigte und eine Tat wagte, die beinahe meinen Tod herbeiführte, woraus sich eine Legende bilden konnte und bildete, deren Opfer ich durch Einleitung des gerichtlichen Voruntersuchungsverfahrens geworden bin.«

STIMME: Wir haben fast nicht verstanden.

»Zweitens. Diese Tatsachen, die damit verbundenen Presse-, Rundfunk- und Fernsehveröffentlichungen über und durch die Justiz-Pressestelle, dazu ein gegen mich verübter Erpressungsversuch unter Benutzung dieser Veröffentlichungen durch einen Fernsehregisseur, der Psychopath ist, haben mir naturgemäß seelisch und nervlich zugesetzt und mich äußersten Aufregungen ausgesetzt, mit denen ich fertigzuwerden versuche.«

Ein kleines Publikum hatte inzwischen die Gerichtsgaststube *Spelunke* betreten und Platz genommen. Wer wollte, durfte mit Erlaubnis des vorsitzenden Richters Bier trinken. Die Damen und Herren Verweser der nicht anwesenden Zeugen ebenfalls. Fotografiert werden durfte nicht, Tonband-Protokolle waren untersagt. Medienvertreter waren auf Papier und Bleistift verwiesen worden. Wer damit noch was anfangen konnte, war gut dran. Die anderen hatten eben Pech. Verweser Zürndorfer saß mit der rechten Hand auf der linken Schulter vor dem Fernseher. War er eine Regentonne ohne Wasser, ein Faß ohne Boden, ein ausgehöhlter, leuchtender Kürbis mit Augen, Nase, Mund, ein Kürbisroboter? Verweser Zürndorfer vertrat seinen verstorbenen Vater. Er selber war zur Zeit des verhandelten Geschehens fünf? sechs? Jahre alt und hat das Geschehen nicht miterlebt. Bekanntgeworden ist es ihm aus den Tagebuchaufzeichnungen seines Vaters.

OBERHEIZER: Im Namen des Volkes: Fiat Justitia, et pereat mundi. Gerechtigkeit muß statthaben, und wenn darüber die Welt zugrunde geht.

STIMME: Bin ich zu verstehen?
OBERHEIZER: Wer nicht den Konjunktiv beherrsche, sei nicht zugelassen. Außerdem seien wir alle selber Manns genug. Ob uns nicht die eigene innere Stimme immer treulich geführt habe?
BOHNE BONSEN: Dann bitte er, Bohne, das hohe Gericht im Namen seiner Frau, Regina, daß sie vertretungsweise die *Stimme* übernehmen dürfe.
OBERHEIZER: Wenn die Verweserin Regina damit einverstanden sei, dann möge sie mit *Ja* antworten.
REGINA: Ja, sie wolle mit Gottes Hilfe die *Stimme* vertreten.
OBERHEIZER: Ob die Anwesenden gestatteten, daß er einmal gehörig forze und korze? Nun aber erteile er dem Angeschuldigten das Wort.
EMSIEG: Er, der Angeschuldigte, könne das Forzen und Korzen des vorsitzenden Oberheizers sehr gut nachempfinden. Ihm, dem Angeschuldigten, sei im tiefsten Grunde ähnlich zumute. In seinem, des Angeschuldigten, Fall liege das Ganze, die sogenannte Erschießungsaktion vom 18. November 1942, ja schon über dreißig Jahre zurück.
HUNGER: Nach dreißig Jahren sei nicht auszuschließen, daß ein Verweser seine Erinnerung mit Hilfe vielfältiger Einflußmöglichkeiten durch Legendenbildung verfälsche.
ZÜRNDORFER: Man brauche nur vor dem Fernseher zu sitzen und zwei und zwei zusammenzuzählen, dann wisse man, was los gewesen sei.
HASSE: Man möge diese Äußerung des Fürsorge-Falles Zürndorfer ihm nicht übelnehmen.
STIMME: Hasses Part sei hier ein wenig unverständlich.
OBERHEIZER: Er, das hohe Gericht, wolle das noch mal durchgehen lassen. Einlassungen seien nicht notwendig. Bitte weiter.
ZÜRNDORFER: Daß der Angeschuldigte ein Massenmörder sei, das sei erwiesen.
OBERHEIZER: So schnell schössen die Preußen nicht.
PETER BEZUG: Es gebe Verweser-Meinungen, die es für ausgeschlossen hielten, daß der Angeschuldigte die Aktion im Wald

von Chodow geleitet beziehungsweise selbst auf Juden geschossen habe.

OBERHEIZER: Man möge das bitte hören.

EMSIEG: Man habe den Angeschuldigten, also ihn, Emsieg, fast abgestochen. Und keiner wolle es gesehen haben.

HUNGER: Ob der Angeschuldigte, dessen goldenes Verwundetenabzeichen ja Bände spreche, darüber Näheres sagen könne.

OBERHEIZER: Ja bitte, er möge losschießen.

EMSIEG: Das goldene Verwundetenabzeichen dürfe man seinetwegen gerne niedriger hängen. Kurz und gut, er, Emsieg, der Angeschuldigte, sei angefallen worden vom Juden Chaim Stern, obwohl er hoher Beamter und Ziviler gewesen sei. Wer etwas anderes behaupte, trage zur Legendenbildung bei.

OBERHEIZER: Erstens: Die Bescheidenheit des Angeschuldigten spreche eine klare, deutliche Sprache. Zweitens: Daß der Angeschuldigte in schwarzer Uniform mit Hakenkreuzbinde und Mütze mit Totenkopf gesehen worden sein soll, betrachte er, der Vorsitzende, hiermit als rein symbolisch.

HUNGER: Ergo falle seine Anwesenheit bei der Erschießungsaktion realiter flach.

ZÜRNDORFER: Knickerfickerbocker.

HASSE: Hiermit entschuldige er, Hasse, sich für das Benehmen seines Fürsorge-Falles. Ansonsten sei Zürndorfers Einlassung ja gar nicht so übel gewesen.

HEIZER ALPHA: Nach dem Attentat sei der Angeschuldigte sofort umgefallen.

HEIZER BRAVO: Und habe in seinem Blut gelegen.

HEIZER CHARLY: Und sei fast verblutet.

STIMME: Wie schrecklich das alles sei. Ob man die Menschheit nicht endlich mit solchen Greueltaten in Gottes Namen in Ruhe lassen könne?

BOHNE BONSEN: Für Wirtsleute sei so eine Verhandlung nicht gut. Er habe sich geschworen: einmal und nie wieder.

OBERHEIZER: Es solle hier die Wahrheit, nichts als die Wahrheit ermittelt werden.

ZÜRNDORFER: Das sei gelogen.

HASSE: Der Fürsorgefall möge das Maul halten. Er, Hasse, sei jetzt richtig wütend, hohes Gericht.

OBERHEIZER: Zürndorfer lüge, sobald er das Maul aufmache.

STIMME: Zürndorfer könne gar nicht lügen.

BOHNE: Das gehe ihm völlig ab.

STIMME: Das habe er auch vor seinem Unfall nicht gekonnt.

BOHNE: Dafür lege er, Bohne, seine Hand allerdings nicht ins Feuer.

OBERHEIZER: Zürndorfer sei – er müsse das sagen: leider – nicht justitiabel. Ob den Damen und Herren auch warm geworden sei? Man möge ein Fenster öffnen und mal nach dem Ofen sehen. Und dann wolle man den Faden weiterspinnen.

HUNGER: Er, Hunger, frage als Verteidiger des Angeschuldigten, frage das hohe Gericht und die Anwesenden, wen der Angeschuldigte denn noch alles erschossen haben soll!

ZÜRNDORFER: Wie der Angeschuldigte mit einer MP auf polnische Juden geschossen habe, sei von einem Zeugen aus allernächster Nähe beobachtet worden.

OBERHEIZER: So viel grauenhafte Greuel auf einem Haufen, da sei von vornherein ein hohes Zweifelsaufkommen angebracht.

STIMME: Der Mensch zeige sein wahres Gesicht, wenn er zu Macht komme.

BOHNE: Die Verweserin Regina, seine liebe Frau, die *Stimme*, greife solche Weisheiten mitten aus dem Leben.

PETER BEZUG: Nun wolle mal er, Peter Bezug, was sagen: Ob nicht alle mit Urlaubsschein versehenen Juden verschont geblieben seien?

OBERHEIZER: Starkes Beweismittel.

ZÜRNDORFER: *Urlaubsschein* sei zu hoch aufgehängt. Aber daß er, Peter Bezug, der damalige Obergefreite Petersen, seine Verdienste habe, das könne er, Zürndorfer, beweisen.

OBERHEIZER: Man möge das bitte hören.

EMSIEG: Das hohe Gericht möge bitte nicht so dumm sein, anzunehmen, daß er, Emsieg, nicht mitbekommen habe, wie der damalige Obergefreite Petersen eine gewisse Unregelmäßigkeit sich habe zuschulden kommen lassen. Er, Emsieg, habe das großzügig übersehen.

OBERHEIZER: *Dumm* weise er, das hohe Gericht, entschieden zurück. Die weitere Einlassung des Angeschuldigten sei allerdings ein entlastender Tatbestand.

PETER BEZUG: Er, Peter Bezug, höre das zum ersten Mal aus dem Munde seines ehemaligen Vorgesetzten.

HEIZER ALPHA: Er, Heizer Alpha, habe inzwischen auftragsgemäß gelüftet und den Ofen überprüft und zwo Briketts nachgelegt. Im übrigen habe der Angeschuldigte Alte und Gebrechliche eben nicht in einer Latrine ertränkt.

ZÜRNDORFER: Die Beweislage sei anders. Das Tagebuch seines Vaters, das ihm nach dem Tode seiner Mutter zugesandt worden sei, spreche da eine andere Sprache.

HEIZER BRAVO: Der Angeschuldigte habe überhaupt nicht auf Kinder geschossen. Das sei nun mal die Beweislage.

ZÜRNDORFER: Der Angeschuldigte habe sehr wohl auf Kinder geschossen.

OBERHEIZER: So viel Hin und Her bringe in diesem Verfahren rein gar nichts.

HEIZER CHARLY: Aber dies bringe was: Er, Herr Dr. Emsieg, sei gut zu seinen Mitarbeitern gewesen.

ZÜRNDORFER: Ja, das könne angehen. Das sei fast immer so.

PETER BEZUG: Er, Peter Bezug, sei ja auch direkt davon betroffen.

EMSIEG: Er, der Angeschuldigte, der ehemalige Chef der Kreishauptmannschaft Miechow, sei ihm, dem damaligen Obergefreiten Petersen alias Peter Bezug, für diese Aussage zu Dank verpflichtet.

OBERHEIZER: Bei allem Wohlwollen, Fraternisieren sei vor Gericht nicht statthaft. Geboten an dieser Stelle sei nun der Indikativ. Herr Verweser Petersen: Hat Ihr damaliger Vorgesetzter Dr. Friedreich Emsieg nun eine Knarre in der Hand gehabt oder nicht!

ZÜRNDORFER: Suggestivfrage.
PETER BEZUG: Es sei wie gesagt ein Zollstock gewesen.
ZÜRNDORFER: Er, unser Zürndorfer, wisse es besser.
STIMME: Was schlecht sei, das könne nicht gut sein.
BOHNE: Das Umgekehrte gelte ebenso.
OBERHEIZER: Nun habe man den Salat. Nun sei aber Schluß.
HASSE: Sein Fürsorgefall habe sich in klassischen Widerspruch zu seinem Vorredner geredet. Er bitte das hohe Gericht um entsprechende Würdigung.
OBERHEIZER: Man habe verstanden.

Bevor das Urteil erging, füllte Nobiskrug sich mit dem Gestank, der solchen Urteilen immer entfleucht und, von der Zugluft des Ofens erfaßt, den Schornstein hinaufsteigt bis zum Himmel. Unter anderem verbrannt waren ein Pferdehuf und ein Pferdeschweif.
In der Pause vor der Urteilsverkündung setzte Hunger Emsieg *zwo* Pistolen auf die Brust: »Erstens: Ich habe dich hier rausgehauen. Zweitens: Wenn du nicht ab sofort den Rechtsanwalt und Notar an den Nagel hängst, dann mach deinen Kram alleine. Hier: unterschreiben.« Emsieg unterschrieb.
Dann durfte noch einmal kräftig gefeiert werden, bevor der Oberheizer wieder auf Dienstreise abging, um den nächsten Fall zu verhandeln. Ihm, der selbst ein Leidender war, »weil ich nicht weiß, wo mir diesbezüglich der Kopf steht«, ihm tat alles weh, als er vornübergebeugt – rechte Hand auf rechter Arschbacke – in seiner Robe folgendes bekanntgab:
»Der Angeschuldigte sei für die in dieser Sache erlittene Untersuchungshaft, für die von ihm zur Aussetzung des Vollzuges des Haftbefehls zugunsten des Landes Schleswig-Holstein geleisteten Sicherheiten, ferner für die ihm auferlegte zunächst wöchentliche, dann zweiwöchentliche und zuletzt monatliche Meldepflicht auf dem Polizeirevier zu entschädigen.
Die dem Angeschuldigten zur Last gelegte Tat laute: Er habe am 18. 11. 1942 in Miechow, ehemaliger Distrikt Krakau/Polen

(Generalgouvernement), gemeinschaftlich mit Hitler, Himmler und anderen grausam und aus niedrigen Beweggründen eine Vielzahl von Juden, mindestens neunzig, getötet. In seiner Eigenschaft als stellvertretender Kreishauptmann der Kreishauptmannschaft Miechow habe er die Erschießung der letzten in Miechow noch lebenden Juden angeordnet, die Erschießungsaktion selbst geleitet und eigenhändig einige Juden erschossen, weil er die jüdische Rasse für lebensunwert gehalten habe.
Das Ermittlungsverfahren belaste den Angeschuldigten einerseits erheblich, andererseits unerheblich, freilich auch unterschiedlich, habe aber insgesamt einen hinreichenden Tatverdacht für seine Täterschaft nicht ergeben. Die Wahrscheinlichkeit, daß er bei Durchführung des Hauptverfahrens verurteilt würde, bei dem auf verstorbene Zeugen zurückgegriffen werden müßte, bestehe nach den vorhandenen Beweismöglichkeiten nicht. Das Gericht könne deshalb nicht umhin, den Grundsatz *in dubio pro reo* anzuwenden und den Angeschuldigten freizusprechen.«
Damit beendete der Oberheizer die Verhandlung. Er rollte die Papiere zusammen, ging zum Ofen und öffnete die Feuerklappe. Da hinein das Papier und der Oberheizer gleich hinterher, husch hinein ins Lodernde mit dem Spruch »Tarpedi ustululandum deo. Dem hinkfüßigen Gott zum Verbrennen« und zum Schornstein hinaus.
STIMME: Der Fluch ist ein Mühlrad, das sich so lange dreht, wie Wind und Wetter es wollen.

Überselig ist die Nacht

Dem aufgehenden Vollmond entgegen starteten dreizehn Titanvögel im Fünfminuten-Abstand. Der erste mit dem Rufzeichen *Ares* eine halbe Stunde nach Sonnenuntergang auf die

Sekunde genau um 17.18. Es folgten *Bendis, Castor, Dido, Echo, Hector, Leda, Minos, Nectar, Orcus, Tetis, Titan, Typhoon.*
Deutscher amtierte an diesem Nachtflug-Abend als Flugsicherheitsoffizier. Der olivgrüne FSO-Bulli mit der weißroten Schachbrettmuster-Fahne hatte erst nicht starten wollen. Als der Motor lief, redete Deutscher seinem Fahrzeug gut zu: »Man nich so zaachhaft, alter Junge.« Dann fuhr der Bulli brav über Rollwege und Startbahn. Deutscher suchte »FOD (Foreign Object Damage)«. Solche Fundsachen konnten dem Titanvogel beim Start gefährlich werden und mußten verschwinden.
Krone saß im Gefechtsstand auf dem grüngepolsterten Lehnstuhl des Einsatzoffiziers. Mit Kugelschreiber schrieb er ins Einsatztagebuch: Datum, Wetter, wie viele und welche Einsätze, besondere Vorkommnisse. Vor ihm zwölf *Hotlines* zu den wichtigsten Schaltstellen des Geschwaders, hinter ihm die mit Fettstift beschriebene Plexiglastafel: Nachnamen, Rufnamen, Start-, Flug- und Landezeiten. Büchmann, seit dem 1. Oktober frischgebackener Kommodore, versteckte sich hinter *Ares*, Hasse hinter *Echo*, Siemsen hinter *Nectar*, Seidel hinter *Orcus*, Böttiger hinter *Titan*.
Knebel bildete das Schlußlicht mit *Typhoon*. Er war erst kurz vor dem Nachtflug-Briefing mit v. Kümmernitz in einer Do-27 aus Jever zurückgekehrt. v. Kümmernitz, frischbestallter Divisionskommandeur und seit dem 1. Oktober Brigadegeneral, hatte sich vom Inspekteurs-Briefing abholen lassen. »Unsere Leute müssen fliegen, fliegen, fliegen«, hatte das Schlußwort des ranghöchsten Luftwaffengenerals gelautet.
Die Luftwaffendivision v. Kümmernitz, die siebente, war zweiundzwanzig Kilometer ostwärts gezogen: von Lager Solsbüll nach Solsbüll. Der Fliegerhorst platzte aus allen Nähten, ein Ende des unter- und überirdischen Bauens, des Auf- und Umrüstens war immer noch nicht in Sicht.
Da lag die alte Heereskaserne Solsbüll günstig, »weshalb ich auch ein Kompliment an die Landschaft machen möchte, deren

sanft rollende Hügel so trefflich zu dem Menschenschlag passen, der sie bewohnt«, sagte v. Kümmernitz bei der Übernahme der Liegenschaft. »Und die Kaserne haben Sie sich wunderbar hergerichtet«, steuerte der Bürgermeister von Solsbüll bei, als er auf Bitten des neuen Divisionskommandeurs den Gedenkstein enthüllte. Die Kaserne war nach einem Widerstandskämpfer benannt worden: Oberst Rilke, dem ehemaligen Kommandeur der Solsbüller Reichswehr-Garnison.
v. Kümmernitz und Knebel gönnten sich noch Verschnaufzeit in der Lounge der zweiten Staffel. Kaffee und Käsebrötchen servierte Tante Guste mit den Worten: »Na, Herr General, nun machen Sie es sich mit Klein Knebel man bißchen gemütlich, und langen Sie ordentlich zu.«
Hasse war um 17.38 gestartet. Da hatte Knebel noch vierzig Minuten Zeit. Um 17.30 zog er seinen *Frankenstein,* den zweiteiligen Survival-Anzug, an und legte die Schwimmweste um den Hals.
STIMME: Keine lange warme Unterwäsche, Knebel?
Keine Zeit, keine Lust, was weiß ich. Er ging in den Gefechtsstand, um zu unterschreiben, ließ sich vom Dispatcher »guten Flug« wünschen, nahm Helm, Kniebord, Karte, Taschenlampe und sagte zum Fahrer: »Das wird mal wieder ein langer Tag heute.« Zwei Warte nahmen ihn in Empfang. Ein schöner Novemberabend; am Boden *zwo Grad plus,* drei bis fünf Knoten Wind im Windsack. Knebel ging seine Inspektionsrunde, beleuchtete Bugrad, Ansaugschacht, Hauptfahrwerk, sah in den Nachbrenner, ließ den Lichtstrahl übers Titanvogelkleid wandern und fand, daß alles gut aussah.
»Eine gewaltige Armada, und auf dem richtigen Weg, ganz im Sinne des Inspekteurs. Fliegen, fliegen, fliegen«, sagte v. Kümmernitz, als Krone ihm »Alle sind in der Luft, Herr General« meldete. Nun gab es die gute alte Wartezeit, in der man machen kann, was man will. v. Kümmernitz bat Krone und Deutscher, den Dispatcher und den Fahrer zum Fliegerskat, der in Lager Solsbüll »Molotow« hieß. Beim Kartenspiel fand v. Kümmer-

nitz Erholung und diese oder jene dienstliche Neuigkeit, die er sonst nicht erfahren hätte. »Na, Deutscher, irgendwas an FOD gefunden?«
»Nur 'ne süße kleine Kuriosität, Herr General.«
»Auch gut. Ich spiele einen Grand.«
Hasse saß warm und trocken in seinem Schleudersitz. Die Fehlkonstruktion C-2 war inzwischen abgeschafft und das Beste vom Besten angeschafft worden: der Martin-Baker. Die Gurte waren gelb und mußten durch Ösen geführt und mit dem Ende ins grüne Zentralschloß gesteckt werden. Die Gurte für die Beinrückholung waren blau; sie wurden an jedem Bein durch zwei Metallösen, eine oberhalb des Knies, die andere oberhalb des Knöchels, durchgezogen.
STIMME: Wie ging das noch mal?
Am besten ging es mit Hexensprüchen wie »Von innen nach außen und von außen nach innen«. Die Gurte folgten, und irgendwo unten am Sitz hatte Hasse den Gurtstecker in das Schloß gesteckt, das er nicht sehen, sondern nur mit den Fingern ertasten konnte. Nachteil dieser Umrüstung: Es war nicht mehr so bequem im Cockpit; der Sitz beanspruchte mehr Raum; Hasse saß weiter vorn als früher. Der Steuerknüppel und die Instrumente waren dichter dran, der Griff zu den Sicherungen und Schaltern auf der linken und rechten Seitenkonsole war ohne Verrenkung nicht möglich.
Als das Licht schöner nicht sein konnte, war Hasse gestartet. Vorne auf der Radarnase hatte sich gleich nach dem Abheben, das Fahrwerk war gerade im Rumpf verschwunden, durch Luftreibung ein Elmsfeuer entfacht; zwei weißblaue Flammen züngelten zum Cockpitfenster hoch. Er erschrak nicht, weil er wußte: Elmsfeuer sind harmlos. Ein kleines Naturwunder, das sich da vorne ereignete und beobachtet werden wollte. Er überlegte einen Augenblick, ob er deswegen Tower und FSO informieren sollte. Er tat es nicht.
STIMME: Überflüssiges sagen nur die Wichtigtuer.
Wer weiß. Der Tower rief ihm »airborne three eight« und »go

Channel one seven« hinterher. Hasse sagte: »Wilco«, notierte die Startzeit und ging auf Kanal siebzehn.
Vor ihm lagen die schön beleuchteten und ebenso schön eingebauten Instrumente. Den Dimmer drehte er von Hell nach Dunkel. So sah er den Abendhimmel besser. Es war noch nicht Nacht. Deutlich wie ein schwarzer Strich lag der Horizont im Westen. »Genau zwischen Himmel und Wasser, und wie gerade der ist«, dachte er. Die Luft bewegte sich nicht. Die Maschine glitt dahin wie ein großes gezähmtes Tier. Der Flugplatz war schon vergessen. Die Startzeit war vergessen. Hasse flog in die Stille und würde ewig in der Stille umherfliegen. Warum hörte er das deutlich röhrende Triebwerk nicht? Warum spürte er das fauchende Strahl-Ungeheuer nicht, das ihn energisch voranschob? Ganz einfach: Er dachte nicht daran, er ließ sich alles wohl gefallen.
Der Autopilot steuerte. Der Vogel flog von allein. Hasse konnte die Hände in den Schoß legen. So konnte er die Nacht doppelt genießen. Wenn er hören wollte, wie sein Atem gegen das Mikrofon in der Maske strömte, dann mußte er unterm Helm die Ohren spitzen. Wenn er aufpaßte, dann hörte er die anderen und sich selber auf derselben Frequenz sprechen. Alle riefen sie aus der Stille und aus der Nacht. Sie meldeten ihren Standort und sagten Namen, die Hasse immer wieder gehört hatte. Irgendwelche Ortsnamen, von denen er kein Bild hatte. Er war nie dagewesen; nur immer rübergeflogen. Die Nachtfliegernacht war mit Stille gepolstert und füllte einen unvorstellbar großen Raum. Zeit spielte keine Rolle. Was zählten da Ortsnamen, Koordinaten, Fliegerkarte?
Die Stimmen sagten ihm was, weil er wußte, wer dahintersteckte. Riemer verschluckte Silben und sprach wie aus einem Riesensack voll Erfahrung. Siemsen verbreitete das für ihn typische Bienengesumm. Seidel ließ in seiner Stimme München leuchten. Böttiger verbreitete den Ruhrpott. Knebel sprach wie die Royal Air Force, weil er England so mochte. »Wie klingt eigentlich meine Stimme?« fragte sich Hasse. Wollte sein Rufna-

me *Echo* nur noch Rufname sein? Wollte *Echo* abmagern, gegen die wolkenverhüllten Eisberge knallen und nur noch der eigene Widerhall sein?
So meldeten sich Raum und Zeit zurück. Die Zeit wurde knapp, der Raum wurde klein: Es wurde eng. Hasse erbat sich mehr Zeit und mehr Raum. Ein Geizhals trieb damit sparsame Wirtschaft und rückte nichts raus. Das Cockpit war verdammt winzig und voller Uhren, wenn man es recht bedachte.
STIMME: Time must be really important, Sir: So many clocks around.
Redete hier Blacky aus Vietnam? Das Cockpit war die obere Hälfte einer Sanduhr. Der Sand lief da raus, solange der Vorrat reichte.
Hasse sah wieder und wieder auf die Instrumente, er lauschte seinem Triebwerk mit wachsamen Ohren. Die Tankuhr zeigte die verstrichene Zeit: Wieviel Sprit hatte das Triebwerk inzwischen verbraucht? Wieviel Sprit war noch übrig? Wer heil zu Hause landen wollte, der mußte mit ein paar Gallonen im Tank ankommen, ein paar Gallonen brauchte er als Reserve.
Hasse umfaßte den Gashebel mit der Linken fester. Er preßte Oberkiefer und Unterkiefer zusammen. Hörte er sein Herzschlagwerk? Das wußte er nicht. Hatte er kalte Füße? Das wußte er, er fühlte es ja. Er nahm sich vor, die nächste Positionsmeldung folgendermaßen ins Mikrofon zu sprechen: langsam und mit tiefer Stimme. Bloß nicht stottern und bloß keine »Ähs«.
Stottern und Ähs hielten nur auf.
STIMME: Solche Hinweise auf wieviel Leben schon gelebt worden ist und wieviel Leben wohl noch zu leben sein wird, interessieren die Flugsicherung nicht.
Also ohne Hemmungen zur Sache und flüssig vorgetragen: Eine große Kumulus-Wolke schwamm über dem Horizont, ein schwarzes Auge mit Wimpern bis zum Wasser, ein schönes, ahnungsvoll-dunkles Wimpertier. So ein Tier kam geladen mit Wasser und Eis, wetterleuchtete fünf Sekunden lang. Ein Was-

ser- und Eisgewitter? Der Wettermann hatte Donner und Blitz »infolge instabiler Luft als eine zu vernachlässigende Größe« vorhergesagt.

Zur selben Zeit überquerte Knebel gerade die Jadebusen-Küste nördlich von Bremerhaven in tausend Meter Höhe und flog mit Westkurs und vierhundertfünfzig Knoten in ein dunkles Wimpertier. Auf dem Radarschirm zeigte sich das Tier mit einem Durchmesser von siebeneinhalb nautischen Meilen. »Genau eine Minute, dann bin ich da durch«, sprach Knebel sich in die Maske. »Hinein ins Vergnügen«, sagte er, als das Wimpertier ihn mit Wasser, Eis und Turbulenz empfing.

Sein Titanvogel wurde durchgeschüttelt. Knebel wurde mitgeschüttelt. Von durchgehenden Rossen im ungefederten Kastenwagen über eine Schotterstrecke gezogen: Knebel konnte die Instrumente nicht mehr lesen. Der Autopilot hielt das Flugzeug schlecht und recht. Der Steuerknüppel bewegte sich mit Höhen- und Querruder, die in der toll rasenden Luft kämpften. Die Flügel-Außentanks gingen hin und her, zerrten und zogen an Bolzen, Schrauben, Holmen, Rippen und Spanten. Das sah Knebel nicht; er fühlte es.

Das Flugzeug war gut gebaut und schlug sich tapfer. Auch Knebel war gut gebaut und schlug sich tapfer. Inzwischen waren die vorderen Cockpitscheiben eisverhüllt. Eis hatte sich auch schon innen gebildet. Tauwasser lief. Knebel suchte den Drehknopf für das Gebläse: volles Rohr. Die Stimme erheben und die anderen warnen: »Fliegt bloß nicht durch dieses Ding hier!« Zwecklos; die anderen waren alle vor ihm, *Ares* war schon wieder zu Hause gelandet und saß beim technischen Debriefing. War »dieses Ding hier« gerade erst aufgetaucht? Waren die anderen drum herum geflogen?

STIMME: Knebel, flieg langsamer. Fahr die Klappen.

KNEBEL: Nur noch zwanzig Sekunden, dann bin ich durch.

Die zwanzig Sekunden vergingen nicht. Ein gewaltiger Blitz schlug ein.

STIMME: Taghell ist die Nacht gelichtet.
OBERHEIZER: O gesegnete Stunde des Blitzes.
WEISHEIT: Flugzeuge können nicht vom Blitz getroffen werden, weil sie wie ein Faradayscher Käfig wirken.
Diese Weisheit mußte wieder mal begraben werden. Knebels Maschine mitten im Naturspektakel, schwer getroffen und beschädigt; *Ihre Hoheit Elektrizität* hatte zugeschlagen. Der Blitz schlug ganz vorne in die Staustrahlrohr-Spitze ein und kam am Innenflügel des linken Außenbordtanks wieder heraus. Hätte ein Blitzableiter etwas genützt? Knebel saß geblendet und tatenlos in seinem Schleudersitz. Kabel schmorten durch, Kurzschlüsse lähmten die Stromversorgung, die Ruderdämpfung versagte, der Autopilot funktionierte nicht mehr.
Die Maschine war Spielball der Götter. Knebel spielte irgendwie mit, nachdem er aus Blendung und Schrecksekunden erwachte. In den Instrumenten regierte rabenschwarze Nacht. Nicht eine einzige Birne brannte. Wo war oben, wo war unten? Knebels letzte Amtshandlung im Cockpit: Er drückte mit dem linken Daumen den Mikrofonknopf und schrie in die Maske: »Typhoon vom Blitz getroffen. Ich steige aus.«
STIMME: Hat keinen Zweck, daß du den Mund aufmachst. Auch dein Radio hat's erwischt.
Knebel nahm beide Hände zwischen die Beine, er fühlte die Schlaufe, nahm sie in den Griff und zog sie hoch. Der Martin-Baker-Sitz zündete und funktionierte einwandfrei, Knebel flog auf seinem Feuerstuhl den Göttern entgegen.
Die Götter waren schlechtgelaunt. Taubeneiergroße Hagelkörner empfingen »Klein Knebel«. Er wusste nicht, wo er war. Er drehte und drehte sich und wußte nicht, wie. Saß er noch im Schleudersitz, oder hatte der ihn schon verlassen?
Ein Stoß, die Beckengurte zogen in den Leisten; der Schirm hatte sich über ihm entfaltet. Es war eisig und kalt, als Knebel aus der Wolke fiel.
Er bereitete sich auf die Landung vor. Gelernt ist gelernt: »Rechte Hand umfaßt den Knopf und reißt ihn nach unten: Die

Schwimmweste bläst sich auf. Beide Hände ziehen die Maske aus den Helmverschlüssen und werfen sie weg.« Die Götter trommelten Hagel auf Mund, Nase, Lippen, Wangen, Kinn. Es tat nicht weh, also: »Macht nichts, ihr Götter.«
So dunkel war es ja gar nicht! Da waren Lichter. Straßenlampen brannten, Wohnzimmerfenster leuchteten. Es war noch vor der Tagesschauzeit.
STIMME: Über den Kopf greifen und mit den Händen vorschriftsmäßig die Fallschirmgurte packen. Ellenbogen anwinkeln. Blick zum Horizont.
Knie beugen und dann seitlich abrollen? Wozu das alles! Knebel würde im Jadebusenwasser landen, da hieß es schlicht: Eintauchen. »Wie vom Dreimeterbrett«, dachte Knebel, als er reinplatschte und Meerwasser im Mund spürte. Er fühlte das Meerwasser an seinem wasserdichten Frankenstein. Es drückte auf Beine, Bauch, Brust. Es war nicht naß, es war verdammt kalt.
STIMME: Hättest du bloß lange Unterwäsche angezogen.
Knebel stand auf Wattenmeergrund bis zur Brust im Wasser. »Gerettet?« fragte Knebel mit Salzwasser im Mund die Götter.

Knebels Vorgesetzte und Kameraden standen in Parka und Russenmütze auf dem Feldherrnhügel über dem Ausweich-Gefechtsstand, der tief in die Erde gebaut war. Alle suchten den Himmel ab. Könnte nicht wenigstens ein einziger Stern dieser blöden Nacht Knebels zurückkehrendes Flugzeug sein? Bis auf Knebel waren alle heil nach Hause gekommen. Hasse war als Nummer fünf gestartet und nach fünfundachtzig Minuten als Nummer fünf wieder gelandet. Alle waren nach fünfundachtzig Minuten wieder heil gelandet; nur Knebel nicht.
Knebel würde es schon noch packen. Vielleicht hatte er Radioprobleme, vielleicht konnte er deswegen nicht sprechen und sich nicht melden. Vielleicht war er in Jever gelandet? Vielleicht drehte er zur Sicherheit noch irgendwo eine Runde, damit er für die Landung in Lager Solsbüll auch wirklich freie Bahn hatte.

STIMME: O Knebel, man kennt dich ja. Du bist mir vielleicht einer.

Vielleicht leistete sich Knebel wieder einen von seinen Scherzen: heimlich, still und leise Flugzeit schinden. Solche Scherze hatte Knebel sich freilich noch nie geleistet. Dennoch: Vielleicht leistete er sich gerade heute abend diesen Scherz, um dann für alle Zeiten weiterzuscherzen?

»Da ist bestimmt nichts passiert. Sonst hätte er doch einen Radiocall abgesetzt. Oder? Wir lassen ihn aber vorsichtshalber schon über *Guard* rufen«, sagte Einsetzer Krone, der seine Papiere tadellos in Ordnung hatte. »Knebel weiß, was er tut«, sagte Riemer. »Er hat noch genuuch Sprit«, sagte Deutscher. Böttiger fragte: »Wie lange ist genug?« Seidel sagte: »Genaues weiß man nicht.« Siemsen sah Hasse an: »Im November stecken meine Bienen schon voll in der Überwinterungsarbeit. Ich habe ein flaues Gefühl in der Magengrube.« Hasse sagte: »Ich weiß noch nicht, was ich sagen will; ich überlege mir was.«

»Zum Scherzen bin ich nicht aufgelegt«, sagte der neue Kommodore Oberst Büchmann. »So habe ich mir meinen Anfang nicht vorgestellt, Herr General.« Damit ließ v. Kümmernitz sich aus der Selbst- und Sternenbetrachtung holen. Hatten jemals die Sterne so glanzvoll über einem Divisionskommandeur geglänzt? Fast hätte er sich zu einem sternenübersäten November-Kriegshimmel 43 in Frankreich geäußert. Dann sagte er: »Gehen Sie immer vom Schlimmsten aus, Büchmann.«

»An den Tatsachen ändert das nichts, Herr General.«

Hasse verspürte nun den Wunsch, etwas Nettes zu sagen. »Also, die Nacht und der Sternenhimmel waren phantastisch, Herr General. Ich bin genau nach fünfundachtzig Minuten gelandet.« Krone hörte das und spürte das Unpassende im Netten. Er bat Riemer: »Nimm Hasse mal unter deine Fittiche, such einen dritten Mann und spielt in Gottes Namen ein paar Runden Molotow. Dann ist der schon mal aus dem Verkehr gezogen.«

Irgendwann würde es Gewißheit geben; bald. Wenn Knebels

Tankuhr null zeigte, dann war seine Zeit abgelaufen. Noch dreißig Minuten? Rufen auf *Guard* brachte nichts. Knebel antwortete nicht. »Ihn weiter rufen«, befahl Büchmann. »Jawohl, Herr Oberst«, parierte Krone. Wenn Knebels Zeit abgelaufen sein würde, dann wäre freilich immer noch nicht Gewißheit. War er ausgestiegen? War er heil ausgestiegen? Man würde ihn suchen müssen. Krone rief bei Oberstabsfeldwebel Hönig, dem Chef der Do-27-Flotte, an und ließ zwei Flugzeuge startklar machen.

STIMME: Solange keine Gewißheit herrscht, solange kocht die Gerüchteküche. Wenn Gewißheit herrscht, dann kocht die Gerüchteküche weiter.

Hatte der Oberheizer seine Hand im Spiel gehabt, als er Krones rechte Hand führte und Knebel als Nummer dreizehn an den Start gehen ließ? Hatte der Oberheizer mit seinem langen Arm den tödlichen Blitz aus dem Nobiskrug-Schornstein gefeuert und Knebels Mühle mitsamt Rufzeichen *Typhoon* zerschmettert?

STIMME: All dies spricht dafür, daß der Nobiskrug eine Relais-Station zur Hölle ist.

War die Titanvogelturbine das Privat-Kraftwerk des Oberheizers, des obersten Müllers, des Herrn über die Mühlen der Welt? Demnach lag es in seinem Belieben, die Hand zu erheben, gewaltige Blitze zu schleudern und Flugzeuge zu vernichten?

Hasse hatte keine schlechten Karten; er spielte bloß schlecht. Einen sicheren Grand hatte er schon vergeigt. Seidel hatte seinen wackeligen Grand haushoch gewonnen. Riemer führte gewissenhaft Buch. Hasse steckte tief in den Miesen. Die nächste Runde Kaffee würde auf ihn gehen. Tante Guste brühte noch einmal fünf Liter und schmierte Käse- und Wurstbrote. Die Gerüchteküche machte großen Kaffeedurst; sie machte auch alle hungrig, obwohl niemand Hunger hatte.

Büchmann stand im Gefechtsstand und sagte zu Krone: »Knebels Zeit ist um. Lassen Sie zwei Do-27 flugklar machen.«

»Die sind schon flugklar. Siemsen und Böttiger sitzen schon drin und warten auf grünes Licht.«
»Die sollen losfliegen. Hönig soll sich als Nummer drei bereithalten.«
Zuerst flog Böttiger los. Eine Stunde später sollte Siemsen starten. Es war schon nach der Tagesschau. Sie sahen genug. Vollmond und Sternenhimmel verbreiteten Licht. Der Horizont zeichnete sich klar zwischen Himmel und Erde ab. Böttiger brauchte eine Stunde bis zum Jadebusen, und eine Stunde suchte er über dem Jadebusen. Er ließ seinen Aufklärerblick über Priele, Sandbänke und Wasser gleiten. Er flog im Vollmond so tief, wie es irgend ging, und paßte auf, daß er nicht zu tief kam. Er sah beleuchtete ein- und ausfahrende Schiffe, er sah Licht an der Küste, er sah Positionslichter von Flugzeugen, die über ihm flogen. Er suchte ein hin- und hergehendes Licht. »Knebel, wink mal mit der Taschenlampe.« Niemand winkte. Von Knebel keine Spur. Nach einer Stunde Suchen nahm Böttiger wieder Kurs auf Lager Solsbüll. Nun war Siemsen für eine Stunde mit Suchen dran.
Zwei Stunden später rollte Siemsen seine Do-27 an der zweiten Staffel vorbei, der Lycoming-Motor brummte noch; nun brummte er nicht mehr, der Propeller stand. Es war still. Als Siemsen die Lounge betrat, um sich mit Kaffee und Käsebrötchen zu versorgen und »Nichts, aber auch gar nichts« zu sagen, steckte Hasse in den Miesen wie nie zuvor. Warum hatte er keine Lust auf Siemsens Erzählungen? Warum stand er wortlos auf? Warum verließ er die Molotow-Runde? Er wußte es selber nicht; er ging Richtung Umkleideraum, Dusche, Klo. Im Klo schloß er sich in der letzten Kabine ein.
In diesen vier vergammelten Wänden lief das doch irgendwie ganz gut: Immerhin wußte sein Körper Bescheid; der meldete Gewißheit. Alle Tränen, die der Körper wie in einem Tank lagerte, gingen ihren richtigen Weg: dahin, wo sie gebraucht wurden. Erst pumpte die Tränenpumpe sie durch die Tränenkanäle hoch, dann flossen sie hinein in die vielen Gehirnschleusen,

jede Träne landete in der richtigen Schleuse, dann, nach kurzem Aufenthalt, flossen sie zu den Augen hinaus, weiter über die Wangen und wieder zum Mund herein. Der Kreislauf war geschlossen. Die Tränen schmeckten salzig.
STIMME: Schweiß, Blut und Tränen schmecken salzig. Das Salz im Menschen ist die ferne Erinnerung ans Meer.
»Das muß mir nicht extra gesagt werden, daß das Leben aus dem Meer stammt. Das weiß doch, das wußte, weiß doch sogar Knebel«, antwortete Hasse hinter verschlossener Tür, wo er sich dem Tränenkreislauf widmete, während Knebel im Jadebusen mit Meerwasser im Mund einen Fuß vor den anderen setzte und immer den Lichtern entgegenging. Welche Lichter waren das? Er wußte es nicht. In welche Richtung ging er? Er wußte es nicht. Der Jadebusen war so ein rundes Ding, da waren ringsherum Lichter. Mal war das Wasser brusttief, mal war es knöcheltief. War auflaufendes Wasser? War ablaufendes Wasser? Knebel wußte es nicht. Wie kalt war das Wasser? Keine Ahnung. Er spürte festen Grund unter den Füßen.
STIMME: Fester Grund unter den Füßen ist doch was sehr Schönes.
Das gab Knebel Vertrauen. Er war sportlich und zäh. Dreimal in der Woche lief er zehntausend Meter. Er war ein guter Fußballer. Er war fair; er trat seinen Gegnern nicht die Knochen kaputt. Er spielte gut Molotow. Auch da spielte er fair. Wenn er verlor, dann lachte er mit erstklassigen Zähnen in seinem Jungengesicht. Er hatte Tochter und Sohn. Moni, seine Frau, machte sich gern schön und holte ihren Mann nach dem Beercall aus dem Kasino ab. Sie war groß und schlank. Sie ging gern einkaufen. Gern war sie dann und wann ihre Kinder los, um dann nach Herzenslust bummeln zu gehen. Wenn Knebel sie begleitete, dann kamen die Kinder selbstverständlich mit. Manchmal gaben die beiden ihre Kinder bei Böttigers ab, die auch zwei Kinder hatten. Dann machten die Knebels einen Ausflug zu zweit, fuhren nach Bad Segeberg zu *Möbel Kraft*, wo sie Möbel besichtigten und über die Zukunft redeten. Auf dem

Rückweg kehrten sie ein in Solsbüll: *Café Kruse.* Moni trank Tee, Knebel trank Kaffee und aß Schwarzwälder Kirschtorte. Ein schöner Tag war zu Ende.
Morgen würde wieder ein schöner Tag sein? Das hatte der Wettermann nicht gebrieft, das stand nicht in den Papieren, die Knebel, zusammen mit Portemonnaie und Personalausweis, in seiner Brusttasche hinter wasserdichtem Reißverschluß aufbewahrte. Jetzt nützten ihm die Papiere nichts.
Weil Knebel festen Grund unter den Füßen hatte, weil er ein gutes Gefühl wegen der trockenen Papiere hatte, weil er Lichter sah, weil er sich fit fühlte und das Festland zum Greifen nahe glaubte, hatte er seine Survivalausrüstung weggeworfen, um leichter und schneller zu sein. Oder hatte sich etwa das Schlauchboot nicht den Vorschriften entsprechend aufgeblasen? Hatte Knebel es deswegen nicht benutzt und liegenlassen?
Helm, Schlauchboot waren nicht mehr bei ihm. Das wasserdichte Paket mit Trinkwasser, Angelhaken, Kompaß, Tabletten, Dosenbrot und Karamelbonbons schwamm irgendwo im Jadebusen. Knebel wußte nicht, wo. Er wußte nicht einmal mehr, daß er die Ausrüstung, die sein Leben retten sollte, weggeworfen hatte. Hatte er die überhaupt weggeworfen? War möglicherweise die Leine, an der alles hing, gerissen? Nur die halb aufgeblasene Schwimmweste trug er noch um den Hals.
Sah Knebel die Do-27, die ihn suchte? Wenn er sie nicht sah, dann hörte er sie. Er sah sie selbstverständlich; denn die Do-27 leuchtete in dieser überklaren Sternennacht weit hinaus mit grünen und roten Positionslichtern. Winkte Knebel mit seiner Taschenlampe? Hatte er die überhaupt noch bei sich? Schrie Knebel sich die Lunge aus dem Hals? Vielleicht tat er es; aber dann war Schreien zwecklos. Wie hätten Siemsen und Böttiger ihn im Motorenlärm hören sollen! Vielleicht ging ein einsamer Spaziergänger mit allerfeinsten Ohren auf dem Jadebusendeich, um Nacht- und Seeluft zu schnuppern?
STIMME: It doesn't go without screaming.

Im Kältefall Knebel handelte es sich zweifelsfrei nicht um die Kälteversuche des Dr. med. Rascher in Dachau. Bekanntlich schrien dessen Versuchspersonen, weil sie so schrecklich froren und vom eigenen Geschrei ein Zehntel Grad Wärme sich zu erhoffen erlaubten. Sonst hatten sie ja schon längst alle Hoffnung aufgegeben; Knebel aber nicht. In den Do-27 saßen Böttiger und Siemsen, die ihren Freund suchten. Knebel hätte sich so gerne von seinen Kameraden finden lassen.

STIMME: Nun findet mich doch endlich!

Er hoffte, bis die Kälte seine Körpertemperatur hoffnungslos im Griff hatte und die Hoffnung kalt machte.

Das Jadebusenwasser hatte zwölf Grad. Weitere Auskünfte vom Wettermann ließen das Jadebusenwasser auflaufen, »und die zweite Hälfte Nacht bleibt laut und klar, also Sicht bis unendlich«.

Wie lange konnte Knebel der Kälte trotzen? Schwer zu sagen. Die Zeit muß man in Minuten zählen. Knebel wird zehn? zwanzig? fünfundzwanzig? Minuten tapfer durchgehalten haben. Mit der sinkenden Körpertemperatur schwanden auch seine Kräfte. Das war doch gar nicht so schlecht. Kehrte da nicht so was wie Wärme ein? Das melden doch die Bücher über das sogenannte Leben nach dem Tod!

v. Kümmernitz, der in Fürsorgeangelegenheiten von niemandem übertroffen werden wollte, machte an dieser Stelle Moni Knebel einen Besuch, um ihr vorsichtig reinen Wein einzuschenken: »Wir vermissen ganz ernsthaft Ihren Mann. Aber wir haben die Hoffnung noch nicht aufgegeben.« Die Kinder schliefen. Der Fernseher lief. Als er wiederkam, sagte er zu Büchmann: »Wir stellen die Suche ein. Hönig soll nicht mehr starten. Die Männer müssen auch mal schlafen.«

»Inzwischen sind Wasserschutzpolizei und Schiffe von der Gesellschaft zur Rettung Schiffbrüchiger im Einsatz, Luftwaffe und Marine suchen mit Hubschraubern und Flugzeugen, Herr General«, sagte Büchmann.

»Auch gut.«

Knebel watete durch einen Priel. Er wollte ans andere Ufer. Da waren Lichter. Da wurde ein Fest gefeiert, so sah es da jedenfalls aus. Dieser Priel war aber sehr breit. Das Wasser reichte bis zur Schulter. Knebel lehnte sich zurück und legte sich in die halb aufgeblasene Schwimmweste, Fliegerstiefel und Beine schwammen hoch.
Er ließ sich wie beim Sea-Survival-Lehrgang in Decimomannu/Sardinien von der Schwimmweste tragen. Es war heiß. Er hörte Stimmen vom Strand, deutsche und italienische. Da gab es Eis und eiskalte Cola. Verwechselte er etwa den Survival-Lehrgang mit dem Italien-Urlaub? Er atmete. Oder schwamm er etwa im Roten Meer? Sollte das der Fall sein, dann würde er warten, bis sich alle Fluten teilten und er trocken und warm den Weg nach drüben antreten konnte.
An dieser Stelle wähnen wir uns nun am Beginn einer Versuchsreihe für wehrwissenschaftliche Zweckforschung. Hirnstamm und Hinterhirn lagen im Wasser. Unterkühlungen im Magen von 26,4 Grad, im After von 26,5 Grad würde man – elektrisch gemessen – zu erwarten haben.
STIMME: Ja, das ist schon mal aufgeschrieben worden.
Knebel wurde zum Todesfall, als auch Hirnstamm und Hinterhirn genügend kalt geworden waren. War die Luft aus der Schwimmweste ganz raus? Hatte etwa ein Fisch reingebissen? Der Kopf kam tiefer ins Wasser. Wasser lief in Knebels Mund und wurde geschluckt. Der Ertrinkende trank Meerwasser, wie das Kind an der Brust Muttermilch trinkt.
STIMME: Insofern ist Ertrinken doch gar nicht so schlecht.
»Immer den Hunger runterschlucken, Knebel.« Seine letzten Gedanken? Oftmals gelten die letzten Gedanken ja Frau und Kindern.
STIMME: Wer weiß, wem man seine letzten Gedanken schenken wird.
»Ich hab ja gar nicht geweint«, meldete sich Hasse, als er aus dem Scheißhaus kam, nachdem er den Tränenkreislauf unterbrochen hatte.

STIMME: Es ist vollbracht.
»Froh bin ich, daß es mich nicht erwischt hat, meine Damen und Herren. Dieses Mal war eben Knebel dran«, sagte Hasse, »der ich in Todesangelegenheiten immer gern das letzte Wort habe.«

November

Der Morgen kommt spät. Die Nacht kommt früh. Ein Gott hat seinen Besuch gemacht und Träume hinterlassen. Alle Vorräte sind gesammelt. Sie liegen im Keller, in der Speisekammer, in der Gefriertruhe.
STIMME: Manche sammeln keine Vorräte. Sie leben von der Hand in den Mund.
Stimmt. Aber waren nicht Blätter bunt geworden? Waren sie nicht gefallen? Hatten sie nicht an den Schuhen geraschelt, als Hasse seine fünftausend Meter durch den Staatsforst hinter der Kaserne lief? Weiche, gebogene Linien durchzogen die Luft. Der Dezember würde sie bis Weihnachten in gerade, harte, dünne Striche verwandeln.
War nicht Sonnenlicht sehr schräg ins Moos gefallen, um den grünen Schimmer zu spenden, den nur das Novembermoos spendiert? Göttlicher Novemberglanz wie ein Schlummer im Moos, das in der Sonne zu träumen beginnt? Das vom Novembermoos gehütete Licht. Im Güldenholmer Garten blühten noch Rosen und Roswithas »Chrysianthemen«. Die Sternastern, die ihr abends vom Herrenhaus zum Strohdachhaus heimleuchteten, lagen vor der Haustür wie ein blau-violett brennendes Neonlicht-Kissen.
Knebel war der erste Titanvogeltote im Geschwader. Wie von einem Augenzeugen berichtet, wurde der arme ertrunkene Flieger am folgenden Morgen von Arbeitern gefunden, die mit einem Schaufelbagger im Jadebusen baggerten. Es war Ebbe.

Der Tote lag friedlich auf einer Sandbank. Entfernung zum Deich: achtzig, hundert, hundertzwanzig Meter? Das Titanvogelwrack steckte zweihundert Meter weiter westlich im Schlick. Knebels Armbanduhr war um 19.35 stehengeblieben. Hatte Knebel zu dieser Zeit noch gelebt?
Die Arbeiter meldeten ihren Fund. Ein Luftretter seilte sich vom SAR-Hubschrauber ab. Er legte dem Toten den Rettungsgurt um und ließ sich zusammen mit ihm an Bord ziehen. Der Hubschrauber flog nach Kiel, wo der flugunfallerfahrene Professor Maligni im Pathologischen Institut der Universität Knebels Leichnam öffnete. Während er dem Toten mit seinem Werkzeug zu Leibe rückte, dachte die junge, blonde Assistentin ein paar freundliche Gedanken: »Wir gedenken der Toten. Wir wissen wenig von den Toten. Was geht in ihnen vor? Doch wohl mehr als der biochemische Prozeß, der Fleisch in Erde verwandelt! Doch auch der allein ist schon etwas höchst Geheimnisvolles, Interessantes, Tröstliches?«
STIMME: Die Vorstellung, daß ich eines Tages Erde sein werde, fasziniert mich.
ASSISTENTIN: Mußte er wirklich so jung sterben?
MALIGNI: Sie haben hier die ausgekühlte Leiche eines dreißig Jahre alten, dreiundachtzig Kilo schweren Mannes von athletischem Körperbau vor sich.
Jede Menge Blutergüsse im Gesicht. Der Hagel hatte zugeschlagen. Alle Organe waren blaß wegen Unterkühlung und Sauerstoffmangel. Knebel hatte Wasser in die Lunge bekommen und deswegen nicht mehr atmen können. Die Lungenflügel waren zwei blaßblaugraue Wasserkissen; hieran erkannte man den Nichtraucher Knebel; sonst wäre seine Lunge schwarzgrau gewesen. Von der Schnittfläche floß kein Blut ab, sondern Wasser. Verwachsungen hatte der junge Mann natürlich keine aufzuweisen. Oh, wie zum Verlieben zart waren doch die Herzklappen, wie zart alle inneren und äußeren Häute. Wirklich extrem blaß: Herz, Leber, Niere. »So genau brauchen wir das nicht«, sagte Maligni, der nicht wollte, daß sich seine

Assistentin in den Toten verliebte, weil er, der Professor, sich schon in sie, die junge, blonde Assistentin, verliebt hatte und nicht eine Geschichte, »quae circum praecordia ludit, die um das Herz herum spielt«, neben sich duldete. Er schloß den Fall ab und diktierte Knebels Todesursache ins Sektionsprotokoll: »Herz-Kreislauf-Versagen durch Unterkühlung und Ertrinken (Lungenödem).«

Der Solsbüller Beerdigungsunternehmer Winterfeldt holte Knebel von Kiel nach Solsbüll. Er brachte den Leichnam »ein wenig auf Vordermann, aber die Blutergüsse im Gesicht kann ich nicht wegretouchieren«. v. Kümmernitz beauftragte Hasse, in seinem, des Divisionskommandeurs Namen bei Moni Knebel vorbeizuschauen, um ihr folgendes zu sagen: »Der Divisionskommandeur rät dringend von einem letzten Besuch beim toten Ehemann ab.« Sie möge ihn in Erinnerung behalten, wie sie ihn in glücklichen Stunden erlebt habe: Ludwig Knebel, dein herzliches Lachen, dein fröhliches Jungengesicht, deine erstklassigen Zähne und so weiter.
Hasse erledigte das. Zwischen Stottern und Ähs fand er ein paar schöne, nichtssagende Worte. Moni sah ihn dankbar an, war verdammt gefaßt und folgte dem Rat des Divisionskommandeurs. Für Hasse gab es noch einen Spezialauftrag: »Sie kümmern sich bei der Trauerfeier und Beerdigung um unseren Zürndorfer. Es wäre doch gelacht, wenn wir den nicht zum Weinen kriegten.«
Es war ein stiller Novembertag. Grau lag der Himmel über Hallen, Flugzeugen, Staffelgebäuden. Der Wettermann saß in seinem Büro, blickte durchs Fenster und schätzte, wie hoch die Wolken wohl seien. Sehen konnte er bis zum Fernsehturm: »Zehn Kilometer Sicht«, schrieb er in die Papiere. Ein Tag, um endlich mal die Maulwurfshügel dem Erdboden gleichzumachen und die Karnickel zu verscheuchen. Ein Rüttelfalke rüttelte über der Startbahn.
Die Luftwaffengeschwader schickten Trauer-Vertreter. Sie ka-

men in ihren Titanvögeln. Einer nach dem anderen kurvte laut und klar herein. Jedesmal stob beim Aufsetzen eine blaue Gummiwolke von den Reifen. Die Gastmaschinen wurden von der ersten Staffel in Empfang genommen, dort versorgt und für den Abflug betankt. Die zweite Staffel, die Trauerstaffel, sollte mit dem Trauerflugbetrieb nichts zu tun haben; sie sollte die Trauergäste bewirten. Tante Guste schmierte Käse- und Wurstbrote; Deutscher schmierte mit. Tante Guste kochte Kaffee; Deutscher kochte mit. Die Trauergäste entschlüpften ihren Fliegerkombis und zogen Uniform an. Sie waren hungrig und wollten zu essen und zu trinken. »Beim nächsten Mal brauch ich aber richtige Hilfe«, sagte Tante Guste zu Deutscher. Tante Guste wollte mehr: »eine dreimal so große und dreimal so moderne Küche. So geht es nämlich nicht weiter«.
»Nun klaach mannich, Tante Guste. Ich muss mich sputen«, sagte Deutscher und verschwand im Umkleideraum.
Krone und Riemer arbeiteten noch im Gefechtsstand und planten die Flüge für morgen. Da stand wieder eine Latte von dreizehn Einsätzen auf dem Einsatzbord; alle dreizehn schön säuberlich von Krone mit gespitztem Fettstift geschrieben. Hasse einer von den dreizehn, irgendwo mittendrin. Eine Divisionsübung: Exercise Red Eyes.
Um zehn Minuten vor elf meldeten die drei Kommandeure dem Kommodore ihre Gruppen. Zusammen mit dem Luftwaffenmusikkorps aus Hamburg-Osdorf hatte das Geschwader in der Werft-Halle ein U gebildet und stand zur Meldung bereit. Knebels Sarg stand im U, ebenfalls zur Meldung bereit. Knebels alte Kameraden in Stahlhelm, Koppel und Knobelbechern jeweils zu dritt neben dem Sarg: Siemsen, Böttiger, Deutscher, Krone, Riemer und Seidel. Über dem Sarg lag die Deutschlandfahne. Vor dem Sarg sechs Töpfe mit Immergrün. Vor dem Immergrün das Rednerpult mit Mikrofon.
STIMME: Der Stahlhelm gehört bei solchen Veranstaltungen abgeschafft. Das sieht ja grauenhaft aus.
Zehn vor elf. Noch hatten nicht alle auf den zweihundert Stüh-

len Platz genommen. Leute aus Politik und Wirtschaft, aus Beamten- und Ärzteschaft waren erschienen. Selbständige und Angestellte, Offizielle und Inoffizielle saßen da. Die Bürgermeister und Gemeindevertreter von Lager Solsbüll und Solsbüll hatten Ehrenplätze in der ersten Reihe. In der ersten Reihe saß auch die trauernde Verwandtschaft: Knebels Bruder, sein Vater, seine Mutter.

STIMME: Den Tod des Ehemanns kann eine Frau verwinden, den Tod ihres Kindes nie.

Mit dem Gesicht im Taschentuch, Taschentuch in beiden Händen, saß Knebels zweiundfünfzigjährige Mutter da. Knebels Vater hatte seine linke Hand auf ihre Handtasche gelegt. Wo war die Schwiegertochter, die trauernde Witwe?

Autohaus Röhrkasten, Supermarkt Nommensen, Spielzeugparadies Odefey, Baumarkt Bahnsen, Textilhaus Toffolo, Schuhwelt Salamander, Eisen Kramer, Heizöl Rossen und Sophies Bücherstube saßen in der zweiten und dritten Reihe bei Kanzlei Dr. Hunger. Die Geschäftswelt ließ sich die Anwesenheit nicht nehmen.

STIMME: Die leben doch von den zweitausend Bundeswehrmenschen.

Stimmt. Rechnete man für jeden bloß zweitausend Mark Monatsgehalt, dann waren in Lager Solsbüll und Umgebung zweiundsiebzig Millionen *pro anno* auszugeben.

Büchmanns Ordonnanzoffizier trieb den Rest, der das Quatschen nicht lassen konnte, von draußen nach drinnen. Zum Rest gehörten auch Hasse und »unser Zürndorfer«. Hasse hielt den Fürsorgefall mit Zeigefinger und Daumen am linken Ärmel fest und dirigierte ihn in die hinterste Stuhlreihe. Als er sich hinsetzte, sah er, wie der Staffelkapitän die schwarzbehütete, schwarzgekleidete, rotgeweinte Witwe Moni Knebel zur ersten Reihe führte und genau in der Mitte neben der Schwiegermutter Platz nehmen ließ. Den beiden Knebel-Kindern sollte diese Trauerfeier erspart bleiben. Sie sollten aber am Grab dabeisein. Das Auto mit dem Divisionskommandeur fuhr vor. Der Ordon-

nanzoffizier riß die hintere Tür auf. v. Kümmernitz stieg aus und schritt auf Büchmann zu. Der lange Büchmann stand stramm, beugte sich vor, nahm die Hand an den Helm und meldete das Geschwader »zur Trauerfeier angetreten«. Der Divisionskommandeur trat nun zum Sarg, baute sich vor dem toten Knebel auf und grüßte ihn drei Sekunden lang. Der frischgebackene General trug eine neue Schirmmütze mit goldenem Generalskranz am Schirm. So neu die Mütze auch war: v. Kümmernitz hatte den Mützendraht entfernt. Das Ding saß ihm nun wie in alten Zeiten auf dem Kopf.
Man hätte eine Stecknadel fallen hören können. Man hörte nur »unseren Zürndorfer« Kaugummi kauen. Kaugummi war Hasses »fast todsicheres Mittel, daß der Kerl nicht plötzlich zu quatschen anfängt«.
Wind erhob sich, als die Blasmusik den Soldaten-Choral *Ich hatt' einen Kameraden* spielte. Das ging durch Mark und Bein und trieb Trauerschauer über den Rücken. »Zunehmend fünf bis sechs und rechtsdrehend« lautete die Windvorhersage. Der Wind wehte zum weit geöffneten Hallentor herein, wehte in die Deutschlandfahne und machte Wellen in den Stoff. Hasse faßte folgenden Entschluß: »Du kaufst im Spielzeugparadies eine Windmühle für Elena.« Er würde Elena die Windmühle in die Hand drücken. Er würde Elenas kleine Hand in seine große nehmen und die Windmühle in den Wind halten. Elena würde lachen und jauchzen. Darauf freute er sich schon. In seiner Vorfreude stieß Hasse »unseren Zürndorfer« an. Der drehte seinen Kopf zur Seite und sah Hasse mit seinem kaugummikauenden Ungesicht an. Das Gehirn, das nicht mitlachen lassen wollte, befahl ihm nun, folgendes zu sagen: »Lach nicht.«
Büchmann hatte seine Ansprache unter ein geflügeltes Schopenhauer-Wort gestellt: »Daher erkennen wir wohl, was wir durch den Tod verlieren, aber nicht, was wir durch ihn gewinnen.« Büchmann sprach sehr schön; er konnte das. Am Ende lobte er den Titanvogel als, »ich möchte mal sagen, unentbehrliches Waffensystem, dem wir Frieden und Freiheit verdanken«.

Das war fast so wie die durch Mark und Bein strömende Blasmusik. Büchmanns Ehefrau Lola, die auch in der ersten Reihe saß, hatte beim Redenschreiben geholfen. Lola war klug, sie las nicht nur Zeitschriften, sondern auch Bücher. Einmal im Monat rief sie ihre Damen zum Damenkränzchen ins Kasino. Sie war unbeliebt, weil sie bei diesen Veranstaltungen die Damen gerne mit »Was, das wissen Sie nicht?« demütigte.
Dann redete v. Kümmernitz. Auch er lobte den Titanvogel mit dem inzwischen »eingerüsteten weltbesten Schleudersitz und anderen Verbesserungen«. Er lobte die Flugunfallrate, die sich »dank der großen Anstrengungen auf Nato-Niveau eingependelt hat«.
STIMME: Diese Dinge gehören doch nun wirklich nicht auf eine Trauerfeier.
Da wurde der Divisionskommandeur persönlich-fürsorglich: »Sie, liebe Frau Knebel, können sich auf uns verlassen. Wir lassen Sie nicht im Stich. Wir, der Dienstherr, sind hier in der Pflicht.«
Da schluchzte Moni Knebel laut auf, und ihre Schwiegermutter preßte sich das Taschentuch mit aller Kraft ins Gesicht.
Das Weinen steckte an. Auf den zweihundert Gästestühlen rührte sich was. Taschentücher wurden gezogen und ans Gesicht gehalten. »Unser Zürndorfer« saß bloß da und schmatzte mit seinem Kaugummi. Das angetretene Geschwader weinte nicht; alle standen sie da mit einem Kloß im Hals, auch die sechsköpfige Ehrenwache an Knebels Sarg, auch die riß sich zusammen.
Es folgte das Deutschlandlied.
Am Grab hatte sich der Trauerkreis gelichtet. Es war nicht genug Platz für alle zwischen den Gräbern. Politik und Wirtschaft, auch die Offiziellen und Inoffiziellen waren nach Hause gegangen. Büchmanns Geschwader hatte schon wieder Tritt gefaßt. Ab fünfzehn Uhr würden die Trauergäste mit ihren Maschinen wieder Krach machen und Richtung Süden starten. Bis dahin mußte Knebel unter der Erde sein.
Moni Knebel hatte drei rote Rosen in der Hand; eine für sich

selber, zwei für die Kinder. An drei Seilen ließen nun die sechs alten Kameraden den Sarg hinunter.
Daß alle am Grab bis auf Zürndorfer weinten, hing mit der Grabrede des Staffelkapitäns zusammen. Hier am Grab war er an der Reihe. Er redete sich in alle Herzen und weichte auf diesem Wege alle Seelen auf, weil er den toten Knebel mit »Du« ansprach: »Ludwig«, sagte er. Im Dienst hatte er das nie getan; da hatte er immer »Knebel« und »Sie« oder »Herr Oberleutnant Knebel« gesagt.
Dem Pastor Klopfleisch gehörte das letzte Wort. Durch ihn bewirkte der liebe Gott dieses Wunder: Alles Weinen und Schluchzen der Welt kam zum einstweiligen Schluß.
STIMME: Wie geht das denn?
Ganz einfach: mit ein paar praktischen Handgriffen, mit immer wieder denselben am Grab zu sprechenden Gottes-Worten, mit Schaufel und Erde im Muttererde-Kübel, mit den Rosen, Tulpen, Nelken, die geworfen werden, mit dem Parfüm in der Trauerkleidung, mit den Gedanken, die in der letzten Minute am Grab schon der Zeit danach gelten, mit dem Trauergast-Gefühl: »Wir sind schließlich dagewesen, und nun ist es vorbei.«
All dies hatte das Weinen und Schluchzen an Knebels Grab zur Ruhe gebracht. Auch Moni und ihre Kinder weinten nicht. Das eigentliche Wunder wurde aber von »unserem Zürndorfer« bewirkt, indem er mit einem warmen Gefühl in der linken Schulter seinen Kaugummi ausspuckte und mitten hinein für alle laut und klar sagte: »Dein Sohn lebt.«
Totenstille.
MUTTER KNEBEL: Ja, wahrhaftig, er lebt.
PASTOR KLOPFLEISCH: O ihr Ungläubigen, woher wißt ihr das!

Folgende Zutat war gestern noch von Siemsen geliefert worden: Er hatte im Beisein von Bestatter Winterfeldt junior Knebel ein Stück honiggefüllte Bienenwabe in den Sarg gelegt; Nahrung für den Toten auf seiner Reise. Da hatte der was zu

knabbern und zu lutschen – einerseits. Andererseits würden durch solche Totengabe Siemsens Bienen wohl geraten und nicht gestohlen werden. So hieß es in der Bienenbibel.
Sollte man in dieser honigsüßen Gewißheit noch Tränen vergießen?
Nur für »unseren Zürndorfer« sprang nichts heraus. Er hatte gesagt, was er zu sagen gehabt hatte. Wie sollte er Zukunft und Honig bedenken, wenn es bei ihm nur für Vergangenheit und Gegenwart reichte? Kann der Mensch traurig sein, wenn er die Zukunft verloren hat? Wissen wir darüber nichts? Wußte »unser Zürndorfer« etwas darüber? Er hatte die Tränen und Taschentücher der Trauernden gesehen. Die kamen ihm zu den Augen herein und flossen mit zweihundertsiebzig Stundenkilometern, also mit Nervenleitgeschwindigkeit, in die Gehirnzellen. Aber wo kamen die an? Sie verschwanden da in irgendwelchen Löchern auf Nimmerwiedersehen. Wie sollte da sein Herz klopfen? Wie sollte da der Blutdruck hochschnellen? Wie sollten da Tränen fließen?
Die Rosen waren ins Grab gefallen. Erde war ins Grab gefallen. v. Kümmernitz drückte Moni Knebel die Hand und warf der Verwandtschaft den Trauerblick des Divisionskommandeurs zu, um dann den goldbetreßten Mützenschirm Richtung Zürndorfer zu steuern. Hasse rammte seinem Fürsorgefall den rechten Ellenbogen in die Rippen und sprach den links neben ihm stehenden Deutscher durch die Zähne an: »Es wäre ja gelacht, wenn wir unserem Zürndorfer nicht auch ein paar Tränen rausdrücken könnten.«
v. KÜMMERNITZ: Sie weinen ja, Hauptmann Zürndorfer. Gut gemacht, Hasse.
Da lachte »unser Zürndorfer« wie beim Fotografen, der ein Paßfoto knipst.

Vier

Ja, die Dreizehn

Typhoon: abgeschafft, gestrichen, in den Orkus mit dem Bösewicht. Hotels haben doch auch keine Zimmernummer dreizehn und keinen dreizehnten Stock. Straßenverkehrsämter rücken keine Nummernschilder raus mit SS oder KZ.
STIMME: So machen's alle.
BÜCHMANN: Ja, die Dreizehn! Hat schon mal einer die Sitzreihe Numero dreizehn in einem Passagierflugzeug gesehen?
STIMME: Das Schlimmste, was passieren kann: ein Buch mit dreizehn Kapiteln.

Dann war Siemsen an der Reihe: An einem späten, frostklaren Januarabend 1971 fing sein Titanvogeltriebwerk wegen gebrochener Treibstoffleitung Feuer; er hatte gerade von der Piste abgehoben, er war schon einige Sekunden in der Luft, gerade hatte er Fahrwerk und Klappen *eingesammelt*, gerade wollte er den Nachbrenner ausschalten. Siemsen sah schnell, was los war: Das Feuerwarnlicht blinkte rot, der Abgastemperatur-Zeiger steckte tief in roten Zahlen. Der Titanvogel brannte. Nichts zu machen. Siemsen handelte geistesgegenwärtig und überlegt: Er meldete Problem und Position, sagte »Nectar bailing out« und zog den oberen Griff. Unten kam er gut an; das Flugzeug flog noch dreißig Sekunden hell in Flammen von Geisterhand gesteuert weiter, drehte ab in eine offene Gegend und stürzte sich zu Schrott. Siemsen suchte die Survival-Aausrüstung zusammen, legte sie auf einen Haufen, verließ den Haufen und machte sich mit seinen Papieren auf den Weg zur Straße. Er kannte sich aus. Hier am Waldrand hatte er schon mit seinen Bienen gestanden. Er stoppte ein Auto; das Auto brachte ihn zur Wache. Ein Jeep fuhr ihn zum Fliegerarzt. Da legte Siemsen seinen Leib in Dr. Axius' Hände; der nahm ihn und untersuchte den Körper.

»Zijarette?«

Siemsen nahm eine; Axius gab Feuer. Siemsen rauchte die erste und einzige Zigarette seines Lebens.

»Schmerzen?«

»Nicht daß ich wüßte.«

»Dann bist du jesund, Jungchen.«

Krone ließ den Staffelfahrer im Kasino Krimsekt besorgen, die Krimsektflaschenkorken knallten: Siemsen feierte einen Geburtstag außer der Reihe.

Böttiger war als nächster dran. Schöne weiße, vom Wettermann vorhergesagte »Cumulanten, wie man sie nur in Schleswig-Holstein sieht« trieben im blauen Maihimmel von Nordwest nach Südost, trieben Richtung Ostsee und weiter Richtung DDR. Ein warmer Tag. Sommergeschmack war im Mund. Das Gras war lang und dunkelgrün und legte sich unter dem Wind in Wellen. Wolkenschatten liefen über die Wellen. Bald würden die Bauern ihre Wiesen mähen. Bald würde Heuduft gen Fliegerhimmel steigen.

Böttiger kehrte von einem Aufklärungstiefflug aus Holland zurück, überquerte die Elbe, dachte: »noch fünfzehn Minuten bis zur Landung«, als sein Titanvogel mit einer Möwe zusammenstieß. Die Möwe durchschlug die rechte Windschutzscheibe, es krachte und splitterte, Panzerglasscherben schossen herein, das Federvieh traf Böttiger am Helm, der Helm verrutschte. Böttiger saß im Dunkeln.

BÖTTIGER: Rabenschwarze Nacht. Holy Cow.

Auch er handelte schnell und richtig: Zweihundert Meter über dunkelgrünem Gras, über Löwenzahn und schwarz-weißen Kühen war nicht viel Luft. »The runway behind and the airspace above isn't worth a shit«, hörte Böttiger seinen Fluglehrer in Arizona rufen. Diese Botschaft fürs Leben saß tief und mußte rechtzeitig hervorgeholt werden. Hier war keine Sekunde zu verschenken: für Meldungen keine Zeit. Böttiger zog den unteren Griff, »weil ich dachte: oben geht's ja nicht«. Während der Pilot am Fallschirm durch die Mailuft fiel, ihrer sanften Strömung folgte und den Frühlingsstimmenwalzer im Ohr hatte, schlug die Maschine dumpf auf und bohrte sich in eine Dithmarscher Viehweide. Kühe beim Wiederkäuen schreckten hoch und fingen zu laufen an. Böttiger verstauchte sich den rechten Knöchel, als er hundert Meter südlich bei einer von sieben Findlingen umringten Telefonzelle landete. Da standen jetzt die Kühe mit neugierigen Blicken und wiederkäuten weiter.

Matterhorn-Seilschaft

»Wegen Umsicht beim Einsatz im Rahmen des Unfallgeschehens, insbesondere beim tragischen Unfall Knebel« durfte Krone eine *Förmliche Anerkennung* entgegennehmen. Er kletterte die Dienstleiter hoch. Hauptmann war er schon, nun wurde er Staffelkapitän der zweiten Staffel. Die alten und jungen Hasen gönnten es ihm einerseits, andererseits gönnten sie es ihm nicht; denn sie fragten sich: »Wie wird er sich als Chef wohl machen?« Krone war ein tadelloser Flieger, Krone stand seinen Mann im Gefechtsstand, und Krone traf, wenn er wollte, den richtigen Ton bei Vorgesetzten und Untergebenen.
STIMME: Erst mal abwarten. Er muß seine Chance haben.
Krone beherrschte den von Büchmann so geschätzten »vorauseilenden Gehorsam«. Lag was in der Luft, dann wußte er genau, was es war. Er mußte nicht lange überlegen. Er war schon gehorsam, bevor der Befehl kam, und wenn der Befehl kam, dann hatte er ihn schon ausgeführt und sagte: »Alles erledigt, Herr Oberst.«

»Ganz nach meinem Geschmack, Krone.«
Ganz nach dem Geschmack der alten Hasen und jungen Dachse war dieser Krone-Charakterzug nicht. Wenn sie »Alles erledigt, Herr Oberst« hörten, dann kniffen sie Augen und Lippen zusammen und sagten beim nächsten gemeinsamen Kaffee: »Hast du gehört, was Krone wieder gesagt hat?«
Krone ließ nun Riemer den Gefechtsstand führen und machte Seidel zu dessen Stellvertreter. Riemer sollte nur ein wenig »angebrütet« werden, um dann weiter seinen Weg zu gehen. Vorgesehen war er jetzt schon als rechte Hand des Kommandeurs der Fliegenden Gruppe, vormals Staffelkapitän der *Zwoten*. Dann würde Seidel Riemers Posten übernehmen. So sicherte einer den anderen, wie in einer Seilschaft, die das Matterhorn besteigt.
Böttiger und Siemsen hatten ihr Können auch in schwieriger Lage unter Beweis gestellt; sie traten in die Fährten von zwei nach Jever versetzten alten Hasen und wurden Geschwader-Fluglehrer. Die beiden unterstanden direkt dem Kommodore, sie hockten außerhalb der Staffel im *Olymp*, einem grauen Papphaus mit Ölofenheizung und wasserdichtem Eternitdach.
Deutscher hatte sich an Knebels Grab, nach den Unfällen von Siemsen und Böttiger doppelt und dreifach geschworen: »Du bleibst Fluuchsicherheitsoffizier. Du wirst dich für die Fluuchsicherheit einsetzen. Du wirst auf Karriere pfeifen.«
Oh, das sah und hörte das Geflügelte Wort gern. »Bescheidenheit gepaart mit fachlichem Können« würde in die Beurteilung kommen. »Weiß genau, was er will«, wäre hinzuzufügen. Deutschers Ausrutscher »mit besoffenem Kopf« in Luke war vergessen.
Die Augen auf Krone, der sich ehrgeizige Karriereziele gesetzt hatte, sagte Büchmann: »Wir haben nur gute Leute, jeder geht auf eigene Weise seinen Weg.« Krone – Büchmann im Sinn – sagte dasselbe, als er seinem Untergebenen Oberleutnant Hasse im frisch gestrichenen Dienstzimmer eröffnete, er möge sich

doch seiner Begabung entsprechend »nachrichtendienstmäßig betätigen und bestätigen« und Fachmann für Kriegsschiffe der Rotbannerflotte, der polnischen und der NVA-Marine werden. Hasse fühlte den Pferdefuß in Krones Sache. Er sagte nichts, weil seine Stimme so weit hinten im Hals steckte. Seidel hatte sich in kürzester Zeit im Staffel-Nachrichtendienst bewährt und saß schon als stellvertretender Einsatzoffizier im Gefechtsstand. Endlich brachte Hasse leise heraus: »Da habt ihr euch ja was Schönes ausgedacht.«

Krone fühlte, was seine Sache war, nämlich daß er hier und heute Hasses Disziplinarvorgesetzten zu spielen hatte und nunmehr irgendwie zwischen »Du« und »Sie« hin- und herpendeln mußte. »Schenken Sie Ihren Leuten Gehör, sperren Sie die Ohren auf, verstehen Sie Ihre Leute«, so hatte es im Fach Innere Führung beim Einheitsführer-Lehrgang geheißen. Das lag Krone noch ganz obenauf und roch nach frisch gestrichen wie sein Dienstzimmer.

Krone erhob sich hinter dem neuen Schreibtisch, schob eine der vier Schubladen mit dem rechten Zeigefinger zu und bat Hasse in einen neuen Sessel. Er als Chef nahm im anderen neuen Sessel Platz. Ein neuer Couchtisch stand zwischen ihnen. Von hier aus blickten sie auf die Personalübersicht der Staffel. Das war ein dreiflügeliges Altarbild, das man mit zwei Außenbordflügeln zuklappen konnte. Jetzt standen beide Flügel aufgeklappt. Krone mit seinem Paßfoto ganz oben und genau in der Mitte. Hasse irgendwo unten am Rand.

»Kaffee?« fragte Krone.

»Vielen Dank, ich hab gerade bei Tante Guste.«

»Hör mal zu: Der Nachrichtensektor verlangt intelligente Leute, mein Lieber. Da bist du genau richtig.« Krones Lippen waren frisch, feucht und rot gebissen. Auf der Oberlippe ließ er sich einen Bart wachsen. Hasse antwortete nicht. Er sah an Krone vorbei zum Fenster hinaus. Da standen die Autos. Da wuchsen ein paar Kiefern. Auf einer Kiefer sah Hasse das mit großem Auge träumende Staffel-Rotkehlchen: Auf dieses Rotkehlchen-

auge liefen alle Fäden zu. In diesem Auge spiegelte sich die Welt. Das Rotkehlchen flog davon.
STIMME: Jeder ist Auge und Mittelpunkt der Welt.
»Einsatzoffizier wäre mir lieber gewesen«, sagte Hasse mit Trotz in der Stimme. Riemer und Seidel waren ihm vorgezogen worden. Die waren in der Seilschaft auf dem Weg zum Matterhorn-Gipfel. Hasse hatte man im Basislager zurückgelassen. Er durfte von da aus zusehen, wie die Seilschaft einen Meter nach dem anderen dem Gipfel entgegenstieg, um Ruhm und Ehre einzuheimsen.
Krone hatte gut zugehört. Hasse hatte sich selber gut zugehört, auch den eigenen Trotz und den Mittelpunkt der Welt hatte er gespürt. Das Matterhorn hatte er gesehen. War er nicht bereits oben gewesen? Auf dem nagelspitzen Gipfel balancierte er. Den rechten Stiefel auf dem Matterhorn, den linken im Weltraum, beide Arme ausgebreitet. Er sprach zu sich selbst: »Hasse, sag mal, spinnst du? Nun sei doch mal ehrlich!« Wie sollte Oberleutnant Hasse im Einsatzgeschäft bestehen, wenn ihn »schwierige Lagen« zum Heulen aufs Klo trieben?
»Für Einsatz ist es noch zu früh«, sagte Krone. »Aber zu spät ist es nie.«
»Es ist nicht zu früh«, trotzte Hasse weiter.
»Schwierige Lagen erfordern Durchstehvermögen. Du weißt, was ich meine.«
»Ich weiß nicht, was ihr meint«, sagte Hasse und redete damit alle Vorgesetzten an, vom Staffelkapitän über Kommandeur und Kommodore, Divisionskommandeur und Inspekteur bis zum Verteidigungsminister. Wäre Krieg gewesen, dann hätte er auch noch den Bundeskanzler angeredet. Krone sah auf die Uhr. Es war Zeit für die Unterschriftenmappe, die der Spieß gleich vorlegen würde. Krone sah Hasse mit dem Nun-ist-aber-Schluß-Blick an. »Sei froh, daß wir dich nicht nach Jever versetzen.«
»Mark my words: Ich möchte hier nicht verheizt werden.«
»Say again?«
»Forget it.«

»Now you're talking.«
Nach Jever würden sie ihn nie versetzen. Sie würden ihn nirgendwohin versetzen, nicht mal nach Fürsti. Sie würden ihn hierbehalten, weil sie ihn brauchten. Wer sollte sich sonst um Zürndorfer kümmern? Es kam nun laut und klar: »Ihr könnt mich ja gar nicht versetzen.«
»Und warum nicht?«
»Das weißt du genau.«
»Schlaues Kerlchen. Nachrichtenwesen ist genau das Richtige für dich.«

Prächtiges Ätherblau

An einem Freitagnachmittag ließ v. Kümmernitz Hasse wissen: »Endlich komme ich dazu, mich mal hinten bei Ihnen reinzusetzen«, sagte er. Riemer nahm den Fettstift und trug General und Oberleutnant mit Hasses Rufzeichen auf seinem Bord ein. Der Flug ging nach Fürsti. An diesem Tag der letzte Start. Feierabend in fünf Minuten. Hasse erledigte draußen den Preflight-Check, damit die kostbare Generalszeit geschont würde. Krone verabschiedete seinen Divisionskommandeur an der Staffel-Haustür: »Guten Flug und schönes Wochenende, Herr General.« Zusammen mit Riemer sah er den kleinen v. Kümmernitz in seinen vorschriftswidrigen Wildlederschuhen und mit der Mütze ohne Mützendraht den Plattenweg entlangstiefeln. »Wenn die alten Säcke erst mal in Rente sind, dann geht's mit der Luftwaffe richtig aufwärts«, sagte Krone zu Riemer, warf seinen Autoschlüssel in die Luft und schnappte ihn sich wieder.
v. Kümmernitz legte die Schirmmütze aufs Instrumentenbrett. Hasse fragte gleich nach dem Start in dicker Wolkensuppe: »Wollen Sie mal fliegen, Herr General?«
»Machen Sie man, Hasse«, kam die Antwort von hinten. Das

Flugzeug schüttelte und wackelte ein wenig; nicht schlimm. Das Triebwerk schob gewaltig. Schon zweitausend Fuß vor der zugewiesenen Flughöhe hieß es aufpassen: Gashebel zurück und Nase runter. Bloß nicht überschießen. Sie düsten in dreißigtausend Fuß dahin; Wolken, immer nur Wolken. Wie hoch würden die wohl gehen? Der Wettermann hatte keine Ahnung. Die Flugsicherung wußte es nicht.
Hasse sah die Tanks an den Flügelspitzen. Die sah er jedenfalls. Sonst sah er draußen nichts. Wenn er den Kopf in den Nacken nahm und nach oben sah, dann schimmerte es blau. Wozu über den Wolken fliegen, wenn der Vogel sich so gut nach Instrumenten fliegen ließ. Auf die Instrumente war Verlaß. Die Zeiger standen da, wo sie stehen sollten. Jede Zahl, jeder Strich war genau zu erkennen; eine Wohltat, die Behaglichkeit und Zufriedenheit hervorrief und kleines Glück herbeilockte. Auch v. Kümmernitz tat der Blick auf Zahlen und Zeiger gut; er wurde persönlich: »Wie geht's denn so, Hasse«, fragte er in die nächste Funkpause hinein.
»Bestens, Herr General. Wir haben gerade einen prächtigen Urlaub in einem dänischen Ferienhaus an der Nordsee verbracht.«
»Alles gesund, Hasse?«
»Frau und Töchter sind knackebraun und putzmunter, Herr General.«
»Prächtig, Hasse. Unser Vogel fliegt ja genau da, wo er fliegen soll.«
»Ein wunderbares Flugzeug, Herr General.«
»Da kann die Presse schreiben, was sie will.«
»Die Presse hat keine Ahnung, Herr General. Was wissen die zum Beispiel vom Nachrichtenwesen.«
»Gar nichts wissen die, Hasse. Ich erlebe das ja täglich in der Division. Wenn man es recht bedenkt, dann ist Nachrichtenwesen das Zünglein an der Waage, möchte ich mal sagen. Glauben Sie mir!«
»Ohne Nachrichtenwesen wären die Politiker aufgeschmissen, Herr General.«

»Wer sagt's denn.« v. Kümmernitz meinte das Wetter; denn plötzlich lag ihnen die Erde zu Füßen, ganz tief unten, aber doch zum Greifen nah wie eine schöne bunte, handgemalte Landkarte, belegt mit tausend Süßigkeiten. Es wurde ganz ruhig. Das Flugzeug lag wie ein Brett. »Das Ding liegt ja wie ein Brett«, sagte v. Kümmernitz. Das Triebwerk röhrte angenehm in den Ohren. »Dieser urzeitliche Ruf hat mich von jeher gebannt«, sagte v. Kümmernitz und hob den behelmten Kopf: »By the way: prächtiges Ätherblau.«

Munich Radar war freundlich und hilfsbereit. Sie durften in einer schön ausholenden Kurve Fürsti anfliegen. Da unten war schon Dienstschluß. Da war nichts los. Die Alpen leuchteten im Föhn. Da lag der Ammersee, der Starnberger See, der Chiemsee, da lagen die anderen Seen. Da waren Fürsti und die Amper. Da war die Hasenheide, wo Hasse durch den Dreck robben mußte. Da waren Kasino, Flugmedizinisches Institut und Kilometergebäude, wo Hasse – lang, lang ist's her – bei der Luftwaffe angefangen hatte. »Können Sie schon Kloster Andechs sehen, Hasse?«

»Kloster Andechs not in sight, Herr General.« Hasse setzte die Maschine da hin, wo die vielen schwarzen Striche waren. Wer richtig landete, der landete auf den schwarzen Strichen. Hasse zog mit der linken Hand den Bremsschirmgriff. Der Schirm flog raus und öffnete sich im Fahrtwind. Es gab kein schöneres Bremsen als das Bremsen mit dem Schirm. Die Schwerkraft drückte den Körper sanft nach vorne, Hasse spürte die Gurte an den Schultern, der Kopf nickte zwei Zentimeter Richtung Brust. Das war nicht nur schön, so wurden auch die Bremsbeläge der beiden Räder im Hauptfahrwerk geschont. Hasse folgte dem *Follow-Me*, er entriegelte das Kabinendach, hob es mit der Rechten, übernahm mit der Linken und legte es – vorsichtig, vorsichtig – nach links, bis die Sperre blockierte. v. Kümmernitz öffnete auch sein Dach.

Herrliche Freitagnachmittag-Luft wehte zum Cockpit herein. Das war Glücksgefühl-Luft, Luft zum Gesundbleiben, Wochen-

end-Luft, Ferienluft. Hasse folgte dem Einwinker und stoppte, als der die Arme kreuzte, schaltete das Triebwerk aus, als sich der Einwinker mit der flachen Hand über den Hals fuhr.
Checkliste abhaken: Alle Schalter aus. Abschnallen und die Sachen zusammensuchen. Helm auf den Kabinendachrand legen. Maske mit Schlauch ins Cockpit baumeln lassen. Haare von der Wochenendluft durchwehen lassen. General setzt Generalsmütze auf, bevor er aus dem Sitz hochkommt. Stiefel in die Leiter setzen und eine Sprosse nach der anderen nehmen. Am Boden ins Bordbuch schreiben: Eine Stunde und dreißig Minuten Flugzeit. Keine Beanstandungen. Unterschrift.
Hasse schrieb die tausendste Titanvogelstunde in sein Flugstundenbuch. Es würde einen Aufnäher von der Firma *General Electric* geben. Die Firma *Lockheed* würde eine schöne Urkunde durch den Kommodore überreichen lassen und dazu passend diesen Wandschmuck: »1000 Stunden Lockheed F-104 Starfighter« in Bronze, eingefaßt in Edelholz und mit Loch auf der Rückseite zum Aufhängen.
Hasse wohnte im Kasino. v. Kümmernitz hatte Freunde in Inning. Von da aus war es zum dunklen Andechser im Kloster nicht weit. Sie wollten sich Montagmorgen um acht Uhr in der Flugabfertigung wieder treffen. »Vergessen Sie den Leberkäse für Zürndorfer nicht«, sagte der General.

Aufrüstung zum Herrenabend

»Reichlichen Regens rieselndes Rauschen«, notierte Roswitha Ende April 1972 in ihren Kalender aus rotem Saffianleder, Geschenk von Emsieg. Sie saß im grünen Ohrensessel am Wohnzimmerfenster des kleinen Güldenholmer Hauses. »Es regnet mal wieder«, sagte Elena, die Schulaufgaben machte. »Na komm schon«, sagte Roswitha und nahm die Tochter auf den Schoß. Sie blickten ins Wetter. Die Wolken waren hoch. Die

Sicht war gut. Im Regen schimmerten die Bäume blaugrün, die Wolken blauschwarz.
Das Fenster stand halb aufgeklappt. Roswitha atmete den hochprozentigen Sauerstoff, der dem Staatsforst entströmte und mit einem angenehmen Südwest in ihre Lungen geweht wurde. Vor dem Damen-Nachtflug wollte sie sich mit Hilfe von reinem Sauerstoff die *Nachtsichtfähigkeit* verbessern und den Stickstoffanteil im Blut reduzieren.
STIMME: Rauchen verboten.
ROSWITHA: Soll ich da hingehen?
STIMME: Eigentlich gehörst du nicht ins Damenkränzchen. Andererseits: Gustav und Zürndorfer sind ja auch dabei.
ROSWITHA: Macht es dir was aus, wenn ich dich allein lasse, Elena?
ELENA: Nein, aber darf ich dann fernsehen?
Aus dem Staatsforst ragten Baukräne. Die Kranführer saßen hoch über den Bäumen in ihrem Führerhaus und kitzelten mit der Kranspitze Regen aus den Regenwolken. Der Flugplatz war wieder mal eine Baustelle. Der Flugplatz war eigentlich immer eine Baustelle. Die Bauleitung, die außerhalb des Flugplatzes in einer von Elektrospeicheröfen geheizten Holzbaracke neben der Wache untergebracht war, hatte immer zu tun. Das Bauen und Rüsten hörte nicht auf. »Gut für die heimische Wirtschaft«, schrieb der *Solsbüller Bote.*

Seit einem halben Jahr flog in Lager Solsbüll ein neuer Flugzeugtyp: *Phantom,* zwei Mann Besatzung. Doppelt so groß, doppelt so schwer wie der *Starfighter.* Fünfzig zusätzliche Flieger waren ins Geschwader versetzt worden. Lauter neue Namen. »Keiner kennt den andern, jeder ist allein«, sprach Hasse sich in einer rührseligen Minute vom Herzen.
STIMME: So nun auch wieder nicht.
Mehr Umkleideraum, mehr Schränke wurden gebraucht. Neue Techniker kamen. Sechs neue zweistöckige Kasernenblöcke, zweiundzwanzig Flugzeugbunker und eine geheimgehaltene

Zahl Treibstofflager stampfte die Bundesrepublik Deutschland aus dem Boden.

Die hatte auch den Vorschlag des Oberheizers aufgegriffen und die beiden mannshohen Koksöfen im Kohlenkeller durch eine moderne Ölfeuerungsanlage ersetzen lassen. Das Kohleschaufeln gehörte der Vergangenheit an. Die Kokshalde draußen, die Koksvorräte im Keller blieben liegen »für den Fall, daß uns der Ölhahn abgedreht wird«, sagte der Oberheizer.

Vom neuen hellen, überirdischen Kontrollraum blickten die Heizer auf zwei silbern gestrichene Heizöltanks mit jeweils hunderttausend Liter Fassungsvermögen. Gesteuert wurde der Heizprozeß über eine Zeitschaltuhr. Der Oberheizer konnte freilich *bei Bedarf* Hand anlegen. Die drei Heizer saßen »in unserem neuen schicken Sozialraum« direkt neben der Kontrollstube und waren froh, daß sie sich nicht mehr im Keller die Hände schmutzig machen mußten. Oben war die Luft viel gesünder. Nun waren auch hier moderne Zeiten angebrochen. Die Heizungsanlage summte leise vor sich hin. Es gab mehr Manometer als vorher, mehr Druckknöpfe, mehr Sicherheitsventile, Schalter und Schaltpläne. Es gab einen roten Knopf und eine Telefonnummer für den Notfall.

»Mal herhören«, damit trommelte der Oberheizer seine Heizer zusammen: »Wenn ich mir so die Armaturen ansehe, dann hat das alles was von Kampfflieger-Cockpit. Auch wir gehen mit der Zeit. Das ist nur eine Energiefrage. Setzt euch im Sozialraum auf den Hosenboden, trinkt meinetwegen einen Kaffee und klemmt euch hinter die neue Technik.« Jegliches Kartenspielen war in den nächsten vier Wochen verboten.

HEIZER ALPHA: Die Anforderungen sind höher geworden.

HEIZER BRAVO: Man muß mehr lesen und auswendig wissen.

HEIZER CHARLY: Wir tragen mehr Verantwortung.

OBERHEIZER: Es geht uns nicht schlecht.

Mit dem Blick auf das Titelblatt der neuesten Ausgabe von *Hören und Sehen* fügte er hinzu: »Ein sechzehnjähriges Mädchen in her full blossom.«

Tante Guste nahm in der zweiten Staffel die von ihr geforderte Küchenhilfe und die doppelt so große und doppelt so moderne Küche in Empfang. Entsprechend viele Teller, tiefe und flache, Tassen und Becher, Messer, Gabeln, Löffel wurden beschafft. Eine Geschirrspülmaschine, wie sie in Großküchen üblich ist, mußte her und kam.

STIMME: In den neuen Groß-Kochtöpfen gehen die kleinen U-Boote der Bundesmarine auf Kartoffeljagd.

Die Bundesrepublik Deutschland vergrößerte und verschönerte das Offizierskasino. Unterm Marmorsaal erstand die Kellerbar; ein aus roten Ziegelsteinen gemauerter Kamin sollte dem Keller die heimelige, gemütliche Note geben. Ein Ausgang ins Freie führte auf die neue Terrasse, wo Männlein und Weiblein im Sommer Würstchen grillen und Bier trinken konnten. Bei schlechtem Wetter brauchte der diensttuende Heimoffizier nur ein Zeltdach über das Grillfeuer zu ziehen.

Alle Kasino-Toiletten wurden generalsaniert: große Waschbekken lösten kleine ab, sogenannte *Mischbatterien* rückten Wasser in jeder gewünschten Temperatur heraus, die Druckspülung wurde durch Fünf-Liter-Spülkästen ersetzt. Die neuen Klos waren nach dem letzten Schrei des Sanitärgeschmacks aus gelbem Porzellan und entsprachen neuesten Erkenntnissen der Klär- und Abwassertechnik sowie gewissen Ansprüchen von Nase und Auge. »Darauf kann man die Nato nun wirklich scheißen lassen. Vorher war es doch kein Zustand. Höherer Wasser- und Papierverbrauch ist doch piepschnurzegal«, so sprach der Standortverwalter.

Opfer müssen gebracht werden

Geschwaderbefehl: »Der diesjährige Herrenabend findet statt am 30. April 1972, gez. Büchmann, Kommodore.« Der diesjährige Herrenabend begann schon drei Tage vorher; denn drei

Tage vorher stellte der Oberheizer seine Heizungsanlage auf Handbetrieb. Er persönlich wollte mit dem Dreitage-Vorlauf für »filigrane Feineinstellung« der Herrenabend-Temperatur sorgen. Damit er in diesem Geschäft nicht gestört sei, ließ er seine Heizer Überstunden im voraus abfeiern: »Macht, was ihr wollt.«

Wer von außen einen Blick in die hell erleuchtete Kontrollstube warf, sah den Oberheizer in einer nagelneuen, orangeroten Fliegerkombi. Mal hielt er das linke, mal das rechte Ohr an das dicke Rohr, in dem Heizungswasser Richtung Kasino floß. Beide Hände hatte er an den Drehventilen, beide Augen auf den Manometern und Sicherheitsventilen. »Der Fortschritt ist unser Schicksal«, fühlte und las er den Instrumenten ab. Der Oberheizer hatte sich Marschverpflegung mitgebracht: Käse auf Weißbrot, Mettwurst auf Schwarzbrot, drei Äpfel, drei Bananen und drei mit Majonäse gefüllte Tomaten. »Zum Trinken halt ich mir heißen Tee in einer Thermoskanne vor.«

In den drei Tagen vor dem Herrenabend wurde das Kasino auf Hochglanz gebracht.

STANDORTVERWALTER: Wir gehen da bis zur Penibilität.

Dafür stellte die Standortverwaltung zwei Extra-Putzfrauen ab. Der Geschwadermaler übermalte in der Garderobe schwarze Gummistreifen, die Knobelbecher, Fliegerstiefel und sonstiges Fußzeug hinterlassen hatten. Textilhaus Toffolo hängte im Fernsehraum neue Gardinen auf. Fernseh Fischer stellte einen neuen Fernseher in den Fernsehzimmerschrank und nahm die alte Glotze mit.

Mitten hinein in die Vorbereitungsstimmung platzte die Nachricht von Hausners tödlichem Unfall bei den Marinefliegern. »Wasserberührung beim Tiefflug, Absturz Ostsee«, mehr war aus den ersten Meldungen nicht zu erfahren.

STIMME: Haste mal wieder nicht aufgepaßt, Hausner. Haste wohl mal wieder gepennt. Haste wohl mal wieder dein Gehirn in Stand-by gehabt. Hättste lieber mal deine zwo Äuglein angestrengt.

BÜCHMANN: Tut uns wirklich leid, aber darauf können wir nun wirklich keine Rücksicht nehmen. Wir sind ja schließlich nicht bei der Marine. Wann ist überhaupt die Trauerfeier?
Termin für Hausners Trauerfeier war noch unbekannt. Der Termin *Herrenabend Lager Solsbüll* wurde nicht gestrichen.
STIMME: Der 30. April steht bombenfest wie das Amen in der Kirche. Den 30. April haben wir schon seit Urzeiten dafür reserviert.
Sollte alles umsonst gewesen sein? Die Einladungen waren raus. Die Vorbereitungen waren abgeschlossen. Büchmann sagte: »Ach ja, Hasse, sorgen Sie bloß dafür, daß unser Zürndorfer beschäftigt ist. Am liebsten wäre es mir, wenn Sie ihn im Nobiskrug unterbringen könnten. Die Wirtsleute sind doch so nett, und er sieht doch abends gerne fern.«
»In der Sache Zürndorfer muß ich immer erst Rücksprache mit dem Divisionskommandeur halten.«
»Meinetwegen, Hasse. Aber ich bin der Meinung, daß wir Zürndorfer nicht dabeihaben können, wo man selber ein wenig verrückt spielt. Da braucht man volles Bewußtsein.«
»Ich hätte ihn gern dabei«, sagte v. Kümmernitz. »Sie kriegen ihn doch sicher ruhiggestellt, Hasse?«
»Ich gebe ihm wieder Kaugummi, das funktionierte ja schon bei der Beerdigung.«
»Stimmt überhaupt«, sagte v. Kümmernitz, gab für Zürndorfer grünes Licht und ließ Büchmann wissen: »Der Divisionskommandeur nimmt das auf seine Kappe«, und Zürndorfer nahm er, zusammen mit Hasse, in die Mitte, als die paar Stufen Eingangstreppe hochgegangen werden mußten. Mit »Angenehm warm« und »Die neue Heiztechnik hat doch was Faszinierendes« verschwand er in der neuen Toilette, um dort Pißbecken, Waschbecken, Mischbatterie und Spiegel zu nutzen.

Hasse betrachtete sein Spiegelbild im Garderobenspiegel und sagte: »Ich bin gleich fertig. In der Zwischenzeit kann unser Zürndorfer ja Kleiderhaken zählen.« Zürndorfer kaute Kau-

gummi, nahm sich nun einen Kleiderhaken nach dem anderen vor und zählte sie alle ab.
Der Blick in den Spiegel galt beiden Flugzeugführerschwingen, der deutschen silbergestickten und der amerikanischen aus Sterlingsilber. In diesen beiden Schwingen steckten seine Anstrengung, seine Leistung, die Anerkennung seiner Leistung und sein Stolz. »Das kann mir keiner nehmen.«
Zürndorfer schaute nicht in den Spiegel. Er mied den Spiegel wie der Teufel das Weihwasser oder wie Zürndorfer den Kalender. Da müßte er ja ins eigene Pokerface starren. Wie sollte er wissen, wer er war? Wie sollte er wissen, wer oder was sich hinter dem Pokerface verbarg? Das war ja wie der Blick in die Zukunft. Zukunft stand doch »unserem Zürndorfer« nicht mehr zur Verfügung!
Hasse sagte: »Unser Zürndorfer is looking okay.« Hasse sah Zürndorfer im Spiegel und befragte dessen Spiegelbild: »And what about me?«
»Auch okay.«
Der Marmorsaal hatte sich gefüllt mit einhundertzwanzig zivilen und uniformierten Herren der Standortwelt. Alles bekannte Gesichter, die schon anläßlich Knebels Trauerfeier, anläßlich Fasching und Sommerfest, Grünkohlessen und Oktoberfest ihr Gesicht gezeigt hatten. Heute standen Bier, Burgunderbraten mit Sauerkraut und Nachtisch auf der Speisekarte. Burgunderbraten konnte der Kasinofeldwebel am besten.
Es gab eine Tischordnung: höhere Herren weiter oben, niedere weiter unten. Den zivilen Herren waren etikettenhalber uniformierte beigesellt. Siemsen betreute seinen und Hasses alten Schulkameraden André Spöri, den Geschäftsführer von Supermarkt Nommensen, Böttiger kümmerte sich um Autohaus Röhrkasten, Krone betreute Dr. Osmin Hunger, der seinen Platz neben Martin Spöri hatte, Studienrat am Gymnasium Solsbüll, in Vertretung des Direktors. Neben ihm saß Fliegerarzt Dr. Herbert Axius. Riemer und Seidel hatten ihren Platz bei Drogerie Dornfeldt und *Toni Textil,* dem Inhaber von Textilhaus

Toffolo. Büchmann hatte Rechtsanwalt a. D. Dr. Emsieg neben sich gesetzt, und Divisionskommandeur v. Kümmernitz hatte Pastor Meinhard Klopfleisch – »noch fünf Jahre bis zum wohlverdienten Ruhestand, Herr General« – an seiner Seite. Peter Bezug, als Stellvertreter des Raiffeisen-Geschäftsführers, war ebenfalls anwesend. Büchmann hatte ihn extra weit weg von Emsieg plaziert, um das ehemalige Vorgesetztenverhältnis »vor Ort nicht unbedingt herauszustellen und den Dienstherrn nicht zu verärgern. So machen wir das. Basta«.
PETER BEZUG: Wenn wir bloß den uns aufgezwungenen Krieg nicht angefangen hätten.
So hatte jeder sein Päckchen zu tragen, auch Hasse, der sich wieder mal um Zürndorfer kümmerte.
Frauen waren nicht vertreten, »haben wir es doch mit dem klassischen Herrenabend zu tun, der für jede Frau tabu ist. Ich will nicht, daß irgendeine hier aufkreuzt mit dem Vorwand *Ich möchte nur meinen Mann abholen, weil der nicht mehr fahren kann.* Das lasse ich nicht gelten. Wir haben drei VW-Bullis im Einsatz, die fahren, solange der Vorrat reicht«, hatte Büchmann seine Herren instruiert. Seine Kommandeure meldeten: »Alle Vorbereitungen abgeschlossen«, er selber startete um achtzehn Uhr noch mal zu einem Rundgang durchs Kasino, klopfte ans Thermometer in der Eingangshalle und sagte: »Die Temperatur stimmt auf ein Grad genau«, und zum angetretenen Kasinopersonal unter Leitung des Kasinofeldwebels sagte er: »Fabelhafte Arbeit, Leute. Das war's dann schon, Herr Oberfeldwebel. Ich muß hier abbrechen.« Ihm, Büchmann, war nämlich noch ein Satz für die Begrüßungsrede eingefallen.
»Die Technik ist die einzige Weltsprache, die sogar die Russen verstehen.« Das war der Satz. Damit pries Büchmann die Abschreckung und das neue Flugzeug, »das so neu nun auch nicht mehr ist, fliegen die Amerikaner es doch schon seit Jahren, nicht wahr, Deutscher?«
»Seit Jahren, Herr Oberst.« Das war von Büchmann geschickt übergeleitet; denn nun folgte laut Herrenabendprogramm

Deutschers Kurzreferat zur Flugsicherheitslage des Geschwaders. »Die Ära Starfighter haben wir fluuchsicherheitsmäßig weit über dem Luftwaffenschnitt durchgestanden, meine Herren, hatten wir doch nur einen Toten und drei Totalverluste zu beklagen. Die Phantom sind wir bisher unfallfrei geflogen. Gut aufgeleecht und bildlich gesprochen sieht unsere aktuelle Fluuchsicherheitsstatistik folgendermaßen aus: Wenn bei uns einer runterfällt, sind bei den anderen schon knapp drei runtergefallen. Wie habe ich das gesaacht, Herr Oberst?«
BÜCHMANN: Das hat was für sich, Deutscher. Finden Sie das nicht auch, meine Herren?
MEINE HERREN: Hört, hört.
Warum stand Zürndorfer bei Deutschers Referat kaugummikauend, nichtssagend und undurchsichtig auf? Alle Augen sahen ihn und sahen wieder weg, als sie dachten, was sie nicht sagen mochten: »Hätte man den nicht aus dem Verkehr ziehen können?« Oder: »Ein Verrückter verbreitet doch ungemütliche Atmosphäre.« Wieder andere dachten: »Eigentlich gehört er dazu.« Dann sahen alle auf den Divisionskommandeur, den Allerhöchsten im Saal. Der nickte Richtung Zürndorfer, und alle fanden, daß Zürndorfer *von Rechts wegen* hierhergehörte, auch wenn er sich erhoben hatte, »worüber man im Grunde ja nur froh sein kann«. Zürndorfer ging raus, ließ die Tür einen Spalt offenstehen. Hasse sah ihn den Fernsehraum ansteuern. Ihm fiel ein Stein vom Herzen: »Da ist er gut aufgehoben, da muß ich mich erst mal nicht kümmern.«
Hasse rückte eins auf, weil Zürndorfer verschwunden war. Nun hatte Schulkamerad und Geschäftsführer André Spöri auch ihn noch als Zuhörer. André nutzte die begrüßungs- und vortragslose Burgunderbraten-Zeit, um seine für diesen Herrenabend neu gesponnene Fluchtgeschichte loszuwerden: »Es war im Frühjahr 1945«, so begann er. Flott wegerzählen war hier oberstes Gebot, denn v. Kümmernitz stand schon mit seinem Grußwort in den Startlöchern: »Sobald die Ordonnanzen abgeräumt haben.«

Auch die anderen mußten flott wegerzählen, um loszulassen, was losgelassen werden mußte. Mancher Burgunderbraten-Bissen wurde zu schnell geschluckt. Manche Kartoffel kam zu heiß und zu heil in den Mund und in den Schlund. Da mußte sofort gekühlt und gespült werden. Es nützte nichts, daß Fliegerarzt Dr. Axius im Namen der Gesundheit warnend seinen Zeigefinger hob und Flieger und Nichtflieger auf die Verpflichtung zur Gesundheit hinwies: »Paragraph siebzehn *Absturz* vier Soldatengesetz.«
Von Zeigefingern oder sonstigen Hinweisen, die im Namen der Gesundheit erhoben worden sein sollten, konnte jedoch keine Rede sein. Man sah und hörte wohl nicht richtig: Auch der Fliegerarzt schluckte schneller, als Gesundheit und Gesetz erlaubten. Jedoch: »Nach dem Burgunderbraten halten wir uns alle zurück. Schließlich tragen wir Verantwortung.«
Zukunftsfragen dufteten zum Burgunderbraten heraus und den Herren in die Nase, ließen sich einatmen und nahmen im Gehirn Platz. Auf die Frage, wie er, Seidel, sich die Zukunft nach seiner Pensionierung vorstelle, dachte sich sein Gehirn folgendes aus: »Ich will voll und ganz den Hausmann spielen; Hedwig ist ja Lehrerin und Großverdienerin.« Auch bei Böttiger, der wie fast alle Kampfflieger mit einundvierzig pensioniert werden würde, war alles klar: »Ich werde im fliegenden Geschäft bleiben. Ich werde Motorsegler und Segelflugzeuge fliegen. Ich werde meinen Blick von oben schweifen lassen und aufklären, ob die Leute ihre Häuser gemäß Baugenehmigung errichtet, ob sie die Grenzen beachtet und nicht unerlaubt viele Fenster ins Dach gebaut haben.« Auch Hasse wußte eine Antwort auf die Zeit danach: »Ich weiß es schon ziemlich genau: Dann kann ich mich mehr um meine Familie kümmern.«
Krone und Riemer pochten auf Karriere und peilten die Sechzig an; denn spätestens mit sechzig würden in der Regel Generäle pensioniert. Hunger hatte sich auf lebenslangen Kanzleidienst eingestellt: »Solange ich denken kann, solange kann ich arbeiten.«

Die zivilen Herren der Standortwelt liebäugelten lieber mit dem Ruhestand. Das Fernweh hatte heute abend alle gepackt. André Spöri würde ganz in Wohnwagen und Garten aufgehen, Holz hacken für den warmen Ofen im Winter, Kartoffeln setzen für die köstlichen Frühkartoffeln im Sommer. Sein Bruder Martin sah sich mit seinem angewachsenen Ohrläppchen und einer sehr dünnen Ohr-Innenleiste zurückgezogen als Privatgelehrter in einem Ohrensessel, umringt von einer unübersehbaren Zahl von Büchern, in Ruhe gelassen von Gott und der Welt, um dann und wann einmal »ein weißer Elefant im *Antiquarium Solsbüll*« zu sein.
Pastor Klopfleisch wollte *Brot für die Welt* mehr unterstützen, ehrenamtlich. Der Wettermann wollte sich endlich mal diesen Wunsch erfüllen: die Wetterstation des »zwotausend« Meter hohen Flugplatzes Peterson Airfield in Colorado besuchen »und dabei auch mal Denver und Colorado Springs ansehen«. Der Standortverwalter strebte mit seiner Frau Spaziergänge am Deich und Radfahrten in der Gegend an. Autohaus Röhrkasten war gewillt, seinem Sohn in der Geschäftsführung kräftig zur Hand zu gehen. Toni Textil schwärmte von zukünftigen Reisen nach England; »denn im Land der Stoffe habe ich mich während meiner Ausbildung zum Textilkaufmann am wohlsten gefühlt«.
Emsieg sagte zum Divisionskommandeur: »Ich möchte endlich meine Ruhe, nichts als meine Ruhe.« Der Divisionskommandeur wünschte sich »Gesundheit, denn ohne die geht nun mal nichts, Herr Dr. Emsieg«. Büchmann dachte nicht an die Zukunft, weil »ich noch so viel vorhabe«. Geschäftsverkauf und einen Lebensabend auf Mallorca hatte Drogerie Dornfeldt ins Auge gefaßt: »Kinder haben wir keine.« Peter Bezug gab aus seiner Raiffeisen-Welt folgendes zu Gehör: »Ist der Handel noch so klein, bringt er mehr wie Arbeit ein. Ich sehe alles mehr positiv.«
So hatte jeder sein Fernweh zu tragen und zu besagen, als v. Kümmernitz mit dem Feuerzeug gegen das halbvolle Bierglas

schlug, sich erhob und mit »Noch einen Augenblick, meine Herren«, postwendend Ruhe und Ordnung erschuf. Ob die Welt, in der man lebe, zum Untergang verurteilt sei, das wisse man nicht. Die Welt des kommenden Jahrhunderts werde freilich eine titanische sein – so zumindest sprächen namhafte Dichter. Man müsse nur die Technik betrachten. Vom alten zum neuen Flugzeugtyp sei da schon ein gewaltiger Schritt in die Zukunft gemacht. »Hochfeste Strukturelemente« im Rumpfmittelteil und Heckbereich seien aus Titan gefertigt. Nur ein Beispiel: Das komplette Höhenruder sei ein geniales Werkstück aus Stahl und Titan in Wabenbauweise, zu deutsch: Honey-Comb, meine Herren. Warum? Weil das neue, dicke, doppelt so große, doppelt so schwere, doppelt so gut abschrekkende Flugzeug in »schwierigen Lagen konstruktionsbedingt« Probleme mit dem Schwerpunkt habe. Der Schwerpunkt »rutsche in schwierigen Lagen« nach hinten, weswegen man bei der Konstruktion »höllisch« habe aufpassen müssen, damit »hinten« jedes Gramm Gewicht gespart werde.

STIMME: Fehlkonstruktion.

DEUTSCHER: So weit würde ich als Fluuchsicherheitsoffizier nicht gehen.

KRONE: Wer die schwierige Lage nicht mit dem Steuerknüppel meistern kann, ist im Cockpit fehl am Platze.

RIEMER: Da muß ein strenger Maßstab angelegt werden.

SEIDEL: Wer vorm Fliegen Angst hat, sollte zu Hause bleiben.

SIEMSEN: Von den Bienen lernen heißt Festigkeit lernen, siehe: Honey-Comb.

HASSE: Das kann ich nicht bestätigen; aber Siemsen hat recht.

PETER BEZUG: Die Phantom muß enorm sorgfältig geflogen werden.

V. KÜMMERNITZ: Wie dem auch sei. Im übrigen bitte ich Sie: Sehen wir den titanischen Weg der Luftfahrt historisch: Lilienthal, Richthofen, der jüdische Offizier Frankel, wen haben wir noch? Unseren unvergeßlichen Knebel selbstverständlich. Und den Schneider von Ulm, der sozusagen zu lang landete

und nach seinem Sturz in die Donau am Stammtisch zerrissen wurde.«
Hasse nutzte drei Sekunden Schneuz- und Verschnaufpause, die sich v. Kümmernitz genehmigte. Er sagte ungefähr den Satz, den Lilienthal kurz vor seinem Tod gesagt haben soll: »Opfer müssen gebracht werden, Herr General.«
Da hatte er die Lacher auf seiner Seite.
V. Kümmernitz sagte: »Das war mal wieder echt Hasse, meine Herren.«
MEINE HERREN: Hört, hört.

Gruß vom Oberheizer

Der Weg zum gemütlichen Teil des Herrenabends war glatt wie mit Schmierseife geschmiert: zum Ausrutschen, Hinfallen, Liegenbleiben und Weitersaufen.
Weil die Damen ausgeschlossen worden waren, gehörte ihnen zur Feier des Abends die dritte Dimension. Sie hatten sich bei Drogerie Dornfeldt Flugsalbe gekauft und die empfindlichen Stellen eingerieben. Sie griffen zum besten Besen im Stall, setzten links und rechts ein Glühwürmchen, flogen los und trafen sich in Damen-Nachtflughöhe über dem Offiziers-Kasino.
Lola Büchmann hatte ihren Damen und den geladenen Gast-Luftfahrerinnen taktische Rufnamen gegeben, wie sie auch in der fliegenden Herrenwelt üblich waren. »Luftfahrerinnen der Welt, schaut auf meine I-Tüpfelchen: Phini, Gerti, Hedi, Moni, Michi, Regi, Rosi. Nur ich selbst bleibe aus führungstechnischen Gründen bei *Lola.*«
Der gestirnte Himmel über allen, das Herrenabendgesetz tief drinnen, Flugsicht, so weit das Auge reicht. Kometenschweife verbanden die Sternenwelt; Zierden des Himmels. Die Herren im Marmorsaal waren mit einem Blick durchs Fenster befriedet worden, wie es nur in Kaltluft mit entsprechender Fernsicht

möglich ist. Rief man sich da oben etwas zu? Klatschte man den neuesten Klatsch? Sausten oder pfiffen die Besen durch die Luft? Donnerten sie mit Titanvogeldonner?

Die hätten wir fast vergessen: Mitten im Hauptfeld als Gast unter den Gattinnen der Fliegeroffiziere: Madame Lamy, eigentlich Lore Lammers aus Glückstadt/Elbe, Oberin des Etablissements *Am Kamin*, zwokommafünfnull Kilometer südlich der Hauptwache, flog Aufklärung über ihrem Puff mit folgendem Flugauftrag: »Ob alle meine Mädels fleißig bei der Arbeit sind«, damit, dem Haus-Motto entsprechend, die Spreu vom Weizen getrennt werde: »Wer sich mit seinem Schwanz blamiert, kriegt ihn mit Tinte tätowiert.«

Roswitha alias *Rosi* drehte als Gast-Luftfahrerin abseits einsame Runden. Sie hatte einen Fernsprecher dabei. Ihr ging das Lied von der »kleinen Konditorei« folgendermaßen durch den Kopf: »In einer kleinen Kondotterie, da saßen wir zwei. Das reimt sich ja nie.« Ihr frisch gewaschener Haarschopf roch wie immer nach essigsaurer Tonerde und leuchtete silbern im Mond- und Sternenlicht.

STIMME: Schon so viele graue Haare, Rosi?

ROSI: So viele sind es ja gar nicht.

Es war das Mondlicht, das ihre fünfundvierzig? sechsundvierzig? grauen Haare – jedes Jahr eines – so leuchten ließ. Drei Augenpaare hatten sich an Rosi festgesehen: Augenpaar Dr. Osmin Hunger, Augenpaar Martin Spöri, Augenpaar Dr. Friedreich Emsieg. Emsieg sah in den gestirnten Himmel, als hätte Rosi ihm auf ewig den Kopf verschraubt. Die bedankte sich bei jedem aus der unergründlich tiefen Freundlichkeit ihres Wesens: »Das ist aber lieb, daß du mich ansiehst, Osmin. Das ist aber lieb, daß du mich anrufst, Martin. Vielen Dank, Herr Dr. Emsieg.«

Waren da wieder Tränen in Hasses Augen? Nein, es war das Bier, das anfing auszulaufen, als die drei Augenpaare an Roswitha festmachten. André Spöri verzog sein riesenrunzliges Geschäftsführer-Supermarkt-Sorgengesicht, und wie eine Er-

leuchtung funkelte darin der Funke vom Kapieren: »Wir sollten mal zusammen essen gehen, Gustav.«
STIMME: Sonst noch jemand, der Bier weint?
Nachdem Spöri so nett in der Fürsorgeangelegenheit Roswitha/Hasse gewesen war, versiegten die beiden Quellen hinter Hasses Augen.
STIMME: Aber nur bis zum nächsten Mal.
Riemer und Deutscher hatten sich bereits während der Kümmernitz-Rede auf einen Wink von Krone erhoben und hinausbegeben. Sie zogen im verwaisten Damenzimmer *historische* Uniformen an, die Deutscher aus dem Fundus des Kieler Opernhauses geliehen hatte. Mit einer von Geschwaderschmied Theo Emsieg, dem Bruder des Rechtsanwalts, aus Titanvogelschrott geschmiedeten *historischen* Kanone betraten sie fünf Minuten nach dem letzten »Hört, hört« den Marmorsaal, nahmen Aufstellung und warteten auf das Kommando.
KRONE: Kanone laden.
DEUTSCHER: Kanone geladen.
KRONE: Drei Schuß Feuer frei.
RIEMER: Drei Schuß Feuer frei.
Es flogen, von einer Treibladung getrieben, die drei vom Oberheizer gelieferten, mit Majonäse gefüllten Tomaten Richtung Geschwaderführung: Platsch. v. Kümmernitz, getroffen am Ritterkreuz. Er lächelte wie nach einem Luftsieg. Büchmann, getroffen am Bundesverdienstkreuz, das ihm nach der Hamburger Flutkatastrophe von 1962 verliehen worden war. Er reagierte wie eigenhändig notiert im Herrenabend-Drehbuch: »Kaum geht man hier in medias res, schon fliegt heran die Flaudermees.«
Auch Standortpfarrer Klopfleisch mußte dran glauben: getroffen am Kavalierstaschentuch.
Siemsen stand auf und verließ wort- und grußlos den Marmorsaal.
BÜCHMANN: Der hat eine merkwürdige Auffassung von Kameradschaft. Nun geht's doch erst richtig los, Herr General.

V. KÜMMERNITZ: Er hat es von den Bienen, Büchmann.

KLOPFLEISCH: Diesen Programmpunkt hätten wir ja fast übersehen. Hier steht's auf der Speisekarte: Gruß vom Oberheizer – Paradeiser con Mayo.

BÜCHMANN: Zu Florian Geyers Zeiten spielte man das *Maislen*: Man schmiß sich Kuchen- und Bratenreste ins Gesicht und ins Eisenkleid.

KLOPFLEISCH: Florian Geyer – das war doch der frühsozialistische Revolutionär, Herr General.

V. KÜMMERNITZ: Dann liegen wir ja – ich möchte mal sagen – titanrichtig, meine Herren.

KLOPFLEISCH: Nunc est bibendum, nunc pede libero pulsanda tellus. Jetzt laßt uns trinken, jetzt mit freiem Fuß den Boden stampfen. So spricht Horaz.

Den Luftfahrerinnen kam das Fliegerlatein gerade recht: Es beflügelte die Weiberherzen. Lola hatte auf des Geistlichen Wort nach Herrenart *Halbkreis* befohlen. Rosi verweigerte den Befehl. Sie flog in ihrer nach Apfelkuchen duftenden kleinen Konditorei umher und hatte auf dem Besen Platz für zwei. Der Damen-Halbkreis blickte seine klug verhüllte Führerin an.

DAS GEFRÄßIGE ALTER: So schnell vergeht der Jugend Ruhm.

STIMME: Die Zeit dehnt sich.

KRONE *von unten*: So ein Quatsch!

RIEMER *von unten*: Die Phantom fliegen wir mit vierhundertzwanzig Knoten. Das sind sieben Nautische Meilen in sechzig Sekunden. Das wiederum sind nullkommasieben Nautische Meilen in sechs Sekunden. Anders gerechnet sind das rund zwohundertzwanzig Meter pro Sekunde. Da dehnt sich nichts.

KRONE *von unten:* Wie sollen wir Abschreckung, sprich: den Frieden gewinnen, vom Krieg ganz zu schweigen, wenn die Zeit ein dehnbarer Begriff ist.

MEINE HERREN: Hört, hört.

Lola hörte nur, was *Das gefräßige Alter* ihr tief ins Herz gelegt hatte, um tief in ihre Knochen zu fahren. Sie setzte ihre Lesebrille auf, nahm eine Illustrierte mit dem geliebten Kreuzworträtsel zur Hand und fragte die Witwe Moni, die ihre Trauerzeit in Anstand und Würde verbracht hatte: »Mit deinem glatten, unversehrten Bauch trotz zweier Schwangerschaften: Sag an – sieben senkrecht. Gefragt ist das Four-Letter-Word.«

MONI: Fuck.

LOLA: Das geht. Mein Gott, wie köstlich mich das stimmt, wenn Moni sich vorbeibenimmt.

KLOPFLEISCH *von unten:* Die feiern auch. Man soll sie oben lassen. Am Ende wird man wieder ineinanderpassen.

MONI: Ich habe mich vergessen und Ludwig, meinen lieben Mann. Sofort zieh ich den Reiteranzug an.

REGI, *Gast-Luftfahrerin mit Blick auf den älteren Emsieg am Ehrenplatz:* Was will denn dieser Mordgesell?

LOLA: Hast du nicht seinen Leib gerochen?

REGI: O ja, er tanzte mir so schön!

LOLA: Der tanzt mit seinem Pferdefuß fast wie ein Junger, Gott zum Gruß. Noch auf ein Wort: Und habt ihr ihn nicht freigesprochen?

REGI: Beim Sack! Wie hätt es anders sollen gehn.

MADAME LAMY *mit Blick auf emsieg am Ehrenplatz:* Der Bocksfuß darf uns alle haben, solang die Kasse stimmt. Alors, und er sisch nischt danebenbenimmt.

LOLA *alle Luftfahrerinnen sind angesprochen:* Nun wollen wir uns kräftig mischen, und alle Klüfte frei durchzischen. Jetzt zielt den Herren kräftig auf die Eier, wer keinen abschießt, heiße Meier.

BÜCHMANN *von unten:* Eine fabelhaft flamboyante Frau.

In diesem Augenblick flog Hasse ein russisches Ei an die Rüstung. Verschossen wurde nun auch diese Munition.

Die Herren waren inzwischen bei Bier und Korn gelandet. »Schmeckt wie eine gestillte Sehnsucht«, sagte Hasse nach jedem Korn, den er sich tapfer hinters Eisen kippte. v. Kümmernitz registrierte das mit anerkennenden Blicken. Büchmann registrierte die anerkennenden Blicke seines Vorgesetzten und

sagte: »Sieh mal an, der Hasse. Das nenne ich beispielhaftes Trinken. Ich erkenne Vorgesetztenqualitäten. Mein Gott, er hat sie ja doch.«
Der Korn war von den Korntrinkern Brüllkorn getauft worden, weil es jeden Schluck mit bestmöglichem Brüllen zu begleiten hieß. Auch in dieser Disziplin war Hasse heute abend nicht schlechter als Riemer und Krone, die nach Geschwaderschmied Theo Emsieg als beste Brüllkorntrinker des Geschwaders galten.
Die Brüllkorntrinker brüllten. Gebrüll des nicht allzu fernen Meeres, das mit seinen weißschäumenden Pferdeköpfen die Deiche bestürmte? Der Marmor hielt das Gebrüll des Meeres in den eigenen vier Wänden. Die Bier- und Kornvorräte waren laut Befehl »unerschöpflich zu halten«. Kommißbrot und Burgunderbraten ließen sich immer noch abschneiden. Die ersten hatten schon ins Klo gekotzt, um nach der Erleichterung mit Kühle und Blässe im Gesicht weiterzusaufen. Bierleichen waren von den Fahrern schon in die frische Luft geschoben und nach Hause chauffiert worden.
STIMME: Den Klingelknopf wird der besoffne Herr schon finden.
V. KÜMMERNITZ: Man muß auch mal den Alltag vergessen. Im Krieg haben wir das genauso gemacht. Ich bin da zwofach geeichter Fachmann.
BÜCHMANN: Einmal im Jahr, das hat Stil, das brauchen unsere Männer. Ich glaub, es ist soweit, Herr Pastor.
KLOPFLEISCH: In Gottes Namen die Sau rauslassen. Punkt Mitternacht: die Herrn erblassen.
Auf des Geistlichen Wort betrat der Oberheizer – flache Rechte zum Gruß an der Stirn – den Saal und meldete: »Auld Iniquity reporting.«
KLOPFLEISCH: Warum englisch?
BÜCHMANN: Weiß der Geyer.
Der Oberheizer war ausgerüstet mit einem großen Endophallus, dessen bizarre, komplizierte Struktur an den Drohn der asia-

tischen Riesenhonigbiene erinnerte. Alle Einzelheiten des männlichen Gliedes waren vorhanden; sie waren jedoch umgestaltet in eine phantastische, überschäumende tropische Blüte: vier Paar lange dünne Hörnchen, ein gelappter Federanhang und ein gedrungener Bulbus.

Mit seinem silbernen Lindenholzknüppel beschlug er dreimal das Parkett. Die historische Kanone schwieg sofort. Die Herren schwiegen sofort mit. Bombenmatsch tropfte den Herren von Gesicht und Rüstung. Auch von den Marmorwänden und Fenstern tropfte Bombenmatsch. Wer schon sein Gesicht auf den Tisch gelegt hatte, wurde vom Nebenmann geweckt und hochgerissen. Die Herren spitzten die schlappgetrunkenen Ohren: Die Stunde der Wahrheit hatte geschlagen.

V. KÜMMERNITZ: Wahrheit steht vor Gottvertrauen. Gottvertrauen steht vor Kameradschaft. Insofern, meine Herren …

OBERHEIZER: … kommen wir zur eigentlichen Sache. Die Weiber wollen, daß ich Meldung mache.

Ein altes Spiel der Knabentage, das jedem Manne wohlbekannt. Wer hat den Längsten, heißt die Frage, Mann trete vor, Mann ist gespannt.

So wie in Krieg und Frieden der Führer seiner Truppe voraneilt – Sieg oder Niederlage spielt keine Rolle –, so stand auch an diesem Herrenabend General v. Kümmernitz seiner Truppe tapfer vor.

OBERHEIZER: Mir scheint, das Glied ist schwer verletzt. Hat ihm der Krieg da reingefetzt?

V. KÜMMERNITZ: Die Männlichkeit ist leicht behindert, die Fliegertauglichkeit ist unvermindert.

Und so trat einer nach dem anderen zur Musterung vor den Oberheizer.

Der Vorführung Deutschers lauschte der Oberheizer gern: Deutscher summte Tannhäuser. Selbstvergessen und erinnerungsselig neigte er sein Ohr, das bedenklichste Merkmale aufwies: Innenleisten viel zu breit und ohne jede Kontur. Dann dieser tiefe Einschnitt am unteren Ende der viel zu kleinen Ohr-

bucht! Dahinein gelangten Deutschers Worte: »Ich seh Bayreuth, hör Wagners Werk. Mein Lied *Deutscher zwinkert mit den Augen* steigt hoch zum Hörselberg.« War das die Botschaft für Moni, die längst, zusammen mit den anderen, vom Nachtflug nach Hause zurückgekehrt war und genau diesen Traum genau zu dieser Zeit und genau mit Deutschers Worten träumte?
DEUTSCHER: Das war's, meine Herren. Tannhäuser macht sich auf den Weech.
OBERHEIZER: Nun, Brüllkorn-Hasse, tritt hervor. Sing mir wie Deutscher was ins Ohr.
Hasse hatte Mut: »Herrgott noch mal zu!« Der Mut kam aus dem Leiden, das v. Kümmernitz so tapfer vorzuzeigen sich hatte angelegen sein lassen. Dessen tapfere Worte steckten an und beflügelten. Er wollte seinem Vorgesetzten »verdammt noch mal zu« zeigen, »aus welchem Holze ich geschnitzt bin, Herr General«.
OBERHEIZER: Die Hosen runter, junger Mann. Mal sehn, ob man was sehen kann.
Da war der Oberheizer an der richtigen Adresse! Zum Vorschein kam der Keuschheitsgürtel, den der Geschwaderschmied auf Hasses Bitten und Betteln geschmiedet hatte. »Ich kann das nur nach Feierabend machen. Das kostet 'ne Runde.« Der Schmied hatte gesucht und im Rumpfhinterteil von Siemsens Unglücksmaschine folgendes Titanmaterial gefunden: ein Trägerstück, ein Halterungsstück, ein Füllstück, einen Winkel und ein Knotenblech. Alles leicht und von »enormer« Festigkeit: Der Oberheizer hob den silbernen Lindenholzknüppel: »Laß sehn, ob das, was angeschirrt, so fest ist, wie behauptet wird.«
HASSE: Fuck off. Hau ab!
Hasses trainierte Stimme erfüllte den Saal mit Meeresbrüllen. *Zwo* Elmsfeuerzungen – Helfer in der Not – schleuderte er dem Oberheizer an die miserabel gewachsenen und gewaschenen Ohren. Da wich der Oberheizer zurück. Der nutzte freilich schlau die Gunst der Stunde und verhalf den sturzbetrunkenen Herren zum unvermeidlichen Höhepunkt: »Mein Gott, wie

seht ihr alle aus! Der nackte Jammer steht vor mir versammelt. Heut abend, meine werten Herrn, heut abend hat sich's ausgerammelt.«
Auf den Flügeln seines Gesanges entfernte sich der Oberheizer erhobenen Hauptes, das er noch einmal sprechen ließ: Die Pflicht ruft mich, sie lockt mit bessren Angeboten.« Damit meinte er den Dienst an der neuen Heizung, die vor seinem Abflug ins Holmer Moor zur geliebten Frau von Zago wieder auf Automatik gestellt werden mußte.

Paradeiser-Epilog

Schweigen, Stille, Vergessen und falsche Bewegungen griffen um sich. Nur noch zwei? drei? Stimmen an der Bar. Die Fahrer fuhren rastlos Bierleichen nach Hause. v. Kümmernitz hatte sich verdammt gut gehalten: »Ich hab da meine Methode, Hasse«, sagte er auf der obersten Stufe der Eingangstreppe. »Übrigens haben Sie mir heute abend gut gefallen.«
»Schön für mich, Herr General.« Hasse hatte sich auf diesen Herrenabend gezielt präpariert: mit dem Keuschheitsgürtel aus Titan und einem Alkohol-Vorsorge-Menü, dessen Rezept hier verraten wird: drei Scheiben Schwarzbrot, zwei Tassen heißen schwarzen Tee, ein Pfund rosafrisches Rinderhack mit klein geschnittenen Zwiebeln und einem rohen Ei: alles zu Hause von seiner Frau mit liebevoller Hand zubereitet.
Der General schnupperte Nachtluft: »Nun ruhen alle Wälder. Wer hat das noch mal gesagt?« Nach den gesammelten Herrenabend-Erlebnissen meldete Hasses Gehirn den Dichter »Eichenlaubdorf beziehungsweise Eichendorflaub« und wollte ihn auf die Zunge legen.
STIMME: Sag es nicht.
Hasse war folgsam: »Oberst Büchmann weiß es bestimmt.«
»By the way: Wo ist Büchmann eigentlich?«

»Den haben sie vor einer Stunde als Bierleiche abtransportiert.« Die Fernsehraumtür flog auf. Eine Ordonnanz brüllte: »Das kann doch nicht wahr sein! So eine Schweinerei.« v. Kümmernitz und Hasse gingen zur Besichtigung: »Unser Zürndorfer« lag, vollgeschissen und vollgepißt, schlafend im Fernsehsessel. Das neue Fernsehgerät mit Zürndorfer-Scheiße beschmiert, die neuen Gardinen: auch.

V. KÜMMERNITZ: Und, Hasse?

HASSE: Wahrscheinlich hat er wieder auf McNish gewartet, und McNish ist wieder nicht gekommen.

Zwei Stimmen näherten sich aus der Bar. Es waren die Stimmen von Fliegerarzt Dr. Axius und seinem Tischnachbarn Martin Spöri. »Das trifft sich ja gut«, sagte v. Kümmernitz, »wie beurteilen die *zwo* Herren aus dem akademischen Bermuda-Dreieck diese offensichtliche Schweinerei?«

MARTIN SPÖRI: Wir haben es hier mit einem Abgrund von Inkontinenz zu tun, Herr General.

DR. AXIUS: Ich will Ihnen mal was sagen, Herr Nachbar: Der Zürndorfer ist 'ne ganz arme Sau, da müssen wir nicht erst Latein reden.

MARTIN SPÖRI: Hab ich doch gesagt, nur mit anderen Worten, Herr Nachbar. Im übrigen: Goethe hätte diesen Anblick verkraftet.

HASSE: Ich traue mir einiges zu, Herr General, aber meine Wenigkeit verkraftet das nicht.

V. KÜMMERNITZ: Dr. Axius, das machen doch Ihre Männer von der Sanitätsstaffel. Die sind doch so gut ausgebildet. Die können das doch.

Hasse kroch das Dankbarkeitskribbeln in die Nase: »Wie gut doch so ein Militärladen organisiert ist. Wie schön doch alles ineinandergreift. Wieviel Kameradschaft doch drinsteckt. Es ist genauso wie im Feuerwehrlied *Einer für alle, alle für einen.*«

STIMME: Genauso wird es nicht sein. Kein anderer als Hasse wird sich um unseren Zürndorfer kümmern müssen.

Es kam dann doch anders. »Denn«, so begann Hasse am nächsten Morgen, nachdem die Sanis, die »unseren Zürndorfer« gesäubert hatten und keinesfalls das Arztgeheimnis ausplaudern durften, auch wenn sie nur einfache Sanis waren. Sie plauderten dann aber doch in ihrer Verschwiegenheit: »Worte, nichts als Worte«, diese vier Worte habe man auf Zürndorfers Glied eintätowiert gefunden. Nicht schwer, sich auszumalen, wer dahinterstecke.

STIMME: Im Zuge des Verlustes der Zukunftsfähigkeit geht auch die Zeugungsfähigkeit verloren.

HASSE: Da haben wir den Salat.

DR. AXIUS: Ei, lieber Herr Hasse, Sie doch nicht! Mein Vater, waschechter Ostpreuße vom Scheitel bis zur Sohle, sagte immer: Jesund und jung ist Zukunftsdung.

HASSE: Das war ja lieb von Ihrem Vater, Herr Oberstabsarzt.

SANI: Sollen wir das in die Fliegertauglichkeitsakte eintragen, Herr Oberstabsarzt?

DR. AXIUS: Ihr seid wohl verrückt geworden!

Die Sanis säuberten auch das Fernsehzimmer. Gardinen, Uniform, Oberhemd, Schlips, Socken gaben sie in die Geschwaderwäscherei, und die Halbschuhe schickten sie durch die Geschwader-Autowaschanlage.

»Denn Zürndorfer«, so Hasse nach der Säuberungsaktion durch die Sanis, »hat sich diese Herrenabend-Scheiße-Schmiererei ausnahmsweise nur dieses eine, einzigste Mal genehmigt. Es wird nicht wieder passieren. Dafür steh ich gerade, Herr General. Ich habe Zürndorfer Tee von Ringelblumen verordnet; gegen Entkräftung und für den empfindlichen Darm. So kommt er wieder auf die Beine.«

Ungeheuer willkommen

v. Kümmernitz kriegte eins drauf als Divisionskommandeur. Büchmann kriegte eins drauf als Geschwaderkommodore. Bei

der Einladung zum Herrenabend hätte er Rechtsanwalt Dr. Emsieg nicht auf die Gästeliste setzen dürfen, schrieb der Kommandierende General aus Köln-Wahn. Oberst Büchmann habe »mangelhaftes Augenmaß« bewiesen; er hätte wissen müssen, daß Emsieg, obwohl in einem ordentlichen Gerichtsverfahren freigesprochen, »nichtsdestoweniger durch seinen Ruch als belastet« gelte und somit unerwünscht bei der Luftwaffe sei. General v. Kümmernitz als nächsthöherer Vorgesetzter und »Mitwisser« habe die Dienstaufsichtspflicht verletzt, indem er »diesen Sachverhalt ignoriert« und nicht »korrigierend« eingegriffen habe.
V. KÜMMERNITZ: Da haben wir den Salat.
BÜCHMANN: Mehr fällt mir dazu auch nicht ein, Herr General.
Die personalbearbeitende Stelle im Führungsstab der Luftwaffe steckte zwei rote Reiter auf die Karteikarten dieser beiden Offiziere. Würde v. Kümmernitz nicht mehr als Kandidat für den Posten des Kommandierenden Generals in Frage kommen? Würde Oberstleutnant Büchmann jemals Oberst werden?

Die Abschreckungsarbeit im Geschwader blieb von den zwei roten Reitern unberührt. Büchmanns Flugzeuge donnerten über die Piste und in den Himmel. Bei Tag und bei Nacht, bei schlechtem und bei gutem Wetter starteten und landeten die Maschinen. Die Luft über der Ostsee war bis Königsberg in deutscher Hand. Wenn die Nato kam, um den *Leistungsstand* zu überprüfen, heulte die Sirene. Dann hockten die Flieger lange im stinkenden, feuchten, dunklen Bunker. Es war eng, überall konnte man sich stoßen. Es wurde doppelt und dreifach soviel geflogen wie sonst. Wer aus der Sonne in die Bunkerfinsternis kam, dem war alles Helle abhanden gekommen. Italien, Spanien, Griechenland, Türkei – die beliebten Ausflugsziele, wo waren sie?
STIMME: Worte, nichts als Worte.
Die Flieger machten verdrossene Gesichter, und damit wollten sie folgendes sagen: »Wenn das der Krieg ist, dann haben wir keine Lust.« Aber am Ende, wenn das Geschwader mit Bestno-

ten abgeschnitten hatte, winkte die Belohnung: drei Tage Sonderurlaub.

Krone und Riemer hielten die Zügel in der Hand. Siemsen, Hasse und Böttiger nahmen sich der jungen Dachse an, redeten im Papphaus theoretisch auf sie ein und brachten ihnen praktisch bei, wie man die Phantom als Aufklärer fliegt: »allein zu zweit, unbewaffnet und ohne Angst«. Seidel schaffte Nachrichten zum Thema Titan herbei. Hasse ließ einen jungen Dachs sich ins hintere Cockpit setzen und flog mit ihm nach Norwegen, um die Titanwerke von Tyssedal zu fotografieren. Oder er klapperte noch vor Sonnenaufgang die alte pommersche Küste ab, er sah hellen Strand, grüne Erde und Hafenstädte und wunderte sich über die schlafmützige Radarüberwachung des Feindes. Im dreifach gesicherten Bunker – Elektronik, Beton, Stahl – studierte er Zielunterlagen über das VEB Kombinat Mansfeld, die Titanproduktionsstätte der DDR. Zahlen, Tabellen und Karten standen auch von der Titanproduktionsstätte Powderhorn in Colorado/USA zur Verfügung. Hasse kannte sich aus.

Nebenbei kümmerte er sich um Zürndorfer. Der war inzwischen umgezogen: Er hatte eine Strohdachkate am Staatsforst gegenüber der Kaserne erworben. v. Kümmernitz holte ihn nach dem Mißgeschick mit dem roten Reiter in den Divisionsstab nach Solsbüll. »Ich möchte ihn bei mir haben. Zürndorfer sei mir ungeheuer willkommen.«

STIMME: Ob diese Fürsorgemaßnahme den roten Reiter … ich möchte mal sagen …

Jeden Morgen schickte der Ordonnanzoffizier des Kommodore seinen Obergefreiten los, »unseren Zürndorfer« in der Ostheide abzuholen. Der Obergefreite klingelte ihn heraus, lud ihn ein und fuhr ihn zum Bus, der zwischen Geschwader und Division pendelte.

Zürndorfers Verhalten im Solsbüller Divisions-Kasino, einem häßlichen Backsteinbau aus den frühen sechziger Jahren, war unverändert. Beim Mittagessen schoß er unter dem Foto des

Widerstandskämpfers Oberstleutnant Rilke die Bedienung folgendermaßen an: »Fressen, Furzen, Ficken.« Die Bedienung schoß zurück: »Miau.« Das war wie fernes Erinnern. Zürndorfer verschwand hinter seinem Gesicht.
Die »Reinigungskraft (weiblich)« begrüßte er in seinem Dienstzimmer mit: »Komm, Puffmutter, mach dein Schützenloch auf, damit ich meinen Vorderlader darin versenken kann.« Die stemmte ihre Fäuste in die Seite und putzte Zürndorfer runter: »So was will Offizier sein!« Sie ließ sich vom Standortverwalter in ein anderes Putzrevier versetzen.
Männer vertragen Schweinereien besser. Männer gehen routinierter auf Schweinereien ein und brechen ihnen damit die Spitze. Vielleicht hielt Zürndorfer sich darum in Gegenwart von Männern bedeckt? Weil es sich nicht lohnte? Wenn *Weiber* auftauchten, drehte sein Gehirn durch und ließ den Mund sagen, was herauswollte. Die Vermutung, Zürndorfer führe gemäß seiner sprachlichen Hemmungslosigkeit auch ein hemmungsloses Sexualleben, geht ins Leere.
Der Divisionskommandeur seufzte, wenn er Beschwerden aus dem Divisionsstab entgegennahm: »Zürndorfer ist zu spät gekommen«, »Zürndorfer ist überhaupt nicht aufgetaucht«, »Zürndorfer hat wieder Zoten losgelassen«. v. Kümmernitz sagte lieber: »Man hat mir Zürndorfer aufs Auge gedrückt«, als »Ich habe ihn mir in meinen Stab geholt«. Er sagte: »Wir müssen ihn mit durchschleppen.« Er sagte nicht: »Vielleicht rechnet man mir das hoch an und läßt den roten Reiter in meiner Personalakte verschwinden.«

Zürndorfer stieg mit den anderen vor der Divisionswache aus dem Pendelbus. Manchmal kehrte er gleich um und spazierte durch das alte Solsbüll. Am Schaufenster von Café Kruse zählte er die hausgemachten Pralinen und Champagnertrüffel, oder er ging zur Heiligen Quelle und ließ sich vom heiligen Wasser einige Liter vorplätschern.
Oder er blieb im Divisionsgelände verschollen. Ein tief in die

Erde gebauter Bunker sollte vor Atombomben schützen. »Über den Bunker hallet mein Schritt«, so ging er drüber. Die Richtung sah er wie auf dem Zifferblatt einer Uhr: In elf Uhr standen tadellos hergerichtete Blocks! In zwei Uhr war die Aschenbahn auf dem Sportplatz. In sechs Uhr war das Heizwerk mit dem großen Fenster; was für ein Blick auch hier: Wunderwerk moderner Heizwerktechnik, ausgestattet mit einer Kontrollstube, die an ein Cockpit gemahnte. Auch hier hatte der Oberheizer seine Hand im Spiel.

Hinter dem Heizwerk standen die Garagen. Da wollten die Autos gezählt werden. Alles stand bereit und ließ sich von Zürndorfer ansteuern, abklappern und zählen, bis woanders wieder alles bereitstand. Der Grund, der ihn immer wieder aufbrechen ließ und in eine neue Richtung schickte, war immer wieder und unermüdlich da. Es waren die eigenen Schritte, die losgeschickt wurden. Die Schritte versuchten mit einem Fuß auf dem Bürgersteig und mit dem anderen auf der Straße zu gehen. Ein Kinderspiel. Humpeln? Besoffenes Gewatschel? Lauf nicht über den großen Onkel? Vater Zürndorfer läßt grüßen? Jeder Schritt vorwärts ein Schritt in die Zukunft? Diesen Teil der Ewigkeit kannte »unser Zürndorfer« nicht.

STIMME: Keiner weiß, wie das ist. Und wer es weiß, kann nichts darüber sagen.

Der Divisionskommandeur wollte Licht ins Dunkel bringen. Berge von »schuldlosen Versäumnissen« hatten sich angehäuft – und nun: Zürndorfers zum dritten Mal verpatzter Meldetermin: Sein Vortrag zur Lage der sowjetischen Luftstreitkräfte auf dem Fliegerhorst Zerbst.

»Ich will mal von Mensch zu Mensch mit Ihnen reden. Alles andere hat keinen Zweck«, so hatte v. Kümmernitz begonnen. »Ich appelliere hier mal an Sie als Mensch und Kamerad und nicht als Vorgesetzter. Habe ich das nicht schon oft genug getan? Hasse hat sich auch Mühe gegeben. Es hat alles nichts genützt. Gleichwohl: Ich will es noch ein letztes Mal versuchen: Reißen Sie sich zusammen. Zeigen Sie, daß immer noch der

Soldat in Ihnen steckt. Unpünktlichkeit und Termin-Schlampereien sind des Soldaten Todfeind. Sie wissen doch, wie eng beschrieben der Terminkalender dieser unserer Division ist! Das ist ja unter anderem der Grund, warum wir nach der Nato-Überprüfung den Bestpreis des Inspekteurs bekommen haben. Wir Soldaten sind Tatmenschen. Kriege fangen auf die Sekunde pünktlich an, mein Lieber. Wenn Sie so weitermachen, werden Sie den nächsten verschlafen.«

Zürndorfer wäre nicht Zürndorfer gewesen, wenn er nicht das letzte bißchen Streben aus seinem Leib herausbemüht hätte.

STIMME: Ich hab's doch gewußt.

Um seine Termine einzuhalten, fing Zürndorfer an, Uhren und Kalender zu kaufen. Zürndorfer wollte sie haben, Hasse kaufte. Auf Zürndorfers Schreibtisch im Divisionsstab lagen fünf Kalender in verschiedener Gestalt und fünf unterschiedlich teure Marken-Armbanduhren. Hasse ließ den Geschäftszimmerbullen jeden Morgen Fenster putzen und dreimal am Tag ausfegen. Hasse hoffte, daß hier »Ansteckung beziehungsweise Vorbild wirkt und Zürndorfers Gehirn mal so richtig durchputzt«.

Zusammen mit Zürndorfer entwarf er einen besseren Aktenschrank als den dienstlich gelieferten. Die beiden gingen zur Divisionstischlerei. Als sie vor dem Meister standen, knuffte Hasse Zürndorfer in die Rippen. Der fragte sofort: »Darf ich das hier selber? Ich hab das in der Ostzone gelernt.« Der Meister sagte: »Nein, Herr Hauptmann, das machen wir schon.«

In seinem Dienstzimmer ordnete »unser Zürndorfer« die Akten ganz neu. Er arbeitete mit Zahlen, mit griechischen und römischen Buchstaben, mit großen, kleinen und ganz kleinen Karteikarten. Er zerlegte die Ordnung in immer kleinere Ordnungen, hatte am Ende davon die Hülle und Fülle.

An einer Pinnwand hingen die eigene Lage und die Feindlage viel detaillierter als unten im Ernstfallbunker. Rotkehlchen, Äpfel, Heide, Sand, Birken, Stadt, Land, Fluß »und für Siemsen eine Biene« zierten die Karte. Zahlen über Flugzeuge, Panzer und Schiffe hatte Zürndorfer im Kopf. Zürndorfer rechnete mit

Hilfe selbsterfundener Mathematik die Ausbildung und Fähigkeit der Soldaten hüben und drüben hoch, ermittelte deren Möglichkeiten und Grenzen »unter besonderer Berücksichtigung des Atomkriegs in Mitteleuropa«.
Dahinein fragte v. Kümmernitz, der neben Zürndorfer am Pinkelbecken stand: »Wie steht es mit der Einsatzbereitschaft der Nachtjagd in Zerbst?« Zürndorfer betete das Nachrichtenmaterial herunter und sah zu, wie der Kommandeur »das Wasser abschlug«. Der sagte: »Auf der Karte habe ich was anderes gesehen.«
»Was Sie meinen, das hab ich im Kopf.«
»Dann können wir ja einen Vortragstermin anberaumen, wir lassen uns da Zeit.«
Uhren und Kalender nützten nichts. Neue Ordnung nützte nichts. Pinnwand nützte nichts. Herunterbeten der Lage Zerbst nützte nichts. Zürndorfers Kampf gegen die eigene Kalenderschwäche und Termingleichgültigkeit war fruchtlos.
v. Kümmernitz holte sich den letzten Rat in der Abteilung sechs des Flugmedizinischen Instituts: Ob es sich hier um eine Neurose, die ja meistens in der Kindheit »beursprungt« sei, oder um ein »Unfallding a posteriori« handele, das könne selbst er, Romeo, nicht sagen. »Nur dies, Herr General: Die Neurose heilt nicht den Grund, auf dem sie wächst, sondern sie ist ein zusätzliches Problem.«
Zürndorfer bereitete seinen Vortrag zur Lage Zerbst vor und hatte das gute Stück bald fertig in der Schublade. Zum Vortragstermin am Montagnachmittag erschien er eine halbe Stunde zu spät, und bloß deswegen nur eine halbe Stunde, weil Hasse ihn aus seinem Dienstzimmer geholt und in den Vortragssaal geführt hatte. Dem General meldete Zürndorfer wahrheitsgemäß den Grund für die Verspätung: »Ich habe gewußt, daß ich heute um vierzehn Uhr dran war. Es hat sich so ergeben, daß ich nicht gekommen bin.« v. Kümmernitz sah Hasse an: »Und?«
HASSE: Ich bin erst vor einer Stunde mit Zürndorfers Leberkäs aus Fürsti wiedergekommen.

Dann aber hielt Zürndorfer seinen Vortrag. Er las leise, mit unbewegtem Gesicht und unbewegter Stimme von kleingeschnittenen Karteikarten ab. Er sprach im Konjunktiv. Da wurde das Märchen Dornröschen wundersam wahr: Der Divisionsstab saß unter Rosenranken eingeschlafen vor ihm. Am Ende weckte v. Kümmernitz den Divisionsstab aus dem Dornröschen-Schlaf, indem er Zürndorfer den Indikativ entgegenstellte: »Eine inakzeptable Verfremdung der feindlichen Lage, die so nicht hingenommen werden kann.«
Das Flugmedizinische Institut hatte ein Gutachten angefertigt: »... Z. ist eine zeitliche Organisation seines Verhaltens unfallbedingt nicht möglich.« Die Bundesrepublik Deutschland bescheinigte Zürndorfer daraufhin »Dienstunfähigkeit«.
Zur Eröffnung der Abschlußbeurteilung sagte v. Kümmernitz: »Ich bin in meiner Division für meine sprichwörtliche Geduld und Nachsicht bekannt, darf ich sagen. Und bitte nehmen Sie die Zigarette aus dem Mund und die Hand aus der Tasche, damit ich sehe, daß Sie mich achten.«
Geistige, körperliche, charakterliche Stärken und Schwächen waren im Beurteilungsbogen in kleinen Rechtecken anzukreuzen. Bei »Eignung zum Vorgesetzten« stand: »Siehe Gutachten FlugMed.« Vorschläge für weitere Verwendung entfielen. Der General nahm beide Hände hinter den Kopf, lehnte sich zurück, warf einen Blick in den Kalender, um zu sehen, welchen Vorgesetzten er morgen gleich nach Dienstbeginn »wg. Gratulation und Glückwunsch« anzurufen sich angelegen sein lassen mußte. Zürndorfer las die Beurteilung nicht, sondern suchte nur die Stelle, wo er unterschreiben mußte.
STIMME: Es ist vollbracht.
Zürndorfer unterschrieb.
V. KÜMMERNITZ: Wollen Sie nicht lesen?
ZÜRNDORFER: Es ist mir arschfurzscheißegal, was Sie von mir denken.
V. KÜMMERNITZ: Mir so was ins Gesicht zu sagen, Zürndorfer. Sie wissen ja überhaupt nicht, an wie vielen Fäden ich nur Ihret-

wegen hinter den Kulissen gezogen habe. Bißchen Dankbarkeit dürfte gern sein, trotz aller Beschwernisse! Und nun sage ich Ihnen mal was: Sie taugen weder für den Frieden noch für den Krieg.
Damit war Zürndorfer entlassen. Rechte Hand zum Gruß an den Kopf. Die Augen links auf zwei Armbanduhren: »Hauptmann Zürndorfer meldet sich ab.«

Grieselgeriesel

Am Morgen durchbrach ein Sonnenstrahl das Dunkel, fiel auf Hasses Bankauszug, der auf dem Schreibtisch lag, und verschwand so plötzlich, wie er gekommen war. Mehr Sonne sollte es diesen Dezember nicht geben. Hasse erhob sich, schaltete das Licht aus, um Strom zu sparen. Er ging in die Küche, öffnete den Medikamentenschrank, nahm zwei Knoblauchpillen aus der Dose, schluckte, trank ein Glas Mineralwasser. Schon bald besserte sich die Sehkraft so, daß er die kleine Schrift auf dem Beihilfe-Antrag im Dezemberdämmer lesen konnte.
Die auf *Heinrich Zürndorfer* ausgestellten Rezepte, geschrieben in leserlicher Doktorschrift von Dr. Axius, belehrten Hasse über das aktuelle Zürndorfersche Krankheitsbild: Tramadol gegen Gliederschmerzen und Bazoton zur Behandlung der Beschwerden beim Wasserlassen. Gegen Kalender- und Terminschwäche gab es nichts. »Da sitzen wir also nicht von ungefähr im gleichen Boot und schlucken praktisch dasselbe«, dachte Hasse an der Wahrheit vorbei.
Es war Hasses erster Tag in der Weihnachtsdienstbefreiung. Der Himmel hing voller leerer Quinten. Da fiel der Schnee hinein und wieder heraus, und während der Schnee durch die kalte Luft fiel, erklang Musik. Kein richtiger Schneefall, keine großen Flocken, nur dünnes weißes Zeug fiel auf Hasses Russenmütze und den Parka. Er hörte kaum seine Schritte, weil er so unhörbar

auf dem Schnee ging. Es waren keine Autos unterwegs. Unterm Arm klemmte die Aktentasche mit den Papieren.

Freie Heilfürsorge gab es nicht mehr für Zürndorfer. Er war jetzt Zivilist. Glück im Unglück: Dr. Axius blieb sein Hausarzt. Als Hasse links in den Kasernenweg einbog, sah er weit vor sich einen Radfahrer auf dem Weg zum Nobiskrug. Siemsen? Noch tausend Schritte bis zum reetgedeckten Haus am Staatsforst.

War das vor dreißig Jahren in Solsbüll-Mühle gewesen, als das Kind Gustav an der Hand seiner Großmutter Anne bei so einem Gotteswetter auf dem Weg zum Bäcker war, um die Weihnachtsplätzchen backen zu lassen?

Fiel damals auch so ein dünnes Zeug vom Himmel? Wenn Hasse die Musik bedachte, die ihm jetzt in den Ohren klang, dann war sie von Großmutter Anne, die zusammen mit Bäcker Sprenger, Gott hab sie beide selig, das Schnee-Geschäft in der Hand hatte und Schnee fallenließ, wie es sich drei Tage vor Weihnachten gehört: bloß nicht zuviel, denn »wir müssen sparen«.

Die beiden Verstorbenen saßen tatsächlich wie jedes Jahr vor Weihnachten oben nebeneinander, jeder mit Schabebrett auf den Knien, jeder mit Schaber in der Hand. »Und nun fein dosiert hinunter auf die lieben Hinterbliebenen«, kommandierte Sprenger senior.

»Weihnachten wird wieder mal so'n Mittelding werden, weder Fisch noch Fleisch«, hatte Hasse sich als Wettervorhersage für die heilige Zeit ausgedacht. »Ich schöpfe aus lebenslanger Erfahrung mit Wind und Wetter.« Er meinte, es habe keinen Zweck, sich Schnee und Frost zu wünschen, wenn es doch wieder grün und warm würde. Deutscher sagte: »Ich hol mir am Weihnachtsabendmorgen die Proochnoose vom Wettermann. Wenn das Wetter gut ist, geh ich zur Fluuchsportgruppe und dreh noch 'ne Runde mit meiner Jodel.« Siemsen äußerte sich so: »Mir ist das Wetter schnurz; es kommt, wie es kommt; bloß darf es nicht zu kalt sein für meine Mutter und für die Bienen.«

Zürndorfer hatte die Wetterkarte neben seinem Kalender liegen und war sich nicht sicher, ob »der zuverlässigste aller Witterungsregelfälle in Schleswig-Holstein, das Weihnachtstauwetter«, auch wirklich eintreffen werde. »Hand auf den Arsch: Die Chancen für eine Schneedecke zu Weihnachten liegen nicht höher als zwanzig Prozent«, war das Ergebnis seines Studiums.

STIMME: Welche Weihnachten meint unser Zürndorfer?

ZÜRNDORFER: Ganz allgemein gesprochen: alle Weihnachten zusammen.

»Egal«, dachte Hasse im Gehen. Er fühlte sich gesund und leicht: Die Beihilfebögen waren ausgefüllt; er konnte sie mit ruhigem Gewissen vorlegen. Die Füße: trocken und warm. Die Schuhe waren frisch geputzt und mit Lederfett eingerieben; Wassertropfen perlten bei jedem Schritt stumm vom Leder ab; das gefiel ihm. Er hatte seine Kleidung genau passend zum Wetter gewählt; er spürte kein lästiges Schwitzen unterm Hemd.

Hasse wanderte in einer friedlichen Welt. Kontoauszug und Sonnenstrahl waren vergessen. Auf dem Flugplatz ruhte der Flugbetrieb; die Flugzeuge standen in ihren Bunkern. Die Flieger stützten einen Ellbogen auf den Navigationstisch und rauchten. »Die Zeit bis Feierabend kriegen wir auch noch rum«, so dachten sie. Tante Guste hatte schon für »eine Stunde vor Feierabend« einen großen Kochtopf mit Punsch auf dem Herd und wehrte die Durstigsten ab.

Hasse hatte sich gestern abend fest vorgenommen, auf die Minute pünktlich zu sein, er hatte den Wecker gestellt. Er betrachtete in aller Ruhe seine Schuhe: »Wie angenehm sind trockene Schuhe und warme Füße, gerade richtig, um Zürndorfer die eiserne Aufwartung zu machen.« Dann hob er den Kopf in Annes Grieselgeriesel und sagte: »Das mit den Ohren macht mir überhaupt nichts aus; im übrigen ist das ohne jede Auswirkung auf meine Fliegertauglichkeit.«

ANNE: Bist du auch warm genug angezogen?

SPRENGER: So war es schon immer: Die jungen Leute gehen ihren eigenen Weg.
Zürndorfer wartete an der Haustür. »Ich wollte dich doch mit dem Regenschirm abholen«, sagte er, als Hasse schon in der Werkstatt stand und herumliegende Einzelteile begrüßte. Hasse machte den Face-Check. Abgrund im Gesicht? Kein Abgrund. Schönes weißes Bindehautweiß in den Augen, den Mund linksseitig zu einem halben Lächeln verzogen, auf dem Schädel eine in die Stirn geschobene Schirmmütze mit goldenen Lettern: Arizona. »Pünktlichkeit ist die Höflichkeit der Könige«, sagte der, der nicht pünktlich sein konnte, weil es ihm nicht gegeben war.
Zürndorfer hatte alle Einzelteile zerlegt und mit durchsichtiger Folie abgedeckt. Nur die Spänekiste stand offen am gewohnten Platz, wie immer randvoll mit Hobelspänen. In der Mitte lag die zerlegte Glasvitrine, jedes Stück poliert und unter Folie.
»Ein Jammer, daß so etwas nicht unter meinen Händen wächst«, sagte Hasse und wußte nicht, warum er das sagte.
Er folgte Zürndorfer ins Wohnzimmer. Da saßen sie zwischen den Kiefernholzmöbeln, die sie gemeinsam in Solsbüll auf der jährlichen Antik-Möbelmesse gekauft hatten. Der Durchgang zur Bibliothek war mit einer weiß tapezierten Spanplatte verschlossen. Da sollte in Zürndorfers ferner, nicht absehbarer, unvorstellbarer Zukunft die bis dato noch zerlegte Vitrine stehen.
Sie tranken Tee und aßen Schokoladengebäck von Café Kruse. Tassen, Teller, Kuchenschale: echtes Meißner mit dem Muster Voller grüner Weinkranz. Grün als Sinnbild des Lebens, Wein für die Kraft des Geistes, und der Kranz als Zeichen von Dauerhaftigkeit.
STIMME: Eigentlich eine geballte Ladung Zukunft.
Zürndorfer hielt die Tasse mit beiden Händen; Hasse mit Daumen und Zeigefinger der rechten Hand.
»Hast du übrigens bemerkt, daß ich bei der Begrüßung freundlich gelächelt habe?« fragte Zürndorfer.

»Ja, ist mir aufgefallen«, sprach Hasse den Champagnertrüffeln zu.
Zürndorfer blickte ins Grieselwetter hinaus. »Ich habe mir am Barbaratag Kirschzweige geschnitten, sie eine Nacht in handwarmes Wasser gelegt, drei Tage zur Gewöhnung in der ungeheizten Werkstatt aufbewahrt, dann, fern der Heizung, in eine Blumenvase gesteckt.«
»Und was weiter?«
Zürndorfer verzog seinen Mund nach links und lachte los. Sollte das wieder ein Zürndorferwitz sein, über den nur er selber lachen konnte? Da standen die Barbara-Zweige neben dem Tisch, ein Zweig berührte das Gruppenfoto im Silberrahmen: *Studio Susan Sunday, Scottsdale.* Hasses Geschenk zum Einzug in diese schöne abgelegene Zürndorfer-Immobilie; gleich neben Staatsforst und Kaserne.
»Ihr seid nicht aufgegangen«, sagte Hasse zu den Zweigen. »Will Zürndorfer das sagen?« Die Knospen waren Knospen geblieben; Heiligabend würde Zürndorfer zum ersten Mal ohne blühende Kirschzweige verbringen müssen.
»Wahrscheinlich hat die Natur nur einen Furz gelassen und das Scheißen vergessen«, sagte Zürndorfer.
STIMME: Werde du deine Zoten lieber bei den Weibern los, nicht bei mir, Herrgott noch mal zu!
Die Heiterkeit der Begrüßung war verflogen. Kein Lächeln aus dem linken Mundwinkel. Keine hochgehobene linke Augenbraue. Zürndorfer hatte wieder sein undurchdringliches Gesicht aufgesetzt. Eine Depression im Anmarsch, die ihn immer überfiel, wenn alles Streben nichts genützt hatte?
Hasse schob Zürndorfer, der auf dem Tisch Platz gemacht hatte, die Beihilfebögen rüber. Zürndorfer breitete die Formulare, die zugehörigen Arztrechnungen und Rezepte aus und überprüfte Spalte für Spalte; Punkt für Punkt ging er durch. Alles nahm er unter die Lupe. Hasse wußte, daß er auch seine Schrift unter die Lupe nahm. Hatte er mit Kugelschreiber leserlich geschrieben und keinen Buchstaben ausgelassen?

Trotz gewissenhaftester Arbeit, die ihm ein gutes Ruhekissen hätte sein können, fing Hasses Herz zu klopfen an. Da klopfte die Angst. Hatte er einen Fehler gemacht? Stimmte etwa das Datum nicht? Hatte er es überhaupt notiert? Waren die beiliegenden Rechnungen richtig durchnumeriert? Ein kleiner Fehler konnte bei Zürndorfer eine Hirnschraube aus der Fassung bringen.
Zürndorfer hatte nichts zu beanstanden. Er zog die Mundwinkel wieder hoch und sah Hasse in die Augen. Den focht das nicht an. Dem war, als hätte er wieder mal eine wichtige Prüfung bestanden. Kribbeln breitete sich in seiner Nase aus. Rührung kroch ihm wie eine Liebe zu Zürndorfer in die Seele und beflügelte ihn. »Jetzt unterschreib endlich!«
»Du bist ein lieber Stiesel, aber du taugst nichts.«
Hasse gedachte der Ohrfeige seines Mathelehrers Paul Zahl und fuhr sich mit der rechten Hand über die linke Backe.
»Frechheit und Dummheit sind bei dir zwo gleiche Größen«, hatte Zahl durch die Zähne gesagt. Nach dem Volltreffer mit der gesunden Linken, die Rechte war ohne Finger aus dem Krieg zurückgekehrt, war Hasses rechtes Ohr drei Tage rot geblieben, die rechte Gesichtshälfte zwei Tage. Das Ohrensausen blieb einen Tag und eine Nacht.
Nachdem sich Hasse in der Deutschstunde bei Dr. Schröder das schlimme Ohr angefaßt, auf Schröders Frage laut geweint und geschluchzt und damit die eigene innerste Überzeugung hervorgekehrt hatte, war die Angelegenheit in Ordnung gekommen: Zahl schloß die heile Hand um die rechte Resthand vor dem Lehrerzimmer: »Es war ein Fehler meinerseits.« Bei Hasse hatte sich keine Genugtuung einstellen wollen; im Gegenteil: sein Gewissen hatte ihm in die Seele gebissen und schuldig gesprochen. Er schämte sich, weil Zahl sich vor ihm so erniedrigen mußte.
Keine Scham hier und heute; Zürndorfer konnte nicht »Tut mir leid« sagen. Hasse erhob sich. Draußen grieselte es immer noch. Die Teetasse war leer. Das Teelicht brannte nicht mehr. Zürndorfer nahm ein Papiertaschentuch und wischte die brau-

ne Schicht, die der Tee hinterlassen hatte, aus der Tasse. Wischte er sich, bei Licht betrachtet, Tränen aus den Augen? Tat ihm der »liebe Stiesel« doch leid?
Zürndorfer nahm den Kugelschreiber und unterschrieb.

Unter der Moorbirke ausgemalt

Die Fernsicht kicherte. Eine Kaltfront war durchgezogen. Dikke, hochaufgetürmte Wolken segelten von Nordwest nach Südost. Hier, wo Schleswig-Holsteins Mittelrücken sich zwanzig Meter über Nord- und Ostsee erhob, stauten sie sich, wurden dunkel. Wolkenlöcher zogen in die Sonne, dreißig Sekunden strahlte und wärmte sie – schon vorbei. Kühle Brisen wehten in die Kleider. Wer einen Sonntagsspaziergang machen wollte, schlüpfte in wetterfestes Zeug.
Der Blick in den Himmel ergab: Heute war der richtige Tag, Zürndorfer um vierzehn Tage »Schonung – nenn es, wie du willst« zu bitten. Das war affig dahingeredet, denn seine »Abwesenheit vom Standort« hatte mit Zürndorfer nichts zu tun, sondern: Der Lehrgangsplaner im Geschwaderstab hatte einen freien Platz in der Lehrgangsplanung gefunden. »Den besetzen wir«, befahl Büchmann seinem Lehrgangsplaner. »Wir wären ja blöd, wenn wir das nicht täten.«
Drei Tage lang marschierte die Angelegenheit durchs Geschwader: Der Lehrgangsplaner des Kommodore meldete an den Lehrgangsplaner des Kommandeurs. Der Lehrgangsplaner des Kommandeurs meldete an den Kommandeur. Der Kommandeur beriet sich mit seinem Lehrgangsplaner. Dann fragte er Staffelkapitän Krone beim Mittagessen in der Lounge, und Tante Guste, die dem Kommandeur gerade einen Teller Hühnersuppe servierte, hörte mit: »Haben Sie jemand für Sonthofen?« Krone überlegte nicht lange. »Klar hab ich einen; das macht Hasse.«

Krone rief Hasse zu sich ins Dienstzimmer. Er saß vor seiner preußischblau gestrichenen Personalübersicht und zwirbelte mit zwei Fingern seiner Rechten die rechte Schnurrbartspitze noch spitzer. »Vierzehn Tage Allgäu, das ist doch was.« Für Zürndorfer sei gesorgt, irgendeiner fliege am Wochenende ohnehin immer nach Fürsti, und Siemsen und Deutscher seien sozusagen die »nächsten Verwandten«; die würden sich kümmern. Im übrigen könne Zürndorfer doch auch alleine zurechtkommen. v. Kümmernitz lege Wert darauf. »Der Alte soll seinen Willen haben.«

Hasse ließ sich den Abc-Lehrgang durch den Kopf gehen und im eigenen Fleisch und Blut untersuchen: Hab ich Lust, oder hab ich keine Lust? Er hatte keine; denn es tat ihm weh, daß man ihn gegen seinen eigenen Willen wegkommandierte, und er dazu noch ja und amen sagte.

Andererseits: War tieferes Wissen über Atombomben, biologische und chemische Waffen im Namen der Abschreckung nicht auch vorteilhaft für Volk und Vaterland? Außerdem: Oh, war das schön! Er fühlte Angenehmes aus Krones Worten heraus: »Eisenbahnfahrt erster Klasse. Speisewagen. Bier und bayerischer Wurstsalat. Einzelzimmer in den Offiziersunterkünften. Sicht auf die Berge bei Föhn. Die Heeresmuckel im Allgäu werden Stielaugen machen und neidvoll auf die locker sitzende, gut anzuschauende Luftwaffenuniform blicken. Die beiden Fliegerschwingen an der Brust.

HEERESMUCKEL: Wieviel Flugstunden haben Sie?

HASSE: Wenn ich das wüßte; auf jeden Fall über tausend. Das bißchen Lehrgang kriege ich auch noch rum.

Hasse verabschiedete sich von Zürndorfer: »Ich fahre mit dem Zug. Wird etwas dauern, bis ich zurück bin.« Zürndorfer zog den Kalender aus der Brusttasche, blätterte durch die Tage und Wochen und bewegte den Kopf hin und her. »Komm, ich zeig's dir«, sagte Hasse. Er machte ein dickes Kreuz in Zürndorfers Kalender: »Da bin ich wieder zurück.«

Das Allgäu zeigte sich wie an einem herrlichen Spätsommertag

unter der Moorbirke ausgemalt. Es war im September 1975. Die Blätter hingen still über dem Biergarten. Hasse trank Weißbier und aß Wurstsalat.
Gab es außer ihm noch weitere Gäste? Wenn ja, wo saßen die? Hasse war allein, kaum wußte er, daß heute der freie Mittwochnachmittag war. Er genoß das große Glück Alleinsein. Er las weder Vorschriften noch Umdrucke, noch Illustrierte. Er saß nur da. Er hörte Schritte, die über die feinen kleinen Steine schritten. Die Bedienung trug eine weiße, saubere Schürze, einen grünen Rock und eine weiße Dirndlbluse; Sandalen, wie Bedienungen sie tragen: das Oberteil wird um den Knöchel geschnürt. Dieses Fußzeug gibt Halt und läßt die Bedienung lächeln. »Ich komme bestimmt wieder«, sagte Hasse.
Aus der Telefonzelle des Sonthofener Offizierskasinos rief Hasse jeden Abend Zürndorfer an: »Immer, wenn wir zusammen sind, kommt es zu unerfreulichen Szenen«, hatte Hasse längst einmal sagen wollen; er sagte es auch jetzt nicht. Es wäre nicht die ganze Wahrheit gewesen. Das »immer« hätte nicht gestimmt.
Am Wochenende fuhr er mit der Eisenbahn nach Meersburg über folgende Stationen: Immenstadt (hier schrieb er während des Umsteigeaufenthalts eine Postkarte an Siemsen), Oberstaufen, Lindau, Friedrichshafen. In Meersburg schaute und dichtete er dem Bodenseedampfer *Annette von Droste-Hülshoff* nach. In einem Hotel frühstückte er zwei Stunden lang; er kaute sorgsam in Gegenwart von zweihundert Puppen, Handarbeit der beiden Damen, die dieses Puppen-Haus führten.
»Während ich mich hier einigele und Vergangenheit und Gegenwart sortiere, mußt du streunender Kater mit erhobenem Schwanz die Welt beficken«, sagte Zürndorfer am Telefon.
»Er soll das sofort zurücknehmen«, feuerte Hasse in den ersten schweren Herbststurm nach Lager Solsbüll.
Bald danach war Zürndorfer schon wieder ein umgekehrter Handschuh. Er lobte Hasse: »Die neuen Bretter für die Rückwand der Vitrine sind sehr schön geworden.«

Hasse fühlte sich in der Telefonzelle emporgehoben. In der besseren Höhenluft der Zelle ließen sich die Schneidezähne besser auseinandernehmen, deutliches Sprechen war möglich, viel frische Luft war verfügbar, reichlich Sauerstoff kam rein, die Versorgung der Augen war gewährleistet, und das gestattete Hasse den Blick in die Vergangenheit: Alles war wieder gut? Hasse wußte es nicht. Er wollte Zürndorfer eine Ansichtskarte aus Meersburg schreiben.

In dieser Lage konnte Hasse fast die Welt umarmen. Er gestattete sich den aufgeknöpften Hemdkragen, die Portion Rührung mit dem Schuß Tränenwasser, und er horchte hinein in seine Ohren. Es sprach alles, was recht ist: Nato, Abschrekkung, Deutschland, Lager Solsbüll, Luftwaffe, Kameradschaft, McNish, Arizona, Beercall, Aufklärung, Titanvogel, Schleudersitz, Triebwerk, Helm, Maske, Lärm. Nicht unsympathisch, was er da zu hören bekam. War das, was ihm in den Ohren pfiff, nicht der Ton von alledem? Mehr noch: Lag nicht das ganze Leben in Hasses Ohren, auch Meersburg, auch Sonthofen, Biergarten, Bedienung, Wurstsalat?

»Bist du noch dran?«

»Ich warte.«

»Ich habe noch ein paar Markstücke.«

»Der Lehrgang interessiert dich wohl überhaupt nicht?«

»Ach so, ja. Die Neutronenbombe. Das ist vielleicht 'n Ding. Die läßt den Panzer heil, die Strahlung geht durch die Panzerung und erledigt nur die Besatzung.«

STIMME: Ist die Menschheit nun ganz verrückt?

ZÜRNDORFER: Waffentechnisch ist das schon vor fünfzehn, zwanzig Jahren erörtert worden. Überhaupt nichts Neues also. Nichts weiter als eine verbesserte Wasserstoffbombe. Es handelt sich um umsichtige Anwendung von Gewalt, denn die Bombe vermeidet wegen der relativ geringen Druck- und Hitzewirkung kollateralen Schaden.«

HASSE: Wenn es so ist, kriegen die Leute doch wieder Lust auf Krieg!

ZÜRNDORFER: Das ist eine verquere These, die dem Kommunismus Scharen von Gläubigen zuführt.
HASSE: Im Neutronenbombenkrieg werden sie schön sauber getötet.
ZÜRNDORFER: Es ist doch leichter, Menschenleichen zu beseitigen als Trümmer von Städten, Fabriken, Maschinen. Siehe Dresden.
HASSE: Nicht der Mensch, sondern das Material ist erhaltenswert – spricht unser Zürndorfer so?
ZÜRNDORFER: Idiot. Hier geht es um die Substanz des Landes. Im übrigen: Daß die Entwicklung der Neutronenbombe Ausdruck einer Vertauschung der ethischen Rangfolge von menschlichem Leben und materiellen Gütern sein könnte, stimmt nicht; denn – nun hör mal gut zu – alle Waffen sind gleich schrecklich.

Zürndorfer stand in Trainingsanzug und Jesuslatschen hinter dem Taxi am Solsbüller Bahnhof und sah übers Autodach. Er witterte wie ein Wild. Gefahr von allen Seiten? Ablenkung unterwegs? Etwa ein Rotkehlchen? Da sah er Hasse und hielt sich an ihm fest. Und verwandelte sich sein Gesicht? War da ein Wiedersehenslächeln drin? Hasse sah das so. Zürndorfer kam hinterm Taxi hervor. Zwei Meter vor Hasse blieb er stehen. Hasse suchte nach dem Abgrund im Gesicht; er fand keinen. Die beiden gaben sich die Hand.
STIMME: Irgendwann werde ich dich umarmen.
Es war abends, es war dunkel, es regnete. Das Taxi dieselte dahin. Der Asphalt glänzte im Licht der Straßenlaternen und Ampeln. Jetzt schon die ersten Herbststürme, und wieviel Dunkelheit! Die Scheibenwischer wischten hin und her. So eine Autonacht war Zürndorfer zum Verhängnis geworden, »während ich mich auf dem Abc-Lehrgang abschufte, Herrgott noch mal zu«. Zürndorfer hatte einer Massenkarambolage als einziger ausweichen können. Er sah Verletzte, behielt sie im Sinn und kümmerte sich nicht: »Fahr weiter«, hatte ihm sein Gehirn ein-

gegeben. Darauf hatte Siemsen Zürndorfer folgendes eingetrichtert: »Gib deinen Führerschein ab.« Hasse stieß in Siemsens Horn: »Gib den Führerschein ab.«
STIMME: Nur wer schuldig werden kann, darf Auto fahren.
Zürndorfer wurde weder entmündigt, noch war er ein schlechter Autofahrer. Er gab den Führerschein trotzdem ab. »Man müsse das einsehen«, sagte er. Hasse nutzte die Gelegenheit, einen Schritt weiterzugehen: Es sei doch nun an der Zeit, das »ewige Gehampel« mit der Unterschrift zu beenden. Das sei ja auch etwas »Unwürdiges für beide Teile, findest du nicht?«.
Zürndorfer stimmte zu. Hasse bat um einen Termin bei Dr. Hunger. Osmin Hunger bat »zur Sicherheit« noch Martin Spöri zum Termin. »Es ist besser, wenn wir einen zivilen Zeugen dabeihaben. Mit Martin läßt sich gut reden, und ein lieber Kerl ist er außerdem.«
Dann saßen alle vier in der gepolsterten Kanzlei. Zu unterschreiben war folgendes Papier: »Hiermit bevollmächtige ich Herrn Gustav Hasse, geboren am 3. April 1941, wohnhaft in Lager Solsbüll, Westheide 10, mich, Heinrich Zürndorfer, geboren am 7. Oktober 1936 in Kaisersaschern, wohnhaft in Lager Solsbüll, Ostheide 11, in allen mich betreffenden Angelegenheiten gerichtlich und außergerichtlich zu vertreten. Insbesondere im Hinblick auf: finanzielle Angelegenheiten, Wohnungsangelegenheiten, Vertretung vor Ämtern und Behörden, Gesundheitsangelegenheiten gegenüber Ärzten. Bei Grundstückskauf ist zusätzlich eine notarielle Beurkundung erforderlich.«
Hasse puffte Zürndorfer mit seinem Ellenbogen in die Rippen. Der unterschrieb zuerst: »Heinrich Zürndorfer, Hauptmann a. D.« Es folgten: »Gustav Hasse, Hauptmann«, »Dr. Osmin Hunger, Rechtsanwalt und Notar«, »Martin Spöri, Studienrat«. Hunger gab eine Runde Brüllkorn aus. Sie stießen leise an; Zürndorfer mußte drei Augenpaare in seinem Gesicht ertragen und sich »Alles Gute« wünschen lassen. Er rauchte. Der Qualm kratzte im Hals und stach in die Nase.
Hasse und Zürndorfer: eine Freundschaft? Hasse fragte sich das

oft. Zürndorfer stellte sich die Frage nie. Hasse war Teil seines Gehirns. »Kommst du noch mit rein?« fragte er.
»Ich bin noch mit Roswitha verabredet. Ich komme aber wieder.«

Roswitha trug Umzugspläne nach Travemünde mit sich herum. Sie wollte ihre »unpraktikabelige« Wohnung, die kleine Strohdachkate in Güldenholm, aufgeben. Ob es ihr da nicht mehr gefalle? Ihr sei es da zu »winkelig«. Travemünde sei ein völlig anderer »Pflasterstein«: »In Travemünde sind die Buddenbrooks ja immer gewesen. Ich habe es nicht nötig, auf einen Grünlich zu warten.«
»Und was willst du in Travemünde machen?«
»Ich habe hier bei den Johannitern gearbeitet, dann werde ich da auch bei den Johannitern arbeiten können. Oder im Altersheim. Man möchte doch gerne wenigstens ein einziges Echo haben, bevor man stirbt.«
Hasse wagte nicht zu fragen: »Wie geht es dir?«
Roswitha hatte ihn auch nicht gefragt. Sie sagte nur: »Das Leben ist ein Hula-Hoop-Reifen.«
Als sie sich umarmten und sich einen Kuß auf die Wangen gaben, war es zu spät. So ein Abschiedskuß ist die ultimative Aufforderung: »Geh!« Hasse ging mit dem, was er nicht gesagt hatte. Roswitha blieb mit dem, was sie nicht gesagt hatte. Nur Elena sagte, was sie nicht verschweigen wollte: »Du hast aber versprochen, mir die Moorleichen im Museum zu zeigen.«
»Ja, du wunderbares Kind«, dachte Hasse und sagte: »Versprochen ist versprochen.«
Als Gustav zum Auto ging, hörte er das Schweigen in seinen Ohren.

Das Schweigen verpißte sich, wie Nebel sich verpißt und Platz für die kichernde Fernsicht macht. Zürndorfer hatte lauthals verkündet: »Ich habe eine Küche, so was hat die Welt noch nicht gesehen.«

Die neue Küche glänzte in Espenholz-Helle. Hasse hatte Zürndorfer mit Luxus und teurer Küchentechnik nicht sparen lassen. Der Herd war das Glanzstück; ein technisches Wunder, nicht unähnlich dem Titanvogel-Cockpit; man brauchte eine Checkliste.

»Nudeln oder Bratkartoffeln?« fragte Hasse. »Ich seh schon, er kann sich mal wieder nicht entscheiden.«

»So what!«

»Also: Nudeln.«

Der Teigklumpen lag auf dem Tisch. Hasse nahm ihn ins Visier und sprach: »Weiß unser Zürndorfer, woran mich die neue Küche erinnert?«

»An Cripple Creek/Colorado wegen massiv Espenholz?«

»Falsch, aber Zürndorfer ist nahe dran.«

»Nun sag schon.«

»Na, an die Unterdruckkammer, in der wir alle zusammen dringesessen haben. Damals, in Amerika.«

»Der Teig muß noch ruhen.«

»Die Kammer war so lang wie die Küche, nur 'n bißchen breiter.«

»Viel länger und viel breiter. Da sah es völlig anders aus, da roch es auch ganz anders.«

»Es war kurz vor deinem Unfall.«

Sie hatten auf roten, lederbezogenen Klappsesseln gesessen, hatten die Masken aufgehabt und hundert Prozent Sauerstoff geschnorchelt. In der Maske roch es tatsächlich anders: nach Gummi, nach Desinfektionsmittel, nach reinem Sauerstoff. Reiner Sauerstoff riecht süß und sauber.

»Warum soll man den Teig ruhenlassen?« sprach Hasse zum Teig.

ZÜRNDORFER: Ruhenlassen kann man auch bleibenlassen. Wichtig ist auf jeden Fall das Öl. Öl macht den Teig geschmeidig. Nun kommt's.

Zürndorfer nahm ein Stück Teig, formte mit beiden Händen einen Brocken, steckte ihn in die teure Maschine, drehte die Kur-

bel. Der Teig wälzte sich unten als schöner flacher Fladen heraus und legte sich hin.
Ob er, Hasse, damals in der Unterdruckkammer zuerst die Idee hatte, wußte er nicht mehr. »Gut möglich, daß ich …«, dachte er. Dann glaubte er fest, daß er es gewesen war, der den Vergleich gebracht und etwa folgendes gesagt hatte: »Wie in der Gaskammer; ich möchte nicht Jude gewesen sein.«
Der Witz des Tages. Darauf setzte Deutscher diesen groben Klotz: »Dich hätten sie gleich mit vergasen sollen, dann hätten wir heute ein Ungeziefer weniger, Siech heil!«
Die zukünftigen Flieger waren in fünfundzwanzigtausend Fuß Kammerhöhe angekommen, saßen seit ein paar Sekunden ohne Maske da, atmeten demzufolge die übelriechende Kammerluft.
Wenn die Vakuumpumpen die Kammer aussaugen, geht die Fahrt aufwärts. Der Luftdruck fällt, der Sauerstoff wird knapp; genau wie in der Atmosphäre. Die Gase im Körper dehnen sich aus und wollen raus. Man muß rülpsen und furzen und dauernd das Mittelohr belüften. Wenn man keinen Schnupfen hat, ist das kein Problem.
Jeder war auf den Kammerflug gut vorbereitet, jeder war unter Beobachtung. Jeder konnte seinen Finger heben, wenn irgendwas nicht stimmte. Im Notfall wäre sofort ein Fachmann zur Stelle gewesen. Jederzeit hätte man die Kammer wieder runterfahren können.
Als die Unterdruckkammer, die fest und unverrückbar auf amerikanischem Boden und unter strenger Überwachung der US-Air-Force-Experten stand, in fünfundzwanzigtausend Fuß angekommen war, sagte Hasse das mit den Juden. Als Deutscher seinen Senf dazugab, lachten alle, auch Hasse lachte. Einer lachte nicht: Zürndorfer. Ging ihm das Tagebuch seines Vaters durch den Kopf?
Jeder von ihnen wußte, was die Deutschen mit den Juden gemacht hatten. Das schlechte Gewissen lasen sich alle gegenseitig von den Augen ab, auch vom Mund, der sich beim Lachen

seltsam verzog. Zürndorfers Mund verzog sich nicht; die Lippen waren gerade, weiß und schmal.
Die Kammer-Experten, die ringsum an den Beobachtungsbullaugen saßen, sahen nur das Lachen. Den Witz des Tages hätten sie mitbekommen können, wenn sie Deutsch verstanden und wenn Hasse und Deutscher den Mikrofonknopf gedrückt und in die Maske gesprochen hätten. Allein das Lachen hatte die Experten angesteckt, und Hasse sah sie zurücklachen.
»Weiß unser Zürndorfer das noch?«
»Ja, schon. Halt die Maschine fest. Ich schraub die Klemme eine Umdrehung fester.«
Die Nudeln kamen sauber getrennt aus der Maschine. Zürndorfer drehte die Kurbel.
Sie lachten nur kurz in der U-Kammer. War es das schlechte Gewissen, das den Herrschaften die Zügel strammzog? Wahrscheinlich spielte der fehlende Sauerstoff die entscheidende Rolle. Beim Lachen verbraucht der Mensch viel Sauerstoff. Hier sollte ja ein flugphysiologisches Programm erledigt werden. Der Kammerkandidat sollte am eigenen Leib erleben, wie ihm Sauerstoffmangel zusetzt.
Nachdem sie gelacht hatten, ergriff Hasse ein Kältegefühl, seine Fingernägel und Lippen färbten sich blau. Es kribbelte in der Haut. Bei Deutscher, der Hasse gegenübersaß, färbten sich Fingernägel und Lippen ebenfalls blau. Deutscher drehte seine Hände hin und her und betrachtete sie. Dann dachte Hasse: »Mir wird so komisch beim Atmen.« Eine Ohnmacht unterwegs wie eine Lawine, die klein anfängt und groß aufhört? Hasse dachte, die faule Luft sei schuld. Es war nicht die vom Rülpsen und Furzen faule Luft, sondern der fehlende Sauerstoff, den der Mensch zum Leben braucht. So fühlte es sich an: Du frißt und frißt und wirst nicht satt.
Wie lange hielten die Kandidaten das noch aus? Deutscher wollte den starken Mann markieren. Wahrscheinlich meinte er, er bekäme für *Time of usefull consciousness,* das ist die Zeit, in der man noch vernünftig denken, entscheiden und handeln kann,

eine besonders gute Note. Darum ging es aber gar nicht. Jeder hat seine Grenze. Jeder soll beim Kammerflug die eigenen Grenzen erleben. Einige merken gar nicht, wie es mit ihnen bergab geht; denen fällt einfach der Kopf zur Seite wie beim Sterben. Sie sterben aber nicht, sie sind nur kurz ohnmächtig. Blitzschnell ist einer von den Kammerflug-Begleitern zur Stelle, drückt dem schwach gewordenen Kandidaten die Maske wieder auf, damit er hundert Prozent Sauerstoff schnorchele. Schon ist er wieder quicklebendig und weiß nicht, was ihm geschehen ist.

»Ich denke, das reicht.« Das hatte Zürndorfer auch damals gesagt.

Fünf

Freiheit! Freiheit! Freiheit!

Weder auf dem ABC-Lehrgang noch im Titanvogel, den Hasse durch Hochs und Tiefs steuerte, weder beim Zielüberflug noch beim Betrachten der großen, mehr oder weniger gestochen scharfen Schwarzweiß-Negative kriegte Hasse einen Zipfel vom Krieg zu fassen: Der Großvater war gefallen, der Vater war gefallen. Er wußte nicht, was Krieg war. Der Enkel, der Sohn wußte es nicht. Er war seit fünfzehn Jahren Soldat, flog den Titanvogel und wußte es nicht!

Ein Flugunfall: Da sah man doch, was los war. Das Wrack, das Loch in der Erde, der Tote; Trauer, Schrecken und Angst im Herzen. Moni Knebels furchtbares Schluchzen. Hatte sie überhaupt geschluchzt? War es die Mutter gewesen, die so ein dunkles jauchzendes Schluchzen geschluchzt hatte?

STIMME: Herrgott noch mal zu.

Ahndungsvoll Dunkles vom Krieg: Blacky Brown mit seiner Kuckucksuhr, gefallen in Vietnam. McNish im Büßergewand in den Straßen von Hanoi. Ein liebes, fernes Gefühl in der Brust drang nach oben in die Kehle und wollte eine Ladung Tränenflüssigkeit. Mitleid und Angst strömten durch Fleisch und Blut. Die Harnröhre meldete sich. Pinkeln wäre Erlösung und Frieden gewesen.

STIMME: Warum geht er nicht pinkeln?

»Bloß nicht zu viele Gedanken machen«, sagte sich Hasse.

Wenn er die Kriegsschiffe der baltischen Rotbannerflotte mit dem Prokischreiber auf der Leinwand im Briefing-Raum vorführte, dazu sein Wissen über Ausrüstung und Bewaffnung der

Kynda, Kashin, Petya, Osa und was es sonst noch für Schiffe der Sowjets gab, war dann etwas von Krieg zu spüren?
STIMME: No, Sir.
Hasse malte ein Kreuz in den laufenden Unterrichtsplan, er unterschrieb, und die zweite Staffel hatte mit seiner Hilfe der Sache Abschreckung wieder einen Dienst erwiesen.
HASSE: Beim nächsten Mal briefe ich die neuen russischen Luftkissenschiffe und Tragflügelboote.
DEUTSCHER: Aber bitte nicht wieder so einen Monolooch.
Dann, nach dem Briefing, wurden die Schrecken und Finsternisse des Krieges gehörig bedacht und beredet!
STIMME: No, Sir. Es trifft jedoch zu, daß die Themen Kriegerwitwenrente und Fliegerzulage im Falle Gefangenschaft durchgehechelt wurden.
Die Flieger standen stumm in der Lounge, in der zitternden Hand eine Tasse Kaffee? Alle mit Sorgenfalten in der Stirn, und in den Falten die Frage »Was würde aus Frau und Kindern, aus Vater, Mutter, Schwester, Bruder«?
STIMME: Nö, eigentlich nicht.
Aber dann kündigte sich Krieg an: Um *null Uhr fuffzehn* ließ Büchmann den Offizier vom Gefechtsstand auf den Sirenenknopf drücken. Endlich. So kündigte sich Krieg an, nur so. Von der Kaserne und vom Flugplatz hörte es Siemsen in der Schloßstraße, Deutscher an der alten Bundesstraße, Hasse in der Westheide. »Sirene ist zehnmal schlimmer als Ohrenpfeifen«, sagte Hasse. Zürndorfer pfiff nichts in den Ohren, Sirenenschall bedeutete ihm soviel wie der Ruf eines Rotkehlchens.
Hatte Siemsen alarmvorsorglich in Fliegerklamotten gepennt, weil er so schnell bei Hasse vor der Haustür stand? Dann brauste Siemsen mit *zwomal fuffzig* durch Lager Solsbüll. Bei Madame Lamy vorbei, Deutscher wartete schon an der Straße. Siemsen drehte um und fuhr zur Kneipe mit dem roten Herzen, wo die Chefin gerade *zwomal* Kundschaft reinließ und *zwo* abkassierte Bierleichen hinauskomplimentierte. Im Nobiskrug waren alle Lichter gelöscht.

An der Wache standen die tapferen Wehrpflichtigen hinter Sandsäcken Gewehr bei Fuß und verlangten Ausweis und Gesicht. Es dämmerte. Was für eine Jahreszeit war eigentlich? Frühling oder Herbst, wahrscheinlich Frühling, weil die Luft so milde war. »Womööchlich milde wie der Beischlaf unseres Divisionskommandeurs«, sagte Deutscher. Man sah nun doch schon was. Vor den Bunkern, wo die Titanvögel standen, witschten Gestalten hin und her.
Im Gefechtsstand brannte unangenehm helles Neonlicht. Krone war schon da. Riemer registrierte die eintreffenden Flieger und hängte ihre Namensschilder ans Einsatzbord. Siemsen möge gleich vorn bleiben. Der sollte nämlich Einsetzer werden, weil man Krone zum Kommandeur und Riemer zum Staffelkapitän machen wollte. Da lag sein Personalausweis, den Krone brauchte, um sich die Nummer zu notieren. Hasse las zum ersten Mal Siemsens vollständigen Namen: Hans-Armin Siemsen.
Hasse nahm sich ABC-Schutzmaske und Stahlhelm aus seinem Spind. Beim Waffenmenschen empfing er Pistole, leeres Magazin und Lederhalfter. In der Lounge schliefen schon welche in den Sesseln mit Helm und Maske im Schoß. Die dicken, bombensplittersicheren Vorhänge waren vor die Fenster gezogen. Halbdunkel herrschte. In der Stammtisch-Ecke spielten der Staffelfahrer und zwei Flieger Molotow unter einer einsam brennenden Lampe. Sie übten für den Molotow-Pokal, der jedes Jahr im Kasino ausgespielt wurde und immer mit einem großen Besäufnis einherging.
Kaffee fertig? Tante Guste stand seit *null Uhr dreißig* in der Küche. Wer hatte ihr die Alarmbotschaft gesteckt? Büchmann? Riemann? Krone? So früh war Tante Guste noch nicht ansprechbar. Dränglern, die vorzeitig Kaffee wollten, befahl sie: »Setzt euch bloß hin, sonst geht ihr mir auf die Nerven.«
Zuerst bekam die Staffelführung Kaffee: Krone und Riemer. Dann schön der Reihe nach. Tante Gustes Gesicht zeigte sich im gegenüberliegenden Fenster; sie mußte die Vorhänge nicht zumachen, denn sie war Zivilistin. Dann drehte sie sich um:

»Wer ist zuerst dran?« Überflüssige Frage; Siemsen war immer zuerst dran, weil er ihr Liebling war, und heute sowieso: Er feierte seinen ersten Tag als Einsetzer.
Tante Guste schmierte Alarmbrote. Brötchen gab es noch nicht so früh; also Schwarzbrot. Eine Platte mit Käse, eine Platte mit Mettwurst, eine Platte mit Leberwurst. Auch Honig- und Marmeladebrote lagen jeweils auf einer Platte. Köstlicher Geruch kam aus den Bratpfannen, mächtigen Stahlpfannen, die es nur beim Militär gibt.
Da legte Tante Guste ein halbes Pfund Butter rein; der Butterklotz ließ sein Fett unter sich und glitt dahin wie die neuen sowjetischen Luftkissenfahrzeuge. Tante Guste setzte die Schutzbrille auf, die beim Spiegeleierbraten im Alarmfall getragen werden mußte, und schlug ein Ei nach dem anderen in die Pfanne: insgesamt hundertfünfzig, denn jeder von den fünfzig Fliegern wollte drei schön kroß gebratene Spiegeleier.
Siemsens Stimme erklang im Lautsprecher: »Alle fliegenden Besatzungen zum Alarmbriefing in den Briefing-Raum.« Mit einer Tasse Kaffee in der einen und dem Zeigestock in der anderen Hand zeigte er auf geheime Frequenzen und Codewörter. Kein Wort über Bienen und Bienenzucht. Unter den Zuhörern befanden sich Seidel und der junge Dachs Liebetraut Bernstein; die beiden paßten nicht auf, weil sie sich unterhielten.
SEIDEL: Liebetraut – was ist denn das für ein Name?
BERNSTEIN: Ich sollte eigentlich ein Mädchen werden, Herr Hauptmann.
Liebetraut Bernstein, den Deutscher *Forelle* getauft hatte, weil er so gut schwimmen konnte, war verheiratet mit einer Belgierin: Caroline. Die beiden hatten zwei Kinder, Junge und Mädchen. »Privat unterhalten könnt ihr euch später, die Musik spielt hier«, sagte Siemsen und klopfte mit dem Zeigestock an seine leere Kaffeetasse. Hasse dachte: »Na, hoffentlich haben sie nicht den Bock zum Gärtner gemacht: du und Einsetzer?« Siemsen gab die Alarmstufe bekannt und verkündete: »Wir müssen demnächst in den Bunker umziehen.«

Das also war der Krieg.
STIMME: I wo. Zum Kotzen dieser dunkle stinkende muffige ungesunde enge Bunker.
Die Sirene meldete: Luftalarm und Abc-Alarm. Feindliche, schwer mit Splitter- und Napalmbomben beladene Flugzeuge flogen Lager Solsbüll an und wollten den Fliegerhorst kurz und klein bomben.
STIMME: Alles Blödsinn.
Die Alarmdrehbuchschreiber hatten es sich so ausgedacht. »Maske und Stahlhelm auf und ab in den Bunker«, schallte es aus den Lautsprechern. Siemsens Stimme. Er zog die Zehnervermittlung von der Leitung und räumte das Quartier mit zwei Dispatchern und drei Mann von der Nachrichtenabteilung.
Hasse keuchte unter der Maske, hielt mit der Rechten den steifen Hut, damit er ihm nicht vom Kopfe rutschte. Die kleinen runden Fenster in der Maske beschlugen. Die Maskenbänder ziepten im Haar. Herrgott noch mal zu! Hasse nahm den Zeigefinger und bohrte sich da Luftröhren, wo die Maske auf der Haut lag und rote Streifen hinterließ; er atmete frische Luft.
So frisch war die Luft gar nicht mehr; Kerosin hatte sich schon beigemischt.
v. Kümmernitz betrat den Bunker und setzte sich im Kampfanzug zu seinen dicht an dicht sitzenden Hanseln: Er habe in Frankreich *Calvados* kennengelernt. Kein Mensch wisse überhaupt, daß es sich hierbei um Apfelschnaps handele. Da müsse man beim Trinken »höllisch aufpassen«.
Was der Krieg war, wußte keiner. Das war ganz tiefes Wissen.

Wie herrlich war der auf die Verschnaufpause nach den Alarmtagen folgende erste friedliche Abschreckungstag! Morgens um neun Uhr standen zwanzig blitzblanke Titanvögel auf der Rampe und sonnten sich in der Abschreckungssonne. Was für ein Flugwetter hatte die dem Geschwader geschenkt!
Hasse zog, immer am Lineal entlang, einen ewig langen schwarzen Fettstiftstrich auf die Karte; vorbei an den Sperrge-

bieten und Städten. Eine einzige lange gerade Rennstrecke am Südufer des Dümmer Sees, die er, Sonne im Rücken, genießen wollte. Kein als Kreis gezeichneter Wendepunkt, der ihn von der Geraden abbringen sollte. Kein als Dreieck gezeichnetes Ziel, das zu fotografieren war. Er zeigte Siemsen die Karte.

»Wir beide fliegen heute deinen Checkflug«, sagte der. »Die Karte kannst du wieder ins Fach legen.« Hasse sollte Fluglehrer Siemsen vorführen, daß er vorschriftsmäßig fliegen konnte. Eine Prüfung, die jedes Jahr fällig war. Des Prüflings Puls beschleunigte um ein paar Schläge pro Minute, der Blutdruck stieg.

STIMME: Da, wo das Zwerchfell ist, ist die Seele.

HASSE: Auch gut.

An diesem Checkflugfrühlingstag war es nicht zu heiß und nicht zu kalt, nicht zu hell und nicht zu dunkel. Die titangefertigte Vorderkante des Höhenruders ließ sich gut anfassen. Die beiden gelben Schleudersitzgurte lagen angenehm über der Schulter und gaben ein Gefühl von Geborgenheit.

STIMME: Du sitzt genau richtig.

Hasse kannte jedes Instrument. Jeder Zeiger sagte ihm was, und er verstand. Er wußte genau, wie stark er in die Bremsen treten mußte, wenn die Bremsklötze weggenommen wurden, und wieviel Gas er geben mußte, um den winkenden Armen des Wartes zu folgen und vom Fleck zu kommen. Er wußte genau, wie tief er ins Ruderpedal treten mußte, damit er eine schöne Kurve auf dem Rollweg fuhr. Siemsen saß hinten drin und summte ein altes Fliegerlied: Off we go into the wild blue yonder. Dieser Tag war genau richtig, um sich selbst und die Maschine zu lieben.

Vor dem Start überprüften sie die Triebwerke. Erst Triebwerk *Numero zwo,* dann Triebwerk Nummer eins. Beide konnten nicht gleichzeitig bei vollem Schub überprüft werden, weil die Bremsen das Flugzeug nicht halten würden. Schubdüse, Abgastemperatur, Öl- und Hydraulikdruck: okay. Der Kompaß zeigte exakt nach Norden. Die Sonne schien von hinten ins Cockpit.

SIEMSEN: Hier sieht alles gut aus.
HASSE: Hier auch.
STIMME: Freiheit! Freiheit! Freiheit!
Gemeint war hier nicht die Freiheit aus *Einigkeit und Recht und Freiheit*, sondern die Freiheit aus Fleisch und Blut: sie verlieh Hasse aus tiefster Titanvogel-Seele Macht über das Chaos.
Er nahm die Füße von den Bremsen und schob beide Gashebel mit der Linken bis zum Anschlag. Der Nachbrenner zündete. Die beiden Drehzahlmesser bewegten sich drei Millimeter gegen den Uhrzeigersinn und sprangen wieder zurück auf hundert Prozent. Das war der RPM-Rollback. Beide Schubdüsen öffneten sich. Die Schubdüsenanzeige meldete *full open*. Hydraulik- und Öldruck stabil. Der schwere Vogel kam in Fahrt. Kurz vor dem Abheben gab Siemsen folgendes bekannt: »Ich habe Riemer gesagt, daß ich dich zu meinem Stellvertreter machen möchte. Deine Briefings sind ja ganz gut. Und auch sonst. Riemer hat genickt. Der Kommandeur wird noch nicken. Büchmann auch. Kümmernitz sowieso.«
»Du bist mir schon immer der liebste Kumpel gewesen.«

Gottfrieds Morgen

Am Abend vor dem Alarm hatten Krone und Riemer sich beim jungen Dachs Liebetraut Bernstein Zugang zur Wohnung verschafft, indem sie die messerscharfe Kante eines Feuersteins über die Wohnzimmerfensterscheibe zogen. Krone eröffnete den Auftritt mit brennender Zigarette im Mund. Man habe gehört, daß die beiden Neulinge »wahre Spießbürger« seien, die Frau des Hauses einen »enormen Toilettenluxus« treibe. Man müsse doch sehen, ob da was dran sei.
RIEMER: Sollen wir das durchgehen lassen?
Die Eindringlinge faßten einen Garderobenspiegel ins Auge, den Krone mit seinem Feuerstein zerschneiden wollte, dann al-

lerdings davon absah, als Bernstein tapfer sagte: »Den bezahlen Sie uns aber!«

Vom Winde verweht, das dicke Buch, lag neben *Hören und Sehen* auf dem Fernseher. Krone nahm eine Exekution vor, indem er drei Blätter herausriß und mit seiner Zigarettenglut anbrannte. Dann beschimpfte er die »verflucht spießbürgerlichen Tapeten« und verlangte »nackte Wände«.

RIEMER: Sollen wir das durchgehen lassen?

KRONE: Wir müssen.

Sie gingen die Kellertreppe hinunter und schrieben mit einer rußenden Kerze ihre Namen an die weißgekalkte Kellerwand. Zum Abschied beugte sich Krone über die Hand der jungen Frau Bernstein: »Sie haben einen harten Einstand.«

Am selben Abend hatten Büchmann, der Oberheizer, die drei Heizer sowie Peter Bezug mit zwei Raiffeisen-Vertretern in fröhlicher Bier- und Kornrunde im Nobiskrug gesessen. Die beiden Vertreter waren nach anstrengendem Tagesgeschäft in und um Lager Solsbüll herum im Gasthaus am alten Ochsenweg eingekehrt, hatten sich ein Gästezimmer genommen und Reginas Spezialität, den *Nobiskrug-Teller,* verspeist: »Zwei Schlag Braten« – ein Stück vom Schwein, ein Stück vom Rind – mit Salzkartoffeln, Champignons und brauner Soße.

Nun klang der Abend aus. Deutscher saß mit Moni Knebel an der Bar; er trank Gin Tonic, sie trank Sekt mit Orangensaft. Die beiden hatten Krach, schwiegen sich an und dachten: Blödes Leben. Zürndorfer saß auf seinem Stuhl vor dem Fernseher mit dem Rücken zur Gaststube, rechte Hand auf linker Schulter, linke Hand am frisch gezapften Bier. Henry und Moppel schliefen ihm zu Füßen.

STIMME: Warten auf McNish.

Regina spülte Gläser an der Bar. Bohne bediente die Runde, der Büchmann am Kopfende des Stammtisches vorsaß. »Wir können auch noch ein Haus weiter«, schlug er spaßeshalber vor und meinte Madame Lamy und ihr Etablissement *Am Kamin.*

Der Vorschlag war gut: Die Runde lachte, sagte spaßeshalber »Ja« und blieb, wo sie war: in dieser wirklich gemütlichen Kneipe.

OBERHEIZER: Tolles Geschwader, was Sie führen, Herr Oberst Büchmann.

BÜCHMANN: Das beste Geschwader der Luftwaffe.

PETER BEZUG: Steht auch in der Zeitung, meine Herren.

VERTRETER ALPHA: Ich wollte auch mal Pilot werden.

VERTRETER BRAVO: Das muß ein tolles Gefühl sein.

HEIZER ALPHA: Ohne unsere …

HEIZER BRAVO: … moderne Heiztechnik …

HEIZER CHARLY: … läuft hier gar nichts.

BÜCHMANN: Nun mal nicht den Mund so voll, die Herren vom Heizwerk. Das Sagen habe schließlich immer noch ich. Ich muß nur ein Wort sagen, dann steht mir das Geschwader Gewehr bei Fuß.

OBERHEIZER: Den Beweis kann der Kommodore jederzeit an jedem Ort antreten, meine Herren.

VERTRETER ALPHA UND BRAVO: Unglaublich!

Damit nahm der Geschwaderalarm seinen Lauf. Büchmann fühlte sich als oberster Befehlshaber herausgefordert, stand auf und hob das volle Bierglas in die Runde: »Dulce est desipere in loco. Lieblich ist's, zur rechten Zeit den Narren zu spielen. So spricht Horaz.« Zuerst ging er zu Moni, die den verstimmten Deutscher vom Zigarettenautomaten zurückerwartete.

»Jeder sollte zweimal heiraten, das erste Mal, wenn er jung ist, das zweite Mal, wenn er reif ist, sagt Madame de Staël, und ich sage das auch, wenn Sie wissen, was ich meine«, sagte Büchmann mit etwas Bierschaum in den Mundwinkeln. Er nahm Monis köstlichen Kopf in die Hände, küßte sie auf den Mund und hielt ihre Lippen fest. Der Stammtisch ließ die Biergläser sinken und stellte sie ab. Vierzehn Augen lagen auf dem Liebespaar. Moni umschlang Büchmann mit beiden Armen. Deutscher betrat wieder die Gaststube, kehrte auf der Schwelle um, knallte die Tür zu und verließ das Lokal. Büchmann löste sich

aus Umarmung und Kuß, griff zum Telefon neben der Bar, rief die Geschwadervermittlung an und ließ zum diensthabenden Offizier durchstellen: »Hier Büchmann, lösen Sie sofort Geschwaderalarm aus.«
OVG: Da kann ja jeder kommen.
BÜCHMANN: Tun Sie, was ich sage.
OVG: Kennwort?
BÜCHMANN: Nomen Nescio. Der Name ist unbekannt.
OVG: Uhrenvergleich: Es ist null Uhr fuffzehn. Die Sirene läuft.
Das war Musik in den Oberheizer-Ohren, deren unterentwickelter oberer Rand in Verbindung mit dem abnorm vergrößerten Ohrläppchen auf Gefühlsarmut und wenig stabile moralische Haltung verwies. Es war, als wenn der Oberheizer der Sirene seine Oberheizer-Stimme geliehen hatte: »Große Vergangenheit schläft in den Mauern unseres Torfpalastes. Ein feste Burg. Der Wald rauscht von vergangenen Zeiten. Rossegestampf und Hornruf höre ich vom Burghof. O ja, unsere Geschichte wird mit hartem Griffel geschrieben. Ich grüße Frau von Zago.«

Helle Sonne fiel an diesem Alarm-Morgen auf den Güldenholmer See; hier und da schwebte Nebel über dem Wasser. Vor dem Bootssteg am Seehaus schwamm in der Sonne Gottfried, der Schwan von Güldenholm. Er rührte sich nicht vom Fleck, hielt den rechten Fuß nach hinten gestreckt und sonnte die Schwimmhaut. Gottfried war ein rüstiger Vertreter seiner Art: mittelmäßiger Taucher und schwerfälliger Watschler, überdurchschnittlich guter Flieger und Schwimmer – wie elegant glitt er nun plötzlich mit stolz gebogenem Hals in seinem Federboot dahin! Hatte er einen Gegner im Auge, dem er die Grenzen zeigen mußte?
Oft war mit Gottfried schwer auszukommen. Hier bei der Pappel war er im Güldenholmer See aus dem Ei gekrochen, hier hatte er seine Kinderjahre verbracht. Von gelegentlichen Ausflügen abgesehen, hatte er auf seinem Geburtssee gelebt, hier

war er alt, schneeweiß und halsstarrig geworden. Eine Schwanen-Ehe hatte Mutter Natur diesem Seelenvogel nicht gegönnt, jedoch schöne, lebenslange Junggesellenjahre. Gottfried war eine kleine Berühmtheit: Sprachen die Leute von einem eigensinnigen Menschen, dann sagten sie: »Er ist so eigen wie der Schwan von Güldenholm.«
Diesen Sommermorgen genoß er wie jemand, dem Sonne brillantes Gesundheitsgefühl in Fleisch und Blut senkt: Die Sonne bittet ihn ein paar Treppenstufen nach oben auf die Terrasse des Herrenhauses und gibt einen Gartenstuhl zur Benutzung frei; Gottfried setzt sich und blickt über den See. Die Sonne befördert ihn zu *Herz und Seele des Universums* und verrät niemandem, wo er sitzt, was er ist und wohin die weitere Reise geht. So einen Morgen bezeichnete er, wenn er sein Hoheitsgebiet in Ordnung gebracht hatte, als Gottfrieds Morgen.
Roswitha war an diesem Alarm-Morgen um sechs Uhr aufgestanden. Sie hatte die Sirene gehört und wußte, was los war. »Gleich geht's los«, dachte sie, als sie im weißen Baumwoll-Pyjama am Wohnzimmerfenster stand und sich in der hellen Morgensonne wärmte. Sie blickte am Knöterich vorbei über die kurz vor der Blüte stehenden Hortensien. »Gottfrieds Morgen«, sagte sie. Roswitha sah Gottfried in seinem schneeweiß leuchtenden Kleid schwimmen.
STIMME: Ich sehe ihn nicht.
Roswitha blickte über Gottfried hinaus: »Wogende Kornfelder, saftige Wiesen, fruchtbare Äcker«, sagte sie. Sehen konnte Roswitha nur die grünen Kornfelder, die in der morgenstillen Luft gar nicht wogten, sondern hinter Schilf und Erlen ruhig im Halm standen. Über allem wölbte sich der Himmel: ein einziges Azurblau.
Roswitha war ohne Kopfschmerzen aufgewacht. Sie sah in den Spiegel und empfand Kummer über das eigene Gesicht. Sie zog das kurzärmelige knöchellange weiße Leinenkleid an. Sie warf sich eine grüne handgestrickte Jacke über die Schultern, weil es in der Küche noch kühl war.

Als die ersten zehn Titanvögel pünktlich um sieben Uhr im Abstand von fünf Minuten aus dem Staatsforst herauskrachten, Wein- und Biergläser in Lager Solsbülls Küchenschränken klirren ließen und die letzten Schläfer weckten, strich Roswitha Elena über die Stirn und sagte: »Kind, du mußt aufstehen.« Sie stellte ihrer Tochter eine Tasse heißen Kakao ans Bett.
Im übrigen sorgte Elena für sich selbst. »Muß Elena alleine machen« – das war der erste Satz, den sie – vor wieviel Jahren? – sprechen konnte. Sie wusch sich und putzte die Zähne, sie zog an, was Roswitha ihr auf den Stuhl gelegt hatte, sie aß wortlos eine dünne Scheibe Brot, bestrichen mit Butter und Johannisbeergelee. Auch für den Kuß sorgte sie selbst. Den holte sie sich in der Haustür. Mutter und Tochter waren fast gleich groß. Elena nahm das Fahrrad, fuhr zur Haltestelle, stellte es in den Ständer, schloß ab und wartete noch fünf Minuten auf den Schulbus, der von hier aus eine halbe Stunde bis zum Gymnasium Solsbüll brauchte.
Dr. Friedreich Emsieg saß in braunkarierter Kaschmirjacke im Arbeitszimmer des Herrenhauses und las im *Solsbüller Boten*. An seinem Schreibtisch hatte sich die Sonne noch nicht blicken lassen; er war fertig angezogen aus dem Haus gegangen, hatte kurz in den Pferdestall geschaut, war fünfmal auf der Morgensonnenseite des Hauses um die Blutbuche gegangen und auf der Schattenseite mit der Zeitung zum Hauptportal wieder hereingekommen. Er hatte seinen Schreibtisch aufgeräumt, Platz gemacht, die Platte mit einem Staubtuch sauber gewischt und sich gesetzt. Gleich danach kam Roswitha mit dem Frühstück: Kaffee in der Warmhaltekanne, Zucker und Sahne auf silbernem Tablett, Vollkornbrot, Butter, Honig, Johannisbeergelee.
Emsieg liebte Roswitha. Oft genug hatte er ihr das gesagt. Er verwöhnte sie mit Gedanken und Geschenken. Er schrieb ihr Ansichtskarten, er rief sie an, wenn er alleine unterwegs war. Sie könne an seiner Seite »ein erheblich schönes Leben führen«: Gäste bewirten, Freunde zum Übernachten einladen – in den

beiden Nebenhäusern war viel Platz –, die Pferde seien ja schon die ihren, und viel mehr sei noch da, was ihr eines Tages »werden könne«, er könne das Testament täglich neu schreiben – »genug Lagebeurteilung, liebe Roswitha, der Mensch möchte allerdings auch mal ein Echo«, sprach Emsieg und lächelte, weil er sich an seinen Worten erfreute. Mit dem Lächeln kam Hoffnung und ein Spaltbreit Freiheit. Es nützte nichts: Roswitha konnte ihn nicht lieben, »weil ich seine dicken Ohren nicht ausstehen kann«. Das wagte sie kaum zu denken. Über die Lippen brachte sie es schon gar nicht, weil sie sich sagte: »So was darf man eigentlich auch nicht denken. Aber was soll ich machen?«
Dieses Jahr wollte Emsieg seinen fünfundsiebzigsten Geburtstag in Salzburg während der Festspiele feiern – »nicht ohne meine liebe Roswitha«.
»Ach, Herr Dr. Emsieg«, so rief aus der Küche seine Hausdame, Köchin, Vorleserin, Kartenlegerin, sein guter Geist Roswitha. Sie sah ihn lange und wortlos durch die offene Tür an. »Sieht sie mich an, oder sieht sie mich nicht an?« fragte sich Emsieg, in seiner Gedankensuppe versunken.
Vom Güldenholmer See kam Schwanenfluggeräusch. Gottfried glitt mit weit vorgestrecktem Hals, heftig Wasser tretend, rauschenden Flügelschlags über das Wasser, ließ sich wieder fallen und schwamm zur Anlegestelle zurück.
»Ach hätte ich diesen Tag bloß schon durchgestanden«, sagte auf wackeligen Beinen Roswitha irgendwie in Vorfreude. Sie brauchte eine Ausrede. Vorlesen, Kartenspielen, Spaziergang mußten heute ausfallen; denn gleich nach dem Frühstück hatte sie eine Verabredung mit Gottfried.
Schwan Gottfried hatte begonnen, zügig im Kreise zu schwimmen; er hielt sein Federkleid schön aufgeplustert, damit Roswitha ihn keinesfalls übersah. Den Hals hielt er stolz, und der Schnabel stand kampfbereit. Jedem Menschen, jedem Tier war es jetzt verboten, seine Kreise zu stören: Gottfried hätte seiner Angriffslust freien Lauf gelassen und losgeprügelt. Ein Schlag mit dem Flügelbug konnte selbst Erwachsenen den Arm brechen.

»Jetzt fällt es mir ein, siedendheiß«, sagte Roswitha zum Herrenzimmer hinein. »Fast bin ich schon zu spät. Ich habe um neun Uhr einen Arzttermin.«
»Wie schade. Wie traurig, liebe Roswitha. Sie wollen mich also allein lassen. Arzt et cetera, das sind so Sachen, das ist wie höhere Gewalt«, sagte Emsieg und befühlte seine Narbe am Hals.
Roswitha lief mit unterdrücktem Jubelschrei barfuß im wehenden Kleid die Treppe zum See hinunter. »So viele Stufen du genommen, so viele Jahre du lebst«, sagte sie wie einen Kindervers vor sich hin.
»Eine junge Frau mit Bubikopf und von engelhafter Statur eilt mit ihren sechsundvierzig? siebenundvierzig? Jahren den Weg von der Terrasse zum Bootssteg hinunter«, sprach es in Roswitha und gab ihrem augenblicklich durcheinandergeratenen Leben Halt. Oben am Fenster seines Arbeitszimmers stand der sonnenbeschienene Emsieg und sah die geliebte Frau auf dem Weg zu Gottfried. Roswitha sagte: »Ich bin so aufgeregt, Vogel, lieber Vogel.«
Die beiden begrüßten sich wie immer: sie verschlangen die Hälse miteinander. Roswitha setzte sich ins Federboot, hüllte sich in Schwanenfedern und badete ihre Füße im Güldenholmer See. Das Wasser war warm; die Luft war süß und rein; der Himmel hatte noch keinen Hauch Azur verloren; heiliger Ernst strömte und rief: »Entflieh deiner morastigen, brodelnden Schwüle! Bring die eigenen Angelegenheiten endlich in Ordnung!«
STIMME: Welche Angelegenheiten müssen in Ordnung gebracht werden? Wo ist welcher Morast? Wo brodelt welche Schwüle?
Günstige Startvoraussetzungen, wenn eine Stimme dagegenhält! Gottfried schwang sich auf, wie er es heute morgen schon einmal geübt hatte: rauschend und polternd erhob er sich samt Roswitha mit singenden, Nachricht um Nachricht aussendenden Flügeln.
In diesem Augenblick dachte Roswitha an ihre erste und einzi-

ge Liebesbootsfahrt. Den Namen des Liebsten hatte sie immer für sich behalten. Niemand kannte ihn.
STIMME: Wirklich?
Jeder kannte ihn und wußte Bescheid. Das Liebespaar hatte hier vor zwölf? dreizehn? Jahren ein Boot bestiegen und war – unvergeßlich – auf den See hinausgerudert. Tochter Elena war Roswitha in den Schoß gelegt worden. »Man sieht sofort, wer der Vater ist«, sagte jeder, der die Tochter sah.
Roswitha saß weit vorgebeugt, Hals an Hals, sie fühlte sich geborgen in den weißen Federn, die ihre schönen Schenkel wärmten; sie fühlte sich göttlich durchdrungen von Gesundheit.
»Wie war es, wie war es, wie war es doch bloß?« fragte sie in den singenden Schwanen-Flügelschlag und wußte nicht, ob sie den Vater ihres Kindes jemals wiedergesehen hatte. In Wahrheit wußte sie es doch. Bloß: Die Wahrheit störte hier.
Öffnete sich eine Tür? Emsieg hatte die beiden von der Terrasse aus abfliegen und aufsteigen sehen. Stumm, mit aufeinandergepreßten Lippen hatte er auf der Stelle kehrtgemacht und schicksalsergeben einen Fuß vor den anderen auf den Rückweg gesetzt.
Warten, immer warten! In dieser Stimmung aus Ungeduld und Angst, die ihn zur Drohne machte – er würde sich gleich einen Cognac einschenken und eine Tafel Schokolade essen –, betrat er sein Arbeitszimmer. Da ging er, den Cognac in der einen, die Schokolade in der anderen Hand, am Bücherschrank auf und ab. »Wohin die Reise dieses Mal wohl geht?« So begann er das Selbstgespräch.
Roswitha hätte keine Antwort geben können; denn sie wußte selber nicht, wohin die Reise ging. Wußte es Gottfried? Die Leuten spekulierten und setzten Gerüchte in die Welt. »Der Weg ist das Ziel« lautet eine fernöstliche Weisheit, die im Falle Gottfried und Roswitha nicht in den Wind geschlagen werden darf. Die Leute schlugen sie aber in den Wind und griffen zu handfest gelogenen Behauptungen: Die beiden flögen in ein außereuropäisches Land, wo sie in einem köstlich abgelegenen

Schloßhotel übernachteten. Die beiden flögen Richtung Nordpol und kämen erst einen Tag nach der Sommersonnenwende wieder. Die beiden flögen dem vulkanischen Boden des Böhmerwaldes entgegen, um Wasser aus einer Heilquelle zu schöpfen. Nach Elsas Lothringen, also gar nicht so weit weg, flöge das Paar zum Weintrinken.

Das wirkliche Ziel der Reise bleibt im Dunkel der Geschichte. Roswitha und Gottfried haben nie ein Wort darüber verloren. Freilich ist kein Geheimnis so geheimnisvoll, daß man nicht raten dürfte, nichts erraten könnte: Gottfried und Roswitha flogen in ein fernes Land, das keines Menschen Fuß je betreten hat – so beginnt ein Märchen. Da stand, tief im Wald, auf einem Berg die Burg, Heiligtum genannt, weil Heiligtümer unter ihren Dächern sicher verwahrt lagen. Engelschöre sangen nachts und behüteten den Schlaf der Heiligen. Der Morgen war feierlichster Andacht gewidmet. Tagsüber erfreuten sich die Heiligen, die hier lebten und arbeiteten, am weißblauesten Himmel, am immergrünsten Wald und am Heiligensee, der mit dem eisigen Sopran des Allerhöchsten sang und die Heiligen tiefster Erschütterung überließ.

In den Gesang des Allerhöchsten hinein betrat Osmin Hunger den Flur in Roswithas Güldenholmer Haus. Da landete Gottfried nach langem, anstrengendem Flug. Roswitha stieg in Hungers wartenden Volvo. Hunger fuhr mit ihr in den Wald am Rande der Kiesgrube. Er parkte sein Auto unter Jelängerjelieber und Brombeerranken. Sie stiegen aus und gingen zehn Minuten bis zu dem Platz, den sie *Das Allerheiligste* getauft hatten: ein Fleck Erde im Wald, oben auf der Kiesgrubenkante. Sie hatten ein Blätterdach über dem Kopf. Sie hatten ein offenes Fenster zwischen den Baumstämmen und blickten über die herrlichen Hügel des Solsbüller Landes.

HUNGER: Kannst du Emsieg die Fahrt nach Salzburg verweigern?

»Was bloß für eine Frage!« dachte Roswitha auf dem Heimflug, als sie wieder warm in ihrem Schwanenfederboot saß.

»Was bloß für eine Frage?« fragte sich Roswitha in dem Takt, den sie treppauf in den Beinen hatte, als sie zum Herrenhaus Güldenholm emporstieg. Gottfried sonnte wieder den rechten Fuß. Das Federkleid lag glatt; er sah eine Nummer kleiner aus. Weit und breit war kein Rivale im Revier; er konnte die Augen schließen. Roswitha klopfte bei Emsieg an. Sie öffnete, ohne sein »Herein« abzuwarten. Als sie barfuß vor ihm stand, bewegte sie kurz ihren Bubikopf hin und her; sie nahm ihm Cognac und Schokolade aus der Hand und sagte: »Ob ich nach Salzburg mitkomme, muß ich mir noch überlegen.« Sie ließ Emsieg einen Spaltbreit Hoffnung. Damit rettete sie den Tag.

Im Eifersuchtszimmer

»Gottfried, Liebster«, schrie unter Sturmwolken das Unwetter. Es flog durch den abgründigen Himmel und zog weitere Sturmwolken hinter sich her. Die Sonne schien in einem anderen Land. Wind heulte in den Überlandleitungen, das verlieh dem Geheul zehnfaches Gewicht. Mit geschwellter Brust lagen sie waagerecht in der Luft, rissen an den Isolatoren, packten die Masten und rüttelten am Fundament.

Wellen und Schaum trieben auf dem Güldenholmer See. Die Wellen hatten weiße Köpfe. Der Schaum war schwarz und schäumte Dunkelheit ins Firmament. Dunkelheit fiel ins Wasser. Wasser verströmte Nacht, verströmte Duft. Gewitter lagen in Wolkenbetten und knisterten vor Spannung. Sie erwarteten Befehle vom lieben Gott; denn ausnahmslos alles lag seit Menschengedenken in seiner ewig ordnenden Hand.

STIMME: Er wird es wohlmachen. Kein Boot wird kentern, niemand wird ertrinken.

Herrenhaus Güldenholm leuchtete mit seinen Fenstern ins Wetter. Emsieg wanderte im Herrenzimmer zwischen Bücherschrank und ledergepolsterter Tür auf und ab. Er hielt ein bis zum Eichstrich gefülltes Cognacglas in der Hand und lauschte: Wind tobte, Regen prasselte. Er hatte die Unwetterwarnung gehört; scharf stach das Geschrei ihm ins Ohr. »O ja, trotz meines gesegneten Alters von knapp achtzig höre ich noch das Gras wachsen«, sagte er und leitete folgendermaßen über: »Auch ich war ein Student von schönem Äußeren.«

STIMME: Tiefer hängen, Emsieg.

Richtig, Emsieg zählte im Jahre 1976 fünfundsiebzig Jahre, und die schönen Studentenjahre waren vorbei.

Emsieg sprach hinein ins braunmöblierte, schallschluckende Herrenzimmer, strich mit der linken Hand über den rechten Ärmel seiner Kaschmirjacke; das Stichwort Trutzburg fiel ihm ein, als er Cognacduft aus dem Glas sog und einen winzigen Schluck nahm. Vergessen das Salzwasser der Kindheit, vergessen die aufs Butterbrot gestreute Messerspitze Zucker. Vergessen auch der Klumpfuß? »Ich kann immer noch gut gehen«, sprach er ins Glas.

Schwan Gottfried – er hatte ein Gespür für klimatische Veränderungen – war gleich, nachdem er fallenden Luftdruck registriert hatte, mit voller Kraft gestartet, erwischte noch günstiges Licht und günstigen Wind, gewann schnell Höhe, stieg über einen Zirrus-Schirm und flog nun am Himmel dahin. Wer sehen konnte, konnte sehen: deutlich die weit ausgebreiteten Flügel, deutlich der weit ausgestreckte Hals – mithin: »Gottfried, Kreuz des Nordens.«

Die Worte »Gottfried, Liebster« aus dem Unwetter herausgehört zu haben war Emsiegs unbeirrbare Wahrnehmung. So konnte nur Roswitha gesprochen haben. Stand sie nicht mit dem Schwan auf du und du? Beherrschte sie nicht seine Sprache? Beherrschte der Schwan nicht die ihre? Für das Unwetter war es ein leichtes, Gottfrieds Warnung, die er beim Abschied am Bootssteg gerufen hatte, aufzuschnappen: »Paß gut auf dich auf, behalte mich lieb.« Der Himmel verdunkelte sich über dem abfliegenden Schwan, und das von Gottfried vorhergesagte Wetter brach herein über den Güldenholmer See.

Der Verdacht hatte schon tief Wurzeln gefaßt. Emsieg grub die Wurzeln aus folgendem Grund: Einmal hatte das Telefon geläutet, und Roswitha, schlank, blaue Augen, besondere Merkmale: Sommersprossen, Bubikopf, Narbe am linken Oberarm, vorlesend und mit dem Herrn des Hauses Canasta spielend, eine Frau, in die Emsieg sich im hohen Alter verliebt hatte – was machen schon achtundzwanzig? neunundzwanzig? Jahre Altersunterschied –, sie hatte den Telefonhörer ans Ohr genommen und gesagt: »Ach, du bist es, Osmin, ich meine: Gottfried, das ist aber lieb, daß du anrufst.«

»Ich weiß gar nicht, was mit mir los ist, schwer zu beschreiben«, sprach Emsieg, so daß er den eigenen Atem spürte und das Cognacglas beschlug. Ein schwer zu beschreibendes Gefühl hatte sich nämlich in ihm ausgebreitet. »Zuviel Alkohol?« fragte er sich. Keineswegs – er fühlte sich von unangenehmer Wärme durchströmt, das Herz war ihm unangenehm schwer, im Kopf saß einer, der ihn in eine unangenehme Richtung trieb.

STIMME: Die Uhrzeiger kommen voran, die Zeit bleibt stehen.

Wenn Roswitha in der Nähe war, dann war alles Unangenehme verschwunden, dann verging die Zeit schneller, als die Uhr vorankam. Dann schmolz Emsieg sich dreißig Jahre jünger – »ich fühle Kräfte und Säfte steigen« –, und er räusperte sich, um nicht zu verlieren, was ihm gerade so kostbar war. »Ich eifersüchtig?« fragte er leise und deutlich und gab sich tapfer Antwort: »Na hör mal – hat man jemals einen gestandenen Kreishauptmann oder einen James Bond eifersüchtig gesehen?«

Roswitha war nicht im Herrenhaus. Wohin war sie gegangen? Sie hatte sich nicht abgemeldet. Wieder ein Arzttermin? Vielleicht hatten Donner und Blitz Roswitha fortgetrieben? Andererseits war immer berichtet worden, sie habe nie Angst vor Gewittern gehabt; im Gegenteil: Seit je habe sie sich ans offene Fenster gestellt, damit die elektrisierende, hustendämpfende, bronchienerweiternde Wirkung dieses *Phänomens* genützt würde. Sollte sich neuerdings Gewitterangst eingestellt haben?

Brauchte Roswitha etwa den Schwan, um sich vor jedem Gewitter ausfliegen zu lassen, und die Angst bliebe dann zu Hause?
Emsieg wollte gern das Naheliegende glauben, allein ihm fehlte der nötige Wille: Er konnte nicht anders. Er machte sich Mut, indem er folgendes wünschte: »Item wäre es gut, wenn sie anders, als alle Welt behauptet, nämlich Gewitterangst hat; dann hätte sie einen Grund, nicht hier zu sein. Und ich hätte Grund, meinen Spaziergang im, sagen wir mal, Eifersuchtszimmer zu beenden, die Cognacflasche zu verschließen, das Glas heiß auszuspülen, abzutrocknen und aufzuräumen. Was aber, wenn Roswitha den Vogel braucht, weil sie ihn liebt? Da flögen sie nun.
Jeder, der sich ein wenig im Firmament auskennt, hat das Sternbild genau vor Augen. So genau nun allerdings auch wieder nicht, daß größere oder kleinere Unregelmäßigkeiten registriert, angezeigt und verurteilt werden könnten. Waren die beiden im sogenannten siebenten Himmel zärtlich miteinander? Schmiegte Roswitha sich an, um dem Fahrtwind sowenig Widerstand wie möglich zu bieten, also um Gottfrieds Kräfte zu schonen, oder folgte sie mit dem Anschmiegen nur den Gesetzen der Liebe? Bog Gottfried den Hals sicherheitshalber, also aus Sorge um Roswitha, nach hinten, oder wollte er nur kurz seinen Schnabel auf ihr wunderbares Fleisch legen? Sagte Roswitha an dieser Stelle: »Gottfried, Liebster«?
Das hörte Emsieg nicht direkt; er hörte aber Stimmen; das waren die Damen und Herren Unwetter – »meine Zeugen« –, die so unkten. Ihre Zeugenschaft erfüllte das Herrenzimmer. Sie schissen auf die kostbaren Möbel und Teppiche, in die silbergeschmiedete Schmuckschale, auf Manschettenknöpfe und Siegelring. Unwetterscheiße kleckerte auch auf den vierundzwanzigbändigen Brockhaus.
STIMME: Man mag die Bücher ja gar nicht mehr rausnehmen. Man mag in derart beschissenen Büchern nicht mehr schmökern.

Wie sollte Roswitha bloß alles wieder saubermachen? Wie klein das Zimmer war und wie geschrumpft! Emsieg zählte seine Schritte und verzählte sich immer wieder. Das Herz des alten Mannes schlug schneller, seine Brust hob und senkte sich mit dem Herzschlag, sein Gesicht war rosig, die Falten waren gespannt. Er sah kleine Streifen Licht am Ende eines Tunnels.
STIMME: Flieger kennen das, wenn sie extremen Beschleunigungskräften ausgesetzt sind: Das Gesichtsfeld verengt sich Quadratzentimeter um Quadratzentimeter und ist schließlich zum Nullpunkt zusammengeschrumpft.
Das war der Augenblick, in dem Emsieg seine nicht so schöne Narbe betastete, um sich alsbald an die eigene Nase zu fassen.
STIMME: Wirbelsäule und Kopf im Lot halten. Den Tränen den kürzesten Weg nach unten freimachen.
Auch wenn Emsieg hinfallen sollte, würde er den kürzesten Weg fallen. Da läge er nun, schluchzend in seinem Tränenmeer-Gedankensee. Und Gottfried führe stolz drauf herum und beträte das Ufer, »das ich, Dr. Friedreich Emsieg, seit wieviel Jahren mein Eigentum nennen darf«. Gottfried schiß auf ihn.
Wer so am Boden liegt, ruft gern den liebsten Menschen an: »Oh, wüßte ich auch dich in solcher Not!« Besser, man erinnert glückliche Zeiten. Wenn das nur so einfach wäre! Es geht trotzdem: Man muß es sich aus tiefster Seele wünschen. Dann kommt herbei, was jeder will: Alter spielt keine Rolle.
Emsieg hatte sich scheiden lassen und gleich danach das Herrenhaus über dem See erworben. War er da noch in Amt und Würden gewesen? Er wünschte sich die erste Begegnung mit Roswitha herbei. Dreißig Mitglieder des Vereins *Freunde der Kunst* waren auf seine Einladung zum Sommerfest nach Güldenholm gekommen. Dem Kunstkreis hatte er sich angeschlossen, »damit ich mich nach meinem Berufsleben nicht gleich in einen Herzinfarkt stürze«. So dem Leben zugewandt, hatte Emsieg seine restlichen Jahre verbringen wollen.
Roswitha, in einem weinroten, knöchellangen Kleid, hatte den einführenden Worten gelauscht und ihren Bubikopf vor einem

lebensgroßen Bronzemann geschüttelt, der nicht ihren Vorstellungen entsprach.
Man könne bei diesem Werk getrost »bis zur Nagelprobe« gehen. Das halte dieser Künstler aus. Mehr noch: »Das wird sein Werk nobilitieren«, hatte der Direktor des Landesmuseums befunden.
STIMME: Sie hat ihren Kopf nicht einen Millimeter bewegt.
Das war Emsieg sofort aufgefallen: der Bienenfleiß, der ihr ins Gesicht geschrieben stand, und ihre Wespentaille. Er hatte Roswitha ins Gespräch gezogen und am Ende des Gesprächs gefragt: »Haben Sie nicht Lust, bei mir mal vorbeizukommen? Ich lade Sie zu einem Kaffee ein.« Dabei war es nicht geblieben. Roswitha war »mein guter Geist von Güldenholm« geworden. Zwischen den beiden lebte Emsiegs einseitige Liebe. Er pflegte sie wie Lieder ohne Worte, die er in Briefen niederschrieb. Roswitha antwortete nie. Ihre Antwort war Schweigen. Wieviel wußten die beiden voneinander? Wie viele Emsieg-Briefe schlummerten im Anwesen und verbreiteten Gerüchte? Etliche Lauscher saßen mit großen Löffeln am Seeufer! Man mußte sich nicht wundern, wenn alle Welt gern folgendes Rätsel gelöst wissen wollte: Wie tief geht die Verbindung der beiden tatsächlich? So tief wie der Güldenholmer See, von dem auch kein Mensch weiß, wie tief er ist?
ERSTER BRIEF: Seien Sie mir nicht böse, daß ich Ihnen heute wieder meine Seelennot offenbare. Ach, liebe Roswitha, manchmal verstehe ich jene rätselhaften Wege Gottes nicht, daß Er gerade jenen Menschen ein unwürdiges Schicksal zuteilt, die sich unentwegt in praktizierender Nächstenliebe üben. Habe ich doch neulich erst wieder mein Testament geändert: Güldenholm soll in eine Stiftung überführt werden und alten Menschen eine Heimstatt sein. Eine Emsieg-Stiftung. Hat das nicht Klang? Die ideale geschäftsführende Vorsitzende sind Sie, liebe Roswitha. Da gibt es nichts zu überlegen! Ich habe das schon mit meinem ehemaligen Sozius Osmin Hunger geregelt.
ZWEITER BRIEF: Ich habe mich in Sie, liebe Roswitha, unsterb-

lich verliebt, wohl wissend, daß ich eine solche tiefe Zuneigung Ihrerseits niemals erwarten kann und darf. Meine Liebe zu Ihnen bedeutet gleichzeitig die schmerzliche Erkenntnis unserer so unendlich verschiedenen Gefühle. Wer kann schon erfolgreich seine Gefühle steuern! Genug der bleiernen Selbsterniedrigung. Doch ich bin sicher, daß Sie für meine begreiflichen Vereinsamungsgefühle Verständnis haben.

DRITTER BRIEF: Ich erlebe immer wieder Stunden großer Verlorenheit, wo manchmal die Panik obsiegen möchte, denn die Schatten der Geschichte sind kein Kinderspiel.

VIERTER BRIEF: Wie bescheiden man doch mit zunehmendem Alter wird. Liebe Roswitha, niemand weiß genauer als Sie, wie es um mein Seelenkostüm bestellt ist. Der kühle Herbst des Lebens hat mich längst eingehüllt. Alles, was ich mir wünsche, ist eine Handvoll Sonnenschein.

FÜNFTER BRIEF: Ich muß an einen großen deutschen Dichter denken, der über das Wesen und Zustandekommen des Glücks einige markante Worte gesagt hat, nämlich: daß Glück ein Verdienst sei. Nun – wenn dem so ist, dann wäre doch auch logischerweise die gegenläufige These wahr, daß an Mißgeschikken des Lebens am Ende man selber schuld sei. Mit dieser Optik sehe ich ehrlicherweise mein Schicksal begründet. Hier bin ich am Brennpunkt meiner – in aller Bescheidenheit – Sache angelangt: Die Dämmerschatten des ewigen Abschieds rücken immer näher. Mir ist, als wäre es die Virtuosität des Teufels, der sein Gefallen darin findet, die Seele des Menschen zu quälen. Ob ich mich noch einmal zum Kampf stellen kann, weiß ich nicht. Am Ende sind es Träume, die einen glücklich und hoffnungsfroh machen können. Wo aber die Basis fehlt, bleiben Träume pure Einbildungen.

SECHSTER BRIEF: Ich muß wohl mit der stetigen Umklammerung durch meine Ängste leben und kann dabei nur auf Gottes Gnade hoffen, daß er meine Gebete erhört. P.S. Am 14. Mai habe ich Geburtstag – verstehen Sie mich bitte nicht falsch.

Eines Tages – kühle, nach frisch gemähtem Heu duftende Sommerluft lag über dem See – war Gottfried aufgetaucht, weil der Schwan wieder mal eine Sonnenanbeterin, die ihm nahegekommen war, angegriffen und verprügelt hatte. Es war immer wieder dasselbe Bild, das Emsieg am Fenster des Eifersuchtszimmers heimsuchte. Er sah durch eine Brille, die den Menschen zum Schwan und den Schwan zum Menschen macht, und er sagte: »Hier haben wir den Beweis.« Und dann hatte er den nächsten seiner Briefe geschrieben.
Roswitha war lebendigen, leichten Fußes die Treppen von der Terrasse hinuntergesprungen, hatte die flüchtende Sonnenanbeterin keines Augenblicks gewürdigt und war über den Bootssteg geturnt, wo Gottfried flügelschlagend und mit weit zurückgelegtem Hals wartete. Wie zwei Menschen hatte sich nun das Paar umschlungen, wie ein großes weißes kostbares Tuch hatte Gottfried seine herrlichen Flügel um Roswithas herrliche Schultern gelegt. Gottfried war nicht nur ein begnadeter Flieger, sondern auch ein begnadeter Tänzer. Gleich würde das Paar über den See schweben. O ja, der Schwan, der sich seiner Kraft und Herrlichkeit in Ewigkeit bewußt war!
Todesahnung schwebte über dem See. Emsieg hatte seine Schritte am Bücherschrank gezählt – platsch, hatte er dagelegen. Als er wieder aufstand, redete er mit der berüchtigten Feinfühligkeit des Eifersüchtigen: »Heute abend lege ich ihr eine Gänsefeder ins Bett.«

»Das mit der Gänsefeder war nur so eine Idee von mir«, sagte Emsieg, als er Roswitha von ihrem Ausflug zurückkommen sah. Das schlechte Wetter hatte sich verzogen. An diesem windstillen, blauen Tag wollte Emsieg sich zusammenreißen und sie als Gentleman empfangen. »Heute wieder mal ganz von vorne anfangen«, so faßte er Tritt. Er zog eine weiße Sommerhose und ein langärmeliges weißes Hemd an. Er reinigte Manschettenknöpfe und Siegelring unter heißem Wasser von der Unwetterscheiße, legte den Schmuck auf ein Handtuch und trocknete ihn mit dem Fön. Dann schloß er die Manschetten mit seinen Lieblingsmanschettenknöpfen und steckte den Siegelring an den rechten Ringfinger. Der Ring saß nicht mehr so fest wie vor zwanzig Jahren. Er ging in neuen Tennisschuhen am Rondell vorbei und hörte mit Wohlgefallen, wie der bekieste Hof unter seinen Schritten knirschte.

Vor Roswithas Strohdach-Haus parkte der Renault von Oberstudienrat Martin Spöri. Martin hatte seinen Jour fixe; er besuchte Roswitha an jedem ersten Donnerstag im Monat. Es gab Tee und Roswithas unübertroffenen Apfelkuchen. Sie saßen einander gegenüber am Couchtisch. Hier sah man: Martins Umgang mit Roswitha war völlig untadelhaft und rein. Er berichtete von Elenas »wirklich sehr guten schulischen Leistungen«, von den Buddenbrooks, von Travemünde und von Herrn Grünlich.

»Ich les auch, ohne daß ich es weiß«, sagte Roswitha und erzählte von Emsiegs Briefen, an deren »Echtigkeit« sie erhebliche Zweifel hatte. »Ich weiß eigentlich gar nicht, was drin steht. Ich weiß nicht, warum, aber ich kann seine dicken Fleischohren nicht leiden.«

MARTIN: Der liebt dich heiß und innig. Ich könnte richtig eifersüchtig werden.

ROSWITHA: Du bist ein Dummkopf, ein riesengroßer. Ich mag seine Ohren nicht!

STIMME: Wer weiß, was in den Ohren steckt, der zieht die Konsequenzen.

ROSWITHA: Gustav Hasse sagt, solche Ohren lassen ganz tief blicken.

MARTIN: Woher weiß er das?

ROSWITHA: Er hat es mir gesagt. Er hat ein Ohrenbuch.

MARTIN: Das würde mich auch interessieren.

ROSWITHA: Ich frag ihn mal.

MARTIN: Schön, daß ihr immer noch befreundet seid.

ROSWITHA: Der würde mir immer helfen, wenn ich ihn brauche.

MARTIN: Ich auch, zum Beispiel, wenn du nach Travemünde umziehst.

Roswitha verstand und lächelte. »Glaubst du, ich gebe das hier so leicht auf, dieses – wie heißt es noch mal – Kleinod?« Die Besuchszeit war um. Elena kam die Treppe herunter, um die Tafel Kinderschokolade abzuholen, die Martin immer mitbrachte. »Ach, da kommt sie ja.« Über Osmin Hunger war wie üblich nicht gesprochen worden.

Nach Abendbrot und Tagesschau, als Roswitha in ihrem knöchellangen Kleid auf dem Bootssteg hockte und stumm das alte, erste Liebesboot betrachtete, war ihr, als hörte sie »Resultate Jubilate im Deutschen Haus«. Aber nun hörte sie Emsiegs Schritte. Sie stand auf und gab ihm die Hand, als er den Bootssteg betrat. Der Steg schwankte ein wenig. Emsieg verlor den Siegelring.

Gottfried bog nur einmal den Hals, nur einmal tunkte er das Haupt ins Wasser und holte den Ring vom Grund. Er legte ihn Roswitha in die offene Hand. Lange betrachtete sie das prachtvolle Stück. »Aber jetzt müssen Sie ihn wieder nehmen«, sagte sie, ergriff Emsieg an der Rechten, zog ihn in die Hocke und steckte ihm den Ring an den Mittelfinger.

Beide saßen wortlos nebeneinander. Eine Menge Wissen ließ sie schweigen. Dann sprach Friedreich Emsieg folgendermaßen: »Ich gehe jeden Sonntag zur Kirche. Ich glaube nicht, daß es, abgesehen vom Seelsorger, einen Beruf gibt, in dem das Schweigen eine so große Rolle spielt wie bei uns, und zwar ein Schweigen in bezug auf alles.« Roswitha hielt den Mund. Ihre Augen sahen mehr als genug. Die Nase zog Sommerduft bis ins Gehirn. Die Ohren waren voll vom Ozean des Güldenholmer Sees. Roswitha genoß makelloses Gleichgewicht. Emsieg fühlte Roswitha am linken Oberarm. Fühlte er richtig? Sie hatte sich tatsächlich für mehr als eine Sekunde Emsieg zugeneigt. Nun brach sie ihr Schweigen und sprach zum Schwan und zum See und zum Mithören für Emsieg: »Ich ziehe um nach Travemünde.«

Die Havarierten hingen sicher unterm Fallschirm, fielen, von gesunder sauerstoffreicher Luft umströmt, Wiesen und Feldern entgegen. Längst war Deutscher mit seinem Rettungstrupp alarmiert und unterwegs. Längst saß Dr. Axius mit einem Riesenvorrat Zigaretten in seinem Fliegerarzt-Unimog und erwartete die vom Himmel Fallenden mit der Frage: »Zijarette?«

Was aber geschah mit den Titanvögeln? Einsam, vom guten Geist verlassen, flogen, schwebten, trieben und fielen sie durch die Lüfte, schlugen Purzelbäume und trudelten auf vollkommene Zerstörung zu. Ein nutzloser Haufen Metall würde nach dem Aufschlagen übrigbleiben: Schrott.

Geschwaderschmied Theo Emsieg konnte davon immer etwas gebrauchen. Aschenbecher, Briefbeschwerer, Fingerringe, Uhrengehäuse und Lampen schmiedete er in der Dienstzeit zwischen acht und siebzehn Uhr. Brillengestelle, Hüftgelenke fertigte er nach Feierabend. Wurde dieser fleißige Mensch nie müde?

Warum lief er nachts trotz angeborenen Hinkebeins wie ein schmiedendes Wiesel durch die Schmiede? War er auf der Suche nach dem Geheimnis seiner Geburt? Das Gerücht besagte, seine Mutter habe, nachdem sie Klumpfuß Friedreich zur Welt gebracht und verstoßen habe, sich eines Nachts als Bienenstock-Mutter gewähnt und Jungfernzeugung getrieben. Darauf gebar sie Hinkebein Theo, den sie ebenfalls verstieß.

Manchmal kam Hasse dem stets wachsamen Geschwaderschmied zuvor. Er griff sich einen havarierten Titanvogel aus der Luft, legte ihn auf den Schreibtisch im Nachrichtenkeller und beäugte ihn. Hier unten saß er abgeschirmt und blickte in Titanvogels Seele.

STIMME: So was Verrücktes.

Eine Stahlgittertür schützte ihn vor unliebsamem Besuch. Wer reinwollte, mußte klingeln und in einen Spiegel sehen. Hasse

machte den Face Check und öffnete nur, wenn ihm das Gesicht paßte. Vorgesetzte ließen sich nicht blicken. Wenn Riemer was wollte, rief er an, und Hasse ging zu ihm nach oben.
Stille Tage im Nachrichtenkeller; Erholung vom Fliegen, Erholung vom Nebenjob als Einsetzer, den Siemsen seinem Hasse zugeschanzt hatte. Krone hatte recht behalten: Nachrichtenwesen war für Hasse maßgeschneidert.
Draußen mochte Wind wehen, Sonne scheinen oder Regen regnen; es mochte sommerheiß oder winterkalt sein. Unten im Nachrichtenkeller herrschte die auf dem Thermostat eingestellte Temperatur, die der Oberheizer garantierte; kein Tageslicht störte, Neonlicht brannte. Tausende von Karten verschiedenen Maßstabs lagen in den Fächern. Die eigene Lage und die Feindlage hingen, mit schwarzem und rotem Fettstift bemalt, Hasses Augen gegenüber. Im Panzerschrank schlummerte das Geheimste vom Geheimen der Bundesrepublik Deutschland, der NATO und des Warschauer Paktes. Während es da lag, spitzte Hasse Bleistifte und malte Strichmännchen, Kreise, Quadrate, Rechtecke und Ziegelsteine aufs Schmierpapier, das die Geschwader-Kartenstelle aus veralteten Karten zurechtgeschnitten hatte.
Das ganze Geschwader schrieb auf solchem Papier, und nicht nur das Geschwader: Die siebente Luftwaffendivision verbrauchte auf diese Weise unbrauchbare Karten. »Die Bundeswehr muß sparen. Die fetten Jahre sind vorbei«, lautete der Standpunkt des Divisionskommandeurs Generalmajor v. Kümmernitz.
Wenn Hasse sein Schmierpapier zur Seite schob, weil er was von den Geheimnissen wissen wollte, rief er den Panzerschrank-Knacker aus dem Geschwaderstab. Der kannte den Code, der wußte, auf welche Zahl und wieviel mal nach links und rechts gedreht werden mußte, damit das Schloß die dicke, schwere Stahltür freigab. Der wußte auch, was im Panzerschrank lag, weil er genau Buch führte. Leise und langsam zog der Panzerschrank-Knacker die Stahltür auf. Die stand dann

senkrecht in der Luft, ein bleischweres Wunder, und gab den Blick frei: auf den Schatz im Panzerschrank.
Hasse hatte längst Zahlenkombination, Links- und Rechtsdrehung ausgespäht und auf einen Zettel geschrieben. Den Zettel steckte er hinter seinen Militärflugzeugführerschein ins Portemonnaie.
Hasse brauchte den Panzerschrank-Knacker nicht mehr, er konnte nun allein ans Werk gehen. Er zog den Ordner *Flugkörper-Zerstörer Kashin-Klasse* heraus. Teil eins zeigte Fotos dieses Kriegsschiffs der sowjetischen Rotbannerflotte. Deutlich zu sehen die beiden Vierbein-Gittermasten mit den Radarantennen. Achtern der Hubschrauber-Landeplatz. Deutlich mittschiffs die beiden Schiff-Luft-Flugkörper-Starter mit der Feuerleitanlage und die fünf fünfhundertdreiunddreißig-Millimeter-Torpedorohre. Typisch für die Kashin-Klasse waren vier schrägstehende Schornsteine, aus denen die Abgase der Gasturbinen entwichen. Teil zwei des Ordners war Zahlen gewidmet: Verdrängung, Länge, Breite, Tiefgang, Maschinenleistung, Geschwindigkeit.
Ab Teil drei wurde die Akte privat.
Da Hasse das Wort *privat* hier unten weder zu denken noch auszusprechen oder gar niederzuschreiben wagte, nannte er den privaten Teil des Ordners *Nachrichten für Z.* Das klang einerseits wichtig und andererseits nicht so wichtig. Auf jeden Fall klang es wichtig genug für den Panzerschrank. »Geheimhaltung dieser meiner brisanten Nachrichten aus meiner brisanten Nachrichtenwelt ist unbedingt erforderlich.« Warum Hasse seine private Nachrichtenwelt unbedingt geheimhalten wollte, wußte er nicht.
STIMME: Doch.
Hasse hatte seine *Nachrichten für Z.* angefangen aufzuschreiben nach einem Mitternachtsbesuch bei Geschwaderschmied Theo Emsieg. Nachtflieger, Towerpersonal und Techniker waren schon zu Hause, die Flugzeuge standen sicher und trocken in den Bunkern. Kein Stern am Himmel. An der Wache brannte

helles Licht. Einer von der zivilen Hundewache hielt einen Schwatz mit dem Wachsoldaten. Sein Schäferhund saß mit spitzen Ohren bei Fuß.

Hasse überbrachte Theo Emsieg einen aus der Luft gegriffenen Titanvogel. Zum Dank zeigte ihm Theo im Schmiede-Labor seine neuesten Kreationen: Mittelohrimplantate. »Wir dürfen uns nicht auf den Lorbeeren ausruhen«, sagte Theo. »Ich bin mit meinen Schöpfungen den Amerikanern immer eine Nasenlänge voraus.«

HASSE: Dann hinken die Russen ja gewaltig hinterher.

THEO: Titan haben wir reichlich, junger Mann. Ich brauch nur ab und zu einen Absturz.

HASSE: Dann haben wir ja mehr als genug.

THEO: Außerdem: die Titanvorräte in der Erdkruste sind unvorstellbar groß.

HASSE: Und was man damit alles machen kann!

Theo nahm ein Implantat zwischen Daumen und Zeigefinger und hob es Hasse unter die Augen. »Damit ich die Dinger besser biegen kann, tu ich ins Titan noch bißchen Eisen reinmischen. Bloß nicht zuviel, denn sonst rosten mir die Dinger weg.«

HASSE: An was man alles denken muß! Ist so was teuer?

THEO: Für dich umsonst. Du belieferst mich ja. Laß mich mal in dein Ohr sehn.

HASSE: In Fürsti war bei der letzten Untersuchung alles bestens, na ja, nur wenig schlechter als bei der vorletzten.

THEO: Mein Implantat hält ewig. Ganz kleiner Eingriff.

HASSE: Tut das weh?

THEO: Ach was, zwo kleine Piekser. Hammer, Amboß und Steigbügel kommen raus, das Ding kommt rein. Schon kolonisiert da dein kostbares Zellgewebe, und du hörst das Gras wachsen wie der Seismograph persönlich.

Hasse vertraute dem Geschwaderschmied mit Leib und Seele, seitdem ihm der titangefertigte Keuschheitsgürtel auf dem Herrenabend so dienlich gewesen war. Theo bat nun Hasse auf den

Behandlungsstuhl und legte ihm die Maske aus reinem Ätherblau an. Jetzt kam der Eingriff.
Als der Patient aus der Narkose erwachte, sagte Theo: »In beiden Ohren spürst du einen gewissen Druck, wie bei einer Erkältung, wenn die Mittelohrbelüftung nicht richtig funktioniert. Das ist morgen vorbei.« Der Schmied drückte Versuchskaninchen Hasse eine Flasche Ohrentropfen in die Hand und entließ ihn in die rabenschwarze Nacht.
Mit dem neuen Werkzeug im Ohr saß Hasse im Nachrichtenkeller bei geöffnetem Panzerschrank vor dem Schmierpapier.
STIMME: Das er mit Strichmännchen bemalte?
Sein nachrichtendienstliches Interesse für Schiffe und Häfen der Baltischen Rotbannerflotte sowie für Flugzeuge und Flugplätze der sowjetischen Marineflieger hatte seit dem Eingriff spürbar nachgelassen. Entsprechend spürbar litten seine Briefings mit der spürbaren Folge für das Abschreckungsniveau des Geschwaders, der Kümmernitz-Division und der Bundesrepublik Deutschland. Der junge Bernstein hatte Hasse schon mehrmals verbessert und gesagt: »Das ist 'ne Kynda und keine Kashin, Herr Hauptmann.« Hasse redete sich heraus: »Jedenfalls einer, der aufgepaßt hat.«
Nach jedem Briefing verschwand Hasse im Nachrichtenkeller, schloß die Gittertür, öffnete den Panzerschrank, entnahm die Kashin-Akte und setzte sich an den Schreibtisch. Da notierte er mit Bleistift seine »Nachrichten für Z.«.

ZUEIGNUNG

Knobel-Sammelsurium für unseren Zürndorfer (im weiteren: Z.) nach dem Muster des lateinischen Schulhexameters mit folgenden schwankenden Gestalten: quis (wer), quid (was), ubi (wo), quibus auxiliis (womit), cur (warum), quomodo (wie), quando (wann). Möge … *hier noch was Gutes einfallen lassen.*

Hinlänglichkeit (Sufficiency)
Z.-Abc anlegen nach dem Prinzip der Hinlänglichkeit. Nur Wörter aufnehmen, die zur Reaktivierung des Zürndorfer-Gehirns beitragen.
STIMME: Da kann man ja alles reinschreiben.

Lernziel
Zürndorfer kriegt einen Zipfel Zukunft zu fassen.

Rules of Engagement (ROE)
Zum Panzerschrank (kann auch was anderes sein) sprechen, als wäre er ein Rotkehlchen.

ZÜRNDORFER-ABC
= HASSES INNERE FÜHRUNG

A(ffegünt) war der sechzehnjährigen (!) Regina Schicksalsort. Sie saß schwanger und ratlos unter dem Schicksalsbaum (Eberesche), während der Schicksalsmensch (Harry C. Goldschmidt) mit geschickter Schicksalsweichenstellung ihrem Embryo das Leben rettete. Über allem stand weißester Fliegerhimmel-Kumulus, den es auch schon 1936 gab. *Radieren?*
A(rizona), Land der göttlichen Sonnenuntergänge.
A(xius), H(erbert) Dr. muß bei Z. einmal im Monat auftauchen. Fliegerarzt in Lager Solsbüll. Verdient sich bei den »Damen im Etablissement« den Extragroschen. Die Damen zahlen bar.
B(aumarkt Bahnsen) beliefert als unser Logistikzentrum Z. mit Werkzeug.
STIMME: Wir Soldaten haben schon von Logistik geredet, als die Römer noch das Licht mit dem Hammer ausmachten.

B(ezug), P(eter) ist Nobiskrug-Bekanntschaft. Im Zusammenhang mit dem Massaker im polnischen Chodow nachgewiesenermaßen (siehe Vater Zürndorfers Tagebuch) kein schlechter Kerl. Mit dieser historischen Grundierung nahm er seinen Weg als Hobby-Historiker, der allerdings in seiner (unfertigen) Chronik von Lager Solsbüll die örtliche Kläranlage mit Forellenteichen verwechselt.
B(ienen) wissen nichts von Zukunft, trotzdem bauen sie in Stock und Land Tag für Tag an ihr. Z. soll sich daran ein Beispiel nehmen.
B(onsen), B(ohne) ist der gute Wirt vom Nobiskrug. Wirkt auf einen allgemeinen Zustand namens Frieden zwischen Menschen hin. Meinen Nobiskrug lob ich mir (Beihilfe!). B. B. zapft Z. deswegen vorzügliches Bier. Hat auch Henry und Moppel kastrieren lassen.
B(onsen), R(egina) ist die gute Wirtin vom Nobiskrug. Z.s leibliche Mutter. *Warum soll er das wissen? Warum soll sie das wissen? Ausradieren.*
B(üchmann), B(ernd) spricht: »Ich bin die Hypostase des dynamischen, geistigen Konzepts zur Integration unserer Streitkräfte in die Gesellschaft.« Zitate und flotte Sprüche nicht mit Hasses Innerer Führung verwechseln!
C(hodow) kennt keiner? Nur die schwarzen Vögel, die diesen Ort in Polen umkreisen? Z. kennt ihn aus dem Tagebuch seines Vaters. Ob Z. mir die Aufzeichnungen mal zu treuen Händen überläßt? Vielleicht kann ich noch einiges rauslesen, was Z. nicht rausgelesen hat.
D(eutscher), D(etlev) hat Z. – über den Unfall hinaus – immer verübelt, daß er ihn nach seinem Autocrash in die Cafeteria, 1965 in Arizona, von seinen Hanseln bewachen ließ. Das sei »höchst unkameradschaftlich und demütigend« gewesen. »Die Sache mit dem Tripper« habe er dagegen als harmlos empfunden und ratzfatz weggesteckt.Zusammenfassende Lagebeurteilung für Z.: Der

Grad der Bedrohtheit respektive Sicherheit hängt weitgehend vom subjektiven Empfinden ab.

E(dison), R(ivert) ist mit Joyce E.-Honig verheiratet und Zierfischhändler in Phoenix. Z. ist ihm zu Dank verpflichtet. Z. lag an seinem Swimmingpool wie ein junger Gott (Entspannung!) und lernte Susanne kennen (Spannung!). *Maßnahme: Z. soll ihm 'ne Karte schreiben.* ASAP *(AS SOON AS POSSIBLE)*.

E(msieg), F(riedreich) Dr. ist Z.s – da haben wir den Salat: leiblicher Vater, übrigens im GG Polen der Vorgesetzte von Z.s Adoptivvater! Nach seinem Tode (Zukunft = Warte nur, balde!) werde ich die ganze Gegend hier mit ein paar Prachtgesängen verherrlichen, sprich: erheitern. *Das kann auf keinen Fall so stehenbleiben. Ausradieren, neu schreiben oder schwindeln. Prachtgesang stehenlassen.*

E(msieg), Theo ist des obigen Emsieg Bruder. Schmiedete den Keuschheitsgürtel, mit dem Hasse eine so gute Figur auf dem Herrenabend machte.

F(ürsti) steht im Fern-Fürsorge-Sinn als Drehscheibe dezentraler Logistik zur Verfügung. Hier Leberkäslieferant Brucker-Bräu. Wie viele Flüge zwecks Bereitstellung besagter Versorgung sind zwischen Lager Solsbüll und Fürsti hin- und hergegangen! Ein »Remain over Weekend« in Fürsti lockte mit Kloster Andechs, Capo Frasca und Schwabing. (Darf die Führung offiziell nicht wissen.) *Mehr über Leberkäs und Fürsti notieren. Gut für die Erinnerung. Was gut ist für die Erinnerung, ist gut für die Zukunft.*

Geringer, Robert ist tot. Über Tote soll man nicht schlecht reden. Amen. Toten-Namen werde ich immer voll ausschreiben! Ob im Falle seines Todes von Anwendung militärischer Gewalt gesprochen werden kann, soll Z. untersuchen. Z. schüttelt so was aus dem Ärmel. Meldung des Untersuchungsergebnisses: ASAP.

Goldschmidt, Harry C. – Gott hab diesen Herrenhof-Landwirt selig – hat Regina unter Berücksichtigung der familiären, nachbarschaftlichen, partei- und gesellschaftspolitischen Faktoren ins Lebensbornheim in Kaisersaschern vermittelt (engl.: Grand Strategy). *Muß Z. nicht wissen. Ausradieren.*

G(ottfried) verfügt über einen auf Natur-Technologie basierenden heißen Draht, der ihm die Verbreitung von Geschwader- und Ortsnachrichten sowie das Verfliegen von Humanoiden (Roswitha & Osmin) gestattet. Wir haben es hier mit einem unentbehrlichen Schwan zu tun, dem man noch ein Denkmal setzen wird.

Hansen, Hannes, siehe **H**(asse), G(ret).

H(asse), E(lena) gibt Anlaß zu etlichen Fragen: Wer hat was, wo, womit, warum, auf welche Weise und wann wem in den Schoß gelegt, und wer ist dabei wann rausgekommen. *Müßte Z. über Vergangenheit und Zukunft aufgeklärt werden? Ausradieren.*

STIMME: Zürndorfer, zuhören.

ELENA: Ich will Medizin studieren, denn wozu hab ich Latein gelernt?

H(asse), G(ret) schweigt immer und kann sich »über nichts freuen«, sagt Hannes Hansen.

STIMME: H. H. meint, sie brauche nichts, um sich freuen zu können.

Hasse, Gustav scheut sich nicht, seinen Namen auszuschreiben, obwohl er noch nicht tot ist. Gott sei Dank hat ihn der Titanvogel (bislang) verschont. Er will hier auch mal vom eigenen Schweren reden: Hat er nicht mit Mühe und Not anno 1943 die Hölle von Hamburg überstanden und danach nur schwer auf dem platten Lande Fuß gefaßt?

STIMME: Zürndorfer, zuhören!

HASSE: Herrgott noch mal zu!

H(asse), R(oswitha) erinnert sich glücklicher Zeiten: Wie eiskalt war das Händchen zu Weihnachten 1963, als zwo Flieger (Hasse und Siemsen!) mitten im eiskalten Krieg in einer Spänekiste unterhalb des Sterns von Bethlehem geflogen kamen, um die beiden Liebenden im Hause Gret Hasse zu überwachen (*bewachen*)! Wenn Z. sich nicht an ihr eiskaltes Händchen erinnern will, dann doch wenigstens an ihr Lachen!

HASSE: Zürndorfer, zuhören.

STIMME: Sie lacht so unvergeßlich schön.

H(enry) lief Regina und Bohne zu. Die ließen den Kater kastrieren, um ihn Z. zu schenken.

Himmler, Heinrich hat nicht zufällig mit Z. am selben Tag Geburtstag. Bekannt für seinen dirigistischen Führungsstil. *Ausradieren?*

H(unger), O(smin) Dr. gewann dem mehrdimensionalen Begriff Freiheit die eigene Dimension ab und schmiß seinen Job als Rechtsberater bei der Bundeswehr hin. Obwohl er noch nie ein Flugzeug von innen gesehen hat, fliegt manchmal auch er. Siehe: **G**(ottfried).

I(ntentionally left blank)

J(oachimsthal) ist so klein wie Solsbüll. Unsere kleine Stadt. Wann ist J. endlich reif für einen Besuch von Z.? Angriff ist die beste Verteidigung! Sind unsere Fähigkeiten noch nicht soweit? Hasse und Z. müssen dieses Kleinod am Werbellinsee im Sturm nehmen! **R**(oswithas) ganze Verwandtschaft kommt von da her.

K(aisersaschern) soll uns den Blick kosten, den man von den drei Schlössern ins Saaletal hinabwerfen kann. Koste es, was es wolle. Um diesen kostbaren Blick geht es uns. Was ist eigentlich wichtiger: Nato, Krieg und Frieden oder die drei Schlösser?

K(lonhammer), H(auke) und Ph(iline) verwandelten sich in Baummenschen und sind so was von treu! In dem Augenblick, wo der Mensch sich in einen Baum verwandelt, bricht der Augenblick zusammen. Krieg verwandelt sich in Frieden und so weiter. Das sieht man den beiden Silberlinden vor dem Nobiskrug an. Tag und Nacht.

K(lopfleisch), F(alko) trägt als ältester Sohn des verstorbenen Standort-Pfarrers schwer an seiner seelischen Grundbeladung (Logistik!). Sein Vater verprügelte ihn, wenn er zu spät kam. Um sich stabil zu halten, wurde er Alkoholiker und Geschäftsmann. Das kann nicht gutgehen. Siehe: **Z**(ukunft).

Knebel, Ludwig mußte im Rahmen der psychologischen Kriegführung des Oberheizers Salzwasser schlucken und im Wattenmeer ins Seegras beißen. Vorbereitet hat der Oberheizer diesen Coup durch planmäßigen Einsatz von Wetter-Propaganda: Elmsfeuer, dicke dunkle Wolken, Hagel und am Ende der tödliche Blitz. Politischer Hintergedanke: Angstmache mit dem Ziel der Wehrkraftzersetzung.

K(nebel), M(oni) wartet wegen Entgleisung im Offizierskasino vor zehn? elf? Jahren immer noch auf eine Entschuldigung. *Entschuldigung nicht in die Reinschrift übernehmen. Z. kann sich (noch!) nicht entschuldigen wg. fehlenden Zukunftsempfindens.*

K(rone), K(onrad) kann, was Vorgesetzte und Untergebene mögen bzw. nicht mögen: entweder säuseln oder mit der Faust auf den Tisch hauen oder beides gleichzeitig. Folgende Zukunft dieses ehemaligen Zürndorfer-Hansels zeichnet sich ab: K. als »Major Subordinate Commander (MSC)« der NATO, verantwortlich für die Ausarbeitung von Konzeptionen und Optionen = KonzOptionen: Faust-Skizzen und Kalküle; für den Job ausgerüstet mit Titanflex-Brille, Titanhüfte, Kamera mit Titangehäuse.

v. **K**(ümmernitz), K(arl) berücksichtigt die persönlichen Belange seiner Soldaten ungeheuer. Um diesen Ritterkreuzträger und Ex-Handelsvertreter in der Textilbranche muß Z. nicht bange sein! Hasse auch nicht. Hasse und Z. haben diesem Mann viel zu danken. Der Gute faßt sich gerade mit der Rechten ans Herz. Eine Unpäßlichkeit? Eine Irritation der Haut? Nun aber zieht er entschlossen die Uniformjacke an, nimmt seine drahtlose Mütze in die

Hand, setzt sie vor dem Garderobenspiegel auf und seufzt – Auge in Auge –
HASSE: Zürndorfer, zuhören.
V. KÜMMERNITZ: Mit dem Befehlen fängt die Sorge erst richtig an, meine Herren.
L(ist auf Sylt) ist nicht mehr das, was es früher war: Gras ist über die Betonbrocken des alten Flugplatzes gewachsen. Das Wichtigste aber blieb: die Bienenbelegstelle.
L(othar) wurde von seinen Eltern nach einem deutschen Kaiser benamst. Selbst als Geisterseher und Bienenzüchter war es ihm unmöglich, Licht in Z.s Herkunftsdunkel zu bringen. *Z. im Herkunftsdunkel lassen.*
M(adame) L(amy) ist die Mutter Courage von Lager Solsbüll. Dankbar verneigt sich das Finanzamt vor ihrem idealtypisch geführten Unternehmen. »Die gewachsenen Einflußbeziehungen« (geschwaderinterner Sprachgebrauch) sowie ihre Zurückhaltung und Diskretion sind ein Segen für das Betriebsklima, letztendlich für die Kampfkraft und den Abschreckungswert des Geschwaders.
McNish liefert das Beispiel für Freundschaft über den Tod hinaus. Faßt Z. damit einen Zipfel Zukunft? Warum sonst sitzt Z. jeden Abend vor dem Fernseher im Nobiskrug? Hat was von Treue = Zukunftswirtschaft. Möge dies der Gesellschaft als Ganzer … *hier noch was Gutes reinschreiben.*
M(iechow) findet Z. in den Tagebuchaufzeichnungen seines Adoptivvaters. Z. soll Hasse das Tagebuch zu treuen Händen überlassen. Für eine eventuell in Zukunft zu unternehmende Verifikationsreise – siehe auch **J**(oachimsthal), **K**(aisersaschern), **C**(hodow) – sind die Notizen bestimmt hilfreich.
M(ontezuma Castle) wird unvergessen bleiben: Ich sehe da oben **S**(usanne) mit schwarzer, winkender Hand. Ob möglicherweise diese Ablenkung Z.s Unfall mitverschuldete? Hasse ist fast geneigt, diesbezüglich an ein über-

irdisches Phänomen zu glauben. Z. glaubt auch dran, ganz fest.
M(oppel), siehe **H**(enry).
N(omen Nescio) – Der Name ist nicht bekannt.
O(berheizer) »führt die Oberaufsicht über alle Heizkraftwerke der legislativen, exekutiven und judikativen Gewalten dieses unseres Staates«, melden die Nachrichtendienste. Oberheizer scheißt gerade mit den Worten »Ich glaub, mein Schwein pfeift« seine drei Heizer zusammen, weil keiner ihm die neue »Hören und Sehen« mitgebracht hat.
P(olka) P(eggi) morst Z. in eine glückliche Zukunft: P = di da di dit = Die Polka pißt.
Q(ual) der Wahl, Herr General!
R(iemer), F(iete) läßt sein Leben für Donuts und Cola. Donuts und Cola leben für ihn. Siehe: **Z**(ukunft).
R(omeo) gilt dank Z. als Entdecker der Obergefreiten-Methode (der Patient wird nicht direkt, sondern über ein Medium, z. B. Rotkehlchen, angesprochen).
R(osenbaum), C(astor) ist Z.s Sohn. Hat Z. ihn jemals gesehen? Wird er ihn jemals sehen?
HASSE: Zürndorfer, zuhören.
STIMME: Castor wird als Tierarzt und Pferde-Psychologe in Seligman/Arizona arbeiten und verheiratet sein mit einer Deutschen: Hillary-Lilo, die ein Restaurant an der Route 66 betreiben wird: »Westside Lilo's Cafe«. So sieht die Zukunft aus!
Rosenbaum, Paul Dr. ist der beneidenswerte Familien-Steuermann, der die Seinen sicher durch die schwere See des Lebens gelenkt und gelotst hat.
R(osenbaum), S(usanne) winkt mir von einer Foto-Exkursion in den Nachrichtenkeller, wo ich Nachrichten sammle. Sie fotografiert für mich Friedhöfe, Grabsteine, Beerdigungen, Trauerschmause, irgendwo in Südamerika.
HASSE: Zürndorfer, zuhören.

SUSANNE: Ich brauche unbedingt eine *Plaubel.*
R(oswitha), siehe **H**(asse).
R(uth) darf im Z.-Abc nicht fehlen; denn schließlich ist sie die Mutter meiner Töchter Fanny, Nina und Judy! Habe ich doch der Familie zugunsten von Z. genug Zeit und Raum abgeknapst!
Sch(warz), R(euma) erteilt Auskunft im Tagebuch von Vater Zürndorfer.
S(iemsen), H(ans)-A(rmin) sperrt seine Ohren auf und hört mich, Hasse, folgendes sagen: »Lieber Z.: Wie gerne wäre ich manchmal Siemsen, wenn ich derjenige bleiben könnte, der ich bin. Siemsen sagt: Er kenne sich selbst. Man müsse ihm nicht sagen, wer er sei. Siemsen hat Urlaub. Er sitzt bei seinen Bienen, hat ihr Summen im Ohr, behaglich blinzelnd nach den Wolken.«
HASSE: Zürndorfer, zuhören.
SIEMSEN: Die Bienen sind meine Zukunft.
S(igher), H(endrikus) Dr. hat Z., zusammen mit **W**(olfe), T(homas) operiert. Z. würde heute noch ohne Titan im Schädel rumlaufen, wären S. und W. nicht gewesen. Z. soll sich etwas Dankbarkeit angelegen sein lassen. *Z. eine Postkarte zu schreiben (im Notfall) befehlen.*
S(prenger), M(ax) ruft, wenn der Name Z. im Nobiskrug fällt, mit besoffenem Kopp: »Rührt ihn nicht an. Er ist der Kaiser von Lager Solsbüll.«
Stern, Chaim sei von Gott gesegnet. Shalom diesem »Restjuden«. Immer und überall.
T(hat) S(kinny) G(irl) konnte Z. nicht bezirzen, während Hasse, Siemsen und Deutscher die bezirzte Harnröhre davontrugen und damit die Starfighter- Krise auslösten.
T(itanvogel). *Ich weiß nix.* Z. soll was dazu sagen. Los, Z., dies ist ein Befehl.
T(od) ist das, was kommt. Siehe: **Z**(ukunft).
U-(Kammer)-Erlebnis hat Z. schmale Lippen und wütend gemacht.

V(ariometer): Über die Schönheit von Instrumenten und über die Schönheit von Wörtern hat Z. nach dem Unfall nie mehr gesprochen.
W(olfe), T(homas), siehe: **S**(igher).
X-(beliebig). Gedenkminute einlegen für die Pappel am Güldenholmer See.
Y(ankee Doodl Koodl Moodl).
STIMME: Blödsinn.
v. **Z**(ago), F(reifrau) stellt nach gewissen Lernprozessen ihren Betrieb unter Beachtung politischer (Gewerkschaft!) und betriebswirtschaftlicher Prämissen um auf Freilichtmuseum, Reiseveranstaltung und Touristik mit folgendem von mir gedichteten Slogan für den Sommerkatalog: Nicht vergreisen – Zago-Reisen.
Z(ukunft) ist das, was kommt. Siehe: **T**(od).
Zürndorfer, Hermann und Dorothea. »Verflucht ist, wer Vater und Mutter nicht achtet! Und das ganze Volk soll sagen: So sei es« (Deuteronomium 2716). Abgesehen davon waren die beiden weniger schlecht oder schlimm als viele andere.

Wer hat Lust

Büchmann hatte auf der Karriereleiter kurz vorm Oberst gestanden; er sollte nie Oberst werden. Der eine Raiffeisenvertreter, Leutnant der Reserve beim Heer, hatte geplaudert. Er hatte am Morgen des Alarms zum Telefon gegriffen und seinem Gewährsmann beim Parlamentarischen Staatssekretär im Verteidigungsministerium das Nobiskrug-Erlebnis gemeldet. Die Meinungen über Benimm und Manieren des Vertreters waren geteilt. »Klatschweib«, sagten die einen. »Büchmann hat selber schuld«, sagten die anderen.
Der war so frei, sich beim nächsten Wetter-Briefing vor seine

Truppe zu stellen und folgendes bekanntzugeben: »Ich habe Scheiße gebaut. Selbstverständlich werde ich mich bei Ihnen mit einem zünftigen Beercall verabschieden.«
v. Kümmernitz, Büchmanns Weggenosse und Vorgesetzter, sagte am Telefon: »Büchmann, wie konnten Sie nur. Mir sind die Hände gebunden. Sie sind ab sofort nicht mehr Kommodore.« Einen Tag später hielt Büchmann seine Versetzungsurkunde in der Hand: Luftwaffenverbindungsoffizier im Stab einer Panzerdivision, wo Disziplin, Form und Stil noch aus Preußens Gloria geschöpft wurden.
Lola Büchmann lud ein zum Abschieds-Damenkränzchen. Roswitha entschuldigte sich aus Travemünde. Madame Lamy war selbstverständlich nicht eingeladen. Wäre sie eingeladen worden, dann hätte sie soviel Takt gehabt, höflich abzusagen. Sonst war die Damenrunde vollzählig.
Es gab Kaffee und Kuchen, es gab Cognac, Likör und Erinnerungen. Michaela Krone hielt die Abschiedsrede in einem neuen, luftwaffenblauen Hosenanzug: »Besonders schön fanden wir damals unser Treffen am Herrenabend«, sagte sie, und Hedwig Seidel und Phine Riemer nickten. Caroline Bernstein und die anderen Ehefrauen der jungen Dachse wußten immerhin, was Michaela Krone meinte; sie hatten von dem sagenhaften Ereignis gehört.
MICHAELA: Das alles werdet ihr eines Tages auch noch erleben.

Unterdessen ging das Geschwaderleben unbeirrbar seinen Gang. Die Technik lieferte jeden Morgen zwanzig flugklare Maschinen. Die Flieger standen am Navigationstisch und zogen mit Fettstift lange Striche auf die Karte. Sie maßen Kurse und berechneten Sprit und rauchten. Sie waren guter oder schlechter Laune, telefonierten entsprechend mit dem Wettermann und gingen vor dem Flug pinkeln. Sie unterschrieben den Flugauftrag, den Einsetzer Hasse gegenzeichnete. Dann legten sie Schwimmweste und Survivalanzug an und zogen komische Gesichter, wenn sie die Gummi-Halsmanschette übers Gesicht streiften. Sie starteten gewohnt pünktlich auf die Minute. Manchmal starteten sie auch ungewohnt unpünktlich. Aus der Luft warfen sie einen Blick auf die schönen Strände der dänischen Inselwelt. Sie fotografierten deutsche, dänische, polnische, schwedische und sowjetische Kriegsschiffe; auch mal einen Zerstörer der Kashin-Klasse.

Nach der Landung betrachteten sie durch eine Lupe Schwarzweiß-Negative, die auf Leuchttischen lagen. Standen da welche an der Reling? Winkte da einer? Drohte da einer mit der Faust, weil das Flugzeug zu tief flog? Doch das interessierte die Luftbildauswerter nur nebenbei. Sie hatten Torpedos, Flugkörper und Radarantennen zu zählen. Sie schrieben einen Mission Report und meldeten ihn über Hotline an die Nachrichtenabteilung der Kümmernitz-Division.

Wenn Hasse nicht mit seinem neuen Ohr im Nachrichtenkeller saß, dann hatte er Dienst im Staffelgefechtsstand und schrieb mit weichem Bleistift den Einsatzplan des nächsten Tages. Immer wieder mußte er radieren, weil die Lage sich minütlich änderte. Wetter, Krankheit, Lehrgänge, Urlaub wollten immerzu berücksichtigt werden und schrien nach dem Radiergummi.

Hasse lief, Klemmbrett unterm Arm, durch die Lounge und bat die Molotowspieler am Stammtisch kurz um Aufmerksamkeit: »Ich brauche morgen eine Besatzung, die nach Jever fliegt, Exercise Round Flag. Wer hat Lust?«

»Nach Jever?« fragten die vier aus einem Munde. Keiner hatte Lust. »Gut«, sagte Hasse, »dann suche ich mir eine Besatzung, die Lust hat.« Auch Lust und Unlust verlangten nach dem Radiergummi. Am Stammtisch merkte man es deutlich: Molotow war wichtiger als Büchmann. Büchmann war vergessen.

STIMME: Den versprochenen Beercall vergessen wir aber nicht.

Eines Tages erblickte Hasses Kashin-Akte das Tageslicht. Dazu kam es, nachdem er, zusammen mit Liebetraut Bernstein, auf dem Rückflug von Fürsti, in Upper Heyford/Großbritannien

bei den Amerikanern zwischengelandet war. Er hatte Bernstein das grüne hügelige England und die vielen alten Flugplätze aus Krieg und Frieden zeigen wollen und die Ähnlichkeit mit dem Solsbüller Land.
Das Wetter bei den Amerikanern in England war wie zu Hause gewesen: Sonne und Regen. Im Liqueur-Shop hatte Hasse sich noch gegen Vorlage des Flugauftrags mit sechs halben Gallonen unverzollten Jim Beam versorgt. Die Flaschen im Karton hatte er mit seiner Kashin-Akte zugedeckt.
In Lager Solsbüll warteten zwei Zollbeamte auf dem Parkplatz. Der Zoll kam manchmal, wenn Flugzeuge vom Ausland hereinflogen; reine Routine. Bevor Hasse die Triebwerke abschaltete, sagte er zu Bernstein: »Scheiße« und »Immer schön langsam«. Langsam las Bernstein die Before-Shut-Down-Checks vor. Langsam liefen die Triebwerke aus. Langsam packte Hasse sein Gurtzeug zur Seite und wünschte schlechtes Wetter herbei. Langsam kletterte er mit seinen Schlechtwetterwünschen die Leiter runter.
Unter den Augen der Zollbeamten drückte er zwei Knebelverschlüsse. Die beiden von Stahlseilen festgehaltenen Klappen des Kamera-Raumes fuhren nach unten in die Senkrechte. Hasse hob den Jim-Beam-Karton aus dem Vorratsraum, in dem zur Not eine vierköpfige Familie Platz gehabt hätte.
BEAMTER ALPHA: Was ist im Karton?
HASSE: Gedichte.
BEAMTER BRAVO: Titel?
»Gesammelte Ängste«, sagte Hasse, einer plötzlichen Eingebung folgend.
Dieser Witz gefiel den beiden Herren vom Zoll. »Wenn es weiter nichts ist.« Sie grüßten vorschriftsmäßig mit der flachen Hand an der grünen Kopfbedeckung, stiegen ein in ihr grünes Auto und fuhren davon.

Dann aber rief v. Kümmernitz an: »Hasse sofort zu mir.« Mit der Abschreckung in der Division sei es »sukzessive« abwärtsge-

gangen und nun schon über den Divisionsrahmen hinaus bekannt. Hier einen Zusammenhang mit Hasses »Ich möchte mal sagen: Panzerschrank-Aktivitäten« zu vermuten, liege auf der Hand. Hasse hörte sich mit seinen fern-empfindenden kleinen Ohren an, was v. Kümmernitz unter den Nägeln brannte.
Der beschritt gerade den Karriereweg nach oben. Er hatte sich stark und kompromißlos in der Sache Büchmann gezeigt. Die Versetzung auf den Posten Kommandierender General hatte er schon *mündlich voraus.*
v. KÜMMERNITZ: Hasse, wenn Sie mir einen Strich durch die Rechnung machen, dann ist aber was los.
Hasse lüftete dem General nun das Geheimnis der Kashin-Akte. »Meines Wissens habe ich Ihnen das doch schon am Telefon erklärt, Herr General.«
»Ich kann mich nicht erinnern.«
»Es ist so: Was ich mache, ist doch nichts anderes, als wenn Bernstein und ich in die Gegend von Königsberg fliegen und dort nachsehen, was los ist. Ich möchte mal sagen: Fernaufklärung. Wir brauchen das für die Zukunft.«
»Hasse, reden Sie keinen Quatsch! Dienst ist Dienst, und Schnaps ist Schnaps. Wenn Sie wissen, was ich meine.«
Hasse präsentierte dem General nun allerdings eine lange Liste mit Wo, Wann, Wer, Wie und Was. Auf einmal hatte v. Kümmernitz es schriftlich. »Das sieht ja ganz aus wie eine perfekte militärische Lagebeurteilung, so wie ich's gelernt habe. Das ganze Abc komplett durch. Respekt, Hasse, wenn auch die eine oder andere Formulierung nicht die meine wäre«, staunte v. Kümmernitz hinter vorgehaltener Hand. Aus Hasses Unterlagen ging hervor, wie oft, wo in Deutschland, wo im Nato-Ausland und mit wem Hasse sich um Zürndorfer gekümmert und welche Maßnahmen er getroffen hatte.
Unterm Strich konnte Hasse zufrieden sein. Seine Karriere erhielt keinen Knick. Im Gegenteil.
v. KÜMMERNITZ: Hasse soll Staffelkapitän werden und Riemers Posten übernehmen. Ich hab Siemsen zuerst gefragt; der

hat abgelehnt mit: »Dann geht mir zuviel Zeit für meine Bienen ab«. Riemer rückt einen rauf Richtung Krone.
OBERHEIZER: Ich kann nur vor Hasses Verrücktheiten warnen.
SIEMSEN: Hals- und Beinbruch.
RIEMER: Sollen wir das durchgehen lassen? Bei Hasse geht es immer nach dem Motto *Wer hat Lust.*
BERNSTEIN: Das gefällt mir. Das ist sozialintegrativer Führungsstil.
SEIDEL: Was versteht denn ein junger Dachs davon.
KRONE: Hasse hat keine Ellenbogen.
BÖTTIGER: Ich hüte meine spitze Zunge.
V. KÜMMERNITZ: Schluß der Diskussion! Meine Befehle haben Anspruch auf Gehorsam, meine Herren.
TANTE GUSTE: Sieh mal einer an: Klein Hasse.
Damit war das Machtwort gesprochen.

Honigträume

STIMME: Kein Traum ohne Raum.
Die Jahreszeit belieferte Hasse mit weniger und weniger hellen Stunden. Die Rosen standen ruhig und sonnten sich wie lange nicht mehr. Die Menschen nutzten Sonne, Mond und Sterne und rätselten an einem Spinnennetz herum: dem Wind und dem Wetter preisgegeben? Ein Trapez? Ein Luftschiff etwa? Ohne Antwort gingen sie an den Knicks entlang und handelten praktisch: Sie pflückten reife Brombeeren und steckten sie in den Mund, um dem Husten und dem Schnupfen vorzubeugen.
STIMME: Herr, bleibe bei uns, denn es will Abend werden.
Dieser Bibelspruch hing, eingerahmt und in großen Lettern gedruckt, über Großmutter Annes Bett. »Zu meinem Leidwesen bin ich nicht unter diesem Spruch im eigenen Bett gestorben, sondern im Krankenhaus«, hatte sie ihrem toten Kollegen Jakob

Sprenger mehr als einmal oben im Himmel geklagt. Und Tochter Gret erklärte sie immer wieder von oben herab: »Wenn es bei dir soweit ist, dann laß es zu Hause geschehen. Sprenger weiß, wovon ich rede. Den armen Stackel haben sie auch im Krankenhaus sterben lassen.« Sprenger hörte gut zu und sagte: »Ja, ich armer Stackel, im Krieg hab ich viel durchmachen müssen.«
ANNE: Du hörst ja gar nicht zu.
Hasse fühlte sich angesprochen. »Keine Zeit, Oma. Ich schreib dir 'ne Ansichtskarte. Vielleicht bring ich dir sogar was mit.« Damit war Anne nicht zufrieden: »Müßt ihr denn dauernd auf Reisen sein? Was das alles kostet!«
HASSE: Ja glaubst du denn, wir machen Urlaub?
Das war unter einer dicken Nebelschicht im Bett gewesen. So angenehm warm konnte Nebel sein. Hasse hatte geträumt und verpennt.
STIMME: In einem unvergeßlich schönen Augenblick hat man keine Lust wegzufliegen.
HASSE: Herrgott noch mal zu.
Er hatte noch nicht einmal die Tasche gepackt, als Siemsen mit seinem VW in der Einfahrt stand.

Sie flogen über deutsche Flüsse und Städte, Wiesen und Wälder. Sie landeten in Bremgarten. Sie flogen über Flüsse und Städte, Wiesen und Wälder in Frankreich und Italien. Auf Kanal einhundertfünfundzwanzig identifizierte Siemsen die Kennung »GIO«. Von Neapel bis zum Holding Fix von Gioia del Colle noch einhundertachtundzwanzig Nautische Meilen. Der Himmel über Italien war preußischblau. Die Klimaanlage fönte Frischluft heraus. Der Sauerstoff schmeckte nach nichts. In den Ohren quakte italienisch und deutsch gefärbtes Fliegerenglisch. Die italienischen Fluglotsen waren freundlich und hilfsbereit. Hasse und Siemsen mußten nur tun, wie ihnen gesagt, dann sparten sie Zeit und Sprit. »Wieviel Sprit haben wir noch?« fragte Siemsen. Hasse las die Tankuhr ab: »Viertausend

Pounds.« Siemsen berechnete die Landegeschwindigkeit. Es war diesig. Keine Wolke am Himmel. Hasse hielt 320 Grad auf seinem Kompaß und ließ den Titanvogel mit achthundert Fuß pro Minute sinken. Er landete auf der rechten Landebahn: Zwischenlandung *Numero zwo.*

STIMME: Das lange, verdorrte, wehende Gras am Rande der Piste von Gioia.

Von Gioia nach Kreta war es nur noch ein Katzensprung.

STIMME: Aircraft infringing upon non-free flying territory may be fired on without warning.

»Das kam aus dem verblödeten verbrannten schießwütigen wald- und weglosen Albanien«, sagte Hasse. Nun hieß es genau Kurs halten und das Radarbild zu Hilfe nehmen. Was für eine wunderbare Errungenschaft war doch das Radar! Aus den vielen Radarechos fischte Siemsen eine Insel nach der anderen heraus. Er dirigierte Hasse millimetergenau am »schießwütigen« Albanien vorbei. Albanien feuerte nicht einen einzigen Schuß. Da war nichts, aber auch gar nichts!

Dann erscholl die saftige Stimme des griechischen Fluglotsen. Die klang, als spräche einer aus einer vollreifen Tomate. Ein Fluglotse mit Tomatenkopf, gerade gepflückt, richtig zum Reinbeißen: Kreta lag inmitten des purpurnen Meeres.

Sie näherten sich der knapp viertausend Meter langen Landebahn von Souda in einer Linkskurve über der Ägäis. Sie saßen in ihrem Titanvogel wie in einem linksdrehenden Kettenkarussell, dessen Sitze tiefer und tiefer sanken.

Das Radar zeichnete den herausstehenden Finger der Halbinsel Rhodopú mit Kap Spada gestochen scharf. Über der Bucht von Chaniá gab es nichts anzuschauen. Nur dies: Brannten die Kontrolleuchten für das Fahrwerk? Standen die Klappen auf full down? War die Landebahn in Sicht? Lauter praktische Fragen, die jetzt und hier beantwortet werden mußten.

»Ich seh noch nix«, meldete Hasse ins hintere Cockpit. Dann sah er was. Und schon setzte das Hauptfahrwerk hart auf dem betonierten, heiligen Boden von Kreta auf.

Hasse fühlte die schmalen kretischen Trittleiterstufen unter den Fliegerstiefeln, als er von Bord kletterte. Er spürte anderen Wind in der Nase. Er lauschte mit frischgespitzten Ohren. Siemsen schrieb ins Bordbuch: Start- und Landezeit, Landeplätze. Beanstandungen: keine.

Siemsen rauchte Pfeife; Hasse mochte diesen Tabak gern in der Nase haben. »Ich muß nur einmal schnuppern, dann weiß ich, wie er heißt: My own Blend 1980«, sagte Hasse.
»Genau. Gekauft bei Johannes Petersen: Solsbüll, Deutschland, Europa, Welt, Universum.«
Sie lehnten zum Hotelfenster hinaus und genossen köstliche Minuten. Über die Dächer sausten Mauersegler wie verrückt; ihre Flügel schnappten auf und zu.
STIMME: Gleich werden wir draußen am Hafen an einem weißgedeckten Tisch sitzen. Wir werden Wein trinken. Was werden wir essen? Wir wissen es noch nicht. Wir werden den Touristen und den Einheimischen zusehen und über Hinz und Kunz tratschen. Wir werden ein anständiges Trinkgeld geben. Und morgen werden wir ausschlafen.
Unten im Hof standen zwei junge Kreterinnen Hand in Hand. Sie redeten miteinander. Willkommen oder Abschied? Nun ging die eine, und die andere betrat das Haus. Sie hatte ein schönes Gesicht. Vorne war sie platt. Sie hatte breite Hüften und einen feierlichen, x-beinigen Gang.

Immer geradeaus zog sich die Straße von Chaniá nach Rethimno an der Nordküste entlang. Zypressen und Eichen säumten den Weg. Sternhyazinthen und Baumheide blühten. Die Betonquader mit den herauswachsenden Stahldrahtgerippen sollten später wohl einmal Häuser werden. In einigen von den Dingern wohnten welche. Ein Mann ritt seinen Esel, zwei Frauen trotteten hinterher. Ein Pope saß mit zwei Bündeln Brennholz auf seinem Maultier. Durch die Fenster ihres Mietautos sahen Hasse und Siemsen nur Alte. Wo waren die Jungen?

Nach Süden stieg das Land in dunkelgrünen Terrassen himmelan. Kretas Wald ließ zu wünschen übrig. Irgendwo links, irgendwo rechts lag das Meer.
Hasse und Siemsen folgten der Straße, die sich jetzt höher und höher hinaufwand. Da lagen kleine, steinige, von Steinwällen eingewallte Äcker. Uralte, krumm gewachsene Olivenbäume standen auf Bergen und in Tälern.
Irgendwo zwischen Prina und Kalamafka waren sie am Ziel. Der Wind blies Plastiktüten-Fetzen über Thymiansträucher. Manchmal blieben Fetzen im rauhen Buschwerk hängen. Kleine rosa Blüten saßen in Büscheln. Bienen mit hellgelber Panzerfärbung und breiten Filzbinden saßen auf den Blüten. »Kretas Bienen bei der Arbeit. Apis mellifica adamis«, belehrte Bienenlehrer Siemsen seinen Bienenschüler.
HASSE: Das kann ich mir sowieso nicht merken.
Am Parkplatz ließen sie sich Zeit. Dreimal räumte Hasse seine Habseligkeiten unter ein Handtuch hinter dem Vordersitz. Siemsen suchte sich einen Olivenbaum. Da waren mindestens dreitausend Jahre Einsamkeit. Siemsen hatte schon ein schattiges Plätzchen.
Die Schafe blökten wie damals. Die Lämmer bähten wie damals nach ihrer Mutter. Die Wolle roch wie damals. Der Hirte stand an einem dreitausend Jahre alten Stock. Den hatte er nie aus der Hand gegeben. Zu Mittag würde er Ziegenkäse essen und Ziegenmilch trinken. Am Morgen würde er in ein mit Thymianhonig bestrichenes Weißbrot beißen.
Der Hirte hieß Aristaios. Er hatte in Landsberg an der Landwirtschaftlichen Ingenieursschule Landwirtschaft studiert. Hier auf Kreta besaß er Olivenhaine, Viehherden und Bienenvölker, die an einer steil aufragenden Felswand in Tonröhren ihr Zuhause hatten. Vorne waren die Tonröhren mit Baumrinde verschlossen.
Aristaios kassierte den fälligen Obolus und gab grünes Licht. Siemsen legte das heilige, den Bienen der Welt geweihte Ohr an die größte Röhre und schloß die Augen. Dann entfernte Ari-

staios die Baumrinde. Siemsen warf einen Blick hinein und schloß die Ohren: Auf den kreisrunden Brut- und Honigwaben wuselte und zuselte ein fleißiges Immenvolk, das nach seinem Züchter benannt worden war: Aristaios. Sammlerinnen flogen genau nach Dienstplan ein und aus, dicht an Siemsens Ohren vorbei; die Tiere waren seit Sonnenaufgang unterwegs und steckten unermüdlich und zielstrebig den Rüssel in Kretas herrlich blühende Thymianpracht.
Eine Haubenlerche hüpfte zweimal und erhob sich in den wolkenlosen Himmel. Die Lerche sang den Bienen, den Menschen und dem Thymian was vor. Das verging nicht. Aristaios' Frau erschien unter dem Lerchengesang. Sie brachte das Mittagessen in einem aus Weidenruten geflochtenen Korb: Brot, Ziegenmilch und Ziegenkäse. Der Ehemann nahm den Korb und gab seiner Ehefrau den einkassierten Obolus.
Aristaios setzte sich zu Siemsen an die Tonröhre, winkte Hasse herbei und begann langsam und schweigend zu essen. Dann sagte er: »Greifen Sie ordentlich zu. Das ist inbegriffen.« Siemsen griff zu.
STIMME: Siemsen frißt wieder mal für zwei.
Hasse biß in einen Pfirsich, den er unterwegs bei einem Pfirsichbauern gekauft hatte; er bekleckerte sein helles Leinenhemd mit Pfirsichsaft. Aristaios legte sich zu einem Nickerchen nieder. Seine Frau saß daneben, spann mit bloßer Spindel und sah nicht auf. War auch sie eingeschlafen? Spann sie also im Schlaf? Licht floß über die Olivenbäume und verwandelte sie in Silber. Wolle wehte ins Windmeer und trieb Richtung Libyen, Aristaios' Heimat. Dahin trieb die Wolle allerdings nicht. Gleich hinter Nea Anatoli fiel sie schon ins Wasser, neben einem Segler, der festsaß und auf Wind hoffte.
Hasse und Siemsen nutzten die Gunst der heißen Mittagsstunde: Der Mensch ist müde und will seine Ruhe haben.
STIMME: Blödsinn.
Sie waren doch neugierig! Sie konnten von Bienen-Neuigkeiten nicht genug kriegen! Sie hatten bezahlt für die extragroße Röh-

re zum Reinkriechen! Darum krochen sie auch hinein, drangen vor ins Bienen- und Wabenland, das Aristaios durch tief in die Felsen getriebene Honigräume erweitert hatte.
STIMME: Süße Welt der Ruhelager und Herdplätze?
Wann würde der letzte Mensch durch Tonröhren in Kretas Höhlenwelt kriechen? Nächstes Jahr? Übernächstes Jahr?
SIEMSEN *aus der Röhre*: Wird der Kreta-Tourismus, dem Zug der Zeit folgend, nicht ebenfalls umstellen auf die leistungsfähigeren Bienenbeuten aus Deutschland, damit pro Saison ein deutliches Mehr in die Höhlenwelt geschleust werden kann?
HASSE: Davon gehe ich voll und ganz aus.
ARISTAIOS: Wie auch immer: Wer in die Höhlenwelt einsteigen will, braucht die historische Röhre.

Siemsen hatte mit schwarzem Filzstift einen Strich von Ost nach West über die Landkarte gezogen. Sein Plan, hier bei Imkerkollege Aristaios in die Höhlenwelt zu kriechen und weit im Westen, in der Samaria-Schlucht, wieder herauszukommen, mußte unbedingt in die Tat umgesetzt werden.
STIMME: Man denkt an einen Supertunnel.
SIEMSEN: Der Strich ist nur die grobe Richtung.
Damit die Orientierung nicht verlorenging, balancierte Siemsen eine Handvoll Arbeiterinnen auf einer kreisrunden Bienenwabe. Mit ihren Schwänzeltänzen wiesen sie den Weg, den Aristaios an den Lichtungen mit Thymianrast- und Futterplätzen ausgerüstet hatte. Hasse beleuchtete die Tanzszene mit seiner Survival-Lampe, wenn Siemsen Kurs und Entfernung ablesen wollte. Die Richtung stimmte. Die Verpflegung stimmte auch: Kleine Papierbeutel vom Hotel beherbergten Zuckerreserven, die Siemsen seinen hungrigen Tänzerinnen auf den Tanzboden streute.
Tatsächlich marschierten Hasse und Siemsen tief im höhlenreichen Gebirge von Kreta und unsichtbar für den Rest der Welt dem schneebedeckten Ida entgegen.
Sie betraten den schön gepflasterten Hof eines Palastes. Sie warfen einen Blick in Vorratskammern und Werkstätten. Sie be-

staunten Badezimmer, Freitreppen und Brunnen und nahmen einen Schluck kostbares Wasser. Auch ihren Bienen gaben sie einen Schluck. Sie sahen einen Jüngling mit Schwertlilie, und ein Mädchen sahen sie in der Blume versinken. Schwammfischer kehrten von der Arbeit zurück und freuten sich auf den Feierabend.

Morgen, noch vor Sonnenaufgang, würden Schiffe, mit Zedernholz beladen, nach Ägypten auslaufen.

Dieses große Wunder: morgens aufwachen und atmen. Jeden Abend gehen wir mit tausend Augen ins Bett. Wir müssen tief graben, eine Schicht nach der anderen müssen wir abtragen. Wir müssen Staubschicht um Staubschicht mit einem Pinsel beiseite pinseln oder pusten. Wir müssen die kostbaren Trümmer suchen und aufheben. Sie liegen schön und schwer wie Sextanten in der Hand.

An dieser Stelle standen Hasse und Siemsen vor Höhle »Z«.

Sie betraten eine weiträumige, kalte Höhle, die den Deutschen während des Zweiten Weltkrieges als Lagerstätte und Waffenkammer gedient hatte.

Kreta: von Weinen und Klagen gesättigt. Hasse und Siemsen mußten noch ein paar Kilometer ihren Bienen hinterhergehen. Von allem hatten sie ihren Teil gehabt. Den besonderen Teil hatten Aristaios' Bienen geliefert.

STIMME: Drei Papierbeutel Zucker und eine Handvoll Tiere genügen, um zwei Menschen durch Kretas Höhlenwelt zu führen.

HASSE: Der Titanvogel macht so was nicht.

SIEMSEN: Das können nur die Bienen.

Das größte Stück Arbeit lag noch vor ihnen: der Sieg über Herrn und Frau Tod. Tagsüber sahen sie dem Paar in die Augen, nachts ließen sie das Paar zu sich unter die Bettdecke. So gewannen sie Zeit. So zähmten sie deren Ungeduld, indem sie beide dankbar machten.

Plötzlich sah sie der Thymian an.

Sie kamen nicht an der vorausberechneten Koordinate in der

Samaria-Schlucht heraus. Die Bienen hatten zu tanzen aufgehört, weil die Höhle »Z« die Tänzerinnen unter Betriebstemperatur gebracht hatte. Hasse und Siemsen sahen den wolkenlosen, hellblauen Kreta-Himmel erst wieder, als sie in Sougia, fünfzehn Kilometer weiter westlich, aus dem Felsen ins Freie traten. Hasse hielt ein dreitausend Jahre altes Mitbringsel fest umschlossen in der Hand, einen Goldanhänger: zwei Bienen auf einer kreisrunden Honigwabe. Da leuchtete das Libysche Meer, womit Aristaios die Touristen immer grüßte. Keine Welle schlug an den Strand, so still war das Meer. Die Bienen erwärmten sich rasch, zögerten keine Sekunde, flogen los und waren schon unterwegs in die Thymianparadiese.

Der arme junge Bernstein

Bernsteins und Seidels Gehirne waren im Augenblick des Todes ohne Fehl und Tadel: Als die Gegenwart sie zerschmetterte, wußten sie um Vergangenheit und Zukunft. Damit unterschieden sie sich von ihrem Titanvogel, der nichts weiter war als ein genial zusammengefügter Haufen Erinnerung in Form von Schrott.

Hasse ließ das Bugrad auf dem gelben Strich in den Parkplatz einrollen. Deutscher stand am Feuerlöscher mit beiden Zeigefingern in den Ohren. »Bernstein und Seidel sind seit einer Stunde überfällig«, sagte er; die Stimme flatterte ihm aus dem Kehlkopf. »Was für eine Begrüßung. Auf Kreta war es so schön«, sagte Hasse, der schon ahnte, was los war.

Die Überfälligen waren um zehn Uhr Richtung Ostsee, Fehmarn, Bornholm gestartet. Das Wetter war durchwachsen. Wie Milchsuppe lag die Luft über dem Wasser. Kein Horizont, um darauf die Augen auszuruhen. Als wenn die Milchsuppe sagen wollte: »Von Horizont nie etwas gehört.«

STIMME: Nie was gehört von Horizont? Der alte Bekannte, der

Freund, der mir jeden Morgen in die Augen sieht? Den hat die Luft nie gesehen? Den kennt sie nicht?
Irgendwo auf dem Rückweg, zwischen Bornholm und der übrigen dänischen Inselwelt, sollte in der vor Seidel und Bernstein liegenden Zeit das Unglück geschehen. Seidel auf der Suche nach dem Horizont? Bernstein mit den Augen auf dem Radarschirm?
HASSE: Herrgott noch mal zu, Seidel, warum fliegst du so tief?
SIEMSEN: Hast du was gesagt?
Keiner wußte, warum Seidel und Bernstein so tief flogen. Bernstein sagte nichts; er vertraute Seidel. Der sah den Horizont nicht, hätte seinetwegen und seines Kameraden Bernstein wegen den Arsch hochnehmen müssen. Seidel tat das nicht, vertraute er dem Radarhöhenmesser? Vorschrift und Erfahrung predigten: »Wenn du den Horizont nicht siehst, dann mußt du deinen Arsch hochnehmen, egal was dir der Radarhöhenmesser erzählt.« Seidel hörte nicht auf die Predigt. Er hatte doch einen Sack voll Erfahrung! Es war nur Dunst und dicke Luft im Sack. Wellen und Wasser ohne Horizont – da grüßten Herr und Frau Tod. Da war was Weißes! Da war was Grünes! Schiff oder Gischt? Chrysanthemen im Wasser? Seidel kurvte auf die Chrysanthemen ein?
HERR UND FRAU TOD *aus einem Munde*: Und nun kommt die Hauptsache.
Böttiger, Deutscher, Riemer, Krone, nun auch Hasse und Siemsen warteten den ganzen Tag. Den ganzen Tag fragten sie: »Wo bleiben Seidel und Bernstein mit ihrem Titanvogel?« Mittags um zwölf war schon klar: Seidel und Bernstein konnten nicht mehr in der Luft sein; der letzte Tropfen Sprit war aus den Tanks. Abgeschossen? Notgelandet in Polen oder in der DDR? Gefangene bei den Kommunisten?
STIMME: Das hätte doch auch keine Zukunft!
Sie fragten trotzdem weiter in die Zukunft; denn jedes kleinste Quantum Hoffnung war zu hegen und zu pflegen: »Die sind ausgestiegen und sitzen im Schlauchboot.« Tante Guste sagte:

»Die beiden haben vor dem Flug noch Kaffee getrunken und Honigbrot gegessen. Honig ist doch so gesund. Honig hält sie über Wasser.« Tante Guste schwante dennoch was. Die Tassen, Untertassen und Teller holte sie so leise wie möglich aus der Spülmaschine, und so leise wie möglich stellte sie alles in den Schrank. Das Küchenradio stellte sie so leise, daß sie gerade noch die Nachrichten hören konnte.

Längst waren Rettungshubschrauber und Rettungsschiffe unterwegs. Titanvögel von Luftwaffe und Marine flogen die Unglücksroute ab. Siemsen regierte im Gefechtsstand und plante den nächsten Tag. Hasse saß in seinem Chefzimmer und verfaßte mit Deutscher Meldungen und telefonierte. Auf dem Schreibtisch lag das goldene Mitbringsel. Auch Riemer und Krone verfaßten in ihren Zimmern Meldungen und telefonierten. Die Presse war auch schon am Telefon. Der Divisionskommandeur meldete alles dem Kommandierenden General der Luftflotte: v. Kümmernitz. Der meldete dem Inspekteur. Und der Inspekteur meldete alles dem Verteidigungsminister. Angesichts des Todes wurde doppelt und dreifach gemeldet. Bloß keine Falschmeldungen angesichts des Todes! Das fehlerfreie Melden nützte nichts: Bernstein und Seidel kamen nicht zurück.

Um sechzehn Uhr zog Hasse die Fliegerkombi aus und legte Blauzeug mit Schlips und Jacke an. Riemer klopfte an die Tür und erschien in Blauzeug und mit Schirmmütze in der Hand. Hasse bat Deutscher, ebenfalls Blauzeug anzuziehen und mitzukommen. Deutscher war mit den Bernsteins befreundet. Als Tante Guste die drei Botschafter des Todes in Hasses Dienstkäfer steigen sah, sagte sie: »Arme Schweine.«

Caroline war nicht da. Sie kamen trotzdem zur Haustür rein und standen oben vor verschlossener Tür.

Da betrat Caroline den Hausflur, mit ihrer kleinen Tochter auf dem Arm. Die drei Botschafter in Blauzeug beugten sich über das Geländer und sahen Mutter und Kind hochkommen. Caroline war wieder schwanger. Während sie eine Treppenstufe nach der anderen nahm, blickte sie Riemer, Hasse und Deutscher an. »Es ist was mit Liebetraut«, sagte sie. Sie nahm die Stufen schneller. Sie steckte den Schlüssel ins Türschloß und öffnete.

Caroline brachte drei Cognacs und sich selber ein Glas Mineralwasser. Sie hatte rote Flecken im Gesicht, sie weinte nicht, während die drei Botschafter nur so dasaßen und ab und zu einen Blick auf die Fliegeruhren warfen. Die Möbel rochen neu. »Liebetraut hat viel selbst gemacht«, lächelte Caroline. Hasse fragte, ob er Liebetrauts Eltern anrufen solle? Nein, das wolle sie selbst tun.

RIEMER: Entschuldigung, wir müssen es nun auch Hedwig sagen.

Caroline nickte, jetzt mit Tränen in den Augen. Sie sah jeden an, bedankte sich für den Besuch. Als Hasse merkte, wie Carolines Tochter ihn mochte, ergriff er die kleine Hand und hielt sich eine Sekunde an ihr fest. Unten ging die Haustür auf. Die ersten kamen, die sich zu Caroline hochwagten. Das Unglück hatte sich herumgesprochen.

Man würde ihr Tee kochen. Sie würde sich in einen Ledersessel setzen lassen. Einer würde ihr das Kind abnehmen und im Arm halten. Eine Freundin würde bei ihr schlafen. Der Fliegerarzt würde ihr eine Beruhigungsspritze geben. So in Gedanken trat Hasse aus dem Haus. Aus dem grauen Tag war ein blauer Tag geworden, ein wunderschöner Herbsttag.

DEUTSCHER: Braucht ihr mich noch?

Sonne schien in die blühenden Astern und verzauberte sie in leuchtendes Violett. Der stoßende Wind war weg, der Himmel war voller Himmel. Langgezogene Schäfchenwolkenstreifen ganz hoch oben, irgendwo hinter Sylt schlugen sie einen Bogen zum Meer. Der Sommer war noch da. Hasse nahm die Hand aus der Hosentasche und steckte sie ins Freie; sie wurde warm.

Seidels wohnten in einem Einfamilienhaus zwischen zwei Bauernhöfen außerhalb von Lager Solsbüll. Der Weg führte sie

am Nobiskrug vorbei. Hasse fragte Riemer: »Ob unser Zürndorfer ...«
»Wie soll ich das ...«
Auch Hedwig war nicht zu Hause. Als die Sonne an diesem Unglückstag aus den Wolken gekommen war, hatte sie die Wohnung verlassen, um Kartoffelkraut zusammenzuharken und Blumenzwiebeln zu setzen. Ihr Ältester sagte: »Ich glaube, sie ist bei den Nachbarn.«
STIMME: Ich weiß.
Hasse ging zum einen, Riemer zum anderen; jeder mit seinem Gesicht unter der Schirmmütze. Hedwig verließ gerade den Kuhstall in Windjacke, Jeans und Gummistiefeln und lief Hasse fast in die Arme. »Ach, das ist aber nett«, rief sie. Dann legte sie ihren linken Arm über die Stirn, wischte eine Haarsträhne beiseite, pustete sie noch mal weg, als sie wieder runtergefallen war.
»Es ist was passiert«, sagte Hasse mit hängenden Armen. Hedwig ging einfach weiter, Hasse drehte sich plötzlich um hundertachtzig Grad, ging schon wieder neben ihr.
Hedwig hatte seine Hand ergriffen, und ihn ins Schlepptau genommen.
STIMME: Ich wär glatt geradeaus weiter in den Kuhstall, und nun gehst du mit Hedwig Hand in Hand.
Nur weil sie seine Hand ergriffen hatte, hatte er sich überhaupt umgedreht! Hedwig zog ihn mit sich fort bis zum Hoftor. Sie hatte hellgetrocknete Muttererde an den Händen.

Bienenkrieg

Siemsen hatte wie üblich ein Stück honiggetränkte Bienenwabe bereitgestellt und von Beerdigungsunternehmer Winterfeldt in die Särge legen lassen, um den Toten gute Reise zu wünschen.

Danach fühlte er sich stark genug für folgenden schriftlichen Antrag: Er bitte um Genehmigung, seine Völker zur Überwinterung am »standortübungsplatzseitigen« Ufer des Güldenholmer Sees unterhalb der Höhe 31,4 aufzustellen. Das nahm der Leiter der Standortverwaltung zur Kenntnis und meldete es seinem Vorgesetzten bei der Wehrbereichsverwaltung in Kiel, damit der entscheide. Der Vorgesetzte hatte nichts dagegen. Auch Oberst Krone nickte: »Geschwaderseitig ist dagegen nichts einzuwenden.«

STIMME: Wie unterscheidet sich bloß die Drohne von der Königin?

Bienenvater Siemsen mußte das immer wieder erklären. Hasse erkannte die Arbeitsbiene auf den ersten Blick. Wespen und Hornissen auch; diese Allesfresser erledigte er mit der Fliegenklatsche.

Sie standen vor den Völkern hundert Meter südlich der Güldenholmer Enge. Siemsen hatte dieses Jahr von Styropor auf Naturholz umgerüstet. Die Holzkästen wogen zwar schwer; aber Siemsen traute dem Styropor nicht. Hasse übrigens auch nicht. Obwohl er von der Imkerei keine Ahnung hatte, sagte er: »Ich trau den Dingern nicht.«

Unter den zwanzig Naturholz-Beuten waren zwei mit der Aufschrift *Kreta*. Diese Bienenwohnungen beherbergten Völker der Rasse *Aristaios*. Siemsen wollte herausbekommen, ob die fremden Nektar- und Pollensammler auch das deutsche Klima vertrügen und neben einheimischen Bienenvölkern friedlich leben könnten.

Die Beuten standen gestapelt auf einem gummibereiften Wagen, den Peter Bezug als Herr über den Raiba-Fuhrpark aus dem Verkehr gezogen und an Siemsen verkauft hatte. Die Völker durften nicht zu tief und nicht im Schatten stehen. Die Jungbienen sollten die wenigen Sonnenstunden dieses Oktobers noch zu Reinigungsflügen nutzen. Am 14. Oktober verzeichnete Siemsen bei dreiundzwanzig Grad Celsius reges Aus- und Einfliegen. Seine Tiere fanden auch jetzt noch Tracht: letzte

blühende Heide abseits der Panzerspuren, Ackersenf und Ölrettich auf dem brachliegenden Feld nebenan, Astern und Dahlien in Emsiegs Güldenholmer Garten, den die Bienen über die dreißig Meter breite See-Enge erreichten. An diesem Tag wurden allerdings nur Pollen, kein Nektar eingeflogen.
Schon einen Tag später, nachts um ein Uhr, meldete das Thermometer minus zwei Grad. Siemsen befestigte Mäusegitter am Flugloch und zog einen Maschendrahtzaun um seine Völker. Streunende Hunde und Katzen, Rehe, Füchse und Kaninchen sollten ferngehalten werden. Groß und klein wurden gewarnt durch das Standortübungsplatz-Schild *Betreten verboten. Eltern haften für ihre Kinder.* Jede Störung würde Unruhe in der Wintertraube hervorrufen und mehr Futter kosten.
SIEMSEN: Mehr Futter heißt: mehr Kot in der Kotblase und damit unnötige Reinigungsflüge; das will kein Imker.
Nun konnte das nächste Frühjahr kommen! Dann würde man sehen. Sobald die Temperaturen den Flugbetrieb ermöglichten, könnten die in- und ausländischen Sammlerinnen Weidenkätzchen, Löwenzahn, Schneeglöcken, Winterlinge und Krokusse befliegen. Würden alle gemeinsam an einem Honigstrang ziehen? Weidengestrüpp wuchs hier massenhaft am Seeufer. Löwenzahn würde massenhaft zu Füßen der Weidenkätzchen blühen. Schneeglöckchen, Winterlinge und Krokusse massenhaft im Güldenholmer Garten.
Diese Frühlingsmischung vererbte dem Honig ein Aroma, das Siemsen jedes Jahr rechtzeitig herausschleuderte. »Güldenholmer Frühlingshonig«, so las der Kunde auf dem Etikett.
SIEMSEN: Leicht, anmutig, bodenständig.
HASSE: Lieblich, gefällig, mundig.
SIEMSEN: Aprilhonig – der reinste und duftreichste.
HASSE: Wie Roswitha.
SIEMSEN: Das ist es überhaupt.
Siemsen wollte mit Roswitha deswegen telefonieren. Sollte sie einverstanden sein, dann bekäme sie nächstes Jahr das erste Glas.

Der Himmel braute ein Gewitter zusammen.
STIMME: Und das noch so spät im Herbst?
Zuerst zogen graue, dann schwarze Wolken auf. Grummelnd und grollend meldete sich der Oberheizer abwechselnd aus Heizwerk und Torfpalast. Seine Sukkuba, Frau von Zago, drehte an der Sonne, bis nur noch ein dünner Faden Licht Land und Leute beschien.
»Zurock in den Stock, mit nassem Flügel nicht über die Hügel«, diese Botschaft vernahm Hasse aus der Beute. Nicht viele waren unterwegs, nur Jungbienen und einige Unentwegte, die keinen Tropfen Nektar und nicht die kleinste Prise Pollen verkommen lassen mochten. Die würden den nächsten Frühling nicht mehr erleben. Die weniger Unentwegten lebten schon in der Wintertraube und versorgten Königin und Volk mit Betriebstemperatur: innen achtzehn bis fünfundzwanzig, außen fünf bis sieben Grad Celsius.
Die Wetterentwicklung des Tages habe er, Hasse, schon am Morgen dem Kopfsteinpflaster vor Zürndorfers Haus abgesehen. Er habe nur in den Wassertropfen lesen müssen. Nun, jetzt geschehe, wie es geweissagt sei.
Die ersten Tropfen fielen. Die erste Wolke öffnete ihren schwarzen Sack und goß ihn aus. Der erste Blitz zuckte zum Torfpalast hinaus, schoß gen Himmel und schrieb mit gezackten, gelben Buchstaben dieses Menetekel an die Wand: »Emsieg stirbt.« Donner rollte wie aus schweren Geschützen an ferner Front. Der Oberheizer antwortete Frau von Zago mit Röcheln und Rasseln in den Heizungsrohren. Wo blieb der Wind? Der stürmte schon durch die Kanalisation des Geschwaders, um Fahrt aufzunehmen. Bei Windstärke zwölf sollten die Heizer alle Kanaldeckel öffnen und den Wind als reißendes, stinkendes Rudel Wölfe loslassen.
Hasse und Siemsen saßen längst im Auto, hörten Nachrichten und naschten Gelée Royale. Das losgelassene Rudel Wölfe riß den Güldenholmer See auf und zog weiße Fährten ins Wasser. Schwan Gottfried hatte den Abflug verpaßt und war ins Schilf

geflüchtet, wo er sich kleinmachte und den Kopf unter einen Flügel steckte.
Das Ruderboot am Bootssteg unterhalb des Herrenhauses war wild geworden und stieß Angstschreie aus, die niemand hörte.
STIMME: Ein träumendes Traumboot?
Es wollte frei sein und flüchten, es wollte nicht den Wölfen vor die Reißzähne geschleudert und gefressen werden. Es kam nicht von der Stelle. Es wollte lieber seekrank sein, mit Seewasser vollaufen und auf Grund sinken. Schon waren die Wölfe bei ihm, bissen das Tau durch und nahmen das Boot, das einst Roswitha und Zürndorfer göttliche Dienste geleistet hatte, in ihre Mitte.
Die schönen Tage am Güldenholmer See waren vorbei. »Das industriöse Treiben an den Fluglöchern hat ein Ende gefunden. Bekanntlich ist der Standort für die Überwinterung der Völker ein entscheidender Faktor für deren Gesundheit.« Diese beiden Sätze waren Siemsen eingefallen, nachdem er zum dritten Mal zum Gelée Royale gegriffen hatte. Er notierte den Einfall in sein braunes Buch, um Vorrat für den nächsten Artikel in der Imkerzeitung zu haben. »Du hättest in diesem Jahr meinen Apfelbaum sehen müssen. Gott persönlich hat da die Äpfel rangehängt; so übervoll war der.« Siemsen würdigte die Bestäubungsarbeit seiner Bienen. Von den Bienen profitierten auch die Obstbäume der Nachbarn, die einerseits viel Obst haben wollten, andererseits Bienenstiche fürchteten: »Was ist, wenn unser Enkelsohn gestochen wird?« Ihre Angst war unbegründet, denn Siemsens Völker waren freundlich. »Auf Honigleistung kommt es mir nicht in erster Linie an«, sagte er.
»Auch bei Zürndorfer waren alle drei Bäume bis zum Stehkragen voll«, sagte Hasse und drückte Siemsen einen »Holsteiner Cox« in die Hand. »Wer in einen Apfel beißt, sollte immer eine Gedenksekunde für die Bienen einlegen.«
In den Frieden der Gedenksekunde hinein öffneten beide gleichzeitig die Autotüren. Das Gewitter war fortgezogen und stand nun über Solsbüll. Still ruhte der Güldenholmer See.

Gottfried schwamm neben dem Bootssteg und sonnte bereits den rechten Fuß. Das Boot lag an der Leine.
Siemsen und Hasse standen vor den Fluglöchern der Völker. Ein paar tote Bienen lagen am Mäusegitter. Das waren die Unentwegten gewesen. Siemsen nahm jede einzelne auf, hatte bald eine halbe Handvoll. Die zwölf bis fünfzehn kleinen Toten verstrahlten noch Flügelglanz. Braunschwarz war ihr Pelz. Hasse zählte einmal und noch einmal und fragte sich: »Wie schwer so eine halbe Handvoll wohl ist?«
»Daß Emsieg demnächst stirbt, hab ich mir schon im Sommer gedacht«, sagte Siemsen. Hasse verkündete: »Und ich hatte es irgendwie in den Ohren.«
Ein Totenkopfschmetterling hatte sich bis nach hier oben verirrt. Dieser simple Honigdieb besuchte Siemsens Bienenstöcke. Ihm wurde wie üblich kein Haar gekrümmt, weil er sich mit Königinnenduft tarnte und mit Königinnenstimme sang. Der fraß sich satt. Schwer mit Honig beladen, verließ er sein Revier. Siemsen sah ihn noch am Flugloch, sah den Totenkopf auf seinem Rücken, sah, wie er über die Güldenholmer Enge Richtung Herrenhaus flog, um sich in Emsiegs Schlafzimmer mit seinem Honigvorrat gemütlich niederzulassen.

Dahlien und Astern im Güldenholmer Garten verneigten sich, als Roswitha aus dem Wohnzimmer des Herrenhauses trat, um Luft zu schnappen. Sie hatte in Travemünde an diesem Wochenende frei, um in Güldenholm die Krankenwache zu übernehmen. Das Röcheln und Rasseln in den Heizungsrohren verfolgte sie. Emsieg war in der Tat auf dem Weg ins Totenreich, allerdings ohne den festen Willen, auch wirklich zu sterben. »Haltet bei mir aus. Es kann doch nur noch ein paar Tage dauern.« Damit vertröstete er das Pflegepersonal. Das hatte Regina als Ortsvorsitzende des Roten Kreuzes mit lauter Freiwilligen organisiert: Gret Hasse, Ruth Hasse, Michaela Krone, Gerti Böttiger, Moni Knebel, Phine Riemer.
Regina selber hatte um Befreiung vom Dienst am Krankenbett

gebeten und als Grund »Ich muß mich ja schon um Bohne und unseren Zürndorfer kümmern« angeführt. Hedwig Seidel und Caroline Bernstein sollten geschont werden. Roswitha konnte nur am Wochenende und nahm die Bahnfahrt von Travemünde auf sich. »Natürlich, Emsieg ist ein schwerer Kranker«; aber Güldenholm sei ja »mein großes Kleinod«, welches sie schon immer angezogen habe.

STIMME: Und die Familie?

Emsiegs geschiedene Frau war »nach unbekannt verzogen«. Der Sohn lebte in Ingolstadt, die Tochter in Hamburg. Nach der Scheidung der Eltern wollten beide mit dem Vater nichts mehr zu tun haben. Bruder Theo, der Geschwaderschmied, sagte: »Man verschone uns.«

In der Stille nach dem Sturm, unter Zuhilfenahme eines großen Täuschungsmanövers, war es den Wölfen gelungen, sich zu erheben. Radar konnte sie nicht entdecken, weil Wölfe kein Echo werfen, wenn die Reißzähne bedeckt bleiben. Genau wie in den Nachrichten: »Unsichtbare Flugzeuge fliegen von Übersee her.« Die Nato hatte Transporter geschickt. Die standen nun zwischen Erdwällen unter Tarnnetzen am äußersten Ende des Flugplatzes. Sie wurden Tag und Nacht bewacht von besonders gestählten, schwerbewaffneten, noch vor Ausbruch des Gewitters einberufenen Fallschirmjäger-Reservisten. Sie trugen Tarnnetze mit Eichenlaub auf ihrem Stahlhelm.

STIMME: Übung oder Ernstfall?

NATO: Die Übung ist der Ernstfall.

Das hieß für Geschwader und Geschwaderangehörige: »Mit dem Schlimmsten rechnen.«

STIMME: Blödsinn, freut euch auf ein paar schöne Übungstage in Arizona. Zum Schluß gibt's immer ein Riesenbarbecue in der Picknick Area vor Montezuma Castle.

Nur Siemsen hatte die Ernstfall-Stunde geschlagen. Er stand Gewehr bei Fuß trotz seiner Ohne-mich-Haltung, die er »für den Fall des Krieges« einzunehmen gedachte, »denn es ist nicht

meine Aufgabe, den Krieg zu verhindern. Das sollen die Politiker machen.«
Bienenvater Siemsen konnte dem vaterländischen Appell aus der Neuen Welt nicht widerstehen: Lothar aus Old Oraibi hatte angerufen. Er brauche jede nur denkbare Unterstützung. Soweit ihm bekannt, habe die Nato »hier ganz in der Nähe« ein großes Manöver. Den Rest wisse Siemsen ja.
Lothars Volksstamm war in Not. Begonnen hatte alles mit einer Landung im ausgetrockneten Bett des Moenkopi Wash siebzig Meilen nördlich von Flagstaff. Pressemeldungen zufolge hatten schon »schreckliche Schlächtereien« stattgefunden; der Feind habe mit »mächtigen Beißzangen« zugebissen und jeden Verteidiger getötet, der sich in den Weg stellte. Wie im Blutrausch sei der wütende »Aggressor« über den friedliebenden Volksstamm hergefallen. Fünfhundert Einheiten, eine gewaltige Armada, hätten ihr grauenhaftes Handwerk verrichtet. Nun sei Lothars Volksstamm am Ende, wenn nicht sofort Hilfe verfügbar sei. Das Schlachtfeld zwischen Moenkopi Wash und Oraibi: übersät mit Toten.
LOTHAR: Das erbarmungslose Auftreten der Eroberer hat uns alle zu Boden geworfen. Wir haben uns zurückgezogen auf das Plateau oberhalb von Montezuma Castle.

Allein der gute Wille eines Transporter-Kommandanten ermöglichte Siemsen den Mitflug. Bei den Reservisten, die in Arizona üben sollten, war noch Platz für ihn. Platz war auch für die Beute mit dem Aristaios-Volk aus Kreta. Auf Anordnung des Ladungsmeisters mußte Siemsen jedoch aus Gewichtsgründen umrüsten: Er verlegte seine »Kreter« in die alte Styropor-Beute.
Gleich nach dem Start war Siemsen eingeschlafen, Kinn auf der Brust, die *Neue Bienenzucht* des Imkerverbandes auf den Knien. Das Flugzeug summte dahin wie ein schwärmendes Bienenvolk, das mit Königin, Arbeitsbienen und Drohnen auf der Suche nach einer neuen Wohnstatt ist.
Entsprechend den Spielregeln, die hier oben den Weg wiesen,

hatte Siemsen sich in eine Arbeitsbiene verwandelt; er dachte nicht mehr in Flugstunden, sondern in Bienenkilometern. Durch die höhere Bordtemperatur hatte sich die Wintertraube aufgelöst und über die sechseckigen Wabensitze im Flugzeug verteilt. Alle mit neuem Gesicht. Biene Böttiger, Biene Deutscher, Biene Siemsen und Biene Hasse gingen als drollige Arbeiterinnen auf der Erste-Klasse-Wabe müßig und erwarteten Aufträge. Hasse als einziger mit schlechtem Gewissen. »Gegen Müßiggang ist volkswirtschaftlich und stocktechnisch gesehen nichts einzuwenden«, rechtfertigte er sich. Hatte etwa einer gefragt?

STIMME: Nicht daß ich wüßte.

Hasses Herzenswunsch, »nur dieses eine Mal« Drohne sein zu dürfen, war von Regina abgelehnt worden: »Dann stirbst du hinterher, und das wollen wir nicht. Wir brauchen dich.«

BIENE HASSE: Was die Befruchtung angeht, so sehe ich mich genötigt, ein Phänomen anzunehmen, das es in Wahrheit überhaupt nicht gibt beziehungsweise das in der Natur seinesgleichen sucht. Einerseits Erschütterung, andererseits atmosphärische Einwirkungen beim Ausflug.

Die Arbeitsbienen mußten nicht lange warten; denn Drohne Zürndorfer sah erwartungsfaul zu den großen Facettenaugen heraus und wollte umsorgt und gefüttert werden. Da Drohne Zürndorfer auch hier oben die Zukunft »scheißegal« war, konnte er nicht anders als so: »Heute back ich, heute brau ich, heute noch fick ich der Königin ein Kind.«

REGINA: An der geistigen Minderwertigkeit des männlichen Geschlechts ist nicht zu zweifeln.

Regina wollte Ruhe und Ordnung: die Zeit stillstehen lassen. Sie fing mit der Beruhigungsarbeit an: »Wolken, die unter uns übers Land segeln. Die Farbe des Meeres an untermeerischen Riffen und Korallenbänken über uns. Die Steine vom Strand und vom Acker. Die Fußspuren. Die Schuhe. Die Füße. Die Stille. Die Musik. Der Wind. Wann und wo der Wind weht, und wann und wo er nicht weht.«

Die Bewisperung nützte nichts: Der Tag der Abrechnung war gekommen. Biene Siemsen stürzte sich mit seinem sanften, toleranten, furchtsamen Aristaios-Volk ins Kriegsgeschehen: Da lag eines von Lothars Völkern abgeschlachtet vor der Beute. Ein zweites lag abgeschlachtet daneben. Ein drittes wurde gerade abgeschlachtet. Das vierte und letzte sollte noch dran glauben. Riesenhornissen nach wie vor im Blutrausch. Röcheln und Rasseln in den Lungen der Sterbenden. Wie viele lebten noch? Würden überhaupt welche überleben?

Das Aristaios-Volk hatte auf Siemsens Befehl Ausgangsstellung bezogen und wartete hinter dem Flugloch friedlich ab. »Stachel bleibt in der Scheide, Beißwerkzeug bleibt im Mund«, kommandierte Biene Siemsen im Flüsterton. So erwarteten er und die Seinen den Erzfeind. Als die erste Riesenhornisse auf dem Flugbrett landete, auslief und stillsaß, kommandierte er: »Ballt sie ein!«

»Ballt sie ein! Ballt sie ein!« echote das Aristaios-Volk. Dutzende bildeten im Nu ein Knäuel um den Massenmörder. Die Aristaios' verschleuderten keine Kräfte; sie bissen und stachen nicht. Aufgabe war, durch energisches Zittern der Flugmuskulatur eine Temperatur von fünfundvierzig Grad Celsius im Zentrum zu erzeugen. Röcheln und Rasseln in der Hornissenlunge. Die Hornisse hauchte ihr Leben aus. Die Hornisse fiel. Schon lag sie gefallen am Flugloch. Todesursache: Hitzeschock. So machten die Aristaios' den Feind kalt, einen nach dem anderen.

STIMME: Von den Bienen lernen, heißt siegen lernen.

Röcheln und Rasseln aus Emsiegs Lunge, die mit dem Wasser des Güldenholmer Sees vollgelaufen war. Alles, was Fisch war, lag auf trockenem Grund, zappelte und schnappte nach Luft. War die Karpfenzeit angebrochen? Saß der Oberheizer in seinem Heizhaus und paßte auf? Übten sich seine drei Heizer wieder im Müßiggang mit Kaffee, Käsebrötchen und Bildzeitung? Wurde nun auch noch das Öl knapp? War etwa Öl aus den großen Tanks ins Erdreich gelaufen? Tönte da nicht die Warnhupe?

Emsieg sagte noch »Ja« und »Nein«. Einmal sagte er: »Meine Hände tun so weh.« Dann sagte er: »Den Zollstock, Roswitha.« Roswitha brachte ihm einen Zollstock. Emsieg merkte nichts davon. Er schiß in die Windeln wie ein Kind. Die Arbeiterinnen säuberten unermüdlich, weil das Arbeit war, von der sie nicht lassen konnten. Auf die Freiwilligen, die sich in den Dienst dieser Sache gestellt hatten, war Verlaß. Regina sah dem Reinigungstreiben aus der Ferne mit Wohlgefallen zu und sprach: »Noch sind wir nicht verloren.« Biene Siemsen & Co. rief sie zu: »Vergeßt mir unseren Zürndorfer nicht.«

BIENE HASSE: Ich fliege am Wochenende nach Fürsti und hole Leberkäs.

Die tapferen Krieger kehrten heim. Lager Solsbüll hatte zur Siegesfeier gerüstet. Eichenlaub schmückte das Ortsschild. Papiergirlanden hingen an den Straßenlaternen. Blau-weiß-rote Fahnen wehten aus den Fenstern. Das Garnisonsstädtchen jubelte seinen tapferen Kriegern zu. Hein Selter, der Getränkehändler, schenkte Freibier aus und spendierte Bratwurst.

Röcheln und Rasseln aus Emsiegs Lunge. Sein Ohr, das wegen fehlender harmonischer Dreiteilung auf die bedenkliche moralische Grundhaltung des Sterbenden verwies, lauschte, bis Herr und Frau Tod eintraten und die entscheidenden Worte sprachen: »Nun kommt die Hauptsache.« Die Arbeiterinnen leisteten Unvorstellbares bis zuletzt. Alle Opfer umsonst. Sie konnten Emsieg nicht anständig zu Tode pflegen, konnten nicht mal einen ordentlichen Leichnam aus ihm herauspflegen. Am Ende lag er zur Kotsäule erstarrt in seinem Bett.

SCHLESWIG-HOLSTEINISCHE RECHTSANWALTSKAMMER: Wir betrauern den Heimgang eines altbewährten Kollegen, der sich in einer jahrzehntelangen Tätigkeit tatkräftig für seinen Beruf eingesetzt und erfolgreich gewirkt hat.

Hasses erster Lendenwirbel

An einem sonnigen, windstillen Februartag in der Baumschneide- und ersten Pollensammelzeit zog Gustav Hasse die Fliegerkombi an und nahm die grundüberholte elektrische Motorsäge aus Zürndorfers Werkstatt in die Hand. Vorsichtig strich er mit dem Daumen über die neue Kette. Er füllte Öl nach. Er legte das Fünfzig-Meter-Kabel zurecht und holte die Leiter. Er ging in Zürndorfers kleinen Privatwald und probierte, Füße in Gummistiefeln fest auf der Erde, die neue Kette an hüfthohem Astwerk aus. Bestens, wie sie sich durchfraß. Nun sollte der gefährlichere Teil der Arbeit folgen. »Paß gut auf dich auf«, hatte Ruth beim Abschied gesagt.
HASSE: Fliegen ist viel gefährlicher.
Die oberen Äste der Traubenkirsche, dieses schnell wuchernde Zeug, wollte er abhaben. Damit verstieß er gegen Zürndorfers Gartenphilosophie »Was wächst, das wächst«.
STIMME: Die langsam wachsenden Eichen brauchen aber Licht und Platz.
Hasse legte die Dreimeter-Leiter an und überprüfte sie auf Standfestigkeit. Was er über den Umgang mit Leitern und Motorsägen von Deutscher gelernt hatte, war im Kopf. Er wußte genau: »Mein Sägevorhaben verstößt gegen alle Sicherheitsregeln, alle Erfahrung, alle praktische Vernunft.« Ungesichert auf der ungesicherten Leiter mit der Motorsäge stehen und sägen war streng verboten.
Trotzdem kletterte er ungesichert die ungesicherte Leiter hoch, hielt mit linken Hand die Säge, während er sich mit der rechten am rechten Holm nach oben zog. Er überlegte noch, wo sein Schwerpunkt wohl lag. Eher innen oder eher außen? Daß er weiter draußen lag, merkte er, weil er sich beim Hochklettern eng an die viel zu steil stehende Leiter schmiegen mußte. Gut wäre jetzt ein Hinterteil aus Titan gewesen: leicht und von hoher Festigkeit.

Hasse stellte seine Stiefel auf die Arbeitssprosse und setzte das Sägeblatt an den Ast; er stand schlecht. Er löste die Sperre, drückte den Knopf und sägte los. Als der Ast zu fallen begann, er sah das deutlich an seinem äußeren Ende, zog er den Kopf ein. Als er den Kopf einzog, schob er seinen Hintern raus. Schlecht für den Schwerpunkt, denn damit rutschte der noch weiter nach außen. Das Flughandbuch verwies im Falle des nach hinten verlagerten Schwerpunktes auf »smooth and precise control inputs for tracking and manoeuvering«.
Für vorsichtige und präzise Sägemanöver war es zu spät. Hasse hatte das Gleichgewicht schon verloren, als die Leiter, verursacht von einer winzigen Bewegung der besägten Traubenkirsche, nach rechts rutschte. Nun wußte er: »Du stürzt.«
STIMME: Unbedingt die Säge loswerden.
Hasse drehte sich mit seinem Werkzeug nach links. Es sollte da landen, wo keine Äste beim Fallen störten. Dahin also mit der Säge. Wie die Säge fiel, das sah er nicht mehr. Wie er fiel, das merkte er beim Fallen: Rücken voran, Arme ausgebreitet. Er hatte noch die Füße an der Leiter, als er seinen Schrei ausstieß. Keinen Hilfeschrei, sondern einen automatischen Schrei des Wunderns und Protestierens, wie das Kind Gustav ihn losgelassen hatte, wenn es sich in die Hosen pinkelte. Dieser Schrei verband das, was bisher geschehen war, mit dem, was nun geschehen würde.
Anfang und abzusehendes Ende des Unfalls saßen Hasse als geballte Ladung im Kopf. Eine überbelichtete Blitzlichtaufnahme, ein geblitztes Ding. Da war Zürndorfers Haus, in dem Hasse sich selber am Fenster sitzen sah, um den eigenen Unfall zu betrachten.
Hasse registrierte ein rot aufleuchtendes Schamgefühl und kurze Pein in der Brust. Hatten etwa Fußgänger, Radfahrer, Autofahrer zugesehen, zugehört? Dafür war jetzt keine Zeit. Auch keine Zeit, an Schleudersitz und Fallschirm zu denken. Hasse war vollkommen bei der Sache. Sein Körper fiel ziemlich waagerecht durch die Luft. Er merkte noch, wie er unterwegs Zwei-

ge streifte und ein Schmerz an den linken Unterarm kam. Hasse wußte nicht, was er sich als letzten Wunsch wünschen sollte: Hoffentlich hört das Fallen bald auf« oder »Hoffentlich hört das Fallen nie auf«? Da er sich nicht entscheiden konnte, wünschte er sich beides zugleich.

Da spürte er die Gewalt, die das Fallen über ihn hatte. Auch spürte er das Opfer, das er war, und daß ihm weder Tapferkeit noch Feigheit in seiner Lage nützlich sein konnten. Das Opfer hatte den Schrei ausgestoßen, die Gewalt hatte ihn zur Kenntnis genommen. Das hatte sein Gutes; denn damit war der erste Teil des Unfallgeschehens ausgelöscht: Zürndorfers Garten, Traubenkirsche, Eiche, Kabel, Leiter, Öl und Motorsäge waren aus dem Kopf. Hasse wußte nicht mehr, warum er fiel. Er hatte die Erinnerung verloren und sich dem zweiten Teil des Unfallgeschehens, der Erwartung und Aussicht, zugewandt. Aus drei Metern Höhe würde er aufs Kreuz fallen. Er schlug hart auf. Er schlug auch mit dem Kopf hart auf, und auch seine Zähne schlugen hart aufeinander.

Heraus waren Scham im Kopf und Pein in der Brust. Hasse wünschte sich gleich den nächsten besten Menschen herbei. Niemand hatte gehört oder gesehen. Wo waren Ruth und die Kinder? Wo waren Siemsen und Deutscher? Es kam niemand. Zürndorfer war im Haus. Hasse rief.

Hasse rief nicht; denn er konnte nicht rufen. Er hatte keine Schmerzen. Er spürte ein Luftkissen am Rücken, das hob ihn zwei Zentimeter.

STIMME: Dir wird ja gar nicht schwarz vor Augen.

Er wollte aufstehen. Liegenbleiben und warten wären richtig gewesen, so wie es richtig gewesen wäre, nicht mit der Säge auf die Leiter zu steigen. Er richtete sich wider besseres Wissen auf, kam hoch, stand krumm und schief, weil er nicht anders stehen konnte.

STIMME: Paß gut auf dich auf.

Wo blieb hier Hasses »Herrgott noch mal zu«? Er sagte es nicht. Er taumelte vornübergebeugt Richtung Zürndorfers Haustür.

STIMME: So ähnlich laufen Affen.
Hasse hatte bis zum Schrei den Tod auf der Rechnung gehabt.
Diese Rechnung hatte sich erledigt, eine neue lag auf dem Tisch. Wann war die erste Rechnung überhaupt präsentiert worden? Schon mit dem Griff zur Motorsäge? Schon vor dem Griff zur Motorsäge? Welche Rolle hatte Hasse dabei gespielt? Hatte er die Rechnung präsentiert bekommen oder selber geschrieben?
Nun also die neue Rechnung. Er war nicht tot, als er unten im Gras, einen Meter neben der schmalen Ostheide-Chaussee, im weichen Gras, im weichen Moos, aufschlug und das Luftkissen an seinem Rücken spürte. War das etwa Blut? Trotz dieser Frage, die weitere Fragen nach sich zog, war nur Tröstliches in Kopf und Brust; er hätte jeden mit offenen Armen empfangen. Niemand kam.
Warum stand er auf? War das überhaupt Hasse, der aufstand? Er muß es gewesen sein, denn er wollte nicht liegenbleiben. Er wollte nicht, trotz Luftkissen, flach wie eine Flunder in seiner Platzangst liegenbleiben. Platz fehlte ihm nämlich nach dem Schrei. Er hatte den Himmel zu sich heruntergerissen. Der blaue, wunderbare Februarhimmel lag auf ihm, nahm ihm die Luft und ließ ihm keinen Raum.
Da merkte Hasse, daß mit ihm etwas nicht stimmte. Das Gefühl, platt zu sein, änderte sich auch nicht, als er krumm und schief dastand; er fühlte sich auch in der Vertikalen platt und mit Platzangst. War ihm etwa auch das richtige Sehen abhanden gekommen? Er blickte nicht mehr durch, sah nur noch Farben und Formen, erkannte nichts.
Hasse sah allerdings, daß er bei Zürndorfer war. Wie gut, daß er an seinem Unglückstag wenigstens Zürndorfer in seiner Nähe hatte. Wie gut, daß der Unglückstag ein stiller Sonnentag war, der den Bienen erste Ausflüge gestattete. Bei Regen und Wind wäre Hasse so krumm und platt kaum bis zur Haustür gekommen. Er hätte sich anstemmen und vorkämpfen müssen. Er

wäre auf halbem Weg liegengeblieben. So aber blieb er nicht liegen. Er schaffte den Weg bis zur Haustür.
STIMME: Durch eine von langen hölzernen Löffeln gesäumte Allee.

Zürndorfers Haus ist eine einzige große Spänekiste. Eine Tischlerei? Hasse klingelt und wünscht sich einen heilen Zürndorfer herbei. Das kleine Dienstmädchen (Susanne) öffnet. Hasse überreicht seine Visitenkarte. Das kleine Dienstmädchen reicht die Visitenkarte weiter an das große Dienstmädchen (Roswitha), die sie Tischlermeister Zürndorfer auf einem silbernen Tablett darbietet. Zürndorfer kommt an die Haustür und sagt: »Schönen guten Tag, mein Herr, was kann ich für Sie tun?«
»Mein Name ist Hasse. Ich möchte bei Ihnen eine Vitrine in Auftrag geben.«
»Treten Sie doch bitte ein, und nehmen Sie Platz, Herr Hasse.«
Zürndorfer fängt mit seinen Überlegungen an: Er taxiert die Freundlichkeit des Kunden, stellt dessen Bonität in Rechnung, beurteilt die Ernsthaftigkeit des Wunsches, überschlägt Termine mit Hilfe eines Kalenders, faßt Materialbestellungen ins Auge, peilt den Geschäftsabschluß mit Gewinn und Verlust über den Daumen und fragt sich schließlich: Trägt die vor mir liegende Arbeit zur Absicherung meines Lebens bei? Dann sagt er mit einem freundlichen Lächeln: »Ja, gerne, Herr Hasse, ich nehme den Auftrag an.«

Tatsächlich aber sagte Zürndorfer: »Nein, bei mir absolut nicht, du Stiesel.«
STIMME: Rund wie die Rose. Rot wie das Rotkehlchen.
Als Hasse in Zürndorfers Flur vornüber auf den roten echten Teppich sank, sah er das eingeknüpfte Rotkehlchen. Er befühlte mit der linken Hand den Rücken. Er tastete über den Stoff seiner Fliegerkombi und besah danach die Hand. Da war nichts. Das Luftkissen war das Schmerzkissen, und das Schmerzkissen tat nicht weh. Dann suchte er nach seinem Schneidezahn; der

saß schön locker. Hasse lag auf der rechten Seite und sah Brennholz und Brikett neben dem Ofen. Da standen Zürndorfers Füße. Er sah die Telefontischfüße.
STIMME: Jetzt ist die Familie gefragt.
HASSE *zum Rotkehlchen*: Zürndorfer soll Ruth und den Fliegerarzt anrufen.
Ruth kam mit ihrem VW und sagte: »Hab keine Angst, ich bin da.« Dr. Axius kam mit zwei Sanis und Blaulicht. Deutscher kam mit seinem Einsatzfahrzeug. »Bis es mit dem Rettungswagen losgeht, schön auf dem Teppich bleiben«, sagte das Dr. Axius oder Deutscher oder etwa Zürndorfer? Dann aber hörte Hasse Deutscher sprechen: »Reech dich nicht auf. Du bist okay.«
Hasse war nicht okay. Jetzt wurde seine Angst groß. Er war ein einziger Haufen Angst.
STIMME: Endlich mal Opfer sein.
Hasse merkte, daß Deutscher log. Aus Zürndorfer kam nur ein liebeleerer, unergiebiger Kommentar: »Pech gehabt. Passiert ist passiert.« Hasse zitterte. Unfallkälte? Eine furchtbare Niederlage. Ein elendes Leid. Ein harter Schicksalsschlag. Er hatte keine Schmerzen. Er spürte das Luftkissen im Rücken. Er konnte nur flach atmen. Tief einzuatmen wagte er nicht, weil er spürte, daß es nicht funktionieren würde. Sprechen war nicht einfach.
STIMME: Nicht ungeduldig sein. Fragen gewissenhaft beantworten. Dem Fliegerarzt aufs Wort gehorchen. Nicht unfreundlich sein, denn du willst ja was von ihm.
Ja und Amen kam ihm sonst nicht so leicht über die Lippen. Aber hier, im Ernstfall, war es für Hasse eine leichte Übung. Hier mußte auch nicht gelogen werden. Das wäre sowieso nicht gegangen; denn nach dem Schrei hatte die Wahrheit persönlich das Sagen. Scham und Pein waren übrigens nicht aus Nachsicht und Freundlichkeit verschwunden; erst nach dem grauenhaften Hinknallen hatten beide fluchtartig das Lokal verlassen, wie Dauergäste, die auf einmal pleite sind und ihre Zeche nicht zahlen können. Gott sei Dank war Hasse die los!

Gott sei Dank konnte Hasse seine Beine bewegen. Das muß auch dem Fliegerarzt sehr wichtig gewesen sein; denn bei diesem Punkt wurde er ganz offiziell: »Ich muß Sie pflichtgemäß darauf hinweisen.«

Alles ging schön der Reihe nach: erst der Schrei, dann das Hinknallen. Dann kam Ruth. Dann der Fliegerarzt. Dann der Rettungswagen. Dann schoben die Sanis ihn in die Röntgenabteilung. Dann hielt der Röntgendoktor das Röntgenbild ins Licht und zeigte Hasse die Wirbelsäule: »Soweit alles in Ordnung.« Dann wies er auf den ersten Lendenwirbel: »Da haben wir ihn.«

STIMME: Dort oben?

Der Röntgenarzt zeigte die Vorderkante. War da eine Unschärfe im Foto? »Der Bruch, ein Kompressionsbruch. Sie haben Glück gehabt, daß die Hinterkante, wo die Nerven sind, heil geblieben ist.«

HASSE: Wie lange, Herr Doktor?

Der Doktor präsentierte eine barmherzige Lüge, hinter die er ein Fragezeichen stellte: »Zehn, vierzehn Tage?«

In Wahrheit kamen vier Krankenhauswochen ohne Aufstehen und weitere vier Krankenhauswochen mit Aufstehen heraus. Darauf folgten Wochen mit Gymnastik auf der Matte und im Wasser.

Ein Zweig hatte die Haut an seinem linken Unterarm aufgeschürft. Wäre dieses Lebenszeichen, dieser Zipfel Gegenwart nicht, Hasse wäre tot. Bekanntlich ist dem Tod jedes Lebenszeichen unerträglich. Der Tod erscheint erst nach dem Zusammenbruch der Gegenwart.

STIMME: Brechen im Tod nicht auch Vergangenheit und Zukunft zusammen?

Selbstverständlich nicht. Darum ist im Falle des vollkommenen Zusammenbruchs der Gegenwart, also im Falle des Todes, ein Ausweichen in Vergangenheit oder Zukunft durchaus möglich. Man könnte auch sagen: ein Übergang nach hinten oder vorne, oben oder unten, oder irgendein anderer Übergang. Der hätte bei Hasse allerdings zwischen dem Schrei in der Luft und dem Hinknallen auf der Erde geschehen müssen.

Biene Siemsen startbereit

Biene Siemsen startbereit am Flugloch. Die Absicht, mit dem Fahrrad nach Fürsti aufzubrechen, »um das schon mal für die Zeit nach dem Fliegen zu proben«, hatte er fallenlassen. »Ich bin doch keine Heuschrecke«, sagte er.

Biene Siemsen hatte recht. Heuschrecken haben einen Treibstoff, den Bienen nicht haben. Bienen leben mit ihrem Zukker von der Hand in den Mund. Während Heuschrecken sich auf großen Flug begeben und zwischendurch energiesparend segeln, fliegen Bienen nur kurze Strecken. Sieben Kilometer hin zur Weide, sieben Kilometer zurück zum Stock; mehr ist nicht drin. Für eine Biene ist so eine Strecke das Äußerste. Längere wären auch volkswirtschaftlich bienenfalsch; denn das, was auf der Weide an Nektar im Honigmagen gebunkert wird, würde sogleich als Treibstoff in den Brustmuskeln verbrannt, das heißt: würde verlorengehen. Die hungrigen Mäuler in Volk und Stock bekämen kein Futter. Bienenvater Siemsen auch nicht.

Biene Siemsen startbereit am Flugloch.

Es blühte so viel in der herrlich warmen Frühlingssonne. Wenn Biene Siemsen von der Güldenholmer Enge zu Hasse wollte, dann waren dreitausendfünfhundert Meter zu fliegen, also zweihunderteinunddreißigtausendmal die eigene Bienen-Körperlänge. Nicht schneller als dreißig, nicht langsamer als zwanzig Kilometer pro Stunde. Bei einem Schnitt von fünfundzwanzig schaffte Biene Siemsen die Strecke in achteinhalb Minuten; dabei gingen vier Prozent Körpergewicht verloren. Auf Bienenvater Siemsen und seine fünfundsiebzig Kilo umgerechnet wären es rund drei Kilo gewesen.

Siemsen wollte Hasse einen Krankenbesuch machen. Als er die Güldenholmer Enge überquerte, spürte er die Sonne im Rükken. Am Waldrand und Seeufer flog er Westkurs, da schien die Sonne ihm von links in die Augen. Während er flog, hielt er sich nicht an aerodynamische Analysen, sondern flog unwissenschaftlich drauflos. Er kannte den Weg auswendig und konnte deswegen auch die Sonne Sonne sein lassen.
Er ließ Peter Bezugs Einfamilienhaus und die Kläranlage links liegen, flog am Badesee von Lager Solsbüll entlang, erreichte die Ecke, wo früher der Bäcker seinen Laden gehabt hatte. Da war noch Zucker in der alten Backstube. Dann legte er sich in die Kurve und bog links ab. Das mit den Zentrifugalkräften kannte er vom Titanvogel und vom Fahrrad. Er schlug mit dem linken Flügel etwas weniger, mit dem rechten etwas mehr, und schon hatte er beim Kaufmann die neue Richtung eingeschlagen. Der spendierte ihm was Süßes und sah ihm nach. Siemsen flog an Kirchenhaus und Glockenturm vorbei und so weiter. Nie flog er den geraden Weg, also Luftlinie; da wäre ihm manches entgangen. Manchmal trödelte er, manchmal beeilte er sich; je nachdem, wie ihm die Flugroute gefiel.
Den Umweg über Zürndorfer sparte er sich; da gab es nichts zu naschen. Zürndorfer mochte nichts Süßes, also hatte er nichts Süßes. Auch bei Deutscher lohnte keine Verschnaufpause. »Haustür abgeschlossen, Rolläden runtergelassen«, registrierte er beim Vorbeiflug. Siemsen war eine treue, friedliche Bienennatur. »Aber was ist mit seinem Stachel?« fragten nicht wenige. Selbstverständlich hatte er den. Er stach nur, wenn er in der Klemme saß; dann allerdings genau nach Vorschrift. Andererseits: Wenn die Drohnenschlacht geschlagen wurde und die Herren der Bienenschöpfung aus biologischen Gründen rausgeworfen werden mußten, dann stach er drauflos, daß die Chitinfetzen flogen. Die Drohnen mußten sterben.
STIMME: Unnütze Esser.

Hasse lag auf seiner Übungsmatte unter der Moorbirke und döste. Siemsen brummte zum Krankenbesuch heran. Hasse hörte kein Bienengebrumm, sondern Manöverdröhnen, und im Manöverdröhnen vernahm er deutlich ein Wort: »Judensau«.
»Judensau« hatte Hasse von Falko Klopfleisch gehabt. Der kannte sich noch zwei Jahre nach Kriegsende in Befehl und Gehorsam aus und wußte, wie man einen kleinen Haufen führt. Er marschierte vorneweg, gefolgt von André Spöri, Detlev Deutscher, Hans Siemsen. Am Ende und mit Abstand humpelte Gustav; ihn hatte zwei Tage zuvor ein Pferd mit dem rechten Hinterhuf am Knie getroffen. Vorgesetzter Falko war vierzehn, das Gros seiner Untergebenen sechs Jahre alt.
Vor dem Rosenbaum-Haus in Solsbüll-Mühle legte das von Falko geführte Fähnlein Marschpause ein, saß mit sauber abgelegtem Flitzbogen an der nicht besonders gut riechenden, aber unendlich schön anzusehenden Weißdornhecke. War es Mai, war es Juni 47? Gustav rieb sein schlimmes Knie. Manöverdröhnen lag in der Luft. Der Tommy näherte sich auf der Dorfstraße mit Panzern und Panzerspähwagen und warf eine dicke Staubwolke in den Sommerhimmel. Fähnleinführer Falko hatte gerade erklärt: »Judensau und Ficken ist praktisch dasselbe.«
Angesichts der Tommys befahl der Hitlerjunge a.D. »Fertigwerden!« und »Marschordnung!« und »Im Gleichschritt, marsch!« und »Wir wollen uns doch vor den Tommys nicht blamieren!«.
Nachdem Gustav ein paar Tage später »Judensau« gesagt hatte, war Susanne wortlos weggerannt. Am Ehrenmal vorbei, über den Nachhauseberg und weiter bis zum Wasserfall. Da stand sie am Brückengeländer; Dr. Rosenbaum kam mit seinem Dienstwagen von der Arbeit aus Lager Solsbüll. Vater und Tochter sahen gemeinsam auf das schäumende Wasserfallwasser und rochen den Modergeruch. Susanne erzählte, was vorgefallen war.

Paul Rosenbaum nahm seine Tochter in den Arm und sagte: »Gustav ist ein Kind wie du, genau wie du. Also: macht nichts.«
Dr. Rosenbaum lud Gustav Hasse und Hans Siemsen zu einer Theatervorstellung ins Lager ein. Er hatte darüber mit Gret im Lagerkrankenhaus gesprochen und sein litauisch gerolltes »R« rollen lassen. Gret hatte in den zwei Jahren nach Kriegsende hundert Lager-Kinder *geholt* und dabei Dr. Rosenbaum kennengelernt. Rosenbaum mochte, wie sie ihrer Arbeit nachging. Gret, als der Doktor sie auf die »Judensau« ansprach, zog die Mundwinkel abwärts und ließ rote Flecken ins Gesicht. Sie hörte ihre Mutter, Großmutter Anne, sagen: »Laß Gustav man hingehen.« Darum sagte sie: »Es ist sehr freundlich von Ihnen, Herr Doktor.«
»Lacht bloß nicht an der verkehrten Stelle, ihr versteht nämlich rein gar nichts«, rief Anne ihren beiden *Kateekers* Hans Siemsen und Gustav Hasse an diesem angebrochenen Sommerabend hinterher. Gret legte ihre Stirn in Falten. Sie bangte, ob es gut gehen konnte. Sie hoffte, daß Gustav von Dr. Rosenbaum ein Stück fürs Leben lernte.
Die beiden Kateekers saßen inmitten der Rosenbaum-Familie, ganz hinten im Lagertheater, ehemals Speisesaal im Offizierskasino von Lager Solsbüll. Als Gustav der Parkettfußbodenduft, frisch gebohnert, in die Nase drang, sagte Dr. Rosenbaum zu Tochter Susanne: »Kuck mal, was Gustav für kleine Ohren hat.« Gustav fühlte sich bloßgestellt, alles verfügbare Blut floß ihm ins Gesicht. Als das wieder entbehrliche Blut abgeflossen war, begann die Vorstellung.
Gustav Hasse und Hans Siemsen verstanden tatsächlich nichts, aber sie hörten und sahen viel. Es begann mit einem gemeinsam auf englisch gesungenen Lied: Think not you travel to despair again. Dann sang auf jiddisch und ohne Begleitung ein Mädchen, die mit ihrem klaren Sopran überlebt hatte. Danach folgte das Theaterstück *Das grojse gewins*, auch in jiddischer Sprache.
Die Schauspielertruppe *Jidisze Arbeter Bine* hatte einen Bienenvorhang mitgebracht: Eine große gelbe Biene – das Schibbo-

leth – zierte das Tuch. Es wurde viel gelacht. Auch Hasse und Siemsen lachten, obwohl sie nichts verstanden.

Als Siemsen sein Fahrrad an der Moorbirke abstellte, saß der Fliegerarzt auf einem Gartenstuhl neben dem Patienten. Siemsen hörte, wie Dr. Axius sagte: »Fürsti hat nein jesagt, lieber Herr Hasse.«

HASSE: Die haben doch alle keine Ahnung.

DR. AXIUS: Jenau. Aber es jeht nicht, lieber Herr Hasse. Zijarette?

HASSE: Ich hab immer meine Übungen gemacht. Ich weiß nicht, wie viele komische Katzenbuckel darunter waren. Mein erster Lendenwirbel ist wieder okay, und den Schneidezahn hat mir Theo Emsieg mit einem unverwüstlichen Implantat ersetzt.

DR. AXIUS: Das hab ich denen auch jesagt. Aber es ist besser, wenn du dich an den Jedanken jewöhnst, Jungchen.

Hasse nahm die Zigarette, ließ sich von Dr. Axius Feuer geben und paffte den Rauch zu den Blattläusen hinauf. Er sah Dr. Axius von unten ins Gesicht, und Siemsen sah er mit seinem Fahrrad daneben stehen. Über beiden sah er Großmutter Anne im Himmel sitzen. »In der großen Gesamtsicht ist alles nicht einmal halb so schlimm«, sagte sie.

»Ich will ja sowieso nicht mehr fliegen. Ich hab mich schon an den Gedanken gewöhnt. Dann flieg ich eben nicht mehr. Dann mach ich eben was anderes.«

Dr. Axius nickte und verabschiedete sich: »Siemsen hat mir jenau dasselbe jesagt.«

Siemsen zog Hasse mit seiner Rechten in die Senkrechte und sagte: »Du kannst hier doch nicht dauernd liegen; irgendwann muß Schluß sein.«

»Komm mit mir nach Solsbüll-Mühle. Ich darf aber noch nicht mit dem Fahrrad.«

Das waren zehn Minuten mit Hasses Auto. Sie betraten den Friedhof und standen vor Sankt Ursula. Es war ein Maitag vol-

ler Sommerluft. Der Himmel war blaß. Um den Friedhof herum standen Linden. Zwischen den Linden blühte Löwenzahn. Wann würde der Weißdorn blühen. Im Juni?
Kirchendiener Hanno Goldschmidt hatte die dicke, doppelflügelige Kirchentür weit geöffnet und empfing Hasse und Siemsen: »De dicke Luft mutt ruut, de Mailuft mutt rin.« Er ließ sie im Turm zum Glockenboden hochsteigen. Von da oben sahen sie zu den Schall-Luken hinaus. Unten lag das Ehrenmal wie auf einem Luftbild. Da gab es nichts mehr auszuwerten; alles längst aufgeschrieben und gemeldet. Ein »Mission Report« wäre überflüssig gewesen. Die siebente Luftwaffendivision hätte zurückgeschrieben: »Wird als bekannt vorausgesetzt.«
Hinter dem Ehrenmal fiel das Land sanft in eine Ebene; es fiel nicht, es senkte sich nur, es hob sich wieder. Überall hob es sich, überall senkte es sich, es bewegte sich von einer Musik zur anderen. Dieses Land war ein dauerndes Kommen und Gehen, Geben und Nehmen: Hügelland.
Dort in der Senke hatten Flüchtlinge und Einheimische gleich nach dem Krieg Torf gestochen. So waren die Moorteiche entstanden. Das Moorwasser roch süß und sauber. Es gab Moorbänke im Wasser. Da wuchsen Binsen und Gras, da schwamm das Kind Gustav hin und ruhte sich aus. Das Wasser war vollkommen glatt. Mücken liefen darauf, Libellen standen in der Luft. Bienen saßen in den Kleeblüten. Damals, an einem Augustabend, erlebte Hasse seinen ersten Bienenstich, weil er barfuß über die Wiesen nach Hause lief und auf eine Biene trat. Er wußte nicht, daß ein Stich für die Biene tödlich ausgeht. Sie kann ihren Stachel nicht aus der Menschenhaut ziehen. Sie verliert ihren Stachel, sie verliert ihr Leben. Der Bienenstich ist ein einsamer, unvergeßlicher Schmerz.

Titanvogeltage

Laut dröhnendes Glockenlachen von Sankt Ursula, als wären die Glocken übergeschnappt vor Lachen. Schwere Schallwellen über Ehrenmal, Rhododendren und Friedhofsabfall, über Hügel, Knicks und Wälder, über wiederkäuende Kühe und den Nobiskrug, über Kiesgrube und Titanvogelwrack und über den zugeschütteten Wasserfall.

ZAGO-REISEN *aus dem Sommerkatalog*: Zauberhaftes, sonnenbeschienenes, grünes, einmaliges, Trost spendendes Land. Hier ist die Welt noch in Ordnung.

STIMME: Blödsinn. Kein Land für Liebespaare. Die Hügel sind zu flach. Die Knicks sind zu schmal. Die Wälder sind zu klein. An jedem noch so kleinen Weg lauert ein bewohntes Haus.

Kirchendiener Hanno Goldschmidt ließ den Glockenstrang los, die Glocken schwangen langsamer, die Klöppel schlugen schwächer, immer leiser, mit immer größeren Pausen. Der Glockenstuhl, in dem Glocken und Klöppel im ungleichmäßigen Rhythmus schwangen, knarrte und knarzte, bis der letzte Ton verklungen war.

In diese Stille sagte Hanno Goldschmidt zu Hasse und Siemsen: »Ich hab gestern Falko Klopfleisch in den Rhododendren gefunden.«

SIEMSEN: Tot?

HASSE: Der hat sich bestimmt zu Tode gesoffen, Herrgott noch mal zu!

SIEMSEN: Wie lange hat er in den Büschen gelegen?

HANNO GOLDSCHMIDT: Drei, vier Tage, sagt der Doktor.

Falko Klopfleisch hatte sich, als er Gustav und Roswitha nachspionierte, sternhagelbesoffen im Friedhofsefeu hingelegt, war, mit dem Kopf auf einem verwelkten Kranz, eingeschlafen und nicht wieder aufgewacht.
Inzwischen lag er im präparierten Sarg. Der Sarg stand in Bremen in der Einsegnungshalle und wartete mit sechs Tragegriffen auf die standesgemäße Beerdigung.
STIMME: Die Aufhebung respektive Verschiebung des Solsbüller-Flug-Festivals wird aber dadurch nicht nötig.
Die Veranstaltung konnte stattfinden. Das Wetter spielte doch mit. Das hatten die Glocken herbeigeläutet. Ihr Klang durchwehte die dicksten Wolken, verdunstete kleinste Wassertropfen, ließ Sonne durch, schaffte klare Sicht und einen messerscharfen Horizont: Flugwetter.
Alle, die in Lager Solsbüll und um die Garnison herum wohnten, wurden von Sankt Ursulas Glocken mit dieser freundlich bittenden und ernsthaft mahnenden Botschaft erwischt: Haupt- und Staatsaktion am kommenden Sonnabend um zwanzig Uhr. Wer nach dem verpatzten Anfang gemeint hatte, sie werde überhaupt nicht zustande kommen, und darum schon wieder auf der Heimreise war, spürte den Glockenklang von Sankt Ursula im Ohr. Zum Beispiel Susanne und Joachim. Sie hörten es läuten, kurz bevor sie in Hamburg-Fuhlsbüttel ihre Koffer für den Flug nach Chicago aufgaben. Sie behielten die Koffer in der Hand und kehrten auf der Stelle um.
Lothar in Old Oraibi stutzte, weil sein schwere Altarstein zu wackeln begann.
STIMME: Ein Erdbeben?
Er packte umgehend seine Bienenversand-Schachtel, legte zwei Dutzend »nachtaktive« Bienen eigener Züchtung hinein und versorgte sie mit Futter. Die Nachtaktiven waren aus einer Kreuzung zwischen der Aristaios- und Ligustica-Rasse hervorgegangen. Lothar hatte sie in seinem verdunkelten Altarraum mit den Kräften des Travertinsteins zu Nachtsammlerinnen ausgebildet. Schon saß er mit besagter Schachtel

in seinem Chevy, fuhr nach Phoenix und gab sie per Luftpost auf.
Büchmann, der sich von seinem Alarm-Faux-pas dienstlich nicht mehr erholt hatte, war inzwischen Führungskraft in der Versicherungsbranche. »Du mußt noch die versprochene Runde ausgeben«, hallte die Glocke ihm ins Gewissen. Gattin Lola wollte nicht mit: »Fahr du ohne mich. Ich kann meine Boutique nicht alleine lassen.« Büchmann murmelte: »Leidige Bremse.«
Sogar den Toten hatte die Glocke geschlagen: Der Oberheizer kündigte per Fernschreiben die im Himmel Wohnenden an. Alle würden kommen, bis auf zwei: Falko Klopfleisch könne nicht dabeisein, weil er erst mal im Totenreich eingetroffen sein müsse. Und was Emsieg angehe: Der sei in einem »atemberaubend schlechten Zustand angeliefert« worden und müsse »aufgepäppelt« werden. Unterschrift: »Oberheizer, selbstherrlich Bevollmächtigter.«
Roswitha hörte die Glocke nicht erst in Travemünde, sondern noch rechtzeitig vor der Abreise. Sie inspizierte Güldenholm, das Emsieg ihr und sonst niemandem zu treuen Händen überlassen hatte. Folgende Idee stand bei ihr obenan, als sich die gelben und roten Tulpen vor ihr verneigten: Stiftung Seniorenresidenz Güldenholm.
Jungpastor Wulf Klopfleisch hatte bei Hasse angerufen und sich von der Gästeliste streichen lassen.
WULF: Wo der Oberheizer ist, darf ich nicht sein.
Schwan Gottfried flog täglich Aufklärungsrunden, seit Falko Klopfleisch seinen kranken Kopf zum Sterben auf einen welken Kranz gelegt hatte. Das bevorstehende Ereignis hatte er längst im Gefieder. Tiere spüren dergleichen. Auch Moppel und Henry, Zürndorfers Kater, hatten schon lange im Ohr, was später von Sankt Ursulas Turm erschallen sollte. Sie ließen das Mausen und fingen zu miauen an. Zürndorfer fragte: »Wollt ihr nicht fressen?« Als die Glocken läuteten – viel zu laut für feine Katzenohren –, beteten sie im Vorgriff auf das Bratwurstgrillen ihr Katzengebet: »Wir wollen auch Bratwürste. Amen.«

Peter Bezug und die drei Heizer transportierten mit Bohne Bonsens Pick-up Tische und Bänke vom Nobiskrug zur Kiesgrube und legten kleine Findlinge zu einem Rundwall, in dessen Mitte der Holzkohlengrill stehen sollte. Sie schichteten Bruchholz und brennbare Abfälle für das Lagerfeuer auf, das sie mit Hobelspänen aus der Geschwadertischlerei anfachen wollten.
STIMME: So ein Letzte-Abende-Feuer.
Diese Glockenbotschaft schlug v. Kümmernitz bis in sein altes, krankes Herz.

Der Tag seligen Angedenkens. Für Hasse stand ein letzter Flug auf dem Programm. Ein Hoch über den Azoren bewirtschaftete die Meere mit ruhigem Wasser. Spiegelglatt lagen Nord- und Ostsee, spiegelglatt lag der Güldenholmer See, auf dem der komplett gespiegelte Himmel lag. An der Pappel bewegte sich kein Blatt. Das Boot schwamm still am Steg. Schwan Gottfried putzte das Gefieder zur Feier des Abends. Kaum jemals hatte man die Gesichter in den Bäumen vor dem Nobiskrug so lind und so gesund gesehen: »Gehet hin in Frieden«, sprachen sie mit Blick auf die Garnisonskirche von Lager Solsbüll.
Der Tag seligen Angedenkens, als in der Kiesgrube ein Mai-Abendwind leise über Kies und Steine, Tische und Bänke, Bierfässer und Holzkohlengrill wehte. Schon wehte er nicht mehr, schon hatte er sich oben auf dem Kiesgrubenrand unterhalb einer nach frischem Maigrün duftenden Buche schlafen gelegt. Mutter Nacht hielt ihre Hand über ihn. Noch nie war der Schlaf eines Abendwindes so himmlisch beschützt worden.
Der Tag war voller Musik gewesen, und dieser Musik liefen die Gäste nun nach. Auch die *Offiziellen* ließen sich diesen Abend nicht nehmen! Vom Landrat lag ein Grußwort vor. Der Bürgermeister glänzte durch Anwesenheit.
Die Stimmung war gut. Hundert Menschen standen oder saßen in der Kiesgrube, als Heizer Alpha fünf Liter Benzin über Späne, Bruchholz und Abfall schüttete, Heizer Bravo ein brennen-

des Streichholz hineinwarf und Heizer Charly seinen Mund mit »Es brennt« aufmachte.
»Sitzen alle vorschriftsmäßig?« fragte Kommandant Hasse seinen Navigator Siemsen, als er die ersten Flammen sah. Siemsen hielt sich mit Bienenwabe und einer Handvoll nachtaktiver Arbeiterinnen im Fahrstand bereit, las Kurs und Entfernung aus Schwänzeln und Tänzeln ab und notierte alles mit Bleistift auf Papier.

Am Totenstammtisch fehlte die Firma *Zago-Reisen* mit Oberheizer und Frau von Zago. Die wollten später als alle anderen erscheinen und hatten Hasse und Siemsen um »ein akademisches Viertel« gebeten, »weil wir erst noch unseren Zürndorfer besuchen«.
Eine neue eiserne Faust zierte Frau von Zagos rechtes Handgelenk. Der Oberheizer trug ein bis zum Brustbein aufgeknöpftes Seidenhemd; vor seiner behaarten Brust baumelte ein an den Füßen aufgehängter gefallener Engel.
In dieser Ausrüstung hatten sie den Nobiskrug umkreist, nachdem Bohne und Regina mit den kastrierten Katern zur Kiesgrube aufgebrochen waren. Die Herrschaften vom Torfpalast waren nervös gewesen. Der Oberheizer hatte sich mit der rechten Hand über die Herzgegend gestrichen und über Schmerzen in Brust und Schulter geklagt. Frau von Zago hatte den schlechten Sitz ihrer eisernen Faust beanstandet.
Das mangelnde Wohlbefinden der beiden hatte folgenden Grund: Herr und Frau Tod waren im Nobiskrug eingekehrt, um Zürndorfer den fälligen Besuch abzustatten. Der saß als einziger in der Gaststube, wie üblich in der Spelunke vor dem Fernseher mit einem halbvollen Glas Bier. Er blätterte und las im *Zürndorfer-Abc,* das Hasse auf den neuesten Stand gebracht und ihm eine Stunde vor Veranstaltungsbeginn auf den Tisch gelegt hatte. Zürndorfer malte Rechtecke um Namen und Stichwörter: Axius, Herbert. Beihilfe. Bonsen, Bohne. Bonsen, Regina. Brucker-Bräu. Edison, Rivert. Gottfried. Hasse, Elena. Hasse,

Gustav. Hasse, Roswitha. Henry. Stern, Chaim. v. Kümmernitz, Karl. Lothar. McNish. Montezuma Castle. Moppel. Nachrichtenwesen. Querruder. Rosenbaum, Castor. Rosenbaum, Susanne. Siemsen, Hans-Armin. Sigher, Hendrikus. Titanvogel. Tod. Wolfe, Thomas. Zukunft. Zürndorfer, Hermann und Dorothea.
Wieder würde Zürndorfer sein Abc mit nach Hause nehmen, um dort nach Hasses Checkliste zu verfahren. Erstens: die neuen Rechtecke ausschneiden. Zweitens: die alten Rechtecke von der Pinnwand nehmen. Drittens: die neuen Rechtecke an die Pinnwand pinnen.
Dazu kam es heute nicht mehr. Herr und Frau Tod walteten ihres Amtes und sagten aus einem Munde: »Nun kommt die Hauptsache.« Die Hauptsache war diesmal Zürndorfers alter Fluglehrer McNish, der im Fernsehen erschien, seinen alten Flugschüler kopfnickend ansah und damit das Frage- und Antwortspiel begann, das vor dem Start zu einem Formationsflug gang und gäbe gewesen war.
MCNISH: Ready?
ZÜRNDORFER: Ready.
Während Herr und Frau Tod die Gaststubentür leise hinter sich schlossen, legte McNish seine rechte Hand auf Zürndorfers rechte Schulter und ließ die Wärme fließen, auf die Zürndorfer schon lange gewartet hatte.

Frei von Schmerzen und Unbequemlichkeiten, standen der Oberheizer und Frau von Zago als letzte an der Abendkasse. Die treue Moni Knebel riß ein Stück von den Eintrittskarten ab und überreichte den größeren Rest. Der treue Deutscher strich mit Kugelschreiber die Namen in der Gästeliste durch und streckte seinen Daumen am gestreckten Arm gen Himmel, um Hasse und Siemsen Okay zu signalisieren.
Nun konnten die beiden ihre zwanzig Jahre Flugdienst nutzen. Sie hatten vorher geprobt und sich gefragt, ob die Kiesgrube das Luftfahrzeug der Zukunft sei. Der neueste Kartensatz lag im Handschuhfach. Siemsen hatte seine Checkliste

mit handschriftlichen Eintragungen versehen und vorsichtshalber mit Folie überzogen, um Schlechtwetterschaden abzuwehren.

Noch lag die Kiesgrube am Boden. Wunderbare Tatsachen sprachen allerdings schon. Die Kiesgruben-Passagiere waren mucksmäuschenstill. Henry und Moppel rochen die Bratwurst zuerst. Peter Bezug kurz danach: »Mensch, geht mir das gut«, rief er. Kirchendiener Goldschmidt konterte: »Wenn di dat good geiht, reeg di nicht op. Dat geiht vörbi.« Tante Guste hielt zu ihrem Mann: »Verdammter Kirchendiener, verdirb uns bloß nicht den Appetit!« Der Oberheizer rief vom Kiesgrubenheck, wo die Toten saßen, Hasse und Siemsen nach vorne zu: »Daß Sie uns ja nicht in eine Gegend verfliegen *unde nulla redemptio* – von wo es keine Wiederkehr gibt.«

Lodernd zum Himmel wurden nun die Auftriebskräfte frei. Nicht wie bei Mondraketen ging es, Flamme empor, donnernd und vibrierend, sondern ganz leise. Die Passagiere hörten ein Knistern; mehr nicht. Knistern war das schöne Geheimnis. Sie saßen in einer tiefen Bodenwanne hinter einer meterdicken Kiesgrubenwand. In das allgemeine Partygeplapper rief Siemsen auf Deutschers Signal: »Sicherheit vorhanden.« Hasse umfaßte die Steuersäule seines Luftschiffes und sagte: »Wir fahren los.«

Roswitha schlief im weichen Kiesgrubenkies. Links und rechts von ihr lagen die Krücken. Osmin Hunger saß mit angezogenen Knien an ihrer Seite und sah verliebt die Schlafende an. Siemsen hatte Roswithas weiße Bluse an der Fahnenstange hochgezogen. Oben flog das halbgefüllte Kleidungsstück mit Ärmelflügeln im Ostwind wie eine Taube.

STIMME: Doch nicht etwa die Bluse, die Roswitha vor fünfunddreißig Jahren in List auf Sylt getragen hat?

Siemsen saß mit Honigwabe und tanzenden Arbeiterinnen an seinem Platz, blickte auch über den Kiesgrubenrand, schrieb die Flugkurse auf und gab sie Hasse bekannt. Alle Turbulenzen waren aus der Luft verschwunden. Die Kiesgrube lag wie ein

Brett. Kurven nahm sie, ohne die Passagiere beim Biertrinken und Würstchenessen zu stören. Die Toten hatten keinen derartigen Appetit; sie durften aber Nektar und Ambrosia aus Honiggläsern naschen.

In den Fahrtwind fiel die Begrüßungsrede, die General a. D. von Kümmernitz sich in der Reha-Klinik ausgedacht hatte. Da stand er am Ehrentisch, vom Herzinfarkt gezeichnet: noch kleiner geworden, noch magerer, mit einem Seidentuch um den Hals, damit man die Falten nicht sehe. In seiner Stimme schwang das Schicksal mit, das er mit diesen Worten besänftigen wollte: »Leicht wie Samen, der übers Land fliegt, so fühle ich mich, meine Damen und Herren. – Ja, worum geht es.« Mehr brachte er nicht heraus. Versagte ihm die Stimme? Warum versagte sie? Ließ Krankheit sie versagen? Die Pensionierung »aus gesundheitlichen Gründen«? Das Herzinfarkt-Leben, das jetzt gelebt werden mußte? Kein Vorzimmer, keine Sekretärin, kein Chauffeur, die Raum gaben und Respekt schafften und über den Alltag hoben? Er sah Hasse und Siemsen vorne am Fahrstand und dachte: »Nicht einmal mehr für die Kiesgrube reicht es bei mir.« Als er den Totenstammtisch ins Auge faßte, gelangen ihm aber doch zwei Begrüßungssätze: »Wollen wir trotz alledem immer daran denken: Jeder von uns möge seine Lieben, die ihm irgendwann irgendwo den Lebensweg kreuzten, im Gedächtnis behalten. Ist es nicht unsere vornehmste Aufgabe, unser Gedächtnis immer wieder auch und gerade praktisch zu pflegen, so wie wir es heute abend tun?«

Alle waren gerührt. Die Herren schluckten. Die Damen betupften sich die Augenwinkel mit Tüchern, aber erst Büchmann, dann Peter Bezug erkannten, was nötig war, und begannen zu klatschen, bis alle klatschten. Nur Siemsen klatschte nicht. Er war vertieft in Tanzanalyse und Navigation, und als er daraus auftauchte, war das Klatschen vorbei. Alleine klatschen wollte er nicht. Er holte sich Bleistift und Notizbuch aus der Brusttasche und schrieb: »Wir fliegen und wir fliegen / Wie Samen übers Land / Wir wollen nicht mehr siegen / Für Volk und Vaterland.«

Über diesen ungehörten Untertönen schlief der Fahrtwind ein. Roswithas Bluse hing schlaff. Die Sonne war untergegangen. Stand die Kiesgrube still? Geräusche kamen herauf. Friedlich summte der Straßenverkehr. Ab und zu strahlten Scheinwerfer eines Spätheimkehrers. Ein Schäferhund rasselte mit seiner Kette und bellte zur Kiesgrube hinauf. Kindergeschrei, Vätergeschrei, Müttergeschrei zu so später Stunde?

STIMME: It doesn't go without screaming.

Sankt Ursulas Kirchturmuhr schlug Mitternacht.

War Roswitha vom Geschrei auf der Erde wach geworden? Osmin Hunger half ihr auf die Krücken. Während Hasse nach Siemsens leisen Kommandos die Kiesgrube in einen neuen Fahrtwind steuerte, lehnte Hunger, Schulter an Schulter mit Roswitha, am Kiesgrubenrand. Sie blickten in die Schlucht, die sie nun nördlich des Güldenholmer Sees überquerten: hastende Gespenster, altes Gerippe und Kanonenrohre, Bäume ohne Blätter und Nadeln. Alle geschlagenen Schlachten in dieser Schlucht zu wiederholen war befohlen worden; demzufolge wurden hier auch unaufhörlich Bronzestatuen gegossen und Gefallenenlisten geschrieben. Osmin und Roswitha sahen in alte Panzergräben, die von den Moorknechten und Lagerhäftlingen ausgehoben worden waren, sahen das alte Totenlager, das nun der Welt in dieser Mischung geschenkt werden sollte: Denkmal, Attraktion, Reiseziel.

Im Zenit leuchteten die sieben hellen Sterne des Großen Wagens, der mit seiner gewaltigen Schöpfkelle gerade Stern *Zürndorfer* in den Himmel hob, um ihn neben Stern *McNish* zu plazieren.

SIEMSEN: Aeternam habeas requiem. Du mögest ewige Ruhe finden.

Hasse hatte kapiert und sah auf die Uhr. Er merkte sich die Zeit und ließ die Kiesgrube eine Gedenkminute lang für »unseren Zürndorfer« steuerlos dahintreiben. In dieser klaren Frühsommernacht konnte man schon die Göttin der Morgenröte ahnen. Morgenrot schimmerte allerdings noch nicht. Löwe und Krebs waren horizontwärts gerutscht. Tief im Westen standen mit Fuhrmann, Zwillingen und Kleinem Hund die letzten Nachzügler der Wintersternbilder, deren helle Hauptsterne Capella, Kastor, Pollux und Prokyon noch in die Kiesgrube leuchteten. Im Südosten blinkten die Scherensterne des Skorpion. Wega und Deneb, die nördlichen Sterne des Sommerdreiecks, schienen hell.

Während Hasse den Himmel absuchte, »prognostiziere ich, Hans Siemsen, daß in naher Zukunft meine Honigwabe und meine Arbeiterinnen ausgedient haben werden. Auch mein Notizbuch mit dem Gedicht wird dieses Schicksal erleiden. Sonst wird alles bleiben wie gehabt; egal, ob Krieg oder Frieden. Die Welt ist klein geworden; dennoch: Für einen Krieg ist sie stets groß genug. Auch in Zukunft werden wir Gefallenenlisten zu schreiben haben. Ich aber lasse mich davon nicht beirren und will folgenden Traum zu träumen nicht aufhören: Ich sitze im grünen Ohrensessel am Blumenfenster meines efeu-umwachsenen Hauses und sinne vergangenen Zeiten nach, Bleistift und eine Tasse Tee zum Greifen nahe.«

Längst vergangene und vergessene Zeit, als die Unterirdischen noch tief unter der Kiesgrube hausten und Tafelsilber klauten, um es in ewig unauffindbaren Verstecken zu horten. Am Himmel Rosse und Peitschenknall. Der Schatz liegt heute noch bereit. Sprüche, in Gold und Silber graviert: Omnia vincit amor – Die Liebe überwindet alles.

Roswitha schlief wieder. Wollte sie Verbindung mit den Unterirdischen aufnehmen? Wahrscheinlich wollte sie winzige silberne Hämmer schlagen hören, wenn »Omnia vincit amor« eingehämmert wurde. Noch viel wahrscheinlicher aber wollte sie nur dies: ohne Schmerzen in den Beinen aufwachen, gut geschlafen haben und sagen: »Jetzt wünsch ich mir ein Frühstück im Freien. Die Sonne scheint so schön.« Osmin Hungers mögliche Antwort: »Ja, Mittagessen lassen wir weg. Wir machen einen Spaziergang am Güldenholmer See. Wir füttern Gottfried und die Goldfische. Dieser Tag nimmt kein Ende. Es wird nicht dunkel; wir haben schon Ende Mai.« So würde er Roswitha mit Sommer und Licht erfreuen.

Ihre Bluse wehte noch immer über der Kiesgrube und den Passagieren. Hasse steuerte die Kiesgrube kostbaren Augenblicken entgegen; letzte Augenblicke vor der Landung. »Höllenpforte und Rosen«, rief Siemsen hochkonzentriert seinen Arbeiterinnen auf der Honigwabe zu. Hasse rief zurück: »Du meinst Hagebutten.« Unten bauten Vögel Nester, sie brüteten. Junges Leben pulsierte. Frühling ade. Es war Sommer geworden. Ein schöner heller Morgen dämmerte herauf.

Siemsen hatte den Landeplatz berechnet und auf die Karte gezeichnet. Hasse wollte genau da landen, wo mehrere Kleinbahn-Schienentrassen zusammenliefen. Die Schienen waren längst abmontiert, die Trassen noch zu sehen, und der Platz war noch frei. Von da aus sollten sich die Kiesgruben-Passagiere in alle Himmelsrichtungen zerstreuen. Silbernes Licht kam von einem schön rauschenden Wasserfall. Sommerlich warme Luft empfing die Kiesgrube. Siemsen interpolierte mit Luft, Licht und Rauschen und ermittelte so metergenau den Knotenpunkt. »Meine Navigation alter Art hat mal wieder ihre Zuverlässigkeit und Genauigkeit unter Beweis gestellt«, sagte er.

Sie landeten dann aber doch nicht im silbernen Licht und am rauschenden Wasserfall, sondern genau dort, wo sie gestartet waren. Das war Flug-Festival-Vorschrift. Vom Start- und Landeplatz war es für alle nur ein kurzer Weg zu den Alltags- und Sonntagspflichten, die auch Hasse riefen.

STIMME: Vor jeder Landung gibt es eine gewisse Nervosität.

Es ist die Angst, alles könne schiefgehen, weil tatsächlich alles schiefgehen kann. Es ist die Hoffnung, alles möge gutgehen, weil tatsächlich auch alles gutgehen kann. »Nerven bewahren« stand in Siemsens Checkliste. Roswitha wachte auf. Hasse ließ sich von Siemsen die Honigwabe reichen und hielt sie über Roswithas und Osmins Kopf; eine Art Einsegnung. Siemsen zog ein Seil; Roswithas Bluse kam aus dem Fahrtwind und fiel als kleiner Haufen Wäsche herunter.

Dank und Schlußnotiz

Dieses Buch hätte nicht geschrieben werden können ohne die Stipendien, die das Land Niedersachsen im »Künstlerhof Schreyahn«/Wendland und das Land Bayern im Internationalen Künstlerhaus »Villa Concordia« in Bamberg gewährt haben. Außerdem dankt der Autor Dr. phil. Bogdan Musial, Warschau, und Dr. med. Hendrikus Seyer, Erlangen, für Rat und Hilfe. Hinweise und die Möglichkeit zur Akteneinsicht gaben das Landesarchiv Schleswig-Holstein (LASH) und das Institut für Schleswig-Holsteinische Zeit- und Regionalgeschichte (IZRG) in Schleswig. Auch dafür Dank. Für treueste Werkstatt-Partnerschaft dankt der Autor Helga und Kristof Wachinger, Ebenhausen bei München.

Der Name »Zürndorfer« ist dem Buch »Jüdische Flieger im Weltkrieg« von Felix A. Theilhaber (Berlin, 1924) entnommen. Leutnant der Reserve Josef Zürndorfer stammte aus Rexingen und war vor dem Ersten Weltkrieg Kaufmann in Bochum. Am 19. September 1915 verunglückte er tödlich in Berlin-Johannisthal während eines Ausbildungsfluges. Sein Testament enthält dieses Bekenntnis: »Ich bin als Deutscher ins Feld gezogen, um mein bedrängtes Vaterland zu schützen. Aber auch als Jude, um die volle Gleichberechtigung zu erstreiten.«
Kein Leser dieses Buches wird auf den Gedanken kommen, daß »unser Zürndorfer« diesen historischen Zürndorfer auch nur andeutungsweise darstellen soll. Aber das Motiv, daß »unser Zürndorfer« in all seiner Verfallenheit unbeirrbar die Deutsche Untat benannt hat, darf als eine Verbeugung vor dem anderen Zürndorfer gesehen werden.

Inhalt

Alles sammeln 7

Eins

Verlaufen 27
Lager Solsbüll 37
Boheme 50
Unternehmen Spänekiste 66
Arizona-Morgenhimmel 75
That Skinny Girl 83
Aufbruchstimmung 89
Montezuma Castle 97
Weg war der Geruch 109
Den Vogel ins Ziel steuern 115
Die Götter hatten nicht aufgepaßt 127

Zwei

Katzenküche 137
Ein hübsches junges Ding 139
Goethe und die Bienen 144
Haus Sonnenheil 146
Der kleine arme Heinrich 154
Namenweihe 158
Der Junge Zürndorfer 161
Das Massaker von Chodow 165
Den lieben Kindern 173
Erwache! 176

Drei

Fürsti 183
Sauerstoffprobleme 198
Unser Zürndorfer 209
Nobiskrug 220
»Zwo« Silberlinden 226
Sein Kind. Sein Fleisch und Blut. 227
Im Namen des Volkes 238
Überselig ist die Nacht 246
November 262

Vier

Ja, die Dreizehn 273
Matterhorn-Seilschaft 275
Prächtiges Ätherblau 279
Aufrüstung zum Herrenabend 282
Opfer müssen gebracht werden 285
Gruß vom Oberheizer 294
Paradeiser-Epilog 302
Ungeheuer willkommen 304
Grieselgeriesel 312
Unter der Moorbirke ausgemalt 318

Fünf

Freiheit! Freiheit! Freiheit! 331
Gottfrieds Morgen 337
Im Eifersuchtszimmer 347
Nachrichten für Zürndorfer 357
Wer hat Lust 371
Honigträume 376
Der arme junge Bernstein 384
Bienenkrieg 388
Hasses erster Lendenwirbel 399
Biene Siemsen startbereit 406
Lagertheater 408

Titanvogeltage 413